隆回二中九十周年校庆纪念文集

特别鸣谢高一九七九届校友廖中和先生为本书出版提供鼎力资助

# 早春时节

欧阳晓风

湖南人民出版社

**编委会主任**
陈早春
**编委会副主任**
廖中和　欧阳文邦
**主　编**
欧阳文邦　尹　锋
**副主编**
周玉意　陈卫民　李君琴
邹茜鸶　陈莉莉　刘昭陵
**编　委**
刘日光　庞凤云　尹　华
陈晓宇　廖小菊　刘颜隆
邹宗威　刘春玉　欧阳翠峰
**法律顾问**
陈晓宇

# 德育工作结出的丰硕果实(序言)

◇唐之享

当《早春时节》样书摆上案头时,我不禁眼前一亮:校友们自发编书献礼母校90周年校庆,在我有限的所知中,这还是头一次。

捧读即将付梓的文稿,一页一页,隆回二中90年的岁月纷纷在眼前飘逝。抚卷之余,感慨良多,其中一个最大的感受是——许久未读到如此率真的文字了!92岁高龄的名师、蜚声海内外的行业翘楚、中青年业务骨干、朝气蓬勃的在读大学生……他们把自己对于校园的思念,对于青春的感怀,一股脑全部倾吐在字里行间。百篇佳作,丹心热血,发自肺腑,是无悔青春的见证,是花样年华的铭记,是光辉岁月的缅怀,是身为隆回二中人的精神财富。每一篇每一段,诚恳朴实,侃侃而谈,让人不忍释卷。一张张充满着青春朝气的脸庞,一段段洋溢着特定气息的校史,栩栩如生铺陈在眼前,仿佛触手可及。

相比绝大多数中学来说,隆回二中无疑是十分幸运的。这所学校培养出来的校友,想法新颖,心怀感恩,勇于担当,他们用自己的执着和才华,以至诚至爱的奉献精神反哺母校,经过精心编辑和整理,以《早春时节》为载体,以娓娓道来的方式,以全体校友的名义,为母校留下这些文字和记忆,留下成长过程中的触动,留下文化的传承和积淀。一口气读下来,我也置身其中,在隆回二中校园里体验了一把中学生活。

本人也曾编著出版过不少图书,但对于这部史料价值、文学价值、教育价值兼具的散文集,我还是深有感触,受益匪浅。纵观全书,几乎每篇文章都精彩纷呈,亮点突出。但给我印象最深的还有这么一个细节:图书的页脚分门别类地展示了学校的历史变迁、知名校友、个性人物、优秀教师、学子心声,等等,不一而足。即使不看全书正文,光看这些页脚的内容,读者也能获得很多关于隆回二中的知识点滴、感人故事。一本书的细节做到如此地步,编者绝对是收集了大量素材,倾注了满腔热情,花费了无数心血的。当然,我最看重的还是这部书对于后辈学子的教育意义,里面的不少篇章,阅后能够更好地让学生和老师进行换位思考。比如,《那一年,我们在二中画了一个圈》《只想道一声感谢》《我的班主任经历》《一桌热腾腾的饭菜》《心债》……这些篇章的内容以及由此产生的感悟,对于融洽师生关系、增进相互了解、构建和谐校园都是大有裨益的。如果校方能够在学生中深入宣传

《早春时节》,再辅之以老师特别是语文老师的适当引导和点拨,让师生都能从《早春时节》这面镜子中照出自己的缺点和不足,必定会给学校今后的管理工作带来意想不到的成效。有鉴于此,我希望《早春时节》能够成为隆回二中代代相传的一本校史教材,期待今后能看到其他学校也能有类似的图书。我想,那必将是教育界的幸事,其功效甚至不亚于任何一本思想品德教材。

《早春时节》的编辑出版,展示了一所三湘名校的厚实与大气,收录其中的文字仅仅是隆回二中90年历史长河的一些剪影。露珠能反射太阳的光辉,但更精彩的还是这所学校所取得的骄人成绩。

我担任分管教育的副省长期间,曾到隆回二中调研。那是2001年1月24日,这所学校宽敞优美的校园环境、勤奋务实的领导班子以及有着恢弘气势的"湖南第一操"都给我留下了美好的记忆。但我最感兴趣的还是学校推行的思想品德教育——"三色教育"(即红色激励教育、绿色成长教育和黑色警示教育),我当时对这个新提法给予了充分肯定,认为"三色教育"导向性强,很有时代特点,值得大力推广。可喜的是,近年来,隆回二中在"五育并举,德育为先"旗帜的指引下,始终把"学会做人、学会求知、学会健体、学会创造、学会审美"作为培养人的目标,"三色教育"之花已然姹紫嫣红,并初结硕果:2001年以邵阳市第一名的成绩通过了市重点中学验收,2003年晋升为湖南省重点中学。在新的历史时期,隆回二中全面贯彻党的教育方针,坚持教育为社会主义现代化建设服务、为人民服务,把立德树人作为教育的根本宗旨,再度获得了大丰收:"三色教育"成为湖南省德育工作的一面旗帜,高考、学业水平考试都取得了相当不俗的成绩,成为我省特色鲜明、成果突出的一所省级示范性普通高级中学。《早春时节》的成功出版,无疑是学校德育工作结出的丰硕果实。

梁启超在《少年中国说》中疾呼"少年智则国智,少年富则国富;少年强则国强……少年进步则国进步"。青少年是祖国的未来、民族的希望,他们正处于人生的早春时节,对他们进行思想道德教育尤为重要。学校作为德育教育的主阵地,有必要更有责任帮助青少年从小树立正确的世界观、人生观和价值观,努力把他们培养成有理想、有道德、有文化、守纪律、德智体美劳全面发展的社会主义事业建设者和接班人。从这个培养目标来说,隆回二中再次走在了中学教育界的前列。我得出如此结论,就因为拜读了《早春时节》这部图书。隆回二中的校友能以这样别出心裁的方式为后辈学子树立榜样,为母校90周年庆典献上大礼,我想这是学校德育工作潜移默化的硕果,是校友们赤子情怀的结晶。

(唐之享,曾任湖南省人民政府副省长、省人大常委会副主任)

# 目　录

## 当届风云
**栏目主编：尹　锋**

| | |
|---|---|
| 早春时节 | 张清泉（003） |
| 那些年,我们在母校接受革命洗礼 | 邹建基（009） |
| 从艰苦中磨砺出的一代人 | 魏　维（013） |
| 扭曲年代的二中往事 | 刘述坤（020） |
| 岁月如歌　同窗难忘 | 胡忠桂（024） |
| 少年见青春　万物皆妩媚 | 尹　华（029） |
| 尤记当年同路人 | 刘日光（035） |
| 大风吹过黄土高坡 | 罗卫光（041） |
| 一百个春天 | 丁　斌（046） |
| 那场势均力敌的较量 | 杨　国（053） |
| 恰同学少年 | 王育红（059） |
| 书生、美女和豪杰的年代 | 尹　锋（066） |
| 初中98届印象 | 刘光湘（073） |
| 我们就这样长大 | 周玉意（078） |
| 高中2000届的那些人和事 | 孙莉萍（085） |
| 当时明月在　曾照彩云归 | 陈莉莉（090） |
| 25个班的协奏曲 | 尹诗姝（097） |

## 同学少年
**栏目主编：周玉意　陈卫民**

| | |
|---|---|
| 新隆中学·隆回二中忆往 | 陈早春（105） |
| 校园里的兄弟 | 陈卫民（111） |

| | |
|---|---|
| 初中漫忆 | 胡光曙(114) |
| 白发还忆青葱时 | 刘杰贤(119) |
| 第一次 | 谭旭东(122) |
| 风雪长征路 | 李桃花(124) |
| 二中子弟 | 周亦翔(127) |
| 思家之苦＆三大神菜 | 向永美(129) |
| 素年锦时　真水无香 | 胡建军(133) |
| 致我们逝去的年少 | 喻　琴(136) |
| 夜访芙蓉山 | 陈　洁(140) |
| 春水似年华 | 宁　贞(143) |
| 女生寝室的那些事 | 胡丽美(146) |
| 温暖的大通铺 | 郑明富(150) |
| 初恋未完成 | 卿柳娟(153) |
| 难忘那次考试作弊 | 肖　聪(155) |
| 晚来天欲雪　能饮一杯无 | 欧阳盼盼(158) |
| 青春幅员里更像青春的事 | 蒋　然(161) |
| 那些年,我们在默深文学社 | 李君琴(164) |
| 今夜无电 | 邹茜鹭(167) |
| 我们永远是女孩 | 欧阳翠峰(170) |
| 一次偷窥　改变一生 | 欧阳文邦(175) |

## 我型我秀
栏目主编：李君琴

| | |
|---|---|
| 曾经少年爱追梦 | 陈晓宇(179) |
| 梅花香自苦寒来 | 廖　瑛(182) |
| 屌丝的高中三年 | 江依昭(186) |
| 煎熬着,爱着 | 刘烨华(189) |
| 那段彪悍的青春 | 马胜佼(193) |
| 咱也是校园文化人 | 尹爱军(199) |
| 文武风暴 | 肖朝阳(203) |
| 最初的梦想 | 肖旗艳(206) |
| 过把"站长瘾" | 李　洁(210) |
| 学渣的记忆碎片 | 周　恒(212) |
| 我是正能量Girl | 罗丽楠(216) |

| | |
|---|---|
| 忘不了 | 刘　丁(219) |
| 左手文艺　右手奥赛 | 邹　燕(222) |
| 我为通讯狂 | 欧阳文邦(225) |
| 打开那扇窗 | 刘颜隆(230) |
| 旧梦新忆 | 周劲翔(234) |

## 教坛春秋
**栏目主编：欧阳文邦　陈莉莉**

| | |
|---|---|
| 从新隆中学到隆回二中 | 张嘉兴(239) |
| 唐宋情结 | 朱贤舜(243) |
| 激情岁月　无悔家园 | 马轶麟(246) |
| 农民教师周青云 | 善　哉(250) |
| 纯净之美 | 肖新平(253) |
| 初61班的那些细孩子 | 刘胜保(259) |
| 第一次扬起教鞭的地方 | 罗水和(264) |
| 只想道一声感谢 | 谭奇洪(267) |
| 那么远，这么近 | 王　勇(271) |
| 那一年，我们在二中画了一个圈 | 陈慈英(274) |
| 一曲美妙的和弦伴奏 | 廖敦燕(279) |
| 二中，给力 | 陈惟凡(281) |
| 总有些温暖与你不期而遇 | 谭日珍(286) |
| 九次搬家的故事 | 聂翰贤(288) |
| 我的班主任经历 | 庞凤云(291) |
| 害怕忘却的记忆 | 张怡春(295) |
| 倘伴在幸福中 | 卢小军(299) |
| 生命的印记 | 张全寿(303) |

## 师恩如海
**栏目主编：邹茜鹭**

| | |
|---|---|
| 师恩日月长 | 彭　诚(309) |
| 一代名师金步云 | 欧阳旺云(314) |
| 活在人心便永生 | 刘仁文(317) |
| 刘林杰老师二三事 | 马柏华(321) |
| 他们，引我追梦…… | 刘烨洲(324) |

| | |
|---|---|
| 记忆深处的先生们 | 赵玉燕（328） |
| 一桌热腾腾的饭菜 | 曾颖锋（333） |
| 怀念恩师肖希跃 | 廖小菊（336） |
| 一位让我刻骨铭心的校长 | 陈惟洋（339） |
| 师恩如海意难忘 | 邹宗威（342） |
| 因爱而变 | 郭时碑（345） |
| 心　债 | 邹振东（351） |
| 那一摞日记 | 刘昭陵（356） |
| 时光因你们而美 | 王　玥（359） |
| 只因为那一份感动 | 欧阳翠峰（362） |
| 歌声·笛声·鞭挞声 | 赵云渤（367） |

## 校友情怀
栏目主编：刘昭陵

| | |
|---|---|
| 风雨如晦那六年 | 刘本梓（371） |
| 三忆又三叹 | 魏洪华（374） |
| 一生的守候 | 欧阳群（377） |
| 为母校点赞 | 孙中瑞（381） |
| 梦想的摇篮 | 欧阳成（384） |
| 祖孙三代二中情 | 欧阳晖漫（388） |
| 弦歌三曲 | 戴深烈（391） |
| 带着父母回二中 | 张　胜（394） |
| 永远的四合院 | 欧阳曙涛（397） |
| 不可忘却的人生驿站 | 罗文骅（399） |
| 那个地方，珍藏心底 | 彭正华（402） |
| 因为你，我开始看到更远的风景 | 刘　武（404） |
| 青春一梦中 | 刘春玉（407） |
| 感谢·感动·感恩 | 袁　倩（410） |
| 故乡是二中 | 周　灏（414） |
| 有位室友是老头 | 聂志军（417） |
| 却顾所来径　苍苍横翠微 | 袁广见（420） |
| 爱心路上　行者无疆 | 欧阳文邦（423） |
| | |
| 永远的那座桥（后记） | 欧阳文邦（428） |

# 当届风云

*Dangjie Fengyun*

90年风雨浸润流金岁月，90年峥嵘穿透琅琅书声。二中，曾经是革命的摇篮，也经历了"文革"的风雨，现在沐浴着改革开放的春风，已成长为三湘中学教育界的学术重镇。无论是"山雨欲来风满楼"，还是"雨过天青云破处"，母校始终"风雨不动安如山"。时光荏苒，我们对母校的记忆依旧清晰、鲜活。

90余载，风云际会，届届相似，届届不同！每届都风起云涌，每届又乘风破浪。在燃烧的青春里，美女豪杰演绎着刀光剑影、爱恨情仇；在艰苦的岁月里，书生学霸阐释了发奋图强，金榜题名。翻围墙、打冲锋、课间操、卧谈会、露天电影、封闭式管理、养成教育、备战高考……一届一届，风云再现，纵横笔尖，谈笑心间……

栏目主编

*尹 锋*

尹锋 网名云笑风,男,隆回西洋江人,生于20世纪70年代末。迫于生计,子承父业,选择了药学,就读于岳麓山下,喜美文,好佳句,高中时结缘于《凤声报》,大学时主事于"青草园"。毕业十余载,一直漂泊不定,以工作之名,行游历大江南北之实,苦哉?乐哉!吾无貌无财,少瑜亮之智谋,拙苏张之口舌,失红袖之添香,纵有凌云之志,难觅伯乐之迹。现寓居厦门,生活稍安。妻梅子鹤,醉卧桃梨之下,笑对苍月,旁观风云之变!

早春时节

# 早春时节

◇张清泉

## 破茧而出的中学教育

隆回历史上人文蔚起,素有兴办私学的传统。抗日战争时期,私立小学(含私塾)发展特别快,到解放前夕全县境内据说达到了200多所。这些私立小学,有的是利用祠堂公田或会产兴办的族学,以供本族子弟上学;有的是当时官僚、地主、社会名流、富商和豪绅捐款兴办的;有的是贤达人士向社会各界募捐兴办的。我所读的小学鉴湖学校(今黄金井中学)是以贺姓人家为主捐办的,当时是隆中乡方圆几十里最好的学校,一般的私立学校教师工资是5~8担谷,鉴湖学校的老师待遇则是其他学校老师的好几倍,该校一般教师收入可达15~30担谷。解放后鉴湖学校的校长谢希韫被新政府任命为新隆中学(隆回二中前身)的副校长。

新隆中学的兴办,我认为与当时的时局和大量外地学校的迁入有很大关系。民国二十六年(1937年),"七七"事变后,邵阳县城以及一些外地的中学由于日本飞机的轰炸,教师、学生的生命安全受到威胁,有多所学校相继迁入今隆回境内,其中迁入隆回北部的有好几所。如湖南私立枫林初级中学,从长沙迁来高平大桥边;邵阳简易乡村师范学校迁往司门前石桥铺阳姓宗祠;三民中学于民国三十三年夏,由邵东廉桥迁入隆回魏家塅石山湾。迁入隆中乡(今金石桥地区)的学校,则有四所之多,估计是金石桥这个地方的战略位置比较重要吧。金石桥是一个四周环山的小盆地,背倚雪峰山区,进可攻,退可守。在我的印象中,抗

张清泉,男,1930年3月出生,隆回金石桥黄金井人。1946~1948年就读于新隆中学初中3班,后任教于鸭田学区。

隆回二中的前身是1924年创办于金石桥镇的高级女子专业学校,1932年易名为邵阳第九区女校。

战期间迁入的外地中学有邵阳循程中学,这在当时的邵阳是一所很有名望的学校(现为邵阳六中),校长叫仇同,办学地点为金石桥洞下的陈家祠堂;邵陵中学从邵阳搬迁来,搬在月山的洞龙湾那个地方,校长叫黄甲;湖南私立清华职业初级中学于民国三十三年秋,从攸县迁来金石桥高洲;最早迁入的当属武汉成达女中,于民国三十三年夏迁入金石桥黄金井,校长为贺稚晨。贺稚晨是本地名人贺学海(清末举人)的女儿,成达女中是她所办。该校有高、初中各三个班,学生两百余人,不过在第二年夏天就全部迁走了。

抗战期间多所中学迁入隆中乡,激起了本地部分高小毕业生入读的强烈愿望,但即便你家里富有或读书很厉害,也不是那么容易进这些学校插班就读的。这种现象逐步让一些本地的绅士和社会贤达看到了中学教育发展的趋势和需求,于是开始了在本地创办中学教育的探索,所以抗战胜利后,新隆中学成立并招生也就成为必然。

### 种得梧桐树,引得凤凰来

1945年秋,某个吃早饭的时分,哥哥从街上回来,兴致勃勃地跟家里大声说:"告诉你们一个天大的好消息,日本鬼子投降啦!"我们全家和附近邻居根本不敢相信,因为前一段时间部队还在附近与日本鬼子交战呢。大家七嘴八舌地议论开了,战争带给人民的创伤太深了,虽然当时已经看到日军的一些败象,但没想到投降来得那么快,所以一旦希望变成了现实,善良的老百姓还不敢相信呢。家里人感慨这幸福来得真不容易,纷纷认为得好好规划一下以后的生活了。此时,哥哥又发布了一个消息,说隆中乡可能会在邵阳第九区女校的基础上办一所中学,叫新隆中学,弟弟从鉴湖学校毕业了,是不是应该去读中学呢?因为我们家里属于普通人家,在那时供一个孩子上中学是件非常奢侈的事情,到外地上中学基本上是有钱人家和大户人家的专利,哥哥的提法一下子在家里炸开了锅……出于想让家里出一个读书人的愿望,父亲和哥哥们决定举全家之力助我努力一搏。

新隆中学第一届秋季班招生还没有轮得上我报名就结束了。1945年第一届秋季班招生共两个班(即1班和2班,1948年夏天毕业),因为社会对读书需求很高,1945年底又招了一个班(即3班,1946年春天入学,1948年冬天毕业),我如愿报上了名并考上了新隆中学3班。那时高小升中学考试是很难的,数学题与现在城里小学生的奥数题目差不多,所以录取率也非常低,应该与1980年代考大学差不多。解放前的初中生那时也算是比较稀有的"知识分子",这么说可能现在的年轻人都不理解,

---

1945年秋,在邵阳第九区女校的基础上,贤达人士孙泽英和龚述畴为主要发起人创立的私立新隆中学正式开学,隆回二中的中学教育由此开端。

但我却是亲历者。

　　云溪河畔，太园塆上，新隆中学就依偎在这山水之间。学校是原隆中乡政府所在地，前有大槽门，门内有一长约20米、宽约12米的水塘，后有六栋同样高度的木质结构房子，三排二进、错落有致、左右对称地矗立在太园塆上，左边有一个3亩多大的操场，右边有一口大水井。学校的左右和后边都有山，山与学校房顶差不多高。登高远望，风水师说太园塆就是一个凤凰窝，也像一把太师椅，这是一方风水宝地，是一个出状元的地方，以后必定人才辈出。

　　春季开学了，同学们从四面八方汇聚到太园塆上，我们3班同学共有50余人，多数来自今天的隆回北面四个乡，也有来自溆浦、新化那边的同学。我的同学里面有大富豪子弟魏柏青（据说是司门前第一富豪，自家土地一年可以收租八千担谷），有亲如兄弟的欧阳良、张树德、刘期皆、张春芳等，也有张吟娥、黄初芳等十来个女同学，班长是活动能力比较强也爱出风头的胡世琢同学。毕业时大家都在同学录留了通信地址，每个任课教师都在我们的同学录上留了言。解放后，我参军入伍，参加了抗美援朝战争，后来又在当时的小渔村罗湖村（现在的深圳）驻边，后转业分配至海南和黑龙江。但本人放弃了工作分配，几经转折又回到了老家，一直从事教育工作。回家后同学录也遗失了，又加上当时交通与通信非常不方便，我和大多数同学失去了联系，很多同学毕业后即成永别或者成为传说。

## 春风化雨，师恩难忘

　　学校创始之初，尽管各种资源匮乏，但还是有一批让人难以忘怀的老师。第一任校长孙泽英，来自司门前孙家垅，在学校兼任生物课教师。据说他曾经担任过国民政府一个比较偏僻县的县长，后来厌倦了政治生涯，弃政从教。那时很多教育界的人士都有如此经历，也许是由于太热爱教育或者别的原因，放弃了从政的机会，比如松坡中学（今隆回一中）的创始人李剑农就是如此。孙先生谈吐举止给人的感觉就是一个彬彬有礼的文人，常年穿着四楞布单长袍，总是一副温文尔雅的样子，后来我读到鲁迅的《孔乙己》这篇文章时，总是不由自主地想起孙先生。当然，孙先生虽穿着比较传统，但绝不是孔乙己那样思想古板之人，不然也不可能成就这样大的事业。孙先生由于政治观点比较保守，也许因为经历复杂，怕受到牵连或者迫害，据说解放前夕去了台湾。我后来一直在关注孙先生的各种资料，才知道孙先生非常热爱教育事业，对邵阳以及隆回教育事业的贡献是可以与李剑农并驾齐驱的，但是由于政治原因，隆回县

---

新隆中学的名字来源于《书·胤征》中的"咸与惟新，兴国隆家"这句话。

政府低估了其对家乡教育的贡献。资料显示，孙泽英担任过邵阳市宝郡联中的校长，同时也是松坡中学的创始发起人之一，而新隆中学则是由孙泽英和龚述畴为主要发起人而创立的学校，孙泽英参与了隆回两所最高学府的创办，贡献不可谓不大。

教导主任蔡荫湘是蔡家垄人，一位非常开明的绅士，平时走路昂首挺胸眼平视，千万不要以为他趾高气扬，其实，他是我一生中最钦佩的一位老师，不但态度和蔼可亲，而且口才出众，教学上他循循善诱，生活中也很坦诚开放。当时他负责我们班理化课程的教学，听他的课总是如沐春风，听其他老师的课总是嫌时间过得太慢，而听蔡先生的课则总是感到时间不足，乐趣有余，连瞌睡虫也不知跑哪里去了。蔡先生也是一个多才多艺的老师，每逢重大节日或者活动，他带领学生既编又导搞节目，自己也经常上台引吭高歌。

数学老师黄修豪是小沙江人，大学科班出身，是一位难得的数学老师，也是我们班黄初芳同学的父亲。他上数学课教导有方，破题有术，很多难题经他一点拨，大家茅塞顿开。曾经有段时间上几何课，一个老师教了几个月，大家都一头雾水，没有几个听得懂，大家强烈要求换老师，后来黄老师又改教我们几何，大家都觉得几何一下子变得容易了。据说，解放后黄老师去了南京紫金山天文台任职。陈麓樵老师是金石桥洞下人，一位很好的语文老师和历史老师，牙齿有点暴，从谈吐到教书都给人一种很有内涵的感觉。陈老师也是一个极具神奇经历的传奇人物，据他的孙子回忆，他早年曾经在部队担任过中校军需处长，从军界退下后历任邵阳教育会会长兼教育局代局长、华容县县长、浏阳县代理县长，退职来到新隆中学当老师。陈老师有一手好书法，特别是他教历史别具一格，既不照本宣科，也不脱离教材，经常妙语连珠，很精辟地点评历史事件或者历史人物。唯一比较遗憾的是那时候由于外语人才奇缺，外语教师也变化频繁，至今没有太多印象了。

学校的第二任校长是龚述畴，他也是学校创始人之一。龚述畴身材非常魁梧，声音也非常洪亮，又加上发胖，肚子突出，与孙校长比，他少了一些文人气息，但是多了一股威武之风。据说他确实是出身行伍，曾经是国军的一个团级军官。但龚述畴又是行伍之中难得的文人，他在学校兼任公民课老师（相当于现在的政治课），龚先生无论是在课堂、礼堂或者室外训话，从来不用扩音器，语音气发丹田，在礼堂里演讲时经常发出"噔噔"的回声，从龚先生的谈话中，你会不自觉地获得一种振奋的能量。记得有一次在课堂上讲政治时，一个学生开口闭口说"共产党怎么怎么"，龚先生当即严肃而又关爱地说："你们还太年轻了，对政治不了解，希望不要被外面的宣传所误导，不要谈论时事，否则对你们以后发展会有影响的。据说，共产党并没你们说的那么坏，

---

新隆中学校歌由罗湘浦作词，这是学校历史上最早有文字可考的校歌，其开头是：雪峰峨耸，资水浩汤，钟秀启文明。师夷长技，墨生遗韵，良图烁古今……愿毋忘咸与维新，隆就孺子，期相与修齐治平……

更不是什么匪,那边的政治环境比我们还好呢。"龚先生的这番话体现了一个长者的智慧,也体现了一个老师对无知学生的引导,在那个时代说出这样的话是带有很大政治风险的,但是为了学生不迷失方向,龚先生做了一个师长应做的事情。

还有一位印象很深的老师叫陈义宽,鸭田人,湖南艺专毕业,是5班的班主任、语文老师,兼任我们班的美术教师。美术不是主课,每次上课时,他总是说"我给你们讲5分钟的时事",结果10分钟、20分钟过去了他还在讲时事。在一节美术课上,同学们希望换换胃口,要求他讲讲国家形势和新闻。他想了想,竟然讲了一堂辽沈战役的战况,他讲得既严肃又活泼,风格有点像现在的《百家讲坛》。印象最深的是他把林彪描绘得活灵活现,在东北一拳重击拿下四平,使国军损兵折将,回手又一拳打下锦州。锦州乃关内通向东北的门户,是东北的咽喉所在,共产党现在已经夺取了锦州,几十万国军已经被关住,形成了关门打狗的局势,所以廖耀湘兵团最终全军覆灭。你们要知道,廖耀湘可是我们邵阳人,也是国军里面鲜有败绩的军队奇才,即使与日军对阵,廖先生也不曾落下风。最后,辽沈战役把蒋委员长吓得坐飞机从沈阳落荒而逃……陈老师的这堂课听得我们目瞪口呆,全班同学鸦雀无声,再加上龚校长前段时间的"共产党论",联系起来一琢磨,论调好像如出一辙。现在回想起来,所有的这一切,是老师暗中给我们指明方向,不要在黎明前的黑夜迷失了方向。而这一切是一般的为人师表者所不敢做的,毕竟那是一个白色恐怖的年代,而我们学生又恰好处于一个缺乏是非分辨能力的年龄。解放后才知道,陈老师确实是地下党员,后来他当过新化一中校长,再后来入湖南革大学习,毕业后在湖南日报社、湖南大学等单位工作。龚校长也因其政治思想比较开明,解放后仍然得以留校。

## 特殊的5班

5班在陈义宽老师的带动下,成了全校当时最为特殊、最富传奇色彩的一个班级。从陈义宽老师的言行已经基本上确定他是一个共产党员,5班在他的教化之下也就无形中成了共产党在隆回的人才培训基地,当时的龚述畴校长对此也是睁只眼闭只眼,听之任之。后来才知道龚述畴校长也是地下党员,不过他没有暴露得像陈老师那么明显。

一个好的老师足以改变一个学生一辈子的命运,我深以为然。5班也因为陈老师的教诲和培养,大部分同学尚未毕业就直接参加了革命,进入了新隆回的第一届党政机关。

---

1952年11月,湖南省教育厅发文改新隆中学为"湖南省隆回县第二初级中学",隆回二中正式诞生,彭德新为首任校长。

## 罐头的故事

在新隆中学还有一件非常难忘的事情,那就是1947年冬,上面分了好几十盒美国大罐头,这给学校老师和寄宿的学生打了一次洋牙祭,可当时还有二十多个家庭经济比较困难的走读生没能享受到。听到寄宿学生啧啧称赞美国大罐头的味道,走读生感觉受了冷落,大家心怀不满,于是纷纷找知心同学倾诉甚至挖苦道:"这是美国老板赏赐给你们的哦,你们要好好地学yes和no,不然你们以后就享受不到主人的恩赐了哦。"寄宿同学则难堪地回答:"下次有机会欢迎你们一起come!"走读生酸溜溜地回答说:"我们是打入另册的私生子,你们吃好了就行。"这些对话不知怎么传到了学校教导室去了,事有凑巧,隔了大约不到一个月的时间,学校又分配来了50多盒美国罐头。这次好心的蔡荫湘主任特地做好了寄宿学生的思想工作,把罐头全部发给了二十多位走读生,每人两盒。罐头是圆柱形的,直径20公分,高约30公分,大约有两斤多一盒。发放罐头时,蔡主任特地为上一次忽略了走读生的事情向大家道歉,并且说:"这次发放罐头,我只是借花献佛,这是所有老师和寄宿的同学共同决定的,我们一定要做到有福同享、有难同当。"所有的走读生都感动得热泪盈眶,大家把罐头拿回去与家里人一起品尝,个个都说很好吃,那也是我一生以来尝到的最美味食品。

罐头事件虽然不大,对我的影响却很深。我想这不是一个简单的事件,而是体现一个学校的公平,教与学的公平,一个老师的言与行,一定会影响一个学生的一生。在我以后的教育生涯中,我也特别注意自己的言与行,特别关注弱势群体的心理与需求,去暗中帮助他们,却不让他们知道自己受到了特别的照顾。比如20世纪80年代以前,很多地主、富农子弟受到歧视,我常暗中帮助他们,禁止其他学生喊他们"地主崽、地主孙",毕竟出身不是他们的错也不是他们自己能够选择的。后来很多的地主子弟都发奋学习,取得了可喜的成就。前不久看到台湾的马英九发布了一番言论:政府的主要功能不是发展经济或是创造了多少GDP,而是建立一个公平公正的平台让大家进行平等的竞争,我深以为然,教育也是这样。

新隆中学从1945年开始招生,到1952年更名为隆回二中,一共只延续了七年时间,对于母校悠久的历史来说,七年时间真的是太短了!然而这七年却见证了隆回教育的跨越式发展,更让家乡中学教育有了一个良好的开端,当年太园垴上的凤凰窝已经历孟母三迁,笳吹弦诵于赧水河畔,今天已成为享誉三湘的示范性普通高级中学。新隆中学时期是隆回二中成长史上的早春时节,因为早春的健康成长,才有了今天隆回二中的非凡成就。

---

1953年5月,为平衡隆回中学教育格局,隆回二中由金石桥搬至六都寨镇。

# 那些年,我们在母校接受革命洗礼

◇邹建基

时光荏苒,岁月蹉跎,掐指算来,离开母校已经 64 个春秋了。从箱底翻出那本发黄的钢板刻印的新隆中学同学录,看到一个个熟悉的名字,脑海里掠过一张张老师们慈祥的面容,浮现一个个同学们稚嫩的身影,不由得又回到那段激情燃烧的峥嵘岁月。

## 学校印象

民国三十六年二月,一群初入世道的懵懂少年从隆治、隆中、中和、兴隆四个乡汇集到金石桥中西村太园垴上的新隆中学(其中一名女生来自新化县),组建成 5 班,全班学生共 56 人。当时的新隆中学分春秋两季招生,每次仅招一个班。是年九月,新招收的 47 名男生组建成 6 班。5 班和 6 班共 103 名学生,在那个风云变幻的特殊时代,一边学习和劳动,一边接受革命思想,秘密参加革命活动,两年后毕业正赶上共和国成立,大部分成为干部或继续深造,成为新社会建设的骨干力量,算得上隆回二中校史上非常特别的一届了。

印象中的学校并不宽敞,整个纵深大概不超过 150 米,宽度也不到 200 米。两座教学楼,主楼三层,一栋宿舍楼,还有教师宿舍、厨房和澡堂等,清一色的木质板房。窄小、破旧、木板房,足见当时办学求学的艰苦。但学校独立于山垴之上,远离闹市,加上云溪河水相伴,空气新鲜,校园内水塘绿树相映,环境优美,却是个教书育

邹建基,男,1933 年 1 月出生,隆回司门前人,副主任医师。1947~1949 年在新隆中学 5 班就读,后从军入伍,毕业于中国人民解放军第四军医大学,曾任隆回县卫校副校长、县人民医院副院长等职。

---

从 1958 年秋季起,隆回二中首次招收高中班,到 1961 年发展成为一所六年制完全中学。

人的好地方。学校办学规模不大，六个班级，200多名学生，教师不超过20人，开设国文、数学、理化、英文、历史、地理、音乐、图画、体育、劳作等课程。校长孙泽英（1948年前）、龚述畴（1948年后）是当时少有的开明有识之士，也是新隆中学创始人。教导主任蔡荫湘兼任化学老师，务实而勤恳。记忆中当时学校老师流动性较大，由于长期战乱，不少老师都是从外地聘来的，教不久又走了。即使这样，对于我们农家孩子来说，在那个战争动乱的年代，能够进入新隆中学读书绝对是一件非常幸福的事情。正值豆蔻年华的我们，年轻气盛，血气方刚，立志报国，对未来充满着希望。

## 革命摇篮

我们5、6班在校期间，正是社会动乱、民不聊生、国内反动势力猖獗的特殊时期。新隆中学这块文化教育阵地，进步与反动、革命与反革命两股势力的斗争异常尖锐。以国文教师陈义宽、校长龚述畴为首的地下党员，利用教学条件向学生输送新思想、新观点，把革命的种子播种在学生心田，新隆中学一度成为培养进步青年的摇篮。

陈义宽，字伯蓉，早年在广西柳州加入地下共产党，1947年下期受聘新隆中学任教，担任级任导师，教第五班国文和图画。他利用国文课讲习马列主义毛泽东著作和进步文章。给我们翻印毛泽东的《新民主主义论》《论人民民主专政》，列宁的《论帝国主义》，鲁迅的《痛打落水狗》，还有高尔基和托尔斯泰的一些作品。即使是图画课，也不忘传播革命思想，他辅导我们绘制具有进步思想的图案，如《补鞋匠》《苦难的小女孩》等。这些作品和图案，对我们的思想影响深刻，像明灯一样照亮了我们的心。

陈老师利用一切机会，宣讲时事。每次上国文课时总是说，我给你们讲5分钟的时事。结果10分钟过去了，有时几乎45分钟都用来谈论时事。他指导我们编印以"绿洲"命名的宣传小集子，刊登学生进步文章和美术作品，宣传革命道理、激励学生进步。1948年秋，学校举行双十国庆节庆祝会，陈老师编写了以《剃头》为标题的话剧，主题是肥头大耳的资本家是工人用血汗养肥的，工人一起反抗资本家。在陈老师的影响下，5班的同学热血沸腾，心潮澎湃，急于投身革命。5班学生刘焕保、尹鑑仁、刘一中和邹必卿等为老师送信、宣传，积极参加革命活动。

新隆中学校长龚述畴，也是地下共产党员，龚校长在那紧张而又复杂的社会形势面前，左右逢源。当反动头目进入学校要大家"效忠党国"时，他带头举手"宣誓"；当陈义宽老师进行进步活动时，他网开一面，暗予支持。1949年下期某个星期日，匪首陈光中派20人短枪队来校捉拿陈义宽，幸亏那天陈老师回家去了。龚校长一面接待

---

从1981年起，隆回二中开始办补习班，1981年招两个班，均为80多人一班。1988年政府扶植朝阳高考补习学校，二中逐渐停办补习班。

应付来捕者,一面暗中派人去鸭田给陈老师送信。陈义宽立即出走新化,投奔革命队伍。龚述畴还公开反对学生参加国民党的反动组织三民主义青年团(简称"三青团"),说你们的任务是学习,精力应全放在学业上,制止了学生参加"三青团"组织,为同学们解放后能够参加革命工作做好了政治准备。

## 恩师脸谱

在新隆中学的两年里,给我印象最深刻的还是陈义宽老师。陈老师在新隆中学任教仅两年半,却做了大量的革命工作,为祖国培养了大批人才。陈老师与我们离别60多年了,时光的流逝,仍洗不掉他留在我心头的印象:当时他而立英年,风华正茂,身材修长,目光炯炯;动作敏捷,头脑灵敏;主持正义,见强不弱;能言善辩,多才博学。在白色恐怖异常严重的国统区,陈老师思想如此进步,革命如此积极,胆量如此雄大,实在令人佩服。在和匪首陈光中、魏龙溪的斗争中,我们师生相惜,顽强斗争,上课的讲义,毁了又印,粉碎了敌人的一次次阴谋,也结下了深厚的师生情谊。

教学水平高、富有威望的老师属史地老师陈楚奇、国文老师张呤帆。陈楚奇先生博学多才,记忆超群,古今中外历史地理无所不知,他上课不用带书本和讲义,却娓娓道来,引人入胜,不能不让年少的我们崇拜。张呤帆老师则属于那种能说能写的老学究,一本《古文观止》背诵得滚瓜烂熟,上课时引经据典,文采飞扬,擅长诗词、书画,我还记得他为学校演出题写的对联——兴有余开开玩笑,观不足谢谢来宾。

在我的记忆中,还有一个"救命恩人"值得一提,他就是校医蔡建湘先生。1948年春季,我在校患了麻疹,蔡医生确诊我患了麻疹和肺炎,病重不宜留校,必须立即送回家中请医生治疗。学校决定请人用轿子送我回家,我在回家途中就已昏迷不醒,在家请医生治疗了一个月才康复回校。我很感谢蔡建湘老师认真负责的工作态度,没有他果断送我回家治疗,我可能病死在学校。蔡建湘是教导主任蔡荫湘先生的弟弟,是自学成才从事医疗工作的。他负责学生的一般医疗卫生保健工作,为人谦虚,工作谨慎,解放后任金石桥卫生院医师,深得群众好评。

## 济济人才

1949年10月隆回解放了,5班、6班也该毕业了。陈义宽老师随同解放军,回到金石桥税南冠群小学。陈老师身穿灰色解放军服,头戴八角帽,挎着手枪,兴致勃勃地对我们说:"同学们,隆回解放了,形势大好,你们赶快报名参干吧!"学校立即沸腾

---

1982年,隆回二中开始招收"文革"期间停办的初中班,首批招收两个班,薪火相传编号为61和62班。

起来，受到先行教育的 5 班、6 班的热血青年，排除外界阻力，毅然报名参干。以 5 班学生为主体共 56 人报名参干，其中尹鑑仁、王旺发等 7 人参加地方征粮工作，其余赴六都寨参加地方干部短训班，学习半个月后，分配去各条战线工作。我们在后来的聚会中统计，5 班的 56 名同学仅两人因特殊原因没参加工作，96% 的升学就业率，这个纪录恐怕后来者都无法打破。

毕业后，我先是参加了短期征税工作，后于 1950 年进入新化学习了一段时间。1951 年，又由学校保送到第四军医大学学习，毕业后长期从事医疗卫生工作。5 班毕业后，同学们基本上成为了新社会各行各业的骨干，如教育界的欧阳熙、邹必卿、彭树深、邹术顺等；在医疗卫生系统有李传保、魏介民、彭生力等；政府公务系统有邓嵩山、尹鑑仁、刘焕保；工交经贸系统的欧阳刚、易自豪、魏守宇等。比较突出的同学有：先后担任隆回县人民委员会县长、邵阳市农校校长、邵阳地区纪委正处级纪检员的邓嵩山；先后担任隆回县委组织部长、县人民委员会县长、县委书记、娄底地委副书记等职的魏先来；在广州某大学任教的硕士生导师欧阳熙；曾任隆回县人民法院院长的彭南益；在邵阳市红极一时的大律师陈丘民；等等。

从 1949 年毕业到现在，离开母校已经 64 个年头了。虽然我已是行将就木的八旬老人，但我在新隆中学生活学习的点点滴滴，仿佛就在昨天。在那烽烟四起的战乱年代，我们学文化、搞生产、斗土匪、闹革命，在新隆中学接受革命洗礼，度过了一段激情燃烧的峥嵘岁月，它为我以后走向新生活储备了取之不尽的能量。如今的隆回二中，已是一所环境优美、师资雄厚、设备先进的现代化学校，愿我们的下一代不忘历史，珍惜现在，沐浴着新时代的阳光茁壮成长。

---

1984 年 11 月 22 日，默深文艺社（后称默深文学社）正式诞生。名誉社长为宋鹤鸣，社长为聂松山，肖新平担任文艺社社刊《凤声报》的首任主编。

# 从艰苦中磨砺出的一代人

◇魏 维

魏维，男，1945年10月生，隆回金潭人。1959～1964年先后就读于隆回二中初中27班、高中11班，原供职于贵州省六盘水市委宣传部，任研究室主任、中共六盘水市委机关刊物《当代六盘水》常务副主编。已出版诗词集《独行吟》、戏剧集《双荐贤》、散文集《人生情韵》、言论集《长谈短论》，系中国戏剧家协会会员、贵州省作家协会会员。

1959年的秋季，在"大跃进"的战鼓声中，隆回二中迎来了又一批初中新生。那年我14岁，同毕业于金潭公社石山湾完小的十几名同学，怀揣着录取通知书，挑着行李，打着赤脚，走了三十多里才来到沿河的六都寨街上。辰水河宽阔清幽。我们小心翼翼地走过河上窄长的木桥，傍晚时分，终于来到了隆回二中，看到崭新的校园环境，那份新鲜和兴奋感顿时驱走了满身的疲劳。

当时的隆回二中，前临辰水河，后倚米珠峰，平坦开阔，清静优雅。广阔的菜地和操场，低矮的四季青和高高的白杨树，灰砖青瓦的平房教室，建筑对称的校园格局，藏书丰富的图书馆，和蔼博学的老师，给我留下了美好而深刻的印象。

我们那一届学生应该是幸运的，进校就吃"国家粮"，后来又成为"文化大革命"前参加国家统一高考的最后一届高中毕业生；但也是最艰苦的，遇上了国家三年经济困难的"苦日子"时期。

## 师优条件好　学习气氛浓

1959年是国家实行"总路线、大跃进、人民公社"社会主义建设总路线，跑步进入社会主义的第二年，全民大炼钢铁，全民吃公共食堂，全民军事化。那时，国家经济状况还是不错的，中学生吃的都是国家粮，平均每人每月30斤大米。年龄小、个子小的同学每月只吃27斤，其余的照顾高中部那些大个子同学，大

---

娄深文艺社宗旨是：活跃第二课堂，发展文学特长，培养文学人才，繁荣校园文学，促进中学语文教研教改，扎扎实实搞好文学素质教育。社刊《风声报》曾多次荣获全国优秀社刊奖。

家都没有怨言。每月自交 6 元伙食费,一天三餐,每星期都要"打牙祭"。家庭经济困难的,每学期还有 10 至 30 元的助学金。同学们个个精力充沛,生机勃勃,学习气氛很浓。

国家建设"大跃进"的同时,学校教学也搞"大跃进",即所谓"高速度、高质量"的"双高课"。比如,教语文课,每个单元的课文,分不讲、略讲、精讲。这种教学方法,对提高阅读能力还是颇有效果的。那时中苏关系还没完全破裂,学生成绩计分还是采取苏联的 5 分制。2 分为不及格,3 分为及格,4 分为优秀,5 分为优异,称为"红 5 分"。

我们这一届共分 25、26、27、28 四个班,每班大概有 54 名学生。我所在的 27 班是重点班,和其他三个班不同的是,教学方法略有不同,所设课程多了一门俄语。教俄语的老师叫朱郁华,广东人,做过翻译,我还看到过他翻译的一本苏联反特小说。朱老师三十多岁,中等个子,肤白而文静,脸上有点络腮胡子。他穿着很讲究,有银灰色、藏蓝色两套呢子中山装,上课、出外换着穿,笔挺笔挺的,加上俄语教得好,大家都对他肃然起敬。可惜他的双腿患有严重的风湿病,有时要由其他班那些高大的男同学把他从宿舍背到讲台上才能上课。语文老师是黄乾卿,中等敦实的身材,圆圆的脸庞上总含着真诚的笑容,他那洪亮清晰的声音,严谨的教学态度,让我们钦佩不已。周鑫老师是我们的班主任兼历史老师,个子较矮,戴着眼镜,态度严厉,从他的眼镜片里,时不时露出一道逼人的寒光。数学教师叫李钟魁,说话清脆悦耳,抑扬顿挫,时常带着微笑。体育老师叫刘吉成,经常一副运动员的打扮,上课时教我们搞队形操练,跳高、跳远、赛跑、爬吊杆、练单杠、双杠、俯卧撑、打篮球、乒乓球。我特别喜欢打乒乓球,后来读高中时,我成为二中乒乓球校队七个队员之一,直至我参加工作后,打乒乓球成为我唯一的体育爱好,这和刘老师有着密切的关系。

由于学校有着良好的学习氛围和较强的师资力量,同学们读书很努力,我也很勤奋,人人比学赶超。在第一期的期末考试中,我七门功课成绩都是红 5 分,夺得满堂红。学校叫我写学习经验总结材料上报邵阳地区,同时还得到 25 元的助学金,基本上解决了一个学期的伙食费,对一个困难家庭来说,无异于雪中送炭。

然而好景不长,仅仅一个学期,黄金般的读书生活就悄悄地过去了,等待我们的是饥饿,是超强度的体力劳动,是意志的严峻考验。

### 下乡支农业　忍饥度难关

从 1958 年开始的"大跃进"虽然受到人民的质疑,1960 年却还在继续着。全国人

---

由于六都寨淘金导致学校地面下沉,隆回二中于 1986 年 8 月南迁花门,即今天的隆回二中所在地。

民大炼钢铁,农村劳动力放下生产去炼钢。斯大林逝世后,中苏关系开始破裂,赫鲁晓夫撕毁了中苏友好合约和所有援建项目合同,撤走了所有援华专家,还逼迫中国还账。老天也助纣为虐,连年干旱,国家经济一度处于最困难时期。基于以上原因,工厂下马,工人下放,凡是年满16岁的初一学生也一律下放农村去支援农业。我们年级由原先的四个班缩减到两个班,只剩下27、28班了。那些被下放回家的同学含着眼泪依依不舍地离开了学校。直至现在,他们和我一谈起这件往事仍叹息不已。从此,我们的国家粮也停了,全部要自己从家中带粮来校。每人每天交6两大米,一日三餐,每餐2两,不足部分由自己加放红薯等杂粮弥补。挨饿的三年苦日子开始了。

1960年4月,全校师生除了留校的,其余人到各个大队去支援插秧。我们27班分在六都寨附近,我所在那个组分在公路大桥旁边的一个生产队。湖南的四月,阴雨连绵,还有几分寒气,为了早稻抢"五一",我们天蒙蒙亮就起床,戴个斗笠,沿着山脊,来到山脚下的水田里插秧。为了加快进度,公社号召开展劳动竞赛,凡是一天插完一亩田的同学都要表扬。不知是根据什么条件,老师点名要我参加,那天我拼命地干,到傍晚时终于完成了任务,累得我直不起腰来。回校时,公社给我颁发了一张"乙等劳动模范"的奖状。那时粮食虽然困难,但生产队的大娘大爷们对我们非常关心,一天三餐大米饭,让我们吃得饱饱的,有时还要搞点泥鳅给我们改善生活。通过整整一个月的紧张劳动,插秧任务基本完成了,每个人带着满身的疲劳和虱子回到了学校。

支农队伍陆续回校,我们回到学校时,看到留校的及已回校的师生们在校医廖医师的带领下,正在紧张地开展灭臭虫的卫生运动。每个宿舍的床爬满了臭虫,我们叫它"坦克"。学校有一个大大的水泥池子,把所有的床轮流放在池子里,装满水,然后在底下烧起熊熊大火,把臭虫煮死。一个月的农村劳动,由于出汗,日晒雨淋,没衣服换又没洗澡,每个人的身上、头上都长满了虱子。虱子又黑又大,有时甚至从衣服中爬了出来。头上的虱子用手一挠,就会纷纷往下掉,叫人恶心。我们只好将衣服丢进煮臭虫的池子里煮,用杀虫的"666粉"洒在头发中以杀虱子。大概忙碌了一个多星期,这场杀臭虫、灭虱子的紧张战斗才告结束。到了七月,我们又下农村支援"双抢",每天天没亮就起床,顶着烈日,在烫脚的水田里割禾、插晚稻。

劳动并不可怕,可怕的是饿肚子。每餐二两米,自加几个红薯,实际上只有半饱。白天上课,倒也不觉得怎么饿,可下晚自习后,回到宿舍后却饿得慌,肚子叽咕叽咕地叫,翻来覆去睡不着。那又有什么办法? 只好硬挨着。星期六放学后,我们一般都要请假回家去拿父母从牙缝中节约下来的一点粮食和伙食费,星期天晚自习前再赶回学校。若是没回去,就在学校图书馆看看书,或者在操场打打球。饿了,身上若还有

---

隆回二中校歌诞生于20世纪80年代,由马轶麟作词、王爱宏作曲,气势豪迈。该歌曲的开头是:辰水河边,聚集着一群炎黄的子孙,孟母三迁,把校园移近桃花小镇……

几个铜板,就到街上花五分钱买碗米豆腐吃,算是最大的奢侈了,至于面条,那是吃不起的。秋天,生产队地里的红薯挖完了,到星期天,我们就约上几个同学,背上书包和锄头,到几里路外的双江口刨红薯。有时翻了一大片地,也找不到几个,在路上就啃完了。若是幸运,可以刨到半书包,除了当时自己充饥,剩下的拿回学校与好友分享,倒也乐在其中。由于长期营养不良,我15岁的时候体重却还只有50斤,一直在饥饿中求学到1962年初中毕业时,生活才稍微有所好转。

## 勤俭办校　自力更生

为了渡过难关,学校响应党中央号召——自力更生,勤俭办校。粮食不足,就用瓜菜代。学校前面是大片的沙滩地,每个班都划分有一片菜地,班上又将土地分到每个组。每个星期都有两节劳动课,每当劳动课时,以组为单位,大家扛着锄头、抬着粪桶去种菜。根据季节,种上白菜、菠菜、厚皮菜、萝卜、芥菜、南瓜、冬瓜、长生豆、四季豆等各种蔬菜,成熟了,就采下交给食堂过秤登记。蔬菜成长的时候,大沙滩成了一片绿色的海洋,那种热情和气氛,颇有点像当年的南泥湾大生产运动。到了秋季,我们就上山摘栗子,搞"小秋收"活动。采回的栗子,退了壳后,用石灰水浸泡,尽量去掉其苦涩味,然后用石磨磨成浆,再加工做成栗粑。放寒假的那天,大雪纷飞,我们上桃花山栽果树回来,手都冻僵了,在吃晚饭时,每个同学却从食堂领到一个热乎乎的大栗粑,同学们拿起一吃,连说"好呷好呷"。有位高中同学高兴得念起了快板:"周师傅,做栗粑,栗粑真好呷。"同学们也跟着喊起来,平时严厉的周师傅这时也高兴得笑了起来。我闻了闻,好香,但我舍不得吃,放进书包里带回家给了父母,一家人一起分着吃,连从不夸什么好的父亲也说"好呷"。

食堂里的师傅们还喂了几头猪,逢年过节杀了打牙祭。学校千方百计改善学生生活,每月或许打一次牙祭,或许吃一次香喷喷的腊肉黄豆蒸糯米饭。一个中秋节,学校给每个同学发了四个月饼,皮子薄,里面全是红糖,吃起来又香又甜。我们一边看电影《刘三姐》,听着那美妙的歌声,一边吃着月饼,心情愉快极了。在鸡鸭鱼肉不觉香的今天,当时的大栗粑、腊肉黄豆蒸糯米饭和中秋月饼给我留下了难忘的印象,是我梦寐以求的美味佳肴。

学校没有礼堂,只有一座供师生吃饭的食堂,有时也临时用来集会、演出,但太窄小拥挤。为了适应发展的需要,学校决定修一座大礼堂。为了节省经费,全校同学参加义务劳动,我们担负的任务是挑砖、挑沙。砖厂在辰水河的对岸,离学校至少有三

1994年,隆回二中教室开始摆放电视机,同学们的课余生活变得更加丰富了。

里路,即使肩膀肿了,我们都咬着牙根,一直坚持到礼堂峻工。礼堂很大,主席台上可进行大型演出,台下用于学生吃饭、打乒乓球等体育活动。当高大雄伟的大礼堂屹立在眼前时,我们高兴得流下了激动的眼泪,因为每块砖都浸透着同学们辛勤的汗水。

### 生活丰富多彩　学生全面发展

在20世纪60年代,隆回二中和隆回一中是全县仅有的两所完全中学,且有"南理北文"之说。即是说,北面的二中文科成绩好,南面的一中理科成绩好。这个评价是否准确,我没做过考证,但两所学校都有明确的地域定位:地处六都寨的二中主招六都寨、司门前、高坪、金石桥、小沙江北面5个区的学生,地处县城的一中主招紫阳、周旺、滩头、荷香桥、横板桥及桃洪镇南面6个区镇的学生。"大跃进"中,每个区都办起了初中,只有二中和一中是全县两所完全中学,全县初中招生要由二中或一中先挑选,所以能够进入二中或一中读书是非常幸运和自豪的,因为无论是管理经验、师资力量,还是学校环境都是区办中学所不能比的。

当时二中校长是宁峥嵘,个子不高,鼻子有点勾。他最大的特点是演讲不用讲话稿,口若悬河。副校长是梅俊琳,端庄富态、文静温和。教导主任是刘有胤,个子矮胖,两眼有神。总务主任是史占祯,精明干练。初三时,教师进行重新配备,班主任周鑫、语文老师黄乾钦、数学老师李青平、物理老师肖治国、化学老师唐智超、俄语老师刘秀云、音乐老师肖乐之、体育老师刘吉成,负责我们的各科教学,师资队伍可谓阵容齐整。虽然老师优秀,但同学中却有几个爱给老师取绰号、搞恶作剧的调皮捣蛋者。周鑫老师对学生管理严格,就给他取了个外号"周扒皮"。李青平老师爱唱京剧,笑起来有点像电影《林海雪原》中的土匪头子座山雕,于是给他送了个绰号"座山雕",气得李老师在课堂上把大家痛骂了一顿。唐智超老师个矮而体宽,当讲到碳酸钙时用土话解释说,"碳酸钙就是'枪下固'(青石头)",引得大家哄堂大笑,"枪下固"也就成了唐老师的绰号。女老师刘秀云年轻漂亮,体态丰满,皮肤白里透红,教读俄语单词时,有些年纪稍大的男同学就故意把俄语单词翻成下流话来读,经常气得刘老师满脸通红。当然调皮的同学仅仅是几个,整个班风、校风、学风都是很好的,当然也是保守、封闭的。那时候,男女同学之间很少说话,更说不上谈情说爱,只有纯洁的同学感情,不像现在这样开放。

一个学校有了这样好的领导班子和一批得力教师,教学工作扎扎实实,业余生活也丰富多彩。班上有班报,学校有校报。每月放一次电影,每学期有一次师生文艺晚

---

隆回二中课间操在省内外享有很高的声誉,全校近5000学子,在5分钟内赶到操场,前后左右对齐,横竖都成一条直线。做操时,动作整齐划一,气势磅礴,被各级媒体誉为"湖南第一操"。

会和体育竞赛活动,这些活动都是由校学生会和校团委组织开展的。学生会和团委的成员主要是由高三和高二的同学担任,连我们初中各班的少先队辅导员也是挑选高中部的优秀团员担任。我们27班的少先队辅导员就是后来成了我的师母——高中时的班主任刘再庭老师的夫人、高四班的张宣芸。我还记得当时学生会和校团委的几个主要负责人:学生会主席张甫生、文娱部长阳恩爱、团委书记刘仕英、宣传部长刘启后。50年代末既是抓经济的"大跃进"年代,也是抓阶级斗争的年代,学校开展"忆苦思甜"活动,教唱《不忘阶级苦》的革命歌曲,开展写民歌和写家史、村史的万字写作活动。暑假中,我就在油灯下写了一篇万多字的村史,受到老师的表扬。搞体育竞赛和文艺节目也有点"大跃进"的气势磅礴,如万米赛跑、百人二胡合奏《东方红》。我坚持参加了万米赛跑活动,在百人二胡合奏《东方红》中也充当了一回南郭先生。

最考验人的是上早操。每天天不亮,急促的集合铃把你从梦中惊醒,你得毫不犹豫地爬起床,穿好衣服,跑步上操场集合做操。除了下大雨,哪怕是大雪飞扬,还是严寒霜冻,都要坚持做操。下操后,急急忙忙到学校吊井边打水洗脸,准备上早自习,紧张而活泼,颇有军营生活的气息。到了期末考试前夕,校园里各个角落都弥漫着读书声,大家都在紧张地复习迎考。考完后,班主任老师将各科考试成绩统计排队予以公布。那时中苏关系已完全破裂,学校也废除了5分制,恢复采用中国传统的百分制。我是班上学习委员兼语文课课代表,成绩一贯较好。由于我平时爱看课外书,占去的时间太多,数学、物理成绩下滑,在三年一期的期末考试成绩排名中,十门功课平均只有93分,我落到了五六名。

学校图书馆是我们晚饭后和星期天最爱去的地方。图书馆里有各种书报杂志,每个同学有一本借书证。记得当时我看得最多的杂志有《人民文学》《民间文学》《湖南文学》《萌芽》等。我最喜欢看的是长篇小说,由于《三国演义》等古典小说我在读小学时就基本看完了,就转向看近现代长篇小说,像《林海雪原》《保卫延安》《青春之歌》这样的长篇,每本书我最多三天就看完了。当时盛行的国内外长篇小说,我一目十行地浏览了一遍。看课外书的狂热虽然影响了我的数理成绩,但为我日后走向文艺创作道路奠定了基础。尤其是苏联奥斯特洛夫斯基的自传体小说《钢铁是怎样练成的》对我影响最大,主人公保尔那句名言对我的人生起到了至关重要的作用:"人的一生应当怎样度过?当你回首往事的时候,不为虚度时光而羞耻,不为碌碌无为而悔恨。"这句座右铭,一直是我战胜病魔、克服困难、实现人生理想的巨大动力。现在一想起,我就对母校给我提供了这样好的读书环境而充满了感激之情。那时,我们除了看课外书,还喜欢到六都寨新华书店买各种歌片。歌片只有烟盒那么大,像一张照片,装

---

2001年,隆回二中以邵阳市第一名的成绩通过验收,成为邵阳市重点中学。

帧漂亮。如《天涯歌女》《四季歌》《洪湖水浪打浪》《西边的太阳快要落山了》《十送红军》《游击队之歌》《婚誓》《小放牛》及《刘三姐》等电影歌曲。同时还有四大古典文学名著中的人物画像集,一版一版的。每张歌片或一版人物画,大概是每张两分钱。这些东西看似是小孩玩的,但无形中增强了我们对音乐和文史知识的兴趣。

### 大浪淘沙炼真金　昔日同窗情永在

1962年7月,我们毕业了。当时,国家正处在经济政策"调整、巩固、提高"时期,隆回二中高中部仅从全县统招了第11、12两个高中班,我在11班。想起当年进初中时,共是四个班200余人,由于1960年上学期下放了一半,加上有些同学因过不了苦日子退学回了家,毕业时,27、28班两个班仅剩下80多个学生,考进高中的约20人,占1959年学生数的十分之一,可谓大浪淘沙,令人兴叹。

转眼五十一年过去了,当年的年轻学子,如今已是古稀之年;当年的老师,恐怕大多早已作古。昔日的同窗,有的考上大学,成为国家的栋梁之才;有的通过自学奋斗,成为各行各业的骨干;有的在农村,勤劳致富成为富翁。不管曾经如何,我们都是隆回二中培育出的62届初中同学,是从国家三年困难经济时期磨砺出的一代人,我们没有被暂时的困难所吓倒,没有辜负母校的培养教育,我们感到自豪和骄傲。

每当我想到这些,我就想起当年"同学少年,风华正茂;书生意气,挥斥方遒"的峥嵘岁月,想起同学们之间真诚的友谊。现在我们都已近古稀之年,同学们之间却难以取得联系,更难谋面,但我还依稀记得27班一些同学的名字,如后来在外交部工作的孙中瑞,任过隆回县副县长的范竹英,任过县委办主任、邵阳市委督查室主任的王国清,省刊编辑、作家叶剑,考入大学的史正球、罗先华、谭伯坤,从事教育工作的马忠意、聂江声、杨崇德、阳晃东、阳征云,女同学谭若兰、焦香爱、孙香梅及能工巧匠魏智先等。

"沉舟侧畔千帆过,病树前头万木春。"我们曾携手度过了艰苦的不平凡的读书岁月,在祖国前进的脚步声中一起茁壮成长,在人世沧桑中一起变老,但我们的情谊永在,对母校——隆回二中的情谊永在。我多么希望在2020年实现全面建成小康社会的"中国梦"时,我们还能有机会聚集在一起,站在辰水河畔,皓首银须,孩童般地回忆起当年的学生生活,让愉快的笑声永远飘荡在辰水河畔的上空。

---

最新版的隆回二中校歌诞生于本世纪初,由郭龙作曲、集体作词,这首校歌一直传颂到现在。该歌曲的开头是:资水河畔,魏源故里,桃李芬芳,人杰地灵,啊!这就是我们美丽的校园……

# 扭曲年代的二中往事

◇刘述坤

刘述坤，男，1956年9月出生，隆回六都寨人。1972～1973年就读于隆回二中高41班，担任过民办教师，南下打过工，干过苦力，当过村主任，开过民办学校，现任教于隆回东兴中学。

## 学制要缩短　教育要革命

"文革"期间，根据毛主席"学制要缩短，教育要革命"的指示，小学到高中的十二年制改为九年制，即小学由六年改为五年，初中由三年改为两年，高中也由三年改为两年；原有的秋季招生改为春季招生。1970年，首届春季招生成了"文革"时期学校复课的标志。作为1972年春天入校、1973年冬天毕业的学生，我们也因此成为隆回二中第三届两年制高中生。

记忆中，那是1972年春节刚过的某一天，一群叽叽喳喳的少男少女，怀着强烈的好奇心和新鲜感，跨过辰水河上的那座木桥，齐聚六都寨水库大坝坝口下，拉开了在隆回二中高中生活的序幕。学校那时的高中招生，每年6～9个班不等，每班一般不超过60人，我们这届的班级序号为39～44，共六个班，我被分在了41班，时任校长金步云(后任县教育局局长)。此时的二中在我印象中还是初中高中并存，初中只剩最后一届59班和60班；高中招生是划片(公社)分指标，那几年二中主要招收六都寨、司门前和滩头等地的生源。学生由公社革委会和大队干部按阶级成分(贫下农、中农)推荐入学，贫农子弟一般是优先推荐的，地主和富农子弟基本上被拒之门外。

在那个社会政治生活扭曲的年代，尽管隆回二中受到了"文革"的波及，但搞好教学、提高质量，依然是学校的中心工作。

默深中学创办于2003年，当年隆回二中晋升为湖南省重点中学，根据省教育厅的要求，隆回二中剥离了初中部，单独设立默深中学。

## 从未觉得艰苦的艰苦岁月

隆回二中坐落在六都寨镇洪江村,与镇中心隔辰河相望。去六都寨街上,跨过木桥再走五六分钟的样子便可到达。若是发洪水,学校和镇中心竟成"海峡两岸",冒险跨过木桥,可能会被大水冲走,据说有同学和家属就曾被卷入发威的辰河中。

除六都寨公社附近的同学,一般同学都读寄宿。米是自己从家中带去并过秤交给食堂,学生有吃二两一餐和四两一餐的,二两一餐的放在一蒸笼,四两一餐的放在另一蒸笼,饭钵子由学生自带,五花八门。当时的生活成本并不高,菜金每个月交3元,学费每期交10元,即使这样,学校里交不起学费生活费的大有人在。每个班在校园内分了几片菜地,师生自己种菜,收获后统一交给食堂,所交的菜都要过秤计价做账。学校利用潲水、菜叶以及农场种的一些红薯、小麦等做饲料,还养了一些猪,用来改善师生的生活。那时我们一个月吃一顿肉,叫作"打牙祭"。"打牙祭"之前,食堂早早地在黑板栏内写出公告,大家一时兴奋不已,充满期待。正式就餐时,同学们三下五去二就把好不容易找出的瘦肉给吃光了,肥肉也都成了大家的抢手货。到了中秋节,学校往往会宰杀一群鸭,每班安排3~4人帮厨,分任务到班把鸭子处理干净。过阳历年的时候,学校一般会专门杀两三头猪,这要算隆回二中当时最丰盛的一顿了。

我们每天一般只吃两餐饭,家庭条件稍好的,每餐吃四两米。我班大水田的廖水长及白马山上的一些同学一餐只吃二两米,春夏在钵子里加点干红薯丝,秋冬就在蒸笼内用自己织的伞袋蒸几个红薯,这种情况非常普遍。有时,附在红薯上的蒸汽水滴在下面的钵子里,常使下面的饭变成紫色或者泡饭。每到吃饭的时候,大部分同学肚子里早就唱了一出"空城计",听到吃饭铃声一响,就以百米冲刺的速度冲进食堂,去蒸笼内拿取米饭和红薯,也常免不了出现自己蒸的红薯被别人拿走的情形,但菜是要等同学到齐后,席长才能分发的。

我们那时一周是上六天课,星期六下午回家,星期日返校。学生基本上都是步行回家,至于滩头、大水田、司门前等离校比较远的同学,他们往往一个月只回去一次或两次,至于钱粮,一般是家长送到学校来。现在回想起来,在二中的生活苦是苦了点,可那时的我们却一点也没觉得艰苦。

## "五·七"办学方针

1966年5月7日,毛泽东审阅军委总后勤部《关于进一步搞好部队副业生产的报告》后,给林彪写了一封信,这封信的内容后来被称为"五·七指示"。信中对学生的

---

2003年7月10日,隆回二中举行湖南省重点中学授牌仪式,正式成为湖南省重点中学(现统称为湖南省示范性普通高级中学)。

要求是：学生以学为主，即不但学文，也要学工、学农、学军，也要批判资产阶级……这成了各个学校的办学最高指示。

  我们读高中的时候，其实早已结束了"批斗"运动，学生重新走进了课堂，开始学习文化知识。当时开设的课程只有六科，即政治、语文、外语（英）、数学、物理、化学。英语教材非常简单，高一第一期的第一课，就一句话：Lesson One: Long live, Chairman Mao. 至于历史、地理、生物，很奇怪在我们这届没有开设。"复课"后的隆回二中，教学还是抓得很严的，高一第一期中考后，学校根据学生的成绩高低，将原来的六个平行班改成四个提高班和两个补课班。其中43班全部由5～6科不及格的同学组成，也是成绩最差的一个班，高39班学生一般是3～4科不及格的，这两个班都是补课班，有时星期日也得补补课。在我就读的这两年中，各科教学都抓得很紧，有的老师甚至认为恢复到了"文革"前的教学状态，我也因此学了一点东西，才不至于在后来的教学中误人子弟。学校每期都会举行各类竞赛，作文竞赛、数学竞赛早已成了一项常规工作。在各项竞赛及考试中，我都名列前茅，其中高二数学竞赛我以47分获得第一名（仅3人得分）。数学竞赛是教研组长谭曙辉老师命的题，其难度相当于后来的奥数，他因此对我印象深刻。毕业11年后，从未教过我的谭老师见到我竟能说出我的名字。

  在高二上学期，学校组织一个文学小组赴隆回氮肥厂进行为期一个星期的学工和采访活动。我们一行包括领队共20余人，背着背包住在城西原邵阳师专校内，即现在的隆回二中，当时学校会议室的椅子跟后来六都寨电影院的座椅一样，未见过世面的我们感到格外新鲜。在学工采访期间，我们一起下车间参观，与工人们同餐交谈，虚心向他们学习。回校后，学校将我们写的文章编成一本《氮肥工人赞歌》，参与人员每人发了一本。

  隆回二中的学农基地在荆溪水库坝前的山坡上，足足有三四十亩。学校距该基地有四五里路程，其中有一里路是陡坡，爬上去格外吃力。那时，我们每个星期有一天的劳动课，同学们从家里带来了畚箕、锄头前往学农基地参加劳动，力气大的男同学两人一组去挑大粪，女生及小个子男生常常挑点土杂肥。大多数来自农村的学生都不怕苦、不怕脏，基本可以出色地完成劳动任务。在老师中，我们最佩服的是教物理的廖名齐，他个子高力又大，不怕苦不怕脏，一度成为大家学习的榜样。学农基地的产品最终都得交给学校，学校按价计算各班的收入，最后分到各班作为开支。

---

  2004年高考，隆回二中取得史上最好成绩，以一本上线159人，二本以上上线356人，名列全县第一、全市第二，其中史兴清、覃旺军分别考入清华大学、北京大学。

## 英雄交白卷 好汉打零分

1973年暑假,东北上山下乡知识青年张铁生被推荐去参加大学招生考试,张铁生在试卷上写下"英雄交白卷,好汉打零分"十字便交了卷,当主考官询问他时,他说:"我把所有的精力都花在农活上,哪有时间去看什么书?"张铁生因而成为全国知识青年与农民打成一片的楷模,并被大学录取。全国教育界一片哗然,质疑声此起彼伏:老师还要教什么书?学生还要读什么书?1973年下学期开始,教育又再一次落入低谷,考试只是一种形式,开卷、抄袭,比比皆是。

隆回二中自然也受到了这股风气的影响。我印象最深的是当时的数学、物理考试,做一个泥巴工具模型便是20分。由于不以考试来考核大家所学,我们这一届学生全部发了高中毕业证,上届的学长们就没有那么好的运气,据说有好几人因成绩差未发毕业证。由于学制混乱,1974年春季入校的那一届学生读了两年半,到1976年上半年才毕业,不过,自那以后又改为秋季招生了。

我们毕业的时候,高考制度早已废除,同学们上大学全部是靠推荐,通过推荐上大学的学生被称为"工农兵大学生",又名"工农兵学员"。那时的推荐上大学,主要看的是家庭出身和关系,贫农出身且家里有人在大队或公社担任干部的,被推荐的可能性非常大。还有一部分同学,毕业后就入伍从军,开始了另外一种生活。我从隆回二中毕业后,由于成绩优秀,得以成为一名民办老师,一边教书一边务农,这也是很多学习功底扎实的同学毕业后的一条出路,这些人有的在1977年恢复高考后成为一名高龄大学生,有的通过民办转公办老师的选拔正式成为一名人民教师。更多的人毕业后扎根农村,靠种田或做手艺谋生,改革开放后,有一部分则成了新时期的第一代农民工。

1966年5月至1976年10月在中国发生的"无产阶级文化大革命"运动,导致了政治扭曲、社会动荡。在这样一个特殊的年代,我们还是幸运的,因为我们在"复课"期间进入隆回二中,不但学习了文化,还通过学工认知了社会,提高了写作水平;通过学农煅练了身体,继承了艰苦奋斗、自力更生的优秀品质。

---

2006年10月3日,隆回二中校友助学会正式成立,这是由二中校友发动起来对贫困学子进行扶贫帮困的一个组织,成立当天就募集善款90万元。高63届校友欧阳征初当选为理事长。

# 岁月如歌　同窗难忘

◇胡忠桂

胡忠桂，男，1965年12月出生，隆回县羊古坳乡人。1981～1984年就读于隆回二中，高一、高二在102班，高三在104班，现为隆回九中教科室主任。

岁月如梭，如《金梭银梭》，三十年转瞬即逝，只有米珠峰上《小草》依旧苍翠，辰水河畔《泉水叮咚响》，好像在日夜讲述着我们在二中那段《光阴的故事》。

岁月如歌，记述了我们曾《在希望的田野上》耕耘，在知识的海洋中寻觅《幸福在哪里》，期待《年轻的朋友来相会》，多想重温母校二中《校园的早晨》。

是的，只要一想起高中生活的点点滴滴，那些歌的旋律就在耳畔回响，时而慷慨激越，催人奋进；时而柔情似水，令人沉醉，就像《我的歌声里》唱的："你存在，我深深的脑海里，我的梦里，我的心里，我的歌声里。"

## 在希望的田野上

1981年9月，正是高中两年制向三年制过渡的时期，我们进入隆回二中就读。那一届105班、106班是"快班"，只要读两年；而102班、103班、104班是"慢班"，要读三年。毫无疑问，"快班"几乎集中了当时隆回北面的所有一流高手，如后来考上清华大学的陈东军和蔡水平，事业有成的典范有廖丰湘、欧阳中万、罗孝贵等。当然，"慢班"也有很优秀的学生，如后来考上哈尔滨工业大学的魏凯明、现任职于长沙理工大学的教授邹新树及长沙有色金属设计院的邹建忠等同学。我就读的中团中学有160多个毕业生，考上二中的只有3个人，其中彭国机在"快班",我和彭鹰两个在"慢班"。

　　就在这一时期,农村发生了翻天覆地的变化,《在希望的田野上》描述了我们家乡全面开展家庭联产承包责任制以来生机勃勃的喜人场面。新农村、新生活、新时代和充满希望的未来鼓舞着全国人民,这首歌让词曲作者晓光、施光南成为音乐界的大家,也让演唱者彭丽媛成为了家喻户晓的明星。当时同学们的学习和生活节奏完全与《在希望的田野上》合拍,斗志昂扬,充满希望。学校团委书记尹爱民在高音喇叭里第一次教我们唱这首歌的时候,大家都觉得热血沸腾,兴奋异常,就像实现了理想,触到了未来,胸中点燃了一把火,浑身有使不完的劲。那时虽然生活很艰苦,一个星期才能吃那么一次也就大约一两肉,但往往一点点南瓜糊糊也能让我们将一餐饭吃得很香。那时交通不便,每个月回家的时候都是步行,大部分人要走几十里路,从几百人的大队伍集体出发,到后面只有几个人同行,从六都寨的大道到乡间的小路,从正中午明媚的阳光到夕阳西下夜幕降临,只要一唱起这首歌就觉得精神焕发,仿佛千里万里也可以踩在脚下。

### 万里长城永不倒

　　1983年,105班、106班以优异的成绩毕业了,学校将102～104班进行了整合,只保留了103班和104班两个理科班,那些读文科的同学都转到隆回五中读书去了(当时二中没办文科班),班上人数增加,读书气氛更浓。我们104班班主任黄志明老师运用数学原理说:先要确立一个目标,立志脱下"草鞋"穿"皮鞋",然后以直线距离向目标迈进,力争跨长江过黄河;英语老师庞求娥用洪亮的声音告诉我们要高声背诵英语单词和语法,持之以恒一定会有效果;化学老师胡绍轩、物理老师廖明齐充分运用了理科的逻辑思维说明了考大学的重要意义;语文老师范善成则利用板书的机会教我们练字,利用写作文的机会与我们谈理想和文学,使同学们获益匪浅。

　　就在这关键时期,很多同学的注意力被电视剧《霍元甲》吸引过去了。那个时候,电视机还是稀罕物,消息灵通的庞卫平同学告诉我们,整个六都寨街上当时才那么几台12吋的小电视机,财大气粗的隆回造纸厂在大礼堂里安放了两台比较大的电视机,也才14吋,而且还是黑白的。造纸厂的孙秋其同学因此成为我们追捧的对象,大家每天都期待他绘声绘色地讲述津门大侠霍元甲以及他的徒弟陈真如何以神秘武功闪亮登场……终于,我们几个成绩较好的同学也扛不住诱惑,利用周末到造纸厂大礼堂去体验了一回。

---

　　2010年,隆回二中开始启动校园西区建设。目前,塑胶田径场完成招标,新的田径场与体艺馆也即将建成,昔日的橘子园如今迎来大发展,这将又是学校发展史上的一个里程碑。

随着主题曲《万里长城永不倒》的旋律响起,电视机前早已水泄不通,里三层外三层挤满了人。"昏睡百年,国人渐已醒……万里长城永不倒,千里黄河水滔滔!"这些经典词句虽然是用当时大家都听不懂的粤语演唱,电视信号也时断时续,屏幕上经常出现雪花点点,声音也总是"唔噜唔噜"的,但丝毫没有影响它的感染力,霍元甲的无门无派迷踪拳、陈真的超级连环扫堂腿以及中国人冲破"东亚病夫"的桎梏、打败日本鬼子的爱国精神深深地影响着在场的每一个人。在回校的路上,大家还意犹未尽,忙着对霍元甲的命运及他的功夫争论不休。在以后的一段日子里,即使我们学习再紧张,也要忙里偷闲向孙秋其等同学追问电视剧里的精彩情节。在晚自习之后,男同学就聚在操坪里练起了"迷踪拳"和"扫堂腿",影影绰绰之中,拳来脚往,虎虎生风,每个人都神情专注,练得满头大汗,常有人因为用力过猛,一个扫堂腿,"哗——"的一声就把裤裆拉开了,只好慌忙跑回寝室去;也有人没有控制好重心,摔个四脚朝天,只要没受伤,爬起来继续探索"精武要义",要不是熄灯钟不合时宜地响起,大家可能真想练成一代宗师才罢手。

高强度的锻炼也使每一个人更加饥肠辘辘。那个时候,学校食堂采用定量供给制度,每餐只有四两米饭,我们一桌八个人围着一个四方饭盆和一碗菜,轮流当席长分配饭菜,因为席长拿最后一份,所以尽量分平均,矛盾很少,但饭菜分量不多,只要一到自己碗里,一眨眼工夫,大家就风卷残云般将饭菜席卷一空。平时没东西吃,偶尔有卖红薯糖的小贩到校门外摆摊,但苦于没有钱而只能干咽口水。最怀念的事情是到了周末,附近的同学都回家去了,剩下的两三个人解决一桌子饭菜,这时才能敞开肚皮吃饭,直到再也吃不下为止,那真是撑得过瘾啊。

### 绿岛小夜曲

1984年,殷秀梅唱的《幸福在哪里》很流行,它告诉我们幸福在辛勤的劳动里、在知识的宝库里、在闪光的智慧里;那一年蒋大为唱的《要问我们想什么》鼓舞着年轻人要把如花似玉的年华献给祖国的建设大业;那一年,在我们大家正为高考殚精竭虑的时候,有一个同学不知从哪里学来了《绿岛小夜曲》:"这绿岛像一只船,在月夜里摇呀摇,姑娘哟,你也在我的心海里飘呀飘。让我的歌声随那微风,吹开了你的窗帘,让我的衷情随那流水,不断地向你倾诉。"竟然有这么优美的旋律、优美的意境、优美的表达方式!对于听惯了革命歌曲的我们,尤其是当时就对爱情有着美好向往的同学来说,就像久旱逢甘霖啊,这首歌的传播速度

---

在2012年度全国数、理、化、生奥赛中,隆回二中总成绩名列邵阳市第一名。袁星驰同学获数学全市第一名;李超同学获物理、化学两科第一名。物理学科共17人获全国二等奖,隆回二中竟有8人。

之快创下了历史纪录,我们班那些平时蠢蠢欲动的同学一下子由暗转明,都想在这毕业的最后时刻,借这首歌向自己暗恋的女同学表达心意,只是他们表达的时候连自习课也没放过,充满甜言蜜语的悄悄话顿时变成了打搅自习纪律的"高分贝"噪音,搞得那些一门心思考大学的同学心烦意乱、心烦心燥。这种情形一直持续到那一年高考预考,那些谈恋爱的同学大多没有获得高考的资格,他们干脆回家继续经营爱情,后来统计,成功牵手的居然有三对之多。

那个时候,我们大部分男同学对爱情这玩意还是不敢有奢望的,平时就连和女同学说句话都要鼓起很大的勇气,最后还弄得"脸红脖子粗",激动好几个钟头,所以我们大部分人还是处在《被爱情遗忘的角落》里。当然我们同样对校园里的美女感兴趣,除了欣赏本班的美女之外,还喜欢打听其他班的美女名字。众多的美女在校园形成了一道亮丽的风景线,当看到邓慈燕、刘子君、陈芳、刘秋凡、刘仕梅等同学像仙女一样从我们身边悠然而过时,男同学心中大为仰慕,只感觉那是一片彩云飘过,也像一缕清风吹过,给人无限遐想。那一年在老礼堂的元旦文艺演出,我们班学体育专业的胡月红同学唱了一首摇篮曲《宝贝》,声音甜美,犹如天籁,一曲终了,大有余音绕梁,三日不绝之感,彻底征服了在场的男同学。她也迅速成为男同学心目中的"女神",就连我们后来找对象也要以她为标准:青春灵动、美丽大方。就是这位"女神",在二十多年之后的聚会上还在开玩笑地抱怨:当时我们班怎么就没人来追我呢?老班长也开玩笑地解释:当时你那么高高在上,我们都没有勇气,没有时间,没有机会,更没有条件去追你,也找不到合适的方式去表达心中的爱慕,等我们醒悟过来的时候,发现你早已被人追走了啊!其他男同学也跟着做出"捶胸顿足、懊悔不已"状,大家哈哈大笑了好半天,现场也由此变成了欢乐的海洋。

### 年轻的朋友来相会

1983年,当时演唱界最早的组合谢莉斯和王洁实演唱的《校园的早晨》是我们最喜欢的校园民谣之一:沿着校园熟悉的小路,清晨来到树下读书……请我们记住这美好时光,直到长成参天大树……那些年,二中的管理不是现在的全封闭,学生可以自由出入校园,自习课多,自由活动的时间也比较多,所以我们经常到米珠峰上的树下大声朗读,也经常到初具规模的水库大坝上放声高歌,几个要好的同学常常聚在一起谈天说地,谈理想抱负,背诵高考知识点,争论理科难解题……这些都是我们一生中最美好的回忆,虽然过去了这么多年,但还是觉得那么真切,仿佛就发生在昨天。

---

2012年隆回二中被评为全国特色学校,该评选由教育部教师发展基金会发起,于2012年2月开始在全国各类学校中遴选产生的。隆回二中是邵阳市唯一的获奖单位。

当然，我们也曾一起规划毕业以后的同学聚会，恰好这时候，一首《年轻的朋友来相会》唱出了我们的心声："年轻的朋友们，今天来相会，荡起小船儿，暖风轻轻吹，花儿香，鸟儿鸣，春光惹人醉，欢歌笑语绕着彩云飞……"现在每次唱起这首歌，于轻松、欢快、悠扬的旋律中仿佛又看到了我们八十年代的新一辈"为祖国、为四化"精神焕发，努力学习和认真工作的情景。

　　岁月匆匆，在毕业二十周年的时候，同学们为家庭、为事业各自打拼，大部分都少有联系，因而没能实现相聚的愿望。直到 2010 年我们才建立起自己的 **QQ** 群，名字就叫"岁月如歌，期待相聚"。后来通过大家一起努力，终于在 2011 年春节举行了我们的首次同学聚会。相隔了将近三十年，岁月的沧桑早已刻在了每个人的脸上，男同学不再风华正茂，女同学也不再是豆蔻年华，但依然感觉是"年轻的朋友来相会"！大家都情不自禁地唱起了那时的歌曲《相聚》："多少次天涯别离，今日难得又相聚，我的脸上挂着泪珠，那是流出的欢喜……同学友谊难忘却，相聚多甜蜜。"唱起了当年罗大佑的《光阴的故事》："遥远的路程昨日的梦以及远去的笑声，再次的见面我们又历经了多少的路程，不再是旧日熟悉的我，有着旧日狂热的梦……就在那多愁善感而初次回忆的青春"；也唱起了九十年代老狼的歌曲《同桌的你》，问一问女同学："谁娶了多愁善感的你，谁看了你的日记，谁把你的长发盘起，谁给你做的嫁衣？"

　　岁月如歌，感恩母校，难忘同窗！岁月如霜，使我们两鬓染上了白发，但同学的情谊却像陈年的美酒愈加醇香，即使我们天各一方，也能《永远》相互祝愿、携手同行！"无论在天涯，无论在海角，我的心会陪伴在你身旁。无论在何时，无论在何方，我都为你祝福快乐健康！"这也是我对母校的思念，对老同学的衷心祝愿！

---

今天隆回二中的新校门于 2012 年 8 月 20 日完工，校名由知名校友陈早春先生题写。

# 少年见青春　万物皆妩媚

◇尹　华

那天,我陪哥哥在二中食堂交米,刚好胡平波(时为隆回造纸厂技术员)也在帮他弟弟胡小青交米,他问我想不想读二中初中班,我说当然想,他顺手拿起身边的毛笔,在窗台上写下"尹华"两个字,笑着说:"发点狠,明年考到二中来,来看自己的名字。"

1984年我如愿考上隆回二中初部。快开学了,我和张智明一大早就把铺盖搬到学校,可是宿舍里空荡荡的,一问才知道第二天才正式报到。和我俩一样兴奋和懵懂的,还有来自北面五区65班和66班的一百多个伙伴们。

尹华,男,1973年出生,隆回六都寨人,毕业于湖南师范大学中文系。1984~1990年先后就读于隆回二中初中65班,高中137班、135班。半个文艺青年,全职教书先生。现居长沙。

## 通铺与合餐

随着同学们陆续入住,集体宿舍的拥挤、吵闹随之而来。十一二岁的少年,都是第一次离开父母独立生活,那种混乱可以想见。两人一张床,不是被子被同床抢了,就是谁嫌弃谁的脚臭。有次只听到"砰"的一声,夏日辉从床上掉到地上。深更半夜,不时有睡不着的人在眼前晃动。一天早自习,我班的女生个个眼皮红肿,一打听,才知道昨晚她们突然听到嘤嘤的哭声,循声找去,原来是赵爱华想家心切,躺在被子里哭。她这一闹,勾得女生们积蓄已久的思念之情喷薄而出,大家一起抱头痛哭。

在楼房住了没几天,不知出于什么原因,学校让男生搬到宿舍对面的一间教室,睡通铺。从楼房到平房,大家很有抵触情绪,但又发现通铺也有通铺的好处,场面开阔,便于嬉闹。不过后来发生的事,让我们对通铺的好感彻底丧失。彭燎不知从哪抓起一只虱子,高举示众,大家一片惊恐。更为可怕的是,有同学竟然长了疥疮,疥疮是通过密切接触传播的疾病,通铺为它的传播提供了上佳平台。没多久,绝大多数同学都感染了疥疮。宿舍里叫苦声此起彼伏,夜深人静,悉悉索索的抓挠声依然不绝于耳。经此一劫,男生们的卫生习惯大为改观。

对二中的合餐制早有耳闻,八人一桌,公推一位席长,由其主持分饭菜,民主一点的,则八人轮流分饭菜。分饭相对简单,圆圆的饭盘,在中间画两个十字,一分钟搞定。分菜时气氛顿时紧张,大家或屏住呼吸、瞪大双眼,或漫不经心、谈笑风生,但都力求公平。有和谐餐桌,有不和谐餐桌。和谐的餐桌安静愉悦、其乐融融;不和谐的餐桌,时常吵闹,偶有拳脚相向,亦被同学拉开。

开学的第一餐就出现状况,刘巧云和赵玉君拿着饭钵去食堂吃饭,发现饭盆里只剩一小块,菜盆里已空空如也。捧着空空的菜盆,巧云委屈地哭起来。刚好陈尚志老师打饭路过,他立即把自己的菜倒给巧云。晚自习时,陈老师揪出了多吃多占的阳同学,让他当席长,并明确必须等同席八人全部到齐之后才能分饭菜。这一招很管用,以后迟到的同学也不用担心饿肚子了。

记得当年每月9元钱伙食费,36斤口粮,每餐4两饭一个菜,一个星期打两次牙祭。同学们正处在长身体的时期,学校的一日三餐自然难以满足。大家没什么零花钱,每次月假返校,都会带些大包小包的零食,这些东西在填补正餐不足的同时,也成为彼此分享的礼物。罗雄文带来的薯片特别好吃,每次他都慷慨分发,但个别同学实在嘴馋,吃了还想要,逼得罗同学干脆卖起了薯片。有人说他是"奸商",现在看来这不正是市场经济在校园的萌芽嘛?当然,不是所有同学都是吃货,在饥饿状态中,不忘精神追求的也大有人在。刘锡彪和马建国因为多次迟到被老师批评,遂痛定思痛,合吃一份饭,经常饿得扶墙走。一个月后,硬是从牙缝里抠下9元钱,每人买了一块电子表,从此成为有表一族,引得众人艳羡不已。

回忆起二中的伙食,很多同学都对油豆腐念念不忘。它色泽金黄、皮焦肉嫩、香辣爽口,六七块就能把整碗饭拌下。每周两餐的猪肉牙祭,因为分量太少,回味太短,在大家心目中的地位反而不及油炸豆腐。油炸豆腐天天有,是一件多么美好的事!

1986年学校南迁,仓促间很多设施没跟上,伙食质量下滑,同学们实施"走出去"战略,氮肥厂门口的小店成了大家的"加油站"。据说每个故事里都会有一个胖子,陈洛湘就是我们这届担此大任的福将。在大家还只是渴望填饱肚子的80年代,他已开始每天补充维生素了。陈洛湘经常纠集刘远、王勇、兰永平一帮人(本人不时在场监

---

从2013年开始,隆回二中在新生入学教育工作中率先推行"学长制"教育模式。该制度积极调动学生"自我教育、自我管理、自我服务"的主动性,充分发挥学长"导学、导管、导助"的作用。

督),藏着碗,唱着歌,躲过干部和老师的拦截,浩浩荡荡扑向饭馆,那个意气风发啊!

## 歌本与篝火

20世纪80年代是社会的巨变时代,也是文艺狂飙时代,活跃的文化气息通过各种媒介传到二中,在校园里泛起层层涟漪。

我们的课余生活就是从贴纸、摘抄本和抄歌本开始的,这三样东西代表了少男少女们在文艺领域的憧憬和体悟。当时大家最爱贴的男星非《上海滩》中"许文强"的扮演者周润发莫属,这位华人世界的顶级巨星以他的多情、不羁和英气成为大家心目中的偶像。女星则要数美丽端庄的赵雅芝和长着兔牙、火辣俏丽的翁美玲。不久,摘抄本亦大行其道。美文美句、名人名言、古典诗词、流行歌词都在摘抄之列,我的同桌江涛甚至抄起了整本整本的小人书。信息饥渴下的自我教育,似乎无须老师鞭策。后来抄歌本从其中独立出来,成为大家的"掌中宝",见面就问"有没有什么新歌",好像股友相互打听潜力股。《在水一方》《熊猫咪咪》《校园的早晨》《我的中国心》《龙的传人》《十五的月亮》……抄歌本如同火锅汤,通俗的、民族的、校园的全混在里面,翻看歌本就是一场奇妙的心灵对话,感悟歌词神韵,抒发青春情怀。

课外读物除了校方认可的《小溪流》《少年文艺》等,还有各类"禁书",比如金庸、古龙等人的武侠小说和琼瑶的言情小说。于是,猫捉老鼠的游戏频繁上演。有天晚上,陈善敏老师搞了个突袭,将同学们赶出教室,把课外书一网打尽,武侠迷和言情迷的损失尤为惨重。或许在老师眼中,这些书籍于学习无益。然而,今天的我们还能静下心来读几本书以解劳顿,还得归功于当初在二中养成的阅读习惯。

有一天,一位同学神秘地告诉我,学校成立了一个默深文艺社,社刊叫《凤声报》。后来,身边这个社团成为二中"文艺腔"的孵化器,成为全国校园文学社团的标杆。

冬天来了,学校要办"篝火晚会"。第一次听说"篝火晚会",不知是怎么回事。老师解释说,就是围着一堆火唱歌跳舞,每班挑选十对男女同学表演。我班的指导老师是范爱娇,刚从英语系毕业,明眸皓齿,风华正茂。范老师为我们选的舞曲是《金梭银梭》,并把我们带到食堂排练。隆冬时节,食堂外北风呼啸,雪花纷飞。第一次拉着女生的手跳舞,男生们手心直冒汗。舞编得很简单,印象最深的动作是:男女同学挽臂立正,向右看齐,屈起一膝,一踢一踢;哐地一下,转首重新来过。即便如此,范老师还是教得很辛苦!比赛当晚,操场上燃起熊熊篝火,照亮了冬日的夜空。同学们围坐在篝火旁,满脸通红。当歌声响起,我们居然不再害怕,翩翩起舞,于肢体运动中感觉到

---

2014年,隆回县委县政府决定,重点建设和发展隆回二中。经过有关部门批准,隆回二中时隔两年之后恢复招收初中生,当年共招收四个班:151~154班。

飞扬的喜悦。在那短短几分钟里,我们仿佛成了无所不能的小鸟,能在云中漫步,能从高空眺望。一曲罢了,掌声四起,这时才感到胸口悸颤,透不过气。时间过去了近三十年,当时的篝火如在眼前窜动,当时的旋律仍在耳边回荡。

## 情愫与叛逆

65班、66班明里暗里较劲,互不服气。有次篮球比赛,两班女生争得你死我活,不可开交。不出三步就有一次拼抢,十人一球,满场乱滚,看得我和我的小伙伴们都惊呆了。这场较量最终以0:0握手言和,书写了两班较劲史和学校运动史上一段传奇。有意思的是,两班男女同学的交流却没任何障碍。一次课间,66班的同学正三五成群地在教室谈笑,突然一个尖锐的声音传进教室:"袁叙聪,你给我出来!"大家齐刷刷地看过去,只见65班的彭少娟双手叉腰站在门口,满脸怒气。袁叙聪莫名其妙走到门口,彭少娟一番义愤填膺之后,袁叙聪灰头土脸地回到座位,大家赶紧围过去打听。袁说:"我们小学就是同学,这次英语单词比赛她得了90分,我只有70分,她骂我学习不努力。"听罢此言,周围一片唏嘘,不知是幸灾乐祸还是羡慕嫉妒。

十一二岁的少年正处于"心理断乳期",渴望获得情感的认同。他们对异性的好感如草色遥看,若有若无。"卧谈会"上小心翼翼地臧否异性,不像大学那样直白露骨。有时也会在异性面前大喊大叫,搞点恶作剧,以期引起对方的注意。校园里还可以看到这样的情景,某男某女手里攥着一样东西,突然塞到前面埋头走路的某人手中,丢下两个字"给你",然后绝尘而去。

美女届届有,本届更突出。像赵玉君、肖玲、刘巧云、刘小红、欧阳黎波、郑光、王晓丽、赵玉燕、陈洁、邹子珍、罗爱军、魏美英、幸丽萍、李芳……她们让二中后面的那幢破旧楼房熠熠生辉,也苦煞不少多情人。来自068的向前一口标准普通话,理科特别好,加上与生俱来的优越感,在我们那帮土鳖中算是鹤立鸡群。就是这个心高气傲的家伙,不知迷上了哪位美女。一天,室友们见他又是洗头又是换衣,一个人屁颠屁颠出了寝室,猜他肯定有重大活动。一小时左右,向前吹着口哨回来了。在大家旁敲侧击、威逼利诱之下,向前终于承认是与女生约会了。"感觉怎样?"大家异口同声问。向前把双手搭在后脑勺,悠悠地吐出一句:"就像一百个春天同时爆炸!"其实,他和那位女生一句话也没说,两个人只是一前一后在橘园散步,足足走了一节课。

叛逆是青少年成长过程中的另一个主题,为了消除周遭的压抑和强调自己的存在,我们往往会弄出或小或大的动静。20世纪80年代,作为一种审美挑战,喇叭裤和

---

现今隆回二中校园占地380余亩,建筑面积9.2万平方米。现有84个教学班,5000余名学生,300多名教职工。

花衬衣成为社会上所向披靡的时尚,但在中学校园还比较罕见。学校不允许穿出格的衣服,班主任周婉老师亦颇为保守。一天课间操,陈岳军穿着花衬衣,在偌大个操场显得特别扎眼。周老师气冲冲地走到队伍后面,要求陈岳军把花衬衣脱下,陈不从。双方僵持了许久,争执场地从操场转到教室,声调越来越高,最后周老师硬是把陈岳军从教室里拖了出来,"花衬衣事件"以陈的屈服告终。还有周志杰和刘目兰,为了臭美,买了把电梳烫头发,有次电梳漏电,把周志杰电得哇哇直叫。如果这还是叛逆的小浪花,后来发生的一件事则在同学们当中掀起轩然大波。某个早晨,有位男生留下一封信(内容已忘)从学校出走。好在他没跑多远,在大个子陈柏华的带领下,同学们在离校十几里的地方把他给截了回来。是什么力量促使他义无反顾地出走?我们不得而知,但私底下不禁佩服他的勇气,不少人的第一次离家出走还没迈出门槛就泄气了。诚如诗人兰波所言,"生活在别处",别处理想盛开,美丽如意。每个少年都有一个流浪的梦,只是当他们迷惘和困惑时,需要指路的灯塔和人生的导师。

## 春风化雨

　　初一到初三,两班都经历了三任班主任,65 班分别是陈善敏老师、周婉老师、刘爱武老师,66 班分别是张富云老师、陈尚志老师、徐三寿老师。授业恩师有袁征凯、龙吉水、马轶麟、刘胜保、肖希跃、范爱娇、米小武、阳群、周冬梅、陈淑珍、阳自田、郑桂求、宋鹤鸣、史屏越、戴子彪、尹爱民、刘林杰、邹勇等。老师们各怀利器,各具风采。龙吉水老师慢条斯理,旁征博引;肖希跃老师声音高亢,动作夸张;尹爱民老师眼睛微眯,手舞足蹈;米小武老师客串地理课,一句口诀"京津冀晋内蒙古,东北三省辽吉黑",如秦腔京韵,余音绕梁;史屏越老师接手宋校长的课,其开场白是"告诉大家一个不好的消息,以后你们的政治课就由我来上了",引来哄堂大笑……

　　陈尚志老师最初代理我班班主任,后来做了 66 班的班主任,以致在一些同学心目中,总认为 66 班抢了陈老师,可见大家对他的感情。陈老师的教学严谨而灵动,既重言教亦重身范,显示出一种饱满的人格特质。若干年后,当我听说陈老师为保护学生而险些被人刺中心脏时,心疼之余并不觉惊讶,这就是陈氏风格,英雄本色。

　　陈善敏老师的出场总是雄赳赳、气昂昂,对我们这群懵懂少年有种恨铁不成钢的严厉。一个冬天阴冷的早晨,一帮男同学因为赖床被陈老师罚跑,当时操场上积水很多,几圈跑下来,鞋子裤子全湿了,同学们冻得直哆嗦。女生知道后,一起跑到男生宿舍,把男生弄湿的鞋裤全部拿到冷水中清洗。一群稚气未消的女生,挥动着冻得通红的小手，这样的画面，现在想来依然让人动容。同窗情谊，莫过于此！看到女生们洗衣的场景，陈老师不禁潸然泪下。不久他申请调离二中，不知是否和此事有关。与陈老师同样严厉的还有刘爱武老师，印象中她总在训人。若干年后，我们这帮小子才体会到老师的良苦用心。

袁征凯老师睿智开明，他教数学时，是我数学成绩最好的时期。袁老师讲课很投入，一如讲自己心爱的人，他总能找到化繁为简的方法，几道方程、几根线条，一道道题目被他推演得扼要得体、干净利落。袁老师的数学世界不只是井然有序，而且充满禅意。他曾这样表述，数学当然有很多深奥的理论，但基本原理并不复杂。比如水，只要达到"临界点"，就能在三种状态中自由转换，数字的转换也一样。你要做的就是静下心来，聚精会神地观察，谜底自然揭晓。同时，袁老师非常注重学习效率，一句"拼命地玩，玩命地学"让许多人受益终身。他认为一节晚自习如能完成学习任务，只要不影响别人，第二节就可以待在教室做自己的事或者回温暖的被窝。当年的中国女排是大家的超级偶像，其所向披靡的战绩令国人热血沸腾。中国女排与世界明星队的决战之夜，袁老师把家里的电视搬到教室，把女排队员的名字一个个写在黑板上：1号张蓉芳、2号梁艳、3号郎平……在激动和呐喊声中，我们度过了一个难忘的夜晚。袁老师代理班主任的两个月，班上的学习气氛空前浓厚，大家也更轻松快活。究其原因，无非"自由"二字。

刘胜保老师思维活跃，风流倜傥，是少壮派的代表。他刚从学校毕业，亦师亦友，同学们亲切地叫他"胜宝"，以此表达我们对他的喜爱。课前五分钟是诵读古诗词的时间，"胜宝"经常给每首诗配上曲子，让大家吟唱。直到现在，我们还依稀记得"西塞山前白鹭飞，桃花流水鳜鱼肥"的曲调。

蒙恩师教诲，当初的无知少年如今很多已渐成气候。像学术界的赵玉燕、陈黎明、江涛、龙学颖、赵爱华、欧阳丽以及横跨学商两界的陈光杰……教育界的袁叙聪、罗希贤……科技界的邓正贤……金融界的刘目兰……政界的胡建军、陈洛湘、曾忠红、魏先录……商界的陈洁、田崇现、赵玉君、张健……医界的刘志群、彭少娟、肖玲、晏建新……假以时日，大家当更上一层楼！

回首往事，感慨万千。然囿于个人视野，又难免挂一漏万。回首少年，彼时的酸楚，已成此时的欢笑；彼时的欢乐，更是此时的欢乐。"少年见青春，万物皆妩媚。"少年时代那直欲燃烧般天真烂漫的憧憬，已沉淀在我们的生命深处，成为谁也无法抹去的亮色。人到中年，虽历风雨，有这份亮色打底，我们依然满心欢喜，满怀希望！

---

隆回二中的学校德育品牌"三色教育"是邵阳市德育工作的一面旗帜。"三色教育"即红色激励教育、绿色成长教育和黑色警示教育。

# 尤记当年同路人

◇刘日光

**题记** 时光如水,洗去的是尘埃,留下的是清晰。

## 校园南迁

一九八六年夏,二中南迁。自米珠峰旁、辰水河畔,迁至老虎山下、赧水之滨。曾是湘西技校老据点,现成隆回二中新校区。校园前有国道,依山傍水,风景绝佳。

一九八六年秋,少年两百余名,或坐车,或走路,先后涌入老虎山下二中新校园。新编六班,自127班始,至132班毕,二中高89届是也。

既然新迁,必有新貌。学校乃育人之所,老师有树人之责。修路、栽树,是不二之选,行、意相符。高中每生须挖一洞、栽一树。虽有牢骚,少有逃兵。多年之后,一入校门,广玉兰矗立大路两旁,花朵洁白,香气四溢,心下感然!急寻之,当日手栽之树,仍劲挺,不由自傲良久。而后,因学校闲地较多,遂于黄土高坡之东,又建橘园。园中之树,亦是吾辈所植。唯橘子成熟,分得三两斤,大快朵颐之时,辛劳之怨,顿为云烟。

黄土高坡,地势稍高,上有水塔,建有简陋跑道,却仍是黄土之地。时值民歌《黄土高坡》风靡全国,余一见倾心,"黄土高坡"脱口而出,遂成二中名胜,至今仍未更名。

原二中取士,只选北面五区。北面学子,多纯朴,能吃苦。因搬迁之故,本届亦有南面五区学子加入。其中多县城子弟,勇

刘日光,男,1971年5月出生,隆回高平人。1983～1989年先后就读于隆回二中初64班、高127、132班。现居长沙,谋生于某电力企业。

而好斗。名为拓展生源,实为人情之故,师生皆心下洞然。

因校园在建,迁至新区四班,131、132 班暂留老校区。建班伊始,各班主任皆选班委以为助手。余在 127 班,班主任选吾任班委,孙亦民、阳光、刘雪峰、罗晓章、陈晓伟等班委皆为老友。其余各班班委,如邓军、阳习芳、阳国万、彭南友、龙学敏、阳翠峰、田立群、邹代锋等,原初 63、64 两班熟面孔居多。无他,虽初中升高中,却在二中,吾辈仍为主场作战。此法非当届独创,前有先例,后有来者。

## 文理分科

一九八七年秋,老校区留守部队亦南下,顺利会师。

时高一二期末,学校组织理科测试,题目巨难。物理一科,乃阳同福老师命题,更是倾倒众生。全校六班,及格者寥寥,最高分数,仅一人刚过 70。时余 50 来分,尚算高分。然此一测,令众人皆生寒意。如此分数,何以挤过独木桥?众人皆叹,理科难读!

高二开学,按惯例分科。一番整编之后,成了一文五理格局。132 班为文科班,吾忝列其中。初 64 班江飚、莫崇立、聂艳红、周国惠、曾又贤、孙中明、邓军、龙学敏、阳翠峰、胡吉胜,初 63 班谭仕龙、邹炎松、阳展平、胡少华、陈兵、阳润文、刘锋雪等均入文科班。其余老友,皆读理科。

分班后,各有地盘,但彼此来往不断。我与罗晓章、胡明爱、袁建平等仍来往甚密,常相伴游山玩水,或去明爱家祸害鸡鸭。不过,明爱小子毕业后常败坏吾名声,说卫生部长不讲卫生,常让晓章、又贤和他帮忙洗衣,真是误交损友!晓章、又贤厚道,常做铁证说记不得有此事情,让俺颜面稍存。

或值一提的是,在高二任 132 班班长的"鹅把子",在高二二期后,被其老爹捉回家中成亲,在当时引得各班纷纷议论。惜从此之后再无联络,不知现状如何?

## 青春激扬

有人的地方就有江湖。132 班 50 多号英雄,人以群分,划成多个圈子。

高二时有好象棋者,常于下课之时,去教室旁小寝室摆上一盘,棋快如风。对手有欧阳竹坚(人称竹子)、刘继帅等。记忆之中,余赢多输少(竹子不尊重历史,妄图颠倒黑白)。偶尔输之,必招张善志批评。其恨铁不成钢之态,让吾备感心虚。如棋未完课已上,则相邻之人以盲棋续之,必得结果而心甘。

课余之时,则与几个伙伴去老虎山上闲逛、瞎聊。江飙、竹子、又贤、阳展平、电棒等数人,找一块平坦地方打升级,大呼小叫,其乐融融。如有不认账者,必招武力镇压。偶见有女同学亦来山上游玩,必以口哨声或鸟鸣声相迎,换得女同学们扭头一嗔。

每遇周末,常与刘万胜、郭勇(外号郭驴子)、肖海军(外号肖老骚)、胡海静(外号胡司令)、刘贵娟(外号果丹皮)、贺艳平、范小勇(外号范驴子)等去胡司令家。因其家就在县城电影院旁,偶尔还能看上一场电影。看着胡司令家整洁的布局和家饰,深感城市与农村生活之不同。

高二二期,正值春雨淅沥之际,二十来个胸怀天下者,在谭奇洪老师带领之下,春游至望云山。大伙在雨中沿古官道,登上烽火台,放声高呼之余,合影为证,到此一游。有谭劲松者,学声乐,更是不掩满面雨水,高歌一曲,颇具大师之风,引得各位美女眼雾如丝。然再激情,终难敌满山春雨、绵绵云雾,大伙效卢公之风,纷纷隐入附近古寺。吾携三五好友四处乱窜,时与虔诚拜佛的男女同学相遇。转至观音殿,又见数位女同学在虔诚叩首。"这是送子观音!"有人猛喝一声,顿令虔诚许愿的女同学惊呼连连、满面红霞、四散而走。有老僧闻声而至,东张西望之余,见吾正仰头狂笑,细观之,顿现满面惊喜:"这位施主身具慧根,何不留下事佛,以成慧业?"三代单传,留下事佛?岂不害吾后继无人?在竹子、阿飙等嬉笑声中,吾抱头而走,留下满脸期待之老僧。一顿斋饭之后,二十余人满足而归,皆一身雨点,满头风梳之发。

## 文学梦想

高中年代,正值校园文学流行之时。默深文艺社于一九八四年组建,宋鹤鸣校长亲书"雏凤清于老凤声"发表于社刊《凤声报》,以示鼓励。首任辅导员肖新平,潇洒英俊,温文尔雅,文笔功底尤为深厚。后从政,现任娄底中院院长。可谓是执教鞭育万千桃李,握法槌断人间是非。

默深文艺社乃全国十大校园文学社之一,汇聚了一批批文学英豪,为文学生,为文学狂。

时文名最盛者,莫过于马萧萧。《凤声报》每期均有其长诗发表,很少例外;全国各地文学名刊,也常现其名。而后,其因诗特招入伍,成了一名军人,现仍行吟于军旅。

本届同学龙学敏,女诗人。人美诗也美,令无数学子疯狂,成为校园一道风景。

于现代诗一窍不通的我,更喜欢散文、杂文、小说。印象中,上届的马汝萍、周亦翔、王朝晖、王永福等才气纵横,文章或唯美,或犀利,或幽默,令人击节而赞。同届的刘烨洲、阳翠峰、莫崇立等亦常发文,乃文青中之佼佼者。

刘烨洲好诗,勇而任侠,高中时吾曾有为其助拳经历。其父刘益轩,教历史,水平甚高,对学生要求严格,却常因儿表现摇头。烨洲现任某报副社长,成就颇丰,甚得其父赞许。莫崇立散文优美,写一手好字,尤好写辩论文,后从军再从政,步步青云。而阳翠峰小巧玲珑,文笔优美,在女子篮球赛中的表现更佳,贴抢抓抠,近身肉搏功夫精湛,为本班赢得桂冠立下汗马功劳。

### 课外书籍

受62班袁晓文之"不良"诱惑,吾于初三时迷上武侠小说,直至高中毕业。金庸、梁羽生、温瑞安、古龙四大名家作品,均于这四年中阅遍。

受武侠小说之影响,心中时常涌出武侠梦。高三的某段时间,白天由同桌王洪海掩护,于上课时间猛看武侠小说;晚上则与同班的孙中明(外号孙老头),于熄灯后溜至黄土高坡,寻一棵大树,用头、用手击打树干,苦练铁头功、铁臂功。一段时间后,手臂明显变得结实有力。正沾沾自喜时,练功却因一次被抓而结束。不知现在孙老头在高校讲台上面对众多学子侃侃而谈时,还记得这段经历否?

练武者,讲究内外兼修。硬功锻炼结束后,受罗茂卿鼓动,吾又练气功。晚上在床上打坐之后,两人常结伴偷偷溜到橘园站桩。记不清功法名字,犹记得一段时间后丹田隐隐发热。会不会走火入魔?担心一段时间后,经过协商,终抵不住害怕,不兼修了,高考要紧。找了这个好理由后,心安理得地停止了修炼。但如今见到罗茂卿身材仍然健美,吾不禁怀疑他是不是后来又练了啥功。一点也不知分享,一点也不厚道!

课外书可以欣赏,但绝不能痴迷,高考之前吾终醒悟。但有两人,却没有吸取俺的教训,沉浸于席幕蓉、三毛、琼瑶的文集里不能自拔。现在一中讲台上满口"英国历史"的周国惠,看她拿着一本席幕蓉诗集发呆的样子,你又从何而知她却是一个活泼调皮、古怪精灵的女侠呢?当聂艳红手捧三毛文集时,你只会看到一个弱不禁风的文学女青年,哪能猜到少年习武的她,号称"拳打南山敬老院、脚踢北海幼儿园",曾是响当当的女汉子一枚?

### 二中脊梁

高127班,郑典福为班主任,直至毕业。时郑老师刚毕业,长相英俊,性格温和,心地善良,偶见发怒,仅声调稍高而已。讲授政治,逻辑严谨,板书规范。与学生交往,多以朋友之态。班上女生,多有暗自倾慕者;班上男生,爱戴者甚众。

高132班,谭奇洪为统帅。谭老师戴眼镜,蓄八字胡,身材魁梧,声音宏亮,面庞丰满而嘴较小,喜酒。上语文课时,朗诵名篇,常声情并茂,不能自已。其人爱憎分明,常于课前针砭时弊,点醒吾辈梦中之人。亦好亲自操刀,与吾等同题作文。课中比较,条分缕析,让吾辈叹服。曾于课上讲述仅用五分钱即追到女朋友的光辉事例,称买给女朋友的冰棒自己还吃了一半,其得意洋洋之态,仍在眼前。其后出版多部专著,其中《唐诗类谈》学术价值最高,补多项空白,获多方肯定。

先后任理科班班主任的,有胡绍轩、孙立安、袁愈惠、丁火焱、范善成、郑典福、刘述敖等老师,个个都是悍将,方能调理手下强兵。新手老将,俱有奇招;一代名师,多从此出。至今思起,仍是满心仰慕。

学校设政教处,马轶麟任主任。马师多才艺,善演讲,工书法,长于写作,自称"老马",学生私下亦以"老马"称之。开会时,老马以流利普通话纵古论今,切合实际,吾辈视为哲理,比作天籁,悦之爱之。老马曾书"要向书山着力;莫朝此处冲锋"对联于食堂门前,常让急步匆匆的学子放慢脚步。

因彼时校风较差,有志于转变现状的老马,常于大会小会苦口婆心地劝导,或修章建制,规范学生行为。各项检查,亲自率史屏越、隆万里等干将及一众学生会成员,不畏辛劳。因表现尚可,吾顺利混入学生会卫生部,曾有幸晚上随老马去查寝室,时不时敲敲有声音传出的门,提醒里面同学熄灯后再莫讲话。因要求较严,有人曾于老马门前放置土炸弹。"炸弹事件"之后,曾见老马亮刀,说以防万一,但其检查,却未放松。

时人评之,二中脊梁之首,鹤鸣校长与老马也。

## 高考群英

理科历来是学校重点,人数众多,精英汇集。印象中,孙亦民、阳光、陈晓伟、罗晓章、刘雪峰、邹代峰、龙三文、刘建波、黄亿华、阳习芳、廖秀敏、刘木华、李鹏、彭南友、阳国万等,可为代表。

而作为代表的,同样大部分是初63、64两班的学生。很多时候,是些老同学在争先恐后。因各班都有老同学,彼此间窜门便成为常态。论感情,是老友;论成绩,谁是英雄?

读理科的老同学时不时有消息传来:彭南友常去邻班找某女同学讨论数学、物理了;阳光、阳习芳等看上某个女同学了;孙亦明、阳国万学习越来越刻苦了,不一而足。

必有春心萌动者,也有一心读书者,真真假假,没法求证。

唯一能以果推因的,是刘建波与王付梅不知啥时候彼此心心相印了。一个是初63班的老将,一个是本届的女班长,毕业后成了神仙眷侣,羡煞众人。

而应届挤过独木桥的,因其功底深厚,兼运气佳。各位代表多在应届折桂,无愧精英之称。而彭南友更是应届考上清华。虽说前有古人,后有来者,但彼此时间相距甚远,也成就了一段传奇。

文科学霸,邓军、谭仕龙常常榜上有名,邓军应届入读湖南师大,现为中南大学学术精英;谭仕龙后来考上人民大学,现任职于某主流媒体。

## 走向明天

高三是紧张的,高三又是活泼的。在敖哥(刘述敖老师)的标准七江英语声中,在周青云老师、刘益轩老师的谆谆教导声中,在欧阳如老师的严谨推理声中,在周鑫老师的指导声中,更在谭老师充满期望而又严厉的注视之中,高考一天天临近。上一届优秀学长的事迹,如张胜、李桃花、江萍等,被学校一遍遍讲述,以此激励吾辈。

由于恩师米小武老师的错爱,吾住进了他在二中的宿舍,为的是不受学校熄灯的限制,方便读书。然事与愿违,晚自习后,一拨拨同学来吾住处,畅谈种种。周末了,哥们姐们买来各种菜蔬,打着改善生活的招牌狂欢。一些往日的误解由此化解,一些终生的友情由此奠定。

一九八九年夏,北京发生"学潮",或多或少地影响到了我们。有他校的学生前来串联,相约一起上街。当部分同学冲向校门时,白发苍苍的卿国烈书记、严肃的老马站在紧闭的校门前毫不退让。最终,学生退回教室,安心攻读。卿书记和老马,以其爱心和责任心,沉寂了学生们躁动的心。

高考前,毕业留言册疯传于每个同学手中,留下最真诚的祝福,留下最美好的希望,一起回忆生活中的点点滴滴……在袁国伟、邓军、刘琦等班委组织下,毕业晚会顺利举行。每个人都表演了节目,或放歌,或朗诵,或轻舞,或抚笛……表达的,是一份份最深的感情,是一份最真的期盼。

终于,高考了。我们走向考场,走向明天……

---

隆回二中教师诺言:像爱护自己的儿女一样爱护学生,为人师表,言传身教;像热爱自己的家庭一样热爱学校,恪尽职守,敬业奉献。

# 大风吹过黄土高坡

◇罗卫光

1986年至1989年,是中国风云变幻的年代,改革之风吹遍中国的每一个角落,从城市到农村,从物质到精神。刚刚从六都寨辰河边上搬迁到县城城郊赧水河畔的隆回二中,注定要经历一段不平静的岁月。

### 梧桐树下的懵懂少年

1986年9月1日,一群十二三岁的懵懂少年走进了二中校园。他们卷着裤腿,挑着用编织袋包装的棉被和大米,走在看不到尽头的林阴道上。头一次看到两边绿荫如盖、黄絮飞舞的法国梧桐,感觉像进了城,有人偷偷用手掰下一块即将剥落的白色树皮——"剥皮树",这些法国梧桐有了一个雅号。

罗卫光,男,1973年出生,隆回罗洪人。1986~1992年先后就读于隆回二中初中69班、高中149班、理科一班,现为湖南第一师范学院新闻学教师。

这是隆回二中校园南迁后招收的第一届初中生,共两个班,编号为69、70班,班主任分别为李凯云、陈扬桂。学生绝大多数来自隆回北面山区,也有少部分来自二中附近的村庄、氮肥厂、068基地。在北面方言的大杂烩中,讲一口纯正北方普通话的少数人简直是鹤立鸡群,这少数人就是068基地的子弟,他们带来了许多新鲜感:骑单车上学,用保温桶带的中餐是一张硕大且裹着鸡蛋的面饼。我所在的69班陆陆续续来了四位,其中两位男生一个特高,一个特矮,两位女生中的一位大大咧咧,被人戏称为"马大哈"。氮肥厂的子弟特城市化,印象最深的是一个叫黄平的高个男生,烫卷发,穿喇叭裤,唱流行歌,上晚自习的时候有外班女生来找他,两人在教室外面的走廊上一边吃东西一边大笑。不过,这位同学也是老师严管的对象,初中没毕业就退学参了军,至今令人唏嘘不已。

毕竟是一群无知少年,大家难以立刻感受到重点中学名号下的学业压力。初一、初二,过得快乐无忧。班上的文艺气氛浓厚,有人加入了默深文学社,有人参加了美术兴趣小组。我同桌偷偷写诗往外寄,久久不见发表。但在一个上午,突然有人传说,学校出了一个享誉全国的校园诗人,笔名海啸,后来一打听,原来大诗人就坐在我身边,是家住二中背后石山脚下的邓力群。课余时间教室里经常琴笛和鸣,呕哑嘲哳。我在初一学会了吹笛子,初二又攒钱买了一个口琴。一位漂亮的澄水姑娘担任音乐委员,教我们学会很多港台流行歌曲,她身材高挑,瓜子脸,皮肤白净,讲话细声细气,声音甜美,是校花级的人物,初中毕业照上她文静地坐在前排正中央。但我印象最深的是另一位澄水姑娘李敏秀,她多愁善感,不是音乐委员,却主动教大家唱了许多令人忧伤的歌曲:"人依旧,岁月流转,愁绪望斜阳,多少风霜,多少辛酸,都付风中飞扬……"

少年不识愁滋味,我们难以感受命运的缰绳。初三时,升学压力增大,大家埋头学习的气氛开始浓厚了,但此时发生了几件令人费解的事。一个下午,一位面容憔悴的父亲悄然接走了睡在我上铺的兄弟,从此,他成为了我们的回忆。这位来自高平的同学总有一种奇怪的恐惧,一旦有人丢了东西,他就会惶恐不安,非得当面让大家检查他的皮箱,"我没拿你的东西",他反反复复喃喃自语。如果有人开玩笑说丢了东西,他立刻会出现崩溃的反应。这种压力一直伴随到初三,他终于承受不了,退学回家了。从未发现他偷过东西,为何有这种恐惧?当时连老师也无法理解。还有一位长相俊秀的男生,成绩优秀,性格腼腆,有一天突然爆出被学校勒令退学的消息,我们都惊呆了,据说这位同学经常去女生宿舍拿走胸罩等女性用品。一个时代的懵懂,造就了具有时代色彩的悲剧。

## 从洗澡堂到四合院

学校初迁,宿舍紧张。于是我们这些新来的男生就被安排住在校园东侧的洗澡堂里。什么叫大通铺?我们有了刻骨铭心的体会。原湘西技校的洗澡堂倒是建得有板有眼,里头回廊曲折,水泥红砖砌成的横隔墙十分结实,学校就在上面铺设了一张张木板,连接起来就是一个 L 形的大通铺,30 多位男孩就住在这里。从农村里来的孩子适应能力强,这里空气不够流通,热时如蒸笼,冷时如冰窖,大家居然能倒头便

隆回二中育人目标:全面培养有理想、有道德、有文化、有纪律、会做人、会求知、会生活、会创造、有责任感、有协作精神、有健康体魄和健康心理、拥有一定特长的合格高中生。

睡、呼噜、咳嗽、屁声此起彼伏,慈祥的政教处女老师看了眼泪直流。有感于此,敬爱的政教处主任马轶麟后来作对联一副,"睡硬板床劳其筋骨,洗凉水面长我精神"。

在有关洗澡堂系列轶事中,可载入史册的当属疥疮和虱子。由于洗澡不方便,更由于缺乏洗澡的意识,许多男生长了疥疮。这是一种具有传染性的皮肤病,于是整个大通铺的男生都未能幸免。还好学校赶紧给每人发了一块硫黄香皂,勒令大家勤洗澡,疥疮才得到有效控制。虱子是一种爬行动物,要追求其源头,在大通铺中殊为不易。只知道有一天起床,有人突然大叫:"虱子!"细看时发现已经被他的身体压扁且风干了。霎时全宿舍的人都觉得浑身发痒,很快不断有人宣布抓住了这种小虫子。至于后来是如何统一行动彻底消灭这四害之一的,已经不可考证。

在校澡堂住了一个学期,我们终于搬进了洗澡堂斜对面的学生宿舍。这是正规的宿舍,每间睡 16 人左右,高低床,每铺睡两人,我和一位陈姓同学睡下铺。水龙头装在宿舍外面,几间宿舍共用,吃饭后洗钵子争抢水龙头的事情偶有发生。最痛苦的还是炎热季节经常停水,于是我们提着水桶出校门长途跋涉到东面的氮肥厂水塔边打水,有些同学干脆脱了衣服,现场光身洗个痛快。

初三时宿舍北迁至黄土高坡右边的四合院。这是由一间大教室改建的集体宿舍,有 20 几位男生住在一起。隔壁的门房即为班主任李凯云的小套间住房。院内的其他房子皆作教室用。李老师胖胖的母亲在四合院的门边摆了个冰水机,五分钱一小杯。我们来来回回,总忍不住要朝这里瞄几眼,冰水是可爱的橙色,胖大妈拿着蒲扇坐在一边,笑眯眯地看着我们。但她的儿子李老师可是一位严肃的人,我们下了晚自习后也不敢在宿舍打闹,否则他就会跑过来训话。墙壁不太隔音,我们时常可以听到隔壁的收音机里在播放美国之音。

## 接地气的素质教育

那时候没有素质教育一说,但以现在的标准来看,当时隆回二中的教育完全可纳入素质教育范畴,而且是接地气,地地道道的素质教育。

语文教师米小武的幽默跟他的姓名一样有特色。他上课有包袱也有信息量,经常惹得我们捧腹大笑,他自己却宠辱不惊。因此,上语文课成为我们非常盼望的节目。隆回二中有几个这样幽默细胞丰富的老师,化学教师胡绍轩也是其中之一。

植物课教师孙小平带领我们到室外观察花草树木。为了观察树叶的细胞,孙老师竟然给我们每个小组发了一台显微镜,我曾经小心翼翼地保管着一台老式显微镜

---

默深文学社历任指导老师为肖新平、陈扬桂、游祖丁、阳黎、王勇、刘豪放、颜和平、秦后东、张怡春、廖小菊、刘剑。

将近一周的时间。这个超常之举确实令实验管理员非常头疼,但它体现了一种不同寻常的教学理念。

我的班主任李凯云是一位富有激情的青年,邵东出生,隆回长大,刚刚从邵阳师专外语系毕业。他也是我们两个班级的英语教师,很注重学生听说能力的培养,每次上课都提个录音机过来,播放英语标准录音。上课前先用英语提问值日生,问一些诸如日期、天气之类的问题。教唱英文歌是他最大的爱好,有时一整堂课他就教唱一首英文歌。我因此对英语特别感兴趣,早读课必大声朗读英语,后被李老师选为英语科代表,理由之一是我早读的声音压倒整栋教学楼。

二中的寄宿生活给人感觉像居住在农庄。学校校址沿袭自老邵阳师专、湘西技校,才接管的时候面积近五百亩。有粉笔厂、养猪场、橘子园、花生地、雪梨场。校园呈山坡状,坡顶开阔,土壤呈红色,我们称之为"黄土高坡",山风吹过,黄沙四起,风鸣谷应,站在坡上放歌"我家住在黄土高坡",真有点"大风起兮云飞扬"的感觉。坡后还有几十亩地,大部分种植橘子树。我们每年都要去栽种新的橘苗,为橘树除草施肥。夏天,橘子花开,幽香飘散在整个校园。秋天,硕果累累,学校会给每人发2～4斤橘子,当时只听得教室里像蚕啃桑叶一样,悉悉索索,两斤橘子眨眼间落肚。学校还给每个班级分了一块自留地,我们一般用来种花生,种子由学校提供,班主任李凯云老师带领我们挖土、播种、施肥、锄草、收获、晾干,别的班级都按规定自留一部分,其余全部上交学校,独我们班李老师不肯上交一粒。有一季我们收获了整整两化肥口袋干花生,李老师便托人到氮肥厂烘熟,封装,在每周班级活动时发给大家吃。

为了让我们这些寄宿生不感到孤单,李老师经常利用周末组织我们到黄土高坡后的石山搞活动。石山属于喀斯特地貌,怪石嶙峋,还有几处神秘的山洞,记忆中的爬山比赛、唱歌比赛等活动就是在石山进行的。李老师很有商业头脑,他自备光学相机记录下活动的点点滴滴,有需要冲洗照片的同学,可按低于照相馆的价格向其索取。

### 峥嵘岁月的人文拷问

20世纪80年代末期社会思潮混乱,自我批判走进了全盘否定的极端,全盘西化的浪潮迷惑了热衷于追求真理的知识分子,"反腐败"的口号成为少数人制造动乱的灵丹妙药。面对这些,年少的我们自然也会勤于思考。班主任李凯云便成了我们的思想启蒙老师。每次班会,他都会就知识的价值、公民的素质与责任、中国的现状和

---

新隆中学初1班和2班是学校第一届初中毕业班,两班1945年秋天入校,1948年上期因学生人数减少而合并为一班,1948年7月毕业。

未来、西方的社会制度等问题侃侃而谈,我们听得似懂非懂。尽管有许多批判、否定和牢骚,但我们宁愿相信,这是老师在进行公民意识的启蒙。直到现在,我们仍然感受到这些启蒙的必要性,因为这让我们能够撇下一己之私的障目,从宏观上关注国家、社会与个人发展的关系。这样的教育如今似乎变得十分可笑,但换一种方式进行未尝不可。当年的热血青年李凯云、罗向南等老师如今已经变成了商界精英,这似乎又是知识分子从既有体制中突围的另类模式,他们在二中的作为,以一个感叹号结束,他们的影响,至今仍在延续。

大风起兮,大风起兮,我梦中的黄土高坡!

---

新隆中学初3班是针对学校招生火爆而特设的班级,1945年底招生,1946年春天入校,1948年冬季毕业。

# 一百个春天

◇丁 斌

丁斌，男，1971年出生，隆回岩口人。1987～1990年就读于隆回二中134、135班。现为隆回明朗眼镜高级验配师、创始人。

一

一百个春天爆炸。这出于我们1990届（133～138班）尹华回忆某同学的诗意语言。我将它拿来，拿来这种诗意，拿来这种豪情，以至于壮胆跟着亮光碎影进入夜黑——那时候我们从责任制的田坎上站出来，小心地打量着山外。

那时候我们拥有一批好老师：三毛，席慕容，汪国真，琼瑶，金庸……《山坳上的中国》《野火集》《丑陋的中国人》横扫过整个民族的心，《读者文摘》在疗伤。

那时候港台歌曲像野地春风中的黄马蜂，四处飘荡。校园里，街道上，甚至山村，也可以见到仰头高歌的小青年，不顾忌人们的目光。

那时候，我突然回下头，后桌谭仕龙的书中有一本北大内部版的书，关于全盘西化的学流与整个民族传统文化的对撞冲击论述。一个学潮领袖的毕业论文，激荡了我的胸腔，我的灵魂为之受伤。尽管，很多观点我不能接受。

那时候，英语像一台工业革命的机器，开始轰鸣，开始大规模吞噬简化了的汉字，并让世上一个最大的传统农耕国家进行着增值与非增值作业。

二

春天过去，一群山地的鸟陷入躁动后的不安。

---

新隆中学初4班1946年秋季入学，1949年夏天毕业。

1987年隆回的中考按志愿入学。报考时老师带着对我的怀疑帮我填上二中。而我想填一中,但终于放弃。双抢的季节,一个山里孩子收到二中的录取单,以至于小我十岁的表弟神秘兮兮地对我说,哥,你考上秀才啦!

入秋的橘子引起我们对二中校园的惊诧,丁字楼前的桂花树一直到现在还吐着浓郁的花香,它们发出文艺会演舞台上手风琴的余韵。那时我们背着米袋和简单的行囊,七拐八拐。二中比我们早到澄水村一年,一切还待完善,像我们国家改革的环境;像我们,标准化试题考试的第二届试验品。好在乡下的孩子个个都能为创业而准备着力量。

## 三

我被编入134班,学号24,并不幸运的号码像个原本虚无的影子跟着。前15号是原二中初中部的。记得1号是李基东班长,也是学生会的主要头目,学校早就内定。小个子袁剑锋用高平话喊他的老乡东猛子,很亲切。2号罗教来,笑眯眯的带着新化口音,来自罗洪。还有窈窕美女邹芸,大家闺秀阳丽,学号均靠前。范力是25号(爱吾号),雨山人,皮肤嫩白,笑脸更甜,经常逃课去找别班的漂亮女生,甚至可以学到一首"甜甜的一个笑脸……"回来教给大家。现在是某国旅的老总,周围依然美女成群,一个老猎手2008年摇身变成奥运火炬手,不愧基本功好。26号龙钧,富家的少爷,经常带着泡好蚁茶的水杯,喝着蜂王浆。

正常50号以后的几个是隆回街上受特殊照顾进来的同学。魏海军跟他们一样,有时尚的凤凰牌单车。三三两两的铃声将乡下孩子的沉闷打破,带来一些流行的歌声和一抹色彩。税务局老司机的儿子张先哲,133班的,大家不妨也叫他司机。他可以跳很刺激的霹雳舞,骚动整个校园。他们甚至有旱冰滑板,令女生们发出兴奋而昂扬的尖叫。

下雨时站在东教学楼的走廊顺着土坡望过去,大操坪上蓑草如烟。前面一栋平房,两个复读班,高大的身影藏在那里面。有人留着胡子,跟老师一样的规模,做操时可随便动动,甚至抽支烟。我们艳羡不止。

133～138,六个班。在东教学楼,135～138从西到东占住二楼,133、134居西边一楼。中隔有楼梯,阁房住着体育武术老师陈汉文,一个师大的高材生。但我们的体育老师是王牌熊抖抖——王建雄老师。二十年过去还能一眼叫出我的姓名,声音洪亮。他们带出了体育科的本届高徒黄松柏、赵云伟等。这楼梯,经常有爽朗的女孩笑

---

新隆中学初5班和6班分别于1947年春季和秋季入学,其中以5班学生为主体,在地下党员、班主任陈义宽老师的带领下,两班同学大部分在解放后当上了干部或继续深造。

声丢在那,被阳黎波她们忘记。她有其父阳群老师的高声和圆润,与教授英语和生物的魏仁杰硕士的柔声形成鲜明对比。同样的儒雅气度,不一样的声态入耳。期末考试我英语得了 58 分。我说,魏老师啊,你汇报时得给我改成 60 分,要不我没法向家里交代。通知书到手,果然 60 分,无限感激。曾四明老师有一口腼腆而像剧烈化学反应的方言,他教化学。

134 班一年换了两任班主任,开始刘杰贤老师,后来米小武老师,最后是金龙永老师。不求奢华,艰苦朴素是那代恩师身传言教的资本。米小武戴一副不讲究的眼镜,和耕田的装扮极不相称。直到去年暑假,我为他配了一副较为精致的眼镜架,他很惊讶于三四百元的价格。金龙永的到来使整个 134 班异常团结。分科前我们照相合影。一场晚会,一场别离,来自铜盆江的张冰洁大姐哭了出来,引起哀鸿一片。一场年级拔河比赛的呐喊,让金老师原本就斯文的声音变得嘶哑。我们中间也存在着几匹害群之马。他将我们从政教处领回,独自承受着学校的压力,他始终相信他的学生都是很好的,不像某些甚至有屠夫称号的人。深夜他靠近橘园的小房独自亮着、亮着,似乎要将窗外的整个校园装满,装满他和我的心。我低下了头。二十多年过去,夜黑里依旧铺满星光。

## 四

分科后我进入 135 班,是文科班转入另外文科班的唯一一个。前头坐着袁伦敏、黄智勇。后面坐着廖运华、刘湘英等。135 班居然藏下来自北山中学的四个同学:陈响青、陈吉华、阮礼军和我。班长罗希贤,学习委员孙卫贵,他俩也是学生会的头目。李孔明带着厚眼镜,到现在还一副闷骚模样。133 班的黄斌居然要跟我,我到哪个班就跟到哪个班,已然如愿。

因为班主任是本家叔叔丁念红,因为刻意的安排,我身边居然就坐着这一届的殊荣——赵玉燕。赵氏姐妹在本届写下无数的传奇与憧憬:"土豪"万元户家庭出身,住着当时六都寨街上唯一的小红砖洋楼;才、声、貌俱佳;成绩当然好,又是广播站主播,仿佛今日中央台的美女主持人。堂姐赵玉君在 136 班后转入 134 班,公认的一枝花,倾倒无数男生,留下至今唏嘘不已的佳话与尴尬。我甚至有机会尝到赵玉君做的白菜煮汤,那个鲜啊,不亚于她的才、她的貌。二十年后一次聚会,136 的班长、学生会的头目袁叙聪居然还搂着不肯松手,让想亲近她的人失去时间和机会。134 的罗祥来着急地在 QQ 群里大喊,赵玉君,你在哪里,你

---

新隆中学初 7 班 1948 年春季入学,1950 年冬天毕业。该班刚入校时高达 100 多人,只能安排在学校礼堂就读,后来由于局势动荡,毕业时只有二三十人。

回来告知一声,我立马来接啊……

另一个美女绝对另类,艳压群芳——邹文平。有男人的大胆和豪爽,敢同老师谈恋爱,集武和艺于一身。文艺晚会登台,所有观众目瞪口呆。我记恨她放倒我的书桌,让我背上一个与女同学在教室打杀个遍的恶名。多年后我们一起同游,她竟然说就是看我当时好逗。恨!恨!恨!男生也有另类,134班龙粤明,广东长大,唱幽美凄怨的粤语歌曲。135班也有,来自贵州的龙本鑫,一身军装一把吉他,不时发出豪情,引来无数的目光。

春天,春天,我们想回到那,解个闷。

五

一个万千感慨的话题,无数春天的眼睛盯着。

133、134两个班的男生睡在丁字楼的那一"竖"上,不仅仅因为我姓丁而对此感到不悦,而是因为睡的是二楼地板。通铺按班排成两排,中间通道列着两排桶子、箱子或背包,席子被子靠墙而铺。兴奋时两个班的男生一齐站起,形成工整的对称。周六的下午和周日,可以拉开时兴的拖拉机大战,因为空间巨大,人员充足,情景蔚为壮观。我们这排的对面有胡建军他们,还有一个和我同名的丁斌,同姓的丁康,他俩来自罗白,让我感到隆回还有同宗人。同学中居然还有双胞胎范建明、范建堂,很难分清彼此。这对来自石门的兄弟让人想起雨山的范氏兄弟,因为在隆回一中的范氏江南江北是我们那个年代的英雄人物。

二中同样也有楷模,彭南友的名字在广播中一天到晚地响着,读书的人更加奋进,欣赏的人更是发出啧啧的赞叹。楼下是复读班,他们牛强马壮的脚步可以将开饭的电铃掩盖,甚至震落树上的叶子。我们站在窗户前,不敢轻举妄动。直到我们慢慢放大的胆量和被饥饿折磨的青春渡过磨难,将环境适应。我们学会了躲避老马(政教处马轶麟主任)的眼睛。

第二学期后我们从黄土高坡的二食堂宿舍转入男生四合院,人多水少。137班的罗文明带着凸透镜,眼睛更大,发出狠狠的凶光站在龙头边,矮个子石珺穿着斗大的军裤给他壮威。我们是16号寝室,上下双铺刚好挤下身。马立华将男人味丰富的呢子上衣狠命地甩向洗衣台的雪除尘,让人嫉妒他的拥有。呵呵,他脸上还有跟我一样的痘痘。吹笛子的文向荣,说着周旺话的陈涉海,写歪诗自赏的谢柳青……16个人天南海北常聊到深夜。我们甚至想到遥远的未来,分科前夜我们说20年后一定要

---

新隆中学初8班1948年秋季入学,1951年夏天毕业,在动荡的局势中,很多同学都没有读完就休学了,后来局势稳定又继续跟在别的班级求学。

回来看看。

## 六

看看我们曾经的春天。

高三我们进入青教楼后的四合院,文理分科后使得你中有我,我中有你,六个班真正实现了大融合,毕业前我还与138班的黄湘军、肖光辉在校门口左边的竹丛合影留别。纯粹的复读班在我们这届完全消除了,应届班接纳了部分插班复读的学长,每个班都成了超级大班,有的人数超过了一百。复读插班的哥儿们都将眼睛埋进各自怀里的书本,他们像饱尝了人世所有艰辛而不露声色;应届生们则纷纷叫喊着向高四进军的口号。我们的队伍和阵容壮大,声势更猛,谈恋爱的人更多。罗大佑的恋曲声中,134班一个风流倜傥的画家才子肖志良持着亮闪闪的匕首倒在花丛中。吴洁敏却与插班的某某某暗渡修成正果,两口子回来聚会,带着甜,将一阵感慨抛给原136班班主任廖哲仁老师。

现在,牛高马大的人物出现在我们这个群体当中,135班有老三届的范建军,低头的一阵可以写出一首先锋意识的诗来,与我达成默契。更有一中过来的李杰,享誉国内的校园小说高手,红杏文学社的一只虎,他的沉默之门给我留了半扇。还有颜和平、黄伟峰等也从一中前来,二中的文科声名鹊起……我的两个隔房表兄罗健和罗锦忠(136班)也睡进了四合院左门庭的里间。在外间,我这个应届小老弟受着一群老大哥的照顾——抽烟遇上老谭查岗的时候有咳嗽声提醒,是彭文波、刘春玉他们。颜扬柏也是条老烟枪,又与我同乡,同样有着军营情结,梦想着两人一齐出阵,可惜我没跟紧,不然我会跟着他重写个人简历。来自青山的陈涛,他的画不亚于美术老师阳立刚,我一个诗歌的练习本上他用心画了幅插图,那个美啊,无法形容。班主任换成了谭奇洪老师,他在132原班人马的酒醉呐喊声中用新化古音讲着古文,以至手之舞之。他用自己五分钱追到一个老婆的故事启迪着他的弟子们,甚至毕业晚会与学声乐的美女弟子留下一段浪漫的双人舞。

## 七

二中有个声名在外的默深文艺社。

传奇已经创下——肖新平老师带着他的团队。有马萧萧、龙学敏、谭克修、周劲翔、刘烨州、魏甫华等,主力部队隐藏在比我们高一届的132班——东教学楼我们134

---

新隆中学初9班1949年春季入学,1951年冬天毕业。由于局势的影响,学生流失严重,老师们纷纷下到乡里去拉生源。

班隔壁。辅导课有次还请了本土文豪罗长江先生过来,记得主题是关于"进入乡土——走出乡土"。134班也格外热闹,在这一届的文学社群体中,出现一个小部落,尽管并未发迹,但却成就了一段记忆。

为了邮费,陈勇光、姚静和我,将《凤声报》上各自的文章剪下来,一齐投稿。在《春笋报》《少年文史报》,我的文章连续将他们两个的撇下,三人分道。校门口经大操坪至东教学楼的那段失去草根的黄土路,估计是被我们每天去传达室查找印有编辑部的牛皮信封而踏成了牛皮颜色的。我们甚至还油印了一份刊物。陈兵是文静的刻印员,他写一手经过专业处理的好字,是学校副书记的公子,更有机会接近钢板、蜡纸和油印机。负责出刊的成员还有钟兴、肖黎等。

这三年,文学社历经肖新平、游祖丁、陈扬桂老师的辅导。由此结识陈洛湘兄,一个内敛的阳刚才子。我俩几次在校门右边的坟地探讨,留下不可磨灭的踪迹。133班有肖虹、陈光杰君等诗歌积极分子;138班廖洪潮君,爱情诗层出不穷。他们四个分科后到了134班。我们高二时,来了1991届的罗晓晴,是罗长江先生的公子,有其父亲的风采。那时海啸读初中,开始展露身手,常常夹一沓诗稿,从西教学楼经过几棵桂花树,来到134班教室。今年国庆,我俩悄悄回到校园转了一圈。

秋风打着秋千,与我们一同忆起那张春天的脸。

## 八

我想回到你们中间,努力地搜集一些春天的法国梧桐树叶,它们在校园的大道上放出无数飞絮,毛茸茸的,让人心痒。

食堂在1988年兴起餐票制革命。最起码,我们难挨的时间可以吃饱了。我想把剃头的漂亮师娘、吃饭、洗澡、黄土高坡的情话等诸多逸事给还未回来的同学留下空位。我不想像学生会主席邓正贤一样,站在高台,将1990届的心声完全向大家表白。

但我想再说说高一,那时的校长宋鹤鸣先生,从名字上看就是一个国学甚深的人,一颗"化学脑袋",古诗词功力颇深,二中正是在他的率领下开创了南迁的辉煌。高二高三时的校长颜扬孝先生,如果手上有一条竹梢,就是一个放牛的瘦小老头,但行伍出身的他上政治课时可以讲出流利的英文和俄文。我曾几次受恩,被请到他家吃炒腌菜加腌菜汤,感受物质生活的低调。邓力群摸走他家的一只鸡,第二天先生找上来,轻声细问,昨晚上的鸡味道还好吗?留下邓力群胆战心惊,颜校长却泰然离开。2002年先生至深圳,我专程宴请先生,他回忆我的劣迹依旧声若洪钟,对待某些卑鄙

---

新隆中学初10班和11班虽然不是同时入校,但却是同时毕业,他们也是新隆中学最后一届毕业生。

却是鹤发竖立。

一颗深爱孩子的心,藏在春天的树叶之间。

## 九

春天的资江水涨,草泥同生。我们沿着氮肥厂的排污沟,抓着校门口五分钱一个的油坨坨,去看春景,掏心窝。

春天里,刘琦领着我、陈述卿,我们找了一间靠江的平房做小屋,准备着高考。

"四月是最残酷的月份,在死地上

养育出丁香,搅混了

回忆和欲望,用春雨

惊醒迟钝的根……"

有人用阶级的仇恨将一颗善良弱小之心非法拘禁了三天三夜,老马噤若寒蝉轻轻走过。天空飘过乌云,降下这个季节的雷阵雨。有人开慧眼,启迪人世艰辛的磨难;有人感谢那段险恶泥泞的小道,以至于岁月中站出摇晃身影。同样的,春天存在。春天,我们有一百个梦想,一百种可能……

我听到一阵铃响,是否三天后的晨或昏。晚来之钟,是三年,还是三十年。

某个季节我们分到了三四斤橘子。现在,无数颗圆圆的脑袋在那片园子里晃动。当好几个兄弟一再怂恿,当我陷入当年挖下的深深战壕——我们栽下橘树——我写下这篇文字。其实我们只需勇敢地面向骨头里自身的阴影踏出脚步,我们会拥有更多。

越过阴影,一百个春天爆炸,无数个春天发出新芽。

---

新隆中学为政府接管后,学校第12班改为隆回二中第1班,第13班改为隆回二中第2班,14班改为第3班,15班则为第4班。

# 那场势均力敌的较量

◇杨 国

公元一九九〇年九月,在炎炎烈日之下,在汗水与泪水中,初77班和我就读的初78班一百多位十二三岁的男孩女孩,克服了想家和孤独的情绪,非常圆满地完成了新生入学军训,两个班级的最终成绩,也是伯仲之间。估计当时没有人能想到,军训为两个班级一场长达三年的竞争揭开了序幕。鉴于军训的表现,教语文的刘胜保老师,写出如下的文字以之勉励:

苦不苦,想想长征二万五;
累不累,想想革命老前辈;
行不行,新生训练见分明。

杨国,男,1977年出生,隆回金石桥人。1990~1996年先后就读于隆回二中初中78班,高中177班、176班,1996~2002年在复旦大学生命科学学院学习,获得硕士学位。现居上海,任职于某生物公司。

## 优秀班级大竞争

那时候,班与班的竞争,目标只有一个,看谁能获得"优秀班级"的称号。学校也有意或无意地为班与班之间竞争创造条件,初中部每个年级只有两个班,无论两个班有多优秀,也只有一个班能得到"优秀班级"的称号,而评选的周期为一个学年。

初一的时候,77班班主任是教数学的刘爱武老师,刘老师用爱自己子女的心来关怀她的学生,赢得了所有学生的爱戴。刘老师领衔的班级,似乎可以"预定"优秀班级的称号。78班的班主任是新调入二中的孙凤珍老师,年富力强、干劲十足,也需要争得优秀班级来鼓舞士气。

初一上学期的期中考试,年级排名前三十的名单中,78班占

---

隆回二中初1班和2班均在1953年夏天毕业,其中2班同学为了提前毕业赶进度,在暑假中努力复习,一度非常辛苦。此后,学校招生全部统一为秋季招生。

了约六成，算是先赢了一局。随后的百科知识竞赛，因为裁判的操作失误，让78班以10分的优势（最小分差）再胜一场，竞争的天平似乎开始向78班倾斜。不料在校运会上，陈艳红、袁红艳以及贺显东等体育达人非常给力，让77班彻底扭转了战局，并将领先优势保持到学年结束。最终，77班夺得第一学年的优秀班级称号，以总比分1：0领先。

初二的时候，刘爱武老师虽然继续教我们数学，却不再担任77班班主任，换成了新调入二中的物理老师谢久雄。孙凤珍老师不再教本届英语，从石门中学调入的英语老师卿松青接任78班班主任。或许是因为卿松青老师是随他的恩师——二中校长欧阳钟瑞一同调入的，他更急于证明自己的能力，对可能会影响到优秀班级评选的所有项目都非常重视，如就寝灯关闭后，宿舍必须鸦雀无声；刚擦过的玻璃窗，他会以白手套划过窗棂而不变色作为验收标准。在当时的78班，纪律委员和卫生委员，其重要性几乎超过了班长和学习委员，成为班主任的左膀右臂。每周的班级操行分评比，78班几乎每次都是20分的满分，如果哪次是19.8分（最少扣分单位为0.2分），那么周一下午的班会，几乎会演变为一场批斗会，专门批判给班级荣誉造成损失的那位同学。功夫不负有心人，在学年评分中，78班如愿获得了优秀班级称号，将大比分扳成了1：1。

关键的初三年级到了，刘爱武老师再次入主77班，而卿松青老师则继续担任78班班主任。考虑到77班在体育运动方面的巨大优势，78班有意引进一些体育尖子，如身强力壮的刘光保就是那时引入的，同时，着力激发一些有运动潜能的学生为班级争光，如宁瑾、廖胜花等，尤其是宁瑾同学，如今已成了二中体育老师的中坚力量。尽管78班做出了巨大努力，但77班也绝不会就此罢休，在体操比赛、校运会上再次甩开对手、大步向前。学习方面值得一提的是，该班天才少年周志雄初三阶段在数理化英等各科竞赛中，均取得了不俗的成绩，为班级挣得了重大荣誉。这一学年，77班再次以微弱的优势胜出，从而以2：1的比分，赢得了最终的胜利。

### 为师者，一碗水端平

"德高为师，学高为范，是为师范"，二中有很多老师，他们无愧于"师范"二字。在这里，我只想说自己最想感激的两位恩师——教了我们三年数学的刘爱武老师和初三时教两个班物理的米伯良老师。

作为史上实力最为接近，竞争无处不在的两个班级，没有势成水火，或许正是因

---

隆回二中初3班和4班1954年夏天毕业，从学业成绩来看，3班的尖子生略多一点，后来考上高中的人数也要多一些。

为刘爱武老师的存在,才得以让两个班一直处于你追我赶的良性竞争之中。因为她的尽职尽责,她的善始善终,她的公平公正,她的高尚人格,春风化雨般感化着我们每一个人。

学校晚自习大体规定了学习科目,相关任课老师一般都会到教室走一圈,解答学生的疑难问题。刘爱武老师却不是这样,她会把疑难问题收集起来,对全班进行讲解,让每位学生都能得到学习的机会。她做事从来都是不偏不倚,两个班级各上一节课。而对于没有科目安排的晚自习,刘老师也会充分利用起来,为大家讲解数学难题。正因为刘老师的公平公正和倾心付出,两个班的数学成绩一直是相差无几的。我一直认为,如果刘老师有私心的话,那就是私下里希望她的学生都能把数学学得很棒。

犹记初二暑假,刘老师牺牲自己的假期,把两个班数学还算不错的学生召集起来,进行了为期三周的数学竞赛培训,我也有幸忝列其中。正所谓夏日炎炎正好眠,刘老师每天给我们安排了很长的午睡时间,没有上课铃,每次都是她来宿舍叫我们起床。精力旺盛的我们,常常利用这大好时光躲在寝室打升级,并请求不爱打牌的同学放哨,看见刘老师远远地过来,通知我们马上装睡。有一次,放哨的同学睡着了,我们被刘老师抓了个正着,没想到平时严肃的刘老师那次并没有批评我们,反而还让我们多睡一个小时,然后继续下午的课程。这是刘老师义务为大家补课,就像她义务在晚自习给学生上课一样,没给自己增加一毛钱的收入,却给她老人家添了无数的麻烦;从饮食起居到学习安排,再到休闲娱乐,事无巨细,她都得替我们考虑。正是在那个暑假,在刘老师的联系下,我们有幸在氮肥厂食堂搭餐,吃到了比二中食堂更为可口的饭菜,至今仍然无比怀念氮肥厂的免费汤。刘老师像慈母一般关爱她的学生,是很多同学见过的心里真正只装着学生的老师。我至今都记得学校放映过的一部电影——《烛光里的妈妈》,或许就是对刘老师最好的写照。

或许,好老师的作用,不单单是上好课,更重要的是调动学生的积极性,尤其是那些少不更事的学生,鼓励远比批评效果更佳。初三的时候,米伯良老师成了我们的物理老师。作为物理课代表,我和米老师打交道自然也就多一些。米老师一直以为我成绩很好,常把我和我们这一届的传奇人物周志雄相提并论。事实上,我除了数理化还凑合,其他科目都表现平平,英语甚至可以用惨不忍睹来形容,名次也一直在年级二三十名徘徊。米老师的误会让我很尴尬,却也莫名其妙地给了我很大的信心,这或许正是米老师做思想工作的法宝所在。在两个班同学的心目中,米老师上课的时候肢体语言丰富,声情并茂,极具鼓动性,常常让大家热血沸腾,他的公平公正,他的尽

---

隆回二中初 5 班和 6 班刚入校不久,学校就由金石桥迁往六都寨。

职尽责,他的工作方法,获得两班学子的交口称赞。

县里组织的初中生理化实验操作大赛中,胡盛琼、马怀德和我代表二中参赛,米老师是领队。抽签抽的是滑动摩擦系数测定,作为主要操作者,我觉得这实验太过简单而有点掉以轻心,导致操作失误,与一等奖失之交臂。大家都很失望,我虽然做好了接受批评的心理准备,但心中还是非常忐忑。果然,米老师找我谈话了,出乎意料的是,他没有批评我,更多的是讲述细心的重要性。也在那次谈话中,米老师要我好好准备即将开始的全县物理和化学竞赛。这次,我们总算挽回了一点颜面——物理和化学都拿了县里的一等奖。

即便是父母,也有自己偏爱的孩子,恩师们也概不能外。例如教地理的周婉老师,可能更偏爱78班,在给我们上课时候,如果教学任务完成后还有时间剩下,她总会苦口婆心地给我们以激励和鞭策,而对77班的激励可能相对少一些。同样,教生物的魏仁杰老师,据说有时会给77班鼓劲打气,却很少在78班这样做。但大部分兼任两个班课程的老师,在完成教学任务之余,总是通过各种方式调动两个班级的积极性,例如在78班上课,可能会通过表扬78班,让我们信心满满;也有可能会表扬77班,让我们找到差距奋起直追。从我所了解的情况来看,这些老师在77班的课堂上也是如此,真正做到了一碗水端平。

## 才子佳人大比拼

年级前30名,通常会被当成"尖子生",例如初一的第一次中考,年级前30强的学生,二中会给该生所毕业的小学寄去一张喜报。尖子生的比例,78班通常都会略占上风,一般稍多于15人,例如初一的喜报,78班寄出了18份。而年级第一名,所谓尖子生中的尖子,77班的周志雄,78班的黄敬柳、魏木存、罗志林等人,均曾获此殊荣。

在数理化方面,77班周志雄是一面旗帜,也是一座高峰,高峰周围簇拥着汪海波、欧阳奇、周贤文、罗军波等一批高手;而78班虽然没有周志雄那样的集大成者,但魏木存、陈哲、唐军、刘勃兰、周贤勇、刘和平、胡盛琼等人,个个也都身怀绝技,在单科成绩上,总有那么一两人能和周志雄一较高下。偶尔的时候,我也能进入这个圈子凑凑热闹。两个班级数理化的PK,通常会陷入"三英战志雄"的奇妙状况之中。

78班一直是英语老师做班主任,因此两个班级的英语一直处于你追我赶的角逐中。77班的陈贵容,一直是英语学习的一面旗帜,也是在78班知名度最高的邻班美

---

初中1956届共有7、8两个班,这也是二中搬迁到六都寨后的第一次招生。

女之一。那时,卿松青老师经常在班上赞扬陈贵容的英文日记写得好,而且越写越好,以至于听"陈贵容"这个名字听得我们耳朵都起了老茧。卿老师的鼓动终于起了效果,78班的罗志林、魏木存等人揭笔而起,也忍不住赶时髦写起了英语日记,卿老师一看就乐了:"罗志林出手,第一篇英语日记就写得很好,可以和陈贵容媲美!"初中三年,陈贵容、罗志林、魏木存并称本届英语界的三剑客,大大小小的英语竞赛和考试,前三总是被他们几个瓜分。其他英语达人如周志雄、袁育林等,也都有可圈可点的地方。为了在英语文艺会演中脱颖而出,卿松青老师亲自教我们演唱《校园的早晨》英语版,这首由高枫作词、谷建芬作曲的歌曲,在78班所有英语高手的倾力参与下,一举获得了那场会演的全校第一名。

那时候,文学青年(少年)始终是非常时髦的称号,默深文艺社曾荣获"全国十佳校园文学社"称号,而臧克家题词的《凤声报》,一直是文学爱好者的圣地。77班刘志云和谢婕妤的文章,常常见诸于每期的《凤声报》;赵辽乐的文风正如他的口才,风趣幽默,既能让人忍俊不禁,又能让人回味无穷。78班的文学才子有龙怀亮、贺凯、刘烨华、欧阳健等人,但在知名度上略逊于77班的三位高人。78班阳文帮可以算半个文人,他的特长在于写广播稿,"校园之声"广播站那时经常播出他的稿件,这一点为78班评选优秀班级时做了一定的贡献,也是77班无人能够匹敌的。传说阳文帮还有帮人写广播稿换取菜票的典故,我只能说 I 服了 U。

77班和78班竞争之所以白热化,离不开那些活动能力超强的组织者。印象中77班欧阳奇、彭丽玲、肖斌、张羽飞等人比较突出,78班王芬、刘红珍、陈艳萍等女将尤为出色。欧阳奇高中阶段还曾担任校学生会主席,可见其活动能力颇受认可。王芬曾亲自上场,和同班小不点孟斌一起搭档演相声,以略带夸张的表演和丰富的面部表情,在全校的文艺会演中博得满堂喝彩。演相声一直是男生的专利,本届却有女生喜欢上台玩二人转,77班颜艳玉也是如此,当时也算是二中文艺舞台上一道别样的风景。

哪个少女不怀春?哪个少男不钟情?或许,每个人都有少年之烦恼。不思量,自难忘,是佳人。两个班级除了高人辈出、卧虎藏龙外,也可以说是美女如云。"俊眉修眼,顾盼神飞,文彩精华,见之忘俗",用来描写78班刘娟娟真是恰如其分,她以姣好的面容,修长的身材,温文尔雅的性格,成为我们那一届当然的女神。刘志云文采飞扬,秀外慧中;陈艳萍能歌善舞,能言善辩;谭晓杰小巧玲珑,我见犹怜;王芬身材高挑,能力突出;其他如刘艳萍、刘鹏、沈艳萍、邓丽艳、彭丽玲、张羽飞、陈贵容、马迪、肖智华、肖海花⋯⋯或心灵手巧,或仪态万方,构成了一道道靓丽的风景线。如果两个

---

初1957届共有9～12四个班,这一届特点有三:一是上了初中就能享受干部身份,可以转粮食关系;二是学校历史上首次同届招收四个班;三是由于反右导致很多高中招生减少,学生考高中难度史上最大。

班的美貌女生也做个 PK 的话,我认为 78 班的还是略胜一筹,或许 77 班的男生不会同意!

## 后　记

　　1993 年春末夏初,学校从 77 和 78 两个班级各挑选十名学生,免试直升二中高中部。这在二中校史上尚属首次,也是次年建立实验班的前奏。在高二时,周志雄一举考取吉林大学少年班,成为隆回二中历史上第一个少年大学生。以初 78 班毕业生为领头羊,在广纳各乡镇中学贤才的基础上,于 1996 年高考中,理科 600 分以上的学生以 5∶1 力压对手隆回一中;全县应届文科状元,则被 77 班赵辽乐同学收入囊中。77 和 78 两个班级,由此为他们的二中生活画上了完美的句号。

　　春华秋实九十载,求实创新佳话长。
　　园中橘柚仍然绿,梦里翰墨犹自香。
　　三迁风采得光大,六载寒窗破铁墙。
　　师生同聚齐呼唤,热血青春铸辉煌。

初中 1958 届共有 13、14 两个班,两个班实力不相上下,竞争很激烈。当届就读时正值反右时期,很多受欢迎的老师都被打倒,同学们心里难以接受。

# 恰同学少年

◇王育红

记忆就像一滴滴河水，在岁月的河床上慢慢汇聚，然后静静地在心灵的某个角落里汇成一条河流。流年似水，回望流逝的青春岁月，而今已化作珍贵的记忆深藏心底。

穿越时光隧道，23年前入读隆回二中高中1994届（158～163班）才子佳人的一幕幕逐渐清晰起来……

### （一）记忆犹新的个性教师

我们这一届经历两任校长，其一是欧阳钟瑞，其二是罗宝田。可惜我对校长没有太多的印象，毕竟学生和校长接触的机会是少之又少。庆幸的是我们那届确有太多的个性老师值得永远回味与怀念。

王育红，男，20世纪70年代出生，隆回七江人。1991～1994年先后就读于隆回二中高中部160班和158班，现供职于隆回县水务局。

数学老师隆万里教学很有一套，一大批人在他的教导下进步很快。而隆老师做思想工作更有一套，每到晚自习第二节课，往往就是隆老师尽情发挥的时间，那雄浑低沉的声音震撼全场，同学们听得默不作声，连写字的声音都能听得见。历史老师金龙永教学纵横捭阖，思维严谨细致；政治老师谭孟民上课一丝不苟，敬业精神强；数学老师丁火焱始终带着微笑，不轻易批评人；英语老师王书博能与学生打成一片，篮球乒乓球打得超好；化学老师胡绍轩魅力十足，上课幽默感强；美女老师郑伟华则被称为会"驻颜术"，显得像一个学生妹……

谭奇洪、范善成两位语文老师在同学们心目中的印象颇深。

---

初中1959届共有15、16、17、18四个班，这一届最大的特点是按照身高分配班级，15班同学身材普遍高于其他班级的同学，18班的同学身高相对较低。

谭奇洪老师戴一副墨镜，语文课大半时间用来讲故事，天南地北乱扯一通，却往往能引人入胜，他最喜欢女同学写的情窦初开的作文。有一次，郑岚同学写了一篇有关爱情的抒情散文，被谭老师当作范文在班上念，对于一些意境朦胧的佳句，他会多加分析，引得男女同学都陷入情思。谭老师自己也喜欢写优美的文字，当他把文章当着同学们读出来的时候，大家都陶醉了。猝然间，大家发现谭老师笔下的主人公竟是班上的某某学生时，都惊讶不已。男同学为老师的这种前卫欢呼不已，女同学则幻想着成为故事中的主人公。或许是文人固有的浪漫，或许是故事的主人公真有那么的高雅，总之，大家开始相信在这个世界上原来还有这般美好的爱情。

范善成老师笔名"善哉"，喜欢爬格子，在诸多报刊杂志都能见到他妙笔生花的文字。但我们记忆中印象最深的可不是他的文字，而是他那喋喋不休的演说。在丁字楼前的大操坪里，在教学楼前的水泥路边，常常见到一大群人里三层外三层地围个水泄不通，不用看，一定是"善哉"老师在眉飞色舞地向同学们讲东西南北的故事，讲得唾沫横飞竟毫无倦意，我真是不得不佩服范老师的热情与魅力。

师恩难忘，写出这点陈年往事来，没有褒贬，只是回忆。

### （二）那些时常挂在嘴边的女孩

常说，青春是美好和快乐的。一群年轻人可以为一句无关紧要的话争论得面红耳赤，可以因为老师的一句表扬高兴得手舞足蹈，更可以为一个喜欢的女孩相互厮打……

男生的世界里没有美女的话，生活就会黯然失色，谈论美女便成了学习之余必不可少的一部分。尽管时间过了许久，当一群朋友闲聊时，漫不经心的话题还是会转移我们这届公认最漂亮的女孩邹岚身上，只可惜她凋谢得太早太早。在一个周末的午后，女孩在原隆回新华书店门口候车，被从天而降的挡雨板当场夺去了鲜活的生命。那年的她，是那样的娇艳动人，是那样的羞羞答答，娇小而不饰雕琢，纯真而不失美丽。晚上睡觉时，室友们的话题将近一半是关于她的，几个害羞的男孩子虽然没有参加讨论，但是后来他们说在谈论她的时候，他们都全神贯注地倾听着，可是除了遗憾还是遗憾。

当然，遗憾之余，还有更多时常挂在嘴边的女孩。经评议，1994届的美女风云榜上榜的佳丽主要有：蔡小梅、黄琴、郑岚、卢艳、肖玲、邹锋云、袁海燕……每个美女都有很多的故事，每一个故事似乎都不可复制，有天真浪漫的，有成熟透了的，有小心翼

---

初中1960届共有19、20、21、22四个班。这一届也按照身高分配班级，19班同学身材普遍较高，依次降低。学业成绩上，20班较为突出。

翼的,有胆大妄为的……高中的学习有时候压得人喘不过气来,以美女为主题的卧谈会让男生保持一种放松、愉悦的心情。

比如,有人谈到"廖晓丹同学不食人间烟火",大家一致认可,其实廖同学只是想单纯地谈恋爱,不想过早地偷吃禁果而拒绝男友的要求罢了。肖同学唱歌时跑调也是卧谈会的热门话题。班上和学校的晚会她又喜欢表现,有人曾风趣地说:"她唱第一句,让人刮目相看;她唱第二句,让人瞠目结舌;她唱第三句,让人痛苦不堪。"她听到后总会不满地回敬一句"白痴",然后大家一起狂笑。不过,她有好多地方值得我们学习:成绩优异,待人诚实,对朋友好,写作也很棒……

记得有人说过:"老师们分两类,一类是教得很好也教过我们的,一类是教得很好却没有教过我们的;男同学分两类,一类是我的情敌,一类是帮助我追求过女同学的。"胡信松则大声说:"女同学也分两类,一类是我暗恋过的,一类是暗恋过我的。"此言一出,我们惊讶不已。诚然,在只想追求考大学的高中时代,大部分人都只是暗恋,真正恋爱的还真是为数不多。

### (三)让人不能忘却的极品男生

应该说每个男生都有个性的一面,在此只是简单地例举。

首先想说半夜翻墙的君子们。半夜翻墙本不是好事,尤其是高中的学生,可是在我们这一届里却是常事,翻过墙的往往沾沾自喜,没有去翻的被说得跃跃欲试。记得一次月假,我们寝室有四个人没有回家,有个鬼崽仔突然冒出一个鬼主意来,说是去街上看录像。正值青春萌动的时期,大家心里都很期待,苦于没有谁说出来,毕竟那是一件不雅的事情。主意一出,又逢放假,几个人就去街上逛街踩点。当时隆回街上录像店到处都是,我们偷偷溜进现在神龙宾馆旁的一家录像店。老板很够意思,并没有把我们这些人当作学生,把最过瘾的大戏给放了出来。几个鬼崽子看得忘记了时间,一晃竟到了午夜时分,没车回去只好走路。约摸个把小时后终于赶到了校门口,可惜大门紧闭,大家不敢惊动门卫,只好轮流翻墙。结果胡某某运气不佳,裤子被挂在了一个露出的铁钉子上,只好穿了条短裤匆匆跑回寝室。多年来,每每谈论至此,大家都会狂笑不止。

其次想说人称"骚鸡公"的恋爱高手。骚鸡公确实是人如其名,本人与之为伍甚感汗颜。该同学至少有两大特长,一是恋爱胆大包天,二是恋爱之余成绩超好。印象中该同学和很多漂亮女生都谈得来。尤其是高三那年,该同学与一美女分坐前后座

---

初中1961届共有23、24两个班,两个班级各方面比较均衡,其中24班由体育老师担任了三年的班主任。

位，每次下课铃响后，该同学回过头来第一件事就是与后排女生持续热吻，让我等胆小之人面红耳赤，而他们竟能在众目睽睽之下如此投入，让人折服得实在不行。更让人佩服的是，该同学恋爱后定能全神贯注地学习，每次考试几乎都是坐头把交椅。老师多次强调不准谈恋爱，不能因为恋爱影响学习，可这些在该同学身上不管用，搞得老师最后不得不妥协。我想很大一部分人看到此都能猜出此人是谁了，他也是我们那届应届文科毕业生之翘首。

最后再例举三位男生，他们的表现无不令人叹为观止。其一是162班的胡小良，胆子可不是一般的大，某次曾约女友爬上老虎山，欲偷吃禁果，但女友还只想恋恋爱，并无此思想准备，情急之下，胡的双手被抓个稀烂，一时传为笑柄。其二是160班的阳广奇与女友亲密之时，被女友当场拒绝，后女友情绪失控竟然向老师反映阳某行强，学校因此而将阳同学开除。可是若干年之后的某一天，该女在网上发一博文，对当时之事后悔莫及，说是当时阳同学并未得逞，导致污人清白、毁人前程，郑重道歉……唉，让人无可奈何！其三是159班的周建湘先生，该生对同班某女甚是动心，求爱信写了一箩筐。有一个周末，周建湘突然发现课桌里有一封信，写道："我知道你的心意，今天下午黄土高坡，不见不散……"周建湘欣喜若狂，中餐后拒绝同室好友的活动邀请，一路狂奔到黄土高坡的水塔边，偷偷摸摸，左顾右盼，直至黄昏日落也不见佳人现身。周建湘心情跌至谷底，晚饭也没有吃，回到寝室后蒙头便哭，室友们却哈哈大笑不止，周建湘方知上了当——那是室友们上演的一场恶作剧而已。

### （四）让人留恋的开放式管理

众所周知，隆回二中是实行封闭式管理的标本学校，但我们读书那会，二中当时的管理却还是开放式的，晚饭后的下午和周末大家都可以自由地出入校门，相比现在的学生而言可谓幸运百倍。印象尤为深刻的是二中校门口的桌球场到处都有，晚饭过后便是三五成群的一场场桌球比赛，直至上课铃响才拔腿飞奔入教室。忆昔日之好友欧阳铁树，与我是一个高矮组合，我们的共同爱好就是都喜欢围棋与桌球。周一至周五的三餐饭时间必有三盘围棋厮杀，我俩吃饭天生很快，别人还在排队我俩的饭已全部入肚，然后争着跑到教室，在大黑板上画一个大大的围棋格子，一个画×，一个画○，一场大厮杀就此开始。只可惜操练了那么久，本人下围棋始终属于泛泛之辈。事隔多年，不知欧阳君棋艺是否大有长进。周六与周日的下午，我俩绝对会在桌球场上杀得天昏地暗，想想真是快乐至极。

---

初中1962届共有25、26、27、28四个班，其中27班为重点班，由于国家经济困难，生源流失，四个班后来合并为27和28班。

当时还没有网吧,大家走出校门除了进桌球场、电子游戏厅,还有一个重要的场所,也是太多的年轻男女不能忘却的地方——资水河畔。那时,谈恋爱的情侣在河边的草地上卿卿我我;朋友们买些零食围成一圈一边吃喝一边畅谈理想与人生;爱学习的同学在河边大声朗读之余畅享清新的空气;还有的同学喜欢花五角钱买张船票坐到对岸;极少数在盛夏的时候干脆脱光来个裸泳……后来,出现了一起学生溺水事故,这片乐土才被学校划为禁地,严加看管。

### (五)默深楼的第一届主人

1994年以前,二中有个四合院,那里没有外来人员打扰,环境相对清静,是个读书的好场所,所以学校有个不成文的规矩,凡高三毕业班都在四合院就读。进入四合院就读除了能提前感受高考的硝烟,还能近距离接触二中最神秘的地方——地下防空洞,听说二中以前是林彪某部的驻扎地,在那个充满战争威胁的年代,该部修了这个防空洞,防空洞的一个出口便在四合院。我们对四合院和防空洞充满了向往和好奇,可是我们却没能成为四合院的最后一个堡主,也没有机会深入防空洞领略风景,但却有幸成为"默深楼"的第一届主人。

"默深楼"位于进校门面对丁字楼的最右侧,竣工于1994年上半年,以五层的高度成为当时隆回二中名副其实的的第一高楼,被冠为"教学一楼"。后来,随着二中又新修了很多教学楼,这栋"教学一楼"便成为默深中学的教学楼,此后便叫"默深楼"。"默深楼"和别的教学楼最大的区别就是楼顶是开放式的,两侧都有楼梯直通楼顶,课间或饭后休息时间,学生可以自由进入楼顶赏全校风貌。

由于默深楼的修建,四合院便拆除了。我们这届在高三的时候刚好成了默深楼的第一届主人。如今的四合院旧址,则成了一片郁郁葱葱的杉树林。

### (六)难忘果园柑橘香

记忆中,在今天二中体训馆的西边是一片柑橘园。橘园平常是封闭的,但有一扇门很容易打开,傍晚或是周末,往往成了不少俊男靓女幽会的理想场所。这个橘园有专人负责栽种浇灌,偶尔也有成批学生来搞义务劳动。进入二中的新生,最开始的集体劳动往往是采摘成熟的橘子。

记得刚进二中不久,在二中读初中的刘鹏程就带领我参观了这个果园,当时这一切在我眼里满是新鲜和好奇。由于新生相对更容易管理,每次摘橘子都成了高一新

---

初中1963届最初有29~32四个班,由于国家经历三年经济困难时期,超过16岁且有劳动能力的学生被要求回家从事生产劳动,于是29、30班被合并为30班,31和32班被合并为32班,一直到毕业。

生的专利,果园也在这里迎接着一年一度的新生,见证着二中年复一年的丰收,还有年复一年的变化。秋天一到,园子里的橘子便像小红灯笼一样挂在枝头,娇艳欲滴。记得那是一个星期天,刘鹏程悄悄告诉我们去橘园的捷径,约了三个人翻到橘园里去偷橘子,那累累的果实泛着红光,诱人的香气,沁人心脾。我们享受着甜美果实的快乐,也有着没有被抓的庆幸,现在回想起来确实有点幼稚可笑。最好玩的当数学校安排我们集体采摘橘子的时候,一些顽皮学生早就商量好了吃橘子的比赛,大家摘一个吃一个,等时间到了,他们也吃得爬不动了,而篮筐里却还是空空如也。而一些老实学生特别是女生,摘下熟透的橘子却一个也不敢吃,惹得她们心里郁闷至极。

可惜的是,从1992年开始,橘树就开始被成批地砍掉,听说主要原因是果树已经很少结果或者不再结果。后来有人说橘园的土质很适合做砖,结果被一个老板承包搞起了红砖厂。如今那片柑橘园像我们的青春一样一去不复返了,留下的只有眼前一片被砖厂老板开采过的宽广的场地,据说二中会在这里建设新的校门。

### (七)人才济济的一届

1994届毕业生应该说是幸运的,因为1996年开始入读大学的新生就取消了毕业分配,1994年考上或者复读一年考上大学都能享受毕业分配的优惠政策,所以当时大家读书的积极性都非常高。

说到高中毕业,大家最关注的莫过于高考结果。1994年全校300左右的毕业生,大概有36人左右考上了大学(含大专),升学率约为12%。阳自贵以646分夺得全校理科第一名(也是全县应届理科冠军),入读南开大学,现留居美国,听说还与同届美女卢艳喜结连理,成就了一段佳话。应届文科状元当属风流人物谭希,一个谈恋爱与学习两不误的骚客,当年考入了湖南财经学院。

如今,我们这届才子佳人遍布各行各业。北京电影学院毕业的周劲翔在文艺界颇有影响,剧本《春光灿烂猪八戒》改编成电影后更是家喻户晓。蔡小梅现执教于华南师范大学,胡信松在湖南日报社把玩文字游戏,张学斌从大学教师转变为深圳公务员,学生会主席魏先成现供职于县人大,学生会副主席袁忠球为交通部某公司财务总监……陈林林从沈阳工业大学毕业后成了钢材行业的骄子;而李立峰则在贵州的钢材行业打出了一片天地;杨晓林从首都师范大学毕业后分配在北京市工商局,听说后来去了迪拜,准备在长沙发展互联网物流公司;陈代杰在北京自办公司,高中读书时他一副学究样子,很难想象他竟然能畅游商海中。阳青春、阳习党、黄敬良、胡小良、

---

初中1964届共有33、34、35三个班,由于生源减少,34班后来被撤销,改组后的33班和35班正常毕业。

黄琴、郑小红、刘默源等一大批才子佳人都在不同的领域绽放着光芒……

## 后 记

　　时光总是匆匆溜走，1994年毕业至今，不经意间已过二十载光阴，我很荣幸为我们那一届留下一些记忆片段。我知道当届的同学和老师对这篇文章肯定有很多的看法，还有很多的人和事都没有写进来，我在此表示深深的歉意。在人生的某个时刻我们都会忆起从前，但愿多年以后的某一天，偶然翻阅至此，会带给你无限回味与遐想。

---

　　初中1965届共有36、37两个班，两个班整体学习成绩很好，那时流行尖子上高中，成绩一般的同学读中专。

# 书生、美女和豪杰的年代

◇尹 锋

尹锋，男，1978年12月出生，隆回西洋江人，工程硕士。1994～1997年先后就读于隆回二中高182班、183班。热爱文学，利用闲暇时间参与散文集《网住那缕缕乡情》《网聚乡情》的出版工作并担任副主编。现居厦门，任职于某药企。

1994年入校的高一新生，比以往时候来得更早一些。

5月中旬，一个阳光灿烂的日子，正是课间操的时光，整个操场上的人却在不安分地往丁字楼左边张望——因为大马路中间破天荒地增加了一群做操的同学。这些人来自哪里？他们是一个怎样的群体？为什么被安排在马路上做操呢……原来，他们是隆回二中首届实验班——高178班的同学，1997届（178～184班）在隆回二中的序幕就是从这个班的组建拉开的。

## 书生荟萃

178，谐音"一齐发"，这是学校为了能在1997年高考中放一颗"原子弹"，以隆回二中初中79班和80班毕业的尖子生为主体，并在乡镇初中精挑一些高手保送而成的一个实验班。学校给这个班级配备了最优秀的师资力量：班主任由全国优秀教师、极具煽动性的政教副校长马轶麟亲自挂帅；普通话出众、教学能力一流的陈慈英女士负责语文教学；全国优秀教师朱贤舜担纲数学教学，他后来成为该班的班主任；长期负责高三教学、绅士味道十足的唐佐中被选为英语老师；上课幽默风趣、对实验班大部分成员知根知底的米伯良担任物理老师（后为杨同福老师）；操滩头口音但上课水平突出的陈联芳则带领大家把玩化学元素（后为胡绍轩老师）。从师资力量的配备来看，178班显然是一个理科实验班。

---

初中1966届共有38、39、40等三个班，这是第一届在"文革"中毕业的学生。

由于在中考前一个月就进入了高一状态,实验班同学都没参加中考,他们的档案中都留下了令人羡慕的一笔——中考成绩满分。这些书生们在马轶麟的鼓动下,个个信心满怀、摩拳擦掌,准备在高二上学期学完高中所有课程,高二下学期就参加高考,为最终成功放送"原子弹"积蓄经验和力量。可惜,随着1994年9月马轶麟调往隆回一中,实验班似乎成了没娘的孩子,接下来的三年时间里,该班换了三个班主任:高一为朱贤舜,高二为周跃平,高三为龙雪松。频繁更换班主任对班级的管理无疑非常不利,这从实验班后来的表现中可见一斑。

印象中,实验班的书生们似乎处在一个相对封闭的空间,97届在二中发生的绝大部分刀光剑影、风花雪月的故事几乎和这个班无关。这些书生读书究竟有多努力,举个例子就可略知一二。有位书生高中守了三年的教室(为了保护公共财产夜宿教室),利用就寝教室的便利,每晚都挑灯夜战,最终考上了北方的一所名校。偶尔开次夜车不难,难的是三年一直坚持开夜车。当然,实验班的书生中也有少数几个不甘寂寞的活跃分子,时不时探出头来参与一些"重大"活动,据了解,这些"叛逆"的家伙应届时鲜有人考上大学。

## 美女成群

很多人都说97届是美女成群的一届,不少来自桃花坪的城里美女,更让上下几届的男生们想入非非。不管你承认不承认,在隆回二中读书,桃花坪街上以及澄水村附近的学生天然有一种优越感,桃花坪的美女身价更高一筹也就不足为奇了。有"审美达人"曾按照气质、相貌、身材和皮肤等指标评出了97届的美女榜,刘娇艳、胡妍、彭冰玉、黄丽伟、肖秋花、谭海燕、申丽、宁贞、范雅兰、罗丽艳等人榜上有名。现在每每回想至此,皆感某些人无聊荒唐透顶。不过,好色为男人之本性,好色而不淫,发乎情,止乎礼,也可谓读书人秉孔孟之道。

每个女人背后都有故事,美女背后的故事更多。

某位桃花坪美女身材婀娜,平时喜欢穿裙子,生性爱玩的她碰到男生发出邀请,十有八九会赴约,但赴约时一定会改穿牛仔裤。后来听说她改穿牛仔裤是为了防止男生揩油,即使喝醉了,也不容易犯错。现在想来,她的自我保护意识非常强,也非常聪明。

有一身材娇小的美女,可能是因为长相甜美,性格文静,人见犹怜,让男人很有一种保护欲,所以很多男同学为她痴迷。某位兄弟就因为想追她,特意申请从兄弟班转

---

初中1967届共有41、42、43三个班,1964年秋季入校,由于"文革"动荡,教育管理混乱,本届学生全部推迟一年和1968届学生一同毕业。

人她就读的班，并千方百计将座位换到她附近。一个位高权重的学生会干部也在追她，并想办法将她调入学生会。为此，该干部与保护她的一位年轻男老师大吵一架，他口才极好，骂得老师哑口无言。那时很多人都认为，这位男老师也喜欢她，想来个英雄救美。另外，96届的师兄和98届的学弟中喜欢她的人也有不少，围绕她，真不晓得发生过多少刀光剑影的故事。

## 豪杰云集

义薄云天，意气风发，豪气冲天……这是我们这届不少兄弟的典型标签，具体反映到行动上就是"活跃"程度过分了一点。小打小闹经常有，大打出手的次数屡见不鲜，182班有十几位兄弟一段时间几乎天天打架，晚自习时进行回顾总结，讲述各自有多厉害，以后要怎么怎么打，常常讲得口水飞溅，手舞足蹈，引得一帮"粉丝"在旁边听得津津有味、痴迷不已。

其实，打架的双方并没什么深仇大恨，主要是青春期的荷尔蒙分泌太多，旺盛的精力无处宣泄。有的是冲冠一怒为红颜；有的是为了抢水；有些是为小弟出气；还有些是为了面子，争江湖大哥的地位。话说回来，在老师同学们眼里"不务正业"的这些兄弟，很多人其实是非常讲义气的，值得深交！

降级到182班的廖述斗，一副黑社会老大相，出口闭口：我一脚踩死你、我立即让你从地球上消失。不知为什么，他在高二时和181班的孙少军、把戏（真名刘贵路）等人打了起来，双方互不服气，第二天各自纠集了一班人马在教学楼前打了个天昏地暗，砍刀与棍棒齐飞，有些人被困在荆棘中，有些人挂了彩，幸好被闻声赶来的老师制止了，才没造成人员伤亡。政教处调查时，双方都不承认在打架，都说是闹着玩，最终给了个警告处分了事。说起这些参与打架的豪杰，最让人佩服的是181班的那些好汉，孙少军属于精瘦的那种，看起来并不威猛，但他有勇也有谋，一帮哥们都很服他；把戏个头不高，但非常讲义气，凡事都冲在前头……正因为有了这样的"带头大哥"，181班这块地盘一般人是不敢来找麻烦的。尽管180班有几个牛高马大的豪杰，站在那里就让人望而生畏，但真正论起杀伤力来，还是无法和181班相提并论。我想，这也是高三文理分科时181班被撤销的原因。

为了美女打架的事情比较有意思，但都因为美女从中调解，双方一般选择了单挑。最严重的一起是临近高考时，一位"英雄"砍断了"情敌"的手，然后跑到黑龙江淘金去了。最搞笑的是一位同学在前面狂奔，一位"大侠"高举砍刀在后面猛追，终于追

---

初中1968届共有44～47等四个班，由于从1966年4月开始到1968年学校正常教学秩序受到冲击，学生基本不读书，忙于上山下乡搞串联啊，指导农村闹革命，被称为史上读书最少的一届。

上了，一刀砍下去，只见前面那位应声倒下。我们赶快跑过去，结果一点事都没有，原来是"大侠"将刀锋改成刀背砍了下去，跑的人感到脖子一凉，以为必死无疑，吓晕了。

在体育特长生里面，如果论"腿功"，我觉得周建华应该是最厉害的。很多人那时特别羡慕他的跑步速度，此君要是上场打架，绝对不会吃亏，即使打不赢他肯定也能跑赢。因为打架，周建华的女朋友多次与他吵架，最后导致分手，据说那是一场荡气回肠的恋爱，江湖上至今都流传着他们的"生死恋"。

### 恋爱成风

大部分的小说和电视剧情节都一样，有了英雄和美女，绝对离不开爱情。

在教室里递递纸条，写写情书，暗送秋波，那都属于"小儿科"。那些在黄土高坡、辰水河边拉拉手，亲亲嘴的也只能说是一般般。1995年国庆节放假回校，班上一位女同学走路不太方便，后来大家才知道——她和男朋友同居了。据悉，政教处老师曾把他们从被窝里揪了出来。当时有不少情侣在外面租房同住，大部分租的是校外民房或者氮肥厂的房子，路过氮肥厂，经常可看到本届同学成双结对住在一起。至于在教室里卿卿我我，吃饭时互相喂，无聊时亲亲嘴的鸳鸯，在我们97届真有不少。

文科班有对男女，拍拖时使用了"吃纸定情缘"的高招。女生对男生说："你把这张报纸吃下去，我就是你的女朋友。"男的什么也不说，把报纸撕碎就开始吃，好些同学都在一旁围观，现场气氛还真有点刺激。最后，报纸还没吃到一半，女生就投降了："别吃，我答应你就是。"

学生会主席陈亮是老师眼中的乖孩子，也是二中那些年独有的一个学生党员，因为考中专去了，遗憾和实验班失之交臂。这位老兄既高又帅，哪有不惹美女喜欢的道理？不知从何时开始，这位仁兄也亲自谈恋爱了，但坠入温柔乡似乎对他的成绩没有太大影响，多次大型考试他都名列全年级第一，把实验班的那些高手掀了个人仰马翻。虽然说大部分人的相爱并不代表未来，但陈亮算例外，听说他后来和周红梅修成正果，喜结连理。

### 封闭式管理

1995年，隆回二中高考成绩非常不理想，其中的原因有人说是善抓政教的马轶麟被调走导致校风日下，有人说是1995届学长们的整体功底差。不管是哪种原因，从1995年秋天开始，隆回二中发生了很大的变化，校级领导班子大换血，李世藩开始

---

初中1969届共有48~51等四个班，1966年秋天入学，中间遭遇"复课闹革命"，学制缩短，学生只读了一年半就被要求回原籍，后来都草草毕业，部分同学于1969年春天升入二中高中部。

担任校长,上任后针对校风下滑的状况,开出了一剂大胆的药方——全校实行封闭式管理:除了星期天下午,其余时间一律不准学生外出。

实行封闭式管理阻断了学生和外界的联系,隆回街上前来寻衅滋事的社会青年少了很多,一定程度上保证了学生的安全。1996年高考,隆回二中获得了前所未有的丰收,全县理科6个600分以上的考生,就有5个是二中毕业生,这一成果被学校领导归之为封闭式管理出了成效。后来,虽然学校继续强化这一管理措施,但却并没从根本上带来学风的好转。如前文所述,我们这届豪杰和美女们的表现多少有点偏离学校领导的期望。谈恋爱也好,内部打架也罢,利用封闭式管理自然是解决不了的。封闭式管理真正能防范的一是外人入校寻衅滋事,二是切断年轻气盛、玩心太重的部分同学外出看录相、溜冰、打游戏机的途径。当时,有那么一帮人尤其喜欢晚上杀往桃花坪的花花世界,怎么好玩就怎么玩!有些人晚上回来得太晚,没办法从校门进入就翻围墙,每每此时,政教处的老师躲在翻墙的必经之地,翻过来一个抓一个。有些同学一玩就是一个通宵,但无论怎么玩,早操还必须得出,因为早操时考勤很严格,不出操就容易露馅。经过一个通宵的玩乐,大家的钱都被花光了,于是三个一群五个一伙就和三轮车司机说包车回学校,到了目的地后撒腿就跑,跑到做早操的人群中就消失了,气得三轮车司机吹胡子瞪眼。这种行为,业内人士称之为"打飞的"。

和学校实行封闭式管理相反,食堂却破天荒地搞了一次开放式管理。有一段时间,很多同学总是投诉食堂伙食太差,菜太贵。不知是哪位"天才"领导想了一个好主意,选出学生代表亲自管理食堂,结果导致当天亏损。主要原因是那些打菜的学生代表手里有了"菜勺柄",以为权柄在握,过期作废,所以只认面孔,不认菜票。

## 电视大餐

记忆中,从我们这一届开始,学校为每个班配备了电视机,这在那个时代还真算件奢侈品。作为校园生活的调味品,电视机偶尔会给我们带来一些视觉大餐。

印象最深的是一部叫作《多思年华》的校园题材电视剧,同学们都爱看,就算那些平时惜时如命的学霸,也忍不住出来瞅上几眼。《多思年华》丰富了大家的生活,让我们感受到了教师职业的崇高,也拉近了老师和同学之间的距离。多年过去了,我依然记得那个帅气的男老师形象。

1997年,我们毕业的那年,也是中华大地上的多事之秋。2月25日上午,离高考不到五个月了,大家正紧张地忙于备战,但学校却依然要求我们收看一代伟人邓小平的追悼会。也许是学业压力太重了,正好可以找机会休息一下,大家都静下心来认真

---

初中1970届共有52~55等四个班,这一届1969年春天入校,1970年冬天毕业。当时小升初、初升高均不要考试,只有家庭成分好的学生才可能推荐入读高中。

观看了追悼会的现场直播。相比起毛泽东逝世那天,邓小平逝世时似乎没有人哭爹喊娘,我想这并不是大家对这位伟人不尊重,相反,这恰是一个民族走向成熟,一个国家走向正轨的标志。

高中阶段我们的最后一次叛逆也和看电视有关。事情发生在1997年6月30日的晚上,也就是香港回归祖国的前夜。大家不顾高考的紧张,先是集中在教学楼收看现场直播,在五星红旗升起的那一瞬间,有人燃放了一串鞭炮,硝烟弥漫中,大家一个个激动得热血沸腾。我们深切地感受到,即将到来的高考和我们的前途息息相关,个人的发展和国家的命运结合得如此紧密。

而今,电视早已不是什么奢侈品,据说学校还办起了校园电视台,不少学弟学妹甚至还当起了电视台的记者。可大家依然怀念那时在二中看电视的时光,那是一段无比单纯的美好。

### 高考榜单

说到高中生活,高考结果绝对是一个躲也躲不过的话题。印象中,1997年全校300左右的毕业生,大概有50人左右考上了大学(含大专),升学率约为17%。众所期待的实验班大概有30个人上线,康一丰以563分夺得全校理科第一名,录取在西南政法大学。对于普通理科班来说,184班是考得最好的,肖时芳、陈亮、陈阳雄考上了本科,其中肖时芳应届考上了湖南大学,一直在那里读到博士毕业留校任教,后来还曾留学日本。考得最差的是183班,三个种子选手都只上了专科线,这种情况称之为本科"剃光头"。这一届理科考生的总体特点是——上线总数还算勉强,但尖子生没能出头。1996年高考的辉煌未能延续,实验班想在1997年高考放一颗"原子弹"的计划落空了。

如果说我们那年高考有亮点的话,那绝对要算文科班。阳文帮以583分夺得了隆回县的文科状元,花落南开大学;赵云渤以569分位居全县第三,被电子科技大学录取。文科班那年的表现在教育界强化了隆回二中在文科方面强于一中的印象,也印证了年级组长丁火焱高考前给文科班打气时说的话——隆回二中每逢单数年文科考得好。

### 个性人物

从进入二中算起,已过了二十年,很多人和事都已变得模糊,但总有一些老师和同学让人印象深刻。

陈慈英老师语文课上得非常精彩,不过,大部分同学对她印象最深的是作为政教

---

初中1971届共有56~58等三个班,两个班1972年2月入学,1974年3月毕业。

副校长作报告的时候，别的不说，单就那个普通话来说，她是二中少数几个能把普通话说标准的老师之一。作为"无知少女"（无党派、知识分子、少数民族、女干部）的典型代表，陈老师在仕途上可谓坐上了"火箭"，从副校长、教育局副局长、副县长到省民政厅副厅长，也就短短14年。胡斌老师每堂课前都会抑扬顿挫、神采飞扬地诵读《平凡的世界》。英语老师陈苾铖短小精悍，戴着一副高度近视眼镜，但底下每位同学的小动作他都看得清清楚楚，正在板书的他粉笔头一丢，必定击中开小差的学生……

学生会副主席肖志彬矮矮胖胖，但口才极佳，也自视甚高，甚至有自负之嫌。头号才女罗华丽足以凭作文水平问鼎"文坛霸主"，该女擅长命题作文，什么文学社长和文学青年，在她面前都是小巫见大巫。时隔多年，在一些师生聚会的场所，还有不少人会问起这位才女的去向。在此特向大家通报：该女应届考上了邵阳师专政史系，在老家从教一段时间后，深造于华南理工大学文学院，今任教于广东某本科院校，也算是学以致用。实验班刘颜隆，操一口浓厚的滩头口音，读书时代是一个典型的书生，文科厉害，理科更厉害，从大连海事大学毕业后，一不小心书生变商人，现为时代大陆机电科技有限公司总经理，目前是我们这届经商之翘楚。说起来有点意思，我们这届有个李鹏，因为名字和时任国务院总理同名，在当届知名度较高。李鹏很胖，不好动，但吃饭打冲锋时他跑得很疯狂，现今的他在隆回生活得非常滋润，如果再要他为一箪食冲锋陷阵，那是万万不可能了。182班有一"怪侠"，吃饭时两脚叉开站在食堂正中间，腰身笔挺，将碗端至口边，三扒两咽就吃完了。此人胸怀天下，博览群书，以毛主席为楷模，高二读完就辍学云游四方去了，说什么要读万卷书，行万里路……

初中59班和60班班主任分别为谢菊德、刘韵连，两个班1973年2月入学，1975年3月毕业。这也是"文革"期间二中的最后一届初中班，直到1982年学校才恢复招收初中班。

# 初中 98 届印象

◇刘光湘

第一次步入二中校门，是在 1995 年的秋天，看着朴素的大门和校名，心中暗想——隆回二中，我们来了。

我们从四面八方赶来，在赧水河边聚集。黄土高坡边上的那个小院，就是孩子们的宿舍。条件确实有些糟糕，但拥挤和潮湿并没有带给这群孩子太多的不快，每天晚就寝的时候，院子里总是热闹得像个农贸市场。4 天的短暂军训在梧桐树下的清凉中进行，也吹响了我们初中生活的集结号。三年的初中，把记忆装点得满满当当、美妙异常。

刘光湘，男，1982 年出生，隆回西洋江人。1995～1998 年就读于隆回二中初中部 90 班，1998～2001 年就读于隆回二中高中部 206 班。现居广东惠州，任职于驻粤某部队。

## 四个班的合奏曲

我们的上一届还只有两个班，到我们这一届扩成了四个班——89、90、91、92 班。四个班级的故事，像一部小说的四部曲，亦像一首乐曲的四重奏，或动或静，或舒缓，或激昂，都有各自的经典，都有自己的旋律。

89 班总觉得像个绅士，安静中带着一丝儒雅，自由开放的班风，浸染着浪漫风情，有些少男少女在心底已开始萌动着对心仪女生或男生的青涩爱意。班主任魏华习老师也是个很温和而有风度的人，他不拘小节，对班里倒也从不苛求，脸上总是挂着会心的笑容，班里氛围很是和谐，不爱争，不爱闹。后来换了尹建新老师接任班主任，氛围有了些许变化，尹老师看上去要冷峻许多，不苟言笑。彭珍丽是 89 班的优秀代表，同学老师都很喜欢

---

隆回二中初中 1985 届共有 61、62 两个班，班主任分别为刘林杰、马轶麟，这是"文革"后二中恢复初中部招收的第一届学生。

她。也有像李海雄等同学，极尽捣蛋之能事，现在却也发展得很是了得。

90班像一支军队，严谨，正规，还透着一丝古板，班里像范君、陈细玉等喜欢躁动的同学也还不少，只是到了这种环境里也难以掀起什么大浪。任课老师都很喜欢来90班上课，因为班里都是乖乖孩，上课纪律很好，很省心。班主任谢坚明老师大学刚刚毕业，年轻而充满激情，对班级的管理包括他对自己的约束都近似苛刻，追求极致。90班班规很严，不管是学习还是养成，都有严格规定，所以不时有同学因为违纪而需要写说明书，其实就是检讨书，一学期下来三两百份检讨怕是有的。曾令旗、范良在班里不光是好学生还是优秀班干部，偌大的一个班级，在他们俩一个班长、一个书记的带领下，搞得井井有条，因此他们算得上是90班的有功之臣。

91班班主任肖民康老师平日里治学严谨、不苟言笑，私下却是个浪漫雅兴之人，一次组织春游，青山绿水中，肖老师拉着他美丽的妻子在青青草地上跳起了情意绵绵的双人舞，让所有学生叹为观止、拍手叫好。在肖老师张弛有度的管理下，全班整体学习水平居高不下，课外文娱活动也组织得风生水起。学生个性鲜明，能动能静，能收能放：班长陈振中是文武全才；袁凤贞、欧阳丽婷、黄秀花是美女学霸；李娟、陈芳、刘小艳是成绩优异、时刻不分离、永远黏在一起的"铁三角"；马小科、阳凌飞、杨晓桃头脑极其聪明，却也是让老师头痛的调皮捣蛋鬼；阳春美不但学习出众，一手粉笔字也写得龙飞凤舞；刘卡迪和陈莉莉，一个劳动委员一个卫生委员，工作配合默契，"卫生流动红旗"常驻门楣。

90班和91班两个特点迥异的班级紧邻，在学习、文体、卫生等各方面暗中较劲、难分伯仲，成为老师们津津乐道的话题。

92班从来不信奉中庸之道，因而不乏出类拔萃之人。全年级学习最拔尖的人总是出现在92班，全年级最捣蛋的几大金刚也被92班包揽。班主任陈世楚老师人很好，像个慈祥的父亲，说话总是语重心长，有时还有些啰啰唆唆。对于好学生，陈老师爱摸摸他们的头，拍拍学生的肩，脸上挂满欣慰的笑容，有时也会生气窝火，圆睁着双眼，透过高倍的近视眼镜，让你不敢正视他的嗔怒。92班那个叫廖秀秀的女孩，是我们这个年级的共同记忆，诚如她名字，秀者，精英也。她就是我们这一届的精英，次次考试都是她独占鳌头，而且她初一时就拿到了全国英语大赛的特等奖。她是老师们的宠儿，更是陈世楚老师的宝贝。一说起廖秀秀，陈老师总是眉飞色舞，两眼放光。廖秀秀被树为我们98届的旗帜，当然也是我学习的标杆，更是尖子生暗暗角逐的对象，后来她去了一中……92班的陈明也非常厉害，只是那时完全被廖秀秀的光环所掩盖。不过是金子总会发光的，陈明2001年以高分被清华大学录取，成为新世纪隆

---

隆回二中初中1986届共有63、64两个班，63班先后由陈尚志、刘爱武两位老师担任班主任，64班一直由米小武老师担任班主任。相比之下，64班比较活跃。

回二中的第一个清华生。

## 我们这届的老师们

  生命中有很多人,有如烟云,匆匆而过;生命中也有很多人,会刻在你的记忆里,烙上深深的印痕。初中的那些老师们,有的为我们打开了知识之门,用他们渊博的学识,敬业的精神为我们播种文明;有的为我们打开了心门,让我们不断成长,脱去稚嫩;有的为我们开启人生之门,教我们如何做事,更教会我们如何做人;有的为我们开启了梦想之门,鼓舞我们奋斗,更激励大家求索。

  龙吉水老师教我们的时候已是花甲之年,四个班的孩子他都带过,我们都叫他龙爷爷。他是位长者,任何时候都是那么的和蔼慈祥,从未对我们发过火,从不轻易批评人,就是说话也总是轻轻地缓缓地,像一缕温暖的风,甜甜的,美美的,这种记忆至今仍是那样清晰与温馨。他是位学者,他总有讲不完的故事,说不完的经典,他最爱讲的还是隆回的巨儒——魏源。龙老师的学识很渊博,他的诗词总是荡气回肠。我们一直都爱着他、敬着他。

  陈晚姑老师是我们第一任英语老师,个子不高,戴一副眼镜,笑起来会露出她的板牙。课堂上她活力四射,激情无限,大家都会不自觉地被她的情绪所感染,上她的课总是感觉时间过得很快,不知不觉已响起下课铃。只是她教我们时间比较短,只有年把时间,就去了邵阳师专。后来的英语老师王飞,很年轻很漂亮的一位女士,特别注意自己的形象,穿着总是很讲究也很得体,有时一节课上完,王老师都要回去换件新的衣服再来上下节课。

  生物老师李自力说话口音很重,鼻音特浓,特别是初一的时候,我们听课时还是要费些劲的。李老师是个很随意的人,不修边幅的那种,甚至有时一副扣子都扣错了,不过他学识渊博,知识点的讲解都是如数家珍。对了,他还是个律师哦,偶尔还会在我们面前吹嘘吹嘘。数学老师肖体玉总是一副学者形象,穿一身朴素的中山装,他时常会和我们讲起他的过去,他之前是考上清华的,可是因为时代的原因,没有能够去成,这破碎了他的梦想,让他有些郁闷,不过他又会得意地告诉我们,他的儿子后来也考上了清华,圆了他的梦。曾四明是我们的化学老师,这个名字挺好记的,上课时,曾老师总爱用沾满粉笔灰的手,捋捋他那三七开的分头,时不时一个潇洒的甩头,再顶顶他的眼镜,然后继续激昂地为我们讲课。刘东焕老师则喜欢在做化学实验时重复着他的经典台词:要把这个药品,轻轻地,慢慢、缓缓地,十分小心地倒入试管当

---

  隆回二中初中1987届共有65、66两个班,两班实力相当,各经历三任班主任,初二后学校搬迁花门,同学们转出转入,大家提前感受离别。

中……让我们忍俊不禁。

## 书生意气的成长与彷徨

我们这一代人都被说成是跨世纪的一代,那时在作文里面还经常会出现"我们要做 21 世纪的接班人"之类的文字,只是跨世纪这个概念对我们这些孩子来说还是有些模糊,初中才算是真正的启蒙。

关于政治的启蒙并不是从政治课本中学来的,那时二中有几处报刊长廊,一个是高中部前面的报刊亭,一个在丁字楼一侧的柚子树下。张贴的报纸很是丰富,估计有二三十种,更换也很及时。一些关心时事的同学,当然以男孩子居多,在休息时间,总是喜欢过去转转看看,了解下国内外的大小事件。这些同学也多半喜欢把看到的一些新闻拿来评论评论,虽谈不上专业,倒也慷慨激昂,有时几个人还会为了坚持自己的观点而争得面红耳赤。1997 年 2 月邓小平同志去世,那时我们初二第二学期刚刚开学,春暖乍寒,全校师生肃立在操场,降半旗为一代伟人默哀。他老人家一生想去看看"自己的土地"——香港也在当年 7 月 1 日回归了祖国,我们都观看了现场直播,这是我们初中生活中的政治大事,很多人都是因为这些而逐步开始关注和关心起国家大事的。

初中是我们人生观价值观形成的关键时期,真的要好好感谢我们各班的班主任,他们是我们人生最紧要处的领路人。他们把做人做事的道理教给了我们,并与我们同行。好比 90 班的班规里就有一条:任何人不允许吃零食。这一条班规被严格执行并得到坚持,所以现在 90 班的很大一部分同学至今都不喜欢买些杂七杂八的东西吃。

二中的升国旗仪式也是个很好的人生课堂,国旗下的讲话,让人印象深刻。学校的领导或者哪位德高望重的老师,高高地站在丁字楼的观礼台上,放眼一望,下面是黑压压列队的学生。有的说人生,老师们有的谈理想,有的讲奋斗,这种人生的大课,让人受益匪浅。印象最深的是陈慈英校长的演讲,声情并茂而不失温柔亲切,激情四溢却绝对稳重端庄,一口超标准的普通话掷地有声,让人听了心悦诚服。

二中的量化评比也是一绝,从上课学习到内务卫生,再到行为规范,都有量化评比。政教处、教务处时时都在监控,学生会的庞大队伍也活动在各个角落。经常会有同学因为上课开小差被抓,因为早操来迟而罚站,因为打饭插队而被逮个正着,或者因为校牌忘带而被罚分,之后就会被公之于众……当然也有加分项目,拾金不昧的最

---

隆回二中初中 1988 届共有 67、68 两个班,两个班初中三年从来没有换过班主任,67 班为龙吉水老师,他对班级实行怀柔政策;68 班为刘林杰老师,一直以"严厉治班"著称。

多,想来这个可能是最容易实现的加分项目罢。不得不说,这些评比措施都很好地约束和规范了我们的行为,算是一种导向和引领吧,回想起来,对我们的成长还是很有帮助的。

那几年,初中毕业考中专还是个很不错的人生选择,但已经面临着政策的调整。到了1997年,除了师范专业外,其他大部分中专学校毕业都已经不再包分配了,但还是有很多的家长愿意让自己的孩子报考中专,早点出来工作挣钱。我们,不得不面临这样的选择,考中专或者升高中?我们第一次出现了人生的彷徨,选择是艰难的,因为这将改变我们的人生航向。1998年毕业那年,有不少的同学最终还是报考了中专,特别是女生比较多,当然大部分同学选择了高中,也有小部分同学因为各种原因放弃了学业。事实证明,不同的选择,成就了不同的命运,时常想来,总是记起那句话"人生最紧要处只有那么几处……"不胜唏嘘。

毕业十六载,当年的梧桐,如今已不见踪影;新换的香樟,并不能抹去我们的记忆;大道两旁的玉兰,继续绽放硕大的花朵……奔跑的脚步,像风卷过黄土高坡,梨子园飞舞的雪花里,是谁在那里放歌?楼前的迎春花,你是否依旧把春天涂抹成金色?爽朗的读书声,还萦绕着那栋二层的教学小楼。

我们在这里笑过,我们在这里哭过,我们在这里奋斗过,无论我们走到哪里,无论我们身在何方,我们一刻也不曾离开过。

隆回二中初中1989届共有69、70两个班,这是二中搬迁到花门招收的第一届初中班。

# 我们就这样长大

◇周玉意

周玉意,男,1980年3月坠落在隆回横板桥镇一个叫野猪冲的小山坳里,刨着黄土长大,心态苍凉加上视觉偏差,在心理产生一个矛盾的世界,心灵在摇摆中需要给坚守寻找一个恰当的理由。1996～1999年就读于隆回二中高196班,冲刺三次高考后还混个非名校毕业,名不见经传。现定居邵阳,一直在通信行业为生计而奔波。

1996年初夏,隆回县城遭遇的那场百年难遇的大洪水,刚好发生在中考结束的第二天。那场洪水漫过了隆回大桥,淹没了隆回一中的图书馆。或许是因为这场洪灾,注定了我们这届高中是不平凡的一届:有伟人离世的悲切,也有香港回归的喜悦;有98抗洪救灾的揪心,也有"湖南第一操"被社会认可时的自豪;有我驻南联盟大使馆被炸后的振臂高呼,更有高考考场上的奋发图强……

## 整顿校风:从规范制度入手

1995年,隆回二中高考失利,学校新任领导班子痛定思痛,适时推出了封闭式管理政策,多管齐下狠抓校风校纪。到我们99届(191～196班)入校时,封闭式管理经验日臻成熟,效果明显,当年高考大放异彩,涌现出杨国、魏木存、廖运河、魏树权、马冠群等五位理科600分以上的高手,而隆回一中只有刘胜智一人上了600分。二中高考如此强势,社会各界都归功于封闭式管理的实施,于是在我们这届上高中时,隆回县出现了一个奇怪的现象,很多家长都热衷把孩子送往二中而不是一中。

尝到封闭式管理甜头后,学校着手将有关成果汇编成《隆回二中规章制度汇编》,该册子采用 A4 纸油印,用牛皮纸做封面装订而成,并由时任校长李世藩作序。我们入校后的第一堂班团活动课,就是学习《隆回二中规章制度汇编》,班主任带领全班

---

隆回二中初中 1990 届共有 71、72 两个班,两个班初中三年从来没有换过班主任,71 班为刘爱武老师,72 班为刘胜保老师。

同学重点学习其中的《隆回二中学生行为规范》，要求每个学生领会、遵守各项具体规定。学校对各班实行操行分量化评比，班级又对学生个人进行操行分管理。每周一中午，学校最热闹的地方就是丁字楼与东教学楼之间，成群结队的同学聚在一起查看政教处公布的各班操行分扣分明细及总体排名。

尽管规矩繁多、制度森严，但学校难免也有一些不和谐的音符，其中最乱且最容易发生斗殴的地方就是开水房。开水房位于食堂和灯光球场的下面，全校近1500学生全靠那10来个水龙头接开水喝；要是洗澡的话，只有一个大龙头可接热水，大家一般都是接两桶水去澡堂擦一下就算洗个澡。可想而知，开水房这样的地方是非不多才怪呢。负责保卫工作的蒋平如老师统计的数据表明：学校发生的斗殴事件，70%都是在食堂就餐和打开水插队时引发的。

为了预防打架斗殴事件，从我们这届开始，政教处每天都安排学生会保卫部干部在开水房执勤，督促同学们自觉排队打开水。这一做法立竿见影，以前打开水拥挤、争抢的现象得到了有效治理，斗殴事件发生率明显下降。后来，开水房的执勤任务从保卫部移交到了生活部，生活部部长周建华因而成为风云人物。周建华，瘦瘦的个子，高一193班，高二文理分科转到196班。他对工作很负责任，每天在开水房及食堂就餐执勤都是亲力亲为，不讲情面，我们大家都称呼他为"三毛"。我对周建华的记忆，除了他与女生黄水红的"绯闻"让人大跌眼镜外，就是在担任生活部长的两年时间里，他工作学习两不误，在高三时被评为"湖南省优秀学生干部"，享受高考优惠加分。

对于那些不安分的同学来说，封闭式管理无疑是一场"灾难"。无奈之下，胆大者只好晚上翻墙外出，常见的几处翻围墙地点有原砖场(现科教楼前坪)与320国道最近处、高中部教学楼前坪、教师楼东侧的某片梨园处、黄土高坡原自来水厂处……这些地方因地势低或者有大树辅助，最容易翻墙而出，成为最受捣蛋分子青睐的地方。晚上外出最主要的去处就是县城的录像厅，其中最有名的就是胖子录像厅、仙人掌录像厅。在学校严管与学生屡闯禁区的拉锯战中，学校周边的一些住户也趁机而入，最典型的事件发生在1997年下学期，自来水公司职工子弟刘伟在黄土高坡自家住宅播放黄色录像，招揽学生观看。被学校发现查处后，刘伟纠集一群人冲撞学校门卫，将主管政教的副校长贺春晖和保卫干事蒋平如老师打伤。

封闭式管理并不能完全隔绝校外校内的摩擦，但如果没有封闭式管理，隆回二中在当时的社会背景下，可能还会有更多的风波。不过，随着各项制度深入人心，随着97届、98届学长毕业离校，在我们步入高三时，学校的斗殴事件显剧下降，学风校风

---

隆回二中初中1991届共有73、74两个班，73班班主任换个不停，74班一直由刘林杰老师担任班主任。

有了明显好转。

### 江湖恩怨：十君子和十三太保的纷争

封闭式管理把处于荷尔蒙分泌高峰期的少男少女限制在校园内，却杜绝不了豪杰和美女演绎的风花雪月，也使得江湖纷争在大家身边时有发生。

细数一下我们这届的美女，也有那么好几个，梁满桃、刘京京、王艳琳、魏晓霞、阳晓……但是 98 届的师兄却对这些美女情有独钟，担心我们这届的帅哥保护不好这些含苞待放的花骨朵，有护花之意的他们于是对师妹几个穷追不舍。我们这届的帅哥豪杰们，当然也不是吃斋念佛的和尚，本来粥就不多，岂容他人分一碗呢？最终引发了 98 届"十君子"与 99 届"十三太保"一场长达两年之久的战争。

至于这十君子和十三太保称呼的来历，至今为谜。估计是双方在斗殴后被抓到政教处写检讨时，在检讨中给对方的蔑称。自古豪杰多情种！十君子里有个叫范金星的同学，对我们这届文科班一美女用情书进行过地毯式的轰炸。而十三太保里的情圣就更多了，像罗罡、刘攀、钱广、夏利贵、黄凯等，无一不是高手。顺便透露下，这里面泡妞最厉害的人当属刘攀，他毕业后追到了当时校鼓乐队的指挥、初中部的钱尹美女。

那时候，十君子和十三太保这对冤家小吵天天有，大吵三六九。教室、寝室、食堂、操场甚至桃花坪街上都是他们的武斗场，小到拳脚相向，大到砍刀棍棒，有时是偶遇发生，有时各自互下战书。开始还只是为了美女两肋插刀，随着仇怨越积越多，越积越深，最后到了看谁不顺眼就动手的地步。所以，为避免遭到暗算，这些人在校内总是成群结队出现，政教处的老师只要一看到他们任何一方扎堆走在一起，必定会跟踪他们，以防群殴事件发生。

### 校园文化：从学唱校歌开始

隆回二中的校园文化建设，历来都是可圈可点的，不说名扬全国的默深文学社，就说各个社团组织的演讲比赛、歌咏比赛、征文比赛、书法比赛、手抄报比赛……足以让人感觉校园文化的欣欣向荣和社团工作的朝气蓬勃。

记得我们新生军训完后，就开始举行歌咏比赛，这也是军训队列比赛后，各班之间的又一场正面交锋。必唱的三首歌是《隆回二中校歌》《光荣啊，中国共青团》《义勇军进行曲》。至今还依稀记得二中的校歌："辰水河边，聚集着一群炎黄子孙；孟母三

---

隆回二中初中 1992 届共有 75、76 两个班，这一届的特点是 75 班成为名符其实的考中专大户，导致为高中少输送了很多尖子生，一定程度上影响了 1995 年的高考。

迁,把校园移近桃花小镇;金橘飘香,梧桐拥翠,滔滔资水,伴着朗朗书声;勤奋守纪,求实创新是我们的校训;冲出亚洲,走向世界,是我们的理想,踏着资水,奔向洞庭,驾长江巨浪,冲出太平洋……"歌曲抑扬顿挫,豪情万丈!

歌咏比赛之后,我们在二中的学习生活才开始走上正轨。紧张的学习之余,各种社团活动调剂我们的生活。当时,为了配合学校的封闭式管理,学校领导在校园文化建设方面可谓下足了功夫,制定了"管进来,推出去"的方针。简而言之,就是校团委会、学生会领导各社团主办校园文化建设活动。这也造就了99届的学生会主席米久亮、副主席阮丽娟、团委副书记陈俊等风云人物。

1996年下学期,学校为庆祝红军长征胜利60周年,将高一6个班和初三两个班及学生会、团委会的干部编成9个连队,由政教处主任卢小军担任团长,组织了一场重走长征路的活动。从学校出发步行近百里,到湖南省优秀乡镇企业石门水泥厂参观,聆听罗厂长的创业报告。1997年上学期,学校组织了各班班长参观访问县消防队,学习消防官兵如何叠被子。1997年下学期,组织师生到邵阳市二中和邵阳师专参观访问。1998年上学期,部分团委会、学生会干部到洞口一中参观访问,观摩其升旗仪式……

1997年下学期,一批邵阳师专体育专业的大学生来到学校实习,担任97级新生班的体育老师。在体操比赛场上,新生班的队列展示让我们大开眼界。在这些实习老师的指挥下,他们的队列变换无穷,一会火箭头、一会五角星、一会太极图阵……宛如一支军队在演示种种阵法。也就在这一年,隆回二中课间操喜获"湖南第一操"的殊荣,站在旗杆下领操的就是194班的陈俊同学。直至今日,隆回二中的声誉依然因为"湖南第一操"而增色不少。

学校建有凤声电视台,常常在周日下午播放一些电视剧,每天晚自习前会播放半小时的新闻联播。在我们高二时,半夏子到了电视台工作,他将默深文学社社员文章中的一些精彩句子摘录下来,以名言警句的形式在电视中播放。到了高三时,这成为电视台一个节目被固定下来。丁字楼一楼设有投稿箱,专门接受全校师生的投稿。那时候,只要有人违纪被逮了,就会不顾剽窃之名,将一些报刊中经典的句子抄来,向电视台投稿,以期被录用,将自己被扣的操行分弥补回来。

校园文化建设的最大亮点就是一年一度的元旦文艺会演。学校各个社团、各个班级都参与进来,全体老师包括退休老师都会有代表献上节目,大家欢聚在大礼堂里,喜气洋洋地迎接新年的到来。特别记得1998年的元旦文艺会演,四个主持人中有一个是2000届的陈圆圆同学,穿着打扮连蒋平如老师都夸她成熟美丽,惊为天人。

---

隆回二中初中1993届共有77、78两个班,这一届的特点是两个班级实力旗鼓相当、势均力敌、竞争白热化。

半夏子老师根据自己在六中教学时经历的一个真实故事,编写了话剧《今天我生日》。剧情是这样的:一个顽劣子弟在学校不努力学习,直至被学校给予留校察看处分,但其却欺骗父母,制造出在学校很优秀的假象,其母在他生日那天,冒着风雪步行几十里山路到学校来看他,最终真相大白,浪子从此痛改前非。话剧经过初中部几个学生质朴的表演,感人肺腑!98届189班孙泽斌等四个同学表演的《三句半》诙谐幽默,令全场捧腹大笑。

## 养成教育:我们学会了感恩

我们步入二中大门的第一堂养成教育活动课,就是9月10日的庆祝教师节活动。各班都在这天自发举行献礼活动,活动形式多种多样:有的在课堂上给老师送束鲜花,有的在讲台上给老师泡一杯热茶,有的给老师写首诗歌大声朗诵,也有许多同学给老师送上自己制作的贺卡,还有的结队前往老师家中进行慰问……那一天,我们用自己特别的方式向老师表达自己的感恩之心。学校在那天则组织了教师和学生代表的座谈会,师生之间畅所欲言,主要谈教师教学中的优点和不足,让教师了解学生对自己的看法,适当调整教学思路和方法。

学生用庆祝教师节的方式感恩自己的老师,而学校则在中秋节为远离家庭的学生营造温馨的氛围,校园里教师与学生之间互存感恩之心,其乐融融。记得中秋节当天,学校会在这天向全校师生祝福节日,并给每个学生发放一斤月饼,当天晚上可以不上晚自习,由各班组织中秋晚会。最兴奋的要数发放月饼的时候,各班班长带人到学校总务处领取月饼,三四个人抬着满满的一大筐,从丁字楼里走出来,经过初中部教学楼时,那些稚气未脱的初中生都跑出来观看,议论纷纷,笑容满面。中秋晚会上,各班用班费买来糖果和瓜子,将教室装扮一番,请任课教师一起共度佳节。依稀记得我们196班高一时的中秋晚会是在老虎山下的打靶场上举行的,家住桃洪镇的刘攀、罗罡等从锯木厂买回了数十担废木材,举行了一场盛大的篝火晚会。晚会由我们班的团支书王艳琳和副班长周争平主持,帅哥阳范中唱的《水手》将晚会推向了高潮。

除了教师节、中秋节,学校还会不失时机地在重阳节那天开展活动,利用这个节日,引导教育学生感恩长辈。那时的政教处主任邹鸿飞,曾以学校政教处的名义组织每个学生写一封家书,向家里的爷爷奶奶汇报自己在学校的学习生活情况,感谢他们对自己的养育之恩。家书由班主任收集好后统一封装邮寄,学校政教处还会举行优秀家书评比活动,每个班级选送2～3篇优秀的家书到学校参加评比。

---

隆回二中初中1994届共有79、80两个班,这一届的特点是班主任更换频繁,79班三年经历了四任班主任(刘豪放、戴琳燕、魏华习、周飞跃);80班经历了三任(孙凤珍、马艺玲、米伯良)。

### 追求缪斯：李傻傻独领风骚

1996年，半夏子从六中调到二中执掌默深文学社。他博学多才，尖尖的鼻头上架着一副博士眼镜，甚为绅士；他也很慈爱，深得学生喜欢。1996年下学期，刚毕业的学长魏斌获得由诗神杂志社举办的"诗神杯"全国诗歌比赛第一名，这可是了不起的大事，在全校学生中引起了巨大的轰动。我们就读期间，半夏子老师曾带领优秀社员多次出去采风、举办文学笔会，培养文学新人，激发创作灵感。191班张建国写作的《望云山云海》，就是在望云山笔会后造就的佳作。

我们这一届的文学才子基本上集中在194班，学校每期的《凤声报》都会有蒲友德、郑明富、袁飞等人的佳作。蒲友德和郑明富擅长写小说，袁飞则写散文在行。自从半夏子在《凤声报》给97届的王旭初刊登专版诗歌后，我们这届的三大才子都在报上刊出了专版，出人意料的是蒲友德的专版却不是他以前一直很擅长的小说，而是整版的诗歌。

蒲友德就是现在享誉文坛的李傻傻，他于2000年考入西北大学中文系，自大学一年级始陆续在网络上发表文章，以《被当作鬼的人》《一九九三年的马蹄》《雪地的兔子》等优秀作品驰名网络文坛。2003年入选"八零后十大写手"，有"少年沈从文"之称。2004年大学毕业后，就职于南方日报社。2005年6月，他登上了美国《时代》周刊封面。李傻傻的代表作有小说《红×》、散文集《被当作鬼的人》，他的作品主要以童年回忆和都市生活为素材，将独到的人生见解融入文学创作中。另外两位才子走的路和李傻傻截然不同，袁飞在湖南师大历史系毕业后，弃文经商去了；郑明富高中毕业后投笔从戎，现在武警总部司令部任职。

### 高考故事：从励志进取到首届扩招

我们这届的高考，是在榜样鼓励下投入的一场高考。刚入校时，前脚刚走的96届校友廖运河被西安交通大学录取，接着就被选派为交换生到新加坡去留学。学校将这一喜讯大力宣传，把西安交大发来的喜报和廖运河的照片贴在宣传栏里，在每周的升旗仪式上，甚至在各种大会小会上，学校领导都会提到他。那一段时间，学校努力将廖运河树立成一个榜样，激励我们这些学弟学妹努力学习。另一个榜样是196班的体育特长生刘光义。在1999年春举行的湖南省中学生体育运动会上，刘光义夺得800米中长跑第一名及1000米长跑第三名，当即被保送湖南师大。喜讯传来，全校欢腾。学校请来其父亲，召集部分同学在教学楼5楼的阶梯教室举行表彰报告会，在高考的最后关头

---

隆回二中初中1995届共有81、82、83、84两个班，这也是"文革"后二中恢复初中办学后第一次招收四个班的新生。

激励大家以刘光义为榜样,刻苦学习,冲刺高考。学校电视台还专门跑到其荷香桥老家,为他录制了宣传片,在学校电视台播放,以激励全校师生。刘光义在湖南师大就读期间,多次代表湖南省参加全国性的比赛并获奖,后来,还在湖南师大上了研究生,毕业后先是在桂林电子科技大学任教,现在广东大亚湾环保局工作。

我们这届的高考,是一场忍辱负重的高考。1999 年 5 月 8 日凌晨,中国驻南联盟大使馆遭到北约飞机轰炸,造成 3 死 20 余伤。噩耗传来,我们所有的同学与国人一起愤怒了。学校领导在升旗仪式的讲话中,告诫全校师生,要化悲痛为力量,努力学习,为建设富强的祖国而奋斗!两个月后,东方红小学高考考点更是悬挂出一副无比励志的对联——斥导弹五枚再添国恨忍辱负重当图强;历寒窗十载又展壮志自强不息定翱翔。

我们这届的高考,是在高校扩招的大背景下进行的。1999 年,是高考扩招的第一个年头。这一时期,全国各大新闻媒体上出现了"今年全国高等教育招生大幅增加"的通栏标题,引起了社会各界的强烈反响,高校扩招成为 1999 年最受老百姓欢迎的政策之一。

1999 年高考,191 班和 192 班两个理科实验班不出所料,考得很不错。191 班 53 人参加高考,47 人上线,22 人考上本科;192 班 58 人参加高考,45 人上线,25 人考上本科。理科班表现最突出的是 192 班的廖永国同学,被南开大学录取;文科班隆执中、黄林发等两位同学成绩出色,被湖南大学录取。全校 316 人参加高考,专科上线人数为 198 人,上线率为 63%;本科上线 95 人,上线率为 30%。这绝对是二中有史以来的最高上线率了。

时光飞逝,岁月如梭,转眼间我们已经走出隆回二中 15 年了。这些年,我们大都经历了创业的摸爬滚打,体验了生活的酸甜苦辣,但在隆回二中驻足的三年,却是我们永远的怀念和回味。那亲切的校园,那开心的往事,那躁动的青春,都刻在了我们的毕业纪念册上,似流水般柔情,如磐石般永恒!

初 1996 届共有两个班,85 班经历了王勇、周飞跃两任班主任,86 班经历了卿松青、谭雪云两任班主任。学习上 86 班相对更为突出,罗海燕是超级学霸。

# 高中 2000 届的那些人和事

◇孙莉萍

每次回忆起隆回二中那三年的高中生活,我总是情不自禁地让时间首先定格在 1997 年 8 月 31 日,那是我来二中报到的第一天,也是一个艳阳高照的夏日,太阳火辣得出奇,仿佛要和我内心的激情一较高下。17 年过去了,我还时常回忆起那天的情景,我独自拎着一个小箱子,用好奇的目光打量着陌生的一切,然后从那天出发,顺着时光隧道淌过三年,回到那熟悉的校园又过了一次高中生活。

孙莉萍,女,1982 年出生,隆回司门前人。1997～2000 年就读隆回二中高中部。现居长沙,从事法律工作。下得厨房,上得厅堂,听从内心的声音,记载自己的故事。

## 那些个性十足的老师

继往开来跨世纪,承前启后越千禧!我们这届是隆回二中新千年的第一届,也是 20 世纪的最后一届高中毕业生,大家打心底里为自己在这一年毕业而感到高兴,别的不说,至少我们很容易记住自己的毕业年份。现实生活中,很多人被问及何年高中毕业时,都要用手指掐算半天才能答出来,我们这届的同学都能脱口而出——2000 届。

我们这届一共有 7 个班级,班级序号从 197 到 203。高三文理分科的时候,198 和 200 班成为文科班,198 班班主任为魏先俊,200 班则由王小涛老师领衔;理科班以 197 和 203 班成绩较为突出,班主任分别为龙雪松、阳自田。

我最初被分在了 197 班,班主任是刚刚从二中首届实验班班主任岗位上卸任的龙雪松老师,他教我们英语。龙老师瘦瘦

---

隆回二中初 1997 届共有 87、88 两个班,两个班级以叛逆著称,据说初中毕业后两班只有二三十人升上本校高中。

的，发型是当年比较流行的三七分，戴一副金色的眼镜，典型的书生形象。龙老师上课很幽默，在教学方法上也有自己的一套，尤其喜欢要我们背诵课文，如果没有背出就要接受罚站等处罚，所以每节课开始时分就是我们最胆战心惊的时刻，生怕一不小心被点到。

物理老师米伯良给我的印象也很深刻，他矮矮偏胖的身材，剪着平头，戴一副深度近视眼镜。当时米老师担任第二届实验班185班的班主任，班上一位名叫田华的女生很受其喜欢，所以给我们上课的时候他老喜欢说"我们185班田华怎么怎么"，听得我们耳朵都起了老茧，以致若干年后，班上聚会时很多同学偶尔还会打听田华学姐的下落。米伯良老师的幽默是出了名，有时叫我回答问题时直接就说"这个问题请我们的孙莉萍小姐来回答"，这样的称呼放在同辈人之间倒也没有什么，但从米老师口中说出来，讲台下顿时一片哗然，气氛一下子就轻松起来。米老师还有一个口头禅就是喜欢自称"本师傅"，上课的时候突然蹦出这么一个词语，常常让人忍俊不禁。

历史老师王洪海常常在他滔滔不绝的讲课中，把一堂课的重点难点讲得清清楚楚，而且一点也不乏味。曾经有人指出，王老师说话带有一点隆回北面的方言，私底下一打听，原来他是本县羊古坳人也，怪不得。说起王老师，于我印象最深的还是高考过后的一个小插曲。那次我们聚在英语老师陈苾铖家里，我因为历史考得不理想，对王老师抱怨说历史真的好难，后来王洪海老师举杯向我敬酒的时候，祝词竟然是恭喜我以后再也不要学历史了，很少幽默的王老师在那样的场合幽了我一默，至今都记忆犹新。

高三班主任王小涛是我不能不提的一位老师。王老师高大儒雅，形象俊朗，我们这届很多同学一想起王老师都会自然而然地联想起香港演员陶大宇。王老师教我们政治，对同学们要求很严格。一次晚自习，有个男同学讲小话被他发现了，可能是临近高考的原因，王老师特别生气，脸色铁青，严肃地批评了那个同学。可能是那个同学有点顶嘴，王老师一扫往日的儒雅形象，一把抓住那个男同学的脖子，很是吓人，记忆中那是王老师最动怒的一次。别看王老师对我们要求很严，但大多数时候他对大家都是以鼓励为主，而且方法上也很有一套。因为我一直在班上担任班干部，所以一次开班会时王老师当着大家的面说我以后可以当领导，这句话时常成为同学见面时的笑谈，却也在无形中指引着我前行的方向。可惜高中毕业近15年了，我至今在事业上没什么突出的成就，内心有愧于王老师对我的期待。对王老师印象最深的是在离高考100天的时候，他在班级的墙壁上贴了一张大大的志愿表，将全班同学的高考志愿都写在这张纸上，以此激励大家努力实现自己的目标。我记得夏芳同学的志愿

---

隆回二中初中1998届共有89、90、91、92等四个班，其中以90班特色最为突出，班主任谢坚明老师对学生实行军事化管理，要求十分严格。

是上海外国语大学,后来她虽然并没有考上那所学校,但却进了湖南师范大学外国语学院,目前在广州一所学校教英语,也算是在专业上如她所愿了。我当时觉得自己口齿伶俐,适合做律师,所以把西南政法大学作为高考目标,虽然我也未能如愿进入西南政法大学,但冥冥之中像是命运在安排一样,后来我还是走上了法律这条路。在读研究生时选择了法学专业,现在长沙一家法院从事审判工作,也算是圆了自己高中时候的梦想。

  印象深刻的老师还有很多:性格有点偏执(叫愤青更为妥当)的数学老师黄辉顺,文学细胞活跃的地理老师半夏子,敦厚热情的语文老师黄东正,斯文温和的政治老师袁玉柱,娇小漂亮的生物老师谭雪云……都以各自的个性特点在我们这届不少同学心目中留下了可圈可点的回忆。也感谢我们这届的所有老师,期待在毕业20周年大聚会的时候,师生们都能欢聚一堂,重温高中时代的激情和美好。

### 那些风光无限的同学

  每一届都有知名人物,说起2000届的知名人物,首先要提到的是那些美女们。

  印象中比较漂亮的女同学大部分集中在文科198班,首推高挑白净的黄迎春同学,这个滩头妹子被称为2000届第一美女,高中时代就追求者甚众。若干年后,有好事者曾在隆回知名的乡友论坛——隆回人社区发帖子,把黄迎春同学称之为"隆回二中20世纪最后一个校花",足见本届同学对于该美女的认同度之高。黄迎春同学据说后来去了广东外语外贸大学,在那国际范十足的高等学府里,经过几年的熏陶,她变得洋气了不少。有老同学和她见面聊天时,她经常会在中文中夹杂几个英文词汇。如今的黄迎春,据说在深圳某豪华汽车经销集团工作,担任市场部经理,负责该集团在全国的市场营销。名车配美女,可以说是锦上添花了。另一美女伍莉是桃花坪街上的土著人,身材高挑,皮肤偏黑,一头乌发,鼻子高挺,五官立体,很有混血儿味道。伍莉在高一后转学去了隆回一中,曾在武汉音乐学院深造,现任职于湖北省歌剧舞剧院。2009年春节,有人在同学群里惊呼伍莉上了中央电视台春节联欢晚会,是民俗歌舞剧节目《山乡春来早》5个合唱成员中的一个。"隆回有人上春晚了!"狗仔队员把这个消息一传播开,伍莉立马红透了整个隆回。

  脸庞圆圆且迷人的陈圆圆同学,也来自桃花坪街上,目前在隆回公安局任职。虽然多年未联系,但有事找其帮忙时,她还是那么热情仗义,让人特别感动。精明能干的张敏同学,高二时就退学帮家里做起生意来,伊人虽离校稍早,但其美丽却未曾离

---

隆回二中初中1999届共有93、94、95、96等四个班,其中94班在黄爱荷老师的带领下实行军事化管理,对操行分评定非常严格。

去。有男生就爆料说她现在桃花坪街上开了一个店子，当起了老板娘。清纯可爱的蒋清纯同学，是学校教职工蒋平如老师的女儿，后来深造于重庆大学，书写了美女和名校结缘的一段传奇。美术特长生陈淑文也是学校职工子弟，高中时代丰满圆润，颇有男生缘，后来考上北京服装学院，现定居北京，据说她在职场上发展得不错，买房又买车的。也许是职场顺畅精神爽，人也变得更苗条了，女人味更足了，与之前的形象相比可以说是脱胎换骨。知名人物还有李菊花，隆回二中当时各大晚会的金牌主持人，据说现在隆回县检察院任职。娇小聪明的滩头美女张芬芬，外表柔弱，五官精致，说话细声细语，属于那种男生一看就有保护冲动的女生。

说完美女，还得说说本届的那些能人异士。学霸钟海峰，典型的理工男，喜欢踢球，不善言谈，应届考上了南开大学。刘杰，2000年高考隆回二中的黑马级人物，建筑老八校湖南大学的高材生，毕业后和班上一女同学修成正果，成就了本届为数不多的一场姻缘。文科最厉害的当属夏芳，她性格有点孤僻却常常位居年级第一，让很多同学觉得高不可攀。其次就是来自羊古坳的女生欧阳锦屏，她身材瘦高，留着假小子般的短发，性格非常直爽。一次和班上团支书发生争执，竟然把桌上的书朝着团支书一把扔去，我们一时之间都傻了眼。欧阳锦屏从湘潭大学毕业后留在该校外国语学院担任老师，现随爱人调至广西柳州一高校。能人异士中，最值得书写一笔的当属莫海波同学，因为他在校期间制造了一起轰动全校的重大事件。记得那次学校召开大会，公开通报批评莫海波给女同学写情书，一时间他成为老师同学心中的焦点人物。莫海波，皮肤黝黑，身板偏瘦，但胆子却不小，一提到他最多的话题就是打架和早恋，属于班主任和政教处比较头疼的那种学生。早恋对于懵懂无知的我们来说，非常神秘且具有难以抵御的诱惑力，可却是老师眼里的雷区。现在回头想想看，我并不觉得莫海波很丢人，处于青春期的少年对异性有好感是再普通不过的事情，只要学校加以正确的引导，早恋其实没有老师想象的那么可怕。

说到早恋，我想顺便提及下自己的事情。我现在的爱人，在这里我就不说他的名字了，和我是毕业于隆回二中的校友。经常有人八卦地问我和我爱人是不是属于校园早恋，我在此特意澄清——绝对不是。当然，我爱人有时也会半开玩笑对我说，他在高中时代对我就特别关注且心生爱慕了，但我估计那是他善意的谎言罢了。17年前的我，品相一般，像颗豆芽菜一样，毫不起眼，恐怕没有他所说的那种吸引力。我爱人二中毕业后就一直在成都求学直至拿到博士学位，毕业后回长沙工作，因为工作突出，曾被评为湖南省电力公司劳动模范。和一些成就突出的校友比起来，我和我爱人都算不上有多优秀，我们只是隆回二中最最平凡、最最普通的两个毕业生，但是我们

初2000届最初有97～100等四个班，每班多达七十几人，教室的座位满满当当排到了后面黑板下，在短暂的军训之后，学校将这一届进行了重组，从每个班抽出十几个人组成了一个新的班级——101班。

骨子里秉承着二中自强不息、永不止步的精神，走上社会以来一直扎实工作，只希望无论什么时候都不要给共同的母校丢脸。当别人问起我们的母校时，我们都会自豪地回答"我们是二中人！"我们更发自内心地感谢母校，没有隆回二中的搭台牵线，就没有我们两口子今天这段平淡却幸福的婚姻生活。

弹指一挥间，高中毕业已经快 15 年了，当年青涩年少的我们，如今已经步入而立之年，成家生子，劳碌奔波，成为现阶段 2000 届学子生活的常态。我想，不管我们的外表和年龄如何变化，不管我们飞得多高、走得多远，作为开新纪、越千禧的一届，隆回二中永远是我们开始精彩人生的重要起点。

隆回二中初中 2001 届共有 102、103、104 三个班，这一届最初只有 102 班一个班，班主任为马艺玲，后来由于人数较多导致一分为二，再后来二分为三。

# 当时明月在　曾照彩云归

◇陈莉莉

陈莉莉,女,1983年12月出生,隆回滩头人。1995～2001年先后就读于隆回二中初中91班、高中206班、212班,后毕业于湖南师范大学英语专业。现居长沙,任职于某外资企业。

世纪之交鞭策马,千禧之年奏强音。高2001届(204～213班)的同学,是隆回二中跨入21世纪的第一届高中毕业生。伴随二中不断扩招的脚步,这一届班级已经扩展为10个,高二文理分科,将原来的班级再次组合:204～210为理科班,其中理科实验班有3个(204、205、206);211、212、213则为文科班。

这一届,米伯良老师被赋予重任担任年级组长,各位班主任责任在肩,个个铆足劲,所有的同学也都开足马力,将要扛起二中跨越式发展的大旗。考试,是这届高中的主题词:月考、中考、段考、终考,同学们被淹没在应接不暇的考试和年级排名中,首次实行的"3+X"(X分文、理综合)高考模式带来前所未有的挑战,许多同学虽然全力以赴最终却仍吃亏失利。改革总是会带来切肤的阵痛,面对压力,我们除了迎难而上,别无选择。作为第一届高考新方案的"试验品",我们的战绩不容小觑:高考上线率达98%、本科上线率达50%,陈明以总分684分、全省第11名的成绩考入清华大学,学校进入邵阳市高考前五强,以全市最高分通过邵阳市首批重点中学评估验收,并以强劲发展势头创建省重点中学。

敢争日月开新纪,定教山川换旧颜。当新的记录一次次被打破时,这一届,绝对不平凡,注定被铭记。

**菁菁校园,少年不知愁滋味**

高一时,《相约一九九八》唱响全中国,作为1998年入校的

---

初2002届共有105～109等五个班,班主任分别范洛华、刘东焕、黄爱荷、庞凤云、阳银华等老师,几个班竞争激烈。其中107班表现较为突出,109班是初二时从其他班各抽五分之一组合而成的。

新生,这首歌在二中校园里格外流行。高二时,一本《新概念作文》风靡一时,韩寒的《杯中窥人》《穿着棉衣洗澡》《三重门》被大家竞相传阅,他犀利独特、愤世嫉俗的文笔被疯狂模仿。高三时,痞子蔡的《第一次亲密接触》又在青春萌动的少男少女间卷起一股阅读热浪,泛黄的笔记本里,还留着当年抄录的轻舞飞扬的一段诗。我们的二中生活就是在这样有点浮躁的社会大变化中,在封闭式管理小气候下,每天穿梭在教室—食堂—宿舍组成的三点一线上,但单调繁重的学习生活之余,我们总能找到属于自己的逍遥时刻。

"忽如一夜春风来,千树万树梨花开",芬芳四溢的梨园里,雪一样的世界。周末午后,拾一本小说,静坐花树下,轻闻花香,抑或惬意地睡去,任梨花漫舞,任春光明媚。夏日的傍晚后,约三两好友,在空旷的黄土高坡跑上几圈,大汗淋漓,过瘾痛快。等至秋高气爽,班级举行野外郊游,或爬上校园后的老虎山,或徜徉狐狸岛的沙滩,或漫步悠悠赧水边,以天为盖地为庐,尽情享受趣味横生、美味无比的自制野炊,看一弯河水向东流,叹一番天凉好个秋。待到寒冬腊月,坐在温暖的教室里,远眺窗外两个高耸入云的烟囱,思绪随着烟雾飘向远方:外面的世界一定很精彩!高考光荣榜上那些学长们就读的大学该是怎样一个天堂?北京、上海、广州这些大城市又是怎样一道风景?

东教学楼前以及丁字楼一角,有一溜墙报。那时,电视才刚刚普及,电脑、手机还是奢侈品,墙报就成了获取各种信息的绝佳窗口。在这里获取的点滴,一点点唤醒并灌溉我们懵懂的内心,思维逐渐跟着这个时代的脉搏一起跳动。高中生活伊始,1998年的那场特大洪水,余威还在继续;年底,乔丹选择了退役,多少"飞人迷"为之心碎;《我的父亲母亲》,让无数少男少女爱上了章子怡和电影。1999年神舟飞船的上天,将民族复兴的激情燃起,我驻南斯拉夫使馆被炸,却将这种激情打入谷底;国庆大阅兵,扬我国威,澳门的回归,让骨肉不再分离;"法轮大法"的毒瘤,终于被撕去"真善美"的外衣;陈水扁的当选,让海峡两岸充满危机;悉尼奥运会,我们的金牌和奖牌总数都排在第三位;2001年4月1日的中美撞机事件,让高中时代的最后一个愚人节充斥着黑色记忆。

那时的世界虽然处在风云变幻之中,可我们的二中生活却自得其乐。周日午后,同学们三三两两走出教室,黄土高坡、蘑菇亭、月亮女神一角、默深亭、县城街头都是让人流连忘返的好去处。科教楼二楼的投影放映室,绝对是电影爱好者的天堂。大家约上三五伙伴,买上一瓶娃哈哈AD钙奶,奢侈一点的话再加一块巧克力,忘情地沉迷在神奇玄妙、光怪陆离的影像世界里。从异形系列看到侏罗纪公园系列,深刻见

---

初2003届共有110~116等七个班,这一届班主任变换频繁,唯一没换过班主任的是郑维庭老师的115班,110班在初三的时候被分化组合,同届比较吵的全都集中到110班,由庞风云担任班主任。

识到原来电影不止有《地道战》《地雷战》等革命题材、《新龙门客栈》《碧血剑》等香港武侠,世界上还有一种精彩的电影叫"好莱坞大片"。印象最深的当属风靡全球的《泰坦尼克号》:场面壮观、爱情凄美、震撼人心、回味无穷。就这样,一块钱的观影票,三块钱的零食,有滋有味地度过一个下午。

说完电影的精彩,还想谈谈食堂的乐趣。早自习下课铃声将至,大家都蠢蠢欲动,拿起饭钵、热水瓶,看着手表开始倒计时。还剩下一分钟时,很多人已凑到教室门口,紧张焦急地等待铃声响起。电铃一响,个个如离弦之箭。跑得慢的,望着前方猛将,暗自着急;跑得快的,也别高兴太早,说不定脚下一滑,摔碎了开水瓶,砸瘪了饭钵,还让人家看了笑话。更严重的是,在就餐必经之路上的拐角处,突然冒出一个政教处老师或学生会干部,惨了,有人因"打冲锋"被抓!当时学校的凤声电视台把一个学生吃饭打冲锋的情景录了下来,晚自习在全校播放。录像上,那位同学一边冲,一边抡着钵子画着圆圈,活脱脱一个扔手榴弹冲锋陷阵的战士,全校同学乐得哈哈大笑,至今想来仍忍俊不禁。后来,为了整顿风气,学校使出"株连"手段,一人因"打冲锋"被抓,第二天全班排在最后吃饭。这样一来,在全力冲刺的同时,还得眼观六路、预先判断,在遇见堵截前及时收脚,换成悠闲踱步。吃个早餐,既要和同学比脚力,又要和老师较智力,非一般的过瘾!

### 激情岁月,豪情万丈尽峥嵘

虽然学习紧张,但我们这届组织的班级活动倒也不少:广播体操大赛、唱歌比赛、拔河比赛、篮球赛、排球赛、足球赛、书法大赛、围棋赛、象棋赛……不一而足。

所有赛事中,男同学印象最深刻的当属足球赛。这个被语文老师带有调侃意味冠以"狗粪杯"的比赛,激荡着小伙子们热血飞扬的青春。高一第一学期,205班以0:1输给207班,但这没有打消大家的积极性,反而点燃了小伙子们对足球的热情。班上大部分同学来自农村,很多人都是第一次接触足球,这种奔跑追逐的爽快淋漓,这种活力四射的酣畅过瘾,深深吸引着血气方刚的激情少年。男生206寝室尤其兵强马壮,周全、肖志文、唐吉奎等三人号称"三剑客"。这个拉风豪迈的称号来之不易,因为大雪纷飞的寒冬腊月,他们仍敢在水龙头下冲凉水澡。洗过冷水澡裹着毯子回被窝,皮肤逐渐发热,周身洋溢着暖融融的热气,那是一种无法言喻的美妙和舒服。三剑客对"狗粪杯"寄予重望,虽隔壁寝室也有翟亮、刘杰等厉害角色,但他们毫不却步、信心十足。事实表明,狭路相逢勇者胜。虽然连最基本的越位规则都不懂,虽然

---

隆回二中初中2004届共有117~124等八个班,这一届的班主任老师大多是新从各乡镇初中选调来的,既有经验,又有热情,班级都比较稳定,三年下来,班主任都没换过。

没有正规的足球场和队服,但三剑客斗志昂扬,在黄土高坡上奋力追奔,勇猛拼抢,最后带领队员勇夺"狗粪杯"冠军。而今,那张将水桶反扣、上面摆个杯子、再把足球放上去、后面是几十张笑脸围绕的照片,已经成了球迷们最美好的回忆。本届足球队员比较突出的有个子不高但朝气蓬勃的邹文峰,他在足球场上桀骜不驯、激情豪迈;狂爱足球的龙永魁,专业知识丰富得可以做评论员……

那时,中国乒乓球队在全世界一枝独秀,当时很多同学对刘国梁、孔令辉等国手非常崇拜,休息时间一到,操场旁、宿舍楼下的水泥球台总是爆满。人稍少的时候可以打四、六个球一局,人多时就只能玩"称王"的游戏。每人只有一个球的机会,连续战胜三人便可"称王"并享受发球权,挑战者要是碰上发球厉害的"王"就很悲催,往往一个球发过来,拍子还没碰到球就不得不下台。若你球技高超,赢得"王"发过来的第一个球后,再和"王"来一局三个球的比赛,赢了后就轮到你反客为主,纵情享受君临天下、谁与争锋的快感了。

在我们就读期间,校排球队在全省比赛中获得了第四名的佳绩。所以,排球在那时也是一项热门运动。食堂前的排球场上,同学们都喜欢边吃饭边看打排球。看体育生威猛地扣球,绝对能起到刺激食欲的作用,呐喊助威之余,一盒饭不经意间就吃完了。教工排球赛也很有意思,平日里斯斯文文或德高望重的老师,不时在球场上出现狼狈相,常常让我们忍俊不禁。

至于打篮球,那是一直以来的热门项目。本届同学中尤其以刘丹、范哲光、王波峰、刘飞、华森等同学较为突出,最痴迷的时候,哪怕课间十分钟,他们都会抱着篮球杀过去。有着"野兽"之称的范哲光,喜欢脱掉上衣,光着膀子,大声呐喊着在球场来回拼杀;华森同学身影矫健灵活,步伐飘逸潇洒,青涩的脸盘上留有稀疏的胡渣,深深地迷住了一边专注忘神的女同学。

### 数风流人物,风景这边独好

在那青春激越、个性飞扬的时代,每个人身上都有独特的闪光点,在最美好的年华里,肆意绽放个性,兀自轻狂美丽。

陈明和聂建斌属于本届的学霸型人物。陈明带一副深度黑框眼镜,各科成绩出类拔萃,一本英语词典倒背如流,一口流利的英语称霸江湖。他在学习上独占鳌头,却绝非古板的书呆子,班会上他幽默风趣,学起老夫子的腔调常令人捧腹大笑。他的文章写得超凡脱俗,流行歌也唱得炉火纯青。这样一个"学之楷模",后来以理科状元

---

初 2005 届共有 125～133 九个班,这一届见证了二中初中扩招的步伐,被称为史上班级最多的一届。133 班是初二时从各个班抽调几人重组的,班主任为廖吉仁老师。这一届成绩最好的是 128 与 129 班。

的身份考上清华大学,是1989年彭南友考上清华后时隔12年隆回二中栽培的又一个天之骄子。来自六都寨的聂建斌,身形消瘦,头脑发达,最爱钻研科技,多次获得奥赛大奖。此君据说衣服基本不洗,读书废寝忘食,从中国科技大学毕业后进入美国加州大学伯克利分校硕博连读,如今在美国硅谷一展鬼才。

学霸很牛,但终归还是靠辛苦赚了个名气,本届有两个不学而霸的同学那才叫真牛!如今人在香港、身为博士的曾龙,平时学习似乎并不刻苦,成绩却一直为年级翘楚,真心让人羡慕嫉妒恨。曾令其同学总是一副笑眯眯的模样,淳朴敦厚、温润如玉,读书没看见他用过功,成绩却总是排在班上前三。真的应了那句话——人比人,气死人!

都说美女成绩肯定不好,成绩好的女同学一定不是美女,我们这届却例外。204班的彭珍丽、袁凤贞,206班的黄秀花,207班的谢素华,210班的宁橘,212班的陈远春,不但长得漂亮,学习成绩也很优秀。鼻子高挺、长得很像俄罗斯姑娘的阳叶君,理科成绩不错,舞蹈功底也不容小觑,下腰、劈叉,随意一舞,风姿绰约。

本届突出的文艺人才也不少。人帅歌美的刘海威,画技一流,口琴精湛。擅长美声的马龙梅和陈圆,嗓音嘹亮声音甜美,一曲高歌《青藏高原》或《珠穆朗玛》,引来叫好声一片。此外,爱好画画的谢凯和郭伟轩,浑身都洋溢着艺术家气质。内向沉静的范付华、邵文豪,软笔硬笔书法水平让人叫绝。

本届政界的那些事也值得侃一侃。刘鹏是204班的第一任班长,他说话慢条斯理,柔声细气,批评时不仔细听还以为在表扬你,安排事情不紧不慢却有条不紊。206班的班长刘光湘,从高一下学期开始担任班长一直到高考结束,可能是当届任职时间最长的老班长了。他原则性强、黑白分明、豪迈大气,信奉的名言就是李大钊的"要学就学个踏实,要玩就玩个痛快"。212班的班长邱声伟,严肃端庄,管理能力出众,演讲起来声情并茂,大家都管他叫"丘吉尔"。团委书记康凯大义凛然,组织协调能力一流,同学间有个小矛盾,只要他一出场,准够能轻松搞定。直率豪爽的周燕飞,担任纪律委员说一不二,与每个人都相处有道,为人处世深得人心。

本届还有不少奇才值得一提。比如"巾帼不让须眉"的李艳,体育场上一马当先、勇往直前,班会上活跃积极,代表女同胞给男生下达"挑战书",雄心不可小觑。她本科选的是计算机系,研究生读的是传播学专业,如今转战外贸领域带领销售团队依然得心应手,"大姐大"风范不减当年。头发卷曲的肖陆云,平常沉默寡言,一到班会演讲就口若悬河、滔滔不绝,从湖南大学毕业后的他涉足培训业,如鱼得水、蒸蒸日上。热爱哲学、钟情探讨人生价值的袁端和刘志前,谈起尼采、老子、庄子等滔滔不绝、眉飞色舞。凭着高中时代积累的扎实哲学功底,曾经极其内向孤僻的刘志前毕业后著

---

初2006届共有134~140等七个班,教师子女大多集中在139、140班,班主任分别为庞凤云、刘敏华老师,优质生源以134、136班居多。

书立说，把内圣口才事业做得风生水起，可谓创业路上杀出来的一匹"黑马"！

## 桃李天下，师恩深似海

2001届校友人才济济，毕业后在各行各业竞显风流，但无论取得怎样的成就，无论经营怎样的生活，饮水思源，记忆深处，总有难以忘怀的老师，始终铭记他们曾给予的教诲。经师易遇，人师难寻，点滴的记忆碎片，是对老师永远的想念和感恩。

刘胜保老师温文尔雅，从容淡定，让人如沐春风。他讲语文课娓娓道来，一篇篇文章细细舒展，犹如铺开一幅幅生动画卷，让学生身临其中：或身在赤壁，看大江东去浪淘尽；或身处暴风雨，看那海燕犹如闪电般在海浪中高昂飞翔；或与大师一起，在月色下闲庭信步，走过那缕缕清香的荷塘。刘老师的这种教学形式，其实就是最厉害的武功，把技巧隐于无形，无形胜有形，无招胜有招，让人真正心服口服。

王小涛老师和蔼可亲，爱生如爱子，对学生呕心沥血、倾力付出。他起得最早睡得最晚，早上六点多起来后第一个赶到教室和操场，晚上陪完晚自习后十一二点还要查寝，如影相随，风雨无阻。高考临近时，为了缓解紧张的学习气氛，下课时他把还在看书的学生一个个"赶出"教室，不打上课铃坚决不准进去。好几次，他甚至把全班同学拉到黄土高坡进行长跑放松。毕业八年后的同学聚会，他仍记得每个同学的名字，对每个同学的个性了如指掌，实在让人感动。

陈世楚老师慈眉善目，思想政治课虽然枯燥无味，但他从不轻待，每次上课必将重点内容在黑板工工整整板书一遍。他喜欢给学生上教育课，几乎与每个学生都面对面谈过心，尖子生、落后生、乖巧的、调皮的，平等对待，一视同仁。

彭正清老师身形清瘦，思维敏捷，晦涩高难的数学题，他可以轻松地找到关键破解点，深入浅出地让学生明白其中的奥妙，就像独孤九剑中的破剑式，任你天下剑术，我自一式破之。

肖希跃老师是真正用心教英语，他在课堂上常进行纯英语教学，这在当时英语教学大都为填鸭式背单词、一切为了应考的氛围中绝对是凤毛麟角。肖老师责任心重，诲人不倦，对待学生就像自己的孩子。可恨岁月无情，老师英年早逝，我们彼此的生命，再也无法重逢。

隆万里老师喜欢耍酷，最爱穿他的那身皮夹克，头发梳得顺溜，讲课一手插兜、一手拿粉笔在黑板上飞驰。他管理严格，像个大佬，把全班的同学都管得服服帖帖。他脑细胞超发达，把数学教得出神入化。他喜欢大笑，浑身洋溢着豪爽和霸气。

---

由于政策原因，隆回二中初中2007届没有毕业班。

米伯良老师刚柔兼顾、严慈并济。他个头虽不高,却有不怒自威的气场,黑黑的镜框后面,蕴含着穿透人心的睿智和威严,讲起课来声音洪亮,掷地有声。曾宪东老师性格温和,德才兼备,深受学生敬重。他对学生极其耐心,即使被问到简单的问题,都会不厌其烦地耐心解答。这对学生来说是莫大的福气,他们不用担心被嘲笑而不敢讨教。谢坚明老师治学严谨、博学多才,上课基本不带书,历史事件如数家珍,书本外的逸闻趣事顺手拈来。刘和平老师满腔热忱、孜孜不倦,喜欢用春风化雨、潜移默化的方式引导人。贺英老师最明显的标志就是那头发——聪明绝顶。虽然年轻,贺老师在化学科目上却有很深的造诣,高难深奥的题目一看就知,让学生满心钦佩。

### 今宵别梦,青春意未央

回首往事,曾经的青涩懵懂多么可贵,曾经的叛逆不羁何尝不是一种荣耀?曾经的风华正茂多么难得,曾经的春情萌动何尝不是一种美好?如果一切可以重来,如果上天能赐予月光宝盒,我们真的愿意再次回到隆回二中,再看看操场边的名人雕像,再望望马赛克外墙的教学楼和俄罗斯风格的丁字楼,再随着吃饭的洪流冲次锋打个饭,再围蹲在一起热烈地讨论数学题,再调调皮捣捣蛋、迟个到早个退、挨次训领点骂、写封情书谈场恋爱。如果时光可以倒流,多么希望可以再回到那间熟悉的教室,再坐在一起,再听一次课,再见一次你的容颜……

离校十余载,无论如今你是怎样的身份,无论是商界精英还是政坛新生,无论是顶着海外博士的荣耀还是享受医生老师的平凡,无论是时代风云的弄潮儿还是默默耕耘的孺子牛,无论是青云直上的大老板还是奔波生计的无名小卒,在广袤的天空和辽远的人生旅途中,我们都还是一样,都只是离开校园、刚踏入社会大学堂的初级阶段。前面的路还很漫长,人在他乡莫回望,打点行囊向远方。

很多年过去,我们天各一方,渐行渐远,似乎已相忘于江湖,似乎真的"相见不如怀念"。然而,过往种种,未曾被遗忘,只是化作点滴,萦绕在心灵深处。不愁歌舞散,不伤轻别离,当时明月在,曾照彩云归。

以此,致我们终将逝去却永远难忘的青春岁月。

(刘丹、刘鹏、周全、胡柏祥、刘湘娟、周燕飞、康凯、阳韬、刘光湘等本届同学也对文章成稿做出了重要贡献,特此表示衷心感谢!)

---

初2008届只有一个班——141班,学校好不容易才申办了这个班,班主任为马艺玲,班级管理宽松,任课教师大多为有子女在这个班就读的二中教师,学生除了教师子女,大多为留守儿童。

# 25个班的协奏曲

◇尹诗姝

2009年8月,炙热的太阳烘烤着大地,知了在树上百无聊赖地叫着夏天。T恤衫、连衣裙、帆布鞋,七彩缤纷,寂静了一个暑假的校园瞬间热闹非凡,一下子被注入了鲜活的青春血液。我们褪去了初中的稚嫩,眼神中带着坚定,脚步下踏着自信,怀揣对大学的热烈向往和对梦想的执着追求,搭载隆回二中这艘巨轮从赧水河畔全新起航……

## 同学少年·风华正茂

巨轮上的这批水手起初被分成22个班——441~462班;高二文理分科时,又新加了463、464、465三个班,一共25个班。这25个班又分为实验班和普通班,无论从师资力量还是生源质量来看,实验班整体水平都要强于普通班,这些班的班主任都是数理化各科精英教师,学生也都是各个乡镇的尖子生。我们这届有四个实验班,从班主任配备就可以看出四个班的阵容:年级主任魏先俊老师领衔446班;教务处主任罗慧聪老师主导448班;年轻有为的阳勇华老师把持451班;资历深厚的魏凤南老师hold住452班。这四个班都是奔着培养一流名校优秀学生去的,从往年经验来看,能进实验班的,百分之八十以上都能考上大学,几乎有一半甚至更多的同学可以考上二本院校甚至一本院校。

451班算是实验班中比较拔尖的,因为他们班的尖子生比较多,2012年高考二中的理科第一名、考上中国科技大学的郑学敏

尹诗姝,女,1994年10月出生,老家隆回滩头,从小在隆回二中长大。2006~2012年先后就读于隆回二中初142班,高446、463班,现为湖南大学国际经济与贸易专业2012级本科生。

---

隆回二中初中2009届只有一个班——142班,班主任为赵瑞蓉,教师子女多且成绩好,学生很团结,自主学习能力强。

就出自该班。范曦辉同学算得上一个考霸,三年大大小小的考试中,他获得第一名的次数算是最多的,老师们一直都把他当清华苗子在培养,这样的一个人物自然也让大家对451班刮目相看。范曦辉年纪比我们大部分人都要小,小小的个头,看起来不起眼;小小的眼睛,笑起来都可以眯成一条缝。块头虽然小了点,可身体里藏着的能量却一点也不小,让人一看就觉得是个脑瓜子聪明的人。事实证明,他确实很聪明。

普通班里比较出色的要数李婵老师的458班、宁聪生老师的459班和刘红玉老师的462班。这三个班的风气很好,可以和实验班相媲美,甚至有过之无不及。高一时,班主任经常会拿这三个班和我们作比较。每周量化评比第一名的殊荣,都在这三个班之间轮流转。当然,这个第一名也不是简简单单就能得来的。严师出高徒,经常听这三个班的同学说日子不好过,老师管得很严,比如,男女生不能坐同桌、下课不能到处乱走串门、班里都是打小报告的,等等。尽管有各种不同的声音,但上述三个普通班被治理得有声有色却是不争的事实,高考成绩就是最好的证明。

咱们这一届大家都熟知的风云人物不多,综合能力突出的刘丁算得上一个。他是默深文学社的社长,文章写得很好,每期《凤声报》他的文章都会占据一个不错的版面,但很多人都觉得他的文字有点晦涩,看不太懂,颇有抽象派的意味。刘丁还是街舞队队长、学生会干部,每次学校的文艺晚会都会出现他的身影。再者,他也是学校田径队的队员,体育方面也是佼佼者。崭露头角的人物总是容易引起争议,大家对他的评价也是褒贬不一,但无论如何都不可否认,他绝对算是2012届的风云人物。女同学中的知名人物有美女肖藜和综合素质不错的邹燕。肖藜是一名美术特长生,也是一个教师子女,亭亭玉立、天生丽质。由于经常在外学习专业,可能知名度并不如学霸范曦辉那般如雷贯耳,但她偶尔在校园中出现总能给人眼前一亮的感觉,引得无数男生以为天上掉下个神仙妹妹。肖藜毕业后以优异的成绩考入浙江理工大学,学习服装设计专业。邹燕给人印象最深的是普通话一流,这位从小在北京长大的罗洪女孩进二中不久就被广播站看上了,从此,她甜美的声音陪伴二中师生度过了两个春秋。邹燕学习成绩也很优秀,全国的物理竞赛、湖南省的生物联赛她都获得过奖项,据说绘画水平也很高,毕业后考上了知名学府中南大学的电气信息类专业。

### 春蚕·落红·赤子心

我们这届的年级主任魏先俊乃魏源故里人,我们都亲切地称他为老魏。老魏玉树临风、英姿飒爽,干起事来雷厉风行,颇有魄力。注重细节的他有一双鹰眼,一副铁齿铜牙,你的一点小毛病、小错误被他发现的话,他都会好好和你谈谈心,教育你直到

---

隆回二中初中2010届只有一个班——143班,班主任为刘美华老师,学生很懂事、情商高、学习努力,42个学生考上隆回二中高中部的有30多人。

心服口服。比如，你没带校牌或者穿着拖鞋上课，或者迟到早退被他发现，他都会毫不犹豫地把你叫住并理论一番。我觉得老魏如果不是老师就一定是一位优秀的辩手，因为他极具演讲才能，在争论时总能滔滔不绝，说服你同意他的观点。老魏总是有很多的经典话语，脱口成章，言语中极具艺术特色。有一次我们整个高一在体训馆开会，当时天气闷热，大家在底下各说各的，一片聒噪。此时，只见老魏不紧不慢地拿起话筒说:"同学们，现在天气很热，大家一说话就会释放热量，只会热上加热，倒不如安静下来。"此话效果极佳，大家心情好了，现场氛围也安静了。老魏的字体隽秀，教学楼下的通知栏出现的一些通知或者通报批评，很多都是老魏执笔的。这样的一位老师，我们大多数学生对他自然是又敬又畏，不服不行。

高一的时候，学校历史老师紧缺，一个老师往往会教很多个班，其中让人印象最深刻的是罗毅老师。罗老师历史教得很好，上他的课总是很享受那种自己思考的感觉。罗毅老师的板书总是龙飞凤舞，如果只根据他的板书做笔记，相信大多数同学都会感觉扑朔迷离，我们经常笑称那是草书。最值得一提的罗老师的步姿，那叫一个雄赳赳、气昂昂啊！他教过的学生都对他的步姿印象深刻。我们谈笑的时候，偶尔会模仿老师走路的样子:昂首挺胸，双手左右摆动，肩膀微微地随着脚步一前一后，眼神坚毅，步调稳健。大家都说他不愧是历史老师，走起路来浑身都是帝王范。

还得说说我们的波波老师——朱洪波，一位年轻有为的物理老师。他带了一届又一届的物理奥赛班，获得了不少国家级和省级的奖项，可谓硕果累累。年轻老师总是很容易就能和学生打成一片，波波老师正是如此，大家私底下和他的关系都很好，都以朋友的口吻叫他波波。波波老师给人的感觉总是风流倜傥、潇潇洒洒，每次上课都会骑着他的那台摩托车，有时夏天还会戴副墨镜。他的课堂总是轻松愉悦、生动活泼的。记得当时上他的课，我们可以搬着凳子坐在前面，讲台正对着的前几排位置，一直都是紧凑而热闹的，在他冷幽默的浸染下，课堂气氛总是让大家感觉好 high！

说到冷幽默，就不得不提起让我毕生难忘的周跃平老师了。他第一次教我们是因为邓丽霞老师调去广西，由他暂时来我们班代课。当时听说周老师的地理课上得特别好，我们全班都充满期待，后来果然不负众望。周老师是个极具人格魅力的老师，他的言谈举止，潇洒豪放和冷幽默都让人印象深刻。他上课从来不带课本，天文地理脱口而出，精彩洋溢，在轻松的氛围中，一堂课高效地完成了。周老师很喜欢损人，每次都是先淡淡地一笑，好像很不屑的样子，然后损你，但那些弦外之音全是关切。当我听到他患肝癌住院的消息时，内心久久无法平静，所以我一度觉得上天是不公平的。和其他班的一些同学去湘雅医院探望他时，我实在难以将心目中那个潇洒

---

隆回二中初中 2011 届只有一个班——144 班，班主任先为郑维庭老师，后来是范洛华老师，这一个班学生人数多达 78 人，管理难度大，但成绩好的也不少。

的老师和病床上的他联系在一起。周老师最后给我们的感觉依然是乐观的,他说下周要回去静养了,我们还天真地认为老师会好起来,但是没想到这一别竟然是永别。

### 慈善心·求学梦

　　隆回二中是坐落在国家级贫困县的一所省级示范性普通高级中学,90%以上的学生来自农村,不少学生和家庭还处在吃不饱、穿不暖的贫困阶段。2004年,学校在高三学生中搞了一次生活消费的问卷调查,统计结果令人吃惊:高三年级尚有20%的学生月生活费在60元以下!这一结果对时任校长陈惟凡的触动很大,在他的努力下,学校于2006年10月正式成立了隆回二中校友助学会,专门负责在校友中募集资金用以支持母校品学兼优的贫困学子。自从这个机构成立以来,每年都有热心校友从外地返回母校进行爱心助学,这已经成为全校学生一堂生动的思想品德教育课。今天,在学校篮球场的左前方,建有一块大理石纪念墙,记录的正是校友爱心助学的捐赠数目,每每看到这面纪念墙,大家无不对校友们的慈善之举肃然起敬。

　　在这些慈善捐赠中,给我印象最深的是"动力一百奖学金"和"欧阳毅助学金"。

　　今天,走进隆回二中校园,你就可以看到学校篮球场正对校门的位置建起了一座大型电子显示屏,据说那是邵阳市所有学校里最大的一块显示屏。2011年3月9日,在全校5000多名师生的共同见证下,高1992届校友、长沙动力一百广告有限公司董事长丁群先生向母校捐赠的这块显示屏正式揭幕,同时,以他公司名字命名的"动力一百奖学金"首次就发放了10万元善款,并承诺每年向母校贫困学子资助人民币10万元。电子显示屏建成后,立马就以其高端大气上档次成为校园的一大标志性景观,一般用于学校的一些重大活动,平时经常播放康美药业的宣传片,很唯美,不到最后绝对看不出是广告。宣传片搭配的那首歌叫《康美之恋》,当时听得太多,歌词都能略知一二:"一条路海角天涯,两颗心相依相伴。风吹不走誓言,雨打不湿浪漫。意济苍生苦与痛,情牵天下喜与乐。"这几句歌词伴随了我们好长一段时间。

　　欧阳毅学长毕业于隆回二中初中72班,也是一位热心助学的慈善人士,曾被评选为第十届邵阳市优秀青年企业家、第五届邵阳市十大杰出青年。欧阳毅从2006年隆回二中校友助学会成立后就和母校的贫困学子结了缘,2006~2010年,他先后拿出近十万元资助母校16位优秀贫困学子完成了高中学业。为了让自己的助学事业常规化、制度化和可持续发展,他于2011年创立了"欧阳毅助学金",增加了资助人数,扩大了资助范围。而今,三年过去了,欧阳毅每年都会拿出六万元左右发放给结

---

　　隆回二中初中2012届有两个班——145、146班,班主任分别为赵瑞蓉、马艺玲老师,145班学生中教师子女多,学生上进心强,自觉性高,赵老师带得很轻松,很满意。

对的贫困学子,并且承诺会一直坚持下去。除了那种锲而不舍的坚持,欧阳毅还动员家人一起加入他的慈善事业,他曾带着在新加坡读书的女儿回到母校食堂用餐、和贫困学子座谈,用心之良苦真的让人肃然起敬。丁群和欧阳毅两位校友,一个在上半年助学,一个在下半年行善,成为二中校友中回报母校的典范人物。

赠人玫瑰,手留余香。二中桃李,情牵母校。作为二中学子,我们心存敬意,也备感责任重大。今日二中以我为荣,愿明日二中以我为荣。接住前辈手中的接力棒,将慈善之风发扬光大。

### 凉皮事件·二中之殇

二中的封闭式管理由来已久,刚刚推行的那几年,学校高考成绩硕果累累,于是,这一管理模式便开始根深蒂固。每周日的下午是大家可以出校门自由活动的时间,毋庸置疑,这也是一周中大家最期待的时光了。每当这个时候,校门外总是格外热闹,各类小吃飘香四溢,引得蜂拥而出的人流一波接一波。这也是个容易看到一些"情况"的时候,比如某男某女是否拍拖,只要周日的下午守在这里就可略知一二,而政教处主任庆刚叔叔总会在这时做点不招人喜欢的事情——抓那些搭乘摩的去汽车总站上网的同学们。

2012年5月20日,对隆回二中来说是个极其不平凡的日子,我们都为之震惊的"5·20事件"也就是"凉皮中毒事件"毫无征兆地发生了。记得那是临近晚自习上课的时间点,团委书记陈定球在广播站通知,吃过校门外的凉皮并且感到身体不适的同学马上去操场集合,乘坐救护车去医院就医。一听到这个消息,全校顿时炸开了锅,一下子沸腾起来。大家个个都议论纷纷,有真的担惊受怕的,有聚在一起看热闹的……不一会儿,操场上来了不少救护车,警报声不停地响起,气氛骤然紧张起来,但大多数同学还是不知道究竟发生了什么。很快,操场上不少同学在老师的组织下上了救护车,更多的同学搭乘后来的救护车一拨又一拨地被送往县人民医院……在有关部门的介入下,真相很快就浮出了水面,原来是校门口那家卖凉皮的老板将亚硝酸盐当作食用盐掺在凉皮里,导致了学生食用后中毒。

接下来的几天里,大部分同学被确认无碍,陆陆续续地从医院回到了课堂,不幸的是,最终还是有一位小女孩不幸去世。5月20日,本来是个充满了爱意与温馨的日子,却发生了悲剧,成了二中之殇。也许,再过多年以后,我们这届的学子还会谈起这件事,谈起这场不平凡的意外事件。

---

初2013届有两个班——147、148班。班主任分别为刘美华、姚春兰老师,147班有两个教师子女特别突出,他们是魏诗如和袁诗雨,既聪明好学,又心胸宽广,现在读高中仍是年级数一数二的人物。

## 六月高考·流金岁月

2012年高考宣告了我们这届正式成为历史,也产生了一个几家欢乐几家愁、让人大跌眼镜的高考结果。

总体来说,当年高考隆回二中战绩平平,一本上线考生252人,二本上线考生385人,艺体生上线率居邵阳市第一名。一直被认为是准清华生的范曦辉发挥失常,和理科第一名的郑学敏一同被中国科技大学录取,两人同时爆了当年最大的冷门。在高考前一天哭丧着脸要复读的我,出乎意料考了617分,加上湖南大学自主招生的加分,综合成绩为637分,被学校宣传为当年的隆回文科状元。

最出人意料的是,刘红玉老师带领的462班,全班三十多人上二本,十多人上一本,算是普通班的一个奇迹吧。他们班的成绩和风气在普通班中一向是佼佼者,但大家都没有想到高考战绩比预想的要好这么多,真是个意外的惊喜。另外,458班和459班也实现了普通班的突破,取得了不错的高考成绩,成为学校当届的亮点。

任何为了梦想不顾一切去拼去闯的岁月都值得铭记,任何为了未来坚持不懈的勇敢少年都值得致敬。我们这一届中虽然没有产生清华、北大、复旦、浙大这类顶尖学府的学生,但我们最大的优势就是年轻,"二中学子,自强不息,开放潜能,刻苦学习,敢立壮志,誓夺第一,我能成功,创造奇迹!"昔日的壮志豪言依然在我们耳边回荡,从未走远。今后的日子里,我们还有很多机会去改变自我,为母校争光,为自己争气。这,也是一代又一代二中人不变的信念。

每段故事都是一段弥足珍贵的记忆。在我们独一无二的青春里,在那个美丽的校园,遇见了那么多可爱的人,一起经历了一场青春动人的剧情,是多么欢畅淋漓的一件事。

忆往昔峥嵘岁月稠,怀念二中,感恩青春!

---

初2014届有149、150两个班,149的班主任初一为肖遥老师,初二开始为赵瑞蓉老师;150班一直是刘志华老师。教师子女大多在149班。

# 同学少年

*Qia Tongxue Shaonian*

不是战友,却在同一"战壕"里团结奋斗。不是兄弟,却在同一"屋檐"下共同成长。我们是二中的同学,其实也是战友,是兄弟。我们同舟共济、同甘共苦。我们拥有共同的经历、共同的追求、共同的记忆。我们更有共同的火红青春、共同的青涩岁月、共同的金兰情谊。我们在《风雪"长征"路》上追忆《春水似年华》;我们虽然《初恋未完成》,但幸有《青春幅员里更像青春的事》。让我们在"激扬文字"中,高歌一曲"恰同学少年,风华正茂"!因为,我们胜战友、更兄弟!

### 栏目主编

**周玉意**　　　　　　　　**陈卫民**

周玉意　1980年3月出生,自幼被大东山的伟岸包围,总梦想一天能走出去!但双脚至今还显幼嫩,而立之后在这个世界上仅落得个游客身份!高中时就玩世不恭,非三好也非优秀,大学时痛改不了前非,热衷社会活动,主编学院院报,学业碌碌无为。混入社会,倒磨砺出了自己稳重的性格,喜用自己的思维去打量这个世界。闲暇时间,爱写一点文章,尤其偏爱诗歌。

陈卫民　网名善若水,相信水的力量,水的智慧,水的低调,水的包容。中学时痴迷文学,偶获大奖,奖状现已发黄,不提也罢。后混迹营销,折腾几年后,才发现文字才是灵魂的归属,遂将那些被岁月辜负的文字小心翼翼地捧起,读书,写作,编辑。此次有幸加盟《早春时节》编辑团队,见证了高手,收获了友情,丰富了人脉,受益良多。这是我的处女作,下一本,为自己编书。

# 新隆中学·隆回二中忆往

◇陈早春

隆回二中的前身,是隆回私立新隆中学,大概成立于抗日战争时期。至于她前身的前身,我们这一代人已很难说清楚了,校史上说是1924年创办于金石桥镇的高级女子专业学校。总之,她的历史很悠久,听说我的伯父就在女校读过书,在当地农民中号称"秀才",琴棋书画都会,还会女红、刺绣,他可能是混进女校的男生。

这新隆中学,我是比较熟悉的,1946~1947年我在她的毗邻读高小,她建在金石桥南侧的太园垴上,排列有十多栋木结构房子,大都是上下两层。东侧小部分为高小,其余大部分为新隆中学所有。我在读高小时,就见到冬穿长袍马褂,头戴博士帽,夏穿衬衫和吊带裤,手拄文明棍的大知识分子老师,以及男穿中山装、女着旗袍的"大学生",令我们这些刚脱下开裆裤的小学生艳羡不已。艳羡得甚至嫉妒,有一阵子,有些"大学生"常到我们这边的厕所来方便,这边的一帮淘气鬼认为自己领地被侵占,便用手电筒照射来反抗。结果双方的手电筒越用越强,从一节电池的发展到三四节不等,总想以强光压住对方。这场手电战持续了一两个月,也许是战火惊动了校方,彼此进行了交涉才平息。

1951年初,我居然也成了新隆中学的"大学生",但其过程颇为曲折。

我高小毕业后,即在家当后备家民,一当就是三年。在这三年中,新隆中学我曾三入其门,前两次是入门而未能入住。1948年春,即我高小毕业不到两个月,新隆中学春季招生了,我因家贫不敢奢望去报考,却应邀为一高小同班的胡姓同学去代考。当时没

陈早春,笔名史索,男,1935年出生,隆回金石桥人。1953年毕业于隆回二中初中2班,为其首届毕业生。1964年毕业于武汉大学中文系研究生院,曾任人民文学出版社社长、总编辑,全国第八、九届政协委员。1964年开始发表作品,1988年加入中国作家协会,现为作协荣誉委员。著有长篇传记文学《冯雪峰》,论文集《缏短集》《冯雪峰评传》,散文集《蔓草缀珠》。

隆回二中高1961届共有1、2两个班,这也是隆回二中第一届高中班,毕业当年很多人考上了大学,但遗憾没人考上重点大学。相对来说,2班的理科成绩更为突出。

有贴照片的准考证,入考时难以验明正身,所以代考成风。代考不是什么难事,花的时间只有一天,上午考语文,主要是作文;下午考数学。结果考中了,胡姓同学如期入学了,但他后来似乎没有继续读下去。代考也有报酬,就是考试当天的中午他请我去金石桥街上一家小馆子吃碗清汤包。当时包括小孩在内,颇有君子之风,视钱为"阿堵"。这是第一次。1949年春,又有一高小同班的陈姓同学要我为他代考。他因上一届考试落榜了,不得不另请高明。其时我自以为已不高明了,因我自高小毕业后就为口腹所役,专心致志当后备农民,学业已丢到脑后一年多了,不敢领命,但经不住他的再三恳请,只好从命为他代考。虽然我是战战兢兢进入考场的,但走出考场时却春风得意,十拿九稳地告诉他:"你等着入学吧。"果然他如愿上了这学校。这是第二次。第三次与前两次的入学考试无关,但它却给了我一把撬开新隆中学大门的钥匙,其实只能算是一个诱惑。1950年该校放寒假时,当时金石桥开全区干部会,借这学校为会址。其时,我地解放了,人说"共产党的会多",何况是政权刚建立时,会就更多了。我在农会虽没一官半职,但比农民干部要多认识几个字,听南下干部作报告要少些语言障碍,于是乎我常被拉去为他们听报告、记报告,回去传达报告。某次开会时,我在学校的公告栏内看到一则消息,大意是政府为帮助贫困子弟上学,特设助学金。由于这则公告贴出多日,有的字已模糊难辨,如"助学金"三个字中的"学"我就把它当成了"堂"字。散会回家,我就反复向父亲提起这"助堂金"的事,执意要靠它去上学了。父亲搞不懂这"助堂金"是怎么回事,另外又想到我这个后备农民很快就可顶半边天了,除身体孱弱些,一些手上功夫甚至比农民干得更快更利索,舍不得我这个劳动力了,所以期期以为不可,但禁不住我的再三磨泡,加之母亲又跟我站在一条阵线上,最后他勉强同意说:"你身体弱,当农民没出息,不能做个废人。去读书可以另求谋生之路,或当个教书先生,或做个账房先生……"

就这样交涉定了,我赶去新隆中学报考。其时入学考试已过,但由于全国刚解放,制度尚未完善,加上招生未满额,学校同意我报考,就在当时的教师办公室里考。一口气连考了语文和数学,中间没休息。考完了,我感到最满意的是作文,用古文写作,且用的是四六骈文,自认为对仗工整,用典精当,无可挑剔。在我当后备农民的三年中,找不到学习的门径,只好在劳作之余去死啃古文,一有时间就练习用古文写作,还执拗地认为这是最高学问。真是不识时务! 其实,刚解放时,舆论认为凡古代的东西都是封建的,所以我这篇自鸣得意的作文让老师犯难了:作者是否为封建余孽? 是否是个已成年的冬烘先生? 录取与否? 颇费周折。后来虽然被录取了,但却受到了老师的训诫:"在入学的这一期内,你必须把写古文的恶习改过来,要用口语写文章,要准备一个笔记本,把群众中的鲜活语言记下来,要多学赵树理的写作,要坚持每天

---

高1962届共有3、4两个班,这是隆回二中第二届高中班,本届有四个同学考上重点大学(当时全国有22所),也是隆回二中第一次由本校直接产生重点大学生。

写日记……"由于我有些羞愧,对这老师的对症针砭,牢记在心,并身体力行,但对这位为我重新开蒙的老师,我却连名字都没记下,只记得他有一个最显眼的酒糟鼻子。

由于我是中途挤上入学这班车,原指望的助学金早已被瓜分完了,轮不到我。这样搭坐有两个月,因交不出膳食(学校食堂一日三餐,由在籍学生轮流供膳,学生吃的是百家饭),屡被停餐,经同班同学匡礼庭及在补习的刘承浩救急才熬过两次。但救急不能救穷,最终还是被停餐了,当时正是春寒料峭的季节,加之身上没有热源,特别怕冷,常在厨房里烤火。有一次,一生活部长在厨房向大师傅下达指示:现在停餐的人多,厨房要加强防备,剩饭剩菜应入柜下锁。我听到了这些话,感到被人当贼防,人格受到了极大的侮辱,火冒三丈,卷起铺盖连夜就赶回家了。

其时,家里也经常断炊。农民家大都寅吃卯粮,入春之后就得靠借贷度日,当时正值减租反霸,公私的粮仓都被封了,无处求贷。这样,我这个入籍的学生又回到家里当农民,而且是遍啃百草的神农。据说神农每天遇到七十二难,我却比他幸运多了,只遇到过一难:一次吃当地的棕树籽,吃下去却拉不出来。真是吃一堑长一智,从那以后,我们只吃牲畜能吃的东西,特别是猪草。人与猪争食,弄得猪也闹饥荒了。后来听说离村十多里的丫吉山顶有蕨,其嫩芽可吃,捶榨其根经沉淀能做成可食用的蕨粉。可这蕨粉取之不易,先得挖个把人深的坑,才能掘到它富含淀粉的粗壮的底根,为了获得它而付出的体能往往与之提供给你的热能相当,所以只有到了闹饥荒的年头才有人去光顾它,用它去骗骗肚子。不过,时过境迁,现在它们已是席上的绿色珍品。

就这样日日为了口腹操劳,读书这精神食粮也就顾不上了,只能晚上临睡前在油灯下看看从学校带回来的课本。也许是学理源于事理,居然能做到无师自通。临到期末,去学校死皮赖脸要求准予参加期末考试,学校恩准了,没有追究我近四个月的旷课,至今让我感恩戴德!

真是瞎猫碰上了死耗子!张榜公布期末成绩,我居然名列第一。第二学期开始时,学校举办了各年级均参加的作文、数学和大字比赛。作文比赛,我写了一位农妇翻身的故事,洋洋洒洒五六千字,得了第一名。数学比赛只因卷面潦草被扣一分,得了第二名。大字从未练过,也得了个第三名。我三次登台领奖,让全校师生大为惊愕,因绝大部分师生都不认识我,以为我是外来的插班生,于是我就成了动物园里的珍稀动物,总被人盯着、议论着。张杰校长也盯上了我,颁奖会不久,他叫我去他办公室。这校长平素很威严,听说他曾任新化县人民法院院长或公安局长之类的职位,是专门对付坏人的。我以为自己不经意犯了错误,或是他要追究我长期旷课的前科,手

---

隆回二中高1963届共有5、6、7、8四个班,其中5、6班大部分同学由初中19~22班的同学保送直升;7、8班同学大部分由本校及外校同学通过中考考入。

脚发抖,魂不守舍地进了他的办公室。没想到他却和颜悦色,并轻轻地拍着我的肩膀说:"今后就安心读书吧!你的学杂费全免了,并给你每月六元钱的乙等助学金,膳食费正好也是这个数,这样你吃住在学校里,一分钱也不要花了。"他还关切地指着我的背说:"你的背有点驼了,要注意挺起胸脯来。"确实,由于我长期负重过度,背脊骨弯了。自他这次提醒我,我才有意识地去整驼子,整了多年才稍稍整得直溜些。

多次把我拒之门外的新隆中学,一经入住就觉得很温馨。首感温馨的是环境,学校在山垴上,校舍规整而宽敞,垴下环镶着农舍,北侧有云溪环绕,南侧有田垅相依,是一幅典型的农村山水画。这是自然环境,让农村子弟感到亲切。而当时的政治环境,则让人感到舒心。旧社会的邪恶势力和腐败现象,在五星红旗的照耀下一扫而光。师生之间怡然相处,彼此都是志同道合的同志,年龄有长幼,师道有尊严,但大家都在建设社会主义的共同目标下矢志以求。

这学校给我留下印象的还有司令作息时间的木铎,它是老祖宗在教席上使用过的古董;另外是为防火巡夜而响起的更梆。由于校舍都是木结构的建筑,学校担心失火,特聘更夫敲梆巡夜,一般从二更敲到五更。梆声加上附近农舍五更的鸡鸣,常使我们回到"三更暮鼓五更鸡"的古代农耕社会,静谧而安详。

静谧安详并不等于舒适。我们班三十多名同学,大都是农家子弟,且有不少是重获学习机会的大龄青年。身为学生过的却是拮据的农民生活,农民本色,农民装扮,赤脚上课,两件单裤过冬,冻得脚像姜芽,上牙磕下牙。重获曾经失去的东西,大家总是备感珍惜,所以学习很认真,校纪校风很好。因青春期躁动导致的事也很少见到,概因心有所专,专在学习上,无暇旁骛。另外加上女同学少,且大多名花有主,浪漫不起来。在这批丑小鸭中,不少后来成了"大佬",如高度近视,总是面黄肌瘦的邹新禧,本来读的是师范,经学校保送上了湖南大学,后来当了教授,先后在湖南大学和湘潭大学任教。经历与他类似的还有胡楚雄,当时他的一双眼老是睁不开,到武汉建工学校读中专,毕业后由学校保送至重庆大学深造,毕业后即留校任教。像洋娃娃的小不点陈惟洋毕业于中南矿冶学院,后来成为高级工程师,同为高级工程师的还有刘道德等。与我一起被同学们戏称为"CC团"的陈正清,颇有领导才能,新隆中学的共青团组织就是他一手组建的。初中毕业后参军了,后来转业至冶金部下属的一个大厂当党委书记,属司局级干部。从政当官的不多,好像只有刘述恂,他在一处长岗位上干得有声有色。同学中也有曾在社会中产生过轰动效应的,如号称"楷博物"的欧阳楷。他生性好辩,笔头功夫也行,"文革"中当上了造反派"湘江风雷"的头头,因此而遭缧绁之灾。在他得势和失势时,媒体都有报道。另一个号称"典博物"的欧阳典,心灵手

隆回二中高1964届共有9~10两个班,相对来说,9班文科成绩更为突出,10班理科成绩更为突出。

巧,如在孟尝君门下,可属于鸡鸣狗盗的门客。他因私刻公章入狱,出狱后搞私营企业,富甲一方。这两人在校时,爱与同学们嬉闹,所以有"博物"的雅号。记得有几次晚自习,我常唆使他们捣乱,有一次被老师逮住了,把我这个始作俑者供了出来,老师没追究我,反而向他们说:"你们谁敢跟陈早春比?"这事让我很愧疚。其他同学大都学有所成,后来毕业于师范学院或大专,战斗在多条战线上,毕业即失业的情况很少。而与我关系较好的补习生欧阳隆、刘承浩、张嘉和后来都考上了名牌大学。

静谧和安详中也有闹腾,闹腾得最厉害的是臭虫。这臭虫几乎无处不在,宿舍不用说了,连教室里、走廊中也常有潜伏,凡你所到之处,它们都会悄没声地向你进行攻击,排阵一般往你身上爬。在我的印象里,学校至少组织了全校师生员工对它们实施了两次不留死角的歼灭战。一次是向多处缝隙灌注开水,效果不佳,因为墙壁、房顶无法浇注。浇注的水渍未干,它们又列队出阵了。另一次是用剧毒的六六粉喷洒,效果要好一些,但参战的人员也受了伤:头晕、睁不开眼睛。我想,学校后来迁址六都寨,可能与这臭虫的袭扰也有关,真是惹不起,躲得起。

新隆中学地处隆回北面的僻野,庙小,但神灵多,师资队伍颇为雄厚,少数是多年从教的耆宿,大多数是因抗战和内战滞留乡里的大学生。由于他们的饱学和名望,慕名而来的学生除了当地子弟外,还有不少来自邻近的溆浦和新化各县,也有来自隆回南面的。这些教师,后来大都调升至高中任教,听说有的还调至大学当教授了。

在这些授课老师中,使我受益最深的一是前面曾提及的那位酒糟鼻先生,他给我补了"五四"文化运动的课。因我入学不久即旷课四月,第二学期他就调走不见了,所以对他没有更深的印象。第二位是教我们班语文课一年多的吴力耘老师,他是邵东人,家租住在附近的农舍,其时他患活动期的肺结核,经常咳血,学校特准他对学生每周一次的作文只阅改两篇,一是范文,一是差错较多者。他阅改的这两份卷子贴在教室的后墙上,供大家传观。他的批改除了纠错,还像脂砚斋批点《红楼梦》,李卓吾评点《百回本水浒传》那样,就文章的立意主旨、谋篇布局、层次条理、词章、气韵等进行内涵和艺术形式的分析。卷面上有眉批,行间夹批,文末总评等,批点的总字数,有的甚至超过了学生作文的本身。贴出来的两份卷子,我是每期必看的,是它们培养了我的艺术兴趣,从任务式的阅读变成了趣味性的阅读。我曾蒙他的错爱,被传观的范文较多,但因他患的是传染病,我与他很少亲近,离校后也没和他联系过。听说他调往隆回一中高中部任教时,于1957年被错划为"右派",受了不少磨难而病死于老家。第三位是至今仍与我保持联系的张嘉兴老师,对他我曾有专文记叙,收在我的散文集《蔓草缀珠》中,在这里只强调一点,是他指点和规划了我此后的人生道路。初中临毕

---

隆回二中高1965届共有11~12两个班,12班孙梅生考取清华大学,成为隆回二中第一个清华生。

业时，校长动员大家报考军校和师范学校，他作为我的班主任，也是这样在班上动员的，但他照本宣科动员后，即悄悄地叫我去他办公室告诫我："我的话不是对你说的，你要报考普高，以便将来考大学……要坚持读下去，直读到没有读书的地方为止……"我心领神会，以后我就是按着他的指点去走自己的求学之路。

入学不久，就听说学校要改名。传说最盛的是改为默深中学。默深是近代思想家、文学家魏源的字，他的出生地在隆回金潭，以他的字命名，当在情理之中，何况隆回南已有以蔡锷的字命名的松坡中学，也算有前例可循。但不久，红头文件下达了：松坡中学改名隆回一中，新隆中学改名隆回二中，高平的一所学校改名隆回三中。当时全县仅有这三所初级中学。我原属新隆中学第13班，这时成了隆回二中的第2班。

1953年春，隆回二中迁址六都寨，校址在米珠峰山麓的河滩上。我们搬入时，校舍是刚砌好的红砖房，抹在墙上的石灰还是潮的，校园的路还未竣工，泥土、沙石、水泥路并存，坑坑洼洼，路边的绿化树还只是些树苗。学校周围没有农舍，只有一个劳改工厂在烧红砖。这劳改工厂似乎也是学校，学员出出进进，分批"毕业"了，"毕业"的不少是女生，听说这些女生大都是大城市来的娼妓，"毕业"后就从良嫁人成家了。解放初期，一举就革除了旧社会普遍存在的嫖娼吸毒恶习，是很值得当今社会借鉴的。

迁入新校址不久，国家教育部门指定改春季招生为秋季招生。为了处理像我们这类春季招生的在籍学生的遗留问题，准予我们提前半年毕业。于是我们2班要在很短的时间内学完两个学期的功课，与应届毕业的第1班同时毕业，于是我班与第1班同时成了隆回二中的首届毕业生。

为了弥补2班毕业生的先天不足，毕业考试后，就由老师带着我们全班赴邵阳市准备中考。那个夏天，我们没有放暑假，而是租住在原省立六中的校舍里进行强化补习。可我却还是给自己放了暑假，这倒不是因我与应届毕业生同考仍得了第一名而自骄，而是因为补习是炒冷饭引不起求知的欲望，加之好玩的童心未泯，乡巴佬进城，一切都感到新鲜。在强化补习期间，我几乎每天早餐后就去东瓜桥（现名青龙桥）附近的一个中药店，去观赏、端详那圈养铁笼中的吊眼老虎，百看不厌。看完老虎后，就近站在东瓜桥上看河畔停泊的各样船只，看船工们如何洗甲板，如何修补渔网，有时还跑到李子园去看正在修建、行将竣工的邵阳市一中校园，她是我心仪的高中。

这次强化补习进行了一个多月，同学们是如何补习的，带队的老师是谁，我都一概不知。我进入新隆中学便以旷课始，离开二中时又以旷课终。我不是母校的好学生，但母校却给予我很多很多，她是我永远怀念的母港，怀念她已历经了一个甲子。

2013年初夏离校六十周年时作

---

隆回二中高1966届共有13~14两个班，本届学子遭遇了"文革"废除高考的第一年，大学采用"自愿报名，群众推荐，领导批准，学校复审"的十六字方针录取新生。

# 校园里的兄弟

◇陈卫民

1993年到1999年,我在隆回二中度过了难忘的六年中学时光。回想起二中,丁字楼前的迎春花瀑布,依然明媚;路旁高大的法国梧桐,飒飒作响;黄土高原上我们栽下的树,心中还有着淡淡的牵挂。吃饭打冲锋、排队打开水……一幕一幕,如梦似幻。记忆终将会被时间消解,而永不消解的,那就是校园里的兄弟情谊,这里要提到的,一是王勇兄长,二是李傻傻同学。

王勇其实是我的班主任兼语文老师,但我在心里一直把他当兄长。那时先生二十五六岁,头发乌黑,稍长,艺术范十足,穿西装和雪白的牛仔裤。初一报到的时候,母亲领着我到他跟前说:"王老师,麻烦您管紧一点,要是不听话,您只管打!"老师微微一笑,不再言语。

陈卫民,男,1980年3月出生,隆回周旺人。1993～1999年先后就读于隆回二中初85班,高192、194班,后就读于湖南商学院。现居长沙,任职于湖南省房地产研究中心。

事实证明,他是从来不会打人的,但他挖苦人来,比打人更难受,我就领教过。那时我迷上了乒乓球,到食堂里打完饭并不着急吃,而是先到乒乓球台占位置。暮色西沉,乒乓球在眼中模糊起来,我们却还舍不得走。直到晚自习铃一响,我才端起饭盆往教室赶。老师见我满头大汗,问我到哪去了。"打——乒——乓——球。"我上气不接下气。他并无责怪之意。第二次,我稍微注意了一下,用冷水抹了抹脸上的汗珠,希望别把自己搞得那么狼狈,成功躲过了王老师的盘问。第三次见我迟到的时候,先生忍不住发话了:"陈卫民同学,你这么攒劲,完全可以去参加国家乒乓球队,为国争光啊!"全班哄堂大笑,我无地自容。自那之后,我晚自习再也没迟到过。

---

高1967届共有15～16两个班,本届在高二第二学期遭遇"文革",正常教学秩序受到冲击,学生有半年左右的时间到处串联、游荡,后来在复课闹革命的规定下,重新回到课堂,毕业时大家连毕业证都没有。

因为语文成绩突出，尤其是作文屡屡被当作范文念，我们几个同学偶尔被先生找去帮他批阅学生作文。他首先交代我们一些总的注意事项，特别强调了如何给出评语与分数，然后在一边看我们具体如何执行，看一会后他就洗衣服去了，剩下我们几个继续批改。也就是通过批改作文，我和先生之间的感情得以增进，也才有机会深入到他蜗居的房间，深入了解他的日常生活。

先生的住处就在丁字楼下的一个单间，阴暗潮湿，房子里贴着写有"乾""坤""坎""离""震"等字的纸片，还有卦象、卦辞。我们暗自揣摩，他难道是在学八卦吗？为了记住这些玄之又玄的东西，在屋里贴满纸条，一抬手，一转背，满眼尽是知识，真是个记东西的好办法。后来，纸条的内容变成了英语单词，那是先生在为考研做准备了。教了我们两年后，他调去隆回报社工作了。再后来，他考研读博，任教湘大，辗转西南，孜孜不倦，令我等叹服不已。

由于范文会在班上朗诵出来，就为了这点小小的虚荣心，我从来不用老师布置作文，经常主动写些杂七杂八的文章。一同埋头瞎写的，还有李傻傻。傻傻成名后，对媒体说了句"写作这东西，从瞎写开始，到写瞎结束"，可别说，还真是那么一回事。我们在二中读书的时候，见啥写啥，想啥写啥，天马行空，漫无边际。文章里也有不少生造词，先生在这方面从不挖苦人，只是柔和地说换个词来表达怎么样。我们知道，先生用最恰当的方式，保护了我们的自尊，让文学的幼芽得以成长。

先生到隆回报社时，我们把他在报上发表过的文章细细品读，再回想起他教过的新闻要素，一一对照，觉得那些作品堪称范文，受益匪浅。我曾在教师节给他寄过明信片，先生的回复是——替我向那些难兄难弟们问好！先生对我们竟然以兄弟相称了，我们内心里非常激动，第一次燃起江湖兄弟的情感。如果先生喊我们去帮他挖红薯或者割稻子，我敢说，我们绝对比在自家干活要攒劲得多。

王勇是先生，喊他老兄，绝无不敬之意，更多的是亲切之情。说到年纪相仿的兄弟，李傻傻和我算得上是"多了个脑壳"的兄弟。那时的我们总有消耗不完的精力，于是选择了"斗鸡"这种颇耗费体力的游戏，具体做法是：一腿架于另一腿上，高高跃起，膝盖是进攻武器，或顶，或撞，或压，把对方搞倒而自己不倒就是胜利。这项初中男生的全民运动是学长们流传下来的，我们85班与兄弟班86班曾经搞过集体会战，场面蔚为壮观。当时86的班长叫罗海燕，名如其人，虽有着女生的秀气，实际上却是一个男生。什么事情跟集体荣誉沾上边，大家就有了使不完的劲，可不，超级学霸、老师眼中的乖孩子罗海燕都亲自为86班冲锋陷阵了。我和李傻傻在大敌当前自然也是义不容辞，常常在冲来撞去中累得满头大汗，大家在奔波劳累中相视一笑、相互鼓劲，那

---

隆回二中高1968届共有17~19三个班，这一届由于遇到"文革"，实际上只读了一年半就参与各种运动去了，毕业时大家也没有毕业证。

种美好的感觉至今都留在我的心底。更多的时候,"斗鸡"是我们内部的战争,我们与李傻傻之间较量的结果很明显,他人高马大,高高跃起,直接把膝盖砸到我们头上。即使我们后来学会了背后偷袭,也无济于事。

高中时代,我和李傻傻、黄国才、郑明富等人成了好兄弟。李傻傻的父母都在外打工,收入不错,他每个月生活费绰绰有余;我省着点基本够用;黄国才饭量超大,六两饭三分钟下肚,还说"食堂的饭怎么越来越少"。饭不够吃,黄国才只好跟着大家蹭饭吃。到后来,我们干脆把饭票全部交给李傻傻,由他统一调配。结果每每到了月底,都得由李傻傻出去化缘。"跟你讲个事。""么子事?""借点饭票咯。""多少?""一斤二两。""这么多?""我们三人呢。"几次三番,到后来李傻傻一张嘴"跟你讲个事",人家就说我也没了,等着家里送米来呢。

那时我们最大的爱好就是读课外书。小伙伴们在被窝里看过《平凡的世界》,看过《白鹿原》,如饥似渴,如痴如醉。李傻傻那比啤酒瓶底还厚的眼镜,就是当时熬出来的。为了多看点书,李傻傻、郑明富和我三个人在高中时代干脆睡在了教室。教室旁边就是厕所,微风拂来,臭气熏天,不过也可赶走睡意,方便大家挑灯夜读。摇曳的烛光、熏人的汗臭、肆虐的蚊子,和着外面如潮的蛙声,转眼间我们就高中毕业了。

李傻傻后来考上了西北大学中文系,而我则在一所商科院校彷徨。大学期间,我收到李傻傻写来的一封信,信里表述方式之怪异、思想之深刻,让我知道在文字功夫上,他这么些年的独行与修炼,已经把我远远甩在后面,我不禁担忧:以后跟他再见面,恐怕我就是闰土,而他是鲁迅,我们恐怕要经历那种隔阂与悲哀了。

然而,我担忧的好像并没有发生。再次跟李傻傻见面时,他是80后著名作家,我是躺在床上的病人。见我叹息连连,他用"天无绝人之路"宽我的心,接着就是广发微博,联系媒体,各方奔走,不遗余力,活生生把我从死神那里给拽了回来。父亲对此感恩戴德,他老泪纵横地说:"没有李傻傻,没有你在二中的那帮兄弟,你这个大傻傻(我的小名)就真的傻了。"有人给朋友归结了两条:第一,即使沉默相对,也不会觉得尴尬;第二,即使把你看穿,还是跟你来往。茫然四顾,这样的朋友,唯李傻傻也。

……

王勇老兄还是一贯的严谨,答应了《早春时节》一书的约稿,洋洋洒洒写了3000字,还就一些细节反复跟我求证。李傻傻不太跟我聊文学,经常跟我讲创业,讲商业方案……我知道,他是希望我的经济状况快点改观。

云淡风轻的日子里,二中的记忆虽已发黄,带着梦的光晕,但总会一次次被打开,那里有值得我回味一生的师生情、兄弟情。

---

隆回二中高1969届共有21~24班等四个班,由于恰逢学制缩短,原定于1971年夏天毕业的1970届25~28班提前到1971年元月和21~24班一同毕业。

# 初中漫忆

◇胡光曙

胡光曙，笔名古月、龙书，男，1941年出生，隆回七江人。1949年曾在新隆中学就读一学期，1953～1956年就读于隆回二中初8班。中国民间文艺家协会会员，湖南省作家协会会员，中国作家协会会员，国家二级作家，副研究馆员，现为隆回县作家协会名誉主席。出版了诗集《七水江，我的家乡》《写在魏源的故乡》，童话故事集《小明下龙潭》，散文集《乡情随笔》。

我自幼体弱多病，加之父母溺爱，所以没有正正式式上过小学。那时，父亲自行买了教科书，把我留在身边手把手地教，两三年间，我断断续续念完了小学课程，算个同等学力吧。后来父亲病故，家里见我待着也不是事，就与新隆中学校长龚述畴先生商议我读初中的事情。龚先生与我家是世交，他爽快地接受了我。1949年，我在位于金石桥太园垴的新隆中学就读了一个学期后，于隆回解放前夕开始休学在家。等自己想继续读书时，学校已经南迁去了六都寨，我不得不重新参加考试，于1953年8月考取了更名为隆回二中的新隆中学，又从初一开始读起。

当时学校除校长、教导主任外，有教师二十余人，另有负责传达、敲钟、理发及做饭的工友若干。全校六个班分三个年级，每年级两个班，共有学生约三百人，我编在第8班。

## 幸福生活

学生来自隆回北面的居多，也有不少东至滩头，西抵苏河，南达县城一带的。大家全部寄宿住校，学校也不放统一月假，但同学们可在每一月或两月的周末，错开请假回家一次。我们的生活费标准是每月6元，由于当时物价低廉，因此餐桌上天天有肉有豆腐，每周还打一次"大牙祭"，不是红烧肉就是粉蒸肉。要是和食量较小的同学或几个女同学分在一桌吃饭，每顿还会剩下不少饭菜呢。这样的生活，令同学们尤其是来自农村贫苦人

---

隆回二中高1971届共有29～31班等三个班，1969年春天入校，1970年冬天毕业。这是学校首届两年制高中班，一直延续到1983年。

家的孩子感到非常幸福。

学校的生活设施也算完备。卫生室由几个经过短期培训的女同学在课余负责管理，谁打球时擦破了皮或摔伤时可去那里涂点红药水、紫药水或包扎一下，感冒不适等小病也可去领些药物，都是免费的。校内还设有理发室，配有一个专职师傅。每生每期收理发费四角钱，想理几次就能理几次。有的同学没隔几天就吵着要理发，以致学校后来不得不出台规定，每次理发必须登记，每个学生一学期理发不能超过5次。

晚上自习用的是大型煤油灯，上面的大灯罩宛如一片荷叶，故称"荷叶灯"。每个小组共用一盏，白天吊在教室天花板上，晚上放下来，由组员轮流负责添油、点灯。比起乡间的桐油灯来，荷叶灯明亮多了。

学校各种课外活动很多，除青年团和少先队组织活动外，还有班会、演讲会、歌咏会、作文竞赛、书法比赛等，课余生活非常丰富。文娱演出是最有特色的，除各班都有的小型节目演出外，也有全校性的文艺晚会。每逢演出，师生均像过节一样，兴高采烈地参加，洋溢在一片欢娱之中。有一次，学校突发奇想，不惜工本，师生通力合作，排演了一出大型古装戏《白蛇传》，由音体老师杨世彬导演，走出校门到六都寨区政府的大会场向大众连演数场，大获成功，轰动四方，几十里外的群众都成群结队赶来看戏。这一活动大大提高了学校的社会声望，多年后谈起这件事情，大家还是眉飞色舞，开口生津。

那时师生关系也很融洽，学生在学校碰到困难，老师都会尽力帮助解决。比如，有同学不能及时上缴伙食费，面临停餐的尴尬时，老师就先垫上一两元，使其暂解燃眉之急。有位瑶族同学，乃是本地本民族上中学的第一人，学校对他关照备至，冬天的时候还专门给他置办了新棉衣和雨鞋。同学们生活在二中这个大集体里，朴实、友好、互相帮助的氛围很浓。如某同学有一学习上的难题未能理解，就有成绩较好的同学主动前来给他细心讲解；如果哪位同学的衣扣脱落，就有好心的女同学拿来针线帮他钉上……初中三年，同学之间宛如大家庭中的兄弟姐妹一样和谐相处，至今回想起来时心头还漾起阵阵暖意。

### "中毒"事件

幸福的生活有时也会出点意外。1954年端午节，学校发生了全校师生集体"中毒"事件。记得那年端午节加餐，每桌上了一大钵油炸鱼块，师生们大快朵颐。到了晚上，全校一片沸腾：所有师生尽皆呕吐、发烧、肚疼、头晕。第二天，大家全都卧倒在

---

隆回二中高1972届共有32～35班等四个班，1970年春天入校，1971年冬天毕业。

床,起不来了。

这件大事一出,那可不得了,大家一致认为:这不是潜入的美蒋特务搞破坏,就是出身不好的教职员工进行阶级报复,给大家集体下了毒药。公安部门立即部署,布置紧急搜查,希望找出线索抓获"敌特"分子。虽然搞得兴师动众,闹得沸沸扬扬,最终还是未能发现阶级敌人的罪证,更别说见到"敌特"的影子了。

事关几百师生的生命安危,学校急忙向上报告。县委县政府格外重视,迅即组织全县各诊所有经验的医师,携带药品,星夜赶赴学校抢救学生。那时没有公路,交通不便,信息不灵,以致好多天以后,还有远处的医生闻讯步行赶来。

后来,校长陈涛元主张把食品化验一下,看究竟是何毒物。遂差人带了吃剩的鱼渣,紧急去到省里。化验结果出来了:就是食物过了保鲜期,霉坏变质所致。原来,为了端午会餐,学校提前差人前往县城采购了一批鲜鱼,人力挑回已经费了一天,离过节还有两天,天气很热,只好把鱼剖了,抹上食盐腌了装在缸里。据食堂工友回忆,鱼临下锅时,缸里的鱼已经霉变,表面涌出了一层绿色泡沫,还夹带有臭味。管食堂的事务员主张不要吃了,厨房工友都出身贫苦,认为倒掉可惜,说用油炸一下还是能吃的。这中毒的根源,总算弄清楚了。

此事闹了几天,学校全乱套了。一时间谣言四起,社会上甚至传闻:二中学生已被毒死一半了,害得远处听了谣言的学生家长,哭哭啼啼,不断赶来学校打探。幸好大家所中之毒,还不致于毙命,加上抢救得力,药物有灵,几天后大家身体基本恢复正常,学校又重新步入了正轨。

学校从这次"中毒"事件得出的教训是:今后要注意积累科学的卫生常识,食堂要加强食品管理。不要见事就断定是"阶级敌人"和"敌特"所为,应当先从自身查找原因。

## 木屐风景

我很幸运,我在一个能吃饱饭的时期在二中就读,但话说回来,当时除了吃得好点,其他的物质条件还是很不理想的。最典型的就是穷得连一双胶皮鞋都成了奢侈品,不得不买木屐以备雨天之用。

木屐,自古有之,词典说就是一种木板拖鞋。在二中我才见识了这种木板拖鞋的尊容。它构造非常简单:木板为鞋底,鞋帮钉上半截手掌大一块牛皮或者硬硬的帆布,鞋底前后各钉一个木齿,高约2寸,有的木齿底部还包上铁皮,更加耐磨。

---

隆回二中高1973届共有36~38班等三个班,1971年春天入校,1972年冬天毕业。

穿上木屐,再泥泞的路也可对付。它的更大好处是方便,使用时不必换鞋,也不必弯腰,只需把脚伸去,套上就走。一到雨天,这种木屐就在二中每间教室门前的走廊上排成一条长长的队伍,总有好几十双,显得特别耀人眼目。到了晚上,木屐的长队又到了寝室门前的走廊上了。教师上课,也常常是穿着木屐来的。木屐所至,构成了一道特别的景观。

为什么二中木屐盛行?因为新建的校舍,所有道路都没有铺沙,更未硬化,黄土路经众人一踩,立马变得坑坑洼洼,积满雨水,泥泞不堪。那时学生脚上穿的都是家中自做的布底布面的鞋子,如何行走?胶鞋,那时还是珍贵稀有之物,买一双鱼口胶皮套鞋需要4~5元,只有个别学生才买得起,全校也见不到几双。当时一双木屐的价格却不超过1元,当然成为大家的首选。有需求就有供应,镇里大街上也开设了制作和销售木屐的专店,随时可以购买。但即使这么便宜的木屐,每班也还有几个同学没有置办。教室离寝室、厕所、食堂都有一段长长距离,没有木屐的同学,夏天尚可光着脚板去淌泥水,冬天却不行了,只好和有木屐的同学"挂钩"借用一下。上个厕所还可以来回周转,但吃饭就不行了,因为打了吃饭钟,大家必须同时赶往食堂,生活部值日生看看人已基本到齐,就高喊一声"开始",大家就一齐举筷了。在教室通往食堂的队伍中,往往可见力大的同学背着一个同学前往食堂,不用说,那被背的同学就是没有木屐的了,吃饭必须人人准时,木屐数量不够"周转",没有木屐的同学只有让要好的同学发扬友爱精神,背着走了。

## 消灭臭虫

生活中也有闹心的事,最痛苦的莫过于臭虫为患。那年月,不知这些臭虫是从哪里冒出来的,它们白天躲在寝室床架的缝隙之中,掀开床板,一团一团的看得人毛骨悚然。晚上熄灯入睡以后,它们就爬出来以吸血为业,搅得人人浑身痒痛难耐,一夜难以入眠。初时,学校发动大家进行捕捉,用篾片把它扒拉出来消灭。但臭虫繁殖太快,根本无济于事。学校又配发药剂,遍洒各床,也是收效甚微,不能治本。

后来,学校终于想出一法,不惜工本,砌一大型砖灶,装上两口大锅,锅上用水泥筑一小池,其大小能容放下学生用的整张双层木架床。待池中的水烧开以后,将床抬入沸水中泡煮。几分钟后,水面果然就浮出了密密麻麻的一层臭虫。感到差不多了,就换上另一张床再煮。这样一口气连续煮了多天,虽然费时费力且耗费大量柴火,但成效立见,猖獗一时、令人恨入骨髓的顽敌终于得到根治,同学们可以睡个安稳觉了。

---

隆回二中高1974届共有39~44班等六个班,1972年春天入校,1973年冬天毕业,根据学习成绩,班级后来重新进行了分化组合,其中43班定为"差班"。

这是大家生活中印象很深的一件大事。

### "梅花式"考试

历古以来,考试均求公正,力戒舞弊。过去没有现在这么多高新科技舞弊手段,主要是防止偷看、夹带资料。为了维持考试秩序,有条件的考场一般会把考生座位排得稀疏些。一室之中,只坐寥寥少数考生。二中虽非常讲究考试的真实,但因条件所限,不能增加更多教室,于是便有了"梅花式"考试法。

所谓"梅花式"考试法,即学生不一定在自己的教室里参考,而是由学校在办公室门口统一公布考生的教室坐号,每堂考试前打了预备钟以后,学生只带钢笔、墨水对号入座,然后监考老师会发下属于各个考生的试卷。每个考生前后左右的都是其他年级的同学,加之学生考试科目各异,虽然课桌靠得很紧,但考生也无法瞥见所需内容。此种方式因每堂考试都要错开座位,故称"梅花式"。它杜绝了偷看现象,甚是奏效,只是座位需频繁更换,教导处的工作人员辛苦了许多。

初中三年,每半期和期终考试均是如此,每届考十余个科目,算起来,前后参加过这种考试共有百多次了。初时感到有些慌乱和不适,几次后也就习惯了。这"梅花式"考试法,以后我再也没听说和经历过。这是当时学校别出心裁的高招,还是从别处取来的真经? 我就不知道了。

岁月如河,翻腾着无虑的浪花;青春如歌,跳跃着欢快的音符;二中如画,定格了无数精彩的瞬间。我有幸在困苦的解放初期就来到二中学习,那段生活成了我学生时代珍贵的记忆,至今仍让我时常沉浸在愉悦的回忆里。

---

高1975届共有45~53班等九个班,这是二中高中部班级较多的一届,前无古人,直到20世纪80年代学校办复读班才打破这一纪录。

# 白发还忆青葱时

◇刘杰贤

"我年一何长,鬓发日已白。"

什么都可以淡忘,却难忘我的母校隆回二中。

可以毫不掩饰、自豪满满地说,我的一生几乎是在这里度过的。从上初中,读高中,直至教书,我在隆回二中度过了整整31年,历经了母校的沧海桑田,见证了母校的腾挪发展,那份特殊的感恩与眷念情愫始终萦绕我心。

刘杰贤,男,1956年出生,隆回六都寨人。1968～1972年先后就读于隆回二中初中55班、高中35班,后长期在隆回二中任教,曾担任办公室主任等职。

我心悠悠,思绪的纤绳被扯向了远方。定格在我人生坐标上的两年高中生活,再次唤起了我美好的忆念。那是1971年初,春的气息浓郁地散发着,风暖鸟声碎,日高花影重。可这好景仿佛是为别人而设,与我的关联并不紧密。初中毕业后,能不能读高中得凭推荐。我家是下中农,推荐没我的份儿,只有那些贫雇农且有关系的孩子才能上高中。我只能眼巴巴地望洋兴叹。正月间,开学了,别人家的孩子都高高兴兴到隆回二中上学去了,而我呢,扛着禾枪柴刀要去远山砍柴。然而,命里有时终须有。机会来了,一张录取通知书带着侥幸和祝福飞到了我的眼前。爸爸一向寡言,把喜悦淡藏于眉梢间,妈妈说:"杰妹子,要攒劲读书哟!"我喜出望外,收拾一番就匆匆忙忙往二中而去。到后来我才知道,是我所在初中55班的班主任廖名齐老师极力推荐,我才有了读高中的机会。

还是那条熟悉的路,一路上放眼望去,二中就坐落在巍巍米珠峰下,潺潺辰水河畔。悦耳的钟声在校园里回荡着,余音袅袅。踏进宽阔的校园,一切还是那样的美丽和瑰奇:偌大的球

---

隆回二中高1976届共有54～59班等六个班,1974年9月～1976年6月在二中就读,没有所谓重点班和文理分科。

场,让我很有冲进去打场篮球的冲动;排列整齐的建筑物,掩映在绿树下、花丛里……诗意般的文化氛围扑面而来,令人心旷神怡。

我家离学校不远,仅一河之隔,可班主任周清海老师依然动员我读寄宿。我有些踌躇,心想自己家境贫寒,兄弟多,劳动任务重,父母会不会答应读寄宿还是个疑问号。放学回家后,我跟爸妈说了这事儿,妈妈没进过学堂门,但她对我们几个兄弟读书从不看轻,就是自己省吃俭用也要供我们上学。听说老师要我吃住学校,她二话没说就同意了。于是,我卷起铺盖住进了学校,暂时免去了一个农家孩子的诸多劳作,一头扎进了紧张的学习之中。家里的负担固然增加了,但父母为了孩子一心只读圣贤书而"为之计久远"的苦衷让我受益无穷。

母校教会了我吃苦耐劳。那时学校里规定,一个月交1斤菜油,2斤黄豆,3元钱的伙食费。这在今天的学生看起来简直不可思议,因为他们一天的花销都远远不止这个数。我们那时常吃南瓜、青菜等,一个月才打三次牙祭,寄宿生活之清贫,可想而知。然而,正如古人云:"嚼得菜根,百事可做。"每逢一周一次的劳动日来临,我和同学们上山砍柴或割草,忙得不亦乐乎。印象最深的是上五七农场干活,农场离学校近十里路,那里最累最脏的活要算挑大粪。我们钻进厕所舀大粪然后挑往农场,一个个大汗淋漓,气喘吁吁,累得够呛,却感觉精神充实。放下扁担,大家又马上拔草、挖土、锄地、施肥,直到胜利完成任务。如此一来,返校时,饭吃着更香了。两年里艰苦的劳动强健了我们的体魄,培养了我们热爱生活的人生态度,历练了我们不怕困难的顽强意志。

母校着力提升学生的素质。那时,国家没有高考,素质教育就有了很大的发展空间,同学们各方面的能力都得到了锻炼和提高。体育运动会、五七农场劳动、讨论发言、忆苦思甜、文艺晚会,等等,接踵而至,场面壮观。老师们积极带头,由宋鹤鸣、聂松山、陈敏球、郑利民等几位任课教师演唱的现代京剧《沙家浜》活灵活现,至今印象深刻。我们班里各种活动开展得有声有色,比如,办展览馆、进行革命传统教育、互帮互学等。这期间自有我崭露头角的当儿。比如办展览馆,周老师就亲自点名要我参与。社会实践活动他也喜欢叫上我,记得高一的有个星期六,周老师忽然对我说:"你今天跟我到白竹坪黄玉元家里去。"我还未来得及做准备就跟着他匆匆上路了。从学校出发,经黄陂——马家庄爬陡坡,然后走大约二十里蜿蜒山路,傍晚才辗转到达黄玉元同学家里。主人让座、斟茶,显出山里人的热情、淳朴和厚道。我却坐立不安,窘极了! 原因是我仅穿的一条短裤边缝脱了一截线。我生怕他们看见了,一直用手捏着。在来的路上我根本不敢走前面,因而没有露出破绽。第二天又到梅塘肖体相同学家里,情形如昨。"山穷水尽疑无路,柳暗花明又一村。"走过那一片群山,眼前豁然

---

高1977届共有60～65班共六个班,1975年9月～1977年6月在二中就读,这是实行推荐上大学的最后一届,平时考试中,有些学科(如政治)可开卷考试。

开朗。回到学校后,赶紧换了条好裤子,心渐渐安然下来。

　　青春作伴好读书。在高中的两年里,我读书比较用功,可以说只知道读书,而且生怕落于人后。我上课用心,却有点耍小聪明,常常会提出一些近乎钻牛角尖儿的问题来,让老师有些难堪,以至于挨批评,惹得教室里笑声喧哗。因为这,班主任还狠狠地教训过我一次,后来才有所收敛。我在学习上勤于思考,课后经常和同学们钻研问题,直到弄懂为止。有一次,因为物理教材上的一道问题值得质疑,内容是造船方面的,我和黄玉元同学课后商量了很久,又向物理老师请教,获得一些眉目和线索之后,给大连造船厂写了一封信。不久就收到了回信,肯定和赞扬了我俩的勤奋钻研精神。这事在学校传扬开去,一时间产生了较大的轰动效应。我对英语学习也特别在行,大凡会读的单词我都能写出。在每次考试中,我都发挥得不错,各科成绩平均都在90分以上,同学们都对我刮目相看。1972年隆回县教育工作会议要在二中召开,学校让我在会上介绍学习经验,在我准备的发言稿经学校审定之后,因为反击右倾翻案风,会议未能举行,我的经验介绍也只好搁浅了。

　　放荡和张狂是青春的天性。我在母校无拘无束,放荡不羁。课余,教室里走廊间操场上,都活跃着我活泼的身影和喧哗的笑语,闲聊、戏谑、恶作剧等在我这里演绎得淋漓尽致。每到周末,更是"玩"乎所以,乒乓球、篮球是我的爱好,约上几个好友便较量起来,只觉得这一片天地好像是我们的,直到上课铃响了才离去,兴犹未尽。最有趣的是学校组织的游泳,我颇识水性,到了河边,脱下衣服,一头栽进了水中。"到中流击水,浪遏飞舟",好不自在啊!平日里,我还喜欢写字,兴趣至今未衰,不过远未达到书法的境界。正如郑板桥诗曰:"我有胸中一万竿,一时飞作淋漓墨。"这一点对我后来的发展起了一定的作用。

　　眨眼工夫就到了毕业,1972年冬天毕业离校时的情形,至今仍历历在目:大家写下临别赠言,互道珍重,依依不舍。天下没有不散的宴席,那份朴素的感情和友谊却是天长地久的。晚会上,同学们情不自禁地吟诵起了徐志摩的诗歌《再别康桥》:轻轻的我走了,正如我轻轻的来;我轻轻的招手,作别西天的云彩。那河畔的金柳,是夕阳中的新娘;波光里的艳影,在我的心头荡漾……

　　高中两年时光,在母校90年的发展历程中不过是弹指一瞬间,而在我的成长史上却是不可忽略的华章。母校的精神品质和知识乳汁培育了我的心智,熏陶了我的品格,奠定了我人生的奋斗基础,让我生活的羽翼逐渐丰满起来。

　　沉吟往事,身闲时序好,欲觅芳踪。无寻处,惟有少年心。潮平两岸阔,风正一帆悬。心中默默祝福三湘大地上的教育明珠——隆回二中,永远熠熠生辉,璀璨夺目。

---

　　隆回二中高1978届共有66~71班共六个班,本届学生年龄差距较大,很多都是过去的复读生进来插班就读。

# 第一次

◇谭旭东

谭旭东,男,1965年出生,隆回鸭田人。1978～1980年就读于隆回二中高85班,后毕业于广东医学院临床医学系。现任深圳市龙岗区妇幼保健院病理科主任、主任医师,广东省医学会妇幼保健病理学分会委员,深圳市病理学会委员,农工民主党龙岗区总支委员,龙岗区政协委员等职。

十三岁那年,我考入了隆回二中,也是我们大队初中唯一一个进重点高中的人。那时高考制度才恢复,社会对教育又重视起来,全家人得到消息后喜气洋洋,比过年还高兴。父亲挑了一担柴去集市上卖得三块钱,换回几尺白布和一包蓝色的染料,又连夜请亲戚给我做了一身蓝衣服,缝了一床蓝色的被子和枕套。开学那天,我身着蓝衣服,坐着大队唯一的拖拉机,在乡亲们的祝贺中,伙伴们的羡慕里,带着一袋红薯、一袋大米、一包旧书,还有那床染成蓝色的被子,向着大山之外的那片蓝天驶去……

学校所在的六都寨虽是一个小镇,但对于山沟里的孩子来说,也算是大城市了。这里的市场每天开放,不像老家十天才赶一次集,而且集市规模更大,卖武艺的、卖膏药的、卖各种小吃的,应有尽有。隆回二中就坐落在闹市旁的一处幽静小院里,在这里,我第一次知道了什么叫冰棒,第一次吃到了麻花,第一次认识了油条,第一次感受到了争分夺秒吃饭的刺激,第一次领略到徒步回家的快乐,也是第一次体会到青春朦胧的悸动。

我在二中初次尝到的滋味是"馋"。因为交的伙食费很少,每个月才三块二毛钱,所以学校里的伙食很是一般。第二年伙食费增加到每月五块四,每人每学期上交两斤黄豆、一斤油,才基本能保障我们每星期有一顿肉、两顿豆腐吃,但大部分时间也只能吃一些便宜的小菜。我印象中吃得最多的是南瓜,以至于有一次放假回家,母亲要做南瓜给我吃,我当场就哭了起来。饭是每人一钵,自己把钵子放进厨房,由食堂统一加米,如果你怕

---

隆回二中高1979届共有72～78等七个班,其中72班为理科尖子班,应届考上学校的人大部分是72班的。

吃不饱的话，可以事先在钵子里放一个红薯，或者放一些肉食。不过，饭钵子里加了料，吃饭时你就得快步如飞去抢夺先机；如果去得慢，被一些"不法分子"捷足先登偷走了，不仅一顿美味泡了汤，而且只能饿肚子。有一次我的饭被别人偷走了，自己又不敢如法炮制去偷别人的，居然找着班主任老师哭了一场，这才解决了吃饭问题。从那以后，只要饭碗里加了额外的料，我吃饭时就一定会冲锋在前。但这行为也酿成过苦果，有一次冲锋太急，没有留心脚下，我被重重地绊了一跤，左手的疤至今还在。

学校距家里有四十公里，坐车回家要两块钱，学生半票也得一块钱。因而我们每月返家一般都不坐车，一来由于我们人多热闹，二来的确舍不得那一块钱。所以大部分时候我们都是步行回家，热天晚上走，天亮到家；冷天白天走，下午到家。在路上，一般吃个一毛钱的烧饼充饥就可以解决肚子问题。那时根本不觉得苦，一大帮子人有说有笑，逢山过山，逢水过水，白天还可以在山上摘一些映山红或野果子吃，甚是浪漫。但到了晚上就麻烦了，因为没有光，不能跋山涉水，只能沿着公路走，所以觉得路途格外远。我们走累了会就地休息一会，有时在桥洞里，有时在人家的屋檐下。有一次走夜路，由于在路上听了一些恐怖故事，山上的一棵树、路旁的一堆土都成了我们眼里恐怖的鬼神。开始的时候人多还不怕，走到后来，只剩零零散散的几个人，又怕又困，彼此都不敢分开，于是就在路旁的田里用稻草垒起一个草堆，一起依偎着过了一夜。天刚蒙蒙亮，才像一只只快乐的小鸟奔回各自家中。

坐车回家的机会也不是没有，在我的记忆中就有过一次。那是一个周末的早晨，我正准备徒步回家，突然一辆卡车"嘎"地在我面前刹住，一张漂亮的脸从车窗伸出来，潇洒地一招手"上车"，原来是我同乡的女生，于是顺从地上车，坐在她的一侧。

车子在泥土路上一颠一簸地爬行，很少坐车的我由于没吃早饭，所以不到二十公里就渐渐地感到胃部不舒服，脸色发起青来，但因为有女生在旁，碍于面子，我强忍着痛苦不敢表现出来。车又爬了几公里，我实在忍不住了，于是赶紧摇下车窗，嘴中浊物喷涌而出。正难受间，一方花手绢带着香气像翩翩蝴蝶飞到眼前，我不好意思地报以感激的微笑。这时，一双温柔的手将我的头靠在她肩上。我还是首次与女孩零距离接触，那一头柔软的秀发搭在我脸上痒痒的，我闻到了少女的馨香。朦胧中，一种奇异的青春冲动在我心头升起。由于注意力分散，晕车的难受感渐渐消失，脸色也转红润，但我却依然没有离开那温柔的肩头，我恨不得就这样一直晕下去……

从漫长的人生来说，青春是短暂的瞬间，然而这瞬间的美好足够让人回味。转瞬间，那段艰苦而浪漫的岁月已过去三十多年了，但每当想起那段日子，我就感到由衷的快乐和享受，仿佛又体验了一把年轻的自己，瞬间的美妙于是化作了美好的永恒。

---

隆回二中高1980届共有79~86等八个班，本届特点有二：一大特点是改革开放后第一届从全县北面五个区统一招生选拔上来的；二是高考预考制度也是从80届开始实施的。

# 风雪长征路

◇李桃花

李桃花,女,1970年出生,隆回高平侯田人。1982年进入隆回二中初61班,1985年就读于高122班,1992年毕业于南京工学院(今南京理工大学),现居广东中山,就职于中国惠普有限公司。

隆回二中同学QQ群在怀旧,说起1983年寒假的那次雪天步行回家,大家仿佛又回到了那段求学的时光,感慨良多。光阴荏苒,30年过去了,当年的情景依然历历在目。静下心来,让思绪再次走进那场雪,让回忆重新踏上那段路……

1982年9月,从隆回北面五个区选拔出来的一群年龄十一二岁、稚气未脱的小孩,组成了隆回二中初中61、62两个班,这也是学校于"文革"结束后开办的首届初中班。因为山高路远,同学们都在学校寄宿,每次放月假时才坐班车回家带米和生活费。从学校到高平大概有35公里,再从高平镇到我家,还有10多公里,连通着两地的是一条崎岖的泥沙公路,每天只运行一趟班车。在摇摇晃晃的班车上来来回回,一年多就过去了,教学楼下又有了63和64两个班的师弟师妹,时间也来到了1983年的冬天。

期末考试结束了,可以回家过年啦!伴随着整晚睡不着觉的兴奋而来的,却是呼啸的北风夹带着沙沙的雪声。第二天清早,学校广播里传来了班车停开的消息,寄宿的同学们面面相觑:怎么办?等车通了再回去,那可能要等两三天!走回去?那么远,而且下那么大的雪!犹豫没多久,回家的渴望让大家选择立即步行回家,人流开始涌出校门,于是,一条长长的队伍,在雪地里往前延伸……

我和同班的阿英、阿芬组成了一个小团队,很快加入了雪地行军的队伍。我们蹦蹦跳跳,说说笑笑,对曾经坐车路过但仍很

---

隆回二中高1981届共有87~94等八个班,其中87班为理科尖子班,应届考上学校的同学大部分是87班的。从这一届起,学校开始招收复读班。

陌生的每一处景色都很好奇。偶尔，还会有其他团队的校友在雪地里打雪仗，乱飞的雪球时不时引起大家的尖叫。有位同学的包散了，书和衣服散乱在雪地上，引起了一阵哄笑。

走了大概两个小时，起初的兴奋劲过去了，冷、累、饿开始侵蚀我们。雪水渗到鞋子里，刺骨的冷，脚有点僵硬了；双腿像灌了铅，抬起来都十分艰难。一路上没吃没喝，肚子饿得咕咕叫了起来。好不容易，我们终于看到路边有一家开着门的小卖部。没有任何迟疑，我们纷纷冲了上去，每个人花几毛钱买了点糖和饼干——这在平时是极为奢侈的。补充了能量后，我们立马感觉体力得到了恢复，精神状态也好了，整整行装，加入队伍，继续向前进！

一直记得建华马路边有排木房子，上面写着标语"大养而特养其猪"。好学的我一直在琢磨，这个"其"字是什么意思呢？就这样，一边观赏路边的景致一边走，饿了，就从兜里掏颗糖吃；渴了，就抓一把雪含在嘴里；累了，就站在马路上歇歇脚。

到了七江后有一个岔路口，往左是金石桥、司门前、小沙江一线，往右是鸟树下、颜公、大桥、罗洪一线，我们自然是往鸟树下方向走。过了鸟树下，就要爬马鞍界了，这里属于望云山山麓，海拔高，路面最易结冰，到高平的班车就是因为翻不过马鞍界才停开的。"马鞍"二字，不知有何来历，我们方言里都叫"蚂蟥界"，传说那里的蚂蟥可以缠死一头牛。以往每次坐车在"之"字形的山路上盘旋时，我就想着有一天能下来走走看看就好了。感谢大雪，终于遂了我心愿。爬上高耸入云的坡顶，居高临下，看结了冰的溪流晶莹剔透地在山谷间蜿蜒，白雪覆盖的山林俨然一幅冰雕的水墨画时，心中不禁充满了豪情，也涌起点点诗意。前面路上，小孩们用自制的竹片雪橇在马路上滑雪，笑声在山谷间久久回荡，这熟悉的场景让我再次充满了力量。

翻过马鞍界，就是高平境内了。下坡的路走得很欢快，我们试着把书包扔到前面，坐在雪地上滑下去，真是别有一番滋味。下了山，第一站就是颜公庙。过了颜公庙，天色已是黄昏，我们加快了脚步，很快就到了大桥边，我们碰到了来接女儿的阿芬爸爸。他扛着一根扁担，接过了我们所有的行李。不到半个小时，就到了阿英和阿芬的村子。天已昏暗，阿英和阿芬都邀我去她们家住一晚，归心似箭的我谢绝了她们的好意，心里只想着：我要回家，我要回家！

天色越来越昏暗，大地越来越安静。路边的村庄里，一盏盏灯光亮起来。我仿佛看到爸、妈和弟弟坐在灯前等我，脚步越发快起来。走到黄信水库的时候，天已经完全黑了，水库周围荒无人烟，弯曲狭窄的小路紧贴陡峭的水库堤岸，加之天黑路滑，一不小心就可能掉进水库，让我不寒而栗。此时，各种各样关于"鬼"的可怕传言也一一

---

隆回二中高1982届共有95～101等七个班，其中95班为理科尖子班，应届考上学校的同学大部分是95班的。

快速浮上脑海，平添许多阴森森的感觉。我站在大坝顶上，停下来深深地吸一口气，告诉自己——这个世界上没有鬼。就这样，我借着雪地反射的亮光，小心翼翼地，一步一步往前移，口里一直默念："这个世界上没有鬼！这个世界上没有鬼……"由于怕滑进水库，我一边念叨一边用双手小心地摸索着，抓住路边的茅草和灌木避免滑倒。

终于过了黄信水库，我大大地松了一口气。几块田垄那边，家里木房子的窗口透出了昏黄的灯光，那一刻，显得那么的温暖！我感到一阵幸福的眩晕！最后几十米远的时候，我坚持小跑起来。到家了！我回来了！使劲捶门，门已经上栓。爸妈大声问是谁，我没有回答，只感觉喉咙被什么东西堵塞了似的……门开了，一只脚刚跨进家门，我就"哇"的一声大哭出来，眼泪像打开水闸一样，哗哗地尽情流。好不容易关了眼泪的闸门，依旧哽咽着，半天说不出一句话来。妈妈什么也没说，只是抚摸着我沾满泥巴、被茅草荆棘划破的手，陪着我掉眼泪。一向刚强的爸爸眼圈红红的，在房间里踱来踱去。

1983年的雪天徒步回家，无愧于一次小小的长征。这成为妈妈一直念叨我求学生涯艰苦的主要例证，并延伸到学校伙食单调、冬天衣服单薄等诸多苦处，每次念叨，她都会落泪。在伙计们后来一遍遍的讲述中，这次特殊的经历演变成了一段让每个人都感到自豪的辉煌历史。

30年前的雪地长征，或许不一定是我们人生中最亮的点，但一定是我们人生最难忘的经历。少年的磨难，最易变成人生最宝贵的财富。在那以后的人生中，我不管遇到什么艰难困苦，当觉得无法再坚持的时候，都会想起雪地长征的经历，我告诉自己：再难的路我都已经走过了，我一定可以坚持下去，我一定会胜利！

隆回二中高1981级共有102～106五个班，105、106班是最后一届两年制高中班，1983年毕业。102、103、104班则在1984年毕业，为"文革"后第一届三年制高中班。

# 二中子弟

◇周亦翔

"二中子弟",非太子党,非正式团体,就是二中教职员工子女、弟妹的统称。这么一个普通而又相对特殊、延绵不绝的群体,注定要在二中史册上留下些什么。

我在二中求学期间,教工子弟中不乏学业超群者。比如黄氏三兄妹,其父是数学老师黄敬文,他家老大考上了人民大学,老二留学美利坚,老三从中专保送湖南师大而后进京。又比如我的初中同班同学刘劲松,他母亲阳金竹老师一直担任学校的辅导员,母亲眼皮下就读的刘劲松初一和初二阶段还学业平平,初三时突然发飙跻身拔尖行列,高考后成为复旦的宠儿,也算书写了一段佳话。再如和我同届的卿红、马汝萍两位女生,前者是卿国烈书记的女儿,重点大学毕业后做了党校老师,并当选为湖南省党代表;后者承继她老爸马轶麟老师之风骨,琴棋书画,无一不通。值得一提的还有米小武老师的儿子米思宇,2001年高考分数位居全省第四,直接被清华大学抢录。说起这些,父亲曾好长一段时间在我耳边念叨,一是称羡,二是怒"我"不争——他的小儿子如果不误入文学歧途,应该是很有希望成为学霸的。

我享受二中子弟的荣光应是1982年,那年我小学毕业。当时一中、二中分南北两片在全县招录"文革"后的首届初中班,我以隆回县中考前三的成绩考上了隆回一中,但由于父亲在二中任教,就以教工子弟的身份直接转入二中初中部就读。其时我老兄周东翔也刚好考入二中高中部,兄弟俩成绩均在年级数一数二,一时风光无限。老兄一路高歌猛进,读南京名校,当留洋

周亦翔,男,20世纪70年代出生,隆回荷香桥人氏。1982~1989年先后就读于隆回二中初62、61班,高124、126、132班。现居长沙,任职于湖南出版投资控股集团。

---

隆回二中高1985届共有107~110等四个班,本届最大的亮点是2005年集体回归母校,组织了一次规模盛大的同学聚会,被网友誉为"隆回历史上规模最大的同学聚会"。

博士,成军旅教授,为父亲挣足了面子,此是后话。

　　与老兄相比,我的学业却颇费周折。初中前两年是我的鼎盛时期,马轶麟老师曾放言:"周亦翔考不上清华,我不姓马。"大抵是初三的时候,学校成立了默深文艺社,我陶醉在文学的熠熠光辉里,一如我儿子现在迷恋电游的情形,不舍昼夜……一直到临近高考的最后一期,我才幡然醒悟,成绩猛然回升,但无奈时间太紧,再加上遭遇非同寻常的1989,只得草草结束了"清华梦"。2013年有幸和马轶麟老师聚首长沙,回首往事,我只能不断罚酒致歉——贻害老师改姓,至今连清华的门都没见过。

　　我在高考中失利,对父亲而言几乎是一场灭顶之灾。毕业于名牌大学的他,一心指望子女再续自己的雄风,我的表现自然让他十分落魄。黔驴技穷的父亲甚至为此曾和他两位要好的同事策动移民贵州。道理很简单,贵州高考分数线明显低于湖南。在教育局领导的挽留下,在乡下爷爷的阻挠中,父亲终究没有成行,我也总算未成"黔之驴"。而另外两位老师最终克服重重阻力背井离乡去了贵州,据说他们的子女都如愿上了大学,找到了好工作。老师亦是为人父母,护犊之情,回想起来令人唏嘘。

　　究其实,成绩不是万能的。在二中子弟中,亦不乏学业稍逊但同样出类拔萃的佼佼者。时任校长宋鹤鸣的次子宋明烨就是一例。其人聪明,但不好读书,当时电影《少林寺》风靡全国,明烨同学由此迷上了气功,不能自拔。有次考试垫底,他母亲气得要掌掴,这家伙却蹲下身子、捋起袖子请求暂停,声称还没运好气。倒是凭着这一身硬朗的功底,他得以入伍从军,转业回来活脱脱变了一个人,现任职于隆回广电,仍是一个地地道道的汉子。又如欧阳晖漫,成绩并不拔尖,但性格率真火辣,嫉恶如仇,辅佐她先生创业,生意和慈善都做得风生水起,标准的良善富婆一枚。记得她老爸欧阳群老师除了教书,最大的爱好就是打鱼,和我父亲相仿,号称二中的"农民教师"。

　　我们这帮二中子弟,曾一起打过篮球、学过游泳、看过电影、爬过围墙、偷菜做过夜宵……度过了一段自由烂漫的青葱岁月,很多子弟都成了一辈子的朋友。现在邵阳市纪委身居要职的刘旭明,我和他从初一到高三一直同班,他老爸刘林杰老师做了我三年的班主任,我老爸教过他地理课,两人由此惺惺相惜,情同手足。我父亲过世的时候,他泣不成声代表亲朋致辞;刘林杰老师的追悼会,本来也安排我作为学生代表志哀,但因出差境外未能遂愿,至今引为憾事。但失父之痛、追忆之苦、感恩之深,始终是相通的。

　　就是这么一群或优异或个性的子弟,成就了二中老师自身的骄傲与欣慰,亦是二中风景线上不可或缺的一抹亮色。

---

　　隆回二中高1986届共有111~114等四个班,本届最大的特点是学生毕业后,学校就由于淘金导致地面下沉被搬到了花门,因而也被笑称为"读倒二中的一届"。

# 思家之苦 & 三大神菜

◇向永美

前段时间,拜读了隆回人社区(www.longhuiren.com)上有关二中往事的一些文章,我感觉每件往事在作者的回忆里似乎都无限美好,即使作者在文中所扮演的其实是一个相当苦逼的角色,但其字里行间,却无不透着些许的眉飞色舞。思索良久之后我终于明白了,原来,这就是所谓的宽容,一种中年人对少年的宽容,一种成熟对幼稚的宽容,善于宽容的人总是快乐的,不管这种宽容针对别人还是自己。

曾经,我也是隆回二中初64班的一员,二十多年过去了,有关那段时光的记忆,在我的脑海里只剩下一些孤零零的片段,这些片段,就如同夏夜天上银河里的星星,一颗颗忽闪忽闪的,或明或暗,其中有两颗最为耀眼。

向永美,现名向君华,男,1972年8月出生,隆回金石桥人。1983～1986年就读于隆回二中初64班,高中就读于138班,后毕业于华西医科大学。现居长沙,任职于国防科技大学医院。

### 思家之苦

请大家发动记忆的引擎搜索一下《我的理想》,还有多少老同学能记得自己初一曾经写过这么篇作文?记得写过这篇作文的,又还有谁记得自己当初的理想呢?反正我是记得的。这是我们踏入初中后的第二篇作文,与其他同学的"科学家"、"文学家"、"诗人"、"解放军"等光芒四射的理想相比,我的理想只不过是当一名普普通通的司机。当时的班主任兼语文老师米小武用红色粗体大号字在我文章后点评道:"你的理想难道就不能再崇高点吗?"

隆回二中高1987届共有115～121等七个班,他们从老二中走来,是第一届毕业于新二中的高中生。

为什么我的终极理想会是司机呢？是因为太想家了！作文中冠冕堂皇的话是："当一名司机，可以想到哪里就到哪里，可以为实现四个现代化贡献自己的一份力量。"其实，结合自己当时的心境，最真实的潜台词应该是——当一名司机，我可以想回家就回家。

初一的第一个学期，那可真是想家啊，实在是想得不行！要不然怎么会在不到一年的时间里，我的理想就由小学时的"当科学家"变成了"当一名司机"，可以想象那时想家该是多么的刻骨铭心！

我是一个土生土长的金石桥娃，从小就在爸妈、奶奶、哥哥的护佑下成长。在此之前，我最大的活动半径没有超过金石桥镇周围10里。六都寨我是听说过的，因为村里经常有人去那修水库，但在我心目中，那仍然是传说中的存在，离家不知道有几万光年。这么一个遥远而陌生的地方，让我一个不满12岁的娃儿独自去闯荡？

简单介绍一下我这个人的特点吧：一是似乎很会读书（能考上二中就是例证），不过仅限于小学老师发的那几本，不包括参考书，因为从没见过参考书；二是基本能把饭煮熟，会炒3～5个素菜（荤菜原材料珍贵，所以实践机会少），单独炒菜招待过来家里帮忙的亲戚，得到过有关人员两三次表扬；三是老实胆小，无论在什么场合，见到说话声音大一点的人都尽量躲开，不喜欢和陌生人说话，见到女同学会害羞地低头，更别说和她们交谈了；四是知道洗衣服的流程，曾有过洗夏装的经验；五是曾坐过5次以上拖拉机，知道坐车去六都寨的大致方向；六是看过上千本连环画，知道阿凡提的故事，喜欢李元霸和高宠。这些特点让我初中以前的生活充满阳光，使我在12岁以前成了父母、老师、邻居甚至全村人眼中的乖孩子。

可是，到了远在异地的隆回二中呢？到了精英云集、无依无靠、一个月才能回家待一晚的初中时代呢？我感觉自己拥有的那些优点都是浮云，从父亲帮我铺好被子转身离开的那一刻起，我就开始无可救药地想家了。犹记当天晚上，我几乎整夜没有合过眼，满脑子都是家人和小伙伴们的面孔，爸爸、妈妈、奶奶、哥哥、弟弟、邻家的哥哥姐姐、家门口的山山水水，甚至连家里喂的猪、养的鹅成了我深深思念的对象。流泪是难免的，因为害怕别人笑话，我只能躲在被窝里默默地哭。当时，我真有种被整个世界抛弃的感觉。在接下来的几天甚至几个月里，我都被这种想家的情绪折磨着。好在我的神经在这种折磨中越来越大条，我也开始在无尽的思乡之苦中，努力学习怎样去适应这种新生活。

很多年以后，我和老同学们聊过才知道，当年想家想到哭的男孩绝对不只我一个，很多小伙伴们都有过这种经历，只不过大家都掩饰得很好，当时没被人发现。但

---

隆回二中1988届共有122～126等五个班，其中126班在高三为文科班，本届最大的特点是，最后一届需要预考的学生。

是,因为想家而改变自己理想的,估计只有我一个。

走出隆回以后,我仍然经常想家,想念还在故乡的亲人们,想念故乡的一山一水。但是,我的心境已是非常的平和,不复当初的痛苦。也许,正是初中时代的那种刻骨铭心的思念之痛,造就了我今天心智的成熟与坚定,也让我早早就明白了什么叫感恩。

初中的三年,是我告别懵懂、走向成熟的三年,我从不后悔当初写了那么一篇没有崇高理想的《我的理想》,因为它见证了我曾经走过的一段路,一段我必须走完的路。当初的这段路,我很庆幸是在我的母校隆回二中走完的。

## 三大神菜

前不久看了部美国大片,片名叫《记忆裂痕》,里面有一门很神奇的技术,可以选择性地抹灭人类关于过去的任何记忆。如果现实生活中真的有这门技术,如果你在掌握这门技术后问我:"有关初中的记忆里你最想抹灭的是哪一部分?"我会毫不犹豫地告诉你:"萝卜干、煮白菜和水豆腐。"

萝卜干、煮白菜和水豆腐这三大"神菜",几乎颠覆了我大脑中有关初中的所有美好记忆! 即使是在离开二中后,曾经有那么十来年的时间里,不管在什么场合,哪怕在那些所谓的高档宴会上,我只要看到这三种菜式中的任何一种,脸上都会情不自禁地流露出一种近乎绝望的痛苦,紧接着就会嘴发苦、咽发干、胸发紧,鼻腔里很大一股抹桌布的味道。我不知道我的这种情况算不算语文修辞手法中所谓的通感? 要是不算,又有谁能解释,为什么只是远远地看着那些菜,我的鼻子却能闻到味道?

萝卜干,又名土人参干,适量进食可助消化、利二便。二中所购萝卜干系小沙江花瑶用本地萝卜切开后,置于溪边平坦的石头上晾晒而成,其色黯黑或全黑,内杂青苔及含钙、硅等矿物质丰富之石块、沙子。制成菜品时,只要在大锅中加入少许清水,放入适量原材料和少许盐巴,文火清煮五分钟即可。其成菜味道微苦或极苦,有嚼蜡之感,此菜制作简单,进食方便,是二中三大神菜之首,也是填满肚子、补充电解质、减少唾液、节省煤火的不二选择。

白菜,素称"菜中之王",营养丰富,老少咸宜,吃了绝不会过敏,制作时只要加少许油盐,清水煮熟即可。此菜妙在既可以进食,亦具装饰之功效,试想,在白花花的米饭上,铺着几片青翠欲滴之菜叶,那是怎样一道风景,怎样一种意境? 至于很多人说二中的煮白菜不能下饭,或者说有很大的潲水味,大厨们会振振有词地反驳说,那可

---

隆回二中高1989届共有127~132等六个班,他们是第一届完整就读于新二中的高中生,也是取消高考预考后的第一届考生。

怨不得我，我也是想把大白菜炒出鸡肉味的。

豆腐，中国历史悠久的传统绿色健康食品。高蛋白、低脂肪、养生摄生、益寿延年、生熟可食，优点老多。当年二中的大锅翻煮水豆腐，选料是极为讲究的，用的都是那种石膏多、质地老、色暗黄、能经得起折腾的原材料。这一点对大锅菜很重要，一番沸腾和铲搅下来，须得让豆腐还能保持原来的形状，否则，就成了豆腐汤或豆浆了。至于味道？那肯定是有的，难道你没听见到吃过的人都在说，这菜有股抹桌布的味道吗？

饮食三大神菜，或许是当年二中学子经常看起来满脸菜色的原因吧？所幸的是，在我们初中的后半阶段，改革开放的春风终于刮进了六都寨，刮进了隆回二中，我们的伙食也逐渐有所改善：原来每周一顿的"牙祭"，终于变成了两顿；早餐时，美味可口的油豆腐也替代了万人唾弃的萝卜干，我们的饭碗里开始变得充满阳光。

多年以后的某月某日某时，当我看到儿子坐在城里明亮的餐桌旁，面对满桌的大鱼大肉愁眉苦脸、似乎无从下箸时，我忍不住用忆苦思甜的语调谆谆教导他："想当年你老爸读初中，那生活可是相当艰苦，你知道我吃的是什么吗？是萝卜干、煮白菜和水豆腐！"儿子立刻眉开眼笑："老爸，我也要吃萝卜干、煮白菜和水豆腐，它们比这个好吃。"

我彻底无语……

三大神菜再难吃，也只是味觉的"苦"，少年想家才是内心真正的苦，不过现在的孩子已经很难同时体会到这些了。也许，走过的路才叫路，吃过的苦才叫苦吧。不过，这点苦也不算什么，因为年少的我们至少还有梦！

---

高1990届共有133～138等六个班，本届特点有二：一是二中南迁后全面放开在南面招生；二是同学们参加了首次高等学校招生标准化考试，这是我国自隋唐以来考试方法和阅卷手段的一个重大改革。

# 素年锦时　真水无香

◇胡建军

白驹过隙,马齿徒增。想来年过四十,却做了近20年学生,经历了N多所学校。其中,最难以忘怀的,还是1987年到1990年隆回二中三年的高中时光。现撷取当年两三个片断,晒给大家共享。

### 君歌嘹亮　玉音绕梁

1987年下学期,我从二中初中部考入高中部,当时正是学校南迁的第二年,处于重新规划、续写辉煌的时期,学校号召大家勤工俭学。金秋10月的某一天,我们整个年级肩扛锄头、手提坛箕到校园西北侧的黄土高坡,奉命开挖一条条的壕沟,用于来年种柑橘树。每个人的任务是一天内挖出长、宽、深各一米的土坑。要知道,隆回南面的土质硬且黏,我们都是十四五岁的少年,虽然大家大都来自农村,干过重活的,但一天内要完成这么重的任务并非易事。这不,到了太阳偏西的时候,累、渴、饥一齐袭来,大家都快撑不住了。正在这时,一曲悠扬甜美的歌声从高坡传来:"甜甜的一个笑脸,给我一片温暖,轻轻地说声再见留下多少思念,我愿这个世界就像这张甜甜的笑脸,到处都是欢笑,到处都情意绵绵。"大家循声望去,原来是136班的赵玉君同学唱着歌给大家鼓劲来了,旁边还有几个女同学提了一桶桶清凉的泉水。大家听着玉君甜美的歌,喝一口泉水,顿时精神百倍,抢起锄头,继续开干,任务很快就完成了。

胡建军,男,20世纪70年代初出生,隆回六都寨人。1985~1990年先后在隆回二中初66班、高133班学习。1991年应征入伍,2010年转业至地方工作。现供职于中共广东省委某部门。

---

隆回二中高1991届共有139~145等六个班,本届最大的特点是开始实行"三南"高考改革,学生分理工、农医、文史、地矿等四类参加高考。

那时我们入校才一个多月，彼此都不是很熟悉，"玉君好声音"一下就定格在大家的脑海里，成为同学们平时津津乐道的话题。我则少不得告诉同学："赵玉君和我初中就是同学，不仅人好看、歌好听，而且学习刻苦成绩好！"确实，这位来自六都小镇辰水河畔的赵同学，品学兼优、才貌俱佳，有口皆碑。一直以来，深为大家所仰慕。

几年后，我来到绿色军营，曾经在训练场演习地打驻锄、挖战壕，曾经在长江大堤、北江大堤抗洪抢险扛沙包，急难险重之时，当年黄土高坡的甜美旋律依然回响耳际，依然给人以力量。其时也有总政歌舞团、战士文工团的阳春白雪前来助阵慰问，但亲切感终不及下里巴人的玉君同学之清唱。若干年后，我又有幸与玉君同城，再次发现她还炒得一手好菜，颇有大厨风范！这不禁让人想起大文豪托尔斯泰的一句名言："人不是因为美丽才可爱，而是因为可爱才美丽。"不过，我发现，托氏的名言如果用英文表达，意思更为直白：It is not beauty that endears, it's love that makes us see beauty.

## "六四"风波　险殃校园

1989年是中国历史上难忘的一年。这一年春夏之交，北京和一些大中城市出现了"学潮"，进而演变成大规模的动乱，史称"六四"风波。受其影响，学校里也出现了较为激进的墙头小报，引来许多不明就里的同学在路边驻足观看；还有个别愤青的老师到政教处办公室"压起了床板"，这在校园里激起了层层涟漪。正在这时，邵阳某高校的人跑来二中"串联"，找到时任学生会主席邓正贤同学，要求二中师生罢课、上街游行以声援北京。"不行！"邓正贤掷地有声，断然拒绝。从此，二中又恢复了往日的平静。

没多久，政治风波平息了，学校也召开了专门的教育总结大会，印象最深的有两点：一是学校特地奖励邓正贤同学10元钱；二是时任政教处主任马轶麟老师向大家强调了政治斗争的严肃性。囿于当时的阅历，我对10元奖金和马老师的话，并没有太多太深的感悟，直至后来自己当了兵，在总参通信指挥学院、广州军区通信团等处学习和工作，多次听到广州军区袁邦根少将所说的一句话——一个聪明人、明白人，绝不会犯两种错误：关键时刻不犯错误、不犯同样的错误。彼时，我才深刻明了当年邓正贤同学义正词严、旗帜鲜明的态度所蕴含的政治意义。确实，在当时那种特定情况下，身为学生会主席的邓正贤，只要头脑稍微发热一下，局势势必难以控制，后果更是不敢想象，整个二中的历史就得改写，众多师生的命运也会随之改变。

---

隆回二中高1992届共有146～151等六个班，本届也是最后分理工、农医、文史、地矿等四类参加高考的一届。

## 嬉笑怒骂　皆成姻缘

转眼进入了高三。其时上一届的多名美女师姐如卿漪、廖秀敏、王付梅、王瑛、肖芬茹等插入我们133班学习,加上我们班上原有的陈梅、刘静华、肖莹华、彭少娟、谢念君、江艳梅、付建华等众多美女,一时班上可谓美女如云。这使得男生们在紧张枯燥的学习中活力陡增。某日晚自习,教室里人声鼎沸、谈兴正浓之际,班主任刘述熬老师不期而至,见状气不打一处来,用隆回北标准的"国骂"数落了我们:"你们这些伢子妹子,真的是料壳里老了一个瓜,看到嗯咯家背呢,就是家岭!你们这样搞,今后呢肯定是伢子讨不到老婆,妹子呢,一定是嫁不出去,我看你们到时怎么办!"说真的,刘老师平日不苟言笑中不乏对学生的关爱,但如此训话,实在是出乎大家的意料。大家一时面面相觑,目瞪口呆。次日早自习,大家交流昨晚各个寝室"卧谈会"的意见,答案竟然高度一致:"怎么办?很好办,咱们内部解决不就得了!"

正是有了"内部解决",同学们的学习劲头更足了。尽管由于时代的原因,当年考上大学的并不多,但后来通过各种不同方式努力打拼,班上很多同学都成为了党政军文教商等各领域、各行业的精英骨干,婚姻大事基本无虞。其间也有几对是"内部解决"的,如"邹彭配"、"刘王配"、"宋王配"等,让刘老师当年的"剩男剩女论"不攻自破。但是,大家没有一个"记仇"的,反而从内心里深深地感念恩师的"激将法"。

组成我二中青春经历的画面还有许许多多,在学校千千万万的学子中,它未必是最光鲜亮丽的,未必是最惊心动魄的,但始终是独一无二的。几十年过去了,这些曾经的片段虽已满是尘埃,缄封许久,却是抹也抹不去,忘也忘不掉。因为那已是生命的组成,是生活的一部分,无论多么久远,都永远与我同行。

---

隆回二中高1993届共有152~157等6个班,其中152、153班在高三为文科班,其余都是理科班。本届的一大典型特点是,又开始恢复文理分科考试。

# 致我们逝去的年少

◇喻 琴

喻琴，女，20世纪70年代出生，隆回高平人。1984～1987年就读于隆回二中初中68班，现居长沙。

小学毕业那年我11岁，在那紧要关头必须集中精力读书，考上二中。平素性情温和的爸爸也许是嫌我留长发麻烦，意外地操起理发剪，三下五除二就绞掉了我头上那把厚重的马尾。妈妈是小学教师，很重视孩子的前程，爸爸的想法显然也得到了她的支持。在隆回北面的父母心目中，孩子小学毕业考上二中初中部是终极目标，也是很单纯的目标。

1985年，我如父母所愿，考入了位于六都寨的二中，我们是第四届，共两个班，我进入了68班，兄弟班是67班。67班班主任龙吉水老师慈祥得像位老妈妈，我不知道他怎么镇得住67班，据说龙老师采取的是怀柔手段。而我们68班班主任刘林杰老师则明显不同，他个性上比较要强。

六都寨是一个四面环山的美丽的小镇，铺着青石板的老街，很有古典的韵味；辰水河逶迤流过，岸边杨柳依依，河水平静安详，让小镇充满了灵气。对于没有出过远门的孩子来说，这里是一个别致好玩的地方。尤其是春天来临，米珠峰的山坡上，有大片的梨树，梨树开花了，远远看去，像是刚下了一场薄雪。梨花雪白，花瓣落满山坡。有时我会找一处干净的地方躺下来，一个人看看天，看看树，风一吹，花瓣就从树上落下，到处飞舞……真是非常诗情画意的情景，宛如仙境。漫步老街上，经常可见做小生意的老人架着油锅，炸一种小小的薄饼，饼面上有一粒粒鼓起的黄豆，又香又脆……还真别说，生活在这样的小镇，回想起来

---

隆回二中高1994届共有158～163等6个班，其中158,159班在高三为文科班，其余都是理科班。

别有一番生活情趣。

跟我一起进入二中的是刘剑云、刘伟云两兄弟。他俩虽然是一对双胞胎,但一个长得瓷白瓷白的,头发微卷,像个俄罗斯娃娃;另一个黝黑,略显粗砺。无论从长相、身材、皮肤来看,都不像一家人,更不用说是双胞胎了。他们的爸爸刘贤义老师是我妈妈的同事,也同时调进二中工作。刘老师对孩子们要求十分严格,家里人都怕他,那会儿一般的家庭不像现在这样给孩子上兴趣班,他们家就严苛地要求孩子练书法。刘老师对我却很和蔼,我刚到学校时,经常在他们家蹭吃蹭喝。

学校那时还存在少先队组织,所以有一批戴红领巾的小家伙在校园晃来晃去。这些人中好几个牙都没长齐全,我就是其中之一;丁亭亭上课时总是在做鬼脸逗大家乐,他到了初二也没把牙长满。史屏越老师是政治部主任,他任命我当了大队长,真不知道他怎么想的。不过这大队长也是虚职,除了胳膊上别着三条杠,无他。马泛萍胆大包天,背地里给史老师取外号"屎桶",史老师则叫她"饭桶"。

开学不久,我们就做了一件让老师头疼的事情。听说荷田乡有很多山洞,大家在某个周日组织了一批人马,在老师毫不知情的情况下,走了十几里路,找到其中一个大溶洞,却见里面又大又深,一团漆黑。我们点燃蜡烛,竟然发现了一个奇妙的世界:石柱林立,瀑布倾泻,小桥流水,深沉悠扬……由于担心里面氧气不足,我们不敢深入,草草收兵返校。肖立军同学掉队了,差点在洞里迷路出不来。回校以后,大家在操场上一个个耷拉着脑袋,接受刘林杰老师的痛骂。痛骂之余,刘老师还惩罚我们每人写一篇游记。这个惩罚真是既雅致,又实在。我在二中算得上是个胆小鬼,那是有生以来不多的冒险经历,难得!

放假总得回家,但车站每天就固定那么几趟车,车票永远都是紧俏的,车站总是人头攒动,大家脸上浮现着焦躁和无奈。好在我们班有个男生叫李中晚,他爸爸是六都寨车站的站长,有了这层关系,热心的他经常帮我们买票,可把外班的人给羡慕死了。买到票以后想坐上车也不是件容易的事情,因为那时每趟车都严重超载,从车门进不去,就只好从车窗爬进去,什么形象也顾不上了,能回家就行。放假回家的交通似乎解决了,可返校却不一定顺利。有一次开学,实在没法买到票,家里只好动用自行车,我坐在后座,爸爸蹬车载我一路颠簸到六都寨。那时的马路还没有铺柏油,一辆车经过,路面总会扬起一阵尘土。三四十公里的路程,灰尘、辎重、背包……都成了长途旅行的负担,不知我们父女俩是如何熬过去的。尤其是蚂蝗界那几道弯,螺旋形上升的山路,上坡和转弯的时候,爸爸都要下车推着走,累得他大汗淋漓、气喘吁吁。现在回家,开车经过那一段路,只觉得空气清新,远山如黛,田野里散布着星星点点的

---

隆回二中高1995届共有164~169等6个班,本届最突出的特点是高考失利,导致学校新任领导班子上台后实行封闭式管理政策,这一政策延续至今。

紫云英。轻车熟路,一晃而过!过去种种,已经十分遥远。

六都寨人挖金,导致二中及其附近地面塌陷,房屋墙体开裂。有一天,我们发现连厕所都有了裂缝。学校在缝隙上贴上纸条,如果缝隙扩大,纸条就会破。于是有男生故意把纸条弄破,因为大家想换到新学校。想起来,我们还真是二中南迁花门的有力推动者呢!因为存在不可预知的危险,我们就遇到了一件超级大好事——提前一个月放寒假。放假前一天夜里,不知是不是由于太激动的缘故,我从宿舍上铺摔下了床,好在是连被子一起跌下去的,不然磕在宿舍里的木箱子上就惨了。那次意外让我浑身酸痛了好几天,可以说是乐极生悲。那个漫长的寒假里,热爱写作的我在一个小本子上写了篇连载侦破小说,题目是《家庭要案》,到底所谓的"案情"是什么,已经随我的青春飘逝而去了。

初一下学期(1986年春),学校向南搬迁到了花门,校园旁边静静流淌着的那条河成了赧水河。奇怪的是,尽管校园变大了,也气派多了,可我的记忆却更残缺了。最初印象中的新二中,一条林阴大道从校门口直通到后门,路旁是一排排高大茂密的法国梧桐树。我们班在四合院左手最里边的那间教室,进门右手第一间则是67班。四合院里还有好几个高中班,里面有一个唱歌动听的男生,那时他担任学生会的文娱部长,知名度很高,后来去隆回一中当了一名音乐老师。还有个男生经常在四合院后面高唱《骏马奔驰跑边疆》,歌声悠扬奔放,让我们充满了无限的想象。

四合院后面有个花园,刘林杰老师种菜算得上行家里手,他课余时间总喜欢带着我们班同学在花园里种菜植树。花园里有两棵樟树就是我们栽下的,又是浇大粪,又是浇水,很快就长得根深枝茂,静静地和我们一起在二中成长!学校围墙外面是大片菜地和果园,我们在那里种了雪梨树苗,树苗中间插种了花生。暑假是花生收获的时节,那些花生会出现在我们新学期的班会课上,大家一个个吃得满嘴乌黑,却也其乐融融。现在的二中,校园外面还有一大片雪梨树,前几年我还到那里摘过梨。那时正是暑假,一场阵雨过后,我来到了梨园外面那片耀眼的红土地上,只见天空幽蓝,四处一片宁静,偶尔听见蝉的叫声,娇脆欲滴的梨子高低错落地挂在枝头上。不知那些梨树,是否还记得当年那个不经世事的小丫头?

学校离县城桃花坪很近,大家在有空的时候会选择去桃花坪逛逛,走累了就在园艺场歇歇脚。我去县城是为了到百货商店买糖收集糖纸。糖纸先剥下来,洗干净、晾干,然后一张张小心地抚平,夹在书里。它们半透明,颜色鲜艳,闪烁着玻璃或者贝类的光泽。有些还是成套的,花色相同,颜色各异。我最喜欢这种成套的,集齐一套,特

---

隆回二中高1996届共有170~177等7个班,其中170班后来被撤销,171、172班在高三时为文科班。本届最大的特点是高考理科高分扎堆,全县理科六个600分以上的考生,有五个出自二中。

别有成就感。两书页之间可以夹三张糖纸，一本大书被糖纸撑得厚厚的。后来学习退步，爸爸，唉，说来我爸爸那时候还是很称职的，很重视这个事情，把糖纸一张张从书里掀出来，点一把火烧得个干干净净，想来真是心疼！后来，我又喜欢上了拿树叶做标本，方法则和收集糖纸差不多，夹在书里脱水就行。

20世纪80年代中期，社会风气不好，外面的小青年都流行烫头发、穿喇叭裤，甚至手里拿把弹簧刀，招摇过市，大家称他们为"水佬倌"。学校南迁花门之后，可能是靠县城太近更易受到不良风气的影响，校风有了明显恶化，崇尚不读书，模仿"水佬倌"的学生队伍越来越庞大。那些爱玩弹弓打废墨水瓶和麻雀的男生算是本分人了，偷偷学抽烟、到食堂偷菜的男生只能说是有点调皮，估计是个人英雄主义思想作祟，最受大家追捧的是打架厉害的男生，这类同学以体育生为主，比较出名的有易群杰、钱九国、范时华等大侠，陈竹松等同学成绩很好，也很用功，但也要装成不努力的样子，估计也是一种明哲保身的权宜之举吧。

人生如朝露！梦想慢慢远离，纯真渐渐蒙尘。这世界的变化，我们自己的变化，常常被视为理所当然，细想才令人惊诧。我们的年少早已经远去，记忆开始模糊，曾经孩子气的欢笑，同学们稚嫩的脸，都留在了身后。那些遗憾和庆幸，那个小小的自己，再也看不到了。只能把她留在梦境，留在回忆，留在相逢一笑里。辰水泱泱，米珠苍苍；好景犹在，年少已空。岁月无情，此心不老，谨以此致我们逝去的年少！

---

隆回二中高1997届共有178~184等7个班，其中178班为学校历史上第一个实验班，181班在高三文理分科时被撤销，179、180班在高三时为文科班。

# 夜访芙蓉山

◇陈　洁

陈洁，女，1979年出生，隆回北山人。1994～1997年先后就读于隆回二中高181班、179班，后毕业于天津师范大学英语专业。现居隆回，任教于万和实验学校。

芙蓉山，乃隆回一名山，依赧水之畔，居国道一侧，离二中数华里之遥。初闻其名，心向往之。然学业繁重，学校管束甚多，未能成行。

月末，照惯例，学校放月假。家里约束亦不少，遂提前返回，吃过早饭就到了学校。乍一看，上午就已归校的同学还真不少，教室里笑语欢歌，好不热闹。喧闹中有同学说老范（班主任范国泰）今晚不在学校，提议大家乘此良机干点平时不敢也不能干的事情。这无疑是向学校的规章制度宣战，是一竿子把老师权威打倒的好机会。同学们个个摩拳擦掌，跃跃欲试。那么，我们干点什么呢？

"要不大家晚上溜出去，夜登芙蓉山吧？"邹海平同学一指不远处云雾缭绕的芙蓉山。这还真是个不错的主意！但貌似有点过分了，我有点儿畏缩，虽然长期以来不满学校严格的管理制度，但晚上外出还是超出了我胆子所能承受的重量。怎么，不敢了？面对同学的这一质疑，我一拍桌子，去就去，谁怕谁？闹着玩儿的几个人，为了尊严和面子也豁出去了。此刻，似乎天塌下来也不重要。

晚上熄灯铃响之后，我们按照事先约好的路线，躲开查寝的老师，来到黄土高坡的围墙下。墙壁太高，我和刘喜凤两个女生根本爬不上去，更何况我们两个良民都是第一次干这种勾当。一堵围墙就阻断了我们外出呼吸自由的空气，真叫人那个心烦气躁呀！后来，我们干脆一不做二不休，把壮实的阳星魁同学拿

---

隆回二中高1998届共有185～190等6个班，其中185、186班为理科实验班，187、188班在高三时为文科班。

来垫脚,踩在他的肩膀上,终于翻到了墙垛上。第一次上墙垛,朝远处张望,只见赧水如一条闪着波光的带子,一直往芙蓉山方向延伸;往墙下一看,下面空无一人,没有政教处和保卫部的哥们在守株待兔;往回一望,黑漆漆的夜色中点缀着几盏路灯,想必大伙儿都快进入梦乡了。心情极爽,狠狠地呼吸了几口空气,还真别说,自由的空气就是新鲜些。

待众人从墙上跳下,我这个大姐大一声令下,一行9人在夜色中直往芙蓉山奔去。

一路上,我们成群结队,有说有笑,兴趣盎然。我更是意气风发,为自己能在这一伟大的行动中担任领袖而备感骄傲,你可知道我们181班的这帮兄弟是何等人物?那都是可以让隆回二中那些草包闻风丧胆的大侠呀,可今天,他们全部都在我的指挥下。我越想越得意,加之当时颇羡慕电视剧《湘西剿匪记》里面的国民党女特派员"四丫头",于是一路上就把自己想象成"四丫头"威风、漂亮的模样。自我陶醉一番,数华里的距离,在不经意间就走完了。年轻人体力就是好,三下五除二就到了芙蓉山顶。夜风习习,小虫啾啾,偶尔还伴随一两声夜鸟的怪叫。小树在夜风中摇曳,远远望去,像一群张牙舞爪的妖孽,草丛中不时有受惊的小动物逃窜开去。事后,有人问我,你不怕吗?我不明白,我为何要怕,怕从何来?对于逃离了禁锢,呼吸着自由空气的我们,一切都是那么的可爱。

芙蓉山顶有一座庙,庙里供奉着菩萨。守庙人早已回家,我们随便用个钥匙就把锁给打开了。进到庙里,却见其中有米有菜,菜是守庙人自己腌制的酸萝卜,还有几个生鸡蛋,这对于走了一夜饥肠辘辘的我们来说,已经称得上人间美味了。于是,我们一起动手,淘米、点火、煮饭、切菜、炒菜。印象最深的是大家一起切萝卜。不曾下过厨、操过刀的我们,切出了萝卜条、萝卜丁、萝卜片,有长方形的、正方形的、三角形的、圆形的,应有尽有。好一顿丰盛的萝卜宴!后来竟成了很多人记忆之中难得的一顿美餐。饭后,刘桂路同学提议跪拜大慈大悲的菩萨,感谢他给我们带来了一个这么美好的夜晚。于是,大家依次跪拜在菩萨前,虔诚地许下了自己的心愿,并相约十年后,无论在哪里,一定再次同登芙蓉山。那时,在我们心中,十年是多么漫长的一段岁月,我们以为它遥遥无期……

离开庙堂的时候,我们把身上的零钱拿了出来,恭恭敬敬地放在守庙人的桌上,当作是付给他们的米钱和菜钱。钱的数目不记得了,应该不是很多。我们只想告诉菩萨,今天晚上来的都是一些文明人,绝对不是梁上君子!

走出庙门,一看表,时间还太早,不如我们一起唱歌吧。于是,大伙找了一处开阔

---

隆回二中高1999届共有191~196等6个班,其中191、192班为理科实验班,193、194班在高三时为文科班。这是高考扩招的第一届,考专科已经不吃香。

的山地坐定，疯狂的大合唱就这样拉开了序幕。我们先是把当时的流行歌曲全部唱了一遍，印象中唱了《潇洒走一回》《花心》等十多首，后来实在没啥好唱的，就开始唱红歌。寂静的夜空里，空旷的山野中，我们的歌声在回响，我们的青春在飞扬……不知唱了多久，也不知道唱了多少歌，东边的天际升起了一颗启明星，我们一行人恋恋不舍地下了山，回到那个我们必须回去的地方。

  那一晚的故事，流传着很多的版本，也有诸多的猜测：有的说两对恋人要私奔，拉了五个男生去壮胆；有的说就是几个不懂事的学生，叛逆得过分了一点……但那晚的轰轰烈烈让我们受到了学校的处分，却是很多人在若干年后同学聚会时的谈资。这些都已经不重要了，重要的是那一晚的快乐，早已在大家心中永存！我们的二中生活，回忆起来更添了美好的插曲和难忘的友谊。

---

  隆回二中高2000届共有197～203等7个班，198和200班为文科班，197和203班的理科成绩较为突出。

# 春水似年华

◇宁 贞

离开母校这么多年,写过许许多多的文字,有用的无用的,功利的抒情的,却很少写回忆散文。一是在世事浮沉中,大部分的精力都在应付现在和规划未来,实在没有精力和时间去回忆过去;还有一个很重要的原因,在这个半老不老的年龄,最忌讳是那句——回忆是一生的苍老。但是,许多事情是不会随着时间变淡的,如一坛老酒,日久弥香。我撂下自己满桌的工作,关上了办公室的门,落地窗外一抹阳光,如我青春年少时校园的中午,绿树,红花,强说愁。

宁贞,女,1979年出生,隆回西洋江人。1994～1997年就读于隆回二中高中179班,现任职于思迈特电梯设备(苏州)有限公司。爱折腾,内心狂野,外表温柔,喜跳舞,爱瑜伽,户外狂人。

朋友问我,你高中时光中最遗憾的是什么?我老实说,是没有谈恋爱,自己也暗恋过别人,也许别人也暗恋过我,可是那些青涩的朦胧感,被时光和现实劈得如花炮后的喜烟——这是我那时心仪的男生在我的毕业留言册上写的原话。那个小本子和发黄的纸条,跟随我从隆回到长沙,到南京,再辗转上海,后来到苏州,几番折腾,现在还在我书架的最上方。

记得那时候的他,头发天生微卷,喜爱穿一套迷彩上衣,浅灰色裤子。外表清高,言语不多,更不太和女生说话,眼神中有点蓝色的忧郁。对他动心是一个春日的下午,大部分同学都还没有回教室,我坐在第二排看书抑或是发呆,他独自面对窗户,用笛子吹那首《梦里水乡》,笛声悠扬、深情。当我回头,见金色阳光洒落一地,他如塑像般沉静,时光在那一刻凝固。

若干年后和朋友聊起那一刻,渲染着那时候的意境时,我惊奇于这么多年,那个画面都没有褪色,而我的朋友也惊叹表面冰

---

隆回二中高2001届共有204～213等10个班,这是第一次实行"3+X"高考的一届,地理、生物又一次走进了高考。本届陈明同学考上清华大学,刷新了学校12年没出清华北大学生的历史。

冷不羁的我也有柔情似水的眼神。毕业后这么多年的风风雨雨中，世事抹去我许多棱角，也抹去我的感性，但与《梦里水乡》有关的任何东西出现，都会令高中的那一刻触手可及。我知道，就算我失去所有煽情的能力，失去浓烈的爱的热情，某一天我回到二中，在二楼的那个窗口，他横笛一曲，我肯定会跑过去对他说，你知道吗，你是我多年来内心的温柔。

对于他，我却永远没有勇气靠近。那时候，我都不敢和他多说一句话，因为怕被他嫌弃，怕别人笑话，怕被老师找去谈话。最大胆的时候也就是在晚自习前和他坐在前后排，谈论历史和语文考试。关于二中的那场暗恋，一切都是我自己世界里的电影，最多看到的是他的背影，迎面走来时从来不敢直视，挨墙而过。

我的那点小心思却被要好的女生看了出来，毕业前喊了我们一起拍了张照片，在二中初夏的午后，有点细雨，照片的效果如布画，两人都没有笑容，严肃老成。连来去照相馆的路上，话都特别少，沉默得能听到彼此的心跳。我心里一直在想，他是不是不愿意，是不是因为我好朋友叫他，他出于礼貌才愿意和我拍照，我刚洗过头发，长发披着会不会显得脸很圆，没有阳光我的脸色会不会不好看，忐忑极了。那天我穿了件粉红色短袖，是我那时候为数不多的亮色衣服，那是为数不多的一次单独相处的机会，比彩虹的时间还短。

第二次单独相处是他去隆回县城做阑尾炎手术。记得那时候我有个单放机，放磁带的那种。他向我借，说没有告诉家人，自己独自去做手术，手术完躺在床上的时候，正好可以听听音乐。有点心疼他独自承担，我反正跑出去看他了，是和一个要好女生一起去的，记得还给他买了豆奶粉。到了医院，几经周折，还是找到了，他毫发无损。现在还记得，那天灰暗的天空似乎显得特别明朗，我们一起去坐慢慢游回二中的路上，不知道说什么，反正感觉很奇妙。

设想一下，如果他也喜欢我，如果我们都足够勇敢，那么在二中的生活该是多么美妙。也许只是在食堂外面一起蹲着吃饭，也许只是在黄土高坡一起晨跑，也许只是一起去看老三楼后面春日的梨花，也许只是在教室讨论他擅长的历史政治、我擅长的英语，也许有课间的小纸条，问一些不着边际的话，也许是停电的晚上，他把蜡烛一折为二，我们在同一个教室里一起晚自习……可这一切，我们都没有做过。我们甚至没有多说过一句话，这就是年少的恋情。即使那样，肯定也会被老师批得七零八落，被定位成坏学生，随后破罐子破摔。所以那时候唯一浪漫的记忆，就是用橡皮筋扎起来的书堆，有人曾经在上面放了一朵火红的石榴花。还有高一时和实习老师一起去了狐狸岛，自己心仪的他煮了一锅半生不熟超难吃的饺子，却吃得很开心。

隆回二中高2002届共有214～225等12个班，214～217为理科实验班，这是1997年首届实验班开设以来，理科实验班第一次扩展到四个的规模。218～221为理科普通班。

我们毕业离去，人生再无交集。其实，就算在二中的三年，我们又何曾有过交集！从高考后离校的前一个晚上彻夜卧谈，告别我们的二中生活，回头望校门时我就知道，从此以后，这世间再无梦里水乡。我的内心曾幻想过他的世界，和他的梦里水乡。也许有点花痴，幻想的那个场景竟然和后来"凤凰传奇"的《荷塘月色》出奇吻合，我的天。那个场景有月亮，有小河，小小的林子，小小的乡间小道，可以坐着，也可以一直走，走到晨雾蒙蒙。其实那一刻，我只是在想，我这辈子的梦里水乡，永远只会在梦里，和我二中的春水似年华一样，都已成为记忆。不久前，见他的 QQ 空间里挂出婚纱照，文件夹的名字叫"could this be love?"内心还是忍不住抖了下，给他留言祝他幸福，删了又写写了又删。只是害怕，他从来未曾在意过我，自己的单恋会让对方反感。如果说爱，这世上没有任何索取和要求却愿意付出一切的，是不是才算真正的爱？这种感情，只有暗恋才有吧。欲说还休，却道天凉好个秋！

隆回二中高 2003 届共有 226～240 等 15 个班，本届特点有三：一是没有开设实验班；二是为了符合省重点中学对班级人数的要求，后来新增加了 240 班；三是高考时间提前到 6 月 7 日。

# 女生寝室的那些事

◇胡丽美

胡丽美,女,1979年3月出生,隆回六都寨人。1994~1997年就读于隆回二中高180班,大学毕业后一直从事教育工作,鲜有文章发表。平生最爱做的事就是品美食和睡大觉,没事好闲逛、发呆。

一转眼,1997年从隆回二中高中毕业的那帮青涩女生,而今大都已为人妻、为人母,倘若你说她们已年近不惑,那是肯定会被乱砖拍死的。这群女人,不会细数头上暗藏的白发,也不会在意眼角细密的皱纹,她们心理年龄都只有18岁。可是,你只要看看她们床头摆放的书籍,就能发现大体可以分为三大类:儿童故事类、保健养生类、心灵修行类。要知道,17年前她们的书籍只有教科书、武侠小说和爱情小说啊!亲们,我们真的老了吗?可为什么17年前发生在女生寝室的那些事却无时无刻不在我的脑海里闪现?为什么那种集体生活散发出来的味道至今还缭绕不去?现在,就让我来说说发生在隆回二中女生寝室中的那些秘事吧!

**洗澡那些事**

那时的女生宿舍只有两栋平房,冬冷夏热,条件比较艰苦。十几个人住一间,早上起来连转身的地方都没有。最可恶的是学校生怕我们浪费,一定会准时断水断电。早上打开水那叫一个壮观,全校1000多学生排队打水,可以绕篮球场排一圈。我们这届有个叫彭向群的女孩,是学生会生活部的干部,每天早自习可以提前下课去开开水房的门,于是大家都把打开水的任务交给她。她也不负重望,肩上背几个,手里提几个,全身上下挂满了热水瓶,娇小的人,一次竟能扛下十几个,也算是挑战了人

---

隆回二中高2004届共有241~262等22个班,本届最大的特点是高考二本及以上的上线人数位居隆回县第一,开创了学校高考成绩前无古人的创举。

类极限。如此卖力,人缘不好才怪!

　　冬天因为打开水难度太高,女孩子们也就没那么多讲究,一个星期洗一次澡也是常事,仔细一闻大家身上都有股怪味,但尚可忍受!可是夏天就不行了,每天不洗澡实在难受。那时的女澡堂在一个大房子里,房中有两排水泥垛子,再用水泥墙隔出一个个小小的洗澡间,全校女生就挤在那座所谓的澡堂里,与其说是洗澡,还不如说是桑拿。下午洗完澡,晚自习回到寝室又是一身臭汗,洗了等于白洗。高三时学习紧,为了不浪费下午那宝贵的时间,我们就想出了一个绝妙的办法:中午接一桶水,放在阳光下暴晒,下午不去挤大澡堂,到晚上在寝室门口就地解决,还别说,此时的水还有点温热!于是,有史以来女生寝室最壮观的一幕出现了:在其他低年级的女生手里捧着零食说说笑笑走进寝室的时候,我们班的女生已经以闪电般的速度脱光了衣服,就着中午暴晒的那桶水,一字儿在屋檐下排开,白花花一片,水声一片,还有因为吃惊而掉到地上的零食响声一片……最开始,如此勇敢的是那几个学习用功、惜时如命的女生。后来,队伍逐渐庞大,胆小一点的就在寝室熄灯后再偷偷溜出来洗。终于,这一切被举报了,理由是有伤风化!结果,学校的女生辅导员刘美华老师某天晚上带着手电筒突然出现,当时的情景可谓混乱:有的刚脱完衣服,慌乱之中随手抓住一只袜子遮住胸脯;有的裤子才脱了一半,于是赶紧坐在床上拿蚊帐包裹着下半身;有的刚浇湿一身,无处可藏只好躲在门后……一番警告后,刘老师走了,洗澡工程继续。有个成绩特别好的女生刚在头发上和身上涂满了泡沫,刘老师如鬼魅般再次出现。一气之下,老师把水全倒了。这个女生平时还算温婉,此时也变得忍无可忍、火冒三丈,准备冲上去据理力争,无奈全身除了泡沫再无利器,而且老师的手电筒还照在身上……光着身子被教训一番后,"凶神恶煞"的刘老师终于走了,这身泡沫怎么办?她只好沿着走廊的桶子一路寻过去,也不管是冲了衣服的水还是洗了脚的水,统统倒入自己的桶子里,反正也看不清,把泡沫冲掉再说。现在,这名女生已经是某所知名大学的教授了,她这辈子最深刻的记忆是不是定格在那晚呢?还有一位张姓女生,平时就比较懒,属于睡觉的时候眼镜都懒得摘的主,她倒是没在寝室门口洗澡,而是在快上晚自习的前一阵儿去澡堂洗。那时的澡堂人迹稀少,基本上是她一个人的天下。洗了一次,再也不去,原因是女生澡堂秽气重,蚊子多,平时人多不觉得,当只剩她一个人的时候,全澡堂的蚊子吹响集结号,围着她一个人猛啃,于是她就边洗边跑,边跑边洗,这么一折腾,洗个澡出了一身大汗,实在有违初衷,不洗也罢!

　　这些只是我们女生寝室趣事的一部分,因为记忆实在太深刻,忍不住写在前面。当年在寝室门口洗澡留下的后遗症就是:直到现在,不管多么好的浴霸,不管热水多

---

隆回二中高2005届共有263~281等19个班,毕业当年湖南高考第一次实行平行志愿的录取模式,很多人都摸不着头脑,招生录取有时出现一些戏剧性的变化。

么充足,还是止不住速战速决,生怕有像刘老师那样神秘的人物打着手电筒突然出现……多年后的同学聚会,说起这些趣事,男同学们的表情有点捉摸不透,有个男生悠悠地叹了口气说:"早知道就算半个月不吃饭,也要去买顶假发混进去!"

## 卧谈会

高三时学习紧,唯一放松的就是晚上回到寝室后躺在床上谈天说地,这段美好而短暂的闲聊我们称之为卧谈会。卧谈会的内容五花八门,有学习上的探讨,有关于男生的杂谈,还有坊间流传的某某男生和某某女生的绯闻。当然,绯闻是最令人兴奋的,可是少女们对男女之情的想象力实在有限,如果有人说看到了某某和某某牵手了,就已经是爆炸性的新闻了,大家会一致嗤之以鼻、极度恶心,再骂一番世风日下、人心不古之类的话。有一次,我和罗彩云同学到校门口一个租房子的女同学那里玩,在她房子里竟然看到有男生和女生的衣服放在一起,我们两个竟然红了脸,然后一声不吭地跑了,然后毅然决然地和这个女生绝交了,搞得别人莫名其妙!

在我们心目中,都有这样一个美好的憧憬:爱情是至高无上的存在,不食人间烟火,每次相视,每次回眸,玩的都是一个心跳!那时比我们高一届有个男生叫魏斌,诗写得很好,小有名气。因为在文学上我曾经和大诗人一起有过探讨,他送了几张照片给我留作纪念。照片上的诗人戴着眼镜,穿着白衣服,坐在一株盛开的美人蕉旁边,眼神空洞而迷茫。寝室的女生只闻其名未见其人,看到照片,个个引为白马王子。一袭白衣,羸弱而忧郁的诗人,确实符合女孩子们的幻想!可是有一次,我们寝室的女生一起去食堂吃饭,看到我们的大诗人捧个大盆,盆里盛着几根大葱和花菜,正蹲在地上呼哧呼哧往嘴里扒饭!一瞬间,男神幻灭,从此以后的卧谈会再也没有诗和诗人!那时候,我们都疯狂迷恋三毛的书,什么《雨季不再来》《撒哈拉的故事》等,基本上她的书都被我们誉为美谈。有一次卧谈会,我们正在谈论三毛和她的荷西,读书很用功的马美艳突然问了一句:"三毛和荷西是哪个班的啊?"这种书呆子式的问话,自然也是寝室里的经典笑话!

那时候少女的情怀多么美好,暗恋与喜欢的情愫在男女同学中悄悄盛开,据我分析,不管胖瘦美丑,女生大体可以分成以下三大类:一是被暗恋型,此类女生一般容貌姣好,心高气傲;二是暗恋他人型,这类女生大多性格内向偏自卑,她们心中都有一个不为人知的暗恋故事,喜欢和第一种类型的女孩子做闺密,在中间起到的主要作用是递纸条和当灯泡;三是情窦晚开型,此类女孩子心性纯洁,简单开朗,基本上和绯闻绝

---

隆回二中高2006届共有282~303等22个班,本届阳恩林同学保送进入清华大学,被学校广为宣传,成为隆回家喻户晓的人物。

缘，如马美艳这种。现在以我快四十年的生活阅历来分析这些人的情感命运。第一种类型的女生大都是喜欢三毛、爱三毛的人，基本上都是爱自由爱得要死的人，可是她们却情路多舛，一辈子都被情感羁绊，从来没得到过自由。第二种类型的女生呢，在暗恋而不得的情况下却还要承担递送纸条、打听情报之类的高难度工作，一般是在羡慕嫉妒恨的情愫下郁闷地读完高中，最后大多数人都会发愤图强一泄当年之恨，此等人大多事业有成！最幸福的当属第三种人，她们简单快乐，大多过得幸福美满！看到此篇文章的二中女同学，请对照我的指南给自己归类，如果不幸言中，以后见面别忘了叫我一声"胡半仙"。

17年过去了，当初的懵懂女孩都已年近不惑，可这些事，这些人，不知道为什么总是在我的记忆里跳跃，有时午夜梦回，梦见自己从高考考场上回来，躺在女生寝室那狭窄而温暖的床上哭泣，那种潮湿而混合着洗发水香味的空气，在清冷而绝望的梦里却异常清晰！也许，在那里，埋藏着我们年轻时的一段伤痛，抑或是我们一直携带着的某些创伤和内心深处的阴影？我不得而知。"有爱不觉天涯远，有梦不觉人生寒"，感谢高三的寝室生活，让我学会了珍重，那些青葱岁月里留下的单纯和美好，是我对生命最好的缅怀！

高2007届共有304～328等25个班，这一届的特点主要体现在招生环节，2004年一中和二中的中考录取分数线相同，所以有些报了二中的同学选择了去一中读书，二中和一中竟然打起了官司。

# 温暖的大通铺

◇郑明富

郑明富，男，1981年出生，隆回金石桥人，公共管理硕士。1996～1998年就读于隆回二中高194班，默深文学社老社员，高三时离开二中入伍从军。曾就读于解放军艺术学院、解放军西安政治学院、湖南大学，现为武警总部司令部副团职参谋。

不经意间，我离开隆回二中已十五六个年头了，年岁久远到记不清自己曾在哪间教室就读过。但这些都不重要，重要的是在二中生活的一个个片断，都化作了温暖而美好的回忆，成为我整个人生不可或缺的部分。

我少时家贫，家里要我考师范类中专，以便早点出来工作。可我那时心气极高，认为念中专，自己的人生就等于画上了句号，而上高中则只是逗号，虽前途未卜但至少还有前途可言。放弃考中专的我，因为成绩优异得以从乡村中学保送进入隆回二中，就读于高194班。成为让人羡慕的二中生没有多久，第一次期中考试就来了，结果我从入学时班级的十多名下滑到倒数行列，这无异于当头棒喝，一下子让我失去了以往的优越与自信。好在那时的班主任卿松青老师给了我很多鼓励，一些要好的同学也频频给我打气。印象最深的是蒲友德（李傻傻）同学，他写过一张纸条给我：胜败兵家事不期，包羞忍辱是男儿；江东子弟多才俊，卷土重来未可知。可惜，后来我没有毕业就应征入伍离开了二中，在学业上一直没有真正意义上的卷土重来，并走上了文学创作这条"邪路"。然而，正是老师与同学的鼓励与包容，才让诸如我这样的另类学生没有真正沉沦下去，二中的兼容并蓄可见一斑。

除了学习，那时的我在其他方面表现都还可以。卿老师因而委以我班上团支部书记的重任，还把"守教室"这个美差交给了我。何谓守教室呢？说起来这应该是当时特有的产物。由于

---

高2008届共有329～357等29个班，被称为史上班级最多的一届，高中在校班级规模由此达到历史最高点，其中332、336、338、346、340等五个班为理科实验班。

那时教室里的财产时有被盗现象出现,安排数名同学晚上在教室"安营扎寨"为的是保护财产安全。但为何说守教室是个美差呢?原因在于政教处老师每晚最多来教室巡查一遍,其他时间我们基本就可以为所欲为了。在此之前,班上有多位守教室的同学,晚上就寝后经常翻墙到隆回街上看录像,被学校政教处逮到并导致班级量化管理分被扣,我班也因此未能在每周一的升旗仪式上受到表扬。把班级荣誉看得比天还大的卿松青老师,无奈之下把这个艰巨而崇高的使命,交给了班长蒲友德、纪律委员陈卫民和我。

我们三人守教室后,把几张课桌拼在一起,垫两床被子盖两床被子,拼成一个大通铺。友德个高,一个人睡一头;我和卫民都精瘦,两个人睡一头。三人抵足而眠,感觉既没有宿舍上下铺的逼仄,又比单个人睡觉温暖有趣。担当守教室这一"美差"在时间上是自由多了,但生活上还是有一些不便。比如洗脚,既不方便打热水,也不好在教室搁脚盆,所以一般一个星期都难得洗一次脚,即便洗也是在冰冷的自来水下冲一下了事。这样做的后果自然是教室里弥漫着异味。一开始闻到异味,我们还会故作清高相互埋怨一番,推说谁的脚最臭,明天必须洗干净才能上铺。但第二天即使洗了,也还是臭气袅袅不绝于鼻。最后的最后,三人都拥有了闻着臭味酣然入睡的超能力。正所谓"天高皇帝远",我们在教室,老师自然没有像抓宿舍楼纪律那样严管我们,睡前便能天南海北、无拘无束地聊天。那时我们尚没有接触过电脑,手机更是稀罕之物,受见识所限,聊的无非是哪场球赛最窝囊,哪个电影男星最酷,当然聊得最多的还是哪个女同学最漂亮,漂亮在什么地方,以致基本上把所有女生都点评了一遍。有时也因意见不统一而争得面红耳赤。但争来论去,最后发现其实每个女生都有动人之处。正应了丁字楼镜子上的那句话——人并不是因为美丽而可爱,而是因为可爱才美丽。

如此这般海聊过一段时间后,我们觉得既然政策如此宽松,条件如此优越,应当再干点比聊天更有意思的事情。可是做点什么呢?向来鬼点子多的陈卫民发现,丁字楼后侧有一个小店铺,关门的时间较晚,何不去那里买点吃的,把酒言欢?卫民的提议得到了我和友德的附和,大家于是顿生一计:就寝时三个和衣而睡,静候政教处老师来查寝,听到他们脚步声临近,便故意将鼾声打得雷响,估摸着他们已离去,就一骨碌爬起,屁颠着跑去那家小店觅食。出去觅食也是要讲究方法的:一是三人决不能同行,因为那样目标实在太大,单个行动的话,即使撞见老师,也可以取东西等理由搪塞;二是不能直线前往目标,对于路灯明亮的主干道、丁字楼,一定要绕过去,因为那时班主任、政教处老师主要在这些地方穿梭巡逻。做贼似的跑进小店铺,我们通常会

---

隆回二中高2009届共有358~385等28个班,359、363、366、368、371等五个班级是理科实验。这届学生是最后一届经历传统"3+x"高考的学生。

来一碗海带汤外加两个包子,有时若能从汤里淘出个筒子骨,那就好比中了大奖一样欣喜若狂,直啃得津津有味、如痴如醉。

记得有天晚上,我们三人卷了几张报纸,跑到学校后的橘园里席地而坐吃起零食、喝起啤酒来。那是我第一次喝啤酒,觉得实在是难喝。我至今都想不明白,啤酒这个潲水味的劳什子竟然会有人喝得痛快淋漓。我们的"夜生活"过得如此有滋有味,卿老师却浑然不知,这就是所谓的"灯下黑"吧。我们怎么也没想到这样肆意轻松的日子有一天会戛然而止。事情是这样的,某天晚上因为肚子饿,友德和卫民又外出买东西了,恰遇上政教处的老师查铺,将他俩逮了个正着。卿老师得知后火冒三丈,立马取消了守教室这一行当,我们睡通铺的日子也由此一去不复返了。不过,从那以后,我却因祸得福,反而更得卿老师的信任。这具体表现在排座位上。当时班里女生是单数,多出的一位女生必须和男生同桌,这等好事就落在了我这个"老实人"头上。要知道那时二中是严禁男女同桌的,因为事实一再证明,男女生同桌,必定谈恋爱。我与女同学同桌一事,直惹得失宠的友德和卫民羡慕嫉妒恨,怎奈不解风情的我,直到入伍从军离开二中,也没与同桌女孩好上。这也算是没有辜负卿老师的信任和期望吧。

铁打的校园,流水的学子。一茬茬二中学子,走出了二中,走向了大江南北,甚至走到了遥远的海外。我在二中睡通铺的那些美好日子,已成为我人生旅途中不可磨灭的一段,直至沉淀在我的心灵深处。在那里,我将最美好的青春年华播撒;在那里,我将最动听的人生乐章奏响。在奔波疲惫之时,我总会将这段温馨有趣的时光采撷出来、反刍回味,无限的温暖与感动便会在心底弥漫开来……

---

高2010届共有386～413等28个班,这一届经历了湖南新课改的首次高考,2010年高考学校600分以上42人,欧阳烨烨以663分(实考分)成为隆回县理科状元,陈瑛考取空军航空大学飞行员。

# 初恋未完成

◇卿柳娟

五岁那年,父亲因工作调动携全家搬到隆回二中。在那座百草园里,我一待就是十年,度过了少年时期最为珍贵的岁月。那里收藏着我儿时所有的回忆,也掩埋着我最青涩的初恋。

23年以前的二中,四处遍布着老房子与葱翠的绿树,花草鸟鸣装点着校园,如同百草园一样装点着我的童年。在这个百草园里,我还拥有过一只受伤的猫头鹰,我与帅气的小邻居一起为它包扎伤口,给它喂食,直到它恢复飞翔后在不远的天边深情回眸。

卿柳娟,女,1986年出生,隆回石门人。1997～2001年先后就读于隆回二中初100班、高230班,毕业于重庆大学工程造价专业。现居上海,自由职业人。

我的童年在二中这座百草园里如鱼得水,我那假小子的性格也在这里得以成形。如果没有遇见他,我的青春大概也会像个傻大妞一样,在百草园的花香鸟鸣中没心没肺地度过。

我们入学的时候本来只有四个班级,即97～100班,每个班多达七十几人,教室的座位满满当当排到了后面黑板下。在短暂的军训之后,学校就将我们进行了重组,从每个班抽出十几个人组成了一个新的班级——101班。我们这个年级几乎是与其他年级隔绝的,单独在新建综合楼后面的两层小楼里,做操也是单独在后面的灯光球场上,所以我们年级里大多数同学相互之间都很眼熟,关系也格外不一般。

于上百人中我遇见了他。我永远记得我初中的学号——100216,而100217的那个男孩,毫无征兆地影响了我的少年时代。

那时候的我依然很淘气,喜欢捉弄同学。有一次我抽掉了

---

高2011届共有414～440等27个班,本届被称为生源质量最差的一届,2008年初三会考优质生源前100名无一人在二中。但高考成绩却还不错,二本以上上线583人,稳居全市第二。

100217的凳子，他却没有像其他同学那样跟我一起胡闹，只是站起来淡淡地看了我一眼又坐下了。那是我第一次觉得自己真的做错了，伴着这种青涩的愧疚，那张清秀的脸也印在了我心里。可是他却总是淡淡的，似乎无视我的存在。

有一天，我看见他穿了一件白色的衬衣和一条灰白色的裤子，于是回家翻箱倒柜地找了一套相似的衣服，想引起他的注意。在准备去教室时，后面老虎山起火了，火势趁秋风一下子就扩散到大半个山坡，我也不知哪来的胆子，和许多同学一起，奔跑着跑到山上去救火。在众人的参与和消防官兵的指挥下，火势不到一个小时就得到了控制。当我回到教室的时候，才发现原本洁白的一身已经变得黑一块黄一块，全是泥土和烟熏过的痕迹，脸上也是。形象虽然不雅，却第一次看到了他对我友善的笑意。

人总是为了目标而努力，我的目标就是他对我的关注和笑容，在读书方面也是如此。那时我的成绩不好，虽然没有考过总分倒数几名，但单项倒数却有好几个。在当时，补考是件很丢人的事情，凡补考的同学都要把桌子搬到大礼堂或者大操场去参加考试，场面很是壮观。而我唯一的那次数学补考，被安排的座位就是大礼堂舞台正中央，我记得老师宣布我的名字时，他的眼神跟其他同学没有什么两样，这让我深受打击并发誓要扬眉吐气。结果在那场补考中，我第一次在中学阶段获得了满分。从此之后我的成绩再也没有倒数过，虽然不是很好，但是至少到了班级的中等水平，甚至有几门科目一直都名列前茅。

那个年代学校很多同学都早恋，每逢灯光球场放电影的时候，校园各个昏暗的角落就会有成双成对的身影，据说不少人后来都修成了正果。对此，老师们总是反对的，甚至会以开除相威胁，因为早恋事发被开除的同学偶尔有之。其实，不少早恋的同学都是互相勉励，把爱情作为学习的动力，在大学毕业后步入了婚姻的殿堂，成就了青年时期一段美好的记忆。而我，在若干年后才被告知，他竟然也偷偷暗恋我七年，却因为不敢启齿而错失。

那段青涩的初恋与百草园里的童年，一同被时光掩埋，但他送给我做生日礼物的记事本，我一直保留着，他在上面手绘了一株梅花，写下了"梅花香自苦寒来，宝剑锋从磨砺出"这句古诗。他签过名的每一本英语课本，我都收藏在身边。还有他在我毕业留言上关于晚霞的那个比喻，我也一直珍藏在心底。

离开隆回二中多年，自从大一以后我就再也没回过母校，有时想去看看我生活过十年的百草园有多大的变化，想知道那些曾经给我快乐的空间是否依旧！又怕自己一无所成无颜面对恩师，也不想触景生情回忆起擦肩而过的初恋。但我永远会记住那单纯青涩的十年，那段岁月在记忆的国度里长青，永远也不会老去！

---

高2012届起初只有22个班，即441班~462班。高二文理分科时，又新加了463、464、465三个班，一共25个班。这25个班中，446、448、451、452班为理科实验班。

# 难忘那次考试作弊

◇肖 聪

从小学开始直至在隆回二中高中毕业，我的学习成绩基本稳定在班级前三名。说我考试作弊，也许很少有人会相信，但我确实在考试中作过弊，而且被抓了个现行！

事情回放到2001年的那个春天，高一下学期期中考试。记得那是一个雾蒙蒙的上午，正是我们考历史的时候，负责监考的是劳动课老师肖文。在考试的前一天晚上，我把世界历史课中最有可能考问答题的部分，全部抄在了一个草稿本上。说来也巧，我抄的那些资料，至少命中了3道大题。在我把其他的题目都完成后，就准备作弊了，此时，我内心惴惴不安，斗争十分激烈。答案就在试卷下面的草稿本里，抄还是不抄呢？在犹豫了十几分钟，左顾右看监考老师的眼神后，我还是决定——抄！

肖聪，男，1984年9月出生，隆回七江人。2000～2003年先后就读于隆回二中高229班、235班，2007年毕业于北京交通大学土木工程专业。现居广东，任职于广东阳茂高速公路有限公司。

我小心翼翼地行动起来，把试卷下的草稿本偷偷拿出，露出上部四分之一的页面，每抄一行，就看一眼监考老师。等监考老师走近时，就立马用试卷遮住草稿本，作冥思苦想状，就这样，顺利抄完了前两道大题。由于有了前面的经验，再加上很快就要大功告成了，我慢慢放松了警惕。在我快抄完第三道题时，一双大手突然从身后夺走了草稿本。我的脑袋瞬间一片空白，直到下考铃响，我才缓过神来。

监考老师记下了我的名字和学号，并要我去教务处接受处理。我坚称自己没有作弊，如果要处分我，那我立马选择退学！班主任刘玲老师匆匆忙忙赶回教室时，我已经将书本收拾好，准备搬回宿舍然后退学回家。

---

隆回二中高2013届共有466～490等25个班，466、469、478、488为理科实验班，其中478班一枝独秀，全班同学在应届均考上二本院校。

不知怎么回事,学校后面并没有处分我,"作弊榜"上也没我的名字。只是那次考试我的历史成绩被记为零分,总成绩排在班上十几名的样子。看到成绩单的时候,我还颇为自豪——要不是历史为零分,肯定是班上前三名。

不过,正因为那次被抓,在后来的考试中我老实了许多。大学阶段,课程比高中要多得多,突击复习成为很多同学应考的常态,由于学得不扎实,不少人在考试中都有作弊的冲动,可我却再也没有作过弊。这一方面是因为高中的那次教训,第二个原因则是北京高校对考试作弊抓得极严,情节严重的会遭到开除学籍的处理。

听我们专业的辅导员说,有两兄弟,哥哥在中国人民大学读大四,弟弟在北京交通大学读大二,弟弟的英语不太好,临近期末考试时,弟弟要哥哥代考英语,哥哥欣然赴命,结果在考场被当场揪出。情况查明之后,哥哥被人民大学开除学籍,弟弟也被北京交通大学开除了。兄弟俩的父母泪流满面地跪在校长面前,也未能让学校撤销开除的处分,他俩的前途就毁在了考试作弊上。

还有一个我亲眼所见的例子。某同学高中时成绩优异,高考后考入北京交通大学。在大学阶段,他由于贪玩游戏而耽误了功课,结果一门《结构力学》补考后也未能及格,眼看就将进入大四,该同学担心自己不能正常毕业,于是想到了作弊。由于《结构力学》计算题多,选择题很少,要想通过考试,代考在他眼中成为最好的选择。于是,他花高价钱找了个在读研究生为他代考,结果被抓了,该同学最终也遭到了开除学籍的处理。

这些极具震慑力的故事,让大学阶段的我每次考试都战战兢兢,唯恐与作弊有半字牵连。当然,确实也有一些同学因作弊成功通过了考试,他们也曾频频向我推荐一些先进的作弊手段,可我却不为所动。

耳闻目睹大学里考试作弊的那些鲜活教训,我不禁百感交集。在大家普遍认为轻松、舒适的高等学府里,其实对考试有着严格的规定,一旦触及代考、交换试卷等红线,你不可能像高中一样得到原谅!因为作弊,因为一时的冲动,你失去的绝不只是即将到手的毕业证书和学位证书,甚至可能是大半个青春年华。人生没有假设,前述两兄弟双双被开除的例子就活生生地摆在眼前。

时间追溯到 2014 年春节,在给高中班主任刘玲老师拜年的时候,刘老师又提及了那次零分事件,问我到底有没有作弊?我说确实作弊了。刘老师笑着说,一直以为你不会作弊,所以就跟教务处说,那草稿本只是不小心被他拿出来的,他肯定不会抄的,即使参考答案摆在眼前,他也不会抄……原来如此,因为刘老师的极力担保,我才没有被处分。其实,人生就是一个被信任的过程。你平时的表现,决定了你在别人心

---

隆回二中高 2014 届共有 491～515 等 25 个班,本届高考最大的亮点是,出身贫困家庭、自强不息的秦艳玲同学被清华大学加 60 分录取,引起了各级媒体的广泛关注,成为一个新闻人物。

中的形象。如果你一贯表现良好,即使偶尔犯错,你身边的人也会选择原谅,选择宽容。做人如此,做事亦是如此。

回想高中时代自己的那次作弊,再对比大学里许多学友经历的种种惨痛教训,我从内心里充满感激,是老师们把我从错误的边沿拉了回来,是老师们的宽容照亮了我的未来。如果人生可以重新选择,在2001年春天考历史的那天,我绝对会拒绝作弊,宁愿不及格也不作弊。

因为信任,所以简单。这是人与人相处的至高境界,而人与人之间之所以信任,是因为诚实,这就是我对作弊的唯一感悟。

1965年,隆回二中高12班毕业生孙梅生(1945～)考上清华大学,1970年毕业留校自动化系任教直至退休。孙梅生籍贯滩头,是隆回二中创办高中以来考上清华的第一人。

# 晚来天欲雪 能饮一杯无

◇欧阳盼盼

欧阳盼盼,女,1988年3月出生,隆回司门前人。2002~2005年就读于隆回二中高269班,默深文学社社员。2005~2009年在四川大学获经济学学士学位,现为四川大学经济学院硕博连读的在读博士生。

我,二十六岁,不再是十四五岁的光景。我的生活,也不再那么单纯地只朝着一个简单而伟大的目标而奋进。或许,每一天,我都需要套上虚伪的面具,说着言不由衷的话,做着心有不甘的事。只因为,我们总是会长大,我们要习惯无处诉衷肠,每一个其他人都只是生命旅程的匆匆过客。旅程再长,我们都只会互相陪着走过人生的某一段,或长或短,但是我们终究要分开。长大,或者意味着,我们变成了我,你和他。

在这样一个有点冷又有点安静的夜晚,我烤着火,还有一只猫蜷在我的脚边。猫猫偶尔"喵喵"一声,彰显着自己的存在,大概它也觉得冷,靠着我就能让自己暖和罢了。电脑屏幕泛出的光让我的眼睛干而涩,我那塌鼻梁上的眼镜不时地往下掉,我偶尔需要调整它。我什么时候开始配的眼镜呢,大抵是在隆回二中读高一的那年冬天吧。那时候,对于配眼镜这件大事,我是欢喜而雀跃的,只因为我觉得架着眼镜的人多半有种博学的气质。可是,我现在对眼镜却有点厌烦。那时候,我有个胖胖的高高的男同桌,我还记得他的名字,我第一次看到有人用智能ABC打字如飞,觉得很神奇。不过,现在我都尽量减少用电脑的频率。瞧,这就是长大。

高考,我算半如愿地进入了大学。大学周围有许多的苍蝇馆子,冒菜、火锅、干锅,还有许多其他的小吃,总能让我流连忘返。但我总是想起二中校门口的炒粉、麻辣烫和烤红薯,想起那些陪我吃东西的人。那些小吃,那些人,是我高中三年的辉煌与

---

陈东军,男,隆回金石桥人,1983年毕业于隆回二中高106班,当年高考考入清华大学,现任教于北京交通大学电气工程学院。

灿烂。高中的封闭式管理和繁重的学习，让周日下午的"放风"成为我们最 high 的时间。校门口也会在这个时间段人声鼎沸，餐馆、小吃摊老板都摩拳擦掌，使出看家本领揽客。即使现在，我仍对这一景象印象深刻。

校门口的炒粉摊老板会动作麻利地热锅，下油，炒出金黄的鸡蛋，然后再放上绿油油的青菜，再加入粉丝翻炒，还可以加米饭炒，一块五一份。这种炒粉的顺序，我曾观察过很多次，不曾改变。爱穿裙子在黄土高坡上跑步的赵艳萍和我经常合买一份炒粉，坐在树阴下、亭子里，她吃菜我吃粉和饭，说学习，说心事。那样的记忆，过去了许多年，却鲜活得如同昨日。我已很久没回过二中，也很久没见过赵艳萍。我曾自己尝试做炒粉，但不管怎样，都觉得不是当时的味道。或许是时间久了，我对味道的记忆已经模糊了，又或许它还是那个味道，但是陪我吃炒粉的人已经不在我身边了。

赵艳萍曾跟我说，即使我们许久不联系，但是再次见面，我们也能如以前经常黏在一起那般熟悉，因为我们是真正的朋友。很希望，什么时候能和赵艳萍再回一次二中，在校门口买一份炒粉，还是她吃菜我吃粉，细数着往日的点点滴滴……也一直想着，什么时候，赵艳萍再穿着裙子去黄土高坡跑步，成年后的她，那该是多么惊艳，怕是会吸引所有小师弟的眼球了吧。

出校门口的右侧有块大空地，不知道现在还是空地么。那块空地上，周末的下午总是会由麻辣烫老板驻扎着。不知道是不是真有祖传秘方这种神奇的东西，一块钱一碗、并不养生的麻辣烫总让我们心驰神往。它的味道唇齿留香，但我同样记得那块空地上布满的一次性碗筷，这真是个矛盾的东西。和我一样钟情于麻辣烫的那个女孩罗艺珠曾跟我说，即使有一天，我们对彼此有隐瞒了，不再那么真了，还是要相信我们对彼此的那份善意一直都在。罗艺珠生活得很真，想说什么就说什么，不喜欢谁就会明显表现出来。和罗艺珠的高中三年，是我迄今为止最宝贵的人生记忆。我们会为了简单的事情争吵，然后冷战，但是我们又会和好如初。罗艺珠大概是陪我去食堂次数最多的人了，可我们至少五年没有见过了。毕业的时候，我们没有拥抱，没有手拉手。

"我和谁都不争，和谁争我都不屑；我爱大自然，其次就是艺术；我双手烤着生命之火取暖；火萎了，我也准备走了。"罗艺珠很喜欢兰德的这首诗。可是，心性如此真诚的罗艺珠，在人生道路上却有颇多的不顺。我终于知道，罗艺珠所说的那种"不真"就是我们成长的代价。我们很想开心就笑，难过就哭，但我们又得学会压抑，习惯隐藏。

校门口的流动摊点里很多时候都会出现烤红薯。脏兮兮的外皮下裹着让人口水

---

蔡水平，男，隆回鸭田人，1983 年毕业于隆回二中高 105 班，1984 年高考考入清华大学，现任职于广州某企业。

直流的红薯。但烤红薯是不可貌相的,比如看着好好的烤红薯,有可能里面烤糊了,或者是生的。这让我莫名怀念起我高中的后桌李夏。李夏性格很棒,说话很逗。她说我们俩都不会轻易说出"朋友"这个词,说起别人的时候会用"同学"、"认识的人"。李夏不轻易理人,但是她会对她爱搭理的人掏心掏肺。算起来,李夏可以说是我第一个学生。我给她补习过数学,这是她最头疼的科目。李夏带我去她家,她妈妈在一边准备晚饭,我和她分析模拟试卷。偶尔休息的时候,她会弹风琴给我听,都不是些复杂的曲子,可到现在我都觉得很好听。

近两年,我见过的唯一高中好友也只有她。高中毕业七年后,她来成都过五一,我们躺在一张床上,仍然熟悉得无话不谈。在文殊院,她帮我俩同求了本命年的红绳,照片上的两只手活像两只猪蹄子。我俩去酒吧听了歌、喝了酒,去街头巷尾找了很多好吃的。可惜,相聚的时间总是太短,我们都有各自的生活得继续。

十年前的我们,可以拉着好朋友说一夜的心事,可以不分性别地嘻嘻哈哈,对早恋的男男女女充满着好奇。我们曾经手拉着手,说要做一辈子的好朋友。这些事,如今我们或许都已很难做出来。十年了,我们相互之间已很难见面。我们大学毕业后,某某买房了,某某成家了,某某有宝宝了,这都是从一些不那么猜忌的人口中得知的。岁月让人沉淀,也让人背着更重的包袱前行。

雪花仍在飘落。在这样一个夜晚,多想我们能围炉煮茶,各话绵绵心事。不过,这好像对于成年的我们,已是一种奢侈。我知道,我们都不会原地徘徊。我们,还是我们,可是,我们也已不再是我们。没有谁会原地等待,我们总会各奔东西。但愿,转一个圈,再次相遇时,我们能浅浅地笑一笑,轻轻地说一声——原来你也在这里。

欧阳晓军,男,隆回司门前人,1986~1987年就读于隆回二中,1987年高考考入清华大学,现居广州,从事企业管理工作。

# 青春幅员里更像青春的事

◇蒋 然

在我看来,隆回二中是一个青春战场,也是一场青春盛宴,更是一座偌大的青春储蓄所——每个人离开越久就越忍不住回头,向她伸出美丽的触须,追忆心灵深处的年少情怀。

## 学校及我

关于高中的记忆,是由一盏吊着长线的旧灯盏开始的,那时我得到了人生中第一个能设定密码的大衣箱,一家人正围在这盏灯下为我首次出远门作最后的准备,我显得异常兴奋,为未知感到兴奋。我是 2003 年进入二中的,成绩始终中游的我,和录取线还差那么几分,父亲走动了多层关系,付出不小的代价后我才得以进入这所重点中学,所以很长一段时间我总在心里怀疑"自己是不是二中人"或觉得自己"和真正的二中人隔着一层距离",好在这种"出身论"的问题,在后来的时日里逐渐被打磨消除。

还记得我的学号末尾四个数字是 1033,分发的一只铁皮水桶编号一直作为我如今银行卡的密码保留在我的脑海里。整个高中时期,是我身高骨架蹭蹭往上长和视力咚咚往下跌的年代,我随同一部分人从一而终守住一个叫"298"的班级,像坐大船一样和学校其他班级按照教务处每月(周)统计出的考试排名或喜或忧地在一片深水里航行。

我们的班主任从高一的邹艳芳老师换到了后来的宁佐维老师,接管老师几易其手,同学们进进出出。高中的三年便是同学

蒋然,男,1988年8月出生,隆回岩口镇人。2003~2006年就读于隆回二中高298班,2006~2009年就读于湖南城市学院工程造价专业。现居长沙,供职于某建筑公司。

之间的友谊在环形的围墙里、方形的教室里重复敲打加固，维护荣誉，比试成绩。或者小部分合成亲切的团体，或者小部分沉默寡言陷入自我一类。

## 老师及我

我和老师们的情感并没好到哪去，至今也没和任何老师保持着密切的来往，因为我从小就怕老师，如果他们在大道上走来，我就会逃到房屋第二层去。我一直认可的优良传统就是学生腰背挺直地坐在课堂里，而老师拿着戒尺在上面灌输，所以在二中发生的老师与学生打成一片或哪位同学暗恋上了老师的事，和我没有半毛钱的关系。

尽管我一直内向拘谨，但不能否认学校确实有一些拥有长远教育理念的好老师。我是一个挑食偏科的人，所以我在这里说的都是我喜欢的老师。一个是教我们高二语文的高海英老师，一切都由于她脾气太好，永远母爱泛滥，每天对我们这些远离父母的人嘘寒问暖，营造了一个温馨和轻松的课堂氛围，甚至连趴在桌上睡觉的人都还会额外获得她一句"小心感冒"的关怀，这是让人感激涕零的交流。更甚的是她初步掌握了循循善诱的教学方法，她对同学们在作文中的一些新奇想法不吝赞赏，也有时会在课堂里念一篇范文，这像中了彩票般给人欣喜。当时的默深文学社掌舵人半夏子教我们地理中规中矩，我们都希望他教我们一节语文课，但最终愿望落空。

第二个要说的是我欣赏的英语老师罗佩云，这里所说的"欣赏"还与她成功地挤占和定义了我青春期对爱情之类的幻想有很大关系。"往事纷纷，8年前或是更久，老蒋就暗恋着英语老师罗，经老蒋悠然地闭目描述，我认为罗老师值得喜欢……"这是我同学老周关于我与罗老师的描述。是的，在她身上我找到了一种气质，专业上高端不失大气，做人上低调不失稳重，似乎和别人永远保持着隔着距离的礼让和个人格调，而她又有一副好脾气，不做作，这在一个十五六岁的孩子心中泛起点点波澜，至少寻到了一种日后恋爱的范本。虽然我的英语成绩差了一点，也时常怀着悸动的心想问却不敢问一些专业的问题，但丝毫不妨碍她在我的青春时光里留下美好的印象。

最后我要说的是教语文的宁聪生老师。相对于教语文的高海英老师，他更进了一步，将自由和自救连接在了一起，他是我见过的一个能以他的教学理念改变一些"落后分子"并发掘语文奇妙之处的老师，如果你乘着想象的翅膀随着他创造的神奇幻境迎风而去，一定能高飞远航，体会到无法言喻的欢喜和惬意。正是乘着这样的一阵风，我对文字也培养起了兴趣，挖掘到了隐秘精神世界里的愉悦之处和契合之点，浅尝到了思想果实里隐约芬芳的清甜。

---

彭南友，男，隆回鸭田人，1983～1989年就读于隆回二中，毕业于高130班，1989年高考考入清华大学，现任职于上海电信公司。

感谢这些最初的赠予和获得,这些老师的恩情,足以被永远铭记。

## 同学及我

在二中最大的收获大概就是同学情谊,即使没有想象中的坚固,我们也会以一种大于一切的荣光来捍卫和咂摸回味那时的自己和别人,因为它的共患难之承受、它的无欲心之纯洁比如今的其他情谊都来得宝贵。当然,青春期的萌动还含着爱情故事的酸溜溜,这个时期,爱情是绝大多数时候的打压、隐瞒、失败和阵痛,是小小的心脏在默默经受。我们在没有被发觉又没有失却的时间和空间里开始寻找一位契合自己心意的女孩,整日怀着十二万分的悸动,把目光投向她,并且也希望得到来自她目光和语言回应之类的荣光,所有的这些也必将和各类的出游、班会以及职务关系凑成交往的脉络。往日情怀历历在目:你在二中寒冷下雪的早晨听着广播里重复无数遍的二胡《赛马》的激昂曲调,极不情愿地用冷水刷牙洗脸,踩着灰蒙蒙的天气去书声朗朗的教室,你迎着众人的目光踏进教室,想象着众多的目光里含着你心仪的那位,仅仅是这样,这一天就心情飞扬。

相对于其他活跃分子,我老实本分,很少迈出"班门"与他人相交,这延续了我思想保守和摸着石头在水域里游弋的品性,中规中矩的我最终以"瘦、高"的特征被冠以"玻璃棒"的外号而被一些人记住。而在一个大范围,一些人以篮球、音乐、绘画、写作特长在班上独领风骚,另一些数学成绩、地理成绩好得离奇的"恐怖分子"们也不由得意气风发,在这种氛围下,我感到从未有过的受欺受累状态,只好落入自己狭窄沉闷的心。我很奇怪在那么一个"动乱"的年代,我是如何说服和稳住自己,并守住"随他们去吧,一切荣光都是短暂的"的信条。我成绩不拔尖也无任何特长,竟以"一行人路过我时,他们也会对我的身高发出艳羡之光、惊叹之语"为理由稳住了自己!

## 后 记

曾在二中生活过的同仁们,都会在二中这个青春的框架内留下一种疼、一段酸和一份喜。二中,为捍卫和留守他们的青春做出了见证,她风雨无阻,在时光的阴晴圆缺里恭候一批游子来又欢送一批少年去,她在一届届学子的年少时光中留下不能抹去的记忆和印痕,酸甜苦辣,悲欢喜乐,酿成一个人、一群人精神世界的巨大财富。

等有一天,当世事淘洗了他们,纷乱渲染了他们,他们一定会回来,带着心灵深处的记忆,回到二中,缅怀那不可重来的逝水年华。

---

黄亿华,男,1971年10月出生,隆回七江人。曾就读于高128班,1990年高考考入北京大学,后于美国康奈尔大学获得生物化学及结构生物学博士学位,现为中国科学院生物物理研究所博士生导师。

# 那些年，我们在默深文学社

◇李君琴

李君琴，女，90后首班车司机，隆回小沙江人。2005～2008年就读于隆回二中高中部，曾任凤声报社新闻部主任。现为首都师范大学英语言文学系在读硕士。对生活中的一切充满好奇，一直努力让自己拥有一颗感知美好的心。相信简单快乐。爱读书，爱做梦，喜欢在路上的感觉。想要用文字记录某些，如此在垂垂老矣之际，仍可有定格的记忆让自己咀嚼回味。

**题记** 那些年，我们拥有最简单纯粹的梦想；那些年，我们一起走在通往文学的大道上，从来不问大道尽头是什么，只顾漫步着玩赏沿途的风景；那些年，我们因着单纯的喜欢，带着没有贬义的矫情，遇见了自诩喜欢文字的彼此；那些年，我们在默深文学社。那些年之后，我们仍自称为默深人。

浏览网页的时候不经意间扫到了朋友的一张照片，是朋友和某位高中老师的合影。那位老师架在鼻梁上的大黑框眼镜和嘴唇上那两撇八字胡把我的记忆惊醒，他不是那时默深文学社的指导老师张怡春老师么？于是，更多久远的回忆排山倒海而来。

那一年，秋老虎正横行的时候，我成为了二中数千名学子中的一个。从小村庄里走出来的我，忙于适应眼前全新的环境，一颗懵懂但好奇的心，无暇顾及其他。那时最喜欢上语文课，因为教语文的马艺玲老师会带着全班去图书馆的阅览室上阅读课，然后记下长长的阅读笔记；她还会在课堂给我们分享她在默深楼里带初中孩子的趣事。我用心记下了她说的某件趣事："天气热的时候，略显陈旧的默深楼四周杂生的草丛里经常能听闻昆虫的鸣叫，能瞅见多种虫子在窗台上出没。才初一的学生，童心未泯的孩子，能在老师略显乏味的说课声中偷听到大自然给予的恩赐，小小的心自是兴奋不已，便忘了自己身在何方，很大的童心打败了很小的责任心。伸手抓住一只正欲跳起的蚂蚱，对

---

陈明，男，1983年6月出生，隆回周旺人。2001年毕业于隆回二中，当年高考以理科684分考入清华大学自动化专业。

着口若悬河的老师大叫'老师,你看我抓到了什么？一只蚂蚱！'小小的脸上则满是得意,仿若做了一件很伟大的事情。讲台上的老师则是一脸的惊愕,外加哭笑不得的表情……"就是类似的几件小事,我将它们写成了广播稿交了上去。那之后,突然有一天,班上有一同学拿着默深文学社的报纸直嚷着有我的文章。后来得知,我那篇文章作为广播稿是不合规范的,因为实在太长。但是,文学社的张老师在一堆废文稿里把我的那篇文章拿了去,发表在校报上,并随后邀请我加入默深文学社。

　　回想起那时的文学社,其实是相当有规模和影响力的。社员总能把默深楼顶层的阶梯教室坐得满满当当。每周一次的社团讲座活动便是在那个阶梯教室展开。至今仍记得上顶层的必经之路有男生宿舍,所以阶梯教室和宿舍之间的廊道里总是弥漫着尿骚味,地上被偷懒的孩子涂出一幅幅地图。掩鼻钻进阶梯教室,却俨然是另一个世界了。上了大学之后才惊觉其实那时在阶梯教室里我已经听过好些场关于文学的讲座了。主讲人自然是张老师,每次听他在上面讲跟文学相关的知识时,总觉得他自成一派,头顶有着某种光环。而台下的我们,每个人都有着最虔诚的神情,因而我总是有这般的错觉：我们置身于一处教堂,每个人都在虔诚地做礼拜,仰望文学散射出的光芒。

　　时隔这么多年,可能好些张老师讲过的文学理论都已忘却,但是那时那地的心情却是我想要珍惜一辈子的珍宝。在他所传授的所有知识里,至今记得最为清晰的便是他强调的王国维先生提出的治学三境界。记得那时他采取了问答的方式,说出这三境界其一便可获得小奖励。我其实知晓那三境界,但缺乏站起来的勇气,于是呆坐在那听他人一一作答,于是错失了得到小奖励的机会。不过,因这遗憾,我倒是将那三境界理解得愈发深刻了。

　　那时最喜欢文学社的采风活动,现在忆起来也都是幸福的模样。狐狸岛,芙蓉山,望云寺。一群小小的人带着一颗颗单纯的心,只一花一叶,一石一虫便能满心欢喜。几个人躺在狐狸岛一侧的茅草里,一人高的茅草成簇生长,数不尽的鹅卵石铺就一凉席。就直接躺在凉席上,躲在茅草投射出的影子里,让阳光和影子在脸上身上追逐嬉戏。不时眯着眼透过叶的罅隙看冰蓝的苍穹,间或有云朵倒映在眼睛里,而思绪在小小的脑瓜里翻腾雀跃。要么闭上眼睛,让阳光在眼睑上打出橙红的色调,什么都不想,只是待着,即使不小心睡着了,梦里也能听见卵石那侧赧水走过的声音。那时的我们恨不得将我们眼中所见的世界和心里一丝一毫的感触都落于笔端。翻看高中时的日记本,里面那些轻灵的思绪和空灵的文字总让人觉得是另一个自己记录下的美好。

---

史兴清,男,1986年2月出生,隆回金石桥人。2003年曾获全国中学生物理奥林匹克竞赛湖南省一等奖,2004年毕业于隆回二中,当年高考以666分的成绩考入清华大学物理学专业。

那时的我们，或许还不知道矫情有着贬义的存在。只觉得矫情的我们有着很美好，很可爱的模样。一直都不忘那次两天一夜的长途采风。那时文学社的指导老师已经换成一位刚从大学出来的年轻老师——张良。他来之后对文学社进行了大刀阔斧的改革，成功将之前全文学版面的校报升级至大报的级别。那次采风我们跟着校车走，走了一趟因毛爷爷而出名的韶山，提前去湘潭和长沙的大学感受大学的氛围，还攀爬了坐落着岳麓书院的岳麓山。在指导老师母校校外住宿的那一个晚上，我们都如野孩子一般，尽情地释放体内孩童的因子。

记得那一夜刚好是平安夜，我们去旅馆周边的精品店淘各种小物件，其中一把小梳子我至今还在用着，淡淡的檀香味总能把那段欢乐的时光推至我眼前。那一次采风，我们并没有写出多好的文字，但关于它的记忆，已然成了磐石。

一直庆幸和感激的是在默深文学社遇见的那些人。西施（实名邹茜鹭）是我最想要珍惜的那一个。西施是她名字的谐音，尽管她不喜欢，我还是习惯这样叫。喜欢听她连珠炮式的说话方式，即使很多时候我都会被她说得无言以对；喜欢她的大大梦想，一直记得那个下午我们走在红色杨梅树下认真聊着一路向北的梦想；还有那些傻傻的举动，为了在升旗的时候能够站在相对应的位置，不惜和身前身后的人无数次地换位置；颁奖典礼看到他人站在上面时，西施会认真对我说："下次我也要站上去。"如今的她，依旧与文字为伍，坚持着最初的梦想。还有那个在两天一夜采风期间实施恶作剧的男生。我们半夜睡得正酣时突然听到他笃笃的敲门声，迷迷糊糊打开门，门外是一个脑袋和双手无力垂落还发着鬼哭声音的人。那时恨不得打他一顿，如今却成为了我记忆里可爱非凡的人。他在人前总是随意不羁，但内心却有着那个年龄特有的深深浅浅的伤口。我在读他的某篇文章之前，从来都不知道原来他隐藏了那么多真实的情感。于是也愈加笃定，文字是我们了解彼此的另一种途径，它能带着读者直抵作者的心灵深处。当然，还有很多曾和我一起以默深人的身份走过青春最美好一段的男孩女孩，他们如今虽已散布天涯，言及二中，言及默深，眼里也定是满满的喜悦吧。

时隔这些年，我仍清晰记得十七岁的那个夏天，香樟树疯长七里香飘香的季节。张怡春老师把我叫到走廊，递给我一本书和一张汇单，扬了扬他嘴唇上的两撇胡子，然后走开。我慌乱的心在看见自己写的文字以铅字的形式出现在那本书上时，变成一场六月的急雨，喜悦抵挡不住。我用那张汇单换回了一本小四，两本三毛。

那些书至今仍安静地躺在我的书桌上。

覃旺军，男，1986 年 12 月出生，隆回周旺人。2004 年毕业于隆回二中，当年高考以理科 656 分考入北京大学（医学部）基础医学专业。

# 今夜无电

◇邹茜鸶

暮色把天边的山峦抹上橘色胭脂的时候,我伏在教学五楼的栏杆上,假想一个不可能出现的身影。《梦中的婚礼》从广播音箱里泅开,一寸一寸浸透校园的空气,黏腻的像我手中攥着的半块巧克力。

又要迎接一个了无生趣的晚自习,远山近景都和天光一起变成了灰暗色。直到——走廊上人人兴奋地传播着今夜停电的小道消息。

停电,是中学时代独有的狂欢。偌大的校园里数千师生一起迎接黑黢黢的夜晚,像集体收到的一份礼物。这礼物总是突来的惊喜——寂静的晚自习忽然陷入一片漆黑,几栋楼的惊呼:"哦——耶——",像海面推来的整齐划一的波浪,紧接着是沸腾声:嬉笑喧闹的、放开声说话的、拍桌子捶凳子的、跑出教室唱歌的……总有女生被吓得一声尖叫,划破满校园炸锅般的沸腾,像一曲劲歌里的高音。

热闹在一分钟后戛然而止。是救火老师们心急火燎赶到了教室训话,于是惊喜调整成女声的窃笑,男生的贫嘴。班干部组织代表去买蜡烛,人手一根,烛光晚会算是拉开了帷幕。

初中时年纪尚小,每每停电都对"蜡烛游戏"情有独钟。

我们把蜡烛立在课桌的左上角,待蜡油快滚下时用指甲盖接住,一坨坨揉成球,放在矿泉水瓶盖里,又剪下一截灯芯,按在瓶盖上,做成一盏新灯。

胆子大点的,前后左右桌四人俯在过道上玩:把一长根蜡烛

邹茜鸶,女,1990年出生,隆回罗洪人。2002~2008年先后就读于隆回二中初129班、高351班,曾任默深文学社社长。2012年毕业于湖南师范大学新闻与传播学院。现居广州,任职于某网络媒体。

---

罗敬平,男,1987年7月出生,邵阳县长阳铺人。2005年毕业于隆回二中,当年高考以655分考入清华大学核工程与核技术专业。

放在铁盖里，架在燃着的烛上烤，直到烧成滋滋响的蜡油。往里加水、加橘子皮、加笔芯、加走廊上捉住的蚂蚁。有时火苗蹿到半个桌腿高，引得四周一片惊呼；有时怪味从教室东北角窜到西南方，半边教室都在竞猜所烧为何物。这时老师若闯了进来，过道上的"小作坊"总会被眼疾腿快的人一脚踢倒，只留一串滴溜溜响的铁盖声，一室说不出是香是臭的怪味，老师咂摸着嘴说道：你们吃烧烤怎么也不叫我？尔后不怕死的始作俑者接一句：老师你想吃什么？全班哄笑。

真也有烧烤的——同桌抑或前后桌二人把蜡烛聚在一起，用牙签串上零食在火上烤，烤成黑漆漆的成果，用纸一包，写上"王二麻子烤 xx"，孝敬给左右同学，换回一片笑骂。

尽管蜡烛游戏大半是多人运动，却也不乏"独乐乐者"。无所畏惧的顽皮少年会将蜡烛摆在地上，烛前贴一幅潦草的老师肖像，接着慢条斯理地把草稿纸撕成条放在火上烧，一边烧一边呢喃有声：老师啊你好走，打 59 分真不是我的错，来世祝你找一班好学生。呜呼哀哉！呜呼哀哉！

大逆不道的创意里毫无恶意，引得旁观者们鼓手称快，少不更事的欢喜纯粹且简单。

高中以后停电机会少了许多，所以偶尔的机会更显得弥足珍贵。这是一个蠢蠢欲动却终究没有动作的年纪，许多故事与情绪都躲在高高堆砌的试卷后发酵，黑夜的晚自习是它们窜逃的最佳场所。

一蓬欢呼庆祝停电万岁，拉开美好夜晚的帷幕后，早已公之于众的情侣们动作立即展开。传统低调些的传纸条，隔着几桌几排默默含情对视几眼，迅速转身把头埋进课本；男主角霸气些的，直接换座位，撇头靠近女生的颈项唧唧私语，烛光摇曳间，少男少女眉目里全是动人的羞色。

中学时代敢于成双成对的毕竟只是少数，更多的故事在追逐与被追逐中消弭，在相顾无言两下惊慌中蒸发。总有男生折下粉笔头远远地掷前排的女生，看她懊恼地回头找不到"凶手"，用书本挡住脸吃吃发笑；也有男生夸张地打完哈欠，肆无忌惮地仰躺在后桌姑娘的书本上，任她如何笑骂折腾也不让位抬头；不知道如何示爱的别扭少年不停歇地踢着心仪女生的凳子，一遍一遍质问：你这么丑，这次月假究竟有没有人叫你去野炊啊？喂！问你话呢！不许看书了！

一半人趁着夜色戴耳塞听情歌，望着某个座位想遥远的风花雪月；一半人拨亮蜡烛，为心中沸腾的理想咬牙坚持。后一半人，你若问她：晚自习停电玩什么了？她一定答：总之没看书就是了。

---

欧阳恩林，男，1987 年 7 月出生，隆回七江人。2006 年毕业于隆回二中高 299 班，因同时获数学、物理奥赛两个全国一等奖，被保送进入清华大学数理科学基础班。

对学习与恋爱都无甚好感的小众仍然保留初中时代的童心。他们在走廊上玩飞机，虽然永远飞不到对面教学楼的窗户里；他们也用蜡烛烧课本的尾页，烧成的灰烬从走廊上抛下，常常掉在过路老师的头顶。

　　高中停电稀少且短暂。暗恋、明恋、愤怒、厌恶，在漆黑的晚上无处遁形。可一旦灯亮起，一切都回到沉默的正轨，躁动的情绪封锁在密不透风的薄膜里发酵，眼看就要喷涌而出，分明一切云淡风轻。

　　中学以后，突发停电的事情几乎没再发生，连带着那些复杂多样的情绪也走失在十几岁的某个仲夏夜晚。每当暮色把天边山峦抹上橘色胭脂的时候，我都怀念着15岁伏在教学五楼栏杆上的夏天——《梦中的婚礼》像一潭慵懒的春水，从广播音箱里漫出。我攥住口袋里的半块巧克力，等待即将敲响的晚自习铃。数学辅导课就在楼下第二层教室，英语试卷已经在课桌上堆成了小摞，操场上篮球越界滑进迎春花藤底，日子这样宁静漫长啊。

袁星驰，男，1995年7月出生，隆回高平人。2013年毕业于二中，当年高考以666分（含55分自主招生加分）考入清华大学航空航天工程专业，是隆回二中通过自主招生考入清华北大等顶尖名校的第一人。

# 我们永远是女孩

◇欧阳翠峰

欧阳翠峰，女，1970年3月出生，隆回荷香桥人。1982～1989年先后就读于隆回二中初61、64班，高129、132班，现居广东东莞，任职于某外企。

**题记** 人到中年，韶华不再！但QQ、博客、微信……无不彰显着我们还有一颗年轻的心，拥有那少女情怀，我们永远是女孩！

### 打开记忆的少年，寻找你我的足迹

2014年春节，已是大三的女儿，轰轰烈烈地举办着初中同学聚会。看着她们几姐妹合影中那一张张青春洋溢的笑脸，我也拿出一叠叠黑白照片，毫不示弱地对女儿说，这是我们初中五子，我们也有青春年少时。

初中五子是何许人也？可以说是当时隆回二中初61班的风云人物。五子之名有感于小人书《天堂小五义》，说的是解放前在天堂杭州乞讨中过活的五个小孩子，在饥饱不定的恶劣环境下，携手追求幸福生活的感人故事。

实子：李桂军，官二代，爸爸是区武装部长，但她朴素得没有一点架子，典型的老实人加好人，像大姐姐一样负责班上女生的后勤工作，帮忙打洗澡水、拿饭，她是最合适的人选。实子普通话标准，嗓音好，唱起歌来深情款款，一曲《游子吟》被评为校元旦晚会歌唱一等奖。

艳子：魏艳霞，热情大方、甜美可人的文娱委员，能歌善舞、多才多艺，为班集体争得多项荣誉，是班主任最喜欢的人物。妈妈学生时代曾是二中的文娱部长，彼时在另一所学校教语文和音乐；爸爸曾是二中体育部长，彼时在剧团工作。艳子遗传了父母的文艺天分,她着学生头,夏天T恤配短裙,秋天夹克套喇叭裤、高跟鞋,她就是那年头传说中的时尚达人,她就是许多男同学N年后才敢表白的那个白富美。

芽子:李桃花,外号女秀才,因长得瘦弱如豆芽,得此名。可别小瞧了这颗小豆芽,虽然出身农村,外表柔弱却内心好强,记得第一次期中考试,只以0.5分之差输于周亦翔,位居第二。她的优秀让严厉的班主任都变得宽容起来。有次上课时她透过桌子缝隙偷看课外书,有同学不服气,向班主任打小报告,可老师竟说她上课吃不饱,不妨给她一点自我阅读的时间。

妹子:谭明杰,长发飘飘,身材匀称丰满,个性像风又像雨,乐观直爽,有点小淘气,有点多愁善感。她喜欢对着手抄的流行歌曲本,咿咿呀呀唱得磁性感人,是可以和我换穿衣服、共诉青春期那点小秘密的女孩。与众不同的是,她还有一个9岁的弟弟谭华杰和我们同班,所以有时她像小妹妹任性需要我们哄,有时又像大姐姐,要安抚斗不过同学而哭鼻子的弟弟。这种双重角色,让她是女生又看似男生。

青子:欧阳翠峰,这当然是我,取这个名字的理由是:出生在春天,脸蛋有点像江青。善于出谋划策,鬼点子贼多;检查卫生有模有样,搞起体育来热血沸腾,舞文弄墨也来得一下。号称能文能武的我,集体荣誉感强,外表乖乖女内心有点女汉子,她们私下叫我青姐。

初中五子,跟着班主任刘林杰老师,在教室前种过花植过树,爬过米珠峰捡过柴;随着实习老师,在春风里登过六都寨水库,唱着毕业歌拍过飘逸的照片。

### 我们少年的梦,还有那真心的面孔

初61~62班因是"文革"后学校的第一届初中班,比后来任何一届都来得威武,我们的青春期因而也有了不一样的色彩。让我感触最深的,就是高中部学长们对我们的关爱,冬天排队打热水,都让我们先来,有的还帮我们提水。池塘边、柳树下,看着大姐姐们高挑的身材,我们也只想自己快点长大。

有个小秘密要脸红地说一说:那时大家的初潮来得比较晚,我和实子算是姐妹中发育得较早的两位,箱子中除了衣服,还暗藏了卫生带及卫生纸,妈妈不在身边,那种忐忑不安及羞涩的心情,只有我和实子才感同身受,这也是我们共同的秘密。有一次,同宿舍一位女生丢了东西,辅导员欧阳金竹老师要查看大家的箱子,这可急坏了我俩,实子硬着头皮悄悄和欧阳老师说明了原委,老师偷偷检查了我们的箱子,才没让我们在众目睽睽下难堪。现在回想起那懵懂幼稚的种种,哈哈,两个字——真傻!

---

廖运河,男,隆回横板桥人。1996年毕业于隆回二中,当年高考考入西安交通大学,后选拔前往新加坡国立大学交换留学,成为1997年前后隆回二中的新闻人物。

每年元旦联欢晚会，各班都要准备节目表演。这是艳子的强项，她三下五去二就组织了61班舞蹈队，魏艳霞（艳子）、谭明杰（妹子）、张玲、李艳梅、邹伟军、魏双能等文艺人才参与其中。我和实子不会那兰花指，侦探"敌情"就成了我们的工作。对手62班可谓人才济济，班主任马轶麟老师多才多艺，还有一个教物理的欧阳小艳老师，戴着眼镜，说着邵阳话，格外洋气，担任她们的舞蹈技术指导。62班的文娱委员是张胜，她领衔组成舞蹈6人组，欧阳晖漫、彭慧春、罗建新、马汝萍、刘敏等美女翩翩起舞，曲目是《走在希望的田野上》。为避其气势，艳子选择了欢快优美的民族风——舞蹈《采蘑菇的小姑娘》，由于强烈集体荣誉感的支撑，由于多个晚自习勤奋的训练，也由于芽子自告奋勇答应为大家辅导排练耽误的功课，更由于那群背着小竹筐的舞蹈队员精彩的临场发挥，全校师生眼睛一亮，61班硬生生地拿下了第一。

后来，61班和62班为了学校荣誉，同心协力，各选精华组织了一支舞蹈队，代表二中参加了全县的舞蹈比赛，表演的舞蹈《赤足走在田埂上》荣获一等奖。"赤足走在窄窄的田埂上，听着脚步噼啪噼啪响，伴随着声声亲切的呼唤，带我走回童年的时光。"优美的歌词给许多同学留下了美好的记忆。

最刻骨铭心的要数61班和62班的女子篮球赛。61班女篮阵容为：控球后卫李桂军（实子）、得分后卫胡少丽、小前锋阳赛男、大前锋魏艳霞（艳子）、中锋欧阳翠峰（青子）、卿红、周武英、邹伟军、周喜英、张燕等为替补队员，妹子和芽子是拉拉队员。62班队员有罗健新、彭慧春、欧阳晖漫、马汝萍、欧阳茴贞、刘敏等干将在列。男同学曾有一句话形象地概括了学校的女子篮球赛——女同学打篮球，就是抱球抓头发打架。这话一点也不假！最后一场，艳子在禁区卡位，与中锋青子配合。篮板和防守，青子一夫当关，球传得滴水不漏。忽然敌队杀出罗健新、彭慧春两员猛将，从青子胯下去抢球，一下把青子撞倒，青子死抱球不放，艳子、实子加入抢球行列，大家扭打成一团，青子受伤膝盖出血，艳子鼻子被打出血，现场一片混乱。我等还没爬起来，裁判竟然判62班赢了！在敌队的欢笑声中，机智的芽子飞跑过来："出血啦。"柔弱的妹子大哭起来，哗啦哗啦我们几个哭成一团。刘林杰老师看我们流血，护犊心切，赛后直奔62班兴师问罪："你们打球，怎么打人啦？"后来马轶麟老师到61班道歉，此事才算化解。虽然我们输了球，但赢得了面子。昔日那群小姑娘为了集体荣誉，连命都不要了的场景，至今历历在目；30年后在QQ群中聊起此事，备感温馨和兴奋。

最热闹的要数有一年的元旦篝火晚会，那是一场由尹爱民老师等人负责筹划、艳子参与组织的经典演出，我们表演的是舞蹈《外婆的澎湖湾》和《金梭银梭》，现场观众一时沸腾了。那个寒冷的冬夜，在学校操场上，围着旺旺的火堆，61～64班同学手拉

---

魏兰芳，女，司门前人，1998年毕业于隆回二中。刚接触文学便多次在省市校园作文大赛中崭露头角，散文《妈妈，对不起》获中央人民广播电台征文三等奖，著有专著《南方有约》。

手,围圈而跳,那场面真是壮观。后来谢俊、艳子主持的初 61~62 班毕业 20 年周庆,手拉手跳起昔日的舞蹈,我们再次重温旧梦。

## 春风不解风情,吹动少年的心

在欢歌笑语中,我们初中毕业了,五子有了不同去向。艳子就读于长沙师范学校,她经常给我们写信,分享着自己在长沙的快乐,随信寄来的那些性感迷人的照片,成为激励我们走向大都市的动力之源。芽子和妹子就读于高 122 班,做着幸福的同桌;实子则在高中 123 班。而我,因几分之差没考上二中,在妈妈"非二中不读"的死命令下,只好复读于初 64 班。人生第一次遭遇重大挫折,姐妹们的鼓励给了我莫大的勇气,我狠心将长发剪短,把对体育和文学的爱好深藏,发奋读起书来。在新的班级,我结识了一批新同学,如学习用功、外表严肃内心热情的邓军,有点调皮的周国惠,古典气质的聂艳红,文学细胞丰富的龙学敏,等等。虽然五子相处的机会少了,但她们的关心却更让我珍惜,特别是妹子,她常常在休息时陪我散步,给我谈高中生活的体会和感受,让我心怀目标前进。如此卧薪偿胆一年,我顺利考取了二中高中部。

高一时我在 129 班,也是班上的班长,袁愈惠老师担任班主任。袁老师是一个严谨实在的人,一直记得他对我的鼓励:"你如果以目前的成绩稳定发展,不开小差,应届考个湖南师大是绝对没问题的。"可是谁解少年驿动的心?一场意外事件改变了一切。那时,我和妹子一起学会了歌曲《明天会更好》,专门找人用纸抄好挂在黑板前,由我一字一句教大家唱。忽然,有一个鸡蛋飞到歌曲上,歌纸全作废了,全场愕然!我都快被气哭了,强烈要求肇事的那个坏蛋写检讨,由那份检讨开始,上演了一出"好蛋"和"坏蛋"的浪漫传奇。

邂逅过浪漫传奇的还有妹子。有一次休息时,我去了妹子教室,看到有一幅漂亮的素描,是妹子的画像,不用说那一定是男生画的!不知艳子、实子、芽子是否也有此类属于少女的心事呢?

高二文理分科,我选择了文科,分在 132 班。班主任谭奇洪老师,教学和管理都很有几把刷子,他昂首挺胸,声音洪亮,尤其是将我的作文作为范文阅读时总让我听得如痴如醉。到了高三,来了几位 61~62 班的老同学插班,教室里坐得满满的,那种高考的压抑感越来越强了。

青春渐逝,岁月的脉络里,依然深藏着不老的柔情,曾几何时会忆起,傍晚走在河边的田埂上,牵手唱那《水上人》:"你说你爱那水荡漾,我说我爱那水涟漪,美丽的河

---

刘光义,男,隆回荷香桥人,隆回二中高 99 届校友,在 1999 年春举行的湖南省中学生体育运动会上,他夺得 800 米中长跑第一名及 1000 名长跑第三名,当年被保送湖南师大。

水有情意，拴着我，它也拴着你。"人生河流中，记载着我们《光阴的故事》："过去的誓言就像那课本里缤纷的书签，刻划着多少美丽的诗可是终究是一阵烟。流水它带走光阴的故事改变了一个人，就在那多愁善感而初次等待的青春。"

初恋尽管伤痕累累，但依旧美好。无论经历过生离死别，还是要骄傲地说，在那真水无香的岁月里，我们被幸福地爱过。

**让我们的笑容，充满着青春的骄傲**

高中毕业后，五子分散各地。艳子毕业后在涟邵矿务局机关，实子在隆回卷烟厂脚踏实地，妹子在紫阳医院穿着白大褂，芽子辞职下海在中山对着电脑编程，而我一直在东莞做个远离诗词歌赋的会计。工作、结婚、生子，我们彼此之间很少联络。印象中我曾见过妹子和艳子：1993年我女儿出生时，妹子曾前来看望，感恩在我人生的每一个阶段，都会有她的身影；其间我有几次回娄底见过艳子，她还是那样热情甜美。

尤记2004年的某一天，有个叫"笑春风"的QQ一闪一闪找到了我，桃花依旧笑春风？还真是我们初中五子中的芽子桃花，顿觉格外惊喜。慢慢地，妹子、实子、妹子一一互加QQ，五子才有了方便、快捷的沟通方式。我们很快就把活动从线上发展到线下：全体出动参加毕业20周年聚会，一起开怀畅谈马轶麟老师"重男轻女"，对家里有红白喜事的同学进行慰问……五子连心，我们仿佛又回到了那段激情飞扬的岁月。

书写着五子的故事，因为故事中深藏着一个自己。固守着二中的记忆，因为校园中缱绻着一段回忆。打开记忆的盒子，尘封已久的老照片记录着生活的点滴。芽子精彩总结五子的特点：实子：实诚；艳子：妩媚；青子：感性；妹子：精灵；芽子：知性。

妹子说："这些文字，触碰到我心灵最柔软的地方，实子那略显成熟却纯美无邪的心境，艳子那无忧无虑的灿烂笑容，芽子那含而不露的热忱和才智，青子柔美的外表与同样善解人意的内心，还有妹子那胸大无脑、一肠穿肚的直率有人欢喜有人恨。我们是青春五子，秒杀所有男生和女生。"

"恰不道人到中年万事休，我怎肯虚度了春秋？"感谢二中，成就了我们五子；感谢《早春时节》，让我们展现真实的自己；感谢五子同心，书写了我们的少年情怀。让我们用爱心陪伴这风雨人生！有一个小小梦想，但愿在母校90周年校庆时，拍一张合影：30年岁月五子情！

---

刘江娃，女，1987年8月出生，隆回六都寨人。2005年毕业于隆回二中，在学校期间热衷于参与歌唱、舞蹈、主持等活动，被誉为女神级人物。当年高考考入星海音乐学院舞蹈学专业。

# 一次偷窥　改变一生

◇欧阳文邦

人生有许多偶然，也造就了很多机会。要不是二十多年前偶然翻看了一下前排那位同学的作文本，那今天的我一定是另外一种生活状态，另外一番人生风景。

犹记1992年冬天，我正在上初中三年级。当时，我就读的隆回二中是隆回县的两所重点中学之一，其初中部汇集了来自全县各个乡的学习尖子。在那个"以学习成绩论英雄"的年代，我正处在人生的最低谷：学习成绩不好，老师不喜欢；上课喜欢小吵小闹，同学不喜欢；考试成绩弄虚作假，家长不喜欢。那段消极怠学、悲观厌世的日子，成为我有生以来最黑暗的时光。

那是一个阳光灿烂的冬日，和煦的暖阳照在我的书桌上，同学们纷纷跑出教室，去拥抱这难得一见的温暖。我沮丧地坐在自己的位置上，面对班上倒数第二名的成绩单，面对"（－1）＋（－1）"都不知道如何计算的数学功底，面对靠误打误撞才考了30多分的英语试卷，我无法把自己和小学时代的尖子生联系起来。再过半年就是中考了，这场考试将决定我能不能直接升上高中部，再度就读隆回二中。可凭我那点可怜巴巴的分数，想去撞开二中高中部的大门，只能是痴人说梦，毕业后的出路只有两条：卷起铺盖走人或者走点后门继续在二中读高中。不管哪条出路，对我来说都算得上是出了个大洋相。我怎样面对父母和亲人，怎么对得起小学时代一直以我为骄傲的老师，如何面对儿时那些同学异样的目光？毕竟三年前我是以乡里第一名的成绩考入这所县重点中学的，要是三年后我就卷起铺盖走人，我真的

欧阳文邦，男，1977年11月出生，隆回七江人。1990～1994年先后就读于隆回二中初78、79班，1994～1997年先后就读于高中178班、180班。南开大学法学学士，湖南大学新闻传播学硕士研究生。湖南省作家协会会员，长沙市作家协会会员，曾主编出版散文集《网住那缕缕乡情》《网聚乡情》。

---

刘姝麟，女，1988年10月出生，2006年毕业于二中。2005年参加"中国星"全国声乐大赛，获得湖南赛区金奖及全国赛区金奖，单曲MV《幸福歌》获得2012年青年艺术节网上艺术节最受欢迎作品第一名。

不敢往下想……

窗外，阳光倾洒，可是这温暖的阳光却融化不了我内心的沉重。我甚至还觉得有点冷，张眼四望：教室里显得很空荡，只有我和少数几个同学还在自己的座位上，怪不得平时非常暖和的教室一下子变得有点冷意。我想，是该出去晒晒太阳了。

当我起身的时候，我下意识地瞄了瞄前排的那张书桌。那个座位是阳金友同学的，这个人样子憨憨的，初一的时候头发就有点花白，比一般同学老成，平时很少表现出自己的喜怒哀乐，因此被我冠以"不哭也不笑"的外号。这时，我突然眼前一亮，因为我发现阳金友书桌上的作文本竟然摊开了。学生时代，一般同学都有偷看人家作文的爱好，本人也不例外，何况还是一直以来都把自己内心捂得严严实实的"不哭也不笑"同学，那就更有兴趣去"偷窥"他的内心世界了。我环顾四周，像做贼一样地翻着他的作文本，其实也就想瞄瞄他的作文得了多少分，老师给了什么评语。可一打开他刚写的那篇作文，我就被深深吸引住了。

作文中的主人公正是我本人，"不哭也不笑"在文中点名道姓地描述了我一番。文章说，后排的欧阳文邦同学是一个非常聪明的人：他写得一手好广播稿，在学校"校园之声"广播站中，全校就他的作品播出最多；他能拍摄出很多好照片，摄影技艺高超（当时我拥有一台凤凰205A型相机，在那个年代算奢侈品）；他的记忆力非常好，历史地理知识记得非常扎实。他唯一的缺点就是不努力，要是努力学习，他潜力无穷，学习成绩一定会超过班上的绝大多数人……

正当我看得津津有味的时候，"不哭也不笑"的吆喝声让我缩回了自己的座位。原来，上课铃响了，同学们陆续走进教室……那堂语文课，我一直沉浸在阳金友同学的作文之中，老师讲些什么根本就听不进去。我内心禁不住百感交集：一个老师同学心目中的"弃儿"，一个被称作"渣子"的学生，竟然能得到同学如此高的评价，我一定要重新让自己坚强，重新树立信心和勇气，重新赋予自己新的力量去迎接新的挑战。

多年来，我一直以阳金友同学对我的评价为动力，去攀登人生道路上的一个又一个高峰。后来，由于学业成绩出色，我免试保送进了隆回二中的高中部，并就读于学校的首个实验班。三年之后，我获得了年度高考的隆回县文科第一名，进入南开大学深造。走上工作岗位后，我还经常会记得那篇作文，记得那个给我鼓励的同学，记得那次"偷窥"给我带来的转变。

似水流年，心境渐变，提起笔来写下这段感恩的文字，我依然感慨万千。阳金友也许不曾预料，竟是他那篇不经意的作文，深深地影响了一个同学的一生。也许在今后，我都无法当面和他说声感谢，就让我借用这段文字来表达自己虔诚的感恩吧。

---

刘茜醇，男，2006年毕业于隆回二中299班，以全省第二名的成绩跻身2006年全国化学竞赛决赛暨冬令营，并在来自全国159名选手参加的全国化学竞赛决赛中名列第53名，获得银牌保送至南京大学。

# 我型我秀

*Woxing Woxiu*

  I am what I am. 人生谁无年少时？裘马轻狂，不狂枉少年。那些悄然过往但永不消逝的青春里，我们自我主张，个性张扬。曾经，你是埋头苦读的少年，是暗里仰慕女神的屌丝；曾经，你是左手文艺、右手奥赛的明媚女子，是在青春里爱过、煎熬过的落寞"浪子"。也曾在追梦的路上彷徨挣扎，可我们依然坚守、超越；也曾尝试过朦胧的苦涩，但我们依然笑容甜美，心向阳光。那曾经的彪悍少年，在青春里迷失而后成熟；那曾想执笔而歌的文儒，投笔从戎成长为军官；那拥有叛逆经历的学渣，高呼着"二中虐我千百遍，我待二中如初恋"……

  我思故我在，我秀因我真。

栏目主编

李君琴

早春时节

李君琴　木子李，君子之君，琴瑟之琴。人生前十五年从未离开过有着"小青藏高原"之称的小沙江。2005年终于得以下山，于隆回二中求学三载。其间，打着文学的幌子，以一颗单纯喜欢文字的心，活跃在默深文学社，发表作品却寥寥无几。后任《凤声报》新闻部主任。之后一路向北，抵达文化底蕴深厚的帝都，求学至今。对生活中的一切充满好奇，一直努力让自己拥有一颗感知美好的心。相信简单快乐。爱读书，爱做梦，喜欢在路上的感觉。想要用自己稚拙的文字记录某些，如此在垂垂老矣之际，仍可有定格的记忆让自己咀嚼回味。

# 曾经少年爱追梦

◇陈晓宇

突然收到最新一期《凤声报》，墨香扑鼻，沁人心脾。从信封上熟悉的字迹和报头赫然醒目的主编大名，我知道是廖小菊老师寄来的。展开阅读，百感交集，当初那一份对文学全身心的追求，那一份下笔时洋洋洒洒淋漓尽致的惬意，那一份发表作品后的无比喜悦，又让我在回忆中深深陶醉。

在母校隆回二中，我与文学结缘。引领我入门并让我爱上文学的是王勇老师，我加入默深文艺社的时候，王老师是新任指导老师，在第一次全体社员大会上，王老师对全场进行了一番扫视后，竟说我长得清秀英俊很有气质，安排我做高一年级的组长，并说了一些鼓励有加的话。王老师当时也许只是那么不经意的随便说说，可对我却产生了巨大的影响。在他的关怀和鼓励下，我在《凤声报》上发表了第一篇文章《我的文学梦》，自此一发不可收拾，在往后每期的《凤声报》上，都会出现我的作品。犹记得当时我每写完一篇文章，都要穿过那广阔的操场，然后迈上丁字楼前的台阶，心怀激动与期盼地送到王老师办公室请他指导。他语气温和，态度总是那么严谨，孜孜不倦地从如何措辞、断句、修辞、立意等方面给我提出指导意见。印象最深的是，有一回王老师拿出一本席幕容的诗集，声情并茂地向我阐释她的诗作之优美，并给我重点讲解了如何欣赏《生命的邀约》这首诗。从此，我也喜欢上了席幕容的诗歌，若干年后我还对她的作品爱不释手，一激动还会情不自禁地诵读起来。在夜深人静的时候，每当我捧起席幕容的诗集，就会不由地想起王老师当初对我进

陈晓宇，男，1973年出生，隆回鸭田人。1990～1993年先后就读于隆回二中高156班、152班，担任过默深文艺社社长。曾在中国人民大学律师学院、司法部全国高级律师培训班研修，现为广东德赛律师事务所高级律师、中国政法大学法学博士、珠海市律师协会业务指导委员会副主任委员。

---

魏先来，男，1930年出生，隆回司门前人，新隆中学初3班毕业生。曾任隆回县委书记、娄底地委副书记等职，两次当选为湖南省党代表，两届省人大代表，三次赴京参加全国农业学大寨会议。

行辅导的情景。在王勇老师的栽培下,我在文学创作上取得了很大进步,并被委任为《凤声报》的副主编和文艺社的社长。在我当社长期间,王老师经常带着我们组织一些形式多样、内容丰富的社团活动:与一中的红杏文学社联谊、请邹宗德、喻本三等文化名人来校讲座,参加电影评论活动……通过这些活动,我与邹宗德老师、刘烨洲师兄等名家保持了经常性的联系,他们也在我成长的道路上给了我极大的鼓励。

二中三年,在文学方面先后对我进行过辅导的恩师还有刘孝民、范善成、刘豪放、米小武、谭奇洪、周光祥等先生。刘孝民老师是我高一高二的语文老师,我的很多文章都是直接找刘老师指导的。恩师在文学上对我的激励、关怀与推崇,可以用呕心沥血来形容,至今让我感动不已。那是高二的某一天,刘老师因病请假没来上课,可我却意外地于晚餐后在教室里看到了刘老师,他拖着病痛之躯在黑板上吃力地写着什么,原以为是在布置作业,结果刘老师写的是——"好消息:我班陈晓宇同学荣获年级作文比赛第一名!"此情此景,喜悦、感动、激动、尊敬等各种情感一股脑全涌上我的心头。周光祥老师是语文教研组组长,由于我在学校每年的现场作文比赛中都取得了好成绩,他因此对我印象深刻,后来还一直夸奖我的文章笔锋很好,并多次向我推荐一些写作方面的辅导书籍。

得到这么多优秀老师的悉心指导,我备感幸福。其间我也取得了很多的成绩,在一些省市级甚至全国性的中学生征文比赛中都获了奖,我的大红喜报常常被学校张贴在教务处前的公告墙上,在那个师生就餐的必经之地接受大家的赞扬和褒奖。前几年,母校还整出了默深文艺社"十大文学干将",把我也列入其中。这当然是母校领导和老师对我的一种鞭策,但我自己却感到非常汗颜与惶恐,因为我早已淡出了文学圈,对文字那玩意已经感到有点生疏了,但看到自己的名字又重新在《凤声报》上出现并和文学联系在一起时,我心中还是有着抑制不住的喜悦。近二十年过去,当初的懵懂少年已人到中年,本以为曾经那些风花雪月的事情早已烟消云散,结果回去于校园里邂逅一些仍在二中工作的老师,他们一见到我居然还认得出来,还能绘声绘色地描述出我当年的辉煌。惭愧、激动与欣喜让我无以言表。

当初能够成为一名文学少年,那是相当令人羡慕的。只是对文学过早的热爱与痴迷,无可避免地会在时间、精力及热情上影响到了正常的学习,导致一大批文学爱好者学习成绩不佳,我本人也是其中之一。

高三时我因学习成绩赶不上班而痛苦万分,感到考大学已无望时便在高考前夕退了学。我回老家当逃兵的事情被小学老师陈国芳先生知道了,他便跑到我家里来做家访,耐心地动员我振作起来参加高考,最终我还是被家里人赶回了学校。1993

---

陈早春,男,1935年出生,隆回金石桥人。1953年毕业于二中初2班,曾任人民文学出版社社长兼总编辑,全国第八、九届政协委员。中国作家协会会员,著有长篇传记文学《冯雪峰》,散文集《蔓草缀珠》。

年高考我的分数很低很低,离中专线都差八十多分。这种水平,想在千军万马过独木桥的时代复习考上大学几乎是不可能的。陈国芳老师又一次和我父亲一起做工作,他们在九月下旬做出决定,要我去隆回朝阳高考补习学校复读。

进入复读班后,我不再热衷于文学创作,而是卧薪尝胆、刻苦攻读。第二学期开学时,我已经成为班主任眼中的种子选手,具有在班上自由选择座位的资格。经过一年的努力,在1994年高考中,我以总分572分的成绩,超出湖南省文科重点线43分,被中南政法大学录取,据说还一不小心夺得了隆回县文科状元,列全省文科63名。浪子回头考出如此成绩,一时成为励志典范,比如,我高一的班主任王书博老师就经常把我的故事讲给后来的学生听。我之所以提到这些,是因为我高考的成功还应特别感谢一个人,就是现在《凤声报》的主编小菊老师。高三因文理分科,我与小菊老师成了同班同学。小菊同学当时是班上的才女之一,也是班主任老师的掌上明珠,由于成绩优异,她应届就考上了大学。毕业留言时,她在我的留言本上说她也是一名文学爱好者,只是因为要应付学习才没有加入到文学队伍中来,但常常认真欣赏我们发表的作品并为之喝彩。小菊同学大学上的是中文系,后来又回到母校隆回二中做一名语文老师。我复读时,她经常给我写信,鼓励我树立信心,帮助我调整学习方法,以及介绍她们中文系的学习生活。在那个枯燥无比的补习学校,在我最无助的时候,小菊同学给了我很大的鞭策,她的来信成了照亮我心扉的缕缕阳光。

现在,小菊老师给我寄来了《凤声报》,她自己成了报社的主编,我感到十分的惊喜:为她能不断地接近自己当初的文学梦想,为她能把自己辛勤耕耘的成果及时地与大家分享。

时光悠悠流转,匆匆已是多年,我遗忘了很多的事情,但却遗忘不了在隆回二中逐梦文学的那些激情岁月。人生每一步走来,都需要付出代价,我得到了想要的一些,也失去了不想失去的一些,可这世上的芸芸众生谁又不是这样呢?最后,引用席慕容的一句诗来收笔吧:"……其实,也没有什么好担心的,我答应你,雾散尽之后我就启程。穿过种满了新茶与相思的山径之后,我知道,前路将经由芒草萋萋的坡壁,直向峰顶……"

2009年5月于珠海

---

邹邦基,男,1935年7月出生,司门前人,毕业于新隆中学初7班。中科院沈阳应用生态研究所研究员,从事土壤微量元素与植物营养方面的科研工作,其成果曾获国家科技进步三等奖等十余项奖励。

# 梅花香自苦寒来

◇廖 瑛

廖瑛，男，1945年出生，隆回横板桥人。1957～1964年先后就读于隆回二中初20班、高6班和9班，1969年毕业于湖南师院外语系，先后在湖南商学院、中南大学、湖南大学任教，曾任中南大学南校区外语系主任，湖南大学商务英语教学部主任、硕士研究生导师，国务院、教育部和湖南省人文学科评选专家，湖南省大学外语学会副会长，现为湖南省科技翻译工作者协会副会长，曾主编出版英语类专著36部。

我本是横板桥人，从两岁时母亲辞世后起，就住在碧山乡（今西洋江镇）枫木岭的外婆家，后来迁到更为偏僻的千斤凼。站在破旧的房前抬头四望，只见四周都是崇山峻岭，怪石林立，古树参天，我根本看不到外出的路。生活方面，一年难得吃几次肉不说，炒菜的食油有时都无法保证，甚至生活用水都要到5公里以外的村里去挑。穷则思变，要变，只有努力读书，我就是在这样的信念支撑之下发奋学习的。

在小学阶段，我虽然成绩很优秀，但读书环境却十分恶劣。由于地方主义、宗族主义和其他方面的原因，我的学习成绩成了少数人忌妒我的原因，并给我带来了一系列麻烦。比如我考上初中，按当时国家的政策，升入初中的学生就可以将户口和粮食关系转入学校，可部分人就在我转迁户口和粮食关系时设置了重重障碍。在老师的提示下，我找到一位留在我们家乡当区长的解放军同志，才得以办好迁移户口和粮食关系的手续，不过这一下可惹怒了村里的地方干部。我星期六回家，少数村干部竟把我家的门给封了，并在当晚组织一伙不三不四的人开会对我进行"斗争"（虐待），这对一个刚满12岁的孩子来说，所造成的心理压力可想而知。尽管各方面条件艰难，但我依然矢志不移地刻苦努力，1957年，在碧山乡永宁完全小学毕业后，我以语文、算术双优的成绩考入隆回二中初20班学习，三年学满直升到高6班继续深造。也就在高中阶段，我家迁回了横板桥。

记得我考上二中初中部时，还是一个弱小的农村伢子，什么

---

张抬遗，男，新隆中学初8班毕业生，解放军副师级将官，曾经参加过抗美援朝战争。

都不懂，只知道要读好书，为家里支撑门户。昏黄的松油灯下，一位瘦小的身影饿得发晕却依然坚强地趴在桌子上写作业；天寒地冻时，哈一口热气暖一下双手，跺一下冻得发僵的脚，然后继续伏案学习……这是我求学二中时最典型的两个镜头。条件固然艰苦，可我却格外珍惜这个学习平台，如饥似渴地吸收知识的养分，学习成绩一直保持优秀，为后来的升学考试和学术生涯奠定了坚实的基础。印象中，那时二中有很多优秀的老师，尤以语文老师唐道雄先生对我影响最大。他讲课精练通达、言简意明、耐人寻味，是我教学上的楷模，我后来教英文时就刻意模仿唐老师的方法，追求扣人心扉、回味无穷的效果。

  在那个思想上专一亢奋、经济上封闭落后、政治上略带不安的年代，作为班上的班干和学校学生会的干部，我在思想品德方面积极追求进步，并在整风反右、"大跃进"、过苦日子、向雷锋学习等一系列运动中，努力从正反两个方面进行反思。这些运动以及对运动的自我反思培养了我明辨是非的能力和吃苦耐劳的精神，给了我积极向上的动力，也成为我日后成材的基础。我亲眼看到自己的文学老师黄云瑞先生和汉语老师赵苏民先生，为几句向党提意见的打油诗而被划成右派，这使我在以后的一切运动中凡事都要问个为什么，避免了犯类似错误。在第一次向雷锋同志学习的日子里，学校组织我们进行了访贫问苦、为人民做好事的活动，我在活动中把自己唯一的一身青布中山装给了一个衣不遮体的穷人，因而被评为全校学雷锋的标兵。

  高中三年二期的时候，本应备战高考的我却因患肺病大吐血，不得不停考休学。尽管此时毕业考试只有一门课没考了，但为了自己的身体，我只好忍痛暂别校园，回乡养病。刚到家里，也受了部分乡邻的歧视和冷言冷语，说什么的都有，有的说我患了传染性很强的痨病，告诫自家的小孩不要和我一起玩；有的说，学习成绩好没有用，身体不好的话前程肯定完蛋。患病后本来就心烦，在这样的环境下，我觉得更加压抑。在我最失望无助的时候，又是母校隆回二中的老师和亲人温暖了我幼小的心灵，帮助我渡过了难关。那时许多老师都关心过我，其中最让我难忘的是肖乐之老师。有一次我没钱买药了，犹豫再三决定向肖老师借钱买药。肖老师工资收入本来就不高，加之正遇上他的孩子手上生了一个大毒疮，从农村赶来要钱治疗，肖老师见我要借钱，就对他儿子说："这里只有十五块钱了，你的手慢治一点，先给廖瑛买药。"母校的老师就是这样无私，他们把学生看得比儿子还重，此情此景怎不感人肺腑，催人泪下，让人终生铭记呢？那时家里真的太穷了，到高三的时候老父亲一病不起，我连15块钱的学费都交不起。本想拿到高中毕业证就不参加高考，回家务农算了，可在隆回造纸厂工作的堂兄和嫂子得知情况后说什么也不同意，夫妇俩异口同声地说：

---

  廖初江，男，1936年10月出生，隆回六都寨人，毕业于隆回二中。20世纪60年代学习毛泽东著作积极分子典型。1969年任解放军报社领导小组组长、党的核心小组组长，1973年任副社长。

"就要高考了,还犹豫什么?"说着拿出 20 元钱给我交了学费和头一个月的伙食费。就是这 20 元钱改变了我的前途和命运,我得以重新振作起来,从隆回二中出发,走上省城长沙那个更为广阔的舞台。

讲到这里,一定要和大家交代一下我的高考历程。病愈后,我在高 9 班跟班学习,补考了没考完的那门课就正式毕业了。由于我曾多次在学校被评为五好学生、优秀干部,根据这些表现本可以保送上大学,但在政审时,家乡的干部和有关人员大搞宗派主义,在我的档案里塞进了许多胡说八道的黑材料,结果硬把我从保送的名单中划掉了。好在我的成绩还算过硬,尽管休学一年落下了不少功课,但还是成功地考上了湖南师范学院外语系英语语言文学专业。

我在大学阶段遇上了"文化大革命",学校经常停课搞斗争,在那样的政治气候下,一般的人都集中不了精力,静不下心来努力学习。那时,父亲给我写的一封信对我影响很大,信中说:"吾儿,近闻长沙各高校学生批斗老师和领导,此等不义之事切勿介入,专心读书为重,谨记、谨记。"正是有了父亲的教诲,我才没有偏离学习这个主要方向。但对英语专业的学生来说,读书的内容也是很敏感的,如果读一般的英语将被视为"只专不红,走白专道路",那是要挨批斗的。于是我灵机一动,经常手捧英文版的《毛泽东选集》在岳麓山上高声朗读,既学习了英语,又兼顾了政治上的进步,更为自己在专业方面的学习和研究积累了大量的词汇。

大学毕业后,我继续留校学习半年,几经周转才调入高校任教英语。我喜欢教书这门职业,也热爱英语这个专业,一直希望自己能在英语教育领域有所突破。十年"文革",高校没招生,英语老师奇缺,我觉得到了自己大显身手的时机了,尤其是在国家实行改革开放政策后,我更是觉得机遇难求。后来,在用一本《国际市场营销》英文原版教材教学时,我敏锐地意识到商务英语必然大有作为,于是开始认真钻研国际商务英语这个全新的领域。我根据当时国际商务活动的口头和书面交际的需要,编著了《实用公关英语》,自己出钱在湖南出版社第一次印刷了 5000 册,谁知订单一发出去,竟然收回订数 10 万册,而且这个数字还在不断上升。湖南出版社高兴得不得了,同时开动四家印刷厂一起印刷,每家印刷厂每月赶印 4 万册还供不应酬,甚至发展到全国好几个大城市都有地下印刷厂搞盗版。现在此书还由对外经济贸易大学出版社不断重印,总印数已超过 30 多万册,我也因《实用公关英语》的问世和其他几本著述与论文而被评为副教授,并由湖南大学国际商学院作为引进人才调入。由于笔耕不辍,我至今已出版英语方面的专著、论著和教材 36 本,共计 1100 多万字,全是主编或独著,这样的产量即使放眼全国高校也是绝无仅有的。据不完全统计,全国有近 2000

---

张全寿,男,1937 年 7 月出生,隆回金石桥人,1952 年毕业于新隆中学初 11 班。曾任北京交通大学副校长、教授、博士生导师,后担任铁道部正局级计算机专家。

多所高校使用我写的研究生、本科生和专科生专业英语教材。我也因为这些成果在国际商务英语领域拥有了一席之地,成为湖南大学的教授、研究生导师,并被推荐进入国务院、教育部和湖南省的专家人才库,成为这些机构认可的人文学科评审专家。由于潜移默化的影响,我两个孩子虽然都是学通信专业的,但都具有良好的英语应用能力,可以畅通无阻地用英语进行交流。兄妹俩目前均在知名企业华为公司工作,其中老大在国际部,长期被派往国外,由于工作需要,他还自学了西班牙语,并能进行口头交际。

回顾自己的人生,如果说我有什么优点、取得了一定成绩的话,那和母校的培养以及老师、亲友的帮助都是分不开的。大恩大德,无以为报!值此隆回二中90周年校庆,我写下自己的故事,既是为了感恩母校给予我的温暖和希望,更希望和我经历类似的后辈学子都能自强、自信,善于把逆境当成磨砺,把压力变成动力,去征服人生旅途中的一个个难关,谱写出无怨无悔的奋斗华章。

贺近性,男,隆回金石桥人,1952年毕业于新隆中学初11班,曾任长沙市政协经济科技委员会主任(副厅级)。

# □丝的高中三年

◇江依昭

江依昭,男,20世纪70年代出生,隆回高平人。1989~1992年先后就读于隆回二中高151班、农医班,后毕业于哈尔滨工程大学。现任深圳沃富康有限公司总经理,从事五金制品生产和贸易。

1989年,于我而言是一个难忘的年份。那一年,我以高平学区总分第二的成绩考上了梦寐以求的隆回二中高中部,这让我的家人和初中母校颇自豪了一番。

在送我去隆回二中报到的前一晚,父亲做了一个梦。梦里说我的班主任名叫曾子升。在高平话中"曾"与"尖"同音,所以曾子升即为"尖子生"。父亲直说这是个好兆头,尖子生,尖子生,预示着我一定会考上大学。

去二中上学,必经六都寨。该地的路面坑坑洼洼,车辆上下颠簸能把人骨头震散架。每经此地我必晕车,坐的次数多了,便渐渐悟出晕车与心情之间的关系:如果某次考砸了,担心回家挨骂,定会加倍晕车;如果成绩不错,心情佳,晕车便不会那么厉害。印象最深的是考得好回家的时候,母亲总会为我煮一枚鸡蛋。鸡蛋对于那时物质条件极差的我家来说,已然是奢侈品。清晰地记得有一次,母亲要我留着蛋壳。我纳闷母亲拿蛋壳做何用?却见她极仔细地将蛋壳中没吃净的蛋白一点点抠出来吃了。我怔怔地看着母亲,日夜操劳的她,多年不曾置办过一件新衣裳,穿在身上的衣服已满是补丁,如此省吃俭用只为供我读书。刹那间,我泪流满面,忙转过身去偷偷擦掉。心里暗暗发誓,一定要考上大学,改变自己的命运,改变家里贫穷的处境。

我在二中生活的艰苦与家中无异。那时大家基本上都是自己带米去学校,兑换相应的饭票,菜票则用现金购买,一般同学每月都用二三十元的菜票,我每月却只有六七元。一日两餐,青

---

胡光曙,男,1941年出生,隆回七江人。1956年毕业于隆回二中初8班,系中国民间文艺家协会会员、中国作家协会会员、湖南省作家协会会员,出版了诗集《七水江,我的家乡》,散文集《乡情随笔》等。

菜萝卜每餐必有,偶尔改善一下生活也只能吃油豆腐。肉是绝对不敢奢望的,一学期下来也难闻得几次肉味。我因此严重营养不良:个儿矮、体瘦、面露菜色。但生活的艰辛丝毫不减我学习的劲头,因为我深信读书改变命运。当时考取大学是一件非常难的事,千军万马过独木桥,稍不注意便有落水的危险。然而,高中第一学期期中考试,我名列全年级前十,为此,二中还特意给我原来所在的初中发了喜报。

回忆在校往事,自然少不了老师同学的出场。我高一的班主任是金龙永老师。金老师教历史堪称一绝,他上课从不带课本,典故信手拈来,金老师讲得传神,同学们听得入神,课堂气氛非常热烈,我也因此收获了丰富的历史知识。生活中,金老师对待学生就如对待弟弟妹妹一般。但他生性腼腆,以致跟班上女生说话都会脸红,这也怪不得,毕竟人家那时还是个没谈对象的大小伙子呀。2006年初再见金老师,他已离开隆回二中,高升到教育局去了,三尺讲台少了位好老师,教研领域多了名好专家。

那时班上有一美女,姓肖名小春,在当时可以说是无人不晓。毫不掩饰地说,她是我至今为止见过的最美女子。长长的辫子垂在身后,随着步子挪动而左右晃动,似乎能奏出一曲动人的旋律来。她还有一副好嗓子,一首《洪湖水,浪打浪》可媲美天籁之音。男同学都以拥有一张她的小黑白相片为荣,而如我这般的屌丝,虽和女神同班,但跟她说的话没超过三句,有点非分之想也只是想想而已!该美女高一下学期便转学了,很多男生为此遗憾不已。毕业后不久,班上组织了一次同学聚会,当年的肖小春抱着孩子而来,那些暗恋她的男生这才彻底死了心。

谈恋爱在二中历来都是高压线,更何况还是在那个相对保守的年代,爱情那档子事是绝对碰不得的,一旦发现铁定会被开除。只是学校的规定如何束缚得了少年萌动的情感呢?高二时,我们151班便有人开始谈恋爱。班上最早的一对,经常在晚饭后去黄土高坡、赧水河边、橘子园里约会。还有一哥们,暗恋班上一女生,便常在黑板上用粉笔涂一些所谓的情诗,那女生懂不懂我无从知晓,反正我是没懂。记得我那时还特意劝过这哥们,不要把时间浪费在这不合时宜的事情上,好好读书才是正道。哥们执意不听,以致之后的成绩一落千丈,高二结束后就再没见过他的踪影,很是可惜。

高二时有一位老师非常有趣,那便是教我们化学的廖中和老师。当时我担任化学课代表,有那么两三次,上课铃响了好一阵了,却迟迟不见廖老师前来上课,我便跑去宿舍叫他,此时必定会发现他还在床上呼呼大睡。后来才知道,那时候廖老师忙于考研,晚上通宵达旦学习,第二天自然睡意甚重。好在廖老师那般付出有了收获,我读高三时他成功考上了暨南大学的研究生。廖老师和我私交甚好,我现在还常去珠海陪廖老师打打字牌,输了便钻桌子,其乐融融。高二还有一位老师不得不提,那便

---

欧阳延舟,男,1941年出生,隆回六都寨人,隆回二中初19班毕业,曾任湖南省工商局机关党委书记(副厅级)。

是陈小钦老师。陈老师教数学的水平甚高，能化腐朽为神奇，我的数学在他的指导下提升很快。之后他还鼓励我参加数学奥赛，虽然最后什么名次也没得到，但我对他的知遇之恩还是心怀感激的。高中打好的数学功底让我在大学也如鱼得水，高数、离散数学、概率论等成绩在班上数一数二。

高三时开始分班，我选择了农医班，由魏仁杰老师担任班主任。魏老师是一大传奇人物，教生物也是一绝。不过最出名的还数他的围棋水平，据说是业余四段，在隆回县难寻敌手。我们班有一个子跟我差不多的同学——猴子袁朝晖，我俩都喜欢下围棋，上课时经常在纸上对弈。有一次在室外下围棋，激战正酣呢，抬头发现魏老师站在旁边。他非常不屑地摇着头说："就你们这臭水平，等考上大学了我教你们下棋。"只可惜考上大学之后，魏老师也考取了北京农业大学的研究生。20年之后再见魏老师，他已两鬓苍苍，不由得让人感叹岁月无情。

我们那一届有四大牛人不得不提，我那时对他们的敬仰之情——借用周星驰的台词来说，犹如滔滔江水连绵不绝。

第一牛人陈登峰，数学成绩特别好，然而我所佩服的不是他的数学天分，而是他的歌喉。在学生澡堂以及厕所等特殊场所，总会回荡着他嘹亮的歌声。那个年代可没有快男、青歌赛这些劳什子，不然他去了保不住榜上有名。此君是我们同学中最早来深圳工作的，我们还在象牙塔时他已经在深圳拿3000多元的月薪了，真让我们艳羡不已。现在我还经常在深圳见到他，去KTV唱歌仍是十足的麦霸。第二个要提及的是欧阳潞。教师子弟，脑子特别聪明，即使不用功读书也能拿全校第一，实在令我们这些苦读死读之人愤懑不已。不禁感慨，人与人间的差距何以这么大？时隔多年见到他，霸气洒脱如初。第三个要说的牛人姓刘名力雄，风流才子一枚，成绩也不错，那时迷倒一片女生。刘力雄现在郑州某军工单位上班，再次见到他，当年风流倜傥的感觉不再，站在我面前的俨然是一个能说会道的大胖子。最后一个出场的是聂建中，我们那届个子最高之人，身高一米八四，体重却不到五十五公斤，因此得名竹竿，又叫"长子"。聂建中跟我关系非常要好，在一起时，一高一矮形成的鲜明对比赚足了百分百的回头率。当然，我这个屌丝充其量只能算作一个陪衬而已，女生的目光大多溜到他身上去了。聂建中是丁火焱老师的得意门生，学习成绩一直稳居他们班第一名。后来他因为停学转到下一年级袁愈惠老师班上，为此丁老师差点与袁老师火并。

人到中年，我常被这些久远的记忆俘获，忆起在二中的三年，忆起在我青春里出现过的老师和同学，忆起校园的一草一木，感情还是来得那么炽热那么浓烈。多少个夜里，我梦回二中，在那里继续书写我与她的故事，只是在梦里，我已不是屌丝。

刘本粹，男，1944年7月出生，隆回七江人，高级工程师。先后就读于隆回二中初18班、高4班，后任国家电网西北电力公司党组书记兼总经理、国家电网顾问，曾荣获全国"五一劳动奖章"。

# 煎熬着，爱着

◇刘烨华

枯坐，内心寂静。脑中不觉浮现出2013年春节回母校二中时的情景：一位中年男携带着女儿回到他念念不忘的地方，十岁的女儿雀跃，如此大的校园在高楼林立的城市中是难以觅得的，女儿甚至萌发了来这上学的念头。她永远都不会明白，她的父亲年轻时曾那么想逃离这里，现在却又如此想亲近这里的每栋楼、每座亭、每棵树……

这里曾是我的家，是我梦想起飞又狠狠摔下的地方；这里，有着我最初的爱恋，也有着我最深最痛的挣扎与煎熬。

——写在前面

刘烨华，男，1977年2月出生，隆回司门前人。1988～1996年先后就读于隆回二中初74班、78班，高中172班。现居广东，任职于河源日报社。

## 那些肆意与迷茫并存的年华

我是作为教师子弟在二中上学的。父亲是一位优秀的教师，而我却是一名在学习成绩上差强人意的学生。为此，我对父亲有着深深的愧疚，总觉得自己所为有辱他老人家的名声。只是这愧疚在那时很快就被年少无知推至内心的某个角落躲藏起来，我因而没能知耻而奋进，而是继续坠落、虚度年华。

降级对于任何学生来说都是耻辱之事，而我或许是无知无畏吧，竟还主动申请连降两级，从初中74班降到78班。申请降级的出发点自是想好好学习，而且降级之后我与同学的年龄也相差无几，无甚妨碍。然而转到78班后，自己的学习状态并没有太大改变，反倒是让"斗鸡"这项运动席卷了整个初中部，我因

老后，原名刘启后，男，1944年出生，六都寨人，二中高63届校友。著名民俗摄影专家，中国摄影家协会会员，湖南省作家协会会员，对花瑶民俗和梅山文化情有独钟，著有《神秘的花瑶》《花瑶女儿箱》等专著。

此被冠以"鸡公"的诨号。初时,在"斗鸡"过程中,我采取各个击破的战术,单挑李成威等十余人。这场人数悬殊的战争后,越来越多的男生被吸引参与到此项运动中,并经常群殴,有时是班上内斗,有时是班与班对阵。那时经常可见的情景便是:小操场上,几十个男生拐着一条腿嚎叫着冲向对方。正当青春的我们精力旺盛,且互不信服,想要通过"斗鸡"来满足内心小小的征服欲望。这样的战斗和征服,我们不厌其烦,玩得不亦乐乎。而我在斗鸡这项运动上所展现出的"才能"让有些同学颇有不解:瘦瘦小小的刘烨华,怎能斗倒强壮如牛的同学呢?我自己总结出两点战术:敏捷、游击。敏捷可让我迅速找到战机,在对方起跳或避开攻击后展开还击,以迅雷不及掩耳之势击败对手;游击讲究的是满场飞奔,先在体力上拖垮对手,再击而败之。

恰是在这项运动中,我找到了些许自信,从而在某一段时间认真读了点书,尤其沉迷于几何证明题,多次与一些数学成绩好的同学较量。有一次,刘爱武老师出了一道几何证明题,我自告奋勇上讲台解答,并简化了证明步骤。以为会得到刘老师好评时,不料却被泼了一大盆冷水:"教师子弟中没几个认真读书的,也没几个成绩好的。"那时那刻,我满腹委屈却无法反驳,因为刘老师所述是事实。的确,当时的二中子弟中成绩冒尖且听话的学生真的是少之又少,至于之后的教工子弟是否改变了我们那时的尴尬境况我不得而知,当然内心还是希望他们能为我们扬眉吐气。

事实证明,在漫长的学习生涯中,如果没有过人天赋或持之以恒的决心,仅凭一分钟热度是远远不够的。我在尝过好好学习的新鲜劲儿,再次回归原来的自己。我开始转向看小说,疯狂地读武侠、言情作品,直读到废寝忘食的地步。最后,勉勉强强考上了二中高中部。上高中后,我、尹华中、廖晓伟、龙怀亮、魏文哲几个教师子弟想继续同班的梦想被狠狠打破。"你们几个人在一个班,会翻天呐。"教务处于是将我们几个拆散分到不同的班级。然而,有句俗话叫"道高一尺魔高一丈。"分班非但没有削弱我们之间的联系,反而更有利于我们从各班聚集更多的哥们。以至于在高二时,我们敢公然挑衅高三的学长,而在他们一帮人下楼试图报复时,我们几个大臂一挥,整个高二年级的同学几乎都冲了出来,将学长们团团围在走廊里痛殴……如今想想,那时或许是受香港电影《古惑仔》的影响颇深,将义气摆在首位,哥们遇事手一挥便可为之上刀山下火海。那充斥在青春血液里的躁动与狂热,肆意与迷茫成为我整个高中年代的基调。

升至高三,我的学习状态不但没有好转,反而有变本加厉之势。那时高三都有月考,每次语文考试,我试卷上那一大片用于作文的地方都会是一片空白。这颇让教语文的焦学健老师抓狂,遂唤我到他家去,自是一番沉重的思想感化和教育。那时的自

---

彭诚,原名彭珍,女,1944年11月出生,隆回金石桥人,文学创作一级,1963年毕业于隆回二中高6班。系中国散文学会会员、中国小说学会会员、中国新文学研究会理事、湖南省作协理事,出版专著数部。

己有着一颗"冥顽不灵"的心,在焦老师的思想攻势下,依然很镇定地回答:"高考作文题肯定不会是这个,写之无用。"焦老师顿呈石化状。而后采取循循善诱的方式对我说:"你若能将一半精力用于读书,定能上本科。"这句话确实很受用,我当是焦老师对我的鼓励,至少让我知道在老师眼里自己并非是那个笨到读不了书的人。然而焦老师的努力终究没能扭转局面,我最终还是没能通过高考考上大学。

整个高中,用母亲的话来说,我只在高考前认真读了三天书。可母亲哪里知道,即使是那三天,其实我也只是做做样子,用以抚慰一下二老焦急的心情。但母亲对我总归是很了解的,在我扬言要复读时,她表示坚决反对,因为她知道即使复读我也不会用心读书,还不如早些进入社会,让生活的不易历练历练我。后来的事实证明老人家的想法是非常有道理的。即使后来我在湖南师大上自考班,也是无法安心学习,混了几年便南下谋生。

一直以来认为打工也是生活,但后来才渐渐明白生活也是有等级之分的,渐渐明白了好好学习及有张好文凭的重要性。世界处在不断变化之中,对学识和能力的要求也愈来愈高,在有机会学习时多用心终归比颓废度日好,这也算是我用自身的经历给学弟学妹一点忠告。于我个人而言,值得欣慰的是现在所从事的行业来去相对自由,也算是自己喜欢的状态,因此内心的悔恨才不至于那么浓烈。

每次从广东回湖南,只要一进入湖南境内,我便能闻到家乡的味道,久违的亲切亦会在心里激起阵阵暖流。那阵阵暖流,将那时我们步行数里去县城看录像的快乐带至心底。我那些昔日的伙伴们呵,你们可还记得我们在溜冰场里飞扬的青春?是否还想一把抓住那段欢乐肆意的岁月,攥在手心?是否也为那血气方刚、懵懂迷茫的年华而微微叹息?

**最初的悸动烙出生命里最深的印记**

高中正是最美好的青春时期,青春和美好有关,而美好与爱情有关。那时的男生女生已开始对异性产生了朦胧的情愫,我也不例外。在校园里闲来无事,我总会刻意去发现风景,学姐、学妹统统扫描,记入脑中。学妹的羞涩回避,学姐的怒目相向,在我看来,都有着不一般的美丽和风姿。

仍记得那时年少的我为在学妹面前一展身手,于是在双杠上和对手追逐比拼,几十个来回都不气喘,反而愈战愈勇。只是学妹长发还未及腰时,便已在我眼前消失,不知所踪。多年后重逢,学妹笑称仍记得那时场景,并言昔日心中也是欢喜,心中因

---

廖瑛,男,1945年出生,隆回横板桥人,1964年毕业于二中高9班。湖南大学硕士研究生导师,国务院、教育部和湖南省人文学科评选专家,现为湖南省科技翻译工作者协会副会长,曾编著出版专著36部。

而甚慰。

高三的时光是在疯狂爱、屡逃课中溜走的。班主任胡益良老师虽对我的情况洞若观火，却没有去我父亲那儿告状。因着胡老师是我父亲的学生，他不想让自己的恩师动气，只说要我好自为之，别将大好的青春浪费在一些无谓的事情上。如此动之以情、晓之以理于那时的我影响却是微乎其微，更何况那时的我已经陷入自以为是的爱河里。

最初的爱恋始于溜冰。那时教她溜冰，不料她却将手摔伤，让我无比自责和心疼，进而情愫益浓。同所有的校园爱情一样，与温柔如水的她在一起的日子，美好占据了我的整个世界，亦恨不得时时在一起，于是经常逃课，甚至连父亲的历史课都胆敢不上。即使是天下着大雨，仍毫不犹豫地奔赴她家，心中念着周华健的那首《风雨无阻》，人生里第一次觉得自己原来也可以这么重要，可以给他人温暖与感动。那么真那么美的情感呵，没有任何现实的东西夹杂其中。可是纯粹的情感往往也是易碎的，彼此爱得愈深，伤害也愈深。那时年少的自己，尚不懂得怎样去爱去呵护一个人，最后让双方都觉疲惫不堪、心力交瘁。就这样，我最初的爱恋被年少无知的我遗落在过去，遗落在二中。但遗落不代表遗忘，每个人心里都会留有一片天地给那最初的爱恋。多年以后，我仍能记起那条通往她家的小巷，那儿曾布满我寻爱的足迹……

有些朋友就算再久不联系，再见也会如当初，只愿亲爱的你们，一切都好；曾经爱过的人就算不再相爱，但内心的天地仍在，但愿再会时还能相视一笑，给彼此一个温暖的拥抱；而在二中肆意吵闹、迷茫挣扎、勇敢爱过也痛过的青春年少，是我想用一生去珍藏的岁月。

欧阳可人，男，1948年出生，隆回七江人，隆回二中初31班毕业生。中国当代著名画家，毕业于中华文化学院中国山水画研修院，清华大学美术学院当代艺术创作研究生。

# 那段彪悍的青春

◇马胜佼

一

我出生于20世纪70年代末期,在家里排行第四。那个时代,父母虽然每天披星戴月地劳作,但全家还是过着食不果腹的日子,直到80年代的一天,乡亲们在我家屋后的山里发现了黄金。经过数年开采,父辈们积累了资金,掌握了技术,开始大举外出淘金。父母由于聪明能干、吃苦耐劳并拥有良好人缘,将淘金"事业"越做越好,我家的财富也如雪球般越滚越大。

1994年9月,我被父母塞进了隆回二中,就读于高一182班(后为179班)。瘦弱的外表,内心深处却渴望风一般的自由。当逼仄的环境,多样的人群,用各种方式束缚我时,我迷失了前进的方向,丧失了学习的动力,混入了所谓的校园江湖,过着三天一小打,五天一大打的日子。我完全无视学校的规章制度,在校外租房,在早读课上公然打扑克牌,常年出没于各种录像厅,当面恐吓政教处的老师,还曾有人因我而被砍断了手。发展到后来,外出校园没有几个人跟在身后就觉得不安全,没有一样武器在身上就觉得不习惯。学校的教诲、警告,全成为耳边风,过了就过了,不会留下一丝痕迹。再后来,班主任老师说:"马胜佼若能考上大学,我用手指甲将学校井里的水舀干。"我的回答是:"这事您管不着,只是教室里的位置得帮我留着,偶尔我还是要进去坐坐的。"

最终,我还是难得地抽出时间参加了高考,只是别人的枕头

马胜佼,男,1979年出生,隆回荷田人。1994～1997年先后就读于隆回二中高中182班、179班,2003年毕业于湖南师范大学法学院。现居广州,任职于广州市海珠区司法局。

---

陈达道,男,1948年出生,隆回岩口人,1965年毕业于隆回二中高中部,曾任长沙师范高等专科学校(今长沙师范学院)党委书记,系湖南省教育学会常务副会长兼秘书长。

下是书本，我和兄弟们的枕头下是棍棒和刀枪，因为曾有一个被打断腿的混混放言要在高考时报复我们。出成绩了，我偷偷站到榜单前，从第一行看到最后一行才发现我的成绩，总分 330 分。当时的感觉是当上"尾元"不要紧，要紧的是学校不厚道，若是标上以成绩高低为序，我一定会由后往前看，更要紧的是个别兄弟更不厚道，关键时候咋能不去参加考试呢？

实话说，对于校园，当时的我没有任何留恋，外面广袤的天空才能任我翱翔。在社会上晃荡的一年，我帮人收账，充当打手，肆意妄为，更曾参与了震惊隆回的"泰坦尼克事件"。那是 1998 年的初夏，我们以隆回电影院在学生包场看《泰坦尼克号》时删除了关键情节为由，煽动上百学生在电影院静坐。在一名同伙被抓上警车后，我们又在大街上封堵警车，并用砖头砸警车玻璃多次未碎之后，笑叹——防弹玻璃质量就是不错。在被警方鸣枪警告驱散后，我们开始围堵公安局，最终迫使警方放人。事后，我们为首的几个人被警方追捕，不得不躲在出租屋内以避风头。在挥霍无度导致手头缺钱时，我还曾率领几名兄弟尾随一对男女想打劫，跟踪时发现女的背影有点熟悉，绕到前面观望后确认是二中的同班同学后，我们才放弃了这次抢劫，也避免了自己走上更罪恶的深渊。一年的时光，我没有任何长进，反而惹了不少麻烦事，无奈之下，父母同意让我去淘金。

## 二

我迅速打好背包，毫不犹豫地坐上了开往青海西宁的列车。在西宁适应几天后，我就跟着补给车往高原深处进军。

青藏高原的美景一一掠过我的眼帘。天，蓝得那么纯；云，白得那么透。我一次又一次探出车窗，伸手去触摸那尽在咫尺的苍穹。漫山遍野的油菜花开得正旺，轻风掠过，掀起金黄的波涛。这种新鲜感让我莫名地兴奋，觉得出来是对的，这比学校好玩多了。

工作实行三班倒，两组人二十四小时连轴转。开始时我还觉得很轻松，上班不过就是用锄头钩出"滤床"上的石头，保证水流畅通。但几个班下来，我的手就不听使唤了，尤其在值晚班时，高原上昼夜温差大，晚上不时飘起雪花，气温都在零度以下，滤床上冰冷的水溅到身上，钻心的冷。好不容易熬到换班，回到帐篷面对的又是三十余人的脚臭、汗臭，霉味、烟味，还在辗转之际，呼噜声又此起彼伏，所以明明很累很困，但总是在还睁着眼时就听到了下一班的钟声。

---

欧阳恩成，男，1950 年出生，曾就读于二中高 27 班。身为建华少儿活动中心主任的他先后获全国劳动模范、全国新长征突击手等荣誉称号，多次受到江泽民等党和国家领导人的接见。系中共十五大代表。

每天的伙食也不好,高原独特的气候条件,使得牛羊肉放几天后就变成了咬不动的烂布头,且散发着一股怪异的腥味,由于地方偏僻,气候恶劣,基本没有水果蔬菜。苦不堪言,我开始怀念过去的时光,发疯般地想回去。二十余天后,当父亲上工地问我是想读书还是继续待在这里时,我毫不犹豫地说"想读书"。于是,在一个午后,我跟着补给车悄然离开了这个并不那么美丽的高原。

归途中,恰逢百年未遇的洪灾。记不清是在哪一段,火车被迫停下。等待的过程中,我吃了一桶又一桶方便面,这个举动引起了身边人们善意的微笑。母亲怜惜地看着我,温和地说:"吃吧,你现在正是长身体的时候。"我的眼角不禁湿润了。那时的我,已是近一米八的大个,但在母亲眼中却还是个孩子。我心里一颤,终于知道要珍惜自己的青春年华。

## 三

那时候,大哥在长沙工作,所以家里帮我在长沙联系了一所不错的私立补习学校。我是班上最后一个报到入学的。迈进学校的大门后,我告诉自己:你是一个彻彻底底的新人,书山很高没有别的路,只有勤勤恳恳、扎扎实实地攀登。

我给自己制定了一张详细的作息时间表,基本上是每天早上六点半起床,晚上十一点休息,具体安排甚至精确到了分钟。我开始在摸索中前进,并随时注意总结经验教训。十余天后,我就总结出了自己每天必须在老师讲课前将授课内容看几遍的经验。这一点对于我来说至关重要,因为之前的底子太差,老师课上讲的重点和难点,我根本就不知道在哪儿,所以一堂课听下来总是懵懵懂懂,甚至不知所云。而预习让我对知识形成了大体的印象,课堂上再细听老师的讲解,就相当于是在梳理知识。课后,我会抽时间细细咀嚼老师讲过的每一句话,一旦有消化不了的,就找老师或身边的同学请教。此外,每熟悉了一个知识点后,我就会马上做几套同步训练和测试题,了解这个知识点会以何种形式出现在考题中,从而进一步巩固记忆,丰富解题思路。

只坚持了一个月,我就基本上摸清了学习的路线和重点。我再根据实际情况对自己的复习作了一次战略调整,不但规划了接下来四个月的复习重点,还结合学校的教学计划,给自己列了个明细计划,譬如几天看完多少单词、几天学完函数。

现在回过头来想,从来没有哪一刻比当时更渴望触摸知识,也没有哪一刻比当时更珍惜时光。在那段贪婪学习的日子里,我进步神速。每次看到月考成绩单上的数字,都会觉得很惊奇,心想这应该是我最好的成绩了,然后就会狠狠地表扬自己。最

---

邹联运,男,1953年出生,隆回荷田人,隆回二中初44班毕业生。现为湖南省联运投资集团邵阳矿业有限公司董事长,邵阳市人大代表,邵阳市工商联副会长,全国矿业协会理事,优秀民营企业家。

好的奖赏莫过于和同学去打一场酣畅淋漓的篮球,虽然常常只能凭先天的身高优势抢到几个篮板,心里还是觉得很高兴。

平时我跟大哥住在一起。那年春节,学校只放了三天假,大哥回家了,我只能一个人留在长沙过年。除夕晚上,我踩着单车去很远的超市买了些菜,准备给自己做顿好点的年夜饭。没想到因为平时习惯两点一线的生活,对附近的道路一点都不熟悉,加上天黑,往回走时迷路了。直到新年的钟声敲响后我才摸回家,胡乱吃了点东西,就趴在床上睡着了。初一的清晨,我跑到冰冷的大街上,在公用电话亭拨通家里的电话,听到那头父母的声音,心头一热,泪水蓦地溢满了眼眶。

春节后,我又调整了学习策略,由主攻弱势科目逐步转为对五科齐抓共管,具体表现就是猛看书。每次通读教材后,我都会合上书本回忆考点。一旦碰到印象不深刻的地方,我就会马上打开书反复看几遍,力争考点无遗缺。对于重要考点,我在通读时一般会着重看几遍,力争重点全消化。通读之余,我会把同步训练和测试中的错题翻出来再做一遍,力争错误不重犯。

毫不夸张地说,考前每本教材我都完整地翻读了数十遍。现在想来,那些卷而发毛的书边是我青春的见证,那同步训练上密密麻麻的答案是我青春的痕迹。

学着学着累了,有时人就会变得懒散。这种时候,恨铁不成钢的大哥就会用话激我,说以我这种状态想考大学简直就是痴人说梦。一般情况下,我懒得理会他。但这种话说多了,我就忍不住多想了,然后一些自我否定的小念头就会冒出来,比如我的底子真是太差了,比如考大学怎么这么难……这样的情绪让我很悲观。不过意识到这一点后,我会很快进行自我调整。

高考前夕的一个晚上,我看书看得头晕脑胀,就把书扔到一边了。这个举动让大哥很不满,对我进行了严厉批评。我当时心情很不好,就回了嘴。结果把大哥惹怒了,他动手打了我,我也没能控制住,两兄弟扭打在一起。我很伤心,也很愤怒,觉得自己过得很苦,觉得看不到成功的岸,我决定不考了。我这种破罐子破摔的态度让家人吓了一跳,第二天父亲就从老家赶过来对我进行劝说,说是他让大哥管我的,大哥也是为了我好,你好不容易坚持到现在,不能在最后一刻放弃。我认真想了想,觉得学习还是应该要继续,不仅仅怕辜负亲人对我的期望,还因为自己对美好人生的强烈渴望。那时候,我对美好人生的定义就是考上大学。我不想再回到青海去过淘金生活。就这样,我坚持到了高考。

成绩公布,我考了530分,比上一次高考提高了近200分。最后,我被湖南师范大学法学院录取。到隆回二中调档案时,当年对我说狠话的老师亲昵地拍了拍我的

---

欧阳金芳,男,隆回荷田人,隆回二中高25班毕业。解放军理工大学社会科学系教授,研究生导师,大校军衔,中国生态经济学会理事,主编出版《中国社会主义建设》《人口资源与环境》等多部著作。

头说:"还真考上了啊!"那一刻,我分明感受到了慈父般的温馨。

## 四

与高利润伴随的是高风险,淘金也不例外。连续几年每年数十万的亏损,再加上在其他项目上的投资陷入泥潭,家道猛然中落。而作为家里顶梁柱的父亲,健壮的身体也在这时垮了,他尘肺病发作,基本丧失了劳动能力。

这两个转变给我的打击是巨大的,内心满是伤痛,更多的是自责。二十余年来,我从这个家汲取了太多太多养分,却从来没有想过,再强大的生命力也有萎缩的一天。我陷入沉思,青春期的叛逆在这个时刻彻底退去,整个人似乎在一瞬间成熟起来。

我决定考法律方面的公务员。一方面是因为当时高校后勤的工作并不适合我,我还是希望能学以致用;另一方面是觉得自己无所事事了好多年,我希望能自己把握自己的命运。公务员考试并不那么容易,刚开始屡战屡败,但我并不气馁,屡败屡战,最终如愿成为广州司法系统的一员。

而今,我努力工作,规律生活;偶与朋友碰碰头,抽空与家人聊聊天。日子在平淡中轻轻走过,我觉得舒心又踏实。早几年,我拿出一部分积蓄,以"黄金互助"的名义资助了母校隆回二中的几名高三学子,以表达我对母校的歉疚、对父母的敬重和对生活的感激。

再回想,我之所以没有误入歧途,无疑要感谢母校,是您博大的胸怀,包容了妄为的我,没有将我扼杀在破土前的黑暗里,让我在出土后迎风绽放,历经缤纷世界。也许,每一棵嫩芽都可以这样,只是有早有迟。但让人遗憾的是,不是每一棵都有等到这一刻的机会。而二中,不仅没有扼杀我,反而用潜移默化的力量,为我破土而出提供无尽的营养。至今,我依然清晰地记得胡彬老师在课堂上神情并茂地朗读路遥的《在困难的日子里》,记得马建强的那句"我却不幸考上了高中"的名言。

我也要感谢刚刚离我远去的父亲,是父亲的远见,铸就了今天的我。出身贫寒的父亲,小学毕业后就不得不辍学在家务农。在随后的数十年时间里,爷爷奶奶相继因病离世,我们兄弟四个接连出生,家里日子从来都过得紧巴巴的。但在同辈人都逼迫自己家的孩子退学干活时,父亲却总是强调一定会送我们读书,无论是谁,无论读到哪个阶段,砸锅卖铁都会送。他是这样说的,也是这样做的。而今,我再也无法聆听到父亲的教诲,唯有在心中一遍又一遍地回想父亲,在回想中吸取行走的力量,走好

---

谢跃进,男,1958年3月出生,隆回岩口人,1974年毕业于隆回二中,现为湖南省广播电影电视局党组成员、副局长。

前面的路。

真诚地希望年少的朋友在人生的坦途上快步前进，但我更希望的是曾经和我一样迷失在十字路口的你，无论在哪个路口迷失，无论多少次迷失，你都可以回头，再回头。因为，每个人的灵魂深处，总是住着阳光，我们迷路了，只是比别人失去的多了些，但并不意味着我们无路可走。相信自己，我能，你更能，只要努力，属于你的幸福，必定在前方不远处，安然守候你的到来……

有人说，时间是记忆的筛子，漏去浮尘，筛选出一生的珍宝，用来做岁月的王冠，陪伴我们成长，愈久愈闪亮。而在隆回二中的光阴和父亲的教诲，无疑是我人生的基石，我从这里迈出新的步伐，迎向新的方向……

## 后　记

很少有人能从我的微笑中看出过去的峥嵘，所以偶尔我也会忘记这段曾经的岁月。只有看到类似的懵懂少年，我才会猛然想起：原来，我也曾在前行的路上迷失过。虽然它不堪回首，但我仍然选择面对它，甚至感激它，因为这段经历，让我学会感恩、包容、知足，也让我更珍惜现在。

刘长江，男，1961年出生，隆回荷香桥人，1979年毕业于隆回二中。深圳市邵阳商会首届会长、中国民营企业家联合会副会长、世界杰出华商协会副理事长，现担任兴联盈精密电子（深圳）有限公司董事长。

# 咱也是校园文化人

◇尹爱军

在我内心深处,一直渴望自己能成为一个文化人。这种感觉在隆回二中读初中时就萌发了,但在二中六年求学期间感觉除了学习还是学习,能与文化扯上点关系的就三件事:读闲书、看电影、下围棋。这三类高端大气上档次的活动我都深入参与了,如此说来,在二中,咱好歹也算得上是一个文化人吧?

文学,作为文化领域的一个重要分支,古往今来,不知醉煞了多少墨客和骚人,让中学时代的我一个猛子扎进那浩瀚的海洋,几乎到了无法把持的地步。

我所在的初中79班,魏华习老师做过一段时间的班主任,他是我的七江同乡,攀上了老乡这层关系后,我经常找机会去他家里,不为别的,只为从书柜里那一排排藏书中借几本小说读读,在魏老师那里我读了《红与黑》《茶花女》等多部名著,可惜现在基本上记不清名著的内容了,唯有借书之情常记在心。当时,在语文老师马轶麟的带动下,班上同学集体去了一次县城的新华书店,从那时起,班里就增加了不少大部头的名著。我身上一般没什么零花钱,但在书香的熏陶下,狠下心来订阅了《小小说》杂志。对于从牙缝里省下钱来订阅的小说,每来一期我都异常珍惜,逐字逐句仔细品读。记得有一册《小小说》里边有个错别字,我发现后感觉有点欣喜若狂,特意在旁边批注了"书门不幸"四个字。能够找出公开出版物上的错别字,我想我这个文化人也算是实至名归了吧。后来,王旭初同学借我的《小小说》去看,也发现一个错别字,于是又加一批注——"又一不幸"。王旭初

尹爱军,男,1978年5月出生,隆回七江人。1991~1997年先后就读于隆回二中初79班、高178班,1997年开始就读于重庆大学,先后在该校获得学位、硕士、博士学位,2011~2012年在英国纽卡斯尔大学做访问学者,现为重庆大学机械工程学院副教授。

---

张建秋,男,1962年生,隆回六都寨人,1978年毕业于隆回二中。复旦大学电子工程系教授、博士生导师,主要研究方向为信号处理理论及其应用。

何许人也？那可是我们班上的大文豪呀，典型的诗人和文学青年，能够和诗人一起发现《小小说》里面的错别字，我的内心又小小虚荣了一把。

高中时，我在学校团委会任职，具体事情不是很多，但却需要经常和学校阅览室保持联系，在那里我看了不少文学杂志，甚至还在藏书室淘了一些古董来看，据说隆回二中的镇校之宝——原版《海国图志》就在里边，我当然是没见着了。阳健同学和我是一个村的，特喜欢看书，他课桌里总是有各种各样的课外书，我从他那里也看了不少好书，印象最深刻的是《平凡的世界》，这本书我看了好几遍，每看一次都让我心潮起伏，久久难以平静，幻想着像孙少平屌丝逆袭。《穆斯林的葬礼》也是在阳健那里读完的，印象最深刻的全文的结构，两条线索最后自然而然地合二为一，让人不得不佩服作者的文字整合能力和情节设计水平，至于那些多愁善感的女生，看完全书后哭哭啼啼的样子也很可爱的。那段时期，金庸、古龙、梁羽生等大佬的武侠小说风靡校园，我虽然看起来是一个老实的读书人模样，可一旦沉浸在武侠小说里面，心底里对趁着月黑风高飞檐走壁的侠客生活心驰神往。阅读武侠小说，一旦投入其中，真叫人万分痴迷，走路看、吃饭看、睡觉看、上厕所看，我因此常被父母斥为"书呆子"。"书呆子"好歹也是文化人，总比你们在田里种庄稼强，我那时如此回应父母的斥责，心里多少还有点自豪的感觉。

看闲书有时也是一件很痛苦的事情。此话怎讲？相信大部分朋友都有体会，那就是每当看到紧要关头时却遇到上课铃响，不得不把闲书暂时收进抽屉，那种滋味确实不好受。不看吧，心里着实痒痒，总想瞟上几眼；偷偷看吧，又担心被老师收缴，罚站又赔款，得不偿失呀。可心里真的又特别想看，畏惧和诱惑一起袭来，课堂上难免就开始神游万里了。说起来，我也曾有过一次闲书被缴的经历，好像是初二第一学期终考之时，我不知从哪里借了一本《今古传奇》，在考试间隙的自习课上看得津津有味，结果被班主任戴琳燕老师缴获了。记得当时班上还有点小轰动，大家都有点不理解，尹爱军这个老实人，怎么也干出这种事？嘿嘿，成为文化人可是要付出代价的！

虽然闲书看了不少，但我却总感觉自己的作文水平没什么长进，这让梦想成为文艺小青年的我很是受伤。真的很羡慕罗华丽同学，她的作文总是班上的范文，刘豪放老师推崇，戴琳燕老师表扬，马轶麟老师竖起大拇指，而我在班上却没有一席之地，更别说在学校《凤声报》上发表文章了，那可是全校文艺小青年心中的殿堂呀。

除了闲书，更让我怀念的是学校一个月一场的露天电影。在二中，放电影的地点是灯光球场，可放映时间却是保密的，因为一旦被提前知道，大伙的心就散了，更谈不上什么学习效率了。最羡慕那些牛高马大的护校队员，每次放电影之前，学校一般会

---

廖中和，男，隆回六都寨人，1979年毕业于隆回二中，1982～1991年任教于隆回二中，隆回籍著名企业家，现为珠海中和航务公司董事长。

提前安排他们去电影院看一场,大家集体观看的时候,他们则负责校园巡逻。班里有护校队员的话,总会提前得到放电影的消息,那晚的自习就没有几个安心读书的了,大家都在竖起耳朵期待学校的广播。等待的过程总让人有点心烦,不过最激动人心的时刻却不是搬起凳子去看电影的那个瞬间,而是晚上七点钟左右,学校广播通知各班保卫委员及护校队成员一起去丁字楼开会,因为这就是准备看电影的前奏了。偶尔也会出现乌龙消息,让大家心情跌宕起伏,一个晚自习又会泡汤。

1990年下半年在二中上映的《妈妈再爱我一次》,是学友们谈论得最多的一部影片,据说那部片子勾起了大家的思家情怀,整个灯光球场哭得一塌糊涂,由于1991年才来二中就读,我遗憾地错过了那个场景。另一部煽情的片子《烛光里的微笑》被我赶上了,说的是一位体弱多病的老师对学生、对班级无私付出的故事,据说这部电影的飙泪指数超过《妈妈再爱我一次》,我这个多愁善感的文化人那次做好了大哭一场的准备,甚至还带了一块手帕过去,结果大失所望,那部影片既不飙泪,也不刺激,心想还是枪战和武打片好看。不过,看完那部片子后,我在几个好友中发表了一场小演说,大意是孩子对老师的感情和他们对妈妈的感情没法比,我的观点博得了大家的掌声,也奠定了自己作为一个"影评人"的地位。从那以后,好几个同学都喜欢散场后和我交流观后感。

说起枪战片,印象比较深刻的要数《三大战役》。那三部片子时间拖得很长,感觉花了两三个晚上才看完。不知道是时间太长,亦或是太正统的缘故,到最后球场上几乎都没什么人了,我却一直坚持到了剧终。想想还有一个很有趣的现象,看电影的时候,我很少看到同班同学,真不知道他们当时都去哪儿了。

文人七件宝,琴棋书画诗酒茶。棋是最容易入门的一项高雅活动,尤其是围棋,更是被喜欢附庸风雅的我视为文化人的象征,可我却一直没能学会下围棋。机会终于来了,初二第二学期,阳帆同学从上一届78班来到我班就读,他带给班上的不光是更旺的人气,还有更先进的文化——他写的广播稿威震二中,无人超越;他的围棋水平,也是首屈一指,印象中只有阳树军偶尔能够赢他。

说起阳帆和阳树军这对活宝,这里面还有个很有意思的故事。他们两个都是从78班留级下来的,阳树军是学校的教工子弟,由于经常和阳帆对下围棋,搞得学习成绩非常不理想。据说他们两个对围棋十分痴迷,上课时经常在本子上画格子下围棋,仅有半个小时的早餐时间也要对杀三盘才罢休,阳树军的父母对其进行阻止,他们则把战场转移到食堂后面的灶膛口,一边烤火一边下棋。后来,阳树军的父母见儿子实在跟不上功课,再加上不希望儿子跟阳帆混在一起,于是就让阳树军来到79班就读。

---

袁海平,男,1963年3月生,隆回高平人,1980年毕业于隆回二中,现为湖南省政协社会和法制委员会主任。

谁知,阳树军来我班就读一个学期后,阳帆也因为功课太落后不得不留级。据后来阳帆自己说,在选择班级的时候,他内心里还是渴望进步的,也不想在79班和阳树军混在一起耽误学习,可是80班的班主任米伯良老师对他知根知底,因此担心80班不要他,于是也来到了79班。我们班的围棋热就是在他到来之后兴起的,我也是在这样的氛围下开始痴迷围棋的。那时我们常在黑板上下围棋,一到下课,黑板前马上围了一大堆同学,先在黑板上画棋盘,然后用不同颜色的粉笔在格子上画棋子,人声鼎沸,争论不休。上课铃一响,大伙一哄而散,黑板上甚至还会留下围棋格子。有时,同学们还会在课堂上悄悄争论,在本子上继续画格子下围棋,阳帆和阳树军就是其中的典型。话说阳帆来到79班复读时,阳树军的父母是蒙在鼓里的,直到有一天,阳树军父母前来我们班找儿子拿家里钥匙,正好发现阳帆和阳树军在课堂上对杀围棋,阳树军的母亲一声尖叫:"天呀,他怎么又和我儿子读到了一个班?"后面的故事我就不知道了,估计远不如在棋局中陶冶情操那么好玩。

在下围棋方面,我属于典型的附庸风雅之辈,只能说熟悉基本规则,有一定的实战经验,以便勉强给自己贴个"文化人"的标签。真的厮杀起来,只能下赢那种"新手上路"级别的同学。曾经争取到一个宝贵的机会和阳帆下了一盘围棋,他出手极快,几乎不要思考就可以布下一子,我哪里是他的对手,很快落荒而逃。

离开二中快20年了,由于忙于日常的教学科研工作,加上从教的机械工程领域实在和文化行业没有半毛钱的关系,我离成为"文化人"的目标越来越远了,但做一个文化人的梦想之火却从未熄灭。我想,文化的终极目的应该是育人吧?文化部部长孙家正说过,文化是以人化文,以文化人。如此说来,二中教给我们绝不仅仅是知识!

刘佳佳,男,1963年出生,隆回荷香桥人。1979年毕业于隆回二中,现为中南大学化学化工学院教授、博士生导师。

# 文武风暴

◇肖朝阳

时光荏苒，白驹过隙，转眼已离开二中17个春秋。随着时间的推移，往事似枯叶般被时光之风刮落，或消失无痕，或堆积于记忆深处。堆积于记忆深处的那些片段总让人念念难忘，如在昨日……

1994年初中毕业后，我悲观地以为自己的学生生涯宣告终结，提前做好了南下准备。万幸的是，漫长的假期快结束时，我居然收到了隆回二中的录取通知书，这份通知书改变了我的人生轨迹。

肖朝阳，男，1978年3月出生，隆回山界乡人，本科学历。1994～1997年先后就读于隆回二中高182班、184班，系默深文学社社员。现扎根云贵高原，供职于贵州省仁怀市人民法院。

犹记得刚进二中时的震撼：马路两侧的法国梧桐树和万年青朝气蓬勃、生机盎然，偌大的校园像充满了神秘力量一般，让人热血偾张。新生们个个意气风发，因为来到了梦想中的学堂而喜形于色。望着此情此景，我在内心坚定地告诉自己：一定要努力刻苦，平时厉兵秣马，战时方能驰骋沙场！

这份坚定的信念让我在学业上有过短暂的"辉煌"。高一第一学期期末考试，我取得了总分全班第2名、全年级第28名的好成绩。可惜到第二学期期中考试就跌至全班第9名，究其原因是初中的英语底子不够稳固，过低的英语分数拖了总分的后腿。这之后我的成绩一直只能徘徊在全班中上水平，尽管蒙班主任徐三寿老师厚爱，我每个学期仍然能获得"优秀班干"等荣誉称号，但成绩排名的落后让我心里产生了巨大的失落感。离最初的宏伟目标越来越遥不可及，我开始把注意力和精力转移到了其他方面。

---

谭小刚，男，1963年9月出生，隆回鸭田人，1980年毕业于隆回二中。享受国务院政府特殊津贴专家，湖南省第十一届人大代表，现为云箭集团董事长。

二中学习氛围浓厚，学生爱好广泛，擅长写作、音乐、美术、体育的特长生几乎每个班都有。经常听到老师和同学们谈论马萧萧，谈论那些因有各类特长而特招入伍入学的学长们的故事。我无缘目睹师兄马萧萧的风采，但另一位常在《诗刊》等杂志发表诗歌的师兄我却经常碰到。他高我一届，帅气儒雅，常穿一身笔挺的西服，皮鞋擦得锃亮，还有一名漂亮的女朋友，两人一起在校园内成对出现时不知羡煞多少校友。

　　我本就对文人雅客充满了崇拜，这位师兄的儒雅身姿彻底唤醒了我一直以来的梦想——有朝一日自己也能秃笔一支抵过十万雄兵！于是加入了默深文学社。尽管在社员中名不见经传，但每次社员活动我都会积极参加，不为别的，就为感受那种浓浓的文学气氛。

　　文学社的刊物《凤声报》一直让我爱不释手，在我看来，那上面刊载的不只是文字，而是师生们的一片情、一片爱。有次，为了能在《凤声报》发表自己的文章，我抱着试一试的心态请半夏子老师对自己那些幼稚的文字进行点评。三天后，半夏子老师把我叫去办公室，告诉我将选取几篇发表，同时很认真地对我提了一些意见并勉励我多看多写多思。

　　可惜我这个粗人文字功底差，情感也不细腻，给我一支妙笔也不能生花。即便我曾疯狂地向外投稿，寄出去的稿件却大都泥牛入海，偶有回复，大意也是交钱可以收录什么名人大全之类，真对不起老师的栽培和厚望。

　　高一结束后的暑假补课期间，我与来二中借读的钱小波同学、179班的肖时柏同学等人成为知心朋友。时柏小时候在武术学校学过武术，身手敏捷，尤其是双节棍能舞得"日月无光、山河变色"。因他的缘故，自小亦喜欢舞枪弄棍的我决定弃文从武，迷上了双节棍。这段珍贵的友谊开启了我在二中的"武打"时光。

　　为了一起练习，我们三个每人买了一根双节棍，每天下课后就去学校后边的"黄土高坡"上苦练棍技与前翻滚。经过一段时间练习，我的双节棍也舞得虎虎生风，这让我更加痴迷。一有空，我就跑去操场做引体向上和踢腿、翻滚之类的动作，然后再拿出双节棍舞一番。那时晚上就寝时间早，夏天的晚上异常炎热，睡到凌晨一点左右我会自然醒过来。醒来无事，我干脆起床在月光下练会臂力器和双节棍，出一身大汗，然后洗个冷水澡接着睡觉。那感觉真叫一个痛快淋漓，而第二天精神也是出奇的好。

　　当时的社会风气不是很好，学生们又都是血气方刚的年纪，校内校外打架事件屡见不鲜。学校食堂和开水房往往是产生矛盾纠纷的重灾区，学生间因排队打饭菜、打

---

欧阳立群，男，1963年12月出生，隆回荷田人，1979年毕业于隆回二中，后求学于北京理工大学，隆回籍著名企业家，上海万行投资管理有限公司董事长。

开水而大打出手的事常有发生。同届中,181班的同学打起架来最团结。记得有次校外有几人溜进181班打架,结果偷鸡不成反蚀把米,被181班的同学从教室一路打到教学楼下面的操场上,他们班的男同学们集体追打"入侵者",女同学们则在后边呐喊助威,阵势颇为壮观,惹得全楼学生涌至走廊上观看,大呼"加油,打死一个算一个",好不热闹。那次打架,我们三个"棍手"都在一旁观看,不时地甩弄手中的双节棍,随时准备上场支援181班的兄弟们。

最疯狂的打架事件则要数"操场决斗"了。有一回几个学生拿着西瓜刀和自制的长矛在操场上对打,夕阳下,但见刀光剑影,砍挑扫格一气呵成,跳跃挪腾进退有法,围观者围成一个运动的圆圈,随着场中主角的移动而不断变化。那次决斗之所以没有酿成大事故,多亏一位高人插手——政教处孙卫龙老师,据说他曾在武术学校学过,身怀绝技且能喉顶长枪。因为打架,学校处分过不少学生,也因此得罪过校外的人,这导致有段时间一到晚自习就停电。

出于练习和安全考虑,我双节棍插于腰间,几乎从不离身。青春荷尔蒙作祟的我总想与人打一架,试试身手,只可惜那些喜欢打架的同学基本都认识我,我也属于不喜欢主动惹事的主,故一直未能与人一较高下。只是在黄土高坡上与小波和时柏两人较量,但一直不是他们对手。钱小波后来参军去了部队,来信时说多项技能竞赛全团第一。我那年参加公安招警考试体能测试,引体向上的个数超出满分个数的一倍,这都得益于在二中时练习打下的基础。

高中毕业后,我至今都没有机会再回二中去看看,但听校友们说着她的变化和发展,我实实在在地打心底里高兴并自豪着。那三年文武岁月是我人生路上的一个拐弯,让我遇见了一片新的风景。愿更多的人能走进那道大门,内外兼修、文武兼备后昂首阔步走出来,骄傲地告诉世界:今天我以二中为荣,明天二中以我为荣!

而我永远以二中为荣。

---

奉清清,男,1963年出生,隆回七江人,1980年毕业于隆回二中,后求学于湘潭大学,现为《湖南日报》理论部主任,资深新闻记者,多次荣获中国新闻奖。

# 最初的梦想

◇肖旗艳

肖旗艳，笔名口琪，女，1986年出生，邵阳县人。2001～2004年就读于隆回二中高中部250班，毕业于西华师范大学国土资源学院，获得"资源环境和城乡规划管理"理学学士和"汉语言文学教育"文学学士双学位，现为玫琳凯（中国）化妆品有限公司授权经销商。

我最初的梦想萌芽在八岁读小学二年级时。有一个冬季的夜晚，晚爷爷给围坐在火塘旁的孙辈们悠悠地讲着我们家族的故事："我们家族呀，原本是乡里的大地主户。你爷爷也就是我哥，是当时我们乡里最优秀的教书先生，写得一手好字呀！你奶奶她可是知书达理的大家闺秀，除了牙长得不太好看，人非常贤惠能干，十里八村人见人夸呢！"晚爷爷好像突然想起什么，停下来对着我说："对了，三妹子，你那口牙就替了你奶奶的……"火光映着晚爷爷的脸，温暖又慈祥。我瞬间像被充满了电一样，立刻精神起来，内心充满了激动和欣喜，心里默默告诉自己："我不仅遗传了奶奶的牙，还遗传奶奶的优良品德和才干呢，以后也一定要像奶奶那样，成为人见人夸的人！"这个梦想从此和我一路相随。

初三最后一次月考前，我对着奶奶的相片在心里默默地说："奶奶，和前几次月考一样，这次我也要拿下全校第一名，绝对不能给您丢脸！"在等待成绩公布的当天，一个意想不到的事情发生了。校长把我和其他五位成绩突出的同学叫到办公室里，通知我们周末去隆回二中参加升学考试，免费食宿。"隆回二中是在隆回县吗？"平日最"耍宝"但也最受校长喜欢的"猴子"同学问出了我们几个的心声！校长听后哈哈大笑起来，接着给我们做了解释：隆回二中不但在隆回县独霸一方，而且是我们邵阳市三所窗口中学之一，校园环境那个美呀，很多大学都只能甘拜下风呢，在隆回，只有非常优秀的学生才能入读隆回二中！

刘期武，男，1964年出生，隆回七江人，1980年毕业于隆回二中。十一届全国人大代表，湖南金利投资置业有限公司董事长，曾被评为中国优秀民营企业家，旗下公司获得了"全国公益明星企业"的荣誉。

第一次面对校门上"隆回二中"几个遒劲有力的大字时,我伫立了很久,内心肃然起敬,不禁感叹:"这字可能比我爷爷写得还要好呢!"走进校园,贺春晖副校长微笑着迎了上来,他带着我们到处走走看看,走了半个多小时还没走完,从来不认路的我当时就迷路了!心中一阵暗喜:这真的和我想象的大学校园一样呢!最让我印象深刻的是丁字楼大厅里那面镜子,上面写着:"人不是因为美丽而可爱,而是因为可爱而美丽。"我想这就是特别为欢迎我而写的吧,嘿嘿!考试结束回邵阳的路上,我暗暗告诉自己:"这就是我梦寐以求的学府,这是一个值得我托付高中三年的地方!"

　　中考结束后,我和"猴子"心想事成,收到了隆回二中的录取通知书。消息不胫而走,在我们那方圆十里的乡村,我和"猴子"的名字一下子家喻户晓,规格就好比古时候中了状元一样。那些日子,我老爸在乡间走路都是昂首阔步,笑声格外爽朗。

　　终于盼到9月开学了,我和"猴子"骄傲地踏进了隆回二中,被分到不同的班级参加新生军训。军训空挡时间和旁边同学闲聊,难免要聊点最骄傲的事情,于是我自信地问旁边一位看起来比较低调的女生:"你多少分考进来的呀?"女生羞涩地说:"632,因为差几分,还交了建校费才来的。"说完红着脸低下了头。"是632吗?"我又确认了一遍。她说:"嗯!"我本来想说"我625,原本可以去读邵阳县一中的都没去,来隆回二中了",可话到嘴边的时候硬是被我咽了回去!"呵呵"一笑带过,心里却翻江倒海!后来才知道,如果不是因为特招,按隆回二中的录取标准,我和"猴子"那种在邵阳县很牛的中考成绩,根本就没资格入读隆回二中,而且在我们各自的班级里,我们分数也只有垫底的份儿!来隆回二中前内心的那种自豪和优越感,顿时荡然无存!但不服输的我还是暗暗勉励自己:起点不如人没关系,只要努力,一定可以做个像奶奶那样备受赞赏的人!军训就是个新的起点,不妨先从军训开始好好表现吧。后来,我凭着个头高,爱运动和不服输的劲儿,一举成为班级军训优秀排头兵。初来二中首战告捷,别提有多高兴了。不过从外地来隆回读书的我,遇到的问题才刚刚开始呢。

　　首当其冲的就是语言问题。都说湖南十里不同音,邵阳县和隆回县虽是邻县,但隆回话相对来说语速更快、鼻音更重,比如,最简单的"仔哩咕"、"妹哩咕"这两个词语,我要非常认真努力地听才能听出"仔"、"妹"两个字来,根据语境才能大概加估计地猜测出是男孩和女孩的意思,更别说其他了。为了更好地来大家沟通,我只好硬着头皮学着电视里的讲话和同学们说着很"邵阳县"的普通话,这样大家也会用普通话回应我。幸好隆回南面和北面两地方言差别很大,同学之间的沟通有时也需说普通话,所以大家才没把我当作异类。最让我头疼的是上数学课,虽然任课老师是一位省级优秀骨干老师,但他用一口标准的隆回北面话讲课,差点让我的"最爱"变成

王亮生,男,1964年11月出生,隆回羊古坳人,1980年毕业于隆回二中。2004年4月作为优秀海外人才被中国科学院植物研究所引进,现为中科院研究员、博士生导师。曾为母校办学捐资一万元。

"最恨"。我现在还清楚地记得他给我们讲课的第一句话："头熊们,观音私尖,要鼓捣起努力啊!(同学们,光阴似箭,要加油努力啊)"我当时只听懂了"要"、"努力"三个字!一整堂课下来,感觉云里雾里!办法总是人想出来的,自己的困难总是要靠自己的主观能动性去解决。为了听懂数学课,我在课后虚心地向隆回北面的同学学习语言,努力搞懂没有听懂的话,潜心学习陌生的词语。班上的同学特别热心,只要我肯问,大家都会热心地帮我一一解答,还会表扬我适应能力强、语言天赋高。他们的赞赏对我是莫大的鼓励,我越发努力了,并逐渐喜欢上了这个崭新的环境。第二学期开始不久,我就可以无障碍地听懂数学课了,慢慢地我交到了越来越多的朋友,融入了隆回二中这个集体,有了精神上的归属!在二中培养出来的语言适应能力为我今后的人生带来了很多意想不到的惊喜:高中毕业时,我就能讲一口标准流利的普通话;大学时普通话顺利通过"二甲";大学期间我很快就学会了四川话,快速融入了新生活;在珠三角工作期间,面对全国最难懂的广东话,我也能够很快搞掂,为初入职场开了个好头……

遇到的第二个大问题就是心态问题。隆回二中实行半军事化封闭式管理,学习生活非常有规律,比如准点起床、出早操、有晨读、搞午休、统一熄灯睡觉,更严格的要求有:被子应叠成豆腐块、鞋子必须整齐地放在床底下标准线的位置、毛巾要按规定方法叠放、口杯牙刷的摆放都必须整齐划一。每项要求都有细致的考核标准,由学生会、团委会监督考评。初中时代,学校对我们搞的是放养型管理,早起晨读完全属于自发,冬天睡点懒觉也无所谓,我和"猴子"就是在这样的放养中成长起来的孩子。两段截然不同的学校生活自然导致刚入二中时的诸多不适应。"猴子"的心态似乎没有缓过来,他在新的环境下成了被压在五指山下的孙悟空,原本被初中校长认可的"耍宝",现在变成了违规违纪的常客。他们班主任为此多次找他谈话,谈话次数多了,他逆反心理越发强,上课听音乐、睡懒觉、迟到是家常便饭,甚至发展到经常和班主任对着干。他性格本很开朗,但他们班同学没几个敢和他成为朋友,于是渐渐感到形单影只,厌学的情绪越来越明显!我不常见到"猴子",但每次见他,感觉他都像霜打了的茄子,不见了原来的神采。一个学期之后,我努力融入新生活的态度得到了全班同学与班主任的认可,并当选为一班之长。而"猴子"第二学期就没来报到了,后来我才知道他转学回老家了。"猴子"的离开对我是一个很大的冲击,他在二中时,虽然听他负面的消息居多,但无论什么消息,总比现在什么消息也没有要强!他刚离开的那段日子我常常感到情绪低落,孤独和困扰时不时涌上心头!在那段艰难的时期,晚爷爷那张温暖慈祥的脸总会出现在我的脑海里,让我清晰地记起了自己于内心种下的坚定

---

魏志成,男,隆回司门前人,1980年毕业于隆回二中,隆回籍著名企业家,隆回本土知名的房地产开发商,曾为母校校园文化建设捐资一万元。

梦想,冥冥之中又感到有了力量的支撑!

在隆回二中的三年,我以超越优秀的奶奶为动力,精心浇灌梦想之花。在第二学年被评为隆回二中"校级学习标兵",照片被挂在丁字楼前的表彰栏里。也因为我的榜样作用,从邵阳县考进来的许多学弟学妹备受鼓舞。虽然在应届高考时没有取得理想的考分,但我并没有放弃,复读时以优异的成绩考进了自己理想的大学,四年后以文理双学士的身份毕业,并满怀信心地来到年轻人寻梦的前沿城市深圳,着手开创一番崭新的人生天地。在这个与校园生活完全不同的职场环境里,我在二中培养出来礼貌、勤勉、严谨、真诚待人、积极向上等良好的生活习惯和优秀品格潜移默化地发挥着作用,自高中时代起树立的坚守梦想、坚持原则和不断追求真理的人生价值观得到了认可,这一切让我在职场上赢得了上司和客户的欣赏与尊重,在生活中收获了志同道合的人生伴侣和至交。

时间宛如白驹过隙,不知不觉从隆回二中毕业已整整10年了。回想起来,影响着我、激励着我努力适应二中生活,不断让自己成长进步的,竟是20年前晚爷爷不经意的那番话。也许当时家族里很多人都已忘了那晚的场景,但它却深深地铭刻在我生命的里程碑上,促我向前,催我奋进……

田自力,男,1964年4月出生,隆回桃洪镇人,1981~1982年度就读于隆回二中,现为副厅级干部、岳阳市平江县县委书记。

# 过把"站长瘾"

◇李 洁

李洁,女,20世纪80年代出生,隆回桃洪镇人。2002～2005年先后就读于隆回二中高281班、275班,曾担任校园之声广播站站长,后深造于四川音乐学院表演系。现居长沙,在长沙电视台政法频道担任出镜记者。

从事媒体行业这么些年,采访和策划了不少关于"母校"的主题活动,可我毕业后却一直没回过自己的母校隆回二中。不知道月亮女神的塑像是否还那么性感漂亮,二中的足球运动还像以前那样红火吗?忘不了那年圣诞我们在二中的篝火晚会,全校师生一起high到了顶点;忘不了学校放映土拉吧唧的电影时,小伙伴们在一起聊八卦的场景;忘不了省重点中学挂牌仪式前,我们在体育场紧锣密鼓排练晚会节目的艰辛……一幕一幕,仿佛就像放影片一样,历历在目,但让我印象最为深刻的还是丁字楼二楼的小阳台——校园之声广播站。

回想起来,我在二中读书时能为不少人所认识,完全得益于广播站给了我展示自我的平台。二中三年让我最心潮澎湃的场景,就是每周一早晨站在广播站主持学校升旗仪式。在我发号施令下,随着激扬嘹亮的国歌唱响,旗手潇洒一甩,在全体师生庄严的注目礼中,国旗徐徐升起……转眼这么多年过去了,离开二中后也主持了一些大大小小的会议,但最难忘的还是高中第一次上台主持节目的经历。当时之所以选我担任主持人,估计是大家觉得我的普通话还可以的缘故,可主持能力和普通话出色显然不能画等号。由于之前从来没有接触过主持,对之也没有任何的概念,化妆、肢体语言、临场发挥以及其他一些要注意的事项,对我来说都是一片空白。那次我整个人都有点蒙了,生怕自己在台上说不出话来,那就丢脸丢到家了。正当我慌神的时候,团委书记邹水平老师走过来对我说:"李洁,别怕,有了第

---

谭劲松,男,1965年出生,隆回荷田人,1981年毕业于隆回二中。现任中山大学管理学院党委书记、副院长,教授,博士生导师,中国注册会计师。

一次，以后就会越来越好的，就把它当作一次练习，你会成功的。"听到老师的鼓励，我顿时信心陡增，第一次的主持活动也就这么过去了，从此一发不可收拾。接下来，学校那一场场辩论赛，从海选到初赛，再从复赛到决赛，我大大小小主持了不下20场。在这个过程中，我明显感觉到自己一步步变得练达，变得成熟。一直很惭愧，这么多年也没有回母校看望过邹水平老师，只在2012年和他通过一次电话，声音还是那么的熟悉与亲切，听说邹老师现在是学校副校长了，打心底里为他感到高兴。

比我高两届的广播站站长肖燕，她在工作中也给了我莫大的帮助，比如鼻音边音的准确位置，舞台上应该是怎样的台风，朗读不同的稿件应该是一种怎样的情感，都是肖燕学姐手把手在教我。现在想想，她还真是我在播音主持方面的启蒙老师呢。

广播站永远是一个让人神往的地方，因为在这里不仅可以收获老师以及学长的教诲，还可以认识一批优秀的同学，收获一大帮子的友谊呢，更重要的是，还能满足我们当年那种渴望成为"公众人物"的虚荣心。印象中我们这届有三个同学成了播音员，分别是我、刘思谦、刘江娃。刘思谦，桃花坪的妹子，丰满得恰到好处，歌也唱得非常好，以她为首的组合因为翻唱了周迅的《看海》而在校园歌手大赛中炙手可热；刘江娃，六都寨姑娘，古典型美女，身材特棒，长得有点像陈德容，是我们这届首屈一指的大美女。如果2002～2005年"女神"这个词诞生了的话，刘江娃应该就是二中大部分男生心目中的女神。高一时，我们三个都是以舞蹈特长生的身份被招进学校的，后来又一起进入广播站并成为很好的朋友，我们相互学习、相互鼓励，度过了一段难忘的激情岁月。当时校园各大活动上随处都能见到我们三个的影子，如十佳歌手大赛、辩论大赛、演讲比赛……我们在台上尽情地激扬青春，俨然校园里一道靓丽的风景线。教我们舞蹈的刘美华老师，担心各类活动影响我们的成绩，对我们三个要求特严，并希望我们都能考上各自心仪的大学，我们三个也不负所望，都先后走向了梦中的象牙塔，刘江娃考在星海音乐学院，刘思谦上了武汉大学，我则就读于四川音乐学院。现在想想，如果不是刘老师当年的严格要求，我们很难在高考中取得那么一点成绩。

俱往矣，隆回二中的时代之于我已然成为过去，可它却实实在在地影响着我现在的生活。2012年回家过年的时候，碰到了好多校友和同学，有熟悉的，也有不熟悉的，他们有些可能不记得我的名字了，但依然亲切地叫我站长。有这样的一个称呼能够让大家都记住我，我真的感到无比开心。母校给予的舞台以及这一切所带给我的自信，赋予我青春路上的那种正能量，不光让我考上了理想的大学，而且让我在四年的职场生活中，在电视媒体的镜头下，表现得越来越娴熟，成长得越来越坚实。一路的风景，点点滴滴，仿佛还在昨天。

---

廖丰湘，男，隆回六都寨人，1983年毕业于隆回二中，曾任湖南航天管理局副局长，现为南京晨光集团有限责任公司总会计师。

# 学渣的记忆碎片

◇周　恒

周恒，男，1988年1月出生，隆回桃洪镇人。2003～2006年先后就读于隆回二中高288班、302班，曾参加默深文学社，一直默默无闻，鲜有作品发表。大学就读于衡阳师范学院南岳学院，读了一段时间计算机专业后转读法学专业。现居深圳，在深圳市妇女儿童心理健康服务中心担任法律咨询员，工作之余常作文以感怀伤时、自娱自乐。

离开二中已经快十年了，历经过一些世事，当年轻狂懵懂的学渣如我，也学着稳重扎实地在社会上生存。每每想起高中生涯，总难免笑叹后一声唏嘘。美好青春逝去不复返，唯愿写下三言两语以祭奠之……

**初见无情**

在隆回，聊到二中很难绕开一中，这两所学校先后晋升省重点中学，成为隆回县这一楚湘大县两颗璀璨的教育明珠，两校学子自然也被视为隆回骄子。然而这些却成为我的心结，因为我在两所学校都读过，初中在松坡中学（一中附属初中）读的，考高中却因为分数不够辗转来到二中，不能不说有点悲剧。尤其是当我2003年初来到二中时，看到当时尚未整修的丁字楼，心中不免增生悲凉，愁与初中同学相隔两校，叹自己命运之迷惘。

第一天的课印象颇深，大家历经一周的军训得以幸存，体力透支尚未恢复，多人支撑不住伏案而睡。数学老师魏先俊善解人意："知道大家都很累，累了不想听课就睡吧。"——我顿时备感温暖，平日最喜欢这种体贴知心的中国好老师了。于是，我跟很多同学一样趴桌上睡了一天，口水直流，醒后脖子酸痛不已。

二中实行寄宿制，且床位紧张，需两人共铺，又无单独洗漱间，每天大群男生赤条条一起洗澡，让当时羞赧的我无比抗拒，我至今记得自己一遍遍默念着：要活下去，我要活下去……

---

宁小波，男，1965年12月出生，隆回西洋江人，1982年毕业于隆回二中。湖南省优秀教师，邵阳市劳动模范，邵阳市先进工作者，邵阳市优秀教师，"感动隆回"十大人物，隆回"十大名师"，现任教于隆回一中。

很明显，我活下来了，度过了一个"充满艰辛与挑战"的高一。高二文理分科后，我从288班分到了理科302班，也住进了高端大气上档次的新宿舍楼，唯一不足的是楼层比较高又没电梯，好在当时年轻，腰劲足，脚力好，经得起折腾。

## 似水年华

人不叛逆枉青春，上房可揭三片瓦，下地可戳三尺蛇，作为一个称职的学渣，当初我可没少让老师们操心。

高一有次放露天电影时，我与郑明华、周亮耐不住躁动，决定趁着天下大乱之际造反越狱，到离校几里的汽车总站附近上网，等电影放完后再潜回学校。那时候计算机还不普及，我们算是较早痴迷电脑的一批学渣。计划本来进展顺利，但大伙凯旋时我却阴沟里翻船。亮兄与明华兄飞檐走壁，顺利翻墙，无奈我轻功不行，双脚分跨围墙两侧时被一群初中生组成的学生会"执法人员"逮个正着。他们个子虽不高，但人多势众，我只好束手就擒，当场被扣操行分0.5分，实在狼狈不堪。下完罚单后我被当场释放，可是晚上却辗转难眠，第二天便主动向尹建兴老师请罪。出人意料的是，尹老师见我主动承认错误，并未对我多加苛责，我深受感动，从此再无翻墙之事……好吧，我承认，之后我还是有翻墙外出的经历，但技艺越发精湛，再也没被现场逮住过。

校内有浅塘半亩，塘内莲影曳曳，金鲤尾尾，清风徐来，波光粼粼。可当时众男生却无心看风景，每次路过莲塘都在探讨塘内鲤鱼口味如何。机会终于来了！有次池塘整修需干塘清淤，塘内鲤鱼在劫难逃！于是，众贼子摸黑下塘抓鱼，收获不少，随后架锅煮鱼……没错，众男生中有神通广大者，居然能弄来铁锅一口，备齐油盐，晚上熄灯后诸君关门在宿舍里煮鱼。如此折腾了一晚上，第二天眼带黑圈者即为团伙之一。在此我要声明：此事我绝未参与！王志专、王志伟、陈海陆三位老兄，怪只怪你们当初吃鱼不叫我，现在终于有机会爆你们的料，今后若有机会定要补请我吃鱼！

学习生活枯燥，我不好武侠小说唯好听歌。若身有余钱必然私购歌带。曾省吃俭用积得几百元钱买一最新上市的随身听，日听夜听，爱不释手，为紧张枯燥的学习增添了不少乐趣。可惜美好时光总是短暂，不久我便与此随身听缘分到头。那是一次午休，我带着耳塞躺床上听歌，结果被班主任胡明文老师发现，伸手想缴我的随身听，我有所抗拒，口不择言："你这样做太没意思了。"话音刚落，胡老师马上夺过随身听，摔地上狠踩几脚，随身听经脉全断，扭曲变形，当场死亡。最后，我还被罚站了一下午。之后有一次，胡老师将班上袁兴平同学的桌子从楼上扔下，桌子粉身碎骨，没

---

邱元正，男，隆回三阁司人，1983～1985年曾就读于隆回二中。医学博士，教授、主任医师，耳鼻咽喉头颈外科学博士生导师，曾获湖南省科技进步二等奖，现任中南大学湘雅医院院长助理。

人敢去收拾。我不知哪来的勇气，也许是同类相惜，下课后我当着胡老师的面跑下去给袁同学收拾桌椅，把散落一地的书整理好堆放一边。

除了听歌，我还有一爱好——踢足球。曾与范龙、邹键、陈璋、陈珍珍等人组成年级联队，叱咤二中足坛，出没于二中名为"足球场"的黄土高坡。我主要踢后卫却又经常客串前锋，门前嗅觉灵敏，善于与对方门将斗脚法，踢球风格快狠准，简单粗暴有效，对手莫不闻风丧胆，身趴脚软，直呼好汉饶命，要进快进，给个痛快。兄弟们统一着装，买齐黑白相间德国队队服作为我们的球队队服，经常一起穿着这身行头并为一排行走于学校大道小径，声势浩大，夺人眼球，欺男霸女，横行无阻，无人敢惹。

在学校里最令人悲伤的事情莫过于看学霸秀成绩，看富二代秀金钱，看情侣秀恩爱，比这更悲伤的便是看学霸秀恩爱，看富二代秀成绩，看情侣秀金钱。在我们所接受到的教育观念里，早恋是一件见不得光的可耻之事。可现在一想，还是校园爱情纯洁点。高中三年，我不是说没女生缘，但要么喜欢的人已经成为别人的女朋友；要么班级、座位相隔很远相互没有交集；要么对方对自己不屑一顾。就算有时候明明相互有好感，我却总不知如何表白或者不敢表白。我的女神就这样一个个被闷骚躁动的自己错过，如今想来追悔莫及，在高中没能好好恋爱一次是我终身的遗憾。以后没准我会这么教育自己的孩子："请把握好学校里的那份感情，进入社会后爱情将变得世俗物质，但双方一定要相互鼓励、积极向上，一起努力把学习搞好。"

## 学路漫漫

学习是学生的第一要务，虽身为学渣，但我并非不想学，只是学习效率不够理想，不知怎么把学习搞好。其实我非常喜欢探究自然奥义、地理人文，喜欢看书，可一到考试就不行了。记得高一有次考试，学校把计算机成绩也算入总分，托经常去网吧的福，我计算机一科名列全年级单科第一，这也使得我总分居然进入班上前十。从此我备受鼓舞，仿佛打了鸡血、上了发条，突然注意力变得集中，思维变得敏捷，并且异常刻苦，在此后的考试中屡战屡捷，逆袭成为学霸，自信心爆棚，信誓旦旦非清华不读。

然而好景不长，随着计算机分数于高二后不再纳入总分，又加之其他原因，我又露出学渣原形，成绩一落千丈。有人说学习是一件再快乐不过的事，如果你学得很痛苦，要么是学习方法不对，要么是学习态度不对，我想我是方法和态度都不对。像我这样兴趣广泛、不受拘束的人也许真不适合读书，于是我自甘堕落，彻底沦为学渣。

高三那年，班主任发令所有课外书不准出现在课堂，到后来又发令所有人不准打

---

王本陆，男，1967年生，高平人，1985年毕业于二中。知名专家、教育学博士，北京师范大学课程与教学研究院院长、教授、课程与教学论专业博士生导师。2014年5月当选为隆回二中北京校友会首任会长。

篮球、踢足球、听音乐。可高考结束，我们这一届都考得不是很好，和一中比差距较大，可惜了我们最后一年的中学生活居然变得如此单调乏味。

### 此情可待

前些年一部台湾校园电影《九降风》很火，我看完之后记下了这么一段文字："电影里那环境优雅、树木茂盛的校园跟我中学校园很相似。也有帅得让人嫉妒的男主角和美丽清纯的女主角，还有那哀而不伤的故事以及前面提到插曲的旋律——这些将会在我脑海里如烟如雾般萦绕。情不自禁回想起那渐行渐远的中学时代，想起那些逐渐模糊的面孔，那些回荡在脑海的笑声和湿润眼眶的泪滴，一时不堪心伤……"

三年时光很快过了，同学们毕业至今工作的工作、结婚的结婚，各忙各事。每年春节前后都会有规模不等的聚会，我向来只喜欢三五同学私下小聚，那种大型聚会我一直未能参加，因为聚会规模一大就会见到各种不想见、不好意思见的人，压力山大。

不过有次大聚会我还是参加了，这次聚会我见到了很多几年没见的人，包括尹建兴老师。大家喝了点酒，我握着尹老师的手说："您真的是我最敬重的老师。有一年暑假我在校门口碰到您，您迎面而来和我握手，感觉就像相互平等的朋友一样，从此我在心里就由衷地尊重您，我高考没考好，我觉得最对不起的不是父母而是您……"

毕业这么多年，我一直不想回母校故地重游，其原因居然是怕碰见熟悉的老师之后懒得打招呼。但我还是偷偷回过二中一次，是陪我四姨一起去给入读二中初中部的表妹办理入学手续，只见弥漫在默深路上的欢声笑语和飞扬在足球场上的飒爽英姿早已消失不见，唯有那宽敞明亮的教学楼依旧书声朗朗，心中不免有点怅然若失。

很多高中同学都在这几年结婚生子，如明华兄在前不久就和我们的同班同学贺小玲结婚了，可惜他们的婚礼我未能参加。我这几年在外奔波，今年过年接父母来深圳过年，又得错过春节聚会。人们常说来日方长，以后有的是聚会机会，可一大帮人能凑齐时又能无所顾忌、欣然赴约真的好难。

### 后 记

故事太多，很多美好和伤感的故事不能道尽，总之，二中虐我千百遍，我待二中如初恋。那里有我想又不想触及的青春，有我渐渐模糊的快乐悲忧，有我暗恋的她，一起翻墙踢球的兄弟以及无论喜欢与否都值得我敬重的老师，还有骂之不绝却又不得不投身其中的应试教育。默深路、老虎山、黄土高坡……二中留下我最好的年华。

---

周东翔，男，1967年生，隆回荷香桥人，1985年毕业于隆回二中。现为国防科学技术大学电子科学与工程学院教授、大校。

# 我是正能量 Girl

◇罗丽楠

罗丽楠，女，1988年5月出生，隆回桃洪镇澄水村人。2001～2007年先后就读于隆回二中初中124班、高中317班，后毕业于湖南科技大学英语专业。现居深圳，在宝安区安乐小学担任英语教师。

时光荏苒，十载已过。隆回二中的那些往事，以及故事中的男女主角和群众甲乙丙丁，却常常历历在目。这些事、这些人组成了我的青春，无论充当着女一号，还是扮演着路人甲，我的脚步总是充满了正能量，今天回想起来，依然觉得青春无悔。

**英语学习：从菜鸟成为单科第一**

初中那会，我在124班就读。班上六十几号人中，我的成绩总徘徊在10～20名之间，要说我在学习上还有什么亮点的话，那就是英语这科偶尔会得个第一。

English学习对于我来说真是一次传奇的经历，因为我曾从菜鸟变成了单科第一，上演了一次惊天大逆袭。不光如此，英语对我的影响也许要贯穿一生，大学我的专业是English，而如今我是一名英语老师。

尤记初一首堂英语课。上课铃响，大家都议论着老师是个美女。果然，铃声刚落，一位长发披肩、着装时尚的美女轻盈地走进了课堂，她自我介绍说：My name is ZhouYahui. You can call me MissZhou. 美女老师在台上滔滔不绝，但我却一个单词也没听懂，估计当时只有家在县城的孩子才能听懂一些吧，他们齐声喊道——Miss Zhou, Miss Zhou. 我满脸疑惑地继续听讲，可谁知后面她要大家一起唱英语字母歌"ABCDEFG…"对于我这小学没接触过英语的农家孩子来说，哪会唱什么字母歌呀？

---

刘仁文，男，1967年10月出生，隆回七江人，1986年毕业于隆回二中。我国著名法学家，现任中国社会科学院法学研究所研究员、刑法研究室主任、博士生导师。

就这样,第一节英语课我在紧张和迷茫中度过了。回家后,我便向奶奶抱怨说:"英语老师只顾那些会英语的,根本不管我们这些不懂的,英语我一点都不喜欢。"

这以后,每次一到英语课,我都无精打采地听课做练习,结果第一次单元测试的分数是 68 分。更不幸的是,在 unit2 的第二节课,一向得过且过、刻意低调的我被 Miss Zhou 点到了读单词,我至今都深刻地记得那是几个关于文具的单词:eraser、ruler、pen、pencilbox……由于之前没有认真听课,音标又学得不好,我哪里读得出那几个单词,念出来自然别扭。更可恶的是,我周围那几个捣蛋男生听到我读出来的怪单词便"扑哧"大笑,而笑点低的我自然被 Miss Zhou 给狠狠"羞辱"了一番。自那节课开始,我更讨厌 Miss Zhou,更不喜欢 English 了。

也许是缘分,在第一学期期中考试就要开始的时候,Miss Zhou 竟然请了病假,学校安排娇小且笑容很甜的 Miss Luo 担任我们的英语老师。凑巧的是,新老师的名字叫罗立斌,同学们便打趣问道:"楠子,这 Miss Luo 是不是你的姐姐啊?"也正因为和新老师名字相似,一时感觉格外亲切,潜意识里很想学好英语的我便认真地跟着 Miss Luo 重新上路。功夫不负有心人,终于在新一个 unit 的测试里,我得了班上最高分,至今都记得那个分数——96 分。从那以后,我从这个第一名出发,怀着百倍的热情去叩响英语殿堂的知识之门,每次测试我都名列前茅,以无可争议的成绩做了 124 班两年半的英语课代表。直到今天,我都十分感谢罗老师,也深深地感觉学好一个科目,不妨先从喜欢一个老师做起,这是培养学科兴趣的关键之一。

不久,Miss Zhou 回来继续教课,发现我竟然成了英语课代表,惊讶得嘴巴变成了圆圆的 O 形。记得第一次去她办公室送作业时,我还嘚瑟地想:"哈哈,没想到你现在的助手就是刚开始被你狠骂的女孩吧?"就这样,一直至初三毕业,我一直担任 Miss Zhou 的助手。由于责任心强,我将老师布置的每项任务都完成得 perfect,因而和 Miss Zhou 也成了亦师亦友的关系。和老师做朋友后,会有一种莫名的兴奋心理,觉得没有学好这科就对不住老师似的,于是,我学习英语的劲头更足了。顺便告诉大家,高中三年,我的英语成绩也是数一数二的,高考英语还获得了 134 分。

## 中学阶段:我和恋爱绝缘

十几岁的孩子,很容易因为某件事而不喜欢某个人,也会因为某个瞬间而为某个人心跳加快。这就是中学生,容易叛逆却又乖张的中学生!初晓人事,却又年少懵懂,总是为一些萌芽的情愫而躁乱不安!

---

李扬,男,1968 年出生,隆回高平人,1986 年毕业于隆回二中,现为华中科技大学法学院教授、博士生导师。

情窦初开的年纪，我们124班同学自然也少不了关于爱情的篇章。那时非常流行写情书，我也曾收到过好几封。但是由于家教严格，再加上自己也从没想过早恋，所以每次收到情书，便采取故意不和那个男生玩的办法来处理。心想，过几天他不喜欢我了，再和他做朋友呗！现在回想起来，那时候的自己真是天真可爱得可以呀。

印象最深的是隔壁123班的一个男生，他写了封情书给我，惹起了一场轩然大波。事情是这样的，由于我家就在二中附近，走读的我每天都回去吃饭，有天吃饭回来的时候，好友云告诉我有封信要给我。可还没来得及递给我，就被旁边一个调皮男生给劫了过去，接着他就大嚷着："来看情书哟！"我心急如焚，可不想闹大啊，尤其我还不知道写信的男孩是谁。云便使出各种招硬是把信抢走了一半，抢过一半又继续抢另一半，整个教室顿时处在一片闹腾之中……

回想在二中时，我一直严于律己，尽管身边不乏追求者，但我丝毫没考虑过爱情，也没因为拒绝一个男生就伤害过人家的自尊。相反，我还极力维护别人的声誉，尽力帮人家保守秘密。也许有男生曾经怨恨过我，但对我来说，我真的做到了问心无愧。

我现在的爱情也是始于大学快毕业的时候，那是一场经过长期相互了解、完全以结婚为目的的恋爱。今天，我们都在南中国耕耘自己的理想，创造着自己平凡却真实的生活，前不久举行的结婚典礼，是我们完美爱情最好的归宿。回想起来，我从来没有后悔没在二中谈过恋爱，也没有因为在大学最后阶段才恋爱而感到遗憾，因为我知道，人生的每个阶段有每个阶段应该完成的目标，我们要做每个阶段该做的事情。

中学生可以没有爱情，但不能没有朋友。我是个重情义的女孩，在二中时代的感情里头，我最在乎朋友情、闺密情。非常幸运，在短短初中三年里，我交到了我的好闺密和好蓝颜，即便我们好久没有见面，感情却依旧很深。我的蓝颜知己现在隔不久就会给我打电话，我们之间从来就没有过爱情，却如知音那般彼此了解，给彼此以舒服和踏实的感觉，他现在已经有妻子了，我们还经常四个人一起出去玩耍。因为在隆回二中"走读"的特殊身份，我可能错过了寄宿生活的那道别样风景，但也因此少了和同学们之间的磕磕碰碰，成为班上最受大家欢迎的同学，男女生都和我玩得来，每天的我都充满了正能量，学与玩都是乐呵呵的。

## 尾　声

生活是一首歌，每个阶段就如歌曲中的每个音域，时而高亢、时而低沉，我的中学时代，是这首歌中最有创意的一串音符，我将永远铭记那拨动我心弦的正能量曲调。

欧阳恩良，男，1968年出生，隆回七江人，1986年毕业于隆回二中。现任贵州师范大学马克思主义学院院长，系教育部新世纪优秀人才支持计划人选，贵州省省管专家，福建师范大学兼职博士生导师。

# 忘不了

◇刘 丁

**题记** 我喜欢现在的自己,没有太多的人认识你,适度的时候喝一瓶酒,想说话了就唱一首歌。容貌接着衰老,身体里依然满腔热血。你不再像过去那样英俊,你试图去改变某些自己并不具备的品格,某些自己无法享受的喝彩。你坐在去往另一座城市和学校的火车上,离开了你曾经一直抱怨的这个地方。你终于鼓起勇气,学会去宽容、学会踏实、学会了接受。你从梦魇里醒来,浑身无力。你只想洗一个澡、看一本书,听一首音乐、跳一支舞。然后,做好自己,仅此而已。

刘丁,男,1992年7月出生,隆回滩头人。2008~2012年先后就读于隆回二中高432、442班,曾任默深文学社社长、学校Dc街舞队创始人,作品《我为歌狂》获2010年全国创新作文二等奖。现为湖南人文科技学院体育教育专业本科生。

### 所谓的成长,就是越来越能接受本来的自己

2008年夏天,我凭借自己的体育专长来到了隆回二中。学校离我家不远,坐15分钟左右的3路公交车便能直达。我去报到的当天,军训已经结束了。第一个和我见面的老师,就是我的田径教练李兆民先生,他微笑的样子我至今都记得十分清晰。那天他带我来回走了几趟办公室,也打过好几个电话,拿着我的奖章去校长那里又是盖章又是签字,但忙碌了好久,就是没有班级愿意接收我。不久,在接了个电话后,李老师便带着我匆匆忙忙赶到了教学二楼,并让我把箱子放在树阴下等待。后来我才知道,他向肖建华老师推荐了我,于是我进了432班。

在整个高一阶段,我一边犯错,一边努力。而自始至终甘愿帮助我恢复斗志、扶我站起并为我求情说好话的人,只有我的教

---

陈桂林,男,1968年出生,隆回金石桥人,1986年毕业于隆回二中,现为国家商务部国际商务官员研修学院(培训中心)副院长(副主任)。

练李兆民。李老师同时也是学校体育组的组长、政教处的成员,他潜心发展隆回二中的民族传统体育运动,负责培训学校的体育训练队,每年体育生的高考成绩都比隆回一中的出色很多。李老师平日里说话和气、平易近人,尤其是鼻梁上的那副眼镜,更让人感觉他是一个特别祥和的人。他是我心目中的老好人,不愿放弃任何一名学生,心甘情愿为体育事业付出毕生的心血。李老师就像一把万能钥匙,在开启我们潜能和心智之时,还关心着我们的生活,担待着我们的错误。很多人都特别欣赏教练的冷静和睿智,可在有一年的邵阳市中学生田径运动会上,他再也冷静不起来了。事情的原因在我身上,由于比赛的前一天晚上偷偷熬夜,第二天跳远比赛时毫无力量,我竟然三次踩线犯规,结果与冠军擦肩而过。那天教练真的可以说是火冒三丈,头一回瞪着眼睛凶我:"三句好话,抵不上一马棒棒。"我坐在塑胶跑道上,低着头不敢说话。

以前的我像鱼缸里的鱼一样,每天前进、后退、转身、向左、向右、转身。我看着自己悲伤,看着自己疯狂。从这以后,我学会了接受,接受本来的自己,我坚强地前进、优雅地转身。

### 那些冲动和柔情,深埋心底

晚自习上课了,雨,落个不停。泛黄的路灯里根本看不见路,水和着泥土,冲走一大片叶子。我站在荷花池旁,等校外的刘姨送来白酒。那一天,不知道是抑郁还是烦躁,我不打伞出门的原因一半就是因为这个。我接过阿姨手里的黑袋子,被淋了雨的手背突然向两边展开收紧,身子猛地颤了一下,心像是沉进池里了一样,没有一丁点温度。雨水慢慢地又盖过了石鱼漫出地面,我脚边全是泥巴和叶子。我甩了甩头发,决定离开这里,看样子,谁都无法阻止。

我来到田径场的时候,衣服已经湿透了。我打开酒,边走边喝。喝下一口,许多烦心的事儿便一拥而上。想着那几个跟我在这块黄土高坡上疯狂的兄弟,想着已经离开了或者即将要离开这里的兄弟。我扪心问自己:像我这样古怪的人,在二中,还会有第二个吗?

天下离奇古怪的事太多,想着想着,你就出现了。我见你走得很快,像是奔跑。我就停在跑道上,故意和你碰面。雨开始放慢速度,变得朦朦胧胧很温柔。我看不清你是男是女,只能慢慢地瞪大眼睛,不顾及雨水,我想知道答案。等你走近的时候,我就什么也没有想,从口袋里掏出邵阳老酒问:"你喝吗?"这是一幕类似于电影的场景,可人生比电影还荒唐。你接过酒,慢慢把头抬起来。我眼看着你的头发被雨水揉成

---

刘淮保,男,隆回滩头人,1987年毕业于二中。邵阳学院音乐系主任、教授,邵阳市政协委员,中国音乐家协会会员,湖南省音乐家协会艺术教育委员会副会长。2010年出版个人CD专辑《海国图志》。

一把利剑，刺向瞳孔。你看着我通红的眼睛，好久才说话。我们真正开始倾谈的时候，是你把酒喝完的时候。我们问了对方相同的一个问题："你为什么要来这里？"

他叫刘家玮，是二中唯一一个能让我相信"缘分"二字的人。那年他念高二，我高三，我们相处的时间不足100天。他那天晚上告诉我，他暗恋了一个女生，一个开朗活泼、喜欢交朋处友的女生。他只是她的好朋友之一，可他却经常吃醋，两人也难免吵架。直到后来他表白被拒绝了，他就开始埋怨自己和这个学校。其实，人一生中的每一件事情都有成千上万种的发展趋势，往往单纯的生活理想中就包含着人生的真谛。他跟我说，在二中的生活实在枯燥乏味，想干点什么总是被老师或者制度牵绊。这两年来，能让自己坚持到现在的，就是为了能够实现当初踏进二中的时候许下的承诺。其实，我们每个二中人都这样做过。至少他始终带着梦想每天在教室和寝室里面战斗，总能将自己的成绩保持在全校前50名以内，稳进不退。在我眼里，他每天烦恼的不应该是一颗青涩的果子。那天晚上之后，他的确想开了许多，也做出了自己的选择。但是，往后我俩还会经常逃课，在一起饮酒寒暄，他说她，我说他。

一年多过去了，这份感情一直都没有变质。我时常还会想起那个倾盆大雨的晚上。在那座有着四五千师生的校园里，像我这样的，只有他。后来由于种种原因，他2013年高考只过了一本线。没过多久，他发短信告诉我，他还年轻，他要再复习一年，载着"清华梦想"，再拼一回。这一次，不仅仅是为了自己。

无数个流失的岁月，正无法挽回地把我、我所爱的人以及我们共同拥有的一切带走。于是，我心中忽然升起了一股柔情和冲动，不出声、不张扬，埋得很深。回忆二中，那些为梦想为你为自己的付出，注定承载着珍贵。一路上，我们孤独、理智、优柔寡断。因为有你，我不会忘记爱与被爱的每个时刻。

龙泰良，笔名老弦，男，1968年出生，隆回羊古坳人，1987~1988年就读于隆回二中。现任茂名石化党委宣传部副部长，广东省作家协会会员，茂名市作家协会副秘书长，曾出版《楼外山》等多部作品。

# 左手文艺　右手奥赛

◇邹　燕

邹燕,女,1994年3月出生,隆回罗洪人,自幼成长于北京。2009～2012年就读于隆回二中高448班,现为中南大学信息科学与工程学院物联网专业2012级本科生。

2009年夏天,怀着少女成长中缤纷的梦想,揣着敢闯敢拼的倔强和执著,我迈入了隆回二中的校门。那时的我,对于二中,对于隆回,对于湖南,有着太多的不熟悉和不适应,我竭力让自己变得优秀,尽情地在二中这个广阔的平台上张扬自己的青春,而二中,恰恰给了我需要的舞台。

一

忆起二中,我首先就会想起丁字楼二楼那间充满温暖和欢乐的广播室。初入二中的我,带着满腔的热情和对自己普通话的自信,报名参加了"校园之声"广播站的播音员选拔赛,那是我第一次参加类似于面试的活动。科技楼二楼的会议室,近50名候选人,陌生而又温馨的氛围萦绕着整间屋子。也许是过于紧张,也许是彼此之间互不相识,我们就在那样的沉寂中等待着,那情那景,仿佛可以清晰地听到自己心跳加速的声音。那时,代理站长谭维维和几个"元老级"播音员主持了对我们的面试,题目很简单,就是一次模拟主持,我带着几分小激动和几分小紧张完成了自己的"主持处女秀"。特别开心的是,我在几天后收到了面试通过的通知,从此开始了播音员生涯。

初进广播站,我有些尖音的问题便凸显出来,"前辈们"对此倾注了很多关心,毕竟尖音是播音员最忌讳的东西。我很幸运,我遇到了一批热心的"前辈",他们一次次告诉我正确的发声方

---

丁智芳,男,1968年出生,隆回岩口人,曾就读于隆回二中高126班,后毕业于湖南财经学院会计系,现任唐人神集团股份有限公司监事。

法。我还记得,在他们的监督和纠正下,"今天"这两个字我说了很多遍,练了很多遍,虽然最后还是没能完全解决尖音的问题,但应付日常的播音却是没问题的。

那间广播室承载着我高中一年半的梦想。我喜欢自己的声音通过话筒静静地流淌在校园的每一个角落,给大家带来心灵上的慰藉;我喜欢站在广播站的阳台看操场上的同学做着整齐的广播体操,静静地领略"湖南第一操"的风采;我享受亲自为大家送上生日祝福的满足感,每次的晚间点歌时间,念着同学们一笔一划写出来的祝福词,总觉得二中充满着温暖和爱,嘴角不自觉地上扬。播音主持生活,是我高中生活的绚烂一笔,我永远也不会忘记。一路走来,真的很感谢谭维维、廖叶翔、李鑫、向菲、陈程、徐溧和胡晓君等同仁的陪伴和帮助,和你们在一起,让我深深体会到校园生活的温馨和美好。

说完了播音,再来说说有关主持的"糗事"。在二中的第一次亮相是高一时的"歌唱祖国"合唱比赛,那时的我,是比赛的八个主持人之一。由于比赛的资金有限,主持人的服饰只能自备,活动开始前,我没有高跟鞋,无奈之下只好穿上一双闪亮的凉鞋仓促上场。帅气的搭档李鑫那天穿着一身白色的西装,看到我的那副囧样之后,他只好无奈地接受现实,他的那种表情我至今都无法忘记。初出茅庐的那些囧片段,现在想起来都觉得那时的自己很搞笑、很天真。

## 二

忆起二中,我还会想起教学一楼第四层的那间实验室。那里,承载着我和大家在物理奥赛班两年的努力和付出。朱洪波老师(又称波波老师)用一支粉笔和一把尺带着我们走进了神秘而又有趣的物理世界,我永远记得有年暑期在"火炉长沙"强化训练的那段日子,我永远记得物理奥赛临考前停课备考时荡漾在那间实验室里的笑语欢声……物理奥赛,让我收获的不仅是一张国家级二等奖的证书,更多的是欢乐和满足。

说起物理奥赛,不得不提那时而严肃认真,时而搞怪无厘头的波波老师了。物理的世界是枯燥的,但是波波老师总能用他自己的独特方式化腐朽为神奇,他会在我们做不出题目的时候略带鄙视地说一句"文盲",我们也会不堪示弱地回敬一句"我是学理科的"。无数次上演的场景早已深深印在我的脑海,每每回想起来,总是觉得那么温馨。

除了可爱搞怪的老师,我很庆幸遇到了一帮聪颖好学、活泼热情的战友,不管是

---

马萧萧,男,1970年出生,隆回荷田人,1988年毕业于二中。1986年被《中学生校园诗报》的读者评选为全国中学生十大校园诗人,现为兰州军区《西北军事文学》主编,军旅诗人、画家、周易学者、奇石鉴赏家。

郑学敏还是龙宇雄，抑或是刘润秋、严梦萍、陈广文、周涛，还是战友兼学弟——袁星驰，对于他们，我在内心里至今都怀着钦佩和景仰。正所谓"自古奥赛多学霸"，我的战友学霸们更是让我惊叹不已，他们对物理有着非同寻常的热爱，理解新的知识点对他们来说好比小菜一碟。记得在高二学习"热学"这部分知识的时候，我听得云里雾里，根本不能透彻理解大多数知识要领，可此时聪敏过人的战友们却可以和波波老师共同探讨难题的解法了。印象尤为深刻的是，高一年级的战友袁星驰一点也不比高二的学长逊色，这位来自高平的超级学霸，身材高大，戴一副近视眼镜，文质彬彬且幽默热情，以"力拔山兮气盖世"的劲头，甩开所有高二学长，拿到了物理奥林匹克初赛湖南赛区的二等奖，并在决赛中再次斩获二等奖，用"长江后浪推前浪"来形容真是再合适不过了。2013年，袁星驰凭借物理奥赛成绩成功地获得了清华的自主招生考试资格，通过测试后，清华罕见地给予他55分的优惠加分，最终，袁星驰通过高考成功地考入了清华大学，打破了母校七年来无人上清华北大的纪录。校长卢小军激动地说："在我手里，终于也有人考上清华了。"袁星驰学弟对于母校的贡献，不光对我们奥赛班学员是一个鼓励，也在隆回二中校史上留下了精彩的一笔。

二中生活已经渐渐远去，可为梦想而拼搏的新生活却从新的起点上再度起航，在中南大学的日子里，我经常会想起高中班主任罗慧聪老师的每一句教导，会想起大雪中学校操场上的班级雪球大战，会想起月亮女神下和室友的甜蜜合影，会想起见证了我们无数次高喊"勇夺第一"的图书馆，会想起每一次代表全年级讲话时的那种紧张感……离开二中的这段时间里，我曾数次回过母校，看看我常去的蘑菇亭是否还静静地矗立在那里，看看我常走的小路上树叶是否依然常青……二中的每一点变化我都为她开心，因为那是我深深爱着的母校，因为曾有一个叫邹燕的女孩在那奋斗了三年；因为那里有我梦想发芽的舞台，因为那是一个如家庭般温暖的地方！

谭克修，男，1971年出生，隆回鸭田人，1989年毕业于二中。隆回籍著名企业家，规划设计师，也是一位具有全国影响力的青年诗人，为湖南省作家协会诗歌委员会副主任，在业界有"诗人设计师"的美誉。

# 我为通讯狂

◇欧阳文邦

前不久,认识了几个曾在母校隆回二中"校园之声"广播站当过播音员的校友,看着她们眉飞色舞地描绘各自在广播站工作的辉煌和骄傲,我也情不自禁地想起了自己那段为广播稿疯狂的日子。

我在二中读书的时候,"校园之声"广播站接收的稿件主要有两类:一是原创类稿件,报道学校和班级的最新动态,表扬好人好事,批评坏人坏事;二是文摘类稿件,从报纸上摘抄最近的重大时事新闻,丰富同学们对时政要闻的了解。无论是原创类还是文摘类稿件,一篇广播稿被选中播出并不容易,在二中读了三年甚至六年的同学,一篇广播稿也没有被播过的大有人在。某个班级中了一篇广播稿,就可以在全校的量化评比中获加0.5分,写稿者还能获得班主任的表扬。要是有同学因为违纪扣了班级的量化管理分,大家首先想到的就是中一篇广播稿来弥补。这也许就成了当时大多数同学投稿的动力源泉吧。

欧阳文邦,男,20世纪70年代末出生,隆回七江人。1990～1997年先后就读于隆回二中初78班、79班,高178班、180班。长沙市作家协会会员、湖南省作家协会会员,曾主编出版散文集《网住那缕缕乡情》《网聚乡情》。现居长沙,在教育系统从事政策宣传和文字编辑工作。

## 初露锋芒

我对广播稿的兴趣是在初中二年级培养出来的。那时我在78班学习,班主任卿松青老师刚从石门中学调入隆回二中,他对班级要求非常严格,希望大家在搞好学习的同时,也能在包括量化评比在内的学校各类活动中崭露头角,甩开对手77班。

78班时期的我,属于典型的学渣,数理化和英语成绩一团

---

刘曦,男,1971年6月出生,隆回县六都寨人,1986年毕业于隆回二中初中部。2005年9月起担任北京大学"百人计划"特聘研究员,现为北京大学造山带与地壳演化教育部重点实验室副主任、博士生导师。

糟,偶尔还会突破班规校纪的约束,干点出格的事情。在其他方面都得不到老师和同学认可的情况下,我也迫切需要某样东西来证明自己,于是就走上了写广播稿这条"捷径"。还真别说,我在这方面还是有两把刷子的:一是对全校的各类风吹草动格外留心,很有狗仔队员的潜质,说得好听点就是具有强烈的新闻敏感性;二是写出来的东西基本能做到文通字顺、朗朗上口。

举个例子来说说我的狗仔队员潜质吧。1992年上半年,学校举行"十佳班主任"评比,破天荒地由学生投票来决定评选的最终结果。那次有三四十名学生代表参与投票,大家根据每个班主任的简介,结合自己对这个班主任的印象,从全校24个班主任当中选出10名优秀班主任就算完成投票任务。参加投票的学生一般都是学生会、团委会干部,我既不是学生会干部,也没有在团委会任职,奇怪的是学校那次竟然点名要我参加投票,估计就跟现在超女快男选举也喜欢搞一些媒体人士担任投票嘉宾一样,我就属于他们眼中的那种知名媒体人士吧。投票结果揭晓,我选中的10个老师中,有9个最终获得了优秀班主任,我也因为投票命中率排名第一获得了学校的奖励。现在想来,如果没有平时对周边八卦新闻的关心,我的投票不可能如此精准。评选结束后,我以《我参加了优秀班主任投票评选》为题,写了一篇广播稿并获得了播报。

再来说一个我对周围事物很敏感的例子吧。初二的时候,学校来了一批邵阳师专的实习老师,他们在实习过程中和我们结下了深厚的友谊。当实习老师要离开的时候,各班同学都沉浸在痛苦之中,我敏感地捕捉到了这个题材,以《送给实习老师的礼物》为题写了一篇广播稿,既是为实习老师送行,更提出了"努力学习才是送给实习老师最好的礼物"这个弘扬主旋律的观点。可想而知,我的广播稿又被成功播出了。

碰到学校举行重大活动(开学典礼、元旦晚会等)的时候,很多同学都喜欢写篇广播稿报道一下活动情况,我这个狗仔队员当然也不会放过这个中稿的机会,但这样的稿件往往很难被采纳,我写了几篇这样的报道几乎都是全军覆没,肺都气炸了。后来我才发现里面的窍门,凡是重大活动的报道,广播站采纳的都是团委宣传部的稿件,也就是通常所说的新闻通稿,而且都是放在第一篇播出。有了这个发现后,我从此不再和团委宣传部去抢这样的稿子,而是另辟蹊径,你写活动总体情况的报道,我则选择一个小角度切入,照样也能中稿。比如,团委宣传部的通稿报道了国庆晚会的总体情况,我则从晚会中选择自己最感兴趣的一个节目作为突破口,谈谈自己对这次晚会的一点感想,这样的稿子自然非常受欢迎。大多数重大活动都会引得大家竞相投稿,可也有个别重大活动却无人问津,此时往往成了我一显身手的好时机。记得有天晚

聂普焱,男,1972年出生,隆回高平人,1991年毕业于隆回二中。中国科学院计算数学博士,日本京都大学博士后,暨南大学教授、博士生导师。2007年入选教育部"新世纪优秀人才支持计划"。

上学校组织看电影，活动不可谓不大，大家都没想到为了这场电影去写篇广播稿，可我在看完电影后却把感想写给了广播站，结果又给了大家一个出其不意——这小子怎么有那么多东西可写？

我的通讯稿也给自己带来了很多意想不到的收获：一是能够帮自己班评上"优秀班级"贡献一份力量，不至于让班主任老师对自己的印象差至极点；二是前来找我说好话，希望让我帮他（她）中一篇广播稿的人络绎不绝，不少人还提出了用钱购买稿件的想法，甚至有很多学习成绩优异的同学也前来购买稿件，这大大满足了我的虚荣心。印象中我的一篇广播稿在当时可以卖五毛钱，相当于学生食堂一顿肉的价格，写广播稿那时也成了我挣钱改善生活的途径，想来真是很有意思。记得不少"大人物"都曾找我买过广播稿，比如我们班就有几个班干部购买过；也有外班的同学慕名而来，比如初中84班的知名人物龙小军同学。印象最深的要数我班一位美女班干，她在买我的稿子中了以后，竟然以《第一次中稿以后》为题写了一篇广播稿，描绘了第一次中稿后内心的真实感受，并以"眼前的一切变得那么美好！"作为整篇稿子的结尾，这样的广播稿自然被广播站播出了。她能选择如此角度写出一篇广播稿，我现在都觉得佩服不已。

### 为伊痴狂

1993年春节开学后，本应进入初三第二学期准备中考的我，面对不堪入目的数理化和英语成绩，留级来到初中79班就读，以图挽救自己的学业成绩。为了显示自己"改邪归正、重新做人"的决心，我更名为阳帆，希望在新的环境下能够一帆风顺。

那时的广播站开始接受文摘稿件，我在选稿方面也是一把好手，凡是我选的稿件，基本都能中。为了摘抄到好稿子，我经常替宣传委员贺飞去学校收发室拿报纸，只为报纸到手后就开始选稿摘抄，并且天天都占用上课时间抄报纸，所有的一切，都是为了在下午播音时听到我的名字被播出。79班和80班当时和高三年级一起安排在四合院的教室里学习，那里广播的效果有时不是很好，为了听到自己的名字被念出，我常常站在教室外听广播，直到听到稿子被播出后才回教室。偶尔也有稿件不中的时候，我会感到特别失望，甚至下午上课也没有心思。

我初入79班的表现一举为班集体挣得了不少荣誉，尽管班主任魏华习老师对这些东西并不特别重视，但我还是乐此不疲。接连的广播稿播出后，对手班级80班才开始重视这个来自79班的广播稿狂人，班主任米伯良老师为了接招决定新设一个班

---

唐祥亿，男，隆回二中第一届高中班（2班）学生，湖南大学数学系毕业，后长期任教于隆回一中，是湖南省数学特级教师。

干职位——通讯组组长,文笔出众的邹宗威同学临危受命,组织发动全班同学踊跃投稿,意图遏制咄咄逼人的 79 班,确切地说是狙击阳帆这个疯子的势头。经过一番宣传动员,80 班的中稿数量虽然在原来的基础上也翻了十番,但充其量也不足我个人业绩的 50%,何况 79 班又诞生了一个和我旗鼓相当的疯子。

有一段时间,班主任安排我和谭洪斌同桌,这位来自苗田的帅哥写得一手好字,跟打印出来的差不多。谭洪斌偶尔也给我摘抄几篇稿子,交往多了以后,我们干脆采取合作的方式投稿:我来选稿,他来抄写,中了的稿子每人算 0.5 篇。谭洪斌可能因为能和我这种达人合作感到荣幸,痛快地答应了我的要求。一时之间,广播中天天都要响起"79 班阳帆、谭洪斌来稿"的声音,有人惊呼——79 班出了两个写广播稿的疯子。

摘抄的时候,文字的书写固然重要,但更重要的还是选稿的诀窍。对于我和谭洪斌这样的组合来说,书写显然已经不是问题,把握好稿件内容,做到百发百中才是关键。当时选稿能有较高命中率的首要原因就是我们能拿捏好重大热点时政问题,比如 1993 年上半年持续的奥运申办热潮就属于热点新闻,我国国家元首和政府首脑的外事活动就属于重点新闻。其次就是要注意稿件内容的贴近性,越和我们的生活贴近,越有可能中稿。比如,有次我在《邵阳日报》上看到一篇《我市举行迎奥运"万人潮"签名活动》,具体内容讲的是邵阳市民支持北京申办 2000 年奥运会,那样的热点话题,又有邵阳人民的参与,我立马告诉谭洪斌摘抄下来,果然中稿。不少同学喜欢去《人民日报》摘抄《北京万人签名迎奥运》之类的稿子,这样的新闻看起来似乎层次更高,实际上不如《邵阳日报》那篇新闻接地气,反而不能中稿。

俗话说,合伙的日子搞不长。不记得具体什么原因,反正我和谭洪斌之间很快就有了矛盾,双方没有继续合作下去了。分裂的后果就是,谭洪斌把我那点雕虫小技学走后,自立门户开始投稿。由于字写得好,加上在我那里得到真传,谭洪斌基本上能做到一天中一篇,严重威胁我江湖老大哥的位置。为了不败在"徒弟"手下,我奋起捍卫自己的尊严,两人搞起了短兵相接,你追我赶,热烈而刺激,一时间,79 班在广播稿方面名声传遍了隆回二中。为了应对谭洪斌咄咄逼人的架势,我一方面和宣传委员贺飞搞好关系,确保最新的报纸能够第一个到达我手中;另一方面加大原创力度,通过原创稿件拉开和谭洪斌之间的差距。无奈那次谭洪斌也铆足了劲,摘抄稿件到了一发不可收拾的地步,大有一副非把我拉下马的架势,一度搞得我只有招架之功,没有还手之力……谢天谢地,谭洪斌没能在合作中学走我的那点原创功夫,加上我也铁下心来要和他干到底,才最终没有在争斗中落败。广播站年度优秀通讯员评比,我以

---

谭华杰,男,1973 年 2 月出生,隆回荷田人,1988 年毕业于隆回二中。现为万科企业股份有限公司董事会秘书、董事会成员。

单个学期中 100 篇的数目险胜谭洪斌，勉强保住了面子，好家伙，他也在一个学期内中了足足 99 篇。这样的数目，绝对可以说是隆回二中前无古人，后也难有来者了。

不过，那场精彩的大戏过后，我突然脑袋开窍，专注于书山题海不能自拔，谭洪斌似乎也心灰意冷，一蹶不振，加上没有我这个对手陪着玩，他也从此退出江湖。

### 余音缭绕

走上职场后，由于一时没找到和自己本科专业对口的工作，我基本是凭着在隆回二中积累的那点写作功底谋生。干了多年的编辑记者工作，唯一自豪的就是采访过世界著名魔术师大卫·科波菲尔。在招考系统工作后，我曾采访报道过很多高考达人，并凭借一些报道两次获得全国招生考试系统优秀新闻稿件的二等奖，算是在通讯方面有了一丁点成绩。我特别喜欢撰写人物通讯，在这方面也积累了一些经验，最大的不足之处就是刻画人物外形外貌功夫不到家，写一个人物不能通过外貌的描写把其写得栩栩如生、活灵活现，我想这是我努力的方向。

感谢隆回二中的通讯员生活，让我学到了一种可以终身谋生的技能，现在我虽然从事的不是专职写手工作，但还是有不少人找我帮他写文章、写传记、编书，他们中有成功的商人、省人大代表，也有其他各类先进个人。这让我当起了所谓的文字枪手，工作之余还能挣点钱补贴家用，也还有点个人价值被人肯定的成就感。

那段刻骨铭心的通讯员生活对我的文风产生了非常重要的影响，以至于我无论写篇什么散文，多少都会带有一点通讯腔调，文学色彩欠佳成为多数人对我文章的评价。成为湖南省作家协会会员后，我一直渴望自己能够在散文上有所建树，但遗憾的是至今都没有写出特别好的散文，这主要是功底不到家所致，但一定程度上也是受通讯风格的毒害。

---

周劲翔，男，1975 年出生，隆回罗洪人，1994 年毕业于隆回二中。现在北京从事编剧、艺术策划，其编剧的电影《我的中国"芯"》获中国电影文学最高奖——夏衍文学奖。

# 打开那扇窗

◇刘颜隆

刘颜隆，男，1979年出生，隆回滩头人。1994～1997年就读于隆回二中高178班，后毕业于大连海事大学。现居大连，担任时代大陆机电科技公司总经理，系重庆师范大学名誉教授。

　　坐在大连开往北京的列车上，看着由隆回二中第一届毕业生陈早春大师写的《新隆中学·隆回二中忆往》，我止不住感情的犊子，心又飞到了母校隆回二中。

　　到二中读书，完全是个意外。1994年中考，执意要通过高中考大学的我被迫去报考中专，于是一气之下填报了当时最热门的湖南省税务学校，结果如愿落选了。面对没有预料到的现实，父亲对我去哪里读高中一时没了主意。他是个很古板的乡村教师，虽然隆回一中有他当年的同事，甚至学生，但他抱着"万事不求人"的心态，听之任之，不愿意去想办法让我进一中实验班。巧合的是，二中那年正好首次开设实验班，据说还招收中专升学落榜生。就这样，我和二中阴错阳差地结上了缘，开启了我"苦难"的精神之旅，也成了我一生的精神源泉。

　　到隆回二中的第一天，我爸曾经的学生刘胜保老师把我带到集体宿舍，然后就匆匆走了。当时我们高178班住在四合院里，说是宿舍，其实是由教室改装而成的，一个班的男生都睡在那间教室的大通铺上。

　　由于没找到床位，来校报到的第一个晚上，我蜷缩在宿舍的一个角落里，眼巴巴地等着班主任老师给我分配床铺。但直到熄灯的时候，没有一个人关注我，关注蜷缩在角落里的那个瘦小的新生！等大家都睡着了，我轻轻走出宿舍，穿过了四合院的拱门去公共厕所如厕，那晚鲜花盛开，月光皎洁，但我的心却很茫然，不知明天的路在哪里。回到宿舍的时候，时间已经到了下半夜，我正蹲在墙角迷迷糊糊时，一个同学把我拉进了他的被窝。直到现在，20年过去了，当晚的情境回想起来还历历在目。

没有那种亲身经历的人很难明白我当时的感受，怎么就傻到蹲墙角的地步呢？大家可能有所不知，我真的是一个晚熟的孩子，是一个出身农村，只会死读书，见到老师就会想方设法开溜的男孩，更别说初到二中就敢去和老师开口要求解决具体问题。当时已经严重染上社会不良习气的弟弟由此特别鄙视我，甚至讨厌我，直到我大学毕业后才有所改观。造化弄人的是，他后来"浪子回头"，也进入隆回二中学习，并于湖南大学获得硕士学位，学历超过了我这个一直以来的学霸。生活更幽默之处在于，由于我俩面对处境不一样，各自在后来的生活中对性格进行了自我调整修正，我的性格逐渐变得外向，而他却变得相对内向。

床铺分配事件还只是磨砺的开始，更狠狈的事情还在后头。跟大家讲一件不好意思说出口的事情吧。有一阵子，老师看我上课的时候经常坐立不安，就把我父母叫到了学校。妈妈强行脱下我裤子，看到我屁股上满是脓疮和疤痕的时候，失声痛哭。当时的我为了面子和学业，经常趁寝室没人的时候用力挤脓疮，以至于后来屁股不敢着板凳。那阵子我常在心里默念：没有一种不通过蔑视、忍受和奋斗就可以征服的命运，所有的困苦都是有用意的，这是老天爷在磨炼你，为了把重任交给你！

肉体的磨砺容易忍受，内心的自卑却最难克服。我后来分析，自己在二中的自卑主要是性格原因和浓重的滩头口音导致的。说到口音，我清楚地记得刚到班上的时候，大多数同学都听不懂我的话，自然很少有同学与我交流，这让我感到更加自卑和孤独，也一度让我的自信心接近崩溃的边缘。每当我感到无助、绝望的时候，我就主动暗示自己：征服畏惧、建立自信最快最有效的方法，就是去做你擅长的事，树立自己的江湖地位。经过冷静分析后，我将提高学习成绩作为获取自信的突破口。

实验班学习氛围很浓，大家喜欢相互谈论问题，虽然我的物理、化学学得还不错，但高一阶段从来没人找我讨论过理化题目，大家都喜欢和谭显辉、陈谦益、康一风等二中初中部直升上来的老牌高手请教，似乎对我这个乡中学上来的偏科生一点也不感冒。大家彼此熟悉时，我就大着胆子主动找高手讨论疑难问题，希望逐渐得到认可，也帮自己积累一点自信。高二时，由于我在理化考试时接连考了两次好成绩，初步树立起江湖地位，再加上时间一长，大家对我的滩头话勉强能听懂了，这才有人主动找来和我谈论问题。我的自信心就在同学的逐渐肯定中一点一滴积累起来了。

在学好理化的同时，我也高度重视文科学习，希望自己能在考试中获得好成绩，得到大家的认可。说出来有点不好意思，其实我那时还想争班上第一名，虽然我最终

陈善荣，男，1977年出生，隆回桃洪镇人，1996年毕业于隆回二中。隆回籍青年企业家，担任深圳市美晶投资股份有限公司、深圳市美晶科技有限公司、深圳市美晶酒窖文化传播有限公司等企业总经理。

一次第一名也没有获得过。有次和班上某文科高手做历史多选题,正确答案为"BD",结果这道题我做对了,文科高手却做错了,我看见文科高手怔了半天说不出话来,对题目反复看了几遍,最后极不情愿地问我:"为什么不选答案C?"我说答案C所指的事件还没有发生,不可能对题干中所说的事情发生影响,所以排除答案C。文科高手其实对事件发生的时间顺序了如指掌,可他看到选项的时候,以生活常识来推断事件的影响,结果做错了。这件事情后,文科高手对我刮目相看,以至于毕业将近20年了,每次看到我都夸我是一个文理双全的厉害角色。最重要的是,这件事情让我更加自信,自我感觉在同学中腰杆子都直了很多。

在学好强项的同时,我也积极想办法弥补自己的弱项。我们的第一个班主任是数学老师朱贤舜,全国优秀教师,他上课的特点是内容有点偏难,经常在我们高一的课堂上用大量的时间分析奥数题和高考题,因此深得一些数学高手的喜爱。在他的影响下,我也傻乎乎地天天钻研高难题,却忽视了自己基础不扎实的现实,所以数学成绩一直不是很理想。高二的时候,我按照新任数学老师黄敬文的要求,从高一的课程开始补习,回归教材,多做基础题,成绩才得以逐步提高。1997年高考时,我的数学成绩大爆发,考得比物理、化学还好。

磨砺只是人生这首优美乐曲中一个不可缺少的音符,或者说是人生无际大海中一个猝然翻起的浪花,甚或是人生湛蓝天空中一朵漂浮的白云。高中生活除了磨砺,也还有很多点滴趣事。这些趣事让我的生活变得丰富多彩,让我对生活更加充满希望,这些都有助于我自信心的建立和加强。

说起趣事,我首先想到的是吃。当时吃肉是很奢侈的,我家每月都会给我做顿红烧肉,让我自带到校或捎到刘胜保老师家。尽管和胜保老师很熟悉,但我还是有点怕见到他,于是先溜到他家附近,见他不在,赶紧用钥匙打开房门,夹上一两块肉,放在嘴里一嚼,顿感唇齿留香。另一种美食是油饼,当时对我来说是个新鲜东西。下午休息或晚自习后,同学们拿着攒下的饭菜票买上一个油饼,然后在穿过操场的道上吃得津津有味。不用花钱的美食是水果。学校里有橘子园,每当柑橘成熟的时候,我们会被安排去帮忙采摘。满园都是金灿灿的橘子,采摘过程中吃上几个是再自然不过的事。校园里还散落着一些柚子树,每当上完体育课,我们喜欢拿起石头就往柚子树上砸,如果不幸被教职工发现,就赶紧一窝蜂地跑掉。柚子树很高,运气好的时候,兴许还能砸下一两个,于是抱着战利品一口气跑回教室。剥开柚子皮后,满教室都是柚子的香味,大家见者有份,充分享受到了班集体的美好。最有意思的莫过于在教室做饭吃。当时为了防小偷盗窃教室公共财物,老师会安排两位同学在教室睡觉。守教室

---

谭松庭,男,1961年出生,1978年毕业于隆回二中。现为湘潭大学高分子化学与物理专业博士生导师,主要研究方向为光、电、磁功能高分子材料,高分子复合材料,液晶高分子。

可以有时间多读点书，但更重要的是自由。当时我们正是长身体的时候，加上吃得并不好，到了晚上，感觉肚子饿是一件再正常不过的事情。有一次，我们拣几块砖头搭建了一个简单的灶，把打饭的铁盒往灶台上一放，再拆点破桌子的木头点燃就在阳台上做起饭来。慌乱之中，阳台地面被烧黑了，我们吓得赶忙把火熄了。这顿饭自然做得半生不熟，可我们还是觉得很香，要比食堂的饭菜可口得多。

左撇子常常是另类的代名词，我恰好也是一个左撇子，这一度让我很不自信。人常说左撇子打乒乓球要么很厉害，要么一点也不行，我别的运动一般，唯独乒乓球还可以。可喜的是，班上乒乓球运动氛围很浓，有好几个水平出众的高手，尤以李军、阳文帮、陈谦益最为突出。我的乒乓球水平跟这几个高手还是可以较量一下的，大家有时玩"杀皇帝"，有时输了的钻桌子，有时搞21点三打两胜，一场大汗淋漓的比赛后，人的精神面貌都会为之一新，别提有多舒服了。打乒乓球能锻炼身体，调节学习生活，更重要的是帮我树立了自信，至少说明我好歹也有一技之长。

高中生正是情窦初开的时候，很多同学都是到了高三，对异性的情愫才开始发酵，我也正是如此。当时恰好有一朋友喜欢班上某女孩，而我却喜欢女孩同桌的她。于是，我悄悄往她桌里塞一纸条，和她相约校外小河边。一夜无眠，一天无心听课。到了下午，我假装散步，径直往小河边遛达。结果两个女孩同时出现了，她们有说有笑和我打着招呼。爱在心头口难开，我一边应付她们，一边等待两人分开以便趁机表白。可直到黄昏降临，任我心猿意马，也没见她俩有分开的意思。当时的我认为她在故意羞辱我，于是，收起了恋爱的心，又一心扑在了学业上。

从隆回二中毕业以后，我又继续自己心灵的苦难之旅。一个死守滩头文化，晚熟的南方蛮子，一头扎入了北方海滨大都市——大连。将近十年的百事不顺，磨炼了我的心智，也让我变得成熟起来，过去的很多缺点竟然化腐朽为神奇，在他人眼中却成为别样的风景。例如，受滩头口音的影响，我的英语口语超差，在大学考英语四、六级的时候，我竟然摘下耳机去答英语听力题，仅凭题目的逻辑关系去猜题；大学毕业后，我对英语26个字母还念不准。可如今，由于工作需要，我经常出国洽谈业务，英语口语竟神奇地成了谋生的手段。真的应了那句广告语——一切皆有可能！

正如百岁老人杨绛所说：保持知足常乐的心态才是淬炼心智，净化心灵的最佳途径。一切快乐的享受都属于精神，这种快乐把忍受变为享受，是精神对于物质的胜利。也不知是谁说过：上帝为你关闭了一扇门，就一定会为你打开一扇窗。回想起来，我真的很感谢在隆回二中经历的磨砺，感谢培育我的老师，感谢一起成长的同学，有了你们的帮助和潜移默化的影响，我才能找到上帝为我打开的那扇窗！

---

李傻傻，原名蒲荔子，男，1981年出生，隆回桃洪镇人，1999年毕业于隆回二中。80后作家代表人物，被称为"少年沈从文"，著有长篇小说《红 X》、散文集《被当作鬼的人》。

# 旧梦新忆

◇周劲翔

周劲翔,男,1975年出生,隆回罗洪人。1987~1994年先后就读于隆回二中初71班、高162班,1999年毕业于北京电影学院戏剧影视文学本科班,获文学学士学位,现为编剧和影视制作人。曾编剧《春光灿烂猪八戒》《我的左手》等多部影片,2002年获中国电影文学最高奖——夏衍文学奖。

1987年夏天,我考上了隆回二中初中部,时值学校刚从六都寨镇搬到县郊赧水河畔的第二个年头。校歌中有词云:"孟母三迁,把校园移近桃花小镇。金橘飘香,梧桐拥翠,涛涛资水,伴着朗朗书声……"我在二中孕育的梦想,也如歌词中描绘的那般时而婉转,时而豪迈奔放。

我的第一个梦与唱歌有关。据说,我从小嗓音清亮,学歌很快。在老家高平镇上小学时,父亲最喜欢的事情就是在黄昏时,沿着大桥边,带我到田野里散步,走到人迹稀少之处,一向严苛的他,露出近乎讨好的笑容让我唱歌给他听,让我的虚荣心很是满足。其中,他对我唱的《军港之夜》百听不厌,每次必定是保留曲目。

晚霞中走散了的小鸭子,田坎边的紫云英,潺潺流过的溪水,荷锄而立的陌生老农,头顶悄然升起的弦月……都可能听过我幼时的歌。除了斑驳的画面,我无法回忆起自己的声音。过后的多年里,父亲一直表示遗憾,当年没买个录音机给我录下来。他的失落现在看来,只是一个心怀众生却在体制内郁郁不得志的公务员,在不谙世事的小儿歌声里,找到一点人间清凉的慰藉罢了。

入校后,我分在初71班。我的这个唱歌底子很快被班主任刘爱武老师发现,在她的推荐下,我被政教处主任马轶麟老师选中了。在1987年9月10日的庆祝教师节大会上,在灯光球场的放映室二楼,面对全校师生,我生平第一次在麦克风前演唱那

---

陈晓峰,男,1975年出生,隆回金石桥人。1995年毕业于隆回二中,隆回籍青年企业家、广东佛山中格家具有限公司董事长。

首当时著名的神曲——《血染的风采》。麦克风连着的高音喇叭在球场对面的水泥柱上,我唱完第一句,发现声音没有同步地传入耳中,便停下来等了几秒,我这个还只习惯在田野里唱歌的可怜孩子,慌乱中把第二段的歌词唱到了第一段,台上的几分钟度日如年,好不容易唱完,自己的耳边一片轰鸣,听不到掌声或者是嘘声,只记得那两个字不停回荡——完了……

当然,事情并没有想象中那么惨,我继续担任班上的文娱委员,还不时被同学们鼓励将来要当歌唱家。直到变声期出现,嗓音变哑,家里人给我买了许多的黄氏响声丸吃,勉强保住了嗓音,但声线不再清脆高昂。很快,我的竞争对手出现了,他是我的同班同学,叫郑明星,名如其人。初二暑假归来,他可能从老家在南方打工的亲友那里学会了当红的港台歌,比如《粉红色的回忆》之类的歌曲,"夏天夏天悄悄过去留下小秘密,压心底,压心底不能告诉你……"靡靡之音击退了我那偏主旋律调子的"家学传承",我主动让贤,把文娱委员的宝座"禅让"给了他。很多年后,"快男超女"开始盛行,一夜成名的诱惑让少男少女们疯狂。我们俩重逢,他也没有成为歌手,在他工作的岳麓书院,青苔漫阶,春雨淅沥,他送了我朱熹的对联拓片。只可惜少年时候的稚嫩歌声再无处可拓,犹可记为母校滋长出的第一梦。

第二个梦与画画有关。随着歌唱家梦的自我放弃,我一度迷上了画"鬼仔",这是后来我家里人与老师的评语。小学时,基本上把《说唐》《三国演义》等杂书囫囵吞枣地读过,加上又读过大量的小人书,小小心里装着许多的英雄梦,这个积累不知何时迸发了。在上课的时候,我一度走神,课本书的边角上,画满了山寨版的黑白小人涂鸦,有皇上,有将军,有臆想出来的千军万马在厮杀,我找到了一个自给自足的快乐方式,按着心里的期待,用凌乱的黑白线条在狭窄的纸面上给自己讲故事,经常画得物我两忘被老师罚站。当时,母校分配了一位叫阳立刚的美术老师,开了课外美术班,我报了名,才知道有静物写生,有阴暗面,有水彩。我的第一张彩色的画是水彩画:蓝色的大海上,一艘白帆船在波浪里独行。那时还没有读过莱蒙托夫的诗《帆》,亦不知道孤独的力量,只是沉浸在色彩这种语言带来的自由与鲜活之中。还记得当初最为着迷的是如何把波浪的磅礴之意生动地画出来,虽然那时候,我这个山里的孩子还没有看见过真正的大海。

往后我行走到任何国度的海边,都没能找到当初自己所画的大海的那种激越与幸福。在课本书上画"鬼仔"的游击队员遇上了阳立刚老师这样的正规军,"画家梦"一夜之间覆盖了十三岁少年的白昼。可惜这个梦醒得更快,随着期末考试的成绩出来,我从前十变为了倒数,父亲的火眼金睛很快在我的课本书上找到了答案,原来所

范建民,男,1971年出生,隆回石门人。1990年毕业于隆回二中,后毕业于湖南师范大学外语系,青年企业家,在福建厦门创办了地平线家具厂。

有该听课的时候,我画这种"鬼仔"去了。在饱挨了一顿杉树枝后,我那当田野歌手时的粉丝——父亲,在我的歌唱家梦不济之时严重警告我,退出美术小组,课本边角上不得出现任何一个"鬼仔。"

整个初中接近尾声的时光变得黯淡,除了开始萌芽的爱恋之心,但那是不能张扬的禁忌。好在还有文字,这门从上学起陪伴着我的语言,此时可以拿来作为拐杖,在一个个压在箱底的笔记本里表达着最初的爱与忧伤。中考结束,我的考试成绩已经大势已去。在初三的毕业班会上,不知为何,刘爱武老师再次给了我一个很重要的机会,代表整个 71 班写一篇总结式发言稿,读给全班同学听。那是一篇我记不住内容的稿子,里头充满了对未来的期许以及对过往的依依不舍,隐约应该有了一点自我的方向。那真是一个难以忘却的仪式,从入校时的登台唱歌,到此刻站在讲台上,我的初中三年虽然是一曲失败之歌,但当我读完自己的演讲稿,我确认了同学们的掌声,同时耳边并没有"完了完了"的恐惧回声。我初中毕业的纪念册里,依旧有三分之一以上的留言是祝福我当歌星的,唯一有一段很简洁的留言,大意是:周劲翔,你能成为一个优秀作家的!记得好像是一个叫李叶的女同学留的,我与她并没有太多交集,但她的留言像是一种闪电般的预言,拉开了我文学梦想的序幕:担任默深文艺社社长,考上北京电影学院,成长为专业的影视编剧,获得中国电影文学奖……我人生的发展,或许再也不会离开母校隆回二中孕育出来的文学梦想了。

如果说梦想是抵挡庸常人生的必由之路,我在此要深深感恩母校,她给了我一种养分,一种基因,一种自信,让我学会在任何人生低谷,能听由自己的本心,一次次去与梦想相濡以沫、两不相欺。

罗威,男,隆回金石桥人,1985 年毕业于隆回二中。现为深圳市金鑫办公设备有限公司董事、总经理,湘隆华溪助学基金会会长,热衷于家乡和母校的慈善事业。

# 教坛春秋

*Jiaotan Chunqiu*

三尺讲台三寸舌,三寸粉笔三生付。我们的老师,隆回二中厚重历史中最感人的华章。他们有的置身于风云变幻的时代大潮,见证了学校的孟母三迁,目睹默深文艺社、《凤声报》的诞生,弦歌不辍。有的在此第一次扬起教鞭,从青涩的初出茅庐日益成长为教坛新秀,丹心热血,不拘一格。有的改写二中历史,励精图治,让校园旧貌换新颜,成为省级示范性普通高级中学。有的在二中"画了一个圈",勇于创新,开启学校封闭式管理的全新时代。是他们谱写了《一曲美妙的和弦伴奏》,是他们在《激情岁月 无悔家园》里烙下了《生命的印记》,是他们《倘佯在幸福中》创造了《纯净之美》……

让我们再次回到他们的身边,向他们的春华秋实致敬!

栏目主编

## 欧阳文邦

## 陈莉莉

欧阳文邦 江湖上人称邦老爷，七水江畔的土包子，如今进了长沙城。曾经有过醉生梦死的文学理想，热衷于写作通讯，后来如愿以偿做了记者编辑。如今混迹于省市作协，但充其量算个山寨作家。曾主编出版散文集《网住那缕缕乡情》《网聚乡情》，不料却遭网友吐槽——通讯写手也敢玩散文？抓狂之后，改装一句名言聊以自慰：隆回子弟多才俊，后发制人未可知。呜呼！文学路之于我，目前还真是漫漫雄关的第一步。

陈莉莉 吾乃清都山水郎，天教懒慢带疏狂，曾批给露支风敕，累奏留云借月章。二中六年，虽担任过默深文学社副社长，却一直局限在自己的感性小天地。九年来身为英语翻译大步走四方，海外工作时尽享旖旎风光，相夫教子时以家为世界，但始终，只有文字，是托性寄情的最佳出口。小女子虽不才，但对母校心怀感恩，此次担任副主编一职，备感荣幸且义不容辞，唯有一颗诚心倾力相待，就当是圆少年时的文学梦。

# 从新隆中学到隆回二中

◇张嘉兴

隆回二中的前身是新隆中学,其校址经历过三变:解放初在金石桥,1953年迁六都寨,1986年迁桃花坪。新隆中学是1945年创办的,名曰"私立",实乃三乡(解放前的隆回、隆中、隆治三乡)联立。当时抗日烽火已蔓延到邵阳,本地学生外出求学困难,在龚述畴、孙泽英等一班有识之士的倡导下,接收原已停办的十六区女校的校舍田产,开办了新隆中学。隆回解放后不久,学校在人民政府教育厅中教(52)第399号通知的要求下,改新隆中学为"湖南省隆回县第二初级中学",隆回二中从此诞生。

张嘉兴,男,1922年9月出生,隆回金石桥人。曾两度在隆回二中担任语文教师,见证了学校搬迁六都寨和花门的两大历史性事件。

县人民政府派彭德新为校长,负责接收事宜。当时我县南有一中,北有三中,而中部地区没有中学,为适应形势发展和县内中学合理布局的需要,于是决定将隆回二中迁往六都寨,同时拨款10万元在六都寨洪江村划地54.3亩修建新校舍。1953年5月15日新校舍落成,搬迁工作也随之开始。当时金石桥至六都寨还没有通车,大家只好步行前往六都寨。师生300多人组成浩浩荡荡的队伍,各人挑着自己的行李,公家的东西如课桌、凳、床、柜等就雇请民夫搬运,朝发夕至。面对新环境,新气象,全校师生无不欢欣鼓舞,从此弦歌不辍,桃李芬芳,在此一晃就是33年。

我在二中前后共工作16年,分两个阶段:前段为1949年下期至1957年上期,为时8年;后段为1978年下期至1986年上期,也恰好是8年。二中的三处校址都留下我工作和生活的脚印,两次大搬迁曾洒下我的汗水和苦水,至今仍难以忘怀。有关隆回二中的全部历史,《县志》《县教育志》均有详细记载,我这里

---

新隆中学第一任校长为孙泽英,司门前孙家垅人,解放前任过县长,属于比较开明的绅士,曾参与松坡中学(今隆回一中)的筹办,任期为1945年8月~1948年7月。

只就解放初在金石桥的一些情况作片断回忆,因当事人健在者已寥若晨星了。

新隆中学曾是传播革命种子的摇篮。解放前夕,风云变幻,新隆中学这块文化教育阵地,进步与反动、革命与反革命两股势力斗争异常尖锐。代表进步力量、大力传播革命种子的主要人物是陈伯容(陈义宽),他乃鸭田人,个子高挑,爽快精干,行动果敢。陈伯容 1947 年进入新隆中学教国文后,大胆积极宣传革命形势,宣讲革命理论。每一上课,就开门见山地说:"同学们,给你们讲 20 分钟的时事!"于是话匣子打开了,淮海战役怎样,中原形势又怎样,讲得眉飞色舞,有根有据。同学们聚精会神,听得津津有味。陈老师有时会印发《论人民民主专政》等油印件给学生读,因他同社会上的进步人士多有联系,还常常安排刘焕保、邹必卿、尹鑑仁等学生为他送信。校长龚述畴在那紧张而又复杂的社会形势面前,左右逢源。当反动头目进入学校要大家效忠党国时,校长带头举手宣誓;当陈伯容进行进步活动时,他网开一面,暗予支持。我最初并不认识陈伯容,和他相识时已是 1949 年上半年,当时我在新化复初中学教书,暑假应李冠文之约回金石桥闹革命,由于志趣相投,很快就结识了陈伯容。是年 9 月,我又由陈伯容介绍进入新隆中学任教。不久,我们又逐步联系上了革命老同志如谢希韫、欧阳洪端等,团结了谢泉等一班进步青年。后来,经由李冠文、陈伯容两人潜行密访,在新化找到了省工委有关负责同志,同意我们建立"新民主主义建设协会",迎接隆回解放。那时,我们常在学校附近的一个偏僻山沟里开会,研究出墙报、贴标语、送情报、策反等一系列工作,直到 1949 年 10 月隆回正式解放,迎接解放的任务胜利完成,大家才各自走上革命工作岗位。解放后,陈伯容更是意气风发,席不暇暖,穿上军装就参加征粮去了,他还发动并率领学校一大批学生去上资江公学,为革命培养和输送了一批新生力量。接着,陈伯容又参加了土改,后调隆回一中任教导主任,再后来调任新化一中任校长。不久,他被调往长沙《湖南农民报》工作,后又调长沙艺术专科学校工作。"文化大革命"后期,他在受到不公正的对待后抱病逝世。

历史改元,天翻地覆,革故鼎新。新隆中学在党和人民政府的领导下,首先是对领导班子及教师队伍进行整顿清理:校长龚述畴有进步表现,继续留任;谢希韫新增为副校长;教导主任蔡荫湘是开明绅士,也留用;姓田的训育主任带走劳改;教师绝大多数原职留用,极个别有民愤的则被农会揪返老家。

学校除正常教学外,突出的工作是搞社会宣传,结合党的中心工作,宣传党的方针政策,如减租反霸、土地改革、抗美援朝等。写标语、出墙报、喊广播,参加各种斗争会、公审会是宣传工作的主要形式。此外,大规模演戏也是那时的一项重要工作,我还记得部分演出的戏目,如《白毛女》《赤叶河》等。由于剧中人物多,因此教师个个要

---

新隆中学第二任校长为龚述畴,任期为 1948 年 8 月~1951 年 2 月,他和学校共同经历了国家政权的更替时期。

上阵，不管年老年轻，会演不会演，都要粉墨登场，表演一番。除了在学校演，我们还去附近村子演，甚至到更远一些的集镇去演。

陶醉在新的天地里，全校师生个个喜气洋洋、干劲十足。晚上，教师们还要提一盏马灯，到附近村里去教夜学，每人固定一个点，风雨无阻。上课的时候，老师拿一本《农民识字课本》，两支粉笔，就在堂屋里讲了起来。村民的热情也很高，男女老少都踊跃参加，渐渐地认识了一些字后，有人不但能写自己的大名，还会写别人的名字了。夜校开设后的好处明显，村子里搞起选举来，可以不再用"豆选"，而是直接用票选了。

解放前，新隆中学的经济来源主要靠几百石田租，解放后土地分给了农民，学校已一无所有，连一粒谷子都收不上。又因学校是私立，政府没有拨款，学生学费也微乎其微，所以，解放初期有段时间学校是极其困难的，教师没有工资且不说，就连正常生活也很难保证，每天只能喝两顿粥。当时，大家谁也没有去考虑物质待遇，相反，以苦为乐，干得很欢。后来，学校逐渐发了一点供给，1952年，教师们开始有了一点工资，直到1956年正式开始按职称评定工资，生活才慢慢好起来。

解放后，学校面貌焕然一新，工作蒸蒸日上，要说有问题就是校领导间不团结。校长与副校长也许是各有资本，各吹各号，互不服气，甚至明争暗斗，这无疑对工作带来了不少影响。上级领导及时发现了这个问题，将副校长谢希韫调往六都寨中心小学任校长，教导主任蔡荫湘被解职到洞口县任教师，校长龚述畴则自找关系到福建工作去了。1951年3月，县人民政府派张杰担任校长，吴力云担任教导主任，共青团员王民初担任生活辅导员，他算学校唯一一个有政治身份的人。这期间，教师人数也陆续增加，调进了李中魁、刘文虎等人，后又有刘隆礼、袁征凯、谢超义、杨世彬等相继调入。

因参干参军走了很多学生，当时各班的学生数额很不足，有的班只有二三十人，多的也不过三四十人，亟待补充。考虑到土改后广大农民在政治上经济上翻了身，文化上也应该翻身，上级指示开展劝学运动。教师分片包干，纷纷下乡下村，挨家挨户摸底调查。劝学的对象是贫下中农子弟，文化底子差一点不要紧，年龄大一点也不要紧，都要动员来上学，这样一来，学生人数有了增加。同时，学校还扩大了招生范围：以前只招老三乡青年，现在扩大到全县，甚至邻县溆浦龙潭一带的学生也招收进来。

当时，支农是教师的一项重要任务，每年插秧收割自不待说，有临时任务也得下去，比如禾苗受虫灾、冰雹灾，或抗旱，或修水利、修马路等。有一次，学校附近一个村子的禾苗起了虫，上级布置停课捉虫，师生每人拿着自己的脸盆奔赴田里，捉了一个下午，到吃晚饭时才返校。返校后，学校按人登记数目，以便评比。登记妥当后食堂就开餐了，师生按往常席次进餐，我和张杰校长及刘文虎老师等共席。

---

新隆中学第三任校长为张杰，任期为1951年3月～1952年11月，是由隆回县人民政府接管学校后任命的第一位校长。

张杰:"刘老师,今天下午捉虫,你为什么没去?"

刘文虎:"我有病。"

张杰:"有病也要请个假呗。"

刘文虎:"我向王民初老师请了的。"

张杰虎起脸,筷子一拍,扬起身,"妈的!"手掌直往刘文虎背上猛击。

学生们看在眼里,大吼:"不要打人!校长不准打人!"食堂一片喧哗。张杰看到形势不对,饭没吃完就往自己房子走去,并关上房门。学生们蜂拥到房门边,大喊大吼:"校长打人是恶霸作风!打倒恶霸作风!"声浪此起彼伏,越来越高,后在老师们的劝导下学生才渐渐散开。区政府领导很快就知道了这件事,赶紧来学校了解情况,还集合师生训话。领导对两位当事人各打五十大板,说刘老师一点伤风感冒就逃避劳动是不对的,校长处理的方式方法也有欠缺。事态才算结束。

1952年11月,县人民政府任命彭德新(共青团员)为校长,陈涛元(共产党员)为教导主任,胡昆(共产党员)为总务主任,接管新隆中学,并改校名为隆回二中。原新隆中学第12班改为隆回二中第1班,原新隆中学第13班改为隆回二中第2班,依此类推。学校从此走上新的发展阶段,面貌焕然一新,政治氛围更加浓厚,校风学风更加优良,教师积极性更加高涨,师生关系更加融洽,校群关系更加密切。

1953年5月,隆回二中由金石桥迁六都寨,校史又翻开了新的一页。

新隆中学时期(1945~1952),历时共七年,为国家培养了一大批优秀人才,就我所知,如陈早春(人民文学出版社社长、著名作家)、张全寿(北方交通大学副校长、铁道部专家)、邓松山(隆回县县长)、张拾遗(解放军副师级将官)、陈惟洋(浙江省矿冶专家)、欧阳范水(新疆拜城县政协主席)以及各界各业的专家、教授、高级工程师、高级教师、企业高管、德艺双馨的文艺工作者、主任医师等,未及一一列举。隆回二中迁六都寨办学33年,迁县城花门办学至今(2014)已28年,培养出的人才更是星光灿烂,硕果累累,方兴未艾了。

---

隆回二中第一任校长为彭德新,任期为1952年11月~1954年7月,他见证了新隆中学到隆回二中的转型,主持了学校由金石桥迁往六都寨这一重大工程。

# 唐宋情结

◇朱贤舜

做为教师,我是在隆回二中成长起来的,多得嫡派真传。钟情唐诗宋词的我,说来也巧,引路人竟是二中两夫子唐道雄、宋鹤鸣,他们分别卒业于湖南师院中文系、华中师院化学系。唐师的国学功底深厚,业内翘楚,自不待说;宋师先是负笈于省立六师,有着坚实的国学功底,堪与宿儒比肩。

得到唐师的耳提面命,纯属机缘巧合。1957年,唐师被划为"右派",后解"帐"归田。十多年后,二中慕才想把他请回,讵料"右派"帽子摘不了,难能遂愿,只得破例来作"代课"。我的国学根基,多亏了唐先生,其次是宋先生。

唐师初次谋面,印象中是不修边幅,甚至有点邋遢,应是不及强仕之年。厄运带来穷困潦倒,不见了昔日儒雅仪容,却依然口齿犀利,所出毫不掩满腹经纶。先生对我的一副嵌名对联赞赏有加:

启锚趁良辰,想航程尚远,当协之波推百舸;
放喉迎浩水,号运业维艰,须会乎勇进千帆。

我因而有缘向他讨教,后来,我与之成了忘年交。

至今仍记得先生吟咏周敦颐的《爱莲说》,平仄依古,腔转随情,摇头晃脑,一咏三叹,颇具感染力。今天的老师朗诵起来,难免隔了些古意。

读罢孔稚珪的《北山移文》,很多典故一知半解,于是请教先生(也想考他一下),不料先生一瞥题目,把书合上,诵之行云流水,典故如数家珍。我打心眼里佩服之至。如先生解读"泪翟子

朱贤舜,男,1949年1月出生,籍贯娄底双峰,中学高级教师。曾远赴西藏支教,后长期在隆回二中任教,为湖南省数学会、中学数学教改研究会会员。数学著述、论文颇丰,为《数学通报》《中学生数理化》特约撰稿人。先后被评为拉萨市先进工作者、邵阳市劳动模范、全国优秀教师。

---

隆回二中第二任校长为陈涛元,任期为1954年8月~1956年7月,他曾于1980年4月~1984年8月再度出任隆回二中校长(第七任),1987年退休,1992年1月24日因病猝然去世,享年64岁。

之悲,恸朱公之哭"说,翟即墨子也叫墨翟,朱公指杨朱。《淮南子·说林训》有这样的话:"杨子见歧路而哭之,为其可以南,可以北。墨子见练丝而泣之,为其可以黄,可以黑。"这样去理解原文,让我茅塞顿开。

我的祖籍双峰,文风颇盛,民间历来重视旧学,可谓弦歌不辍。龆年要读《三字经》,幼年读《幼学琼林》;志学之年读《曾文正公家书》《古文观止》《古文笔法百篇》等。这些让我潜化于无形,耽读之余,不经意中就领悟了文言,虽不足以从事什么声韵训诂,但至少可以做到文字顺畅,达意通情。仰慕唐师背景,我试写文言,可没想到凭我这一手稚嫩的文言,怎能入夫子的法眼?我把"火眼金睛"掐尾生造"火眼",以为文言。先生说:"你错了,火眼是中医上的急性结膜炎。文言'法眼'可表示火眼金睛,原本是佛教所指认识到事物真相的眼力,后以泛指敏锐深邃的观察力。又火眼金睛一般表示愤怒,眼睛发赤,像冒出火来。"接着解读"法"字,给我上了一课,古体的法是由水、廌、去三部分拼得来的会意字;用三点水表明其平如水,公正;廌,是古代神话中异兽,也叫獬豸,形状像羊,但少一只角,能够辨别是非曲直,见人争斗,就用角去触理曲的一方;去是赶走的意思。"法"的本意为:如果有人行为不正,大家就要公道行事,对他予以制裁。现在,法只留下水和去了,不问是非曲直了……说到这里,以为失口,欲言还休。我可以揣度到先生的心理:"文革"的很多所谓"大事"(包括反右)有多少是问了是非,依法办事的?

唐先生教我写散文,取材不要贪大,篇幅可短,要抒情赋感,捕捉事物中的那份情趣、理趣和意趣,切中人情世故,这才有读味。如能旁征博引,古人、时人的隽言妙语信手拈来,赋文以鞭辟入理的洞见,起伏跌宕的波澜,则丑也有几成了。我能见诸报刊的很多散文,都得益于先生的点拨,也体现着先生的教诲。

至于旧诗词,除了课本上有的,没有老师着意为我启蒙,倒是性之相近,习以为常,又可从唐、宋二师得到耳濡目染,我有了长进。常听二位吟诵唐诗宋词,是越腔吴调的哦叹之音,几近越剧的道白,又夹以湘楚乡音,一波三折,余韵袅袅,情意绵绵。听得"弃我去者昨日之日不可留,乱我心者今日之日多烦忧!"或是"长洪斗落生跳波,轻舟南下如投梭"顿觉太白、东坡就在肘边,一股豪气上通唐宋!《晋书》王敦传说,其酒后,辄咏曹孟德古诗,一边用玉如意敲击唾壶作节拍,壶边尽缺,唐先生的一个缺沿的茶杯,想来也是这样敲得的? 今用普通话吟诵旧诗词,只恐怕永远难与古人意通呢!

宋先生于我印象是稳重、练达。常见他迈着八字步踱来,沉思中嘴撇得像瓢儿。写散文,先生从技法层面上示导我。他说,文章起笔要突兀见新,让人读来欲罢不能;

---

隆回二中第三任校长为宁峥嵘,任期为1956年8月~1964年9月。

结尾要斩钉截铁,笔住而意犹不尽。你读贾谊的《过秦论》,篇末的五十四字长问"然秦以区区之地……为天下笑者,何也?"竟以短答煞住:"仁义不施而攻守之势异也。"令人拍案叫好!先生又说,文章切忌多用虚词,唯转折由之,方显得朴拙有味。于实词的运用要多斟酌,在遣词丽藻方面多下功夫,期于至当。比方说,将麻将桌上洗牌的动作比作蛙泳,就形象具体。

　　学会写点律诗,得益于宋师的指津。先生说,学理科的,若心无旁骛,少得乐趣。若能学习写点旧诗,很有意义。诗的身份特殊,性格鲜明,最能刺激一般人的幻想。"幻想"对于学理科的,真是太重要了,没有门捷列夫的幻想,怎么得来化学元素周期表?牛顿若不是幻想,怎会异想天开发现三大定律?先生说,律诗要求句子合律、简炼、含蓄,这样在文法上就成特殊的结构,显得耐读。如王维的《过香积寺》有"泉声咽危石,日色冷青松",每一句中两事物的关系,全靠一个单字"咽"、"冷"来联系,中间没有介系词来调整,留出了想象的空间。下句,到底是日色照到青松上使青松显得冷呢,还是日光因落松间而自己显得冷了,还是松色和日色看来一片凄冷,无所谓谁使谁冷呢?你看唐诗的魅力,涵泳于其中,吟来写来理科脑瓜不就活泛了?我有一些歪诗,多承宋先生点窜涂乙,方勉为泛可。如律句"三餐怜子弟,一饭想爹娘",改"爹娘"为"庭闱",与"子弟"雅说相谐。古代男主外,女主内;庭在外,闱在内,代指父母。杜诗有"我已无家寻弟妹,君今何处访庭闱?"先生说:古云诗言志,歌咏言。写诗,不能少了情;抒情不要露骨,沦为滥情就不好。给人无端道愁的空洞之感,诗意在哪里呢?好诗总是寓情于叙事、写景、状物之中……这让我至今莫忘,做为鞭策。最近我从荷香桥老街故居归来,吟成一首七律,题为"老街感怀":

　　老街寻梦渐依稀,往日繁华已式微。
　　紫燕双飞南去远,白头独守晚来唏。
　　吟诗总怕牵寒韵,饮酒还忧捧冷卮。
　　最是大年三十夜,团圆盼子晏回归。

　　唐、宋二师均已作古,免忧"白头独守"、"寒韵"、"冷卮"了,倘在天有灵,还可以手捧唐诗宋词,尽情曼吟回唱。可不是吗?昔之铿锵余韵,犹萦耳际,让我顿觉二师就在肘边,一股豪气直通唐宋!

---

隆回二中第四任校长为戴辉堂,任期为1964年10月~1965年5月,任期为8个月,是到目前为止任期最短的校长。

# 激情岁月　无悔家园

◇马轶麟

马轶麟，男，20世纪40年代中期出生，隆回长鄄人，毕业于湖南教育学院中文系。曾长期在隆回二中和隆回一中担任领导职务，是国家级优秀教师，事迹被收入《中国当代教育名人辞典》。现为县老年大学国学班教师，省诗词、楹联两会理事，邵阳市诗联两会副会长，隆回县诗词楹联学会会长。

19岁开始教书，在40多年的教学生涯中，最让我魂牵梦绕的，是在隆回二中的整整12个年头，因为我人生最鼎盛的年华就奋斗在那里。时光流逝了近20年之后的今天，那些叫不出名字的壮年男女们，与我旅途偶遇，依然一口一声"马主任"，邀朋约友为我洗尘；那些从昵称上无法辨别是谁的某某们，至今仍总在网络上提起我的名字……人非草木，孰能无情啊！

调往二中，是在1982年8月28日，时年我36岁。一辆便车装着我的两个笼箱和一颗雄心，从偏僻的长鄄山村来到六都寨洪江村的二中旧址。之所以说雄心，是因为"文革"前后我在乡村做了十多年民办教师，十一届三中全会后以全县第一的成绩转为公办教师，立马就能到县立二中当教师，我觉得自己有如脱笼之鹄，真想一飞冲天！

当时的二中，陈涛元当校长，卿国烈任书记，有一批功底深厚、事业心强、很受学生欢迎的好老师。我和刘林杰老师被学校从乡下物色而来，担任"文革"后重续的初中部第61班和62班班主任。学生们勤快朴实，懂得尊师重道，他们容易满足：每个月排着队到区公所看一次电影，就笑得合不拢嘴；为领到几个硬似砖头的中秋月饼而感到二中颇具人情味。因此，学校的校风端正、学风良好。

从乡下来到新环境的初中生们年龄小，远离父母，花钱没计划，衣服也不会换洗，卫生状况成了问题。于是，班上成立了小银行，大家把交完生活费以外的零钱都储存下来，需要用时经班

---

隆回二中第五任校长为陈龙楚，任期为1966年6月～1969年9月，他和学校刚好历经"文革"初期，后来也曾担任过隆回一中的主要负责人。

主任问明用途之后再领取。管钱的问题倒是容易搞定,难解决的是不少孩子内衣和头发上生了虱子。我想出了一个"缺德"的办法:开个班会,举行抓虱子比赛,看谁交出的虱子多。天真无邪的孩子们走到各自的寝室,脱掉衣裤,纷纷寻找;相互到对方头上"毛里求虱"。身上没有虱子的同学着急了,只好说尽好话,到学友那里讨几个来充数,还有几位女孩子哭丧着脸来向我报告,她们头上只有虱子蛋。我说两个蛋折成一个虱子。一堂课下来,多的抓了二十几只,少的也有一两只,也有交几个虱子蛋的,实在没办法的同学只好垂头丧气地坐到座位上发愁。班会结束,我在总结中告诉孩子们生虱子的原因在于不讲卫生,没交虱子的同学评为讲卫生的模范。大家明白上当了,和老师撒完娇之后,终于开始勤换衣服勤洗澡。这两班学生不仅学业成绩非同一般,而且书法、口才、文艺等方面都得到了全面发展。我为他们导演的《三朵小红花》、《食堂里的大老鼠》还在县文艺比赛中双双获得一等奖。三年初中毕业之后,他们中的大多数又以高出录取分数线一大截的成绩考上了本校高中部,后来又大多数考上了大学。至今,只要一闭上眼睛,一个个可爱的面容就会像放电影一样从我脑海中清晰地浮现出来。

天有不测风云,1986年,好端端的校园地面开裂了,有些墙面也被拉开(周围淘金抽干了地下水,地层不均匀下沉所致)。建筑物坍塌了怎么办?人命关天啊!当时,宋鹤鸣当上了校长,我也因为当生活辅导员管理学生的吃喝拉撒有功被提升为办公室主任,我们一商量,几个报告打上去,引起了上层领导的高度重视,做出了隆回二中整体搬迁的决定。1987年农历正月初三,由我兼任搬迁工作小组组长,带领几位教师驻扎县城西郊的湘西技校,负责与已经搬往长沙的湘西技校领导谈判有偿转让与移交事宜,最后终于以180万元成交。宋校长则陪同县政府有关领导到省里跑资金,只跑到150万元,欠湘西技校的30万元后来被我们赖账了。从四月份开始,搬迁工作正式进行,一部分教师派往新校址,原校址的师生轮流把能搬动的校产搬上仅有的一辆货运校车,驻扎新校址的老师们则负责卸货。到暑假结束时,搬迁工作全部完成。为了庆幸二中的南迁,当时我还写过一首歪词:《定风波·二中南迁》:

基裂房斜事不轻,朝乾夕惕战兢兢。地动山摇人握把,怕啥?从来智自急中生。

举校搬迁寻胜景,有请!县城郊外扎新营。回望向来根据地,心悸!原来福自祸中生。

来到新址,常有社会闲散人员窜进校园扰乱教学、生活秩序,更伤脑筋的是校园附近的铜盆江村民为了抄近路到校园西侧种地,把早已修好的校园围墙打了个洞,从校园中穿过。所以,在那段时间里,二中的校风学风与六都寨时相比,差了一大截。领导和老师们都很着急,于是宋校长提出了"整顿校风,恢复元气"的口号,采取了一

---

隆回二中第六任校长为金步云,任期为1970年2月~1980年4月,后调任隆回县教育局担任局长,也是目前为止任期最长的校长。

系列措施。

在这些措施中,影响最为深远的是成立了隆回学校中首个专抓校风校纪的机构——政教处,我担任第一任政教处主任。从此,"马主任"的称呼一直沿袭到现在——尽管我在二中当过副校长。史屏越、隆万里等老师都是政教处的得力干将,记得为了侦查西教学楼丢失教科书的案件,我们三位在炎热的夏夜,连续十几个晚上蹲在楼前的草丛中守株待兔,终于抓住了两个偷书当破烂卖的生意人。因为围墙纠纷,学校得罪了周围的一些村民,我也多次遭到了报复。一天晚上,我在丁字楼政教处办公室里加班,"嘭"的一声,一块砖头穿过玻璃窗,落在我身后的一面少先队大鼓上,鼓皮穿了个洞,待我走出去追赶时,肇事者已跑得无影无踪。还有一个早晨,天刚发亮,我同往常一样,提着一部录音机去广播室放音乐催学生们起床做早操,把房门一拉,一颗将引线连接在门上的爆炸物"轰"的一声炸响了,我的裤腿被烧黄。尽管多次有惊无险,但当时的我大有"风萧萧兮易水寒,壮士一去兮不复还"的豪气,一点也没退缩。

继宋校长之后,又经过颜扬孝、欧阳钟瑞、罗保田等几任校长的相继努力,校风校纪有了明显好转,校园风貌有了极大的改观。我发挥摇唇鼓舌的雕虫小技,在学生中开展演讲活动,激发起大家立志成才的理想;学校成立了默深文学社,办起了《凤声报》,马萧萧、海啸、周亦翔、马汝萍、周劲翔等一批文学爱好者奠定了他们未来道路的基础,萧新平等几任文学社辅导员一个个被政府部门选去当干部;团委书记尹爱民老师组织的篝火晚会、灯谜晚会丰富了学生的课余生活;定期举办的广播体操比赛,为后来的"湖南第一操"奠定了基础。张贴对联也成为二中的特色:"要向书中着力;莫朝此处冲锋"的食堂门口对联,让每日三次进食堂时的三股"旋风"减慢了风速;"睡硬绷床,劳其筋骨;冲凉水澡,长我精神"的寝室对联,使住宿条件颇差的学生们减少了怨言……我们带领学生挖坑施肥,种植了大片的桃林,绿化了林阴道,为此,我也写过一首《率师生绿化新校园》的诗:

一自南迁建校来,师生终日笑盈腮。

掏坑凿石频挥汗,浇水扶苗盼长材。

丹桂飘香须近室,玉兰遮道务成排。

他年再入玄都观,莫说刘郎去后栽。

至今记忆犹新的还有那片39亩共978株橘树的橘园。夏季时光,花香扑鼻;金秋季节,硕果盈枝。那种诱惑,简直令馋猫们涎水直流。尽管学生都知道,收获之后,每人都会分到一小堆橘子足可过一番瘾,但毕竟是处在好奇、淘气的少年时代,有时

---

隆回二中第八任校长为宋鹤鸣,特级教师,隆回横板桥人。任期为1984年8月~1988年8月,因为主持了学校由六都寨迁往花门这一历史事件而彪炳史册。

路过，难免爬墙而入，甚至是半夜三更，邀上几个"死党"，溜进园子里，不论生熟，摘回几个，慢慢享受。也有运气不好的同学被发现，因此而进政教处被弄得热泪直流，但有时我们也网开一面，明知学生嘴里衔着橘子，我故意背对着犯事的馋猫，叉着腰观赏着前方的景物，嘴里说着："别贪玩抓蟋蟀、掏鸟蛋。"或者说"开饭了，别玩得太久。"犯事的学生当然是如释重负，口里流着酸水，哼哼唧唧，一溜烟地跑了，那副尴尬相，至今回忆起来还叫人忍俊不禁。有诗为证：

馋猫上树捷如猿，鼓胀腮帮嘴溢涎。

"何故贪玩掏鸟蛋？"哼哼唧唧一溜烟。

十二个年头很快过去了。1994年，我被评为县优秀党员，当年下学期开学之前，县委组织部通知我：调往隆回一中担任主要领导职务。论道理是提拔，但是我舍不得离开二中。我和校长罗保田傻乎乎地在当时的"辰河酒楼"请了县委组织部王长忠部长的客，想在餐桌上向他求情，不要将我调动。谁知王部长却将餐费早早交了，并说了一大通关于组织原则和鼓励的话。结果我们两人被说得哑口无言，我只好认命了。让我十分遗憾的是对不起那个才组织不久的隆回二中有史以来第一个实验班，就是阳文帮、罗华丽他们那个谐音"一齐发"的高178班，从同行班中选来了50多位品学兼优的学生，由我兼任班主任。咱们师生都心气相应，雄心勃勃，决心在1997年要为二中的高考放一颗振聋发聩的原子弹。谁知组班后仅仅一个月就放了暑假，我连告别的机会都没有就离开了他们！

如今，我已68岁，在县城常常碰到叫"马主任"却早已做了父母的成年男女。如今的他们，倒是比当年在二中时"老实"多了。我问"当时偷过橘子没有"，回答是"不止一次"。"有过早恋吗？"让我意想不到的是竟然连多次被我表扬的"老实农民"，如今也承认和异性有过书信传情。有的甚至为了证实我当年所说的"中学生早恋成功率等于零"的话是屁话，竟然夫妻双双站在我身前示威！着实让我尴尬了好一阵。抚今追昔，我常常反思自己那时对于学生早恋、违纪等现象太敏感，有的事情甚至做过了头，但愿长大后的他们能体谅一个恨铁不成钢的山村莽汉当时的不成熟。

---

隆回二中第九任校长为颜扬孝，隆回岩口人，任期为1988年9月~1991年8月。

# 农民教师周青云

◇善　哉

善哉，实名范善成，男，1953年9月出生，隆回南岳庙人，中学高级教师。1981～1995年在隆回二中任教，后曾在隆回一中、邵阳市二中等学校工作，以"善哉"为笔名在全国各地报刊发表过各类作品2000多篇，有部分文章在国家、省级获奖。

有时，我把他和水渠边戴草帽的老农联系起来；有时，我把他看作一个学识渊博的学者；有时，他是一个愤世嫉俗的知识分子；有时，他又是一个吸着廉价烟的平凡老头。他就是农民教师周青云，我在隆回二中工作时的同事，也是一位值得我尊敬的长者兼挚友。

周青云老师阖然离世的消息，我是在事后与其爱子周亦翔聊天得知的，这令我这个"消息灵通人士"惭愧不已。后来我才知道，很多教师和学生都在年前冒着冰雪严寒前往凭吊，让我这个自以为与周老师有特殊感情的人更加羞愧难当。我强忍住悲痛让自己尽量不去想周老师，可和他交往的点点滴滴还是时常会出现在我的脑海里，甚至愈来愈清晰。

1981年，我大学毕业后分配到隆回二中。早就听说二中虽处僻壤，但藏龙卧虎，很多有才华的教师都蜗居于此。像教政治的卿国烈，教语文的张嘉兴、曾昭读、聂松山、李卓群、刘隆礼、刘志庭，教数学的李清平，教物理的阳伯龙，教化学的宋鹤鸣，教英语的袁愈生，教生物的邹锡国，教历史的刘益轩等，个个都如雷贯耳。其中，最让我印象深刻的还是地理老师周青云，他早年毕业于我现在供职的邵阳市二中，在当时被冠以"高材生"的称号，高考超过了北大清华分数线，只因出身地主家庭而被发配到北京师范大学地理系。周青云本科毕业后考取了留苏学生，又因为同样的原因被刷下，后来分配到刚刚建立的邵阳师专。也许是留恋家乡，也许是结婚后夫人还在读高中，他主动要求留在当

---

隆回二中第十任校长为欧阳钟瑞，隆回司门前人，特级教师，任期为1991年9月～1992年8月，后任邵阳市二中校长。他曾经求学于隆回二中，是高中1965届毕业生。

时远离县城的隆回二中任教,而且一教就是三十多年,桃李满天下!

带着对周老师才学的仰慕,我曾经到他家里翻看过他的书架,怀着好奇心以及对地震的恐惧感,挑来挑去选了一本北师大的教材《地震学》,总以为这个可以自学,哪知道拿回去一看,根本看不懂,只好悻悻将书退回。看样子,地理绝不是我想象的那么浅显,教地理也绝不是我想象的那么简单。

周老师的才学体现在教学上则是一个"全能教师"形象。"文革"期间,他几乎教过高中的所有课程,上每一门课都挥洒自如,学生如饮甘醇。学生先是觉得诧异,后来觉得神奇。诧异的是,上期教地理的周老师,这期教语文了;去年教生物的周老师,今年出现在化学实验室。神奇的是,本来学俄语的他,教起英语来竟然也是有模有样,我们都奇怪在那样的时代背景下,他何以有如此"功夫"加身?周老师对文学也很有研究,退休后竟然还编撰了一本《中国古代诗词选》的小册子,而且正式出版了,不仅免费送了我一册,还赠给母校邵阳市二中图书馆20册。在那次见面时,他表示要争取参加邵阳市二中110周年校庆,可惜却成了永久的遗憾。

周老师眷恋故土,赤子之心,天地可鉴!可在我等人看来这种情怀却近乎顽固。上世纪八九十年代,时兴农业户口转为非农业户口(简称"农转非"),我就是那时一时冲动,花钱给家人买了城市户口。像周老师这样的教育界旗帜人物,弄个农转非应该是毫无问题的,那时他妻儿共五人都是农村户口,可他就是不转户口。当时我爱给县里的电台、电视台写点文章,正好碰上国庆征文,就写了个《周老师不愿农转非》的稿子,把他作为典型宣传了一下,结果还真托周老师的福,平生第一次获奖了!现在让周老师欣慰的是,他的孩子都很有出息,有国防科大的教授,也有湖南出版界的精英,什么农转非,统统都是浮云。退休后的周老师不仅不进城,竟然带着相濡以沫的妻子回到荷香桥老家。他回家后总闲不住,尤其爱管村里的"闲事",为了当地的修路修桥,既出钱来又出力,为了公众利益甚至还不惜动用师生关系,放下面子去争取支持。每次我问他在家做点啥时,他绝口不提那些修路修桥的大事,总说在地里做菜、在家里做事之类的小事。他还说没事也与邻居玩"捉王八"的扑克,一块钱一盘,一下午输赢几块十几块的,倒也乐在其中。还真不可思议,这个学者范的老头,回到农村这片广阔天地居然生活得有模有样。周老师从繁华的大都市北京回到贫困落后的隆回,落差不可谓不大,能够安下心来无怨无悔地在二中教一辈子书,这在很大程度上归结为他的故土情怀。在隆回二中期间,周老师也曾有机会调到湘潭师范学院、邵阳师专等高校任教,但均被他一一谢绝。哎呀,怎么说这个倔老头呢?

与周老师最后一次见面,是在2009年暑假隆回二中高126班同学聚会上,大家将

---

隆回二中第十一任校长为罗宝田,隆回滩头人,任期为1992年9月~1995年8月。

班主任刘杰贤、数学老师朱贤舜,还有周老师和我请进了县城的恒丰宾馆。那次我特意打量了一下好久不见的周老师,教了多年地理的他,那张脸就是一幅典型的地形图,在岁月的变迁中愈发显得高低错落,一件发黄见洞的汗衫,让人不由得联想起一个朴实的老农站在课堂上的画面,一头花白的头发一如既往,唯一变化较大的是以往的廉价烟变成了芙蓉王,估计是学生们敬上来的。聚会场面一直很热烈,可到了晚上十点时,周老师以乡里的硬板床更加舒服为由,执意要赶回荷香桥,大家都不赞同,直到听说我一个人住,有多余铺位后,他才答应留下来,我因此有幸与先生彻夜长谈。要知道,这是我们交往几十年来第一次"同居"啊!那晚周老师也很高兴,一直用土话叫我"善成胡子",听起来特别亲切。我们之间无话不谈。他问起了我孩子的工作问题,当得知我孩子最后去了企业而不是政府部门时,他连声说好,还用"人不求人一般大"表示赞同。我们还特别说起评特级教师的话题,当我说没这份心思时,他一个劲地安慰我。不过,我心里有数,在周老师这样的"大师"面前,我知道自己的分量,自己还一直觉得亵渎了高级教师这称号呢!我至今感到温暖的是周老师一直以来对我的欣赏。那天晚上他表扬我爱思考,爱写文章,爱发牢骚,这是知识分子有担当的表现,但言谈中也不忘提醒我注意安全!然而,一说到现在教育的堕落,官场的腐化,周老师立马唾沫四溅,青筋暴起,牙齿咬得格格响……在吧嗒吧嗒的声响中,在朦胧游弋的烟圈中,我仿佛看到一个一身正气的知识分子,正向学生发表慷慨激昂的时局演说。

在那之后,我曾约过刘旭明等二中学生,一起抽空去荷香桥看望周老师,一起去吃他亲手种的土菜,但最终由于时间问题没能成行。想不到,在恒丰大酒店的"一夜情"竟成了永别。我想,这是不是冥冥之中有种天意,成全我与周老师的一世情缘呢?

有次路过荷香桥,我特意睁大眼睛看了看周老师眷恋的这片热土,不由自主地搜索着田野里戴草帽、着汗衫、抽旱烟、荷锄而立的乡间老农,每当这样的形象闪过车窗,我都由衷感到亲切,仿佛周青云老师这个老朋友正一步步向自己走来,我们一起向前,向着隆回二中那熟悉的讲台走去……

**补记**　值此隆回二中 90 周年校庆之际,应邀奉上这一拙作,深切怀念同事周青云老师,同时表达对二中所有老师和学生的敬意。我于 1981 年到 1995 年在隆回二中生活了 14 年,其间的点点滴滴至今历历如昨,特别是那些朝夕相处的同事和学生,他们在那段日子给了我对于生活的莫大勇气和信心。真的,感谢隆回二中,特别是感谢当时给老师捧场、现在还在关注和鼓励老师的同学们。

祝隆回二中蒸蒸日上、欣欣向荣!

---

隆回二中第十二任校长为李世藩,隆回麻塘山人,任期为 1995 年 9 月~2001 年 7 月,他主持了隆回二中的远景规划,为学校进一步发展奠定了良好的根基。他曾求学于隆回二中。

# 纯净之美

◇肖新平

我走过万水千山，足迹已达四大洲，悠然回眸，隆回二中之美是独到的。我已在多个地方、多个单位工作过，在股级、科级、处级、厅级职务任上的单位均有温馨与美丽，但特别让我难以忘怀的，是我工作的第一站——隆回二中的纯净之美。

### 同仁之善

二中之美，首在人善。1982年，19岁的我大学毕业分配到二中工作，一干就是七个年头。七年间，让我备感温馨的是校长、老师们对我的信任、理解、支持和包容。岁月悠悠，30多年过去了，同仁们的友善一直在我眼前挥之不去。

肖新平，男，1963年出生于浙江舟山，隆回人。1982~1988年在隆回二中工作，现任娄底市中级人民法院党组书记、院长。

我到二中报到第一天，就看到一位气宇轩昂的睿智长者，满以为是教育部领导来视察，抑或是北大、清华之类的名校教授前来采风。当得知竟是我们校长陈涛元时，先惊愕而后自豪，来这里工作，值！几年后接任的校长宋鹤鸣是当时湖南为数不多的中学特级教师，教化学顶呱呱，写诗词亦十分了得，还兼着县人大常委会的领导职务。每年开人大会时，都有一辆绿色吉普车来学校接他，让人十分羡慕。宋校长对我这位做着作家梦的小伙子相当赏识，支持我办文艺社、编报纸。我到娄底工作后，某个晚上他还来看过我一次，第二天早晨我去他下榻的招待所，人已离去，我未能请他吃个中饭，心中怅然。后来听说宋校长已阆然长逝，得知消息后，我好长一段时间都沉浸在悲痛与愧疚之中。

---

隆回二中第十三任校长为陈惟凡，1959年9月出生，隆回金石桥人，全国优秀教师，湖南省特级教师。任期为2001年8月~2006年12月，在他担任校长期间，隆回二中成为湖南省重点中学。

隆回二中的好老师太多。与宋校长同教化学的陈建元老师笑容不多却极厚道，后来升任教导主任也不摆架子。当时他家里居然有奢侈品——一台小电视机。我和一些年轻老师经常跑到他家去看电视连续剧《万水千山总是情》，陈老师极热情，其夫人丁乐云老师也是满脸笑意，一点也不见烦。丁乐云是英语老师，小巧玲珑，同为英语老师的庞球娥则高高大大。袁愈生老师与我是邻居，他不光英语功底深厚，还会织毛衣，更拉得一手好二胡。周末夜深人静之时，他的房间里就会传出忧伤的乐声，如泣如诉。后来我了解到，袁老师大学时深爱的恋人在政治风暴到来时出卖了他，打成"右派"的他从此认定天下女人蝎子心，终身不婚。这个独特的悲情人物，后来被我写进了小说中。刘述熬老师皮肤较黑但英语教得好、工作很负责。英语组后来又增加了李凯云、郭永安、刘建安、罗向南等老师。肖希跃老师讲着横板桥口音的流利英语，却疯狂地爱上了日语，因为他正与日本一位叫什么良子的妙龄少女不停通信，经常拉着我去他房间看日本小姐的信，用塑料普通话摇头晃脑地念着，如醉如痴。

我片面乃至错误地认为，学理工科是无趣的，教理科的老师更无趣。可在二中七年间，我却发现一大批老师快乐地教着物理和化学：教物理的廖名齐老师很严谨，欧阳群、夏长春、阳新苗、孙立安等老师颇受学生喜爱。阳同福老师眼睛不大但文凭大，讲起段子来笑翻一片而自己不笑，我至今还记得他说过的一个段子，记性一般的我对那段子能做到几十年不忘，可见阳老师的段子可以去竞争诺贝尔段子奖了。罗水和老师说话慢条斯理却与我这个急性子居然合得来，多年后中国有了手机，他不仅查到了我的号码，而且一年一个信息问候。我一感动起来就去找他，在省委党校学习时，我连发三条短信要求见个面，他居然不回短信也不接电话，且从此再无短信，我百思不得其解。终其原因是他的手机被小偷摸走了，以致今日断了联络。物理组的美女老师有两位，一位是周冬梅老师，另一位是魏晓红老师。周冬梅老师是我荷香桥老乡，我在二中也一直尊称她为周老师，因为我在五中读高中时她已分到学校教书，虽未上我们的课却吸引着全校师生的目光：年轻、美丽、气质好。未想到我们成了二中同事，且她成了我的好友阳和坤老师的夫人。周老师的儿子聪明又淘气，经常头缠纱布，像个从战场下来的勇士。魏晓红老师秀发飘飘，常穿着上衣有两个兜的时髦女装，友善而独特。

化学组的老师还有廖中和、胡绍祥、李轩起、黄桂华、阳自田、胡绍轩、文保佳等。阳自田与我关系特好，但他早早恋爱结婚，也就与我们疏远了些。廖中和老师个子高水平也高，经常骑着一部除了铃铛不响、哪儿都响的自行车，箭一般消失在校门口。廖中和不想教一辈子书，想通过考研跳出贫困县，所以天天背英语单词，还节衣缩食

---

隆回二中第十四任校长为胡名顶，男，隆回横板桥人，湖南省特级教师，享受国务院政府特殊津贴专家，任期为2006年12月～2009年7月。

买了台二手的收录机,一开机就像打机关枪一般。家庭贫困又带着一大群弟弟读书的他最终如愿考上了暨南大学,先读硕士再攻博士,在发达省份某机关干上了处级领导,先是为人民服务,后来为人民币服务,下海经商当了大土豪,且此人特讲情义。

数学组老师特多,既当领导又教数学的陈昌合老师,威信很高。欧阳如、谭曙辉、朱贤舜、袁征凯、李清萍、孙茂德、刘定宗、廖哲仁、丁火焱、隆万里、刘爱武、刘林杰老师等,都是一把好角。黄孝华、周炯华老师与我交往很勤,都属于帅哥型的。陈小钦老师个子不高,棋下得鬼精,常看到他与高手杀得天昏地暗。

体育组的阳映梅、王建雄、邹勇、贾京强、周庆舟老师,个个功夫了得,体育课上哨子吹得天响。其中有一位娶得一位美若天仙的夫人,天天斩蛇补阳。一进宿舍内走廊,常能闻到一股血腥味,问何故,曰某老师夫人又来了,刚杀了一条蛇。闻到异香预计蛇肉熟了,预料很快会在宿舍楼发生2至3级地震,遂早早逃至刘文贤、廖中和的宿舍里去神侃。

生地史组的周青云、刘益轩老师功底深厚,堪为教师楷模,郑桂求、阳业德、周鑫、陈扬乐、邹锡国、周婉、卢小军、魏仁杰、金龙永等老师与我接触不多但都有好评。陈建华老师人品学问俱佳,只是方言太重,学生们听不太懂;喝酒易醉,醉后必在床头写上"戒酒"、"忍"之类的大毛笔字,写后又醉,醉后又写,是性情中人。

政治组的卿国烈老师是我十分尊崇的领导和老师,他这位党支部书记对我关心呵护有加。我自恃有才,年轻气盛,他是二中唯一指出我缺点的长者。他说,经过观察,你是一位前途无量的好后生,但一定要谦虚。他热心引导并积极介绍我入党,提名我担任教工团支部书记。这一切,我没送过他一分钱的礼,也未请过一餐饭,真是清纯之极。刘文贤、廖春和、廖月轩、刘玉江、郑典福、丁念红、刘新英、史屏越等老师个个有才。刘玉江既当老师又当校领导,有传言说是来锻炼镀金的,面对师生他总是充满睿智的微笑,此后果然一路高升。史屏越老师教书水平高,后来担任了中层干部。与我同来二中的刘文贤老师颇有理想,我们很谈得来,加上廖中和老师,我们成了无话不说的同事兼朋友,后来又成了兄弟。饭后我们一同去爬山、健身、谈工作、谈理想、谈爱情,而谈的方式则是互相揶揄、调侃与攻讦。随着岁月流逝,离开了二中的我们见面时依然不改当年的风格,我从欧洲文学作品中选出戴在他们头上的绰号历久弥新。当然,用着老绰号的同时,也未忘与时俱进,我现在又给他们取了新的绰号。要知道,给人取绰号可是我的特长。

学校最大的教研组无可置疑是语文组。这个组真是人才荟萃,我很庆幸在这么阵容强大的教研组工作。聂松山、张嘉兴、曾昭读、欧阳辉、王庚甫、王志荣、李汉斌老

---

隆回二中第十五任校长为卢小军,1964年8月出生,隆回滩头人,1982年~1983年求学于隆回二中。任期为2009年8月至今,2010年被中国教育学会中青年教育理论工作者分会评选为全国优秀校长。

师功力深厚、德高望重，堪称名师。王志荣后来出了不少专著，了不得。王庚甫老师是个左撇子，永远一脸微笑，对我这个初生牛犊的傲言怪语十分包容，那份友善至今难忘。阳和坤老师沉稳大气，后来去县教育局当了领导。宁志刚老师过早结婚生子少了许多单身汉的乐趣，有一年我去他家做客，倒茶筛水很是热情。龙太佳老师是个豪言壮语的汉子，有趣！范善成老师长得高大魁梧但五官寻常，写文章却是高手，以"善哉"笔名发表的小品、随笔颇有内涵，常读常新。初中部的马铁麟老师是个风趣幽默的全才能人，不服不行；陈尚志老师耿直可爱，陈善敏、刘胜保、米小武三位老师中，要数刘胜保笑意最为灿烂。语文组后来又来了刘孝民、周卫平、谭奇洪、刘杰贤、曾振华、胡志仁、龙吉水、陈扬贵等老师，大大壮大了语文组的实力。阳金竹老师兼管图书馆，慈眉善目，对我十分照顾，我心存感激。在我快调离二中前，学校来了一位小伙子阳立刚老师，教的是美术，最喜欢画裸体画，尤擅美女裸体，皆丰满。

## 凤声嘹亮

从金石桥迁入六都寨的北二中，坐落在美丽的田园之中、蓝幽幽的水库之下、水声潺潺的小河前，好一方风水宝地！后来迁至县城边的赧水之滨，也是在田园之中，俗称南二中。南二中风景更美，巨木参天，鸟语花香，文化氛围浓郁。如此二中，自然能培养出国之英才，也让诞生于此的默深文艺社迅速享誉三湘、名播华夏、跨出国门。今日提笔写来，仿佛又回到了激情燃烧的岁月。

20世纪80年代初的中华大地，处处涌动改革浪潮。当时的省级特级教师、校长宋鹤鸣极具改革创新意识，提出为实现"面向现代化、面向世界、面向未来"的教育理想，必须对旧的教学方法、教学手段、教学体系加以改革，决定改革第一课堂（教学课堂）、发展第二课堂（课外活动）、开辟第三课堂（职业技术教育），建立三个课堂同步发展的体系，为四个现代化培养出一大批创造型、开拓型人才。

1984年秋天开学不久，宋鹤鸣校长亲临我的房间，征求我对发展第二课堂的意见，并有意请我抓文学课外活动，因为我在文学杂志上发表过多篇小说。在崇尚精神生活的80年代，作家是全社会最可爱的人，年轻人不爱好文学根本找不到对象，所有在报刊登征婚启事者，必写上爱好文学，如同现在物质时代必须明确有房有车才有人爱一样。谁发表了文学作品，如同获得了诺贝尔奖一般神圣而伟大。宋校长自然是想在学生中播撒文学的种子、培养未来的作家，也让学生们将来好找伴侣。校长亲临陋室，我十分兴奋，加之谈的是我最爱的文学，我们谈得相当投机，在二中创办文艺社

---

谢希韫，女，1937年出生，洞口县人。曾是学校历史上主持工作的女副校长，那时正逢解放初期，校园刚被政府接管，原来的校长被留用但不敢管事，副校长谢希韫是政府派来的，实际上主持了校长的工作。

团、创办文学刊物的蓝图勾勒一新。

1984年11月22日,这是一个值得纪念的日子,以家乡先哲、睁眼看世界先驱魏源之字命名的默深文艺社正式诞生了! 名誉社长:宋鹤鸣;社长:聂松山;副社长:肖新平;顾问:张嘉兴、曾昭读。文艺社下设文学组和艺术组;文学组组长:肖新平;艺术组组长尹爱民、副组长刘文贤;我还担任了文艺社社刊《凤声报》的主编,五位老师两名学生担任编委。成立大会上,我还做了第一堂关于小说创作的讲座。

1984年12月15日,四开《凤声报》创刊号出版了,师生们一片欢腾! 这是一期中国独有的古董级的报纸,由宋鹤鸣校长亲笔题写刊名,我写发刊词和编后语,套红两色印刷,两只红色的栩栩如生的凤凰展翅欲飞,初看是铅字印刷,细细一品原来是蜡版刻印,这鬼斧神工来自于陈球德老师的妙手。在头版,宋鹤鸣校长、聂松山社长、张嘉兴顾问均赋诗二首,宋诗曰:"桃李争春百媚生,芳心点点最含情。红楼高倚梧桐翠,日立阶阴听凤声。"聂诗曰:"耳顺年毕业未成,自惭老凤少才情。何妨学作乌鸦噪,飞向梧桐助凤声。"张诗云:"米珠峰下桃千树,化作朝霞瑞色明。"独门绝技拥有者陈球德老师在第三版赋诗一首——《凤声创刊号刻写完成感言》:"老圃归耕业弗成,杏林风貌总关情。虽今未立高梧下,却听凤凰第一声。"陈老师的绝技让《凤声报》创刊号成了出版界纯手工打造的"劳斯莱斯"。从第二期开始,《凤声报》改为铅字印刷,第十期升级为当时中国最先进的电脑激光照排,扩为对开四版,而当时的《人民日报》虽也是对开,却是普通的铅字印刷。

《凤声报》是师生们的乐园,是一方文学的小小百花园。正如我所撰写、每期必登的《征稿启事》:凤声报热烈欢迎——隽永流丽的散文、短小精练的小说、活泼新鲜的诗歌、大胆泼辣的杂文、寓意深远的寓言、想象别致的童话、情文并茂的日记、趣味横生的故事、令人捧腹的笑话。从默深文艺社、《凤声报》诞生之日起到1988年调离二中,我一边教高中的语文,一边操持着文艺社,风华正茂的我全身心投入其中,如醉如痴、无怨无悔。我常常从众多来稿中发现一篇好文章而兴奋不已,因为修改一篇有亮点的作品熬至深夜也睡意全无。在师生的共同努力下,处在山野田园之中的《凤声报》惊艳登场、声声嘹亮,先是享誉县内外,继而省内外,后来国外也来信来函。在庆祝《凤声报》创刊两周年之际,县文化馆、文联前来祝贺,邵阳地区文联表示祝贺,省作协副主席、《湖南文学》主编、著名作家任光春题词祝贺,省文联副主席、作协副主席、著名作家谢璞,省作协主席、著名诗人未央热情题词题诗祝贺,著名女作家冰心从北京寄来亲笔题词,著名诗人臧克家热情题诗:千仞岗上向天鸣,雏凤胜于老凤声。二中校友、人民文学出版社社长陈早春虽未题词,却给我这位小主编写来了热情洋溢、

---

周青云,男,1938年3月出生,隆回荷香桥人,中学地理特级教师。毕业于北京师范大学地理系,曾长期任教于隆回二中,有隆回二中"学历最高教师"之美誉。

情真意切的亲笔信。我至今不知道《凤声报》是如何漂洋过海的,美国的旧金山、新加坡、马来西亚、印尼的华人华侨竟然来信了,给我印象较深的是菲立保罗先生和迪安娜小姐,迪安娜小姐还向我索要近照。这实在是二中的荣光!组建文学社团不光让隆回二中声名远播,也为我捧回了沉甸甸的荣誉:1986年、1987年我连续两次荣获中南五省中学文学社团优秀辅导老师奖。

在我担任《凤声报》主编几年时间里,我精挑细选、反复修改润色后刊发的文学作品有数百件,其中317件被《中国青年报》《文学月报》《湖南文学》《湖南日报》《小说林》《小溪流》等数十家报刊转载发表,还编辑出版了两辑《凤声诗文选》。1918年,中国新文学史上第一个校园文学社团"新潮社"在北京大学诞生,其种子于几十年后在江南田园之中的默深文艺社如此蓬勃生长。这简直是个奇迹!伴随奇迹出现的,是一大批小作家迅速享誉八方:马萧萧、周亦翔、谭克修、龙学敏、魏甫华、刘烨洲、陈洛湘、王朝晖、马汝萍、阳建会、王永福、刘柏林、刘朝阳、王健、卿红、陈光杰……他们后来有的成为大诗人,有的成为学者兼作家,有的成为诗人实业家,有的成为作家型领导干部,也有的在社会转入物质时代后慢慢放弃了文学理想,也有的为人妻为人父后醉心于家庭而疏远了文学。但无论哪种情形,默深文艺社对他们的影响是深远的,我坚信这一点。

## 后 记

今天,隆回二中已走过90年历程,这所田园学校为共和国培养了大批人才,他们服务在世界的各个角落,其中不少为国之栋梁。我想,无论他们走多远,都不会忘记这所母校,都或多或少有一份二中情愫。作为老师,我同样也有着浓浓的二中情结,因为在我最美好的青春年华里,我在这里邂逅了一份纯净之美:纯净的同事情谊、纯净的文学理想。正因为如此,在收到《早春时节》编委会的约稿后,我愉快地答应了。本来计划写"同仁之善""凤声嘹亮""创作之荣""教学之乐""兄弟情深""丰收二中"等六个部分,尤其想写"教学之乐",因为我的教学活动颇受学生喜爱,所教109、112、113、120、129班语文成绩相当不俗,可惜因公务繁忙,时间又紧,只好将写就的两部分先行付印。

30年前的往事,回忆起来殊为不易,好多老师的名字实在记不住也记不准,我曾利用周末或假日到处寻找当年的资料,打电话核实有关老师的名字和情况,尽管如此,其中肯定还有错漏之处,敬请谅解。

---

马轶麟,男,1946年出生,隆回长鄄人,1982~1994年在隆回二中工作,曾担任政教处主任、副校长等职,是国家级优秀教师,事迹被收入《中国当代教育名人辞典》。

# 初61班的那些细孩子

◇刘胜保

受苏联电影《乡村教师》中主人公瓦尔娃娜的影响,当年在毕业志愿栏中,我毫不犹豫地表达了回家乡教书的愿望。于是,年轻气盛的我来到了隆回二中,并且一待就是三十多年。

可谓"三十功名尘与土",在隆回二中的日子里,我别无所成,唯一聊以自慰的,就是用心血和汗水浇灌出来的那朵朵桃花李花,也堪称"桃李满天下"。其中,记忆最深刻的是我教过的第一个班级——初中61班。当时适逢改革开放之初,市场经济还在酝酿之中,农村正脱离贫困走上温饱,这些十一二岁的细伢子们,初次离开父母,稚气未脱,纯真无邪,满怀理想和渴望来到了二中。时隔多年,那些活泼可爱的身影依然鲜明地浮现在我眼前。

刘胜保,男,1962年出生,隆回滩头塘市人。1983年毕业于邵阳师专中文科,毕业后在隆回二中工作至今。

记得61班的班长是卿红。她爸爸卿国烈当时任二中副校长,她妈妈则是六都寨中学的负责人。和那时大多数农村孩子相比,卿红无疑具有家庭的优越感,但她给人的印象却是良好的教养和责任心。记忆中卿红留着齐耳短发,显得朝气蓬勃,见到老师和同学总是露出灿烂的笑容,并大方地问好。别看她脾气好,说话不紧不慢,但对自己对班级的要求却一直很严格。作为一班之长,她对本职工作可谓尽心尽力,成为班主任刘林杰老师最得力的助手。个子高挑的她总是坐在最后一排,发现在课堂上有讲小话、做小动作的,她立即就会提醒,不严自威,所以调皮捣蛋的同学都很服她。她当语文课代表时,督促同学背诵、默写课文之类的事情从来都不用老师操心,收发作业时每次都能整理得井井有条。在一次谈理想的班会上，卿红慷慨激昂地说她将来要做一名记者。从西南政法大学毕业后，卿红在株洲市委党校从事政教工作，虽然没有实现记者梦，但我感觉她现在的职业和当初在61班的经历是一脉相承的。我很想知道，现在的她是否还如以前一样，对在党校就读的那些领导干部，也能做到不严自威。

分管纪律的副班长马柏华，个性较内敛，见到老师总会带着羞意笑一笑，但在违纪的同学面前可就成了黑包公脸。他专门负责登记、处理迟到和吵闹等违纪行为，有的同学犯了错，想走走后门，那可没门。初61班的学风很好，与全班同学整体素质高有关，但也离不开刘林杰老师治班时"严"字当头，这当中少不了马柏华的协助。据其他同学说，如果上自习时同学吵闹不止，忍无可忍的马柏华就会拍桌一站大吼一声——扣分了！教室里便鸦雀无声。打铁还须自身硬！马柏华的铁面无私、严于律己和公平公正甚至让同学们都有点怕他，但没有一个不服的。马柏华家境不富裕，深深明白知识改变命运的道理，所以读书很刻苦，学习成绩也很好，还曾获得邵阳市语文基础知识竞赛一等奖，让我这个语文老师脸上有光。马柏华应届考上了同济医科大学法医学专业，现在长沙市中级人民法院工作。在工作岗位上，他的公正无私得到了传承发扬，他的专业素养得到了充分肯定，一度被评为"长沙市十佳法官"，是当之无愧的社会脊梁、母校骄子。

文学才子周亦翔，平时不苟言笑，但内心世界却非常丰富。"母亲啊！你是荷叶，我是红莲。心中的雨点来啦，谁是我无遮拦天空下的荫蔽……"这是初二时，周亦翔作文《母亲》的开头，令班上的同学啧啧不已。显然，他那时就已能活学活用冰心的散文。周亦翔的父亲周青云老师，毕业于北京师范大学，任教于隆回二中，学识渊博，吹拉弹唱、古典诗词都很在行，主教高中地理的同时，还能教数学、英语等多门课程，是当之无愧的一代名师。在周老师的熏陶下，周亦翔阅读面自然比一般同龄人宽很多，长此以往，下起笔来也就不同凡响了。在二中就读期间，他就已经发表了不少散文和小说，成为默深文艺社赫赫有名的干将。周亦翔现任湖南新华书店集团总经理，能走上出版行业并担任要职，我想，这是他个人爱好和职业理想的完美结合。

文娱委员魏艳霞，漂亮可爱，能歌善舞。因为刘林杰老师年纪稍大等原因，在文艺指导方面不如兄弟班班主任马轶麟老师。每年的文艺晚会，魏艳霞可帮了刘老师大忙，她挑选人手，自己编舞，利用业余时间排练，俨然一个小导演。她组织排练的歌舞剧《采蘑菇的小姑娘》，让晚会现场高潮迭起、掌声雷动，为班集体争得了许多荣誉。初中毕业后，魏艳霞考上了长沙师范学校，因善于交际、特长突出，听说在娄底工作得非常出色。能歌善舞的人心态都很好，据说奔五的她现在看起来还像个20多岁的大

---

肖新平，男，1963年出生，1982~1988年在隆回二中任教，他是默深文艺社的开山鼻祖，《凤声报》首任主编，现为娄底市中级人民法院党组书记、院长。

姑娘呢。

阳翠峰，热情奉献型的女文青。她虽然成绩不是特好，但遵纪守规，属于绝对无公害的那一类。阳翠峰做事积极主动，班集体荣誉感极强，班级卫生她总是身先士卒，不怕苦不怕累；体育比赛她也是一马当先，吃得苦霸得蛮，为61班做出了很大贡献，是班主任非常器重的女生。作为一个文学爱好者，阳翠峰最喜欢的就是语文了，她上课很投入，有点钻牛角尖，但包括我在内的语文老师却丝毫也不气恼，反而一起为她点赞，因为她颇有文学天赋，抒情言志的文章写得非常动人。语文老师陈尚志说："阳翠峰在初中毕业晚会上的讲话，让好多同学都流泪了，真是个性情中人！"1984年暑假，她特地从南岳带了一只瓷鹤给我，我则于1985年61班毕业前夕送了她和周姣凤一本《古汉语常用字字典》，算是对她们进入人生新阶段的一个勉励。我至今还记得她豪情满怀的誓言："老师，您等着我的《飒爽散文集》出版吧！"2013年10月，我陪卢小军校长、李柏树校长去珠三角走访校友，阳翠峰百忙之中从东莞赶到深圳看望我们，旋即写了一篇师生团聚的文章发在网上。我们到珠三角的消息一下子传开了，很多同学知道情况后，放下手中的工作赶到我们的下一站珠海和老师相会，让我深切感受到了二中学子的今日情怀。

神童谭华杰，因为他进初中的时候还只有9岁，加上数理化拔尖，故被称为"神童"。有意思的是，神童和他姐姐谭明杰同在61班就读，可见这个家族有高智商的优良基因。谭华杰记忆力好，脑子非常好使，数理化竞赛常常得奖，所以成了当时的明星。神童个子不高，但脑袋大大的，忽闪忽闪的大眼睛，不管多难的题目，他马上就有了答案。但是在生活上，一个9岁的孩子来二中寄宿免不了出点小状况，丢饭盆、找不到衣物是常有的事。他性情耿直，课余也喜欢和同学一起争吵，争得脸红脖子粗是常事；动手动脚，似乎也有过。毕竟年纪小，有时斗不过同学，他就会哭鼻子，搞得老师同学们哭笑不得。不要以为神童只是数理化学得好的书呆子，谭华杰在语言表达、绘画等方面都表现出极高的天赋，从华中理工大学毕业后，他写了不少通俗易懂的文章向社会普及经济知识。经过数年的积累，谭华杰现已是某上市公司高管，至于具体供职于哪家公司，你去问度娘吧。

秀才李桃花。在隆回二中初61、62两班同学中，成绩最好的女同学当属李桃花。学习好的同学总能得到老师格外的关爱，比如，她上数学课时常常看《少年文艺》《小溪流》之类的课外书，刘林杰老师却从来不批评她。若干年后他解密说："其实我知道她上课在看课外书，但每次叫她起来回答问题，她都能答对。"有一回，刘老师出了道比较难的题目叫她在黑板上做，她很快就做出来了，刘老师止不住夸她"不错不错，是

---

陈慈英，女，1963年出生，隆回司门前人，1990～1997年在隆回二中任教，她曾担任学校教务处副主任、副校长，隆回县教育局副局长，分管教育的副县长，现为湖南省民政厅副厅长。

个女秀才"。于是,"秀才"的外号,伴随她在二中度过了六年。李桃花看上去脾气很温和,但骨子里却有点任性,她还记得我罚过她站——但我不记得了。还有一次,不知道什么原因,有些女生哭起了鼻子,马柏华在黑板上写了一行字——女人,你的名字叫懦夫。"懦夫"这两个字在黑板上显得格外刺眼。李桃花对好友阳翠峰说"我一定要证明他这句话是错的",声音很小,但态度却很较真。初中毕业后,她以全校最高分考入二中高中部,而且在高中时常常考全年级第一名。虽然因病在高二休过学,但她仍在应届考上了南京工学院。毕业后,李桃花一直从事信息技术工作,现供职于某跨国企业,正是学有所长,学有所用。

公子刘旭明。得此雅号,是由于刘旭明是班主任刘林杰老师的儿子。因为身份特殊,他在班上可能有时会有点尴尬。刘老师责任心极强,治班极严,致使少数同学有腹诽与微辞,刘旭明知道了心里肯定不好受。刘老师当然也会向他询问班上的情况,然后再对症下药,这样一来,他就会被视为内奸,与同学们渐行渐远。然而,刘旭明在班上和大多数同学都相处融洽,可见他为人不错,协调能力很强。刘旭明现在邵阳市纪检部门工作,待人处世还是那么热情有道。

刚柔并济的李桂军。环境真的能造就一个人。也许与李桂军同学曾随父亲在军营生活过有关,我想用"刚柔并济"四个字来形容她的特点。她的普通话说得好,记得有次语文公开课,我请她朗诵《澜沧江边的蝴蝶会》中蝴蝶相会的那一部分文字,她读得美极了,柔情似水,颇有赵忠祥解说《动物世界》一般的效果,成了那堂课的一个突出亮点。如今的李桂军不仅是贤妻良母,在事业上也很坚强,从烟厂下岗后,开过花卉工艺品店,现在是一家著名保险公司驻邵阳分公司的督训。

"一撞开窍"的刘劲松。刘劲松是阳金竹老师的儿子,初一初二的成绩一般,平时喜欢看小人书,上课不用心这个毛病让老师和家长颇为头痛。有一次他又在课堂上看课外书,没有专心听讲,被阳金竹老师当场抓到,将他脑袋在墙上拼命撞了几下。结果这一撞他开窍了,学习用起功来,应届考上了复旦大学,现在上海和老外做生意可谓风生水起。

身穷志坚的周乐如。他童年不幸,父亲早早瘫痪,奶奶双目失明,母亲改嫁了。他来到二中读初中,靠的是亲戚的资助,可亲戚家境也并不宽裕,他当然只能非常节俭了。那时的他个子矮矮的,脸色黑黑的,头发枯枯的,可他的心却是坚毅的。他不和同学比吃比穿比玩,他只知如饥似渴地学习。别人吃零食时,他喝点白开水;别人玩耍时,他看书做题。就这样,他以优异的成绩考上了大学。他现在改名周红钢,在邵阳市公用事业管理局工作。乐如,是心态;红钢,是性情。

---

欧阳同福,男,隆回横板桥人,曾长期在隆回二中任教物理,担任过教务处主任、党总支副书记,是湖南省物理特级教师。

另类的谢俊。说他另类,指他当时不太懂事,做事情绪化。偶尔违纪的时候,老师或班干批评他时,谢俊还挺能说歪歪理的,美其名曰"不平则鸣",气得班主任老师指着他说:"你个家伙!"另类的另一表现体现在写作文上。遇到不喜欢的作文题目时,他就三言两语了事;遇到喜欢的题材时,他可以做到洋洋洒洒几千字。记得有次我布置大家描写1984年春晚,他写得内容丰富、生动有趣。犹记得文章的结尾是:"新年的钟声响过很久了,可我还是睡不着,我在想着那个排球(现场女排姑娘签名抛出去的那个球)。"谢俊曾在中国传媒大学深造,现在北京某高校任教,不知当年另类的他,如何对付现在这帮另类的大学生。

值得一提的学生还有很多很多,长跑冠军胡少丽,跳舞王子袁志常,"特级学生"宋明烨,志存高远的阳赛男,棋艺超群的王育菲,能书会画的阮礼健,高大帅气的陈乐平,秀丽纯朴的李艳梅,严肃认真的廖晓程,爱钻牛角尖的刘陶世,聪明调皮的周志湘,憨厚宽容的周武英,伶牙俐齿的张玲……关于他们在二中的点点滴滴是我这个老师一生中最幸福的回忆。90载沐风栉雨,90载桃李芬芳,隆回二中走出了数以万计的优秀学子。今天,很多校友都在母校90周年校庆之际表达着对学校的关心,那一个个熟悉的名字,那些似曾相识的音容笑貌,再一次闪现在我的脑海里……

**戴明礼**,男,1963年1月生,隆回横板桥人。曾任隆回二中副校长、常务副校长等职,在二中工作期间,获评"湖南省数学特级教师",现为国家中职示范校隆回职业中专党总支书记。

# 第一次扬起教鞭的地方

◇罗水和

罗水和，男，1962年10月出生，隆回石门人。1977～1979年就读于隆回二中高中部，1979～1983年就读于湖南师范学院，1983～1998年任教于隆回二中，担任高中物理教师。在隆回二中工作十五年期间，担任过科任教师、班主任、备课组长、教研组长等职，教学风格深受学生喜爱，曾辅导刘哲清同学参加全国力学竞赛荣获湖南省一等奖。现居长沙，任职于长沙航天工业学校。

1983年7月，我从湖南师范学院毕业后，回到母校隆回二中做了一名物理教师。和我一同来到二中任教的，还有教数学的黄孝华、教化学的黄桂华、教语文的刘胜保和米小武、教体育的邹勇等五位老师。在这里，我第一次扬起了教鞭，开始了教学生涯的第一堂课，而且一待就是十五年，其间留下了诸多难以磨灭的回忆。

学高为师，身正为范。说起隆回二中的那些同事，我首先要提到的是时任校长陈涛元和教导主任刘代涵，他们一心从教、两袖清风、平易近人的形象，至今都深深地印在我的脑海里。

当时的隆回二中，破败而苍凉，米珠峰下横着几排破旧的房子就是全部的校舍。教室都是一层楼的老房子，与之连在一起的一间小房子就是教师们的安身之地。为了解决教职工的实际困难，陈校长带领着大家拿起教鞭抓教学，放下教鞭搞建设，一栋三层楼的教工宿舍拔地而起，老师们的住房条件大为改观。陈校长就住在二楼的一套单元房中，他见我们新来的教师没房住，就主动将他的套间让出两间，安排我和两位新教师入住，另外三位新教师只好临时在学生宿舍中暂住。陈校长个子高大，稍微有点胖，戴副眼镜，两颊有两道深深的眼镜印子。他讲话时声音洪亮，慢条斯理，但是并不啰唆，一旦开口，你就会一直想听下去，无法从中插话。由于家属没有住校，陈校长平时也是一个人在食堂用餐；放月假时，他也夹杂在学生的洪流里，像大伙一样急着回家和家人团聚；周日下午，他又会准时返校。陈校长是一名政治老师，尽管行政事务繁多，但他一直坚持带班上课。他的书桌上，满满当当的是毛主席著作，各种类型、各种版本应有尽有。书桌的丰富与房间的摆设形成强烈的反差——他房间的摆设简易到了极点：一木床、一藤椅、一书桌、一书架、一个洗脸架，除此之外，别无他物。

刘代涵先生是湘潭人，印象中他既是一名出色的篮球运动员，也是一位极负责任的好领导。他当教导主任时，每周例会他都会发言，讲评一周各班的情况，表扬和批评都有，他敢讲真话，并且事事有实据，令人不得不服。我来到二中不久，他就调到了县科委任职，再后来据说调回湘潭的一所名校了。

说完两位值得尊敬的长者，不妨换个稍微轻松的话题——"贫民窟"，我们当时把新老师居住的地方称做"贫民窟"，很多耐人寻味的故事就发生在那里。

所谓"贫民窟"，实际是一栋一层楼的老房子，中间一个过道，两边是一间一间的房子，每个老师住一间，室内没有水龙头，也没有卫生间，更没有什么厨房。为了防潮，房间都铺有木地板，也正是这坑爹的木地板，让宿舍成为老鼠的天堂，我们和鼠类相伴，斗智斗勇，发生很多难以忘记的故事。

住"贫民窟"的人都是刚参加工作不久的单身汉。和大学时期七八个人住一间宿舍相比，现在一人一个单间，算是很满足了。每间房子有一个带亮窗的门，隔音效果自然不太好，要是哪个心情好，在房子内扯开嗓子唱上几句，整个楼道内的人都能听见。当然，若是哪个老师的女朋友来了，关上门在房间里面亲热，也只能轻手轻脚的，不敢大声喊叫。个别有意捣蛋的老师，见到人家女朋友来了，拿着个饭盆在走廊上死劲地敲，经过人家门前时还使劲擂门并高喊"吃饭去了"，有点恶作剧的味道。住我斜对面的阳新苗老师，他女朋友是隆回造纸厂的职工，两人经常在一起互诉衷肠，却往往被擂门声弄得不好意思。

"贫民窟"的隔壁就是食堂，开餐时间未到，就有菜的香味飘来，把我们撩拨得口水直咽。有时我们在"贫民窟"的楼前边晒太阳边看书边等着吃饭，同时进行热烈的讨论——根据闻到的香味，判断中午吃什么菜。讨论意见不一致时，就有人打赌，不管输赢，大家都乐呵呵的。我记得这种赌局里赢得最多的是肖新平老师，特别是吃牛肉时，他的消息最准，不晓得现在的肖新平老师，是否嗅觉灵敏依旧？

说到食堂，我到现在还记得厨师是一位姓张的师傅，年龄五十开外，他炒的菜确实好吃。我想，他如果不在我们食堂做，而是去开一家餐馆，一定会发大财，因为那时候在学校做是"吃国家粮"的，他终究没能舍得那个铁饭碗，一直坚持在食堂做事。我们常常笑他手发"鸡茄"，因为他给我们打菜时，明明一勺满满菜，经他老人家手一抖一抖，就所剩无几了。其实这位老人是一个很好的人，比如，年轻老师有女朋友来了，

---

张怡春，男，1968年2月出生，隆回桃洪镇人，中学语文特级教师。2001～2011年任教于二中，曾担任默深文学社指导老师和《凤声报》主编，2006年被评为"全国文学社优秀指导教师"，现任教于隆回一中。

他在打菜时会特别照顾一点,若事先给他打个招呼,即使你去晚了也会给你留上好菜,甚至还会临时给你炒一个好菜,想起来就倍觉温暖。若干年后,我听说他已作古,伤感不已。由于年轻且食量好,我们吃饭时往往要求多加一份菜,张师傅总是半开玩笑半认真地劝说:"呷这么多做么子,莫把工资呷完了,总要救点钱讨婆娘呢。"

也许是"贫民窟"靠近食堂的原因,里面的老鼠多且大,床铺上常有老鼠屎,我们常常在晚上被鼠辈们扰得不得安宁。加上房间里的楼板松松垮垮,使得老鼠们进入房间如入无人之地,甚至就把家安在我们的楼板之下。记得有一次,我半夜被老鼠吵醒,开灯后却不见其踪影,于是急忙将所有鼠洞堵上,发誓要将它找出来打死,搬开所有东西后,终于逮着了一只活老鼠。为了表达我的愤怒,我对它施以"吊半边猪"的酷刑,所谓"吊半边猪",就是用两绳子各拴其一只脚,绳子的另一端拴在洗脸架上。鼠辈老实了,我也解恨了。可等我第二天起床时,发现该鼠竟将绳子咬断逃跑了。我气愤得满屋子寻找,幸好这该死的家伙没有逃得出去,再次逮着后,判处死刑,立即执行!

住在我对面的是胡绍轩老师,当时他带着弟弟在校读初中。有一次他老弟放月假归来,带回一袋大米放在家中,闻风而来的老鼠们成群结队、拖儿带女来到了他家。熄灯后,老鼠们便开始放肆啃装大米的蛇皮袋,撕咬声惊醒了两兄弟,可一开灯,鼠辈们便逃得无影无踪。于是,胡老师便想了一个办法,将装米的口袋故意解开,然后熄灯准备来个瓮中捉鳖。果然,鼠辈们在熄灯后进入米袋中敞开肚皮放肆吃起来,胡氏兄弟立马将口袋扎紧堵住了其逃生之路。开灯一看,只见袋内三只硕鼠惊慌失措、上蹿下跳。仇敌相见,分外眼红!斯文的胡氏兄弟也不列外,他们抓住老鼠后打死两只还不解恨,把另一只用铁丝穿住脚,吊在门上以吓唬其他老鼠。满以为这样其他老鼠不敢再来,可以安心睡觉了,可刚睡不久,又见房内老鼠跑马一样地乱窜乱叫。打开电灯,兄弟俩吓呆了,原来被拴住的那只老鼠被其他动物啃得只剩下一张皮了!

初到二中任教的时候,我教的是高111班、112班、114班等三个班的物理,在当时看来算是委以重任了。那届共有四个班约两百人的规模,生源是那时六都寨区内各乡(当时称公社)的优秀学生,由于当时我年龄也不大,很容易跟他们打成一片,大家都彼此把对方当成好朋友。我记得上第一节课前,自己不知有多兴奋——认认真真地备好课,甚至将要讲的第一句话都写在教案上,然后将教案在心中反复默念。正式上课时,我总忍不住看教案,生怕将当中某句话给漏掉了,现在想起来真是好笑。这三个班的学生是我一生中最难忘怀的,他们的面孔至今仍留存在我脑海中,如今的他们分布在世界各地,大都事业有成。老师就像一个摆渡的人,过了这个渡口,你们就前程万里了,可老师却仍然停留在那个渡口,你们可还记得?

---

半夏子,原名秦后东,中学地理高级教师,是担任默深文学社指导老师时间最长的老师。他在默深文学社一干就是九年,也开创了非语文老师担任文学社指导老师的先例。

# 只想道一声感谢

◇谭奇洪

1985年大学毕业后,我来到了隆回二中任教。那时的学校还在六都寨,位于辰河之滨,水库大坝之前,米珠峰下。教学之余,我常常和同事,和学生,有时甚至独自一人到水库大坝上,到米珠峰半山腰去攀登,去散心。躺在茵茵草坡上,坐在丛丛林木中,看着远处辰河流水悠悠,看着六都古镇炊烟袅袅,望着天上白云飘飘,听着四周雀鸟嘤嘤,实在令人心旷神怡,物我两忘。

我所教的第一个班是高124班,首次上课,我就出了洋相。那天我教的是《诗经》中的名篇《伐檀》。为把第一节课上好,我准备得很充分,教案写得很详细。可当我抑扬顿挫、感情饱满地诵读诗歌时,教室里却嗡嗡嗡嗡小声闹腾起来。读完后,我向两个坐在前面窃窃私语的学生询问原因,他们告诉我:"老师,您读错一个字了。""什么,我读错字了?"我顿时觉得血往头上涌,脸上火辣辣的,"哪……哪个字?"这时好几个学生都大声说道:"砍砍伐檀兮,置之河之干兮,里面的'干'字应读第一声,不读第四声……"这字读阴平还是去声,我过去没留意过,教材注释中也未标识,学生们这样指出来,我顿感难堪,心里立即紧张起来。有那么一两分钟,我呆立讲台上,不知如何是好。学生们看出了我的窘态,很快就安静下来。有几人微笑着对我说:"老师,没关系,您继续上课吧。"在学生的催促下,我静下心,慢慢回到了自己预设的思路上。好在后面我没再出差错——分析诗歌的意境、情感、主题、结构、语言,都能侃侃而谈,吸引住了同学们的注意力,使课堂显得异常活跃、轻松,半个多小时不知不觉就过去

谭奇洪,男,20世纪60年代出生,隆回鸭田人。1985~1992年任教于隆回二中,现为隆回教师进修学校副校长。

---

贺春晖,男,1963年出生,隆回金石桥人,湖南省优秀教育工作者、2004年全国模范教师候选人。1997年开始担任副校长,先后分管过德育、教学、后勤,在二中工作期间,曾资助了多位贫困学子完成高中学业。

了。下课时，不知谁带了个头，教室里竟噼噼啪啪响起了掌声！

有了第一节课的教训，我在后来的备课中更加舍得花工夫，更加追求细节方面的东西，生怕再犯低级错误。在这一过程中，我的胆量也越来越大了，加之逐渐积累了一些经验，掌握了一些技巧，两三个月后，我就基本能够轻松自如地教学了。

万事开头难。我刚参加工作能有个不错的开局，全靠我的学生——是他们的宽容给了我信心和勇气！非常感谢学生们指出我的错误，感谢学生们在我不知所措时给我一个台阶，更感谢学生们给我第一堂课的鼓励！当然，我后来也得到了不少同事，特别是一些老教师的指教，像聂松山、欧阳辉、王志荣等老师，都是经常予我以开导和激励的，他们在我教学初始阶段所给予的帮助，我永志心怀。

1986年春，由于外围淘金导致二中地面下沉，校舍开裂，好几座教学楼和宿舍皆成了危房。时任学校领导将危机化为转机，将学校整体搬迁来到了县城西郊原湘西技校的校园，也就是现在位于澄水村的校区。搬迁的时间很短，不过一两个月，学校所有的东西——包括课桌、实验仪器、食堂的坛坛罐罐等就全部搬运来了。新学期如期开学，一切又按部就班地进行。我还是教高一的语文，只是工作量增加了一倍，被安排教129班、130班两个班。

1987年下学期，我被安排担任高二文科班132班的班主任兼语文教师，直至他们1989年7月毕业。132班是我教的第一个高中二年级班、第一个高中毕业班，也是我第一次当班主任的班级。132班共七十多人，人员复杂，其中有教工子女十来人，一心从事"文学创作"的十来人，音乐、美术艺术生十来人，补习生十来人。和此班学生整整两年朝夕相处，我遭遇过不少难题，也享受到了无穷的乐趣。

在班主任工作方面，我行事的特点就是：坚持民主，相信学生，充分调动学生的积极性、主动性，让他们自己管理自己。这体现在三个方面。一是班委会、团支部由全班同学决定，按他们的意志产生。我记得除了第一次是通过"海选"选出班委会和团支部成员外，以后每次要么是搞"组阁制"，要么就是实施毛遂自荐制。班团干部半学期换届一次，根据同学意见和本人意愿可以连任。两年时间内，全班起码有一半以上的同学当过班团干部，像邓军、袁国伟、阳征礼、刘奇、谭仕龙、莫崇利、江飙、刘继帅、阳信义、刘日光、阳淀先、陈建云、孙中民、阳展平、刘朝华、谭劲松、聂艳红、欧阳翠峰等同学，都是频繁出任班团干部并且表现出色的。如此做的好处是班团干部威信高，工作能力强，能以身作则。二是班上的规章制度由学生自己制定。具体做法是：在学校各项制度与规定的大框架下，由班长牵头，根据我班实际，拟出班上规章制度的初稿，然后交由班团干部讨论、修改，继而征集所有同学意见加以完善，最后再定稿。因

---

王书博，男，1967年11月生，1990年在隆回二中参加工作，中学高级教师。2009年8月担任隆回二中党总支书记，曾被评为湖南省优秀团干、湖南省优秀外语教师、湖南省后勤工作先进个人。

为规章制度是大家制定并通过的,所以每个人都能记在心头。三是实行学生自治。每天有班团干部值日,一般活动的开展都由干部决定,一般问题也由干部解决,只有大的活动、大的问题才由班主任做主拍板。以上种种,带来了很多好处,就是班上干部工作特别热情,特别主动,能力也不断得到锻炼和增强;学生学习生活特别自觉,善于自律,极少有犯大错受处分的。由于班团干部得力,由于学生自主性强,我这个班主任也就当得非常轻松,根本不用事必躬亲,成天忙忙碌碌。我记得很清楚,平时学校开展的很多活动,如大扫除、文艺演出、讲演比赛、田径运动会等,我往往只要向有关班干团干交代一声就够了;有时甚至我还不知道,干部就把获胜的奖状拿回班上了。此类现象多了,有的同事就不知是褒还是贬地说我:"谭老师好,遥控。"从高二到高三,我有两三学期被评为学校优秀班主任,连续两年年终考核为"优秀",这都是我的学生给我挣得的荣誉。

　　在语文教学方面,我虽是初次教高二、高三,却似乎也有自己的特点。第一,给学生时间,让他们自己学习。除早晚自习由学生自己安排时间外,凡语文课,我每节课都分三步走:学生自学、讨论、交流、发现问题;教师引导、师生共同探讨、分析与解决问题;学生再自学,巩固和深化本堂课所学到的知识。第二,充分发掘课程资源,尽可能开阔学生的心胸和视野。我授课一般不简单地就课教课,而是要把与课文内容有关的历史背景、社会特点、人物经历、各类观点等找来,或讲述给学生听,或刻写蜡纸油印出来;另外就是从当时的报刊上找一些好小说、诗歌、散文念给学生听,或交由他们自己阅读。这样做的好处是既让学生多学到了知识,又增加了教学的趣味性和课堂的活力。第三,尊重学生的意见,让学生当老师。我布置过一道题为《假如我是语文老师》的作文,要求学生回答:如果你自己当语文教师,你会怎么教语文?结果学生说出了各种各样的主意,虽然其中有不切实际之处,却也不乏新颖特异、切实可行的点子和方法,对我改进课堂教学大有启发和裨益。再有就是班上的作文,我基本上是让学生批阅的。批阅者看完同学的文章后,认真写出评语,然后我再检查。作文讲评课,先由学生讲,最后我再做总结。这样做减少了我自己的负担,而学生们则多得到了学习交流的机会。更加值得欣慰的是,在132班担任语文教师期间,我从不觉得累,也没有一个学生在学习中表现出厌学情绪。

　　在两年寒暑相伴、风雨同行的历程中,我和132班的学生产生了深厚的感情。这种感情,不仅仅是师生之情,其中还有朋友之情、兄弟姐妹之情。和学生交往,很多事情令我至今记忆犹新。如在校期间,早晚进餐时分,常有男学生到我宿舍来询问问题,若碰上我正喝点酒,我会笑问:"来一点如何?"有的学生会很不客气地回答:"来一

---

肖胜山,男,1955年8月出生。中学体育高级教师,国家级体育骨干教师,20世纪80年代中后期到90年代初期在隆回二中任教,现任教于隆回一中。

点就来一点吧,不过不要倒多了。"然后坐下和我碰杯。也有不喝的,但回答很有意思:"您就这么点酒,我喝了您就没有了。"又如,1988年前后,我正好谈了对象,班上相当多的学生对此很关注,休息时间他们与我闲聊时,经常会有人问起此事:"谭老师,进展如何? 有希望吗?"我回答:"希望大大的。"学生再问:"能成功吗?"我再答:"八九不离十。"学生们都乐起来:"花了多少成本?"我也乐起来:"冰棒一个,五分钱。"他们都大叫:"好,好,你真行,介绍一下经验吧。"我笑着说:"十六个字经验:察言观色,投其所好,见风使舵,死皮赖脸。"学生们轰然大笑,有调皮的道:"这经验我们可用么?"我一本正经地说:"现在不行,今后不妨一试。"再如,当时我因年轻气盛,颇不把学校某个平庸俗气的领导放在眼中,我班的一个女生知道后,就写了张纸条告诉我:"男人要有点城府,不要把心里想的都挂在脸上。"黄毛丫头竟当起了我的老师,每每想到这些,我都万分感慨。七百多个日夜,我和132班学生融洽相处,相互间说话做事随意自然,虽不能说我和他们已完全心灵相通,但在许多地方已经契合一致,亲密无间。

1989年高考,132班考上二十多人。这在扩招后的今天来看没什么了不起,但当时却是县内考得最好的一个文科班。后来县教育局高考成绩排名显示,我班六门学科——语文、政治、数学、地理、历史、英语,全部名列第一!

感谢132班的每一位弟弟妹妹,是你们令我充分体验到了当教师的美妙,是你们大家的努力付出让我从一个初出茅庐、默默无名的青年教师,成长为教坛一个小有名气的后起之秀……

送走132班后,连续三年,我先后又担任过多个班的语文老师。无论教哪个年级哪个班,我一直对自己过去的做法进行反思,对工作中的不足予以改正,对好的方法继续实施并予以完善。这使我的教学水平犹如芝麻开花——节节高,学生、同事、领导也经常予我以称赞和好评。看着批批学生的健康成长,看着年年成绩单的亮丽闪烁,我不但内心充满快乐,也感到充实、满足、自豪、幸福,感到教师简直就是世界上最美好的职业!

1992年秋,因工作需要,我离开了隆回二中。后来我到过几个单位,尽管这些单位都不错,但无论何时,无论在哪里,我始终觉得:此生中对我帮助最大、影响最大的群体,就是我在隆回二中的学生;让我收获最大、最值得我珍惜的日子,就是在二中的这七年时光!

感谢你们,那些年和我一起走过的二中学子!

感谢你,隆回二中!

---

米小武,男,1962年11月出生。中学语文高级教师,湖南省语文骨干教师,20世纪80年代中后期到90年代初期在隆回二中任教,现任教于隆回一中。

# 那么远，这么近

◇王 勇

隆回二中即将举办90周年校庆，热心的校友们一再邀我写点什么。屈指算来，我离开隆回二中是在20世纪90年代中期，转眼就快二十年了，留在记忆里的只是些星星点点……

记得1990年我进入隆回二中工作时，学校已从六都寨搬到了县城郊外的澄水村，栖居原邵阳师专、湘西技校的旧址。号称500亩宽的校园，红砖青瓦房密布其间：教工宿舍大多为单间住房构成的单层建筑，由单间住房构成的二层楼叫"青工楼"，由单间住房构成的三层楼则为"老三楼"。两栋四层高的"讲师楼"由三室一厅的套房构成，勉强具备现代城市社区的"建筑范"，只有资历老的教师才有资格入住。两层砖木结构的丁字楼古色古香，是学校的行政核心，散发着俄罗斯贵族的气息。别具特色的四合院，东西对称的教学楼，宽阔的大操场、灯光球场，还有成片的梨园、橘子园、菜地……构成了隆回二中的基本面貌。

王勇，男，1968年出生，隆回北山人。武汉大学传播学专业博士，曾任湘潭大学广告学系主任，现任昆明理工大学艺术与传媒学院副院长，教授，硕士研究生导师，泰国兰实大学艺术传媒学院教授，中国高等教育学会广告教育专业委员会理事、中国广告教育研究会理事，云南省新闻工作工作者协会理事，云南省新闻学会理事，湖南文化产业研究基地研究员。

学校背靠绿树拥翠的老虎山，山脚下是县里的打靶场。学校每年的军训，最后一个项目就是在打靶场进行实弹射击，这曾给学校师生带来许多乐趣；学校前临碧波荡漾、静静流淌的赧水，记得刚到二中时，曾和几个年轻教师一起下河游过泳，也曾在夏天的午后，到河边巡查，以防学生下河游泳发生意外。

学校前后还毗邻县里当时非常重要的两个工厂，后面是隆回最大的工厂卷烟厂，前面则是氮肥厂，但我并没有感觉到两个工厂给学校造成什么污染，倒是学校领导和工会组织从两个工厂里发现了"机会"：那时教师工资低、社会地位不高，加之学校

---

孙立安，男，隆回司门前人，1987年开始在隆回二中任教，2002年被评为"湖南省高中物理骨干教师"，现任隆回二中副校长。

青年男教师多,对象不好找,而两个工厂里正好女职工较多。于是,学校专门组建了一支教师乐队,和氮肥厂、卷烟厂一起举办联谊舞会,为青年教师牵线搭桥。

隆回二中离县城大约四公里,学校有一台盖着帆布篷子的小货车,那时经常用来运输教工上街以及护送子弟到县城上小学,家住县城的老师一般是骑自行车到学校上班,中间要穿过县园艺场四季常青的橘园,和城郊翻着绿波的稻田,沿途可以看到蜿蜒流淌的溆水,冒着炊烟的村庄……听说现在氮肥厂、卷烟厂都倒闭了,从县城到二中也都城镇化了,再也看不到原来的美景,只有高高耸立的钢铁水泥丛林……

记忆中,二中就像一幅画,一幅定格在记忆中,充满乡村田园风光的画。春天的时候,丁字楼前面那一排怒放的迎春花如金黄色的瀑布垂铺在大操场前,梨子园雪白的梨花灿若云霞;夏季时分,校园绿树掩映,特别是校园主干道两旁的法国梧桐树,高举着茂密的枝丫和蒲扇大的叶子,将整个主干道都遮掩起来,哪怕烈日当空,整个主干道却树影斑驳;而到了秋天,那绿得发亮的法国梧桐树叶开始渐渐变成金黄色、深红色,一阵秋风刮过,黄色的、红色的叶子旋转着优雅飘落,特别是一场秋雨过后,地上铺着厚厚的一层树叶,黄的、红的、绿的,色彩斑斓,仿佛一块画布,煞是好看;冬天的时候,整个校园银妆素裹,青瓦上覆盖一层白雪,空旷、寂静、安详,别是一番景象……

隆回二中是县里的重点中学,招收的是全县最优秀的学生。由于其最先在金石桥办学,后又搬迁至六都寨镇,因此,传统上隆回二中以招收隆回县北面的学生居主,隆回一中以招收隆回县南面的学生为多。可能正是此因缘,隆回二中的学生文学社以近代中国"睁眼看世界"的先驱魏源的字"默深"为名,因为魏源就出生于隆回北面的金潭。据说隆回二中收藏有一套魏源的名著《海国图志》,记得马铁麟老师曾很自豪地说过,县里举办纪念魏源的学术研讨会,曾从隆回二中借过这套《海国图志》去陈列了一天。马老师特别强调"只摆了一天",口气中充满了得意和自豪。在隆回二中,我曾做过几年默深文学社的指导老师,但那时全国的文学热已退潮,已由"文学英雄"时代进入"高考英雄"时代,而且自马萧萧、陈勇光、海啸等几位少年文学英才之后,部队也不再向中学特招文学特长生,热爱文学以致在学业上偏科的学生,他们的出路就成了问题。因此,那时我心里非常纠结,既想激发同学们对文学的兴趣,特别是再发现几颗文学新星,进一步扩大默深文学社的影响,又担心同学们痴迷文学,耽误其他课程的学习,以至影响高考,贻误前程,对不住家长……就这样纠结了一段时间之后,我打了退堂鼓。

二中学生以农村孩子居多,同学们大多朴实、听话,学习勤奋、刻苦,学风很好;教师也非常负责。记得我从1993年开始担任初中85班的班主任。每天天还未亮,起床钟声就响了起来,紧接着学校开始放广播,我就得赶紧穿衣起床,打开门,只听见校

---

胡永栋,男,隆回滩头人,2001年进入隆回二中工作,现为湖南省高中数学骨干教师。

园里响着急促的啪啪啪啪的声音,学生们成群结队地往操场上跑,同行的各班班主任也匆匆忙忙往操场上赶,清点人数,和学生一起做早操。早操完毕,学生进教室早读,班主任老师也在教室里走动,看学生是否认真。上午上课,中午午休,午休一结束,班主任又得赶紧走进教室,看学生是否都来到教室准备上课。记得那年夏天特别热,中午午休时,我热得不行,脱了 T 袖衫光着膀子午休。午休结束的钟声一响,我将 T 袖衫往身上一套就往教室里赶,一边清查人数,一边督促大家做眼保健操。没想到我刚走出教室,有位机灵的女同学就跟上来悄悄对我说:"老师,你的衣服穿反了!"我急忙往胸前一看,T 袖衫胸前的图案不见了,我才发现,由于就起床太急,T 袖衫前后穿反了……晚上,学生自习,我也常常搬条凳子坐在讲台上,一是督促学生认真学习,二是随时帮大家释疑解惑,三是自己也"装模作样"看书,想为学生作个示范。后来我能考上研究生,也得益于那时"装样"读了点书。晚自习结束,学生回宿舍休息,又要赶到宿舍督促学生抓紧时间洗漱,上床睡觉。学生上床睡了,我还不能走,还要躲在宿舍门口听听里面是否还有声音,有时还需将在床上讲话、影响其他同学休息的同学拎出来批评,甚至罚站……一直到夜深人静,确信班上同学都睡了,才回宿舍休息。有时家里有事,还要骑上单车,或披星戴月,或顶风冒雨往家里赶,第二天天不亮又要赶回学校……很遗憾的是,1995 年我因家庭及个人原因辞去了 85 班的班主任职务。

算起来,我在二中待了有五六年,其间有快乐,有苦闷,有艰辛,有收获,有彷徨,有奋斗……但经过岁月的漂洗和时间的沉淀,留下的只有美丽而温馨的星星点点,就像记忆草原上盛开的一朵朵小花,稀稀疏疏,点缀其间,但只要一有微风吹过,它就摇曳生姿,令人神往……尤其是那些可爱的同学们,可亲可敬的同事们总是令我难忘。
……

1996 年,还处在浮躁和不安分年纪的我,离开了隆回二中,去了隆回报社。后来又追梦南宁,奔波湘潭,负笈武汉……2010 年更是背井离乡,远走天涯,漂到了千里之外的"彩云之南",离家乡越来越远了,离隆回二中也越来越远了……

然而,2011 年的一天,我突然接到一个电话,电话那头说他是范军华,隆回二中的学生,现在云南武警总队医院工作……2012 年的一天,我又突然接到一个电话,说他是朱洪彪,是二中的学生,现在从玉溪武警支队调到云南武警总队司令部工作了……2014 年 2 月,我又突然接到一条短信,说他叫刘正刚,是二中的教工子弟,现在调来昆明和我在一个单位工作了……

我突然感觉,家乡仍然很近,隆回二中仍然很近,很近……

---

刘期彪,男,隆回司门前人,1995 年被评为"全国优秀教师",2001 年被评为"邵阳市高中化学学科带头人"。

# 那一年,我们在二中画了一个圈

◇陈慈英

陈慈英,女,1963年12月出生,隆回司门前人。1990～1997年在隆回二中任教,历任教务处副主任、副校长,现为湖南省民政厅副厅长。

1990年暑假,知了在幽静的校园里响亮地叫着夏天,我穿过斑驳的法国梧桐树阴,走进了隆回二中,开始了教师生涯的第二个七年,也开启了无数难以忘怀的记忆。忘不了住在筒子楼的青年教师们一起其乐融融的同事情谊,忘不了大家在四合院三角地带谈论天下大事时的激情飞扬,忘不了那一群当年活泼可爱今天却依然称呼我为"陈老师"的二中学生……然而,最让我难忘的还是要数1995年,那一年,我们在李世藩校长带领下,一起在隆回二中画了一个圈,开启了学校管理的全新时代。

1995年,隆回二中高考遭遇滑铁卢——全校本科专科上线人数合计只有21人,创下了历史最低纪录。二中的表现显然和社会各界对学校的期待有很大的差距,县教育局在高考过后就着手调整二中原有的班子成员,我和李世藩、陈惟凡、刘检球等同志一道进入了新的领导班子。李世藩担任校长,陈惟凡分管后勤,刘检球主抓教学,我负责政教,年富力强的卢小军担任政教处主任、王书博担任团委书记,他们两人协助我一道抓学生工作。

当时的二中,大概维持在24个班、不足1500人的办学规模,学生进出校门享有绝对的自由,校外的各种商店、摊点、出租房因此生意兴隆,澄水村附近的不少居民就是靠做学生的生意养活自己一大家子。由于管理松散,因此每天都有大批学生趁着一日三餐的空隙和晚上就寝后的时间,跑到校外去打桌球、电子游戏,还有的甚至去桃花坪看录像彻夜不归。据统计,高峰时

---

赵瑞蓉,女,1968年8月出生,隆回司门前人,2001年进入隆回二中工作,曾被评为"湖南省优秀教师"。

候有三四百人的队伍涌向校外就餐,这些人里面的相当一部分用完餐后就地打桌球和电子游戏,上课铃不响,他们绝对不会回教室学习,即使回到教室,他们的心也依然没有收回。何况桌球厅、电子游戏厅、录像厅本来就为是非之地,在这些场所发生的打架斗殴事件层出不穷,给学生的生命财产带来一定的安全隐患。以这样的状态来备战高考,其结果可想而知,1995 年高考的惨败也就不足为奇了。据可靠消息,校外势力准备在 1995 年下半年开始大干一场,有人一次性就购买了三四十张床,准备放在出租屋内,出租给二中学生。面对如此恶劣的校外环境,我们如果不断然采取措施,没有壮士断腕的勇气,恐怕很难扭转日益下滑的校风。

新班子上任的第一件事就是整顿校风。要想让同学们收心,首先要让他们收身,要想方设法把他们从校外的桌球厅、电子游戏厅拉回到课堂上。领导班子成员经过认真商讨,决定从 1995 年下半年开始全面实行封闭式管理,只在星期天下午允许大家出校门自由活动,其余时间一律不允许学生外出。正式施行封闭式管理的第一天早餐时分,学校领导班子成员、政教处全体工作人员、初高中所有班主任全部站在校门口严阵以待,严密地防范前往校外就餐的"不法分子"。尽管我们三令五申地对新政策做了宣传,但还是有少数同学企图溜出校园,然而,如此庞大的阵势让他们一时傻了眼,只敢远远地观望。校门外的摊贩尽管大部分都听说了封闭式管理,但他们不知道二中执行这项政策的决心,依然抱着试试看的态度,把摊子摆到了校门口旁边,企图通过铁门栏杆之间的口子完成买卖交易。那天早晨,校门口没有成交一桩买卖,热气腾腾的摊子后,我看到了摊贩们怨恨的眼神。

在狠抓就餐的同时,我们对学生的就寝管理一点也不含糊,这可辛苦了各位班主任老师,他们被要求每晚坚持蹲守到 11 点才能回家休息,碰到特殊情况还要随喊随到,第二天照样要早起和学生一道出操。比班主任更辛苦的要数我们的政教处工作人员,我们一日三餐不能按时吃,还要和校门口的小摊小贩们以及本校"不法分子"周旋和斗争,学生晚上就寝后可能还需蹲守在围墙外倾听风吹草动。领导班子的坚决态度,班主任和政教处老师的任劳任怨,为封闭式管理的顺利推行提供了充分保障,隆回二中校园能够再度风清气正,封闭式管理居功至伟。当然,这一政策也是以很多人的竭力付出为前提的,就拿我来说,作为一名语文教师,我每天只需上完两三堂课就可以自由支配时间,完全能做到生活规律、按时作息,可一旦待在政教这个岗位,情形就截然不同了。那段时间,我不能正常给 10 岁的儿子辅导功课不说,还无法按时为他做晚餐,常常害得他肚子饿得咕咕叫,最后去教工食堂解决了事。第二天早上,由于涉及出早操,我很难抽出时间为儿子烹制早餐,只好给他两三块钱去他们学校附

---

肖秋蓉,女,隆回横板桥人,隆回二中退休生物教师,曾在 1998 年被评为"湖南省优秀教师"。

近解决。一时之间,我的生活规律完全被打乱,家人也对之颇有怨言。忘不了无数个夜深人静的晚上,我和同事们巡视在校园的各个角落,屏住气息等待"不法分子"现身的时候,我总会不由自主地抬头仰望星空,也许,只有天上那些星星才能理解我内心的苦衷。数年后,有位学生曾问我:"陈老师,您在隆回二中和隆回六中各工作了七年,您对哪所学校的感情更深?"我没有正面回答他的问题,只是说:"我在二中付出了更多!"说这句话的时候,辉映的场景就是自己在二中仰望星空的那些夜晚。

　　该来的总是会来的!隆回二中实行封闭式管理力度如此之大,终于招致了摊贩们的强烈反弹。不记得是哪一天了,商贩们挥舞着扁担和木棍,气势汹汹地扑进了校园。政教处老师中冲在最前面的自然是二中第一"武林高手"孙卫龙老师,他曾在学校晚会上表演过"咽喉顶尖梭"的绝技,让全校师生叹为观止;他"独掌劈红砖"的功夫,让台下掌声如潮。只见孙老师一手叉腰,一手抄起一根扁担,大有一夫当关、万夫莫开的架势,一双小眼睛怒目圆瞪,身后站着牛高马大的邹启文、行伍出身的蒋平如等一批政教处干将,个个大义凛然、气势如虹……商贩们虽然有些犹豫,但到底还是攻上来了。三五个身强力壮的商贩首先抢着棍棒冲向了孙卫龙,孙老师敢打敢拼,并不时左腾右挪,将扁担挥舞得虎虎生风,光影重重,一时让商贩们不敢近身。无奈对方人多势众,很快就有人绕到孙老师后面,和其他老师搞起了短兵相接。那场打斗双方都有人挨了打,最终由于摊贩们不齐心,加上老人、妇女之类的摊贩不敢恋战,他们不得不退出了校门。后来还有一次大闹学生食堂的经历也让我印象深刻。那是一个中午,附近居民和摊贩们混入校内,未经学校同意,私自拣走食堂多余的饭菜,给同学们就餐环境带来了很大的影响,在政教处老师制止不听的情况下,双方厮打在一起,又是一场血雨腥风。

　　外患刚平,内忧又起。尽管学校实行封闭管理得到了绝大部分师生的理解和支持,但与个别利益攸关的老师和家属来说,封闭式管理给他们在校外的生意带来了毁灭性打击,无异于一场灾难。个别人于是便迁怒于学校领导班子,温文尔雅、细声细气的李世藩校长多次和其沟通都没有结果。一个星期一的早晨,正是升旗仪式的时候,全体老师和同学都在等待国旗上升,可操场上突然响起了李校长和一位教师激烈的争吵声,一时间人声鼎沸,众多学生不知到底发生了什么,只是远远地隔着薄雾朝着国旗方向张望。这就是二中历史上的著名事件——国旗下的对骂。一时间,李世藩校长处在了风口浪尖之上。

　　李校长经受着超乎寻常的压力,我又何尝不是如此呢?实行封闭式管理之后,校外很多人就开始打听我的情况,他们纷纷说:"这个陈慈英是谁?是从哪里蹦出来的?

---

庞凤云,女,1970年出生,隆回小沙江人,2001年进入隆回二中工作,2002年被评为"湖南省高中语文骨干教师"。

二中什么时候来了个女的抓政教？"除了议论，他们还发出了对我的个人威胁，并扬言要捅我两刀。李世藩校长对我的安危十分担心，有段时间经常劝我不要单独外出，特别是不要在校门外停留。不知为什么，在那样的气氛下我的胆子竟然大得出奇，竟反过来宽慰李校长说，没事的，他们既然放出风来要捅我两刀，那就不会真的捅；要是真的想捅我两刀，他们就不会放风出来。事实证明，我的判断是对的。

如果认为封闭式管理只重一个"堵"字，那样的理解就是极其片面的。实际上，我们既重视堵，更重视疏，疏堵结合，本来就是封闭式管理这一新政策的核心内涵。大家深知，把一群活力四射的少男少女限制在一个特定的空间，只能算是权宜之计，更重要的是培养他们学习生活的良好习惯和面对诱惑的克制能力，为个人的长远发展打下坚实的基础。为此，我们推出了声势浩大的养成教育，并制定了《隆回二中规章制度汇编》，专门组织大家深入细致地学习。

有位学生在回忆二中往事时曾对我说："陈老师，您抓政教的时候，学校怎么那么舍得花时间去搞养成教育，那时连续搞了两三天，甚至有时还整天不上课，全校师生都投入到养成教育之中，这是我在二中六年期间从未有过的，在那个以高考为指挥棒的年代，也是不可想象的。"

的确，为了让同学们在学习、出勤、就餐就寝、劳动卫生、尊敬师长等方面都能自觉养成良好习惯，我们每个星期一都雷打不动地安排国旗下的讲话，针对上个星期的校风问题进行讲评，对学生予以正面引导。与此同时，学校还多次把全体同学集中在大操场，校级领导班子集体出动，每人侧重一个方面，给学生上了好几堂养成教育课。由于我是班子成员中唯一的女性，受隆回口音的毒害稍微少一点，很多同学对我的讲话记忆深刻，这也成为若干年后那几届学生对我印象最深的回忆。从 1996 年开始，每届新生入校的第一堂课就是养成教育课，在课堂教育的熏陶下，同学们学以致用，自觉遵守校纪班规，校风有了根本性的改观，师生关系也进一步融洽。印象较深的是各班的庆祝教师节活动，同学们自发行动起来，有的在课堂上给老师送束鲜花，有的在讲台上给老师泡一杯热茶，有的组织前往老师家中进行慰问……孩子们用自己特有的方式向老师表达着感恩之心，现在想来都让我感觉特别温馨。每周一中午，丁字楼与东教学楼之间的宣传栏旁边总会围满了人，那是班主任和同学们在查看各自班级上周的操行分加分、扣分明细。叽叽喳喳的人群中，有的兴高采烈，有的捶足顿胸，有的满脸存疑，有的扼腕痛惜……每每见此场景，我都由衷感到欣慰，在养成教育的陶冶下，我们的老师更有责任感了，孩子们的集体荣誉感更强了。

实行封闭式管理取得了立竿见影的效果。第二年，学校被评为邵阳市综合治理

---

刘胜保，男，1962 年出生，隆回滩头人，2004 年被评为"湖南省高中语文骨干教师"。

先进单位,我作为隆回二中的代表在会上做了典型发言。1996年高考,隆回二中获得了前所未有的大丰收,全县理科六个上了600分的同学,竟然有五个出自隆回二中,这在学校历史上是前所未有的,也是不可想象的。当年招生,不少家长就是因为看到二中实行封闭式管理后效果明显,才格外热衷将孩子送到二中就读。从此,封闭式管理作为隆回二中的一项基本政策,一直延续下来,并成为隆回乃至邵阳市不少学校实行该项政策的样板工程。

时光摇曳,终将离别的风铃摇响!1997年2月的一天,在上了两堂语文课之后,怀着未能亲手送走高三178班的遗憾,我前往隆回县教育局任职,从此告别了历时14年的教师生涯。逝者如斯夫,不舍昼夜。转眼间,我离开那座熟悉的校园已经17年了,隆回二中也在阳光风雨中走过了90个春秋,相比90周年,我在这里工作的七年充其量也就是一个不长不短的片段,但这七年却是我最充实、最满足的时光,因为我和李世藩校长等同仁一道在二中历史上画了一个圈,圈住了青春的躁动,也圈出了三湘中学教育界一座举足轻重的学术重镇。

阳立刚,男,1989年以来一直在隆回二中任教,2003年被评为"湖南省高中美术骨干教师"。

# 一曲美妙的和弦伴奏

◇廖敦燕

有人说,丁字楼是隆回二中的心脏,有人说丁字楼是二中这个大乐团的"T"台,有人说丁字楼是柄神奇的锤。我认为丁字楼是一架手风琴,特别欣赏那丁字楼里的和弦伴奏。

在丁字楼里,办公室、教务处、总务处、政教处、教科室、服务部、工会、团委等八个处室恰如音阶中的"1234567i"。是伴"135"和弦还是奏"46i"和弦,当然得依教学主旋律来定。

那时,在丁字楼弹伴奏的有20人左右。大家早晨八点踏着节拍去,下午六点伴着钟点归。节奏有时急促一点,这是有"王命急宣";有时悠长一点,那是收获后的犒赏。在我的记忆中,那时的处室伴奏是非常和谐的,没有过无奈的休止符,没有乏味的长音,也没有过刺耳的"347"现象,倾听起来非常流畅,回味起来十分舒坦。

廖敦燕,男,20世纪60年代出生,隆回六都寨人,中学语文高级教师。1996~2007年在隆回二中任教,现为隆回一中纪检书记。

在丁字楼里伴奏的同志彼此间不是毕恭毕敬地称"张老师、李老师、王老师",而是呼"老魏(时为教务处副主任魏华习)、"老杰"(时为办公室主任刘杰贤)、"安宝"(时为教务处主任孙立安)、"朱老壳"(当时在教科室工作的全国优秀教师朱贤舜)、"柱子"(时为政教处副主任袁玉柱)、"顺马"(时为教务处副主任罗崇顺)、"拐老爷"(时为总务处副主任杨琼),等等。大家在一起工作、生活其乐融融,彼此肝胆相照,不存丝毫芥蒂。

处室与处室之间、各教研组之间,每个学期总要搞一两次活动,或篮球赛,或排球赛,或方阵长跑,或演讲比赛。我们语文教研组曾在1996年至2000年连续四年夺得篮球和排球比赛的冠

---

魏先俊,男,隆回司门前人,2005、2006年分别被评为"全国高中数学联赛优秀辅导教师"、"邵阳市优秀班主任"。

军呢！邹水平、尹建兴、范三玲、魏仁哲、魏江龙、刘杰贤等都是语文组的干将，那时的我们豪气干天，全都光着膀子上赛场。比赛结束，便在教工食堂聚餐，女老师马艺玲、廖小菊等帮着下厨，男老师你一杯、我一杯地畅饮，充分享受着集体生活的乐趣。

2000年，聂翰贤老师要去张家界参加省里的高中语文教学比武，语文教研组十多位同志在丁字楼商讨了五六次，有两次议到半夜十一二点，连他的开头"我姓聂，三只耳朵的聂"，也是大家商讨出的杰作。结果，"三只耳朵"获得了省一等奖。

每次开展语文教研活动时，老革命刘胜保老师的话最是幽默、风趣，有些"段子"至今让人回味无穷，而龙吉水老人家的点评是最精彩的，能让上课老师豁然开朗乃至有醍醐灌顶之感。犹记胡斌老师执教《荷塘月色》一文，胡老师上得非常精彩，而龙老师的点评更是绝妙。龙老师把胡斌老师的这堂课比作一粒朴实的落花生，从教学创意、双边活动、教师功力、课堂板书等多方面予以评价，滔滔不绝讲了半个小时，那时的教研活动绝对不是形式主义，更不是敷衍一下就算了。那些年，语文组在龙吉水、黄东正、刘胜保等前辈的引领下，大家既讲优点，又会指出缺点，研讨的风气十分浓厚，很多青年老师便在这种良好的教研氛围中茁壮成长，如廖丽新、陈齐政、谭日珍、邹艳芳等。

二中的环境幽雅怡人，十分和谐，是师生生活学习的绝好伴奏。很怀念二中的橘园，特别是赧水河边的上百亩和"老三楼"后面的十多亩，那是闲来漫步的好地方。每年十至十二月间，一个个红灯笼挂满枝头，芬芳满校园，那采摘、品尝红灯笼的滋味至今让人记忆犹新。主干道上的法国梧桐蓊蓊郁郁，遮天蔽日。每当秋风生赧水之时，落叶漫天飞扬，如一只只蝴蝶迎风起舞。还有那酸酸的杨梅，硕大的柚子，远远看去就让人垂涎三尺……可惜这些景观基本是过去式了！唯有那颇具俄式风味的丁字楼、讲师楼还在，见证着隆回二中的沧桑。校园后面的老虎山与打靶场也是我们常去的地方，那里满是茅草，满是山果，满是虫鸟。秋高气爽之时，常挟书一本、水一瓶躺于黄草上，听秋虫呢喃，享悠悠清风白云。陈忠实的《白鹿原》、刘心武的《揭秘红楼梦》、易中天的《中国的男人与女人》、张中行的《桑榆自语》等闲书便是在蓝天白云下读完的。可惜现在的老虎山满目疮痍了，据说由于在地下发现了锰矿带，山下整天机器轰鸣，清风鸟语的和谐伴奏也随之远逝。

现在，我离开二中整整七年了。偶尔的周末，我也回去看看，跟老朋友胡绍轩、庞凤云、邹利章、陈勇军、范小华等打打乒乓球，三打两胜，输了就钻桌子！大家把球桌下的蜘蛛网擦了个一干二净也乐此不疲，爽朗的笑声久久地回荡在校园之中……

环境的变化我们也许回天无力，可那手风琴的悠扬旋律，觥筹交错时的欢声笑语，教研活动中的热烈讨论，却是所有二中人用青春奏响的最美伴奏，真心希望这样的和弦伴奏一直继续，永无休止符！就像那年复一年永不停歇的飒飒清风。

---

阳征志，2006、2008、2012年被评为"全国高中学生化学竞赛（湖南赛区）联赛优秀辅导教师"，2008年获"湖南省高中化学新课改教学研讨会创新实验评比"一等奖，2010年被评为"湖南省优秀化学教师"。

# 二中,给力

◇陈惟凡

1995年到2006年,我在隆回二中工作了十一年半:担任后勤副校长六年,校长五年半。在这十一年多时间里,二中留给了我太多难忘的记忆,现在回想起来,我发自内心地为她点赞:二中,给力!

### 校园建设日新月异

记得那是1995年8月19日,一个烈日炎炎的午后,我来到了二中,担任分管后勤的副校长,兼教一个班数学。偌大的二中,当时只有一栋建于1993年的"勉强合格但可以使用"的新建筑(后来命名为默深楼),其余建筑大都是20世纪70年代修建的低矮平房。学生宿舍里没有卫生间,没有水龙头,全校只有十来个室外水龙头供学生打水。学生打水需排长队等候,为此发生的争吵乃至打架时有发生。一到雨天,外面下大雨,宿舍下小雨,学生寝室床铺上摆满了脸盆、铁桶用来接漏水,水声叮当作响,学生彻夜难眠。办学条件的改善,迫在眉睫,再苦不能苦孩子!时任校长李世藩率班子成员果断拍板,说干就干。1996年,第一栋学生宿舍正式破土动工并建成;1997年,科教楼建成;从1998年开始,校园建设进入高峰期……至2003年,26栋新楼拔地而起,校园面貌焕然一新,办学条件得到根本性改善。

想想二中的建设史,那真是一段激情燃烧的岁月啊。那时我们什么都没有,工资都要靠自筹,我们有的,只是创业不畏难

陈惟凡,男,1959年9月出生,隆回金石桥人,研究生学历。中学数学高级教师、湖南省特级教师、全国优秀教师。1982年7月参加工作,1995~2006年曾在隆回二中任职,先后担任后勤副校长、校长,现为隆回一中校长。

---

朱洪波,男,2008~2012年每年都被评为"全国高中学生物理竞赛(湖南赛区)联赛优秀辅导教师",2009年获"湖南省第八届物理说课比赛"一等奖,2013被评为"全国中学生物理竞赛优秀辅导教师"。

的决心。没资金,全校老师集体自筹;没时间,放弃所有双休日!技术不懂行,大家一边干一边学。比方说,为了保证基础垫层混凝土的厚度,我们会在基槽两侧相应高度处打上一些小木桩,就是用这最原始的办法进行比对,就是本着每天工作14个小时的拼命三郎精神,我们几个人硬是半路出家,把自己磨炼成"基建达人"。在这样的条件下,短短几年,26栋大厦如雨后春笋般建成,想起这些,我就深深地感觉到:二中,我为你骄傲!

## 校办产业全省典范

隆回二中地处城郊,是一所全寄宿制学校,师生吃住是学校后勤工作的重中之重。当时不少学生反映,每天饭点还没到,肚子早已饿得咕咕叫,原因很简单,食堂伙食差,没油水。对食堂的评价,学生不满意,老师也不满意。至于商店和校办工厂,办得也是了无生气,还要不要搞,要怎么搞,后勤改革问题成为摆在学校领导班子面前一个迫在眉睫的焦点。

后勤改革的重点,首先是加强管理。为此,隆回二中在全市率先增设了一个中层机构——服务部,专门负责食堂及校办厂、场、店的管理。服务部成立后,引入竞争机制,出台了《隆回二中服务部管理方案》及细则,对食品卫生、采购、保管、工资计算、工友管理与培训等均作出了科学严格的规定。比如,工友工资与工作效果及服务态度挂钩,按月量化考核;每月召开一次工友会,每年组织一次工友技能操作赛,每学期召开生活委员和学生代表会评议食堂伙食,评选最佳工友;引进IC卡管理系统,杜绝现金流通;实行"滚动采购"制度;学校商店收归校管,不搞承包。

与此同时,学校积极开发校园产业,办有大型养猪场、豆腐作坊、粉面加工作坊、粉笔厂、红砖厂、理发店、书店、医务室、修补店、苗圃等十余个厂、场、店。食堂剩饭剩菜、豆腐渣一律作为猪饲料,所需猪肉、豆腐、豆浆、粉面等全部由学校自产加工供应,这样既降低了成本,又保证了食品卫生。很快,校园产业扭亏为盈,并且利润连续四年翻番,至2000年,年收入已突破百万元大关。伙食改善了,学生对食堂伙食的满意率大为提升,先前面有菜色的学生,脸上有了些许红晕,荡漾着青春的神采。

后勤改革实现了经济效益与社会效益的双丰收。隆回二中的校办产业成为全省的一面旗帜,省教育厅在多次会议上、多个文件中号召全省学习"隆回二中模式"。面对络绎不绝的省内外兄弟学校参观团,我深深地感觉到:二中,我为你骄傲!

---

聂翰贤,男,隆回高平人,2000、2005年分别获"湖南省中学语文优质课竞赛"一等奖、首届"全国语文教师语言文字基本功大赛"一等奖。

## 养成教育声名远播

办公楼前的迎春路旁有两棵杨梅树,每天至少有 3000 名学生从树下走过。每年六月,杨梅熟透了,没有学生攀摘。《现代教育报》记者肖振海来校采访时看到这个场景时激动地说:"隆回二中学生的优秀品德都浓缩在这两树甜甜的杨梅中。"

这是养成教育结出的硕果。隆回二中的养成教育,起源于学校多年以来的办学传统,正式形成制度和规范是从 1995 年下半年开始的。那时,学校领导班子焕然一新,大家深入吸取 1995 年高考失利的教训,为扭转不良社会风气下日益滑坡的校风,雄心勃勃地准备大干一场,为改变二中贡献出自己一份力量。曾记得,有一年我们班子成员全体出动,每人侧重一个方面为全校学生上养成教育课,讲话稿事先都经过了认真的策划和修改,讲课的人很投入,听课的学生很认真,成效非常明显。

养成教育的成果体现于无处不在的细节中:

校园里有 6 棵柚子树,每年 11 月,柚子树上依然挂满了金黄色的柚子,成为校园里亮丽的风景;

5000 多名学生在食堂就餐,自觉排队购买饭菜,吃饭时无人掉落饭菜,饭后地板干干净净;

学生寝室,毛巾晾成一条线,鞋子摆成一条线,牙膏、牙刷各成一条线,被子叠得方方正正,不是军营,胜似军营;

早操课间操,5000 多名学生在短短 5 分钟内整好队,左看右看都成一条线,动作之整齐,令人赞叹,被誉为"湖南第一操";

……

二中的养成教育得到了各级领导的赞誉,时任省教育厅基教处处长王玉清说:"隆回二中的养成教育饮誉全省,省、市教育行政部门、各省级示范性高中以及到该校参观学习过的人都佩服得五体投地。"时任市委书记盛茂林、时任市教育局局长莫良斌都大赞特赞隆回二中。特别是隆回二中"湖南第一操"的壮观场面出现在中央电视台电视画面上时,每一个二中人都无比自豪:二中,我为你骄傲!

## 省重挂牌水到渠成

2001 年 8 月,我担任隆回二中校长兼党总支书记时,便筹划创建省重点中学。当时,有许多老师对此不理解,社会上说风凉话的人也很多,说什么一山不容二虎,一个国家级贫困县已经有了一所省重点,不可能再评第二所。确实,那时候一个县有两所

---

王新杰,男,隆回二中物理教师,2006 年获"湖南省第七届青年物理教师教学大赛"一等奖。

省重点中学的,很少很少。但我不信这个邪,认定了目标,就只管前行!

奇迹自在人为,付出终有回报。二中多年的基础建设、养成教育、教学成果获得了省教育厅的充分认可。2003年7月10日,这天对我和所有二中人来说,是一个意义非凡的日子。平时不修边幅的我,正儿八经地打起了领带,穿上了西装,皮鞋擦得锃亮。因为我要参与一项特别重大的活动——隆回二中省重点中学授牌仪式。

礼堂的气氛空前喜庆而热烈,5000多学生好像提前知道了什么,就等着消息宣布的那一神圣时刻。当省教育厅副厅长朱俊杰将省重点中学的牌匾交给我和陈华堂书记时,礼堂内响起了经久不息的热烈掌声,我们脸上也洋溢着无比的骄傲与自豪。我们高举着牌匾,心情不亚于奥运冠军站在领奖台上!这么多年的期盼终成现实,这么多年的坚持终得回报,这么多年的耕耘终获犒赏!当天,我与隆回二中师生载歌载舞、喜笑颜开,一起跃入狂欢的海洋!

面对这金光熠熠的省重点中学牌匾,我在心中默默地念叨:二中,我为你骄傲!

### 薄田高产捷报频传

2003年以前,隆回二中还不是省重点中学,生源与省重点中学是无法相提并论的。但在2004年,隆回二中却以一本上线159人、二本以上上线356人的高考业绩,名列全县第一、全市第二,其中史兴清、覃旺军分别考入清华大学、北京大学。2005年高考,罗敬平考取清华大学。2006年,阳恩林又考取清华大学。我至今还清楚地记得2004年高考成绩公布的那个晚上,老师们个个欣喜若狂,奔走相告大获全胜的高考喜报。那一刻,每一个二中人都在欢呼:二中,好样的!

2005年,隆回二中学生囊括邵阳市数理化生四科奥赛的各科第一名,且创造了两个奇迹:一个是阳恩林同学一人摘取数学、物理奥赛两项全国一等奖的桂冠,并在高手如林的2006年清华大学保送生考试中夺得全国第五名的好成绩,被选入清华大学数理科学基础班(共30人);一个是后来被保送至南京大学的刘茜醇同学以全省第二名的成绩跻身2006年全国化学竞赛决赛暨冬令营,并在来自全国159名选手参加的全国化学竞赛决赛中名列第53名,获得银牌。当隆回二中的校名和刘茜醇的照片,在大赛举办院校复旦大学多功能学术报告厅的屏幕上和着优美的颁奖进行曲展现出来的时候,置身其中的我油然生出强烈的自豪感:二中,真棒!

对于隆回二中来说,2005年真是高产的一年。那一年,学校男子排球队获全省第四名,女子排球队获全省第三名;那一年,刘姝麟同学参加"中国星"全国声乐大赛,

---

邹艳芳,女,2003年进入隆回二中任教,2009、2012年先后获"湖南省电教馆'三优联评'录像课评比"一等奖、"第二届全国中学语文教师基本功展评暨教学观摩研讨会录像课"一等奖。

获得湖南赛区金奖及全国赛区金奖。

也还是在2005年,隆回二中学生代表队参加湖南省首届中学生射击锦标赛,一举夺得团体总分第一名,成为邵阳市体育史上第一个省级团体冠军。在由省军区、省教育厅领导亲自颁奖的大会上,隆回二中的名字被宣读十余次,隆回二中的学生一次又一次走向领奖台领取金牌和银牌。此时此刻,做为隆回二中的一员,谁不会迸发出激情:二中,我为你骄傲!

### 校友助学爱洒校园

让我感到给力的,不只是隆回二中获取的荣誉和教学成果,还有二中那些热心的校友。

2005年10月2日,隆回二中高中1985届校友回母校聚会。在聚会活动中,欧阳晓风等校友在和我交流时,提出要为母校做点什么。于是,我提出了组建校友助学会资助贫困学生的想法,这一提议当即得到了在场校友们的一致同意。2006年5月21日,经过欧阳征初、欧阳晓风、欧阳文邦、孙晓桃等校友的认真筹备,隆回二中校友助学会启动仪式在长沙隆重举行。当年10月3日,数百名校友从祖国的四面八方汇聚母校,参加隆回二中校友助学会成立大会,邵阳市人民政府副市长李兰君莅临现场并讲话。成立大会共筹集助学资金90余万元,其中79届校友谭志雄出资15.8万元,把爱心洒向79个贫困学子。也正是通过那次筹资,数百名寒门学子得以圆了大学梦。而今,我已经离开了二中,但我还能不时听到二中校友坚持助学的消息,每当回想起那些热心校友回报母校的善举,我不禁热泪盈眶:二中,我为你骄傲!

人说七十古来稀,八九十为耄耋。二中90岁了,可在我的心目中,她越来越散发出青春的活力,就如我们这个时代的90后青少年一般!值此隆回二中90周年校庆之际,千言万语化为四个字:二中,给力!

王洪海,男,隆回羊古坳人,1992年进入隆回二中任教至今,2009年获"湖南省高中历史说课比赛"一等奖。

# 总有些温暖与你不期而遇

◇谭日珍

谭日珍,女,1973年10月出生,隆回虎形山人。毕业于湖南第一师范学校,1993年7月参加工作,2002年7月至今一直在隆回二中任教。

十月,天已转凉,秋风"嗖嗖"地刮着窗外已经发黄枯萎的树叶。我有些头痛,看着这一大堆杂乱的教案和厚厚的作业本,想着还有纷乱的班务没有处理,心情就像这该死的阴天,干冷干冷。

我抱着一摞教案,无精打采地走过丁字楼走向教务处,路过财会室门口。杨琼大叔正在整理账务,一抬头看见我,随口问:"小坛子,哪里去呀?"

"交教案去。"

"不是交过了吗?"

"没过关,二次整理,好好的,要撕掉这个,扯掉那个,弄得乱糟糟的,钉也没地方钉。胡乱交了算了。"

"这样啊,拿来我看看。"

我心想,你一个搞财务的老头,看我的教案,有什么看头,能看出什么?但还是把教案递了过去。

"呵,挺多的,以前备课很认真啊,没少花工夫。"

"哪里曾少了工夫,倒是花多了工夫,太过认真自找麻烦,落得现在整了又整。"我满腹牢骚,抱怨这为应付检查的形式主义工作。

"2012的没钉啊。我这里有钉书机,来,我帮你整一下。"

我抽出那厚厚的一本,递给他。他接过去,往桌上上下扣扣,弄齐了两头,然后两手铺开,用力码平纸页,再用两个夹子把教案两头夹起,放到钉书机下面。呵呵,一架和大叔差不多年纪的订书机,底座生了锈,螺母却磨得发亮。咔咔咔,三个针孔扎出来了。只见他拿起教案,眯眼对了一下纸页边,顺手从抽屉里拿出个大针,一卷粗线,"嗖嗖嗖"几下,就上好了页边线,打个结,剪掉线头,再用锤子把线头锤进针孔。

"哦,太好了!"那一沓沓散乱不齐的纸页瞬间成了一本线装书!我正打算接过书来,大叔说:"还等下。"见他左右瞅了瞅,在打印机边上抓出两张褐色纸,"还得有个封面。"大叔把胶水涂在书脊上,然后把折好的纸张贴上,压平。

"现在要得啦!"他递过来,"拿去,保证可以交差了。"

"呀,成了古色古香的线装书啦!"

"作者、版权所有,谭日珍女士,哈哈……"

"太谢谢杨大叔喽!"

"举手之劳而已。"

"看到杨大叔的工作,我才知道自己是多么马虎的一个人。"

"谭老师你不知道,杨大叔可是几十年如一日的严谨有序呢!"埋头苦干的出纳小邓这时也抬起头来,"跟他工作就是不断学习、不断进步,不知可以少出多少差错,少惹多少麻烦。"感激赞誉之意溢于言表。

"小邓子这嘴巴就是会说,别听她瞎夸。"

"大叔,我都不知道怎么谢谢你了。"

"都说了,举手之劳,去,去,快拿去交了。"

摩挲着这本特别的线装书,小心把它装进文件夹,再慢慢把文件夹合上,满心的感激和惭愧使我不能言语。见杨大叔已坐在案几旁继续他刚才的工作,没有再理会我的意思,于是悄悄退了出来。

回来时,仍旧经过财会室门口,忍不住驻足张望,只见一老一少两个人,埋头于工作,小邓子拨拉着算盘,老杨头清理着账簿。无声无息,昭示着岁月静美。那一刻,我的阴霾一扫而光。在杨大叔熟练地帮我订书的一刹那,我的心就静下来,沉下来,温暖从心底漫上来,笑意在眼里脸上荡漾开来,在寒冷的秋季,心里盛开了真善美的花朵,仿佛春天就在身边。

丁字楼外,桂花已迟暮,却仍在清秋的细雨里,散发着淡淡的清香。我抬起头迈开脚,快步走向教学楼。

---

阳林,男,隆回七江人,隆回二中历史教师,曾在 2011 年获"湖南省高中历史说课比赛"一等奖。

# 九次搬家的故事

◇聂翰贤

聂翰贤,男,1969年10月出生,隆回高平人,中学语文高级教师。1991年参加工作,2000年至今一直在隆回二中任教。

2000年,我与20余名同事一起调进了隆回二中,在这里开始了十多年"漂泊不定"的生活。

初进校园时住房紧张,我被安排在28栋最西端靠教学二楼的一间房子。28栋是以前的女生寝室,平房,没有卫生间,只在天井里有些公用水龙头,条件很是艰苦。但那时整个校园里最新的楼房就是教学三楼,其余皆是老旧建筑,所以我在平房里住得怡然自乐,并没觉得生活有多么寒酸。

那年10月左右,规划中的默深园开工,28栋所有住户都需要搬迁,我搬到了10栋。尽管还是平房,但房子由一间变成了两间,房间里也有了水龙头,条件比28栋好了许多,这让我乐呵了好一阵子。

学期快结束时,默深园与新建的教学四楼主体终于竣工。但规划中的图书馆土地也开始平整了,我们10栋的住户只得全部搬迁。我搬到了青工楼一楼,这是我在二中的第三次搬家。

我对青工楼的记忆,远远没有前面两处平房好,这得追溯到2001年上学期的某个晚上。那一晚我同往常一样在男生宿舍查寝,走到217班寝室时,发现在两个宿舍之间的墙壁上有个绳状的东西,好奇心驱使之下,我用手电筒一照,哇!原来是一条蛇!生性最怕蛇的我赶忙喊来政教处的老师,想方设法地把它赶走了,并提醒同学们晚上一定要关好门窗。查寝完回到青工楼,我马上从图书馆工地上搬来砖块把房门缝隙堵住,这还不算完,晚上睡觉时又在床边放上了两样东西——手电筒与木棍。

---

堪称"歌神"的老师:卢小军校长,曾数次在学校各类晚会上一展歌喉,征服了全场师生。

那晚我战战兢兢,生怕有蛇从门缝中爬进来,总是念叨着:这要能搬到二楼就好了。幸运的是,这个念头没多久就得以实现了。

下学期,青工楼二楼腾出了一间屋子,我马上向学校申请搬到二楼,这是我在二中的第四次搬家,还是简简单单的一间房,乐趣却多了许多。记得当时的邻居是王小涛、罗玉洪、王建雄、马艺玲等老师,大家都是活跃分子,时不时抓阄搞个聚会,让其他老师很是羡慕。

2002年下学期,很多新建筑一一落成了,餐饮楼壮观大气,教工四舍和五舍琉璃青瓦,好生气派。教师们的住房条件因此得以改善,我搬进了青工楼同一层楼东端的一个小两间,算是小小改善了一下生活环境。但我在这套小房子里也没有住多久。

同年,学校因申报省重点中学,拆了从前的四合院,又新建起体训馆。老旧的青工楼倚在图书馆旁,左右都是崭新的高楼,确实有点不和谐,学校于是决定拆除青工楼。我的第六次"搬家"献给了教学四楼顶楼的办公室。

住在教学四楼,行动可就有些尴尬了。当时我带的班在教学三楼,因此,在不做早操的早晨,一定要早早起床,否则就和进教学四楼的同学逆向上下楼梯,特别不方便。由于顶楼的房子窗户密封性不太好,冬天的风不断地往里刮,房间就像一个冰窖,我从青工楼搬来的几盆花,活活给冻死了。盛夏的时候,一打开窗户,伸手似乎能抓住太阳,那个热劲,真叫人没法提。

2004年,实验大楼与教学一楼以"连体婴儿"的姿态建成了。这两栋楼之间有个横楼连着,横楼有四间大房子、十间小房子,靠教学一楼的五间小房子是班主任办公室,靠实验大楼的四间作老师住房。新调入的阳助老师在五楼住了一个多月,搬到了教工六舍,于是我搬进了横楼的五楼。这房间宽敞许多,并且有了网线,后来我又和阳征志、钱诗才、徐会兵等老师每人出资100元,安装了有线电视。这第七次搬家总算实现了信息现代化。

好景不长,2005年6月,我去长沙参加高考阅卷后回到学校,打开房门,一股热气扑面而来,只见办公桌上的书全部变成了古典书籍——黄了页。这顶楼当阳的房间,热量实在是太足了,我又动了"搬家"的想法。当年下学期,好友张怡春掌管默深文学社,文学社的办公房恰在横楼二楼,我于是与他一商量,又进行了第八次搬家——五楼变成文学社,二楼变成我的住房。

住在横楼二楼,虽然行动还是不太自由,但因为实验大楼有独立的楼梯上下,我一个人住着,倒也觉得方便。早晚洗漱可以去旁边的生物实验室进行,但洗澡只能安排在两个时间段,要么是有午睡的中午,要么是晚上学生下课以后。下午想洗澡的

---

写对联出神入化、让人拍手叫绝的老师:马铁麟老师、龙吉水老师。

话，就得想想办法，要么去寝室洗，要么去别的老师家洗，要么回家洗。不过这总归不是大问题，我在这一住就是八年。

2013年下学期，同事欧阳勇华工作调动，我买下了他在教工六舍的房子，第九次搬迁算给我"漂泊"的二中居住史结了个尾。

第九次搬家正在进行时，西教学楼已经拆除，学校西门建设也正式动工。回望这13年仓促世俗的"九迁"，我虽未有"三迁"孟母一般深谋远虑的动机，也没能像先贤孟子一样收获丰富的知识，但我欣喜地发现，我在不知不觉里见证了隆回二中校园的"辞旧迎新"——见证她一层层剥落古旧的外衣，也见证她在新时代里焕发出来的勃勃生机。

帅毙的老师：语文老师刘少龙，擅长唱歌，曾于1991~1992年在隆回二中任教，担任学校团委书记。

# 我的班主任经历

◇庞凤云

2001年2月,我意外地接到了隆回二中的召唤,欣欣然从世外桃源小沙江来到了桃花坪,开启了我在二中的教学之旅。从此我徜徉于"情趣导学""情趣导写",沉湎于"网络环境下的语文教学",在引导学生"自主·合作·探究"中乐此不疲、流连忘返……但相比之下,我觉得当班主任的经历更让我记忆深刻、回味悠长。

记得我到二中的第二天,学校就把初二108班交给了我。关于这个班,用同级107班班主任黄爱荷老师的原话说:如果要我接这样的班,我宁肯不进隆回二中。但事实上,接管108班并没让我觉得很吃力,这个集体后来在各方面都还很不错的,可以说是人才济济:有聪明可爱的宁钦钦、肖健夫;奋发向上的邹吉燕、陈奇、尹卉、文蓓蓓;默默努力的曾剑、周伟平、宁兴广、李娟、宁振;体育健将袁绍、刘敏、罗剑、黄涛;舞蹈天才刘江娃;文学爱好者欧阳锟、马骥;还有善解人意的袁贞容、周海叶、胡静、阳娟,等等。初三毕业会考,这个班的肖健夫同学还考了全县最高分。可惜的是,尽管陈惟凡校长带着我和范洛华老师亲自登门作了家访,肖健夫最终还是跟随他叔父肖民康老师去一中读书了。可喜的是,肖健夫同学后来不负众望,应届考取了清华大学。108班其他同学绝大部分都在二中读完高中,也顺利地考取了大学,有的后来还读了研究生,现在都成了各行各业的"白骨精"。

2002年9月,学校领导别出心裁,为了净化初三年级几百名学生的学习环境,把这个年级7个班中成绩、表现都靠后的56

庞凤云,女,1970年9月出生,隆回小沙江人。1988年步入教坛,2001年2月至今任教于隆回二中。

---

二中第一武林高手:体育老师孙卫龙,曾在学校晚会上表演过"咽喉顶尖梭"、"独掌劈红砖"的绝技,让全校师生叹为观止。

名学生编到了一个班,说要安排最优秀的老师来管理和教学,这个任务竟落到了我的头上。这个班真不愧叫110班,我接手才5天,同学之间就打了3架,而且架架见血,几乎都要拨110了。他们打架的特点是无需理由、不挑场地;出手快、下手狠。听到不爱听的话,不经意的一次碰撞,寝室里挤点牙膏,澡堂里争个水龙头都可让他们你一拳、我一脚,你拿凳子我撑衣杆地大干一场。往往等我得知消息赶到时,他们已两败俱伤在那喘粗气、擦污血了。事后,不管我怎么苦口婆心、威逼利诱,班上张飞不服马超的事还是时有发生。而且,让我棘手的还远不止打架,抽烟、喝酒、打牌、看看小说、调戏女同学、爬围墙外出上网,对于他们来说都是家常便饭。其实,有些事情我完全可以睁一只眼闭一只眼,可装聋作哑根本就不是我的风格,何况学校政教处还三天两头抓到110班的违纪学生,弄得我整天提心吊胆、应接不暇。

正当我焦头烂额之时,范桂明同学被他父亲揪到了我眼前,给了我一个向全班浇灌心灵鸡汤的机会。他父亲老泪纵横地对我说,他是石门水泥厂的搬运工,每扛一包一百斤的水泥才一毛钱,今天中午连一块钱的白饭都舍不得吃,来看儿子连一块钱的公汽都舍不得坐,就想多攒点钱将来供他上大学,没想到范桂明却在学校优哉游哉地抽着五块钱一包的白沙烟……看着他那发抖的手和沧桑的脸,我深感作为班主任责任重大,灵机一动,当即邀请他到班上现身说法,既教育范桂明更教育其他同学,这比拿什么"有关家国书常读,无益身心事莫为"等大道理来教育他们效果好多了。最后,我义正词严地告诉大家:我宁可对不起你们的现在,也要对得起你们的将来;宁可对不起你,也要对得起你的家长。但慷慨陈词容易,对那些以"敢打架、会抽烟、能喝酒、乐泡妞"为荣的懵懂少年而言,真要洗涤他们的灵魂、改变他们的习惯,又谈何容易啊!接手才一个月,我就恨不得自己生场病住院算了。就在我忧心忡忡、心力憔悴的时候,省级骨干教师培训通知下来了,我求知若渴地前往长沙去取经、充电,足足两个月的观摩与学习,让我受益匪浅;深圳、海南等地的考察,让我眼界大开,心态也豁然开朗了。与此同时,时任学校政教处主任邹鸿飞老师代理了110班班主任,他大刀阔斧地对班级进行了整顿。当我回来重新接班时,学生之间已磨合得差不多了。第二学期,这个班的表现已不比其他班差,唯一遗憾的就是,毕业会考还是没能出奇迹。

2003年9月,学校任命我为初中部(当时叫默深中学)的政教主任,主管一个年级7个班,并兼任139班班主任。也不知同事和家长们到底看中我什么,都争着要求把孩子放到我班上。但第一次摸底考试结果出来,我彻底傻了眼:全年级前30名,139班竟一个也没有。这种状况一直持续了一年,进入初二才逐渐改观,王如璋、黄远富、廖俊等同学是脱颖而出的黑马。这里面最值得一提的是王如璋,初一刚来时她成绩

演讲慷慨激昂、最鼓舞人心的老师:马轶麟、陈慈英等。

并不拔尖,身体也很羸弱,因为脸上有一块拇指指甲大的胎记,而被一些调皮的男生取了个难听的诨名——牛屎粑,这让她很自卑,有时甚至还爱哭鼻子。我狠狠地批评了那些男生,也多次在班上讲述"己所不欲,勿施于人"、"鸟美在羽毛,人美在学问"、"人不可貌相,海水不可斗量"等道理。王如璋很要强、也很争气,经常一个人默默地学习,我也不时地给予表扬和鼓励。一年下来,一不留神,她竟然成了班上第一个进入年级前30名的同学,从此所有的同学甚至任课老师都对她刮目相看,再也没有同学敢欺负她了。榜样的力量是无穷的,接下来,肖晔、杨志飞、罗何、周银石、刘丽华等同学也先后挤入过年级前30名。初三的时候,情况就越来越好了,毕业考试139班上线人数较多,尤其700分以上的高分人数最多。

对于实行封闭式管理的学校而言,学生最期盼的就是走出校门,走出课堂。记得有个周末,我曾组织全年级(134~140班)学生到狐狸岛旅游,400多人的队伍欢呼雀跃地来到岛上,漫步、拍照,到河边打水仗,在沙滩上举行拔河比赛,同学们玩得很嗨,有的鞋子都磨烂了,有的喉咙都喊哑了……后来,由于各种原因,我主管的这个年级成了二中初中部的最后一届,我们为赫赫有名的默深中学画上了一个圆满的句号。

2006年9月,通过学校的培训和考试,原初中部的大部分教师都走上了高中教学岗位,我也成了高一361班的班主任。361班的数理化总体水平不高,在高二时被发展成为文科班。由于缺少高手,在高二的多次考试中,361班只有李小燕和罗强勉强挤进过全年级文科前50名。为了避免我们班在高考中吃鸭蛋(无人上一本二本),我决定从鼓舞士气入手,精心组织全班召开了《放飞梦想》的主题班会,让大家一个个上台畅谈自己的梦想;我还专门找有潜力的学生个别谈话,希望他们能做好班上的领头羊。在学习上,我一方面邀请任课老师为偏科的学生开小灶;另一方面则牺牲休息时间亲自陪学生一起学习政史地等课程。当时班上有几个特长生,是最有希望冲刺重点大学的,如音乐特长生陈飘云、美术特长生周小访,他们的专业都过线了,但文化成绩却很令人担心,所以我经常去特长班督促他们努力学习。当时的特长生在文化考试时舞弊成风,他们的真实成绩恐怕自己都不清楚。考风不正则学风不正!为了让他们断了那自欺欺人的念头,高考前几个月能静下心来学点东西,我主动要求在模拟考试中去监考他们,就想让他们清楚自己的真本事。前两次他们看到是我去监考,一个劲地唉声叹气却又无可奈何,只好垂头丧气地冥思苦想,考出的成绩自然不理想。从那以后,他们学习用功多了。功夫不负有心人,阳光总在风雨后,高考结果出来了,361班二本以上上线7人,陈飘云考取了海南大学,周小访也在提前批被佳木斯大学录取。这在我校当时那一届所有的文科班里可以算中上水平,数学老师陈华堂书记

黑板报办得风生水起、夺人眼球的老师:朱贤舜老师。

甚为惊喜，他说："我教了一辈子书，高考能超水平发挥的还只有361班。"

2009年9月，我又新带了高一449班。这一次，我充分吸取多年来当班主任的经验教训，以"健康·睿智·快乐"为班训，从一开始就身体力行并努力倡导学生身心健康、乐观阳光、聪慧充实地过好每一天。班上发展势头良好，出现了一大批品学兼优的好学生，比如邹雨池、周宋华、吴宏斌、易剑、郑海娇、陈燕飞、焦伟嘉、彭雪琴，等等。我一直很庆幸班上有邹雨池这样的领头羊，他不仅在学习上与周宋华你争我赶，一直稳居班上前两名。他还率先提议班上同学之间共同进步，让全班在自愿与互补的前提下组成了20多个互助组，他自己则主动与班上两位学得最吃力的同学结成了学习小组，带领、指导、督促他们读书，让他们两个得以顺利毕业、升学。此外，龚坚同学从进校时的1400多名一路赶超，一年时间就赶到年级300多名，这个奇迹也极大地鼓舞了全班的学习热情。正因为这些榜样的作用，高二学业水平考试449班全体同学都一次性顺利过关，无一补考，隆回二中获得了全省第七、全市第一的好成绩。吴宏斌也是一个让我深受感动的同学。高三第一学期，这位同学的父亲因病去世了，我曾建议他申报助学金，但他很有骨气，宁肯自己生活拮据，也拒绝与班上贫困学生去争助学金。后来，得知班上另外一位同学的父亲也因病花光了家中的积蓄，医治无效而亡时，他却毫不犹豫地申请了校友助学金，然后一分不留地都捐给了那位同学。在他的带动下，班上所有领助学金的同学都向那位同学伸出了援助之手。这种爱的传递，这种友好的氛围，这种高尚的情操，感动了班上的每一位同学，也让他得到了不少女同学的佩服和青睐。高三第二学期的一个晚自习，吴宏斌主动来办公室找我谈心，他告诉我，他与周某某谈恋爱了，并且班上另外还有几对成绩好的同学也正谈得火热。这真让我大吃一惊！我问他们谈到哪一步了，他说他们已手拉手散过好几回步了。我问他为什么主动告诉我自己谈恋爱的事，他说自从谈恋爱以来，周某某的成绩退步了，他害怕。根据这个情况，我首先表扬了他的理智，然后征询了他的意见，最后决定：在既不通知家长，也不上报学校的前提下，冷静、心平气和地找他们交谈，为他们分析高三谈恋爱的四种结果，让他们彻底明白爱情学业双丰收的概率实在太小，这场赌注绝对没有赢家，从而有效地化解了一场恋爱危机。2012年高考，449班一本上线4人，其中的周某某、郑某某这两位正是从热恋中悬崖勒马的；二本上线18人，全校二本以上上线人数突破了600人大关，老师学生无不欢欣鼓舞……

岁月如梭，一眨眼，十多年过去了，真可谓铁打的营盘流水的兵，同学们一届又一届地来了，又一批又一批地走了，走向五湖四海，走在大江南北，也走在老师的回忆之中。我那些可爱的学生呀，不管你们去了哪里，你们都是老师永远的牵挂！

---

胡绍轩，男，1962年5月出生，隆回七江人，中学化学高级教师，他是在二中执教最年轻的老师，18岁就开始到隆回二中任教。

# 害怕忘却的记忆

◇张怡春

2001年9月进入二中,上课下课,备课改作业,考试放假,吃喝拉撒……一眨眼,哇,就那么平平庸庸、糊里糊涂地过了十年,想起来自己都觉得害怕。刚进学校时没想到要安排好在二中的生活,2011年8月出二中后想安排也来不及了,哎,我等凡夫俗子的生活注定只能由平庸和遗憾堆积而成。虽然遗憾多多,但在离开二中三年后回想起来,总有许多美好的片段挥之不去,其中最难忘却的就是二中食堂的馍馍、肉包以及那帮好朋友、好兄弟,可惜时光不能倒流!

张怡春,男,1968年2月出生,隆回桃洪镇人。2001~2011年任教于隆回二中,曾担任默深文学社指导老师和《凤声报》主编,现为隆回一中语文教师。

我吃过大学里的馍馍,也吃过几所高中里的馍馍,吃来吃去,愣还是二中的馍馍好吃。那还是2001年9月刚开学的日子,刚到二中又当班主任的我没有自己开餐,而是吃食堂,第一顿早餐也没打算吃到好馍馍,因为原先那些单位里的馍馍也就那个样,就那样的口感、那样的形象,只能填饱肚子。当我闻到二中的馍馍看到二中的馍馍拿到二中的馍馍吃到二中的馍馍时,我惊叹了,我的那个娘唉,这哪里只是馍馍,简直就是艺术,简直就是文化嘛!那个香啊,透心的香;那个白啊,诱人的白;那个酥啊,入口就化;那种享受啊,简直就是做了神仙,就是拿皇帝宝座也不换!从此,我便惦记起了二中的馍馍,哪天不吃,心里就发慌发痒,就一天没劲儿。唉,舌尖上的欲望,我算是在二中馍馍身上真切体验到了。

但二中不只是馍馍好吃,肉包子更是一绝。

---

在隆回二中工作时间最长的老师——欧阳同福老师,1981年至今在隆回二中任教,任期已有33年。

本来恋上馍馍的我已是心无旁骛了,每天早餐都是瞄准馍馍而去,一吃就是六年。六年里我只认馍馍,对别的东西视若无睹。2007年10月里的某顿早餐,老朋友范志军说,其实二中的肉包子很不错的,白白酥酥,一咬嘴角流油,你不妨尝尝。我将信将疑,一试,果然!这二中的肉包子,真材实料,份儿足,有德园肉包的外形,狗不理肉包的实质,中看又中吃,色香味形俱佳,六年来我居然错过了它,真是可惜了!唉,看来万事不可太执着,否则,会少了多少享受!从此以后,我便早餐馍馍、肉包双管齐下,美哉乐哉,赛过神仙。好东西人人爱,烦恼也就来了。二中肉包实在太优秀太出名了,结果师生人人爱吃,供不应求。2009年后,买肉包必得早早去食堂,行动稍稍迟缓一点,便只有遗憾的份了,以至于后来学校不得不明文(橱窗上贴告示)规定,肉包每人一次只能买两个,多要不卖。但即便如此,上有政策下有对策,许多人还是想着法儿去买:当教师的,老爸老妈老婆孩子一起上;学生呢,换个校服换个校牌再来买。结果,很多时候我都买不到肉包,只好望屉(笼屉)兴叹。

写着写着我就咽口水了。不知如今二中的馍馍、肉包可还是当年的味道?原来那做馍馍、肉包的师傅是否还在?师傅啊,感谢你们了,感谢你们给了我那么多美好的享受和回忆。

在二中,更难忘的还是那帮朋友。朋友很多,哪些该写哪些不该写,选择起来还真为难!

不能不首先想到阳洪福、宁秋萍夫妇,我跟他们做了十年的邻居,他们对我及我家的帮助最大。阳书记夫妇待人热心、诚恳,是那种不是兄嫂胜似兄嫂的朋友,他们对你的关心是全方位的,是无私的,是彻底的,是不附加任何条件的。他们就是春光,让你感到温馨、自在。他们总是在你最需要的时候给予帮助,让你觉得幸福、温暖。2008年的那次大冰冻据说是50年一遇,真的是滴水成冰,冻得大家措手不及。因为水表被冻住,出不来水,我们只好回老家跟父母生活一段时间。后来太阳出来了,冰冻化解了,我们就准备回二中住。还没到门边,宁秋萍老师老远就对我说:"张老师,你家厨房门锁是我们砸烂的,我给你新买了一把。"我一时有点丈二和尚摸不着头脑。原来我们没有包好水表,天气一暖和,表壳上的玻璃裂成了多道缝,水柱四射。宁老师发现后很着急,准备打电话要我回来处理。阳书记说:"这点小事,我们就给他处理了吧。"于是他们打了水工周柏青师傅的电话,请他带水表来换。我们两家的厨房是连着砌在走廊里的,中间隔开,我走的时候上了锁,周师傅到了后发现进不去,阳书记只好砸了锁,周师傅才及时帮我换好了水表。看到新换好的水表,我心里热乎乎的,

---

对学生最严厉的老师:谢坚明老师,男,他带领的初90班实行准军事化管理,成为当时全校班风最好的班级。

怎么能让阳书记他们给我买锁呢？实在是连感激都来不及哩！亲人啊——不是亲人胜似亲人。阳书记夫妇生活简朴，却是享受生活的高手，就是那些普普通通的萝卜白菜，到他们手里都能做出花样、吃出品位来。豆腐渣你吃过吧，但你吃的绝对没有阳书记家做的那样正宗、那么香。阳书记家先把黄橙黄橙的豆腐渣饼压细再加油慢慢地炒，炒得喷香喷香了，再加上野葱，那味道，香甜可口，绿色又营养。到现在，我鼻子里还时不时地泛起他们家那种豆腐渣的香味呢。还有，阳书记是老特级教师，但他一直坚持在教学一线工作，手写的教案特别精彩，改完的作业本常常被学生当作宝贝珍藏。我常常想，能与阳书记作邻居，大概是上天对我的眷顾吧。

不能不写写陈惟凡校长，尽管他现在是隆回一中的校长了。我经历的学校较多，有幸遇到的好校长也多，如隆回十一中的欧阳晓明校长，隆回一职中的王德辉校长、易子尧校长，隆回二中的胡名顶校长、卢小军校长等，但我最佩服的还是陈校长。可以这么说，陈校长是一个真正改写二中历史的人，是二中历史上的大功臣。是他让二中校园旧貌换新颜，是他让二中2004年高考首次在隆回独占鳌头，是他最终圆了几代二中人要让学校成为省示范性高中的梦想，是他让二中贫困学子不再失学……在他身上，我看到了一个低调务实、开拓奉献的教育大家形象。

当然更加忘不了老朋友范志军。二中语文组是一个团结、温馨的大家庭，这里有我很多的兄弟姐妹，但我最忘不了的、最能掏心掏肺的兄弟还是范志军。我俩总是一起赶早去学校参加早辅导，一起去食堂就餐。搞活动我们喜欢坐在一起，看试卷我们希望分到一块，就连穿衣服，我们都喜欢一个颜色的，嫉妒得有人硬要污蔑我俩有"同志"倾向。志军是个大帅哥，为人大气，待人真诚，仗义疏财。我每次要用他的东西或者要他帮忙，他总一脸灿烂。2009年11月份，我已住到了街上，在某个星期五下午，学校要开教工大会。我打电话给志军说："下午要开教工大会，你不开摩托来接我，你会很不好意思的。"他不仅接我去开会，散会后又送我回街上来。我们一路有说有笑，到友谊宾馆门前时，一辆皮卡从宾馆旁的小巷里突然冲出，说时迟，那时快，志军本能地紧急刹车，没想到前后刹没能同步，车子一下就倒地了。我一只脚猛地踩在了地上，身子没倒地，一看，只见志军的右膝跪地，整个车身都压在他的右脚上。原来他硬是用自己的身体保护了我。他嘴里不停地问："弄伤你么？弄伤你么？"我说："我一点也没事，你呢？"他说："我是桃花坪最早骑摩托的人之一，伤得了我？"我信以为真，没想到他第二天上班时走路却有点拐。嗨，为了我，伤了自己，还要刻意藏着——这样的兄弟到哪去找呢？志军书教得好，才华横溢，成绩突出，但最淡泊名利，每年年终考核评优，他都主动放弃，总是绕开名利走，只求真快活，职称如浮云，安能捆手脚？好

---

对学生最关心的老师：刘爱武老师，女，长期在隆回二中初中部任教，对学生关怀备至，被不少学生称之为"妈妈老师"。

在老天有眼,善有善报,他娶了温柔贤惠、百里挑一的陈波小姐,伉俪情深,幸福美满,总算成就了社会公平,维护了世界正义,要不然,我还真不知要为他抱不平到何时哩。

不能忘却的朋友还有很多,如憨厚的黄文俊、正直的龙雪松、老实的谭孟明、真诚的王洪海、热心的贺瑛、奋进的陈桥时、扎实的王新杰、能干的肖军华、精明的杨琼、开心的魏凤南、厚道的彭正清、实在的刘东焕、幽默的刘辉黎、诙谐的廖伯成、豪爽的周庆华、义气的周家龙、爽快的李柏树、精干的袁玉柱、沉稳的王书博、上进的郑时坤……每个人都是一首诗,都是一个故事,精彩而隽永,值得我用心去咂摸、回味。

---

夫妻都在二中当过老师的有:陈建元和丁乐云、胡绍轩和范洛华、罗湘林和刘社建、刘辉黎和邹利章、李柏树和陈玉娥、范忠阳和刘小英、田玉堂和彭一雯、袁福安和邹芳、徐会兵和许慧君。

# 倘佯在幸福中

◇卢小军

能在二中读书,幸福!
能在二中教书,幸福!
能在二中服务,幸福!
我就是幸福的二中人!

### 读书人

1983年,中秋。教室前的两树桂花盛开,香满校园。

出完早操,班主任陈昌合老师微笑着来到教室。

"同学们,节日快乐!大家攒一年劲,金榜题名,考个好大学,找个好工作,啧啧,生活就真正幸福快乐了!"

第一节课是语文课,王志荣老师又以他那雄浑的男高音唱开了:"同学们,亲爱的同学们……柳永的一句赞美江南的'三秋桂子,十里荷花',召得金主完颜亮挥鞭南下;我们二中也有两树桂花,一方荷塘,引来在座各位意气风发……"

卢小军,男,1964年8月出生,隆回滩头人,中学高级教师,邵阳市优秀教师,湖南省骨干教师。1987～1997年在隆回二中担任生物教学,历任生物教研组组长、团委书记、政教处主任。2009年至今任隆回二中党总支副书记、校长。

下午,物理老师阳伯龙腰板挺直,迈着稳重的八字步走进了教室,同学们齐声高呼:"老师节日快乐!"阳老师双手向下一摆:"好,下面开始快乐的物理课!"

晚自习时,有个同学的桌子上摆着一束桂树枝,还不时地嗅一嗅。"真贪婪!""真自私!""太残忍!"后面传来这样的嘀咕,那个同学悄悄地把桂枝藏进了抽屉。教室里的花香似乎更浓了。

下晚自习时,邻近几个班的班主任老师都在桂花树下,目送

---

夫妻都在二中当过老师的有:欧阳和坤和周冬梅、贺春晖和阳银华、周定宏和廖立新、廖国义和周湘华、郑喜华和陈兰芳等。

着我们走出教室,走向寝室。

寝室里,有的同学在洗漱,刘登国等同学在说笑,曾世明和两个同学在讨论题目,我则哼唱着《红星照我去战斗》。突然有人欢叫起来:"吃月饼咯!好香的月饼哟!"原来,一位同学的父亲特地送来了四个月饼。四个月饼,二十来个人,一人一瓣,那个香甜呀,一辈子都不忘。

那晚好多人做了梦,有人说梦见了父母,有人说梦见了录取通知书,有人说梦见的还是月饼,桂花糖……

## 教书匠

1988年,又是中秋。

清晨,丁字楼前四树桂花盛开,微风吹拂,桂香扑鼻;行人道旁的法国梧桐树上小鸟啁啾,清脆悦耳;教室里同学们在朗读,书声琅琅;操场上我们几个哥们在打球,生龙活虎。

上午,上了四节课,自我感觉不错。

下午,开始看作业。

这是初71班的:

谢国俊老师的儿子谢剑,答题干净利索。脑海中浮现出他个子小,戴深度近视眼镜,脑瓜子转得快的模样。

彭尚文的字写得最漂亮,看起来舒服。

爱打篮球的阳超,嗯?这里有点问题。

伶牙俐齿的罗爱英,作业全对,省心!

……

这是初72班的:

班长陈喜明:全对,好!

学习委员陈朝晖:卷面好漂亮。

最用功的伍秀梅同学:也是全对,好!

最上进的胡蓉华同学:又是全对!

十分活跃的欧阳毅同学:卷面整洁,但也有点小问题。

经常罚站的袁广见同学:字迹潦草,还欠账?

善于讲故事的王江田同学:全对,打"√"。

---

父子(女)两代都在二中当老师的有:朱贤舜、朱洪波、肖赞民、肖东光、陈昌合、陈兵、刘淑君、阳同福、阳一芳、龙吉水、龙怀澄、刘孝民、刘新春、周华、周萍等。

向勇华同学:怎么回事？还捎一张纸条:"祝老师(叔叔或大哥)节日快乐!"纸条上还有淡淡的桂花香味……

等我把四个班的作业看完,已经下午四点半了,带着校园的花香,连忙蹬着自行车,捎上学校发的一大袋橘子和几个月饼,回家过节去……

## 服务员

2014年,元宵。

这是一个温馨又浪漫的日子,元宵和情人节巧合。

校园外不断地响着花炮,我独自坐在办公室。

回想自己以法人代表身份来到二中四五年了。几年来,学校会考在全省名列前茅,高考也有了突破,社会声誉也不断提升,感觉是诸多辛劳,一丝欣喜,几多压力。新的一年怎么办？慢慢地有了头绪,主要办好三件事:高考、校庆、校区西部开发。

高三已经在校,快晚上十点了,去学生宿舍看看。

来到学生八舍,闻到了缕缕清香,噢,四季桂又开了。

门口,聚集着好些班主任。突然我的手机响了,来信息了。

"卢校长,今天送出了好多玫瑰吧？"

"卢校长,请客请客,不然我可要到龚医师(我的爱人)那里去告密!"

"请客可以,但你们一定要给我保密哟!"

"还有一个条件,也把你们的信息给我看看,让我也分享分享你们的快乐幸福!"

我话刚说完,不知是谁从背后一把抢走了我的手机。

"嘀!今天的信息好多……"几个老师轻声读了起来。

——校长卢小军、书记王书博率全体教职员工……"这是学校发的。"

——祝校长节日快乐!"这是去年考取清华的学生袁星驰发的。"

……"这是同学发的,不是女的。"

……"这也是学生的。"

嘟嘟,嘟嘟,又来信息了。

"嘀!真的来啦!"

"请客罗!请客罗!"

我笑着:"让我看看是谁的。"

"亲!"

---

目前在世年龄最大的二中老师:张嘉兴老师,男,1922年出生,他曾两度在隆回二中任教语文。

"亲？""亲！""亲……"周围一片惊讶。

熄灯铃响了，我只得如实相告："'亲'是我给龚医师设的姓名。"

老师们压低声音："校长，你好幸福哇！"

我在二中读书，我幸福！

我在二中教书，我幸福！

我在二中服务，我幸福！

我就是幸福的二中人！

---

二中历史上三位女性副校长：谢希韫、梅俊琳、陈慈英。

# 生命的印记

◇张全寿

新隆中学(隆回二中)与我们家有着不解之缘:20世纪40年代,我老兄张鹤寿从该校毕业;50年代,母亲谢希韫在此担任副校长兼教导主任,二姐张宝莲和我随母亲在这里读书,宝莲还没毕业就由学校入伍从军,我则毕业后考取了湖南省立六中(今邵阳市一中);60年代,我妹妹张君莲与其爱人贺才理从隆回二中毕业;90年代中期至21世纪初,我大姐张湘莲的大女婿陈惟凡在该校担任副校长、校长等职,小女儿李冰泉后来也调到学校任教。隆回二中培养了我家兄妹数人,并恩泽到家里的第二代、第三代,这些无不令我们全家充满感恩,但我最想书写的,还是母亲谢希韫在新隆中学工作的那段往事,在新旧社会交接时期她与学校一路走过的艰辛和不易。

母亲1905年出生于洞口,在邵阳爱莲女子师范学校期间,曾担任学生会主席,她是中共早期的地下党员,也是当时邵阳学生运动的主要骨干。1927年大革命时期,母亲由中共湖南省委委派到武冈县任地下党特支书记,领导了武冈县轰轰烈烈的农民运动。"马日事变"前后,身为共产党员的父母遭到了国民党当局的追杀,被迫逃往湖北黄冈,直到抗日战争时期为时局所迫,才重新回到父亲的老家金石桥。母亲从此在当地一直以教书为生,并在工作中表现出了出色的教育管理能力。解放前夕,她在地下党领导下组织"新民主主义建设协会",收集敌人情报,协助剿匪,开展迎接解放的宣传活动。

1950年1月人民政府接管新隆中学后,母亲被县委派往新隆

张全寿,男,1937年7月出生,隆回金石桥人。1950~1952年就读于新隆中学初11班,后毕业于北京铁道学院(今北京交通大学)。曾任北方交通大学(今北京交通大学)副校长兼党委常委,教授,博士生导师,国家级有突出贡献的中青年专家,享受国务院政府特殊津贴。1993年调铁道部工作,担任铁道部电子计算技术中心主任兼党委书记(正局级),承担全国铁路计算机应用的规划、管理和大型信息系统的建设。

---

范国泰,男,隆回雨山人,隆回二中语文教师,1996年在工作岗位上去世,享年54岁。

中学任副校长兼教导主任,主持学校行政和教学工作。母亲走马上任后,首要任务就是改变旧的办学体制,更换旧的教材。她下了很大工夫修改旧的规章制度和教学体制,修订了教学计划。进入新社会,旧的语文与政治课本完全不能用了,当时获取教材非常困难,即使派人到邵阳也只能拿到一些样本。没办法,学校只好自己油印。此时,父亲在金石桥开办的文化服务社帮上了大忙,他买了钢板和油印机,日夜加班帮学校印教材。父亲曾在湖北地方法院做过录事,写得一手好小楷,刻的钢板印出来的东西非常清楚。刚到新隆中学的日子,尽管母亲和父亲都忙得吃不好饭,睡不好觉,但是心情非常舒畅。

母亲做的第二项大工作就是开门办学:把办学与社会的革命斗争联系起来,让学生们不再"两耳不闻窗外事,一心只读圣贤书"。

此时金石桥的土改、反霸工作已开展起来,阶级斗争又以另一种形式激烈地进行着。母亲在学校校务会上明确指出,学校工作必须与社会上的革命斗争融合在一起,除了在课堂宣传当前革命形势和党的政策外,就是再忙也要配合土改做些宣传工作。于是她千方百计挤出时间,组织教师和学生排演了一出话剧《血泪仇》,讲的是一个恶霸地主向他的佃农逼债,强奸了佃农的妻子,霸占了佃农的女儿。在母亲的努力下,第一次演出就非常成功,有人看到悲惨情节放声痛哭。由于演狗腿子的教师把狗腿子的坏表现得淋漓尽致,导致有次一个农民冲上舞台用拳头把演员给打倒了。事后那个教师不敢再演,母亲做了很多工作,派了专人保护,演出才得以继续下去。金石桥区的毕区长看后非常满意,他对母亲说:"你做这件事对配合土改工作太有意义了,我看了都想哭,你们学校要安排好时间,到全区主要乡镇去演出。"这事在新隆中学成为美谈,也成为那个时代师生共同的回忆。

在土改不断深入的情况下,母亲还花了很大的精力维护学校正常的教学秩序。当时校内不少教师是地主子弟或他们本人就是地主成分,于是有农民不断来学校揪斗教师和搜查财物。母亲既要保护教师,使学校教学工作不受影响,又不能伤害农民的感情,她的处境进退两难。后来,母亲磨破了嘴皮去做两方面的工作,向双方宣传党的政策,又根据实情与区政府联系,提出每个具体问题的处理方案,较好地解决了这个政策性很强的难题。

由于新隆中学是全县第二所中学,学生来自各地,大家只能住校读寄宿。当时的经济情况普遍不好,农民子弟状况就更不用说了,地富子弟正处于土改之中,家境也很困难。针对这种现实问题,母亲做的第三件事就是组织学生自力更生,一方面培养学生热爱劳动的品行,另一方面保证大家有饭吃、不辍学。当时学校校园很窄,操场尤为狭小,母亲利用土改良机,向区政府申请将校园前面马路两侧的地划归学校,得

---

肖希跃,男,隆回横板桥人,隆回二中英语教师,2007年在工作岗位上去世,享年49岁。

到了毕区长的支持。母亲将新分配的土地除一小部分用作操场，其他都作为菜地分到各班，并给每个班配发了农具，由学校伙房的大师傅做指导，利用业余时间带领大家开展种菜活动。一时间，每块方整的菜地上都竖起了标识牌，标明了菜地的所属班级，以利于开展劳动评比。母亲不失时机地提出了"我们自己养活自己"的口号，得到了广大师生的支持，大家的劳动热情空前高涨。每天晚饭后，菜园子里一片繁忙的劳动景象，同学和教师都自觉自愿地到菜园劳动，有的松土，有的除草，有的施肥……很快学校的菜园一片郁郁葱葱，蔬菜长势极好。不久以后，学校就实现了蔬菜的自给自足，这给大家节省了不少的生活费。更为重要的是，这一举措培养了师生热爱劳动的美德和集体主义精神，对个人的成长影响深远。

最有意思的是数组织师生下河抓鱼了。母亲对各班班长说："我们能解决蔬菜问题，难道就不能自力更生改善改善伙食？河里有鱼，能不能抓点来打个牙祭？"学生都是农村的孩子，一听说下河抓鱼，个个高兴得跃跃欲试。一个星期天，母亲与体育老师带领一百多名学生拿着锄头、水桶、脸盆和鱼网，浩浩荡荡地向离学校不远的河边走去，我和二姐宝莲也兴高采烈地加入了抓鱼队伍。大家一路上相互拉歌，高唱革命歌曲，兴致格外高昂。

队伍来到事先选定的一个河段旁边，河水在这里分叉，分出一股水流入支流，主流的水则流入一个水潭，支流的水经过一段流程又与主流汇合。根据经验，这样的水潭里肯定有不少鱼。母亲把同学分成两部分，一部分人在河水分叉处筑一条坝，将河水引入支流，那里水很浅，用石头和草皮就可筑坝。另外一部分人则到支流汇入主流的河段上面一点也筑一条坝，那里水也不深，用石头堵住不让鱼跑就行了，坝的中间留个口子张个鱼网，专等随着水流下来的鱼入网。

大家很快就把坝筑好了，随着两条坝之间水位的下降，水潭中较大的鱼，纷纷随着水流往下游逃命，乖乖地进入了鱼网，大家一时兴奋到了极点，一边把它们捞进水桶，一边不断地高呼："哈！下来了一条大的！看，又有一条大的！"

师生们的歌声、喊声引来了许多看热闹的老百姓，河岸上很快就站满了人，许多人都在一旁指指点点，出谋划策，小孩子个个手痒得跃跃欲试，吵着要下河抓鱼……水潭里的同学看到水不流了，就开始用脸盆往外排水，随着水量的减少，那些深藏在水底石头缝里的鱼相继被抓了出来。大家呼喊着、尖叫着，现场又一次达到高潮。

经过整整一个上午的战斗，我们抓了好几桶鱼，同学们的衣服都湿透了，但一个个都极其兴奋。吃着美味的"鱼宴"晚餐时，大伙还在津津乐道地谈论着抓鱼的刺激。

1950年下半年，学校还发生了两件大事：一是动员学生参军；二是成立少年儿童队。

---

周跃平，男，隆回荷香桥人，隆回二中地理教师，2013年在工作岗位上去世，享年46岁。

1950年6月25日朝鲜战争爆发后,母亲接到任务,要求动员一批学生参军。这在当时是一项非常艰巨的任务,一方面是传统思想的影响,地方上流传"好铁不打钉,好男不当兵",中学在当地已是最高学府,当兵是没出息的文盲才干的事情,上了中学怎能去当兵?另一方面是民众心目中还有恐美思想,抗美援朝与美国打仗,许多人认为是拿鸡蛋碰石头。在这种情况下,尽管母亲做了很多的参军动员工作,但响应者却寥寥无几。

正在母亲想方设法准备深入做思想工作之际,我二姐张宝莲于某天放学后找到母亲:"妈妈,我要去参军!"母亲对此毫无思想准备,她一直把工作对象放在年满18岁的男孩子身上,宝莲是个刚满17岁的女孩,竟然主动要求去参军,实在出乎她的意料。母亲说:"你年纪还小,女孩到部队上会有很多困难!""妈妈,我想过了,我要像您老人家年轻时那样到外面去闯一闯。"宝莲说。

母亲仿佛从宝莲身上看到了大革命时代的自己,心弦被拨动了,她深知女儿机警过人,不愿意窝在家中无所作为,就对她说:"那好吧!我回去跟你爹商量一下。"商量的结果就是支持宝莲的选择,让她到外面去闯一闯。谢校长的女儿张宝莲报名参军了!这个消息在学校传开了,引起了大家的震惊。有人带了头,很快有人相继报了名。经过部队的审查,最后批准了两名女孩和五名男孩参了军,接收单位是西北军区。

宝莲一行七人出发的那天,学校敲锣打鼓欢送他们,母亲代表学校给每人戴上了大红花。我带着妹妹一直跟着欢送队伍欢送二姐,望着前往遥远大西北的二姐,我们的眼眶里都含满了泪水,我也看到了母亲眼里晶莹的泪花。

1950年4月,共青团召开全国少年儿童工作会议,决定建立全国统一的"中国少年儿童队"(1953年改为"中国少年先锋队"),归共青团领导。当时的新隆中学没有党团员,更没有党团组织,在母亲的一再要求下,县里派新民主主义青年团老团员王民初来校担任政治辅导员。王老师来了后,就着手组织"少年儿童队"。经过层层选拔,几百人的学校,第一批只选出了30人,入选条件可以用"非常苛刻"来形容。值得骄傲的是,我也成了第一批"少年儿童队"成员,并当选为副大队长兼学习委员。名单确定后,学校召开了隆重的成立大会,母亲与王民初老师都讲了话,王老师给每人戴上红领巾,学校给"少年儿童队"买了洋鼓洋号,吹打起来特别神气……

母亲后来常常和我说起在新隆中学工作的那段往事,那些刻在生命中的印记早已成为她一生中最为珍贵的回忆。今年是母校建校90周年,不久前,我参加了隆回二中北京校友会的成立大会,面对老中青三代二中校友欢聚一堂的热闹场面,我仿佛看到90年历史的河流一路奔涌而来,而母亲则是河流中一朵美丽的浪花。谨以此文献给在隆回二中这片热土上倾心付出过的母亲,她已于1985年9月永远地离开了我们。

---

蒋平如,男,隆回岩口人,隆回二中政教处教师,2006年在工作岗位上去世,享年52岁。

# 师恩如海

*Enshi Ruhai*

　　数载寒窗，是谁温暖了我们的心房？八面重围，是谁激励了我们的突破？我们的恩师，用天下最华美的辞藻来歌颂您都不会显得俗套。只是言不尽意，再动听的语言也不能承载学生的感恩。只为寒来暑往，您坚守三尺讲台，霜白了青丝；米兰开谢，您奋笔四方书案，洒红了青春。一片爱心浇灌，奉献桃李芬芳；四季知识耕耘，收获稻麦金黄。

　　今年今日，学生的感恩绽放一束永不凋谢的鲜花，愿能妆扮您每一个辛劳的春晨，点亮您每一个月光寒冷的冬夜。

栏目主编

邹茜鸳

邹茜鸳　非典型性90后。拙于交际，懒于文字；四体不勤，五谷不分。虽无长技傍身，却喜标新立异。24年幼稚人生，无貌无才，无知无畏。自幼并不爱好文学，懵懂之中被推到隆回二中默深文学社社长的位置，懵懂之中被录取在大学新闻系，懵懂之中承《网聚乡情》编委会厚爱，担任图书副主编一职。2013年初受邀担任《早春时节》副主编，收获友谊，也收获阅历、收获成长。

# 师恩日月长

◇彭 诚

母校,令人回想,令人梦绕魂牵。

1960年秋天,我们高63届(5～8班)两百余人怀着求知的渴望,踏进了隆回二中的大门。那时的母校在六都寨,背倚巍峨的米珠峰,襟带九曲辰水。校园对面的老街临水而立,半边吊脚楼落在水中,倒影随波荡漾。校园里面用红砖砌成的数栋平房,坐落在简朴低矮的办公室两边,那便是我们的教室。办公室前面一片宽阔的操坪,虽然稀疏地长着细小的杂草,秋风卷着尘埃纷飞,却是我们晨操或上体育课的乐园。

高中时代适逢三年自然灾害,家里拿不出粮食来支持我们的生活,我们大部分学子连半饥半饱的日子都难以维持。于是,校领导组织全体师生开展勤工俭学活动,一声号召,大家走出校门,上山挖蕨菜、采野果。第二年春天,教生物课的傅颖清老师带领学子们学习南泥湾精神,在辰水河畔开荒种蔬菜,实行生产自救,他还将自己的被子搬到男生宿舍,与大伙同吃同住,共度难关。每逢周末或下午不上课的时候,我们不是在辰水河畔担沙子、石头,就是去十里之外的九牛坳运石灰,用勤劳的双手修建食堂。每年暑假,我们便离校支农,在火辣辣的太阳下,参加农村"双抢"(抢收早稻和插晚稻),一干就是数十天,一个个晒得黑乎乎的,瘦得像猴子一样!师生们就这样在艰苦的劳动中成长,在成长中参加劳动。

谁也难以置信,春种、双抢、秋收连同挑河沙、运石灰、搞基

彭诚,原名彭珍,女,1944年11月出生,隆回金石桥人,文学创作一级。1957～1963年先后就读于隆回二中初21班、高6班,1967年毕业于湖南师院中文系。曾任《理论与创作》杂志执行主编,在《人民日报》《当代》《十月》等刊物发表文学作品100多万字,出版专著数部。系中国散文学会会员、中国小说学会会员、中国新文学研究会理事、湖南省作协理事。

---

罗水和老师待人真诚,对学生特别包容。在他的栽培下,我参加首届全国物理力学竞赛获得了省一等奖。我当时刚迷上摄影,相机就是从他那借的,这为我高中生活增添了别样的色彩。(高124班刘哲清)

建,花去了那么多宝贵时间,还要学好语文、数学、物理、化学、生物、历史、地理等课程,特别是还要掌握好一门外语——俄语,难度可想而知。而那时俄语是高考的主课之一,我们这些山里娃学俄语,基础差,没兴趣,见了俄语就头痛。

教俄语的刘隆庭老师,刚从大学毕业,高高的个子,血气方刚,衣着整齐,风度翩翩。只见他潇洒地走上讲台,方正的脸上洋溢着微笑,用流利的俄语说:

"Товарищи хорашо!"(同学们好!)

我们被刘老师热情爽朗的举止所感染,一双双眼光像聚光灯一般,汇聚在他脸上。全班起立,异口同声喊:

"учидёлиъ Лию хорашо!"(刘老师好!)

他会心地笑起来,挥动着右手:"坐下!"

他的第一堂俄语课《我的祖国》就给我留下了深刻的印象。当时,他先用俄语抑扬顿挫地朗读了一遍,然后又译成汉语,逐字逐句,俄汉对照讲解,由浅入深,由易到难,通俗易懂,将美丽富饶的祖国声情并茂地描绘出来,让我们在愉悦中接受俄语。下课前,他又重述一次,帮助我们加深理解和记忆。

傍晚或早自习,刘老师常来教室细心辅导,逐个解答疑难。一天早晨,同学们正在大声朗读俄语课文,一个男同学被刘老师带出教室。大家在诧异中发现,原来,刘老师已来教室好久了,他发现那个男同学念"p"时,发音不准,便将他叫到教室外面个别辅导。经过几番努力,那个男同学终于学会转舌音"p"的发音。

刘老师这种启发式的教学和认真负责的态度,打消了我们对俄语的畏惧,极大地激发了我们学好俄语的兴趣和决心。在他的感染下,我们平时走路也苦记俄语单词,甚至在睡前几分钟都躺床上默背当天的俄语课文。

几番努力,期末考试时我们的俄语成绩打了个翻身仗。我呢,参加全校俄语比赛还获得了第四名哩!

任教语文的唐道雄老师与刘老师大不一样,他年纪不过三十来岁,却有些老气横秋,走路低垂着头,平时沉默寡言,蜡黄的脸上难见一丝笑意。

"瞧他那副样子,能给我们上好语文课吗?""是呀,听他讲课不瞌睡才怪哩!"大家窃窃私语,不无担忧。

然而,出乎意料,唐老师携着课本、教案走上讲台,仿佛变了个人:他身着洁净的深蓝色衣服,显得严谨得体,透过厚厚的黑边眼镜,有些凸而大的眼睛燃烧着热情的火焰。他精神振奋,神采飞扬,语言铿锵,落地有声,一下就把我们的注意力集中了。

---

马轶麟老师,如果没有您1989年国庆节专程回长鄄做我父亲的工作,我就不会去复读,就没有我的今天。虽然您没真正为我上过一天课,但二中三年我最感激的老师就是您。(高130班王付枚)

那次，他讲解毛泽东诗词《蝶恋花·答李淑一》，神情庄重，将教案放在讲台上，以锐利的眼光扫视全场，在讲台前面轻轻走着，不时挥起有力的左臂，用无限深情的语言，将我们带进人间天上的广阔意境，仿佛追随杨开慧、柳直荀烈士的身影在万里长空神游，亲历吴刚、嫦娥的盛情迎候……他用生动形象的语言营造了充满诗情画意的境界，令我们浮想联翩。

我们不能不敬佩唐老师对毛泽东诗词的深刻领悟和独到的见解，对革命先烈英灵永恒的热情礼赞和无比崇拜之情。他倾尽全部情感、一身才华将我们的心灵照亮，这种高风亮节怎么能不深深打动我们每个学子的心呢？

同学们原来的疑虑顿消，个个喜形于色地说："听唐老师讲课，是一种难得的精神享受，甚至忘了饥饿。"

后来，我们从校领导那儿知道，唐老师在大学读书时，因讲了人民群众生活苦之类的话被打成"右派"。鉴于他"认错改错"，又博古通今，连字典词典都了如指掌，便分配他在二中教语文，政府给他每月13元生活费。13元生活费供他自己和妻子儿女生活，显然是十分艰难的。难怪他脸色蜡黄，不苟言笑，平日紧锁的双眉深藏着不可言传的苦衷和悲沧，为自己，也为民族的命运……

我们深深地同情唐老师，不以唐老师"有错"而疏远，也不因他"贫穷"而冷淡。

有一天晚自习后，我和学习委员去唐老师宿舍送作业本，我们轻轻敲了两次门，都无动静，是人不在吗，怎么灯又亮着呢？我们推开门，看见唐老师正聚精会神伏在桌上认真写着什么。走过去细看，原来他正在写教案一、二、三、四，圈圈点点，非常详细，有条有理，写了满满一大页。我们问："没见您上课看教案呀，还写得那么详细？"他认真地说："凡要讲解的每一堂课，其内容要做到熟稔于心，倒背如流，不要重复一个字，不要耽误学生一秒钟，耽误学生的时间有如谋财害命。"我们终于明白了，为何唐老师上课总是神采奕奕，顺手拈来般潇洒！原来，他备课有如蜜蜂酿蜜一般，那么认真细致，讲起课来才那么引人入胜。而对学子们的每篇作文，唐老师一字一句认真修改，就是课外作业"周记"，也像批改作文一样圈圈点点，眉批、尾批、总评，连标点符号也不放过。

有一回，唐老师要大家写一篇作文《我最敬爱的人》。那次，我从报纸上书本上收集了很多优美华丽的词句，用来抒写刘胡兰如何伟大、如何宁死不屈，自己如何如何敬爱她，写完后交给唐老师，满以为会得一个好分数。不料，一天傍晚，他将我叫到房间里，极严肃地说："彭珍，你这不是在认真写作文，而是在堆积华丽词藻……这不好！重写！"我真恨无地洞可钻，咬着嘴唇，似乎很委屈……他大概看出了我的心事，就拿

---

许慧君老师，因为您的指点让我拥有人生智慧，因为您的包容让我拥有大爱之心！因为一路上有您，我将用智慧承载人生行更远！感恩一路上有您！（高344班孙振辉）

了廖同学的作文递给我,和蔼地说:"你看看,人家怎么写的?"

我接过来一看,很大的"传观"二字映入眼帘,便飞快地瞄了瞄,咦,不过是写父子情长么,角度那么小。

"你认真看看!"唐老师毫不客气,极严厉地说。

我这才过细看起来,看着看着,不由自主地流下泪来……

原来廖同学写他父亲独自一人,度日艰难,将省下的钱粮送儿子读书,按时给儿子送菜送米送衣物。儿子起初觉得这是平常事,不以为然。可是,有一天假日,他突然回到家里,因为有些饿,便揭开锅盖,看到父亲吃的是蕨渣粑、野菜,如猪食一般……他就痛苦地失声哭了:"爹,你过的什么日子呀!我不再读书了,我跟你干活……"他父亲温和的脸一下严肃起来:"蠢宝,不读书你就辜负爹的心愿了!"于是他爹将祖宗三代受苦受难的事讲给了儿子听,要儿子争气。儿子擦干泪明白了父亲的殷切期待。

我看到这里,羞愧地低下了头,擦干眼泪轻声说:"我明白了,作文贵在以真情感动人……"

从此,我的作文也有"传观"的时候……

由于唐老师的苦心栽培,我们63届学子的语文成绩在全校颇有名声,我更由衷地热爱文学。在以《我的一天》为题进行的全校作文竞赛中,我文思泉涌,写得很尽兴,获得了第二名。唐老师得知消息后,比他自己获了奖还高兴,平日紧锁的双眉骤然展开了,炯炯有神的目光透过眼镜,分外明亮,鼓励我说:"彭珍,获奖仅仅是一个起点,要刻苦努力,向着文学这条路走下去,有信心一直走到底,写出人民大众所喜爱的好作品来……"

于是,我选择了自己酷爱的文学作为努力的方向。

在那段苦难的岁月里,给我们极大精神力量的,还有一个响亮的名字——宁峥嵘校长。

那时的生活真是苦不堪言,大家每天只能吃半斤米,甚至半斤米也无法保证,有时连红薯杂粮都成了问题。人心开始躁动,有好些学子想辍学。一天上午,吃过早饭,学校将我们召集在食堂开会,宁校长穿一身铅灰色衣服,深邃的目光环顾两百余名学子,深情地说:"炎黄子孙,自古以来,以发奋图强、刻苦好学的精神闻名于世。古代苏秦悬梁刺股、车胤囊萤照读的故事,说的是先人勤奋苦读,终成大器的感人事迹。当今的数学家华罗庚、科学家钱学森,也都是克服无数困难才有今天的成就,他们是

---

在二中读书的时候,由于家庭经济不宽裕,我和蒲友德只好合打一份饭,所以经常吃不饱。袁愈惠老师的夫人每次都会尽量关照我们,给我们多打一点,现在想来,真的觉得好温暖!(高194班罗沛波)

我们学习的楷模……我们要胸怀远大理想,战胜困难,学好本领,报效祖国……"

两百余名学生,匆匆记下了这番发人深思的话语,这段话也成了学子们永远的座右铭!

尽管我们食不果腹,衣不御寒,度日艰难,但却不减求知欲望。6班郭兴轩没读寄宿,在往返学校的途中,在那弯弯的小路上,飘起他吟诵"红军不怕远征难,万水千山只等闲"的豪迈声音;中午,排队去食堂吃饭的片刻,他低声背颂俄语《海燕》等课文,顽强的毅力换来卓越的成绩,每学期他都是班上第一名,免交学费。类似这样的学子还有戴深烈、廖瑛、赵丽云,等等。我自己也不例外,几乎每个学期期末考试,平均分数均在90分以上,每期都获得三好或五好学生称号,享受免交学费的待遇。

1963年7月,这个令人向往的月份,我们既兴奋又紧张,以怎样的姿态迎接党和祖国的挑选呢?每一个学子都摩拳擦掌,整装待发,去桃花坪参加高考。

那天,朝阳灿烂,晨风送爽。临行前,宁校长和蔼可亲,语重心长地叮咛道:"高中毕业,参加高考,这将是人生的转折点。你们是中华民族的未来与希望,要一颗红心两种打算,要沉着冷静,胆大心细做好每一道题目,向党和人民交一份满意的答卷……"

他洪亮的声音在学子们心中回响。

我们迈步起程,走几步又回望校园,看见宁校长还久久伫立在校门口,消瘦的长方脸,铅灰色中山装,挥动着长长的手臂,那情那景一直长久地定格在我们的心里。

我是母校的阳光雨露浇灌出来的一棵小苗,根在母校,心在母校。回首往事,师恩难忘。正是老师们用心血将我们热情浇灌,使我们成长成为祖国的栋梁;正是老师们用知识给我们开启智慧之门,使我们的生命灿若彩霞。这份深情,这份厚谊,如日之恒远,似月之圣洁,永远催人奋进……

---

一支粉笔两袖清风,三尺讲台海四方经卷,寒暑易节,如今您可能已鬓发霜凝,而我们散布神州大地点点发光,王丽卿老师,您辛苦了,我们想念您。(高351班向义芳)

# 一代名师金步云

◇欧阳旺云

欧阳旺云，男，1960年9月出生，隆回荷田人。1978～1980年就读于隆回二中高86、84班，后毕业于湖南大学土木工程专业。曾在长沙交通学院任教三年，现居广州，任职于某工程公司。

2010年国庆节，我们怀着激动感恩的心来到魂牵梦萦的六都寨老二中，在这里隆重举行高中80届毕业30周年同学聚会。老二中门前的拱桥依旧，校园内的大礼堂依旧，后背连绵不断的群山依旧，清澈的辰河水正展现着它美丽的柔姿、自信欢乐地奔向远方……有幸的是，当年我们的老校长金步云老师接到邀请后，不顾年老体弱，欣然前来参加聚会，并在会上发表了热情洋溢的讲话。在他发自肺腑的声音里，我们仿佛听到了30年前他对大家的期望与关爱。

改革开放起步时期的隆回，金步云、宋鹤鸣（曾任隆回二中校长）、杨北海（曾任隆回一中校长）等老师是隆回教育界的巨头，均被誉为一代名师。我是金步云老师的学生，曾亲身接受过他的关怀和教诲，感受过一代名师的风范和为人。

20世纪70年代末，国家刚经历"文革"动荡，百废待兴。可以说我就是这场动荡的直接牺牲品，上完初中回家务农直至成为"集体化时代"生产队的甲等劳动力，干过很多农活，还做过篾匠。但我从没中断对知识的渴求，也不甘心"脸朝黄土背朝天"生活一辈子，一直在默默地等待着、等待着。1977年，邓小平同志再次复出，他老人家在这年冬天开启了关闭11年之久的高考闸门，这真应了那句诗"忽如一夜春风来，千树万树梨花开"，全国适龄青年萌生了那种"久旱逢甘霖、幼苗破土出"般的求学赶考欲望，我也在1978年报考了中专。我是在洗脚上田后和往届高中生与应届初中毕业生同台竞争的，考分公布后，在那千里挑

---

秦后东老师是我的文学启蒙老师，现在我还保持着老师亲笔修改过的文章原稿，在他所有的教诲中，我一直谨记四个字——厚积薄发。（高283班袁叙田）

一的名单中，我居然上了线。可一直等到10月份，我还是未能接到录取通知书，于是在11月份联系到了二中读高中。由此，开启我与金步云老师一段难忘的师生情。

我是当届最后一个到二中报到的，自认为基础不错的我内心很想进重点班学习，可重点班的位置已经排满了。在跟金老师道出实情后，他当即就答应等重点班有位置就让我进去。幸运的是，我在乙班大概读了10天的时候，就被安排到了重点班（高86班）。刚到新的班级学习没几天，学校就开始期中考试了。面对被耽误的学业，我因心里没底而焦虑万分。金老师当时教我们物理，获悉我的担忧后，他主动提出给我补课。在他简陋的办公室里，金老师专门给我补了三堂物理课，从第一章的基本概念和定律开始讲起，一直讲到如何熟练运用它们进行解题。记得考物理的时候，金老师还特意安慰我说："题目做不出来没关系，能做多少算多少。"恩师的补课和安慰给了我很大的动力，那次考试，我的物理获得了较高的分数，总分排在全班第13位。金老师帮助我渡过了进高中以来的第一道难关，也奠定了我在整个高中阶段自信的基础。

金步云老师是我的恩师，也是我职业生涯的启蒙老师，他的方法让我一生受用。

在教学中，金步云老师平等地对待每一位同学，他从不放弃成绩差的同学。他很重视学生的进步，他表扬后进同学的程度往往超过表扬成绩好的同学，以致那些成绩好的同学往往产生"嫉妒"之心。在他的熏陶之下，我们班的同学形成了一股"赶、超、比"的学习干劲，读书氛围异常浓郁。我进入二中时年龄较大，记忆力下降，金老师就教我把难理解的物理定律抄写几遍，他说抄写一遍可以抵读五遍。按照他的方法，我真的感觉效果明显。在各科成绩中，我的物理成绩是最好的，每次物理比赛都能拿到第一名。由于物理成绩突出，我的总分也得以水涨船高，从高一第一学期期末开始，在理科6个班的应届生中，我基本能保持第一的成绩直至毕业。高中打下的物理力学基础，让我在本科及研究生阶段选择了土木工程专业。值得一提的是，不管哪个阶段，我在考"结构力学"这门功课时，成绩都是满分。湖南大学研究生阶段的"结构力学"考试号称是全国大学中最难的，这里的教授爱考深度理解的"精髓"内容，由于高中阶段的良好基础，特别是金老师注重培养我们爱思考的习惯，我往往觉得大学的高难度考题反而更容易。

金步云老师教物理课采用启发式教学，引人入胜，分析复杂问题条分缕析，化繁为简，逻辑性强；讲课抑扬顿挫，节奏把握得恰到好处。我把他的教学方法用到大学教学中也取得了很大成功。在我短短的三年教学中，两次被评为优秀青年教师、一次被评为优秀教师，还出版了钢筋混凝土结构教学专著——《钢筋混凝土结构学习指南》，书中列举了我的教案和教学方法。由于出色的教学水平和扎实的教学功底，在离开教学岗位多年后，我还经常被请去为大型国企的管理人员编教材和讲课。

米伯良老师，您是我见过的最优秀的班主任。您经常在班会上念师兄师姐的来信，讲述他们的励志事迹，激励我们奋发图强。如今，我也是一名光荣的教师，感恩您曾经的用心良苦。（高204班袁凤贞）

金步云老师是我的恩师，但更是我的朋友，甚至亲如我的兄长！我们这种亲如兄长般的师生感情一直保持着……

金老师曾在黑板上写过《钢铁是怎样炼成的》一书中的那句名言——人的一生应当这样度过：当他回首往事时，不会因为虚度年华而悔恨，也不会因为碌碌无为而羞耻。受金老师影响，我始终珍惜时光，争分夺秒地学习；淡泊名利，没有淡泊的是工作和学习。我读完高一时，金老师就调到县教育局当局长去了。毕业以后，我曾多次到县城看望他，他总是叮嘱我要多下基层、保持廉洁、勤奋工作与学习、坚持锻炼身体。

进入工程建设领域工作后，我始终不忘金步云老师的教导，坚持下到工地第一线，把理论应用于实践，在实践中丰富理论知识，为以后担任单位总工程师打下了良好的基础，并出版了《房屋、道路、桥梁施工与计算实例》一书。我始终保持清醒的头脑，抵制各类诱惑和腐蚀，廉洁自律，没有走上违法犯罪的道路。我也从来不浪费时间，而是把多余的时间用在学习、工作、创作及与亲友团聚上。工作之余，我常常利用博客练笔写点东西。晚年的金步云老师常对我们这些老学生说："你们处于50岁上下的敏感年龄，要经常检查和锻炼身体。"看似老人家对我们一句平常的提醒，可却说到了我们这代人的心坎上。我每天坚持锻炼1小时以上，现在50多岁了，身上没什么病痛，还能始终保持着比较旺盛的精力应对工作与学习。回想起来，金老师真的是一位影响我一生的恩师。

我从长沙交通学院调到珠海经济特区工作后，由于忙于适应新环境，中间有几年没与金老师联系。金老师非常担心我，就千方百计从别的同学那里打听我的情况，得到消息后他才安心。金老师就是这样一位好老师，他非常喜欢和自己的学生多多联系和交流。有一次，我们几个同学去隆回看望他，还在他家吃了一顿饭。他对我们能和他一起吃饭感到很高兴，说上次几个同学凳子没有坐热就走了，他感到有些不安，若有时间能在他家吃顿饭，多一点交流就好了。我与他通电话时，他总是关心我全家，问及我的母亲、我的爱人和小孩，并要我代他向我的家人问好。

毕业30周年聚会以参观新二中、感受新变化而宣告结束，在美丽的新校园里，我主动要求跟金老师单独合张影，他欣然答应了。拍完那张定格我们师生情的照片不到一年，金老师就去世了，我悲痛万分，这张照片也因此成了金老师留给我最珍贵的纪念。值此母校90周年校庆之际，写下这点文字，表达我对金老师的无限感恩之情！如今，我还经常想起他老人家，想起他和蔼可亲的笑容，想起他雄浑而又抑扬顿挫的声音，想起他离开二中赴教育局就任时不舍的背影，想起他在同学聚会上对我们的谆谆告诫：要把造福人类当成自己的终身事业，不干不利于人民的事情。一代名师金步云，桃李天下情似海。他用自己的言行践行着造福人类的信条，我们永远怀念他！

---

肖希跃老师，有次我看小说被逮个正着，您语重心长地跟我讲道理，当时我觉得您在念经，可岁月无情，您英年早逝，我们再也无法重逢。失去后才知珍惜，怀念您当初的教导！（高204班刘丹）

# 活在人心便永生

◇刘仁文

我1983～1986年就读于隆回二中高111班,那是个"学好数理化,走遍天下都不怕"的年代,但我却选择了文科,而且一直无悔于这个决定。当时之所以做出这样的选择,除了考虑到自身兴趣和潜质外,还因为当时隆回二中有很多优秀的文科老师,如地理老师周青云、历史老师刘益轩、语文老师阳和坤……这些老师一流的专业素养和崇高的人品让我受益无穷。刘益轩老师、阳和坤老师等都还健在,但周青云老师已经于2011年离我们而去了。周老师去世的时候,我在美国,手机虽然开通了国际长途,但奇怪的是,并没有收到校友们的短信。当时北京的部分校友还自发组织了捎带慰问金等悼念活动,而我竟全然不知。这次能写点文字来纪念周老师,也算是弥补一下内心的愧疚吧。

刘仁文,男,1967年10月出生,隆回七江人。1983～1986年就读于隆回二中高111班,曾先后求学于中国人民公安大学、中国政法大学、中国社会科学院、北京大学,获法学博士、经济学博士后、社会学博士后。现为中国社会科学院研究员、博士生导师、刑法研究室主任。

周青云老师毕业于北京师范大学,他是一个全能型的人才,不光文学功底深厚,英语和俄语水平也很突出,据说教起数理化来也是一把好手。要知道,20世纪80年代初,在六都寨那个小镇上,自己的老师来自北京的名校,而且才华横溢,别提心里有多自豪了。后来我还曾听说,周老师当时的高考成绩可以上中国大陆任何一所大学,也曾考取过留苏学生,只因其父亲那顶"地主"帽子,从北京师范大学毕业后分配到邵阳师专,直至发配到生于斯长于斯的老家隆回。改革开放后,鉴于周老师的学识与名望,湘潭师院、邵阳师专都曾发函或来人商调,均被他委婉谢绝。他说:"我年岁大了,对中学课程有了一定的经验,再上大学讲台就不一定称职了,还是为家乡教育事业发挥点余热吧。"

---

彭正清老师,为体操比赛领操的事,身为体委的我年少气盛,跟您执拗不让。您尊重我的意愿,虽然我后来搞砸了您也没生气。如今我已为人师,想起您的包容和涵养,让我深深感动和钦佩。(高205班周全)

周老师就这样一直留在了二中,想来真是我们的幸运。也有这样一种说法:周老师是为了在农村工作的师母才愿意一直待在老家的。我们上学的时候,师母在学校食堂工作,看到她那端庄的容貌,我还猜想过周老师浪漫的爱情。

周老师担任我们的地理老师,课堂上的他总是穿着发黄的汗衫或衬衣,那沾满粉笔灰尘的帽子,那一边板书一边抽烟的背影,回想起来仿佛就在眼前。周老师教了那么多年的地理,他那张脸就是一张地道的地形图,桑梓变迁,风霜尽染。

周老师上课的特点是,每次上课前往往要从小故事开始,讲些生活哲理,而后再切入正题,同学们自然听得津津有味。多年过去,地理课的内容倒记得并不清晰了,但他那润物细无声的人生教诲却深深地印记在了我的脑海中。例如,有一次他讲了这么一个故事:古时候,有两兄弟各自带着一只行李箱出远门。一路上,重重的行李箱将两人都压得喘不过气来。他们只好左手累了换右手,右手累了又换左手。忽然,大哥停了下来,在路边买了一根扁担,将两个行李箱一左一右挂在扁担上,他独自挑两个箱子上路,反倒觉得轻松了很多。周老师讲完后总结说,在前进的道路上,搬开别人脚下的绊脚石,有时恰恰是为自己铺路。故事通俗,但道理深刻!如今我自己也身为人师,受周老师的启发,也喜欢在上好专业课的同时,给学生们附带讲一些人生哲理和励志方面的内容,效果良好。

我于1986年9月到北京上大学,在此之前,我连隆回都没出过,一下子来到大都市,短暂的兴奋之后便是无情的现实,许多的不适应让一个多愁善感的乡下少年彷徨复彷徨。在那些日子里,周老师的来信是我无比宝贵的精神食粮,我至今都记得他那俊逸的字体和推心置腹的鼓励、期待与建议。由于都有求学京城的共同经历,周老师在得知我的苦闷后,他以自身的体会耐心地对我进行了开导,用一些农村大学生学有所成的故事,鼓励我在新的环境再创新的辉煌。一个是从大都市回到乡下安身立命的中学教师,一个是由山沟里闯到大都市从零开始的山村少年,就由一封封书信牵引着互诉衷肠。从周老师信里那平和的语气中,我常常反思自己,周老师能从高处落入平地沉淀下来成为一名优秀的教师,自己是不是也该沉下来心、认真读书成长为一名优秀的大学生?阅读周老师的来信,相当于品尝一道道味道鲜美的心灵鸡汤,一度成为本科阶段最令我感到期盼和兴奋的事情。在那段书信往来的日子里,周老师也曾托我到王府井书店给他买过书,我则把自己在学习中取得的每一点进步都及时和他分享。

不知从什么时候开始,我们的联系少了。想来也正常,我习惯了北京的生活后,就朝着考研、读博、出国的目标去忙碌了,而周老师后来也有了更多的学生,估计他们

---

天涯海角有尽处,师恩浩荡无穷期。向对吾等淳淳教诲的刘期彪老师和母校全体教师致敬,感谢你们付出的一切,愿你们桃李天下,硕果永存,万事顺意!(高322班周江峰)

之间联系得更密切了吧。

参加工作后,我偶尔回老家路过县城,在桃花坪工作的同学往往会叫上几个住在县城的老师聚一下,周老师自然在邀请之列。记得有一次他见到我时,平和的眼神里闪出一丝激动,他说前不久在收音机里听到对我的采访了,他还自豪地对周围人说这是自己学生呢。

转眼到了2006年,我和在北京土生土长的妻子回老家陪父母过春节,时任二中校长陈惟凡老师邀请我到母校去看一看。我非常高兴能有这个机会重返母校,因为自从隆回二中搬到新校址后,我还从来没有去过,何况这次还可以带自己的妻子一起去看看。我特意向陈校长提出,希望能把周青云老师等几位当年教过我的恩师请到一起叙叙旧。非常感谢陈校长的周到安排,使我在那次见到了久别的几位恩师。那次周老师与我交谈得比较多,他告诉我他几个孩子的现状,以及他退休后的生活。让我意外的是,他这个地理老师居然送了我一本他自己编撰的《中国古代诗词选》。

世事难料,就在这年的8月份,我祸从天降——刚刚60岁的母亲在北京遽然离世,我数千里护送母亲灵柩回老家,按当地风俗举行祭奠仪式。令我终生难忘的是,周老师和二中的其他几位老师还有我的部分同学也一起赶来慰问。我的母亲含辛茹苦把我养大,我对她感情深厚,但面对别人,我只能是强忍悲痛,表示感谢。当见到周老师时,他交给我一张纸,上面有他写的一首悼念诗,我刚看两行,眼泪就哗地流了下来……现在想来,一是周老师的诗引起了我的共鸣,二是面对恩师我也想倾吐一下自己内心的悲痛。非常对不起周老师一行的是,他们那么远从县城来,竟然连午饭也没有吃就走了,至今想起就感到愧疚和不安。

2009年的某一天,我正在开车,手机上显示一个陌生号码,我犹豫着接还是不接,最终还是按了应答键。原来是周老师的电话!我赶忙把车停到路边,一问才知他就在北京,住在北京师范大学附近,是来参加他们大学毕业50周年同学聚会的。我非常高兴,告诉周老师晚上叫上几个他的学生一起请他吃饭,他愉快地答应了。当晚,在北师大附近的一家餐馆,我们近十位二中校友与周老师欢聚一堂。那天晚上,周老师显得非常开心,给我们带去的小孩每人都送了一份礼物,显然是有备而来。交谈中他又拿出一首诗来,说是准备第二天同学聚会时读给大家听的,让我们帮他看看行不行。那首诗的大意是,他们这一辈人经过了无数的坎坷,现在相逢怎不悲喜?也许此生这是最后一次相见了。我开玩笑地跟他说,诗是写得不错,就是太悲观了,明天是一个高兴的日子,最好乐观些。

师生之间真有谈不完的话。周老师告诉我们,前不久高中85届同学毕业20周

---

陈世楚老师,在一次摸底考试中,我的成绩排在班上倒数。各种消极情绪环绕我,您却热情为我加油鼓劲。两个月后,我的成绩跃到十几名。谢谢您的一视同仁,您是我心中永远的老陈。(高210班刘湘娟)

年回二中搞了一次聚会,他虽然是一个普通教师,但同学们硬是让他作为教师代表给大家讲几句话,感觉和自己的学生在一起很开心、很放松,自己忍不住多说了几句。他又说,个人还有一个心愿,准备编一本高质量的适合幼儿阅读的古代诗词评注,我和北京师范大学的王本陆教授当即表示,到时帮他找一个该领域的权威专家作序推荐……

　　司马迁曾指出,历史上多少富、贵、君、王"当时则荣,没则已焉",而一介布衣孔子,却可以"倜傥非常之人称焉"。周青云,一位普通的中学教师,一名朴素如老农、艰辛如老农的教书匠,尽管连芝麻大的官都没有做过,也没有获得过什么金光灿灿的荣誉,但他在教坛上的收成却可以不折不扣地用"桃李满天下"来形容,他的人格曾给予无数学子以积极的鞭策。有道是:活在人心便永生。周老师虽然已经离开了我们,但于我而言,他在天堂和在老家是一样的距离,只要想起来,他的形象就鲜活地闪现在我的脑海里,他永远是我心中的"倜傥非常之人"。我相信,许许多多的二中学子都会对周老师有着同样的感情。想到此,九天之上的周老师也该感到欣慰吧!

　　　　刘和平老师,您怀着满腔热忱,喜欢用春风化雨的方式引导学生。尽管我的进步远远匹配不上您的付出,但您的教诲却让我受益无穷,如今也时常在耳边回响。(高213班阳韬)

# 刘林杰老师二三事

◇马柏华

1982年,我有幸考入"文革"后恢复招生的隆回二中首届初中班,并在二中一读就是六年。每当回想起在母校的岁月,特别是初中年代,最难忘的人当属我们61班的班主任刘林杰老师。刘老师教我们数学,他当时已经年过五旬,头发开始花白,深棕色塑料眼镜片的后面,总是透出慈祥而又威严的目光。

马柏华,男,1969年12月出生,隆回荷田人。1982～1988年先后就读于隆回二中初61班、高123班,1993年毕业于同济医科大学,2005年获湖南师范大学法学硕士学位。现居长沙,任职于长沙市中级人民法院。

刚上初中的同学大多十一二岁,稚气未脱,第一次脱离父母的监护来二中读寄宿,大家都抑制不住内心的激动和兴奋,就像一只只跃跃欲飞的小鸟,随时准备一飞冲天。报到当天下午,天气十分炎热,我们几个刚认识的同学,靠在教学楼前面的围墙下聊天,我卖弄地讲完刚从连环画上看到的《三打陶三春》的故事,又意犹未尽地提议:"天气太热了,哪天我们一起到河里去洗澡吧!"我们的谈话不知怎么就被刘老师知道了。当天晚上,新生端坐在教室里集合,他宣布了学校和班上的纪律,特别强调严禁到河里去洗澡,这让我们的计划彻底胎死腹中。开学第一天就受到了刘老师的批评,我心里多少有点忐忑不安。

一波刚平,一波又起,一个月后我再次受到了刘老师的批评。那是中秋放假的前一天,学校给每个同学发了两个月饼,4～6个橘子。对当时的我来说,这真是一个特大喜讯,因为我长这么大,还从来没有吃过月饼呢!即使农村比较常见的橘子,我也很少吃过。一下子有这么多好吃的,我心里别提有多高兴了,决定把这些食物带回去和家人一起分享。我眼巴巴地等待生活委员将福利发放到课桌上,却觉得自己分到的橘子比其他同学

---

刘豪放老师,您给我们朗读《穆斯林的葬礼》中精彩片段时的神采至今仍历历在目,没有文学细胞的我也听得如痴如醉。您讲解故事带来的酣畅淋漓感,痛快过瘾,时光荏苒,念念不忘!(初91班卢芳)

的似乎小一些,甚至还要少一两个,心里顿时觉得有点失衡。班上还有几个同学也抱怨分配不公,纷纷发起了小牢骚,在他们的影响下,我也跟着起哄。正在这时,刘老师善解人意地说:"有哪些同学觉得自己分的橘子小且分得少的?请举手!"我和另外几个同学有点犹豫地举起了小手,期待着班主任的公正裁决。出乎意料的是,刘老师并没有弥补我们的损失,而是不紧不慢地给大家讲了一个故事。故事的内容现在我已经不记得了,但他从故事中引出的道理我却一辈子也不会忘记:公平永远是相对的,做人要懂得谦让,不能斤斤计较。听了刘老师的讲话,我们几个嚷嚷的同学全都不好意思地低下了头。

　　刘老师有一句口头禅——严是爱,松是害。他以对学生严格著称,但对大家的关爱也是有口皆碑的。有一次,由于没能在食堂找到自己蒸饭的钵子,饭也没得吃,我难过地哭了。无奈之下,我只好去找刘老师,他热情地让我在他家吃了饭,又借了一个饭钵给我用。一年深秋,天气已经很凉了,我和一些同学却穿着草鞋,冷得直打哆嗦。为了防止大伙感冒,刘老师下了道命令:"今天下午谁不加穿衣服,还穿着凉鞋、草鞋到教室上课的,扣品行分!"我身上没钱买解放鞋,棉鞋也要等到放月假时才能从家中取来。为了不扣品行分,我只好向家在六都寨街上的刘目光同学借了双解放鞋穿上。

　　更令我没想到的是,自从"借鞋事件"以后,刘老师竟不计前嫌让我当上了班干部,而且表扬我的次数也越来越多了。我想,这可能是因为自己考试的分数争气以及比较"听话"等原因吧,亦或许就是所谓的"不打不相识"。我最初在班上担任生活委员,主要职责是安排同学早晨轮流挑着桶子到开水房去打洗脸水,然后再用牙缸分到每个同学的脸盆里,确保同学们做完早操或跑完步回来有水洗脸刷牙;另外一项工作就是整队去大礼堂(食堂)吃饭。由于我干工作还算负责,刘老师又发展我第一批入了团,并提拔我为副班长,主要负责协助班主任管纪律。早晚自习时,假如哪位同学看课外书、讲小话,或者不按规定参加大扫除,我就要去规劝,对不听劝的同学,由我登记名字交给刘老师。有的同学因而嘲笑我是向老师告密的"特务",我则认为自己是无私为老师分忧为同学服务,甚至是敢于与坏人坏事作斗争。为了维持自习秩序,我经常被少数同学弄得又气又恼,有时还差点掉眼泪,但我仍然坚持了下来。由于对同学比较热心,而且经常主动承担打扫厕所等任务,同学们一般也给我点面子。有一次,评选地区和县的三好学生、优秀学生干部,全班参加投票的有55人,我竟然得了53票。再后来,由于刘老师的大力推荐,我还跻身于校学生会生活部,担任生活部副部长,负责全校学生生活纪律的维持。就是在这样的锻炼中,我的自信心、责任感得

　　尹建兴老师,高二时是您将阳光照进了我阴郁的高中生活,是您的多次倾心交谈给了我这个曾经全年级倒数的差生莫大的鼓励与信心。您的恩情我永记在心、不敢有忘!(高288班邹哲遂)

到了增强,家庭贫困带来的自卑感逐渐消除了。

除了学习,刘老师还非常重视劳动教育,他在种菜、养花、植树、养鱼等方面都是一把好手。他曾带着班上七个同学承包了教室前面的花坛,给花松土、浇水、锄草、施肥。在这个过程中,他教我们认识了一丈红、夜来香、美人蕉、洋菊花等较为洋气的植物品种。我还把这些花种带了一些回去,种在了自家门口,成为村里一道靓丽的风景。学校有口鱼塘,有段时间由我们班承包养鱼。刘老师带着同学们劳动课上挑塘泥,课余时间扯鱼草,经常忙得满头大汗。对于大部分农村孩子来说,到二中读书是他们告别农活的开始,可我却在刘老师的带领下,始终热爱劳动,一直没有荒废干农活的本领,双抢的时候照样能帮家里干一点苦力活。

作为数学老师,刘老师也像语文老师一样要求我们勤写日记,多多练笔。在日记中,我曾经表达了将来要考上清华、北大的决心,因而被有些同学"讥讽"过一阵。刘老师知道后,狠狠地批评了那几个同学,并在班上力挺我:"马柏华值得学习,他有跨长江、过黄河的决心,勇气可嘉。"在那无助的时刻,刘老师的力挺让我深受鼓舞、备感踏实。尽管1988年高考时北大梦落空了,但我却在2008年通过考试选拔,参加了长沙市政法干部北京大学培训班,到燕园听了一个月的课,极为勉强地算是圆了二十年前的北大梦。在燕园学习期间,我常常想起刘老师,想起他在初中阶段对一个孩子梦想的呵护,想起他在二中期间和我交往的点点滴滴。

著名作家柳青曾说:人生的道路虽然漫长,但紧要处往往只有几步。在我的年少时期,有幸来到校风端正、学风浓厚的隆回二中,遇到极端敬业、无私,真正为人师表的刘林杰老师,这是我一生的宝贵财富。大学期间,我曾给刘老师写过一封信,老师给我的回信竟长达七八页,信中谆谆教诲,对我寄予了殷切的期望。毕业参加工作以后,由于各种原因,我仅仅去隆回看望过刘老师两次,心中至今深感愧疚。2012年12月3日,刘林杰老师因病辞世,享年82岁。我和很多老师、同学一起前往他老家丁山悼念,我长跪在恩师的遗像前,仰望着他那熟悉的目光,泪水长流……

谢谢周飞跃老师,感谢您对我的鼓励与教导,我终生难忘。(初116班阳恩林)

# 他们，引我追梦……

◇刘烨洲

刘烨洲，男，1971年出生，隆回司门前人。1985～1989年先后就读于隆回二中初中63班、高中132班，现供职于广东省河源晚报社。

为了生活，更是为了梦想，我远离故土跑到广东河源这座小城，终日在格子里或排版房忙忙碌碌。工作中偶有所得之时，心中总有一种莫名的情愫在涌动，总会想起中学阶段那些助我成长的恩师！

教过我的老师很多，苦口婆心劝我"要全面发展，不能跛脚"的刘爱武老师，多才多艺的马轶麟老师，和蔼慈祥的欧阳如老师，精通诗词的周青云老师等都让我难以忘怀。他们以丰富的学识，博大的胸襟，谆谆的教诲，深深的关怀，让我在隆回二中领略到了人生最美的风光，至今铭记在心。但于我的文学梦想而言，对我最有帮助的还是陈尚志、肖新平等四位恩师。

### 陈尚志老师：播下我梦想的种子

我是中途插入二中初中班就读的，基础较差，基本属于功课在班上扯后腿的那种学生，当时内心的焦虑可想而知。如果说初到二中的我身上有些许"亮点"的话，那就是作文还过得去。

发现我"亮点"的是陈尚志老师。印象中，陈老师批改我的作文常不吝笔墨，多有赞誉之词，诸如"立意新颖、文笔流畅、故事感人"之类的评语时常可见。这些评语帮我释放了不少焦虑，也使我增加了一些学好功课的自信。

那时，学校的默深文学社已是风生水起，马萧萧、周亦翔、王朝晖、马汝萍等学兄学姐的诗文不时见诸于《凤声报》上。陈老

---

是您成全了我坚持弃理从文的任性，是您包容了我懵懂早恋厌学的失足，是您鼓励了我拥有面对失败的勇气。谢谢您，刘敏华老师，因为有您，才有今天的我！（初114班刘振）

师于是鼓励我也向《凤声报》投投稿,他不仅帮我挑选和修改习作,还找来方格稿纸让我认真誊抄。记得我的习作在《凤声报》刊发后,陈老师还鼓励我大胆向上海的《少年文艺》等刊物投稿,并告诉我一个节省邮资的投稿方法。按照陈老师抄给我的几个地址,我试着投了几篇习作出去,虽然收到的大多是退稿通知,但偶尔也有被刊发的。

有关的细节,陈老师或许早已忘记,但我至今历历在目,一切仿佛就发生在昨天。对我而言,如果说理想是一棵参天大树的话,陈老师曾经给予我的鼓励,无异于一颗蕴含希望的种子。现在我能写点"本报讯"并靠它养家糊口,和陈老师的鼓励是分不开的。

### 肖新平老师:让我的梦想发芽

第二位要提到的恩师是肖新平老师,"教而优则仕"的他现在是娄底市中级人民法院院长。在娄底市政府部门任职期间,文字功底深厚的他起草了全国第一份《政府决策规则》,并主持了全国第一个政府决策暨红头文件审查听证会,还在湖南首创执法人员违法行政禁入制度。由于在工作岗位上的出色业绩,他于2006年当选湖南省十大法制人物,被誉为"推动法治改革的创新者",也为他的学生在职场上树立了一个新高度。

时间倒回二十多年,那时的肖老师还蜗居在二中某栋平房的单身宿舍里,他的办公桌上永远堆满了默深文学社文学少年们的习作,随便抽出几份稿件,都可以看到他那红色的批注。经常出入那间单身宿舍的我,在肖老师的众多弟子中可能是受益最多的了,我的许多习作都是经他指点完成并推荐到外面刊物发表的。

年少的我做着美妙的作家梦,如果说陈尚志老师的鼓励使我播下梦想的种子,那肖老师无疑就是给这颗种子浇水并让它破土而出长出三两片嫩叶的园丁。记得多少次他放弃休息时间,手指我的稿件逐行评点;记得无数次他与我恳切谈心,要我不可因迷恋写作而荒废功课,要我对自己未来的人生有个规划和充满信心。虽然我最终没有如肖老师期盼的那样"考上一所好的大学",也没有实现自己的作家梦,但他的教诲足够我受益一生了。

### 谭奇洪老师:劝我夯实梦想的基础

在二中,有个老师对我批评最多,也批得最不留情面,让我一度心存芥蒂,但我离开二中后在心里却特别感激他,他就是做过我班主任的谭奇洪老师。

---

尹建兴老师,您还记得那些有关补课、有关衬衣的故事吗?还有班级职务与性格的事?您也许不记得了,但我们会一直记得!严厉只是您外在的表现,谢谢您三年里对学生的爱护!(高288班邹尧、刘昭陵)

做过谭老师学生的人都知道,他是一个阅读量很大的人,对中国古典文学特别是唐诗的研究很有造诣,听他讲古文课着实是一种享受。上课时他喜欢像旧私塾先生那样眼睛微眯,摇头晃脑地领读课文精彩之处,有时读到陶醉时干脆放下课本背诵起来。当然,他的课堂感染力不囿于这种朗读秀+背诵秀,他更受学生喜欢的是他上课总能由此及彼联系知识点,天马行空却收放自如;他善于旁征博引,运用典故信手拈来。

谭老师是我父亲的学生,所以私下里他称我为老弟,也许因为亦师亦兄的关系,他对我在班上的表现盯得较紧,而我那时在校表现十分散漫,上课爱看课外书,晚自习又常逃课去和社会上的文学爱好者"煮酒论文学"。如此一来,做班主任的不可能无动于衷,而做学生的却依然我行我素,老师的批评自然是"火力"越来越强,一些伤人脸面的话难免蹦出几句,闹得两人间关系极为紧张。

有回我甚至被他关了"禁闭",被责令在他那宿舍里面壁思过两节课。记得那回他要我想清楚的有:如果没有足够的知识储备,你的作家梦能延续多久?要是不能通过高考争取有个较高的起点,你的人生之路是否会比别人走得更艰难?

这些年一路磕磕碰碰地走来,没少吃读书不多的亏,每每想起谭老师当年布置给我的思考题,不禁心生无限感慨!

### 父亲刘益轩:教我独立思考和客观评价

父亲的名字出现在隆回二中退休教职工名单中,转眼已有十五年。也许,当他拄着拐棍步履蹒跚的身影出现在校园时,已经没有几个人能将这位年迈老人与"名师"这样的耀眼词语联系起来了。但我固执地相信,只要有人将他与刘益轩这个名字对上号,人们原本漫不经心的目光便会生出几分敬意来。

父亲是一个善于独立思考的教师,对教科书里的许多观点他都有不同的看法,对历史事件的评价也非常客观。父亲上课时,没有太多的肢体动作,鲜见丰富的面部表情,也很少有声情并茂的讲述,应当说,他不是那种善于营造课堂气氛的老师,但他的授课内容却很能抓住学生的心,一些迥异于传统观点的见解常让学生耳目一新。父亲对我的影响在我参加工作后得到了更充分的体现,他教我独立思考和客观评价的方法,常常让我在审稿时多问几个为什么,以认真负责的态度为每篇稿件把好质量关。

二十多年过后,许多学生仍能清楚地记得,对于教科书给国民党贴的"消极抗日"

---

"不会生活的人,被生活牵着鼻子走;会生活的人,牵着生活走。"刘中清老师在我毕业留言本上的这句话,一直鞭策着我,让我学会了生活,追求更加美好的人生目标。(高187班刘文达)

的标签,他们的刘老师就有着自己的看法:包括国民党在内的中国军民,都为抗战的胜利做出了巨大的牺牲。相对而言,国民党军队的实力强,对日作战通常是阵地战,歼敌多,牺牲的官兵包括高级将领也多得惊人;而共产党武装实力弱,对日作战一般属于游击战和敌后战,歼敌少,牺牲官兵也较少,尤其是将领牺牲为数极少。从作战效率而言,国民党确实要比共产党逊色,但因此说国民党的主流是"消极抗日",实在是有失公允。在今天,有关国民党在抗战中的贡献问题,人们已不再讳言,而父亲当时在课堂所论,却可谓石破天惊。近年来,对一些历史人物和事件的评价已悄然发生变化,而其中一些"新史观"与公众见面时,包括我在内的许多二中学子并不感到新鲜,因为许多年前我们已在中学的课堂里有所耳闻了。

父亲用他的学识和胆识为学生们打开了一扇窗子,让他们可以从另一个角度审视历史,学会独立思考问题。父亲的良苦用心,让他的许多学生铭记在心,有位校友在一个帖子中写到,刘老师"教给了我们人生至为重要的一课:学会对历史的独立思考,进而学会对生活的独立思考"。

不惑之年的我离梦想依然很遥远,但我仍然非常感谢助我追梦的恩师们,是你们让我以及许多像我一样怀惴文学梦的学子充满希望,并在你们的帮助下扬帆远航。

宁佐维老师,还记得高考前我的成绩不稳定,像过山车,你看在眼里急在心里,找我谈话但又怕给我太大的压力,多年以后才这么深切地感受到老师的用心良苦,老宁,谢谢您。(高298班邱晓露)

# 记忆深处的先生们

◇赵玉燕

赵玉燕,女,1973年出生,隆回六都寨人。1984~1990年先后就读于隆回二中初66班、高137班、135班。吉首大学文学学士,中南民族大学文学硕士,北京大学社会学博士,美国贝勒大学博士后,英国兰卡斯特大学访问学者。现居长沙,任职于湖南师范大学旅游管理学院,担任副教授、硕士研究生导师。

一河之隔,二中就在彼岸。就读于六都寨镇小五(二)班的我们,在尹爱民老师极富感染力的叙述中,对彼岸的二中神往不已。"二中那些学生,可努力了!学习总是废寝忘食。晚自习之后教室灯熄了,还会带着书到厕所去学习半个小时!"我们的班主任刘淑莲老师,笑笑地听着丈夫略带夸张的话语,看着我们神往惊羡的表情,用好听的邵阳话鼓励我们:"你别以为这些孩子不厉害,个个都是读书的料呢!"

由此,与隆回二中的缘分,一结就是六年,一结就是终生……

## "来,到我的 zhi 膀下来躲雨吧"

初中所在的 66 班,一度在各个方面都名列前茅,这离不开班主任陈尚志老师的倾心付出。老二中风景最深处的那间教室,曾盛装过 66 班同学的欢声笑语。陈老师的房子,就是不远处一间十平方米左右的陋室,那间斗室,曾记录了我一段难忘的记忆,那些言传身教至今不敢忘记。

因为陈老师的错爱,11 岁的我被挑选出来准备"邵阳市中小学生听说读写比赛"。老师的训练方式简单却富有实效,特别善于把一些知识点放在日常生活中加以消化。很长一段时间,我发音的时候"chi"、"zhi"不分,在做课间操返回教室却遭遇小雨时,老师笑着张开两臂对我说:"来,到我的 zhi 膀底下来躲

---

龙定旺老师,高中是我成长最快的时候,是您给我提供了锻炼自我和施展才华的机会。您对我的勉励,您在通知书上对我的寄语,一直激励着我,在我最困难的时候给我信心和力量!(高221班龙燔)

雨吧。"

自习课的时候,我被要求单独去老师房里做看图说话的练习。在三面书香中对着录音机说话,说完再改再录,直到自己满意为止,之后留下录音带,让老师回来后听录音点评。因为老师的"小灶"辅导,普通话和演讲成为我的特长,后来能在二中广播站以及大学校园电视台争取到主持的机会,均与陈老师的这段无私付出分不开。最重要的是,纠正方言后带给我的那份自信,一直伴随着我,让我敢于在以后的人生道路上昂首向前。

在陈老师任教期间,发生了一件对我的为人处世有着深远影响的事情。那是一次录完音后,我翻看了陈老师书柜上的一本课外书,看了一半实在舍不得放,就拿到教室里接着看。后来那本书被某个同学借走,该同学在上课时间阅读时被陈老师没收。他非常惊讶于藏书流转到了学生之中而自己却蒙在鼓里,追查之下自然就追到了我头上。其实,我当时拿书的时候,只想到看完之后就马上放回原处,因而没有特意留条告知老师。况且,这种拿书,总不能算作偷吧?我如是想,而老师显然对这种不告而取的行为不能容忍。"如果我说,我抽屉里有现金三千,现在不见了,你怎么说得清楚你没有拿?"——我当然不会拿,也没有拿!但这则小插曲却深刻告诉了我:他人的任何东西,在没有征得对方的同意下,在任何情况下都不可擅自拿。这一点折射出人际关系处理艺术中的自我尊重,成为我之后的生活信条之一。

陈老师的语文功底、课堂艺术与育人风采都可谓至善至美。他偶尔会在班会课的时候,卖弄一下文采:"同学们,今天我给大家念一篇自创小说,大家体味评判一下。"一二十页稿子就在老师的缓缓朗读声中慢慢翻过去,同学们都沉浸在小说情节的意境中忽喜忽悲……将近下课时,有同学眼尖,蓦然发现老师手持的那本稿子,竟然空无一字!

### 厨房地面上"指手画脚"的辅导

老二中教室前那棵歪脖子石榴树上火红的花朵,围墙上大家翻越攀爬留下的光滑窝痕,晨练跑步时在乡村公路上扬起的滚滚红尘,课堂上的欢声笑语,体育运动会中的呐喊比拼以及篝火晚会上的曼妙舞姿,张富云、肖希跃、马铁麟、刘胜保、龙吉水、袁征凯、米小武、戴子标、史屏越、陈淑贞、周冬梅、阳群、阳自田、郑桂求等授业恩师的个性和课堂教学艺术,是我们初中前两年里最让人难忘的记忆。1986年学校从辰水河畔搬到了溆水之滨,伴随新环境、新老师和新同学加入,初三的学习压力大了许多,

有一种温暖,环绕着我们学习生活的每个细节;有一种知心,体现出您对我们的包容和理解;有一种儒雅,展示了您对我们无私的爱和付出!感谢高中三年有你,我们最敬爱的陈定球老师!(高316班范花玉)

玩乐的时间骤然大减，记忆的底片黯淡了许多。

我们的新任班主任徐三寿老师，在同学们心目中是个毁誉参半的人物，这一方面与他青春气盛且和大家沟通不畅、理解学生不到位有关系，也与处于叛逆期的我们对陈尚志老师调离十分不舍，因而产生对比导致失落有关。徐老师进行班级管理，不太擅长言辞律令，感觉缺少一点圆滑的艺术。有回在班上训导学生，也许是气急口不择言，竟然对班委四位大将说出了"你们这'四人帮'"这样的称呼，全班哄堂大笑，班委们负气出走。这件事在全年级掀起轩然大波，大多数同学对徐老师的做法颇多非议。

然而，一如对待所有教过我的老师，对于徐老师，我内心也是非常感激。现在我对数学的自信，很大程度上源于徐老师在他家厨房地面上对我"指手画脚"的辅导。本着不懂就问的原则，在食堂吃完中餐后，我会抱着数学辅导书去找徐老师请教问题。其时，他往往会在厨房里做菜，所谓厨房，无非是教师宿舍楼搭建了锅灶的一个楼梯口而已，在那公共过道上，我用粉笔列出已知条件、画好图，徐老师则一手拿锅铲，一手比画，甚至用脚在图上示意我画出辅助线解题。这样的辅导次数多且实效突出，以致很长一段时间，我每次数学小考都是满分。遗憾的是，我一直没有就此认真地向徐老师表达过谢意。受恩颇多，奈懵懂少年，不思恩情，及至心有感怀，常以"大恩不言谢"自慰，又思"滴水之恩，当涌泉相报"自扰。当时老师们的付出完全是不计回报的，若以现今某些老师对于付出的锱铢必较，清贫如我家者，必然支付不起这份额外的束脩。恩师德如明镜，引领鞭策后行者效仿至今。

### "你们不想活了，我还想多活几年呢！"

刘益轩老师总是穿着一身宽大的深蓝色中山装，白皙瘦弱、经脉毕现的一大截子手臂从宽大的袖口探出，让人总觉得他应该穿汉服长袍才对，那样就更像历史教科书里的圣贤人物插图像了。先生上课，总是微驼着背、气定神闲、脚步沉稳踱至讲台一侧站定，眼睛越过挂在鼻翼上的厚玻璃眼镜片往全堂一扫，轻咳一声略等片刻，满堂刹那间鸦雀无声，讲课声响起："上回我们讲到……"整堂课下来行云流水，一气呵成，声音抑扬顿挫，学生听得心醉神迷，浑然忘我。老师话音一落，必是下课铃骤响。话毕，教案夹腋下，从容而出。

其实，先生在日常生活里并不擅言辞，总是讷讷的，但却不失谦和幽默，孩子般的灿烂笑意常漾在脸上，好像他有好多个小秘密想和人分享似的，让人觉得十分温暖，催生出一种亲近、求知的愿望来。他的乐观、温和、谦恭甚至于低调，对后辈学子的激

---

罗慧聪老师，很感谢当年上课对我的关照，让我对化学产生浓厚的兴趣，可惜高三因为您调到政教处而不能继续蒙受您的教诲，在此表示由衷的感谢！（高340班李迎）

励赞扬,都尽显大师风范,在我二十二年四处奔走的正规求学生涯中,鲜见有老师能出其右。无独有偶,我在二中拜学过的其他几位历史老师如龙吉水、金龙永,也和刘老师一样具备同一种才学、气质与风范。

1989年的那场暴风雨在京城上空骤然而至。与刘老师神游过往的我们,也被震得从书堆中探出头来,叽叽喳喳地问询最有智慧的刘老师:"老师,到底是怎么回事?北京发生了什么事情?为什么会发生……""嘘——"先生在讲台上环顾左右,众人屏息以待。

"你们不想活了,我还想多活几年呢!"先生微噘着嘴,用那对白多黑少的眼珠定定地看着我们。满室哗然,遂不再勉强相问。

### 校园"兄弟门"事件回想

十五六岁的女孩,与异性的交往免不了令师长忧心忡忡。因为没有兄长,加之我在同学中年岁偏小,个头不高,情窦未开,粗放豪迈一如男生,再加上有个接地气的外号曰"冬瓜",因此在与同学交往中,我认下了不少拜把子兄弟,初中一拨,高中又有一拨。有次和政教处主任马轶麟老师无意中说起了这茬子事情,马老师闻之大惊,震撼于自己眼中这么一个"乖巧听话"的小姑娘,竟然与一帮子男生称兄道弟,足以看出人心不古、世风日下,德育问题已经处于迫在眉睫的紧急状态了。于是,马主任在全校教工大会上把我作为反面典型进行了不点名批评,而此段记录恰巧被好事者看见并大加渲染,传言和指责最终又到了我这里。在不被理解的羞愤之余,我辗转难眠了好几个晚上,之后写下了洋洋洒洒四五页"檄文",质问先生此举用意何在,怎可背弃我对他的信任,不直接与当事人沟通,而拿我的倾诉在教工会上大做文章,丝毫不顾及当事人对此事的判断、感受甚至于名节。毫无疑问,那次"兄弟门"事件曾带给双边当事人很深的震撼与伤害。记得老师曾经很无奈而伤心地说:"你不该这么写信来质问我,白纸黑字,我是永远不会忘记这件事情的。"之后在校园相遇,远远地要不就是老师恰好需扭头另向,要不就是我低头看地,仓皇掠过。

事实上,马老师非常有才华,教学非常有创见、有套路,做人做事都非常有激情。诗词如《木兰辞》《石壕吏》等,我现在都还能倒背如流,就是每堂语文课前五分钟他带领全班诵读课文的战果遗迹。三四年来我对马先生敬仰有余,马老师对我也一直器重有加,总让我当语文课代表,做他的小助手。"兄弟门"事件里的质问环节,足见当时的我确实意气用事、缺乏换位思考的能力,在处理问题时真真切切地伤了人心。老

---

2008年一个雪天下午,上车在即才发现付不起已涨的车费。于是向老班求助。"你在哪?我马上给你送去。"至今仍能感受到刘辉黎老师从口袋掏出一百元塞到我手里的温度。(高354班刘益球)

师的胸襟总是宽宏博大的,曾有一回,他主动和我提起保送去邵阳师专的事情。凭我当时的成绩以及各方面的表现,若提出申请,完全可能拿到这个机会。但受上届师姐邓军的感召,我决意放弃保送申请,一心参加高考。1990年的高考,我成了二中文科出人意料的落榜生。祸福相依,高四在楚才学校的求学经历让我悟出了许多人生体验,也为之后的学习生涯打下了更好的基础。回首往事,对于校园"兄弟门"事件主角之一的我来说,反思的则是师生互动中学生在那个年龄段独有的意气用事,师生间的信任如何才能被建立、巩固乃至良苦用心之下师生友好相处的艺术。不知道,这能不能算是我对恩师的一种正式道歉?

高中毕业十年后,我借回娘家之机访友,曾带着三岁的儿子在隆回一中校园偶遇尊长,讪讪问好之后,向老师汇报了我即将去中南民族大学读研的消息。老师看我一眼,又看一眼我身边的孩子,一本正经说道:"你还知不知羞?孩子都这么大了,还要去读书!"原话我记得真切,当初确实感觉到了他语气语调中的那种不欣赏、不赞成,因而很令我意外和沮丧。这也许是个人观念所致,毕竟我们都生活在各自的"意义之网"中,取舍不一,殊属正常。

回忆至此,也让我反思自己一直以来的"另类"举动:20世纪九十年代中期做了一回"毕婚族",九十年代末期又辞去中学英语教职,与丈夫一起离开孩子去武汉脱产读研;在某高校中文与新闻传播学院工作,教授半年外国文学之后又离开单位,负笈北上读博;苦读三载获北京大学社会学系一纸博士文凭,回至麓山脚湘江畔执教两载又携家出游美国做博士后;一年半后又去英伦做访问学者。对读书与学问的酷爱与向往,一直激励我疾步向前,这样一种肯折腾和认死理的精神,希求每个人都能设身处地地理解并欣赏,的确不现实,但这种奋发却源于隆回二中,源于先生们无微不至的栽培,源于他们所激发的强烈求知欲。

如今的我,执教鞭于一所主打培养师资的高校,对待本科生教学、硕士指导乃至孩子的家庭教育,我更愿意以自身经历来反思教学艺术与人的成长。记忆中这些鲜活的人与事在我心中刻下的影响,激励着我对教育规律的认知、对自我的认知和对异己文化的认知。佛曰:"一花一世界、一树一菩提。"记忆的选择性会促使我们留存某些生活片段一再咀嚼,而对这些片段的诠释路径却纷繁多样。我的诠释是将先生们的教育与恩情传给下一代人,这些记忆的碎片,必将在岁月洗礼后变得更加醇厚,更加芬芳。

感恩易松柏老师,2008年高三补课到腊月,在那个走出教室门就可能在冰冻地摔倒的寒冬,感谢您带给我们的温暖。您的一句"班上我最不放心的女生就是你",让我顿悟!(高353班戴桂蓉)

# 一桌热腾腾的饭菜

◇曾颖锋

自1992年从母校隆回二中高中毕业,转眼已经二十余年了。岁月虽已远逝,当年的一些场景,却依然难以忘怀,犹如生命中的一枚枚浮水印,淡淡的,时不时在不经意间从我眼前划过,随后沉落心底激起一片片涟漪。在这些青春片段中,最温暖人心的,要数班主任陈坤元老师专为我烹制的那桌热腾腾的饭菜。

事情还得从二中食堂的伙食说起。俗话说:民以食为天。更何况当时我们正值长身体的年龄,所以对饮食方面的记忆尤其深刻。20世纪90年代初的读书生活很艰苦,学校大食堂能供应的菜基本上是豆腐皮、各类时令小菜以及少量的荤菜;菜的样式很少翻新,汤汤水水里漂着少得可怜的几点油星子。所以,我们虽然每餐都吃了很多,但消化得也很快。记得我吃得最多的一次是一斤二两米,但刚到第四节课又感觉饿得慌。大部分时候,我们每到上午第三节课肚子就开始"闹革命",一些意志薄弱的同学在第四节课还没下课就已把饭盒藏在腋下,装着要去上厕所的样子,其实是提前跑到食堂打饭去了。因为这个时候就餐不用排队,还能挑到刚出锅的热菜。要是碰上有好的荤菜,咬咬牙买一份,那份满足感简直无以言表。非常不爽的是,当时我们所在的147班和146班在校门口旁的车库里办学,两个班都是离食堂最远的班级,等我们跑到食堂时,各个窗口早已排起了一条条长龙。如果不提前开溜的话,残羹冷炙基本上就是我们两班同学的了,热菜热饭对我们来说是个很奢侈的玩意。于是

曾颖锋,男,20世纪70年代出生,隆回滩头人。1989~1992年就读于隆回二中高147班、文(一)班,本科毕业于湘潭大学商学院,硕士毕业于湖南大学(原湖南财经学院)。曾任职于中国五矿、湖南涉外经济学院、鹏元资信评估有限公司,现为国海证券债券融资六部董事总经理。

---

刘辉黎老师,高中三年我虽成绩不佳却当了三年班长,那三年给了我很好的锻炼和影响,以致我对三尺讲台充满了向往。大学毕业后我投身教育,并立志成为一名优秀的人民教师。(高354班廖敦勇)

乎,吃饭打冲锋、提前开溜进食堂成了我和部分同学高中生活的常态。

然而,上得山多终遇虎!同学们早退去食堂打饭就餐的事,不知怎么就传到政教处主任马轶麟那里了。想那马主任是何等精明之人,他决定严抓此事作为典型违纪案例来宣传。记得有一天,我与几个同学又偷偷早退跑去打饭了,眼看着就快"潜伏"到食堂了,一时得意忘形,一边哼着歌一边把藏在腋下的饭盒拿出来,准备百米冲刺到目的地时,马主任不失时机地从食堂旁边某个角落里冲了出来,一边走向我们,一边骂"你们这些同学估计是前世饿死的吧?是饿死鬼投胎,要不怎么多等几分钟再来吃饭就不行了呢……"马主任历来是以严厉风闻二中的,大家见此早已慌了神,更何况现在是"人赃俱获",哪个敢顶嘴辩解半句?只有老老实实接受批评教育的份儿。

本以为这事就这样完了,没想到班主任陈老师也知道了这件事。这个平时温顺的书生一时变得怒不可遏,他狠狠地批评了我们,除了扣我们个人操行分之外,对我这个"带头大哥"给予了特别的照顾——写一份深刻的检讨,并在全班宣读。我把自己为什么要早退去食堂就餐的原因,以及之前是如何偷偷早退去食堂吃饭的过程作了全面详细深入的解剖,对事情后果也作了深刻的反思。没想到在我念检讨书的时候,同学们却边听边偷笑,甚至还有一些同学实在忍不住笑出声来。因为大家一听就知道我表面"认真"检讨,实际上是表达对学校后勤工作的不满。陈老师当然也听出了我的检讨只是敷衍了事,但看到我该做的都做了,他也无话可说,只是一个劲地提醒大家严守校纪班规,认真吸取教训。

我虽然被迫作了检讨,却打心底里认为陈老师有点小题大做,内心当然不服:你管天管地也管不了人不吃饭呀?不就提前几分钟出来吃个饭,用得着你这样煞有介事地批评我吗?不过,几天之后,我就完全改变了自己的看法。

记得那是我做出书面检讨后的当周星期五,陈老师按惯例在班上讲完班务后,意外地走到我桌旁,要我在周六中午去他家一趟。我心想陈老师肯定还在为我检讨的敷衍态度耿耿于怀,叫我去他家肯定没什么好果子吃。于是,我与同学们商议去还是不去,能不能装病或者找个其他什么借口不去,大家讨论了很久都没有结果。终于拖到了周六中午,我没有别的选择,只得硬着头皮去了陈老师家。

我是怀着怨恨、不安的复杂心情敲开陈老师家门的。陈老师当时刚参加工作不久,家里摆设非常简单,走进他家,首先映入眼帘的是一张摆满了菜的小餐桌,热气腾腾,香气四溢。见此情景,我以为陈老师家可能有客人要来,感觉自己此时进去实在不合时宜,犹豫着要不要退出来。谁知陈老师却热情地招呼我进去,还说怎么现在才过来,他已经等我很久了。那热情的态度与前几天怒不可遏的样子截然不同。陈老

---

袁福安老师,高三那年我的脚因故连走路都困难,作为留守少年的我觉得没人关心,对学习在焦虑中慢慢失去信心。是您温暖的话语给了我力量,使我在考前能安下心来学习。谢谢您!(高328班王玉桃)

师首先给我泡了杯茶,他说请我来的目的主要是跟我道歉,虽然我早退就餐有违校纪,但他那天批评我的态度和方法也不妥,事后觉得有点后悔,很有必要找我过来解释一下,今天他亲手做的这桌饭菜就是为了表达一下歉意。陈老师还对我家三姊妹一同上学,家庭经济困难的情况有所了解,他说自己也是从农村出来的,理解我父母的不易和家庭的窘境,还说以后生活上如有困难可以随时去找他,他会尽力帮助我的,但绝不能因为这些原因就可以不遵守校规校纪……不知道那天我是怎么吃完那顿中饭的,反正只觉得一股暖流久久地涤荡在心底,我强忍着感动的泪水,才没有在陈老师面前失态。此后,我在二中再也没有违反过校规,学习成绩也越来越好,并逐渐喜欢上了隆回二中这片热土。

  二十多年来,陈老师那一桌热腾腾的饭菜一直温暖着我,成了母校留给我最深刻、最温暖的回忆。也许它很简单,也许它并不贵重,更谈不上奢侈,却是我懂得感恩生活的开始。

---

  张绍芳老师,高一时我成绩摇摆,谢谢您不厌其烦地找我谈心。如今仍会想起您朗读我作文时的场景,我的小小用心会被您无限放大,那时的我才意识到我是独一无二且美好着的。(高343班刘佩君)

# 怀念恩师肖希跃

◇廖小菊

廖小菊,女,1975年出生,隆回大水田人。1987～1993年先后就读于隆回二中初中71班、高中152班,2001年进入隆回二中工作,任教语文科目至今,曾担任默深文学社指导老师和《凤声报》主编。

永远也忘不了这一天——2007年8月15日,我敬爱的肖希跃老师走了,再也不会回来。

知道这个消息时已是8月16日,那天我一整天都没出门。下午时分,我站在阳台上看窗外的风景,只觉得天阴沉沉的,一阵阵大风刮过,小树儿左右摇摆,虽然没有落叶,但持续两月的干旱已经让我感觉不到夏天的繁盛和滋润,树叶和小草干干的,呈现出一片灰绿色,没有一点生机和活力。如果不是身上还穿着裙子,我还真以为冬天来了。这个夏天太短暂,立秋刚过,天气就这样萧瑟了。

晚饭时间,邻居们在楼梯口聊天。有人说:"那个英语老师怎么就去了呢?前一阵子不是说已经治好了吗?"

"谁呀?"

"就是那个姓肖的英语老师,得肝病的。据说到殡仪馆去看他的人络绎不绝,大家都失声痛哭。"

天啦,不敢相信!她们说的是我敬爱的肖老师吗?这是真的吗?这不是真的,一定不是真的!早几天我还看到过肖老师,还和他谈古论今。前一晚8点多钟我还见到了师母,她一边和别人聊天,一边吃冰淇淋,褐色的巧克力涂了一嘴巴。那个时候肖老师应该是没事的,怎么就这样突然呢?她们说肖老师是凌晨3点钟走的,那时候大家都睡熟了,选择在那会动身,您不觉得孤单寂寞吗?事情发生这么久,我却一点不知情。那么多的人都去送您,甚至千里之外的人都赶来了,而与您相隔不足百米的学生却什么都不知道。这是多么的不应该呀！

肖老师是我的恩师。如果我也算有点出息的话，他起了至关重要的作用。当初，我带着小学时代的良好自我感觉，从偏远的农村考入隆回二中读初中，可到了高手林立的新环境，我又普通得如同一粒草芥。巨大的反差让我无所适从，我没有心思好好学习，便一天天甘于沉沦。尤其是英语，我认不了几个单词，背不了一篇课文，考试也没几次及格。正当我破罐子破摔、准备当一天和尚撞一天钟的时候，肖老师来了。初三那年，他当上了我们班的英语老师，我的世界也就在那时发生了天翻地覆的变化。肖老师那文弱书生的气质，那不紧不慢、循循善诱的语言，一下子就吸引了我。想不到已经被我完全荒废了的英语，在他的口里说出来竟然是那么有趣，我爱上了肖老师，也爱上了他的英语课！

我清楚地记得有天肖老师表扬我了。他说我们班有几个学生英语学得不错，或者是很有潜力，然后他点名了，我的名字排在第六个！我被肖老师表扬了，我想自己应该是有潜力的那种学生，我还能学好英语，我不能放弃！我不知道肖老师是否还记得这件事，反正我是就此开始认真学习英语了。我努力地记单词，拼命地背课文，积极地回答他的提问，尽自己最大的努力去学习。热血一旦在内心沸腾，就会爆发出无穷的力量！一学期之后，意想不到的是我竟然能够用英语和别人简单对话，考试成绩也不下 90 分。英语学好了，其他的科目学起来也更轻松、更有劲了。

中考后，我顺利地考上了二中的高中，也顺利地在应届考上了大学。我感谢肖老师，如果没遇上他，我也许早就堕落了，是他用关爱和鼓励把我从悬崖边拉了回来。

后来，我也像肖老师一样成了一名光荣的人民教师；再后来，我也调到了隆回二中任教，和肖老师成了同事，也因此有了更多的机会向他学习。我像肖老师那样去对待自己的学生，也赢得了学生的好感和尊敬。

不记得是哪一天，我突然听说肖老师病了，肝硬化，大出血，并被飞速地送往长沙抢救。他在长沙住院期间，我终究没能前去探望，我无法面对那么好的一个人得了那么重的病，只能一遍又一遍为他祈祷，好人一生平安，但愿他能平安健康地回来。谢天谢地，在手术之后他回来了，我又能够经常在校园里见到他了。这是一种幸福，我渴望着这种幸福能不断地延续下去；这也是一种鞭策，鞭策着我好好地为人师，像肖老师那样。

听师母说，吃点薏米粥对肖老师的身体好，我知道后便托人从小沙江买了一点送给他，也算是对恩师一点微不足道的关心吧。可他一见到我就问花了多少钱，我说没花好多钱，这是学生的一点心意。再一次见面，他依旧问我花了多少钱，此后每次见

---

刘辉黎老师，高二时我突然头晕呕吐，校医务室也束手无策，是您骑车将我送到医院进行检查，及时做了手术，让病情没有继续恶化。一直没能当面表达对您的感激之情，老师，谢谢您！（高 354 班陈浩）

到我都要问我花了多少钱,弄得我都不敢见他的面了,远远地看见他走来,只好绕道而行。终于有一天,我被他逮住了,他从口袋里拿出一张百元大钞要给我,说不给我的话心里会很难过,睡不好,吃不香,说什么都要我把钱收下来,还说那些薏米不止一百元云云。他那恳求的目光让我心痛,我接住了那张钞票,心里却非常过意不去,可转念一想,也许我收下钱会使他心里好受点,以后有机会再为他做点别的,可直到现在,我也没为他做过什么!

肖老师在第二栋教学楼一层的收发室上班,每次经过那儿,我总要朝里面看看,如果肖老师在,我就会驻足,和他聊聊天。我和他谈人际关系,谈生活琐事,谈工作中的苦与甜。他是我的老师,更是我的朋友。他那种身处逆境却能坦然乐观面对的坚强给了我无穷的力量,我的健康也曾一度亮起了红灯,当我辗转奔波于各大医院时,我也是一路微笑着挺过来的。现在,我能正常上班了,可当我经过收发室习惯性地朝里面张望时,却再也见不到敬爱的肖老师了!

七年多过去了,我脑海里总是浮现出和肖老师交往的点点滴滴,他的音容笑貌是那么亲切,那么清晰。也许他还在我们的身边,他一定还在我们身边的。

陈兵老师,初一入校考试,我班上排名十三,您用坚定的语气告诉我,相信我一定能进班上前五;初二因觉得成绩不拔尖而欲辞学习委员一职,您告诉我,我完全有能力胜任,谢谢您的信任!(初126班陈浩)

# 一位让我刻骨铭心的校长

◇陈惟洋

1951年春,上级从松坡中学挑了湖南大学法律系毕业的高材生张杰,前来新隆中学担任校长。张校长,身材魁伟,颧骨突出,经常穿一件藏青色的呢子大衣,走起路来威风凛凛,一般学生见了,似有几分不敢接近的威严。据说张校长出身于邵阳一个富殷人家,曾在新化等地当过法官,尽管经历过资江公学的培训,但他却不像一般校长那样经过教研组组长、教导主任、副校长等阶梯式的锻炼,而是一步登天就做了校长。在我看来,当时的他似有几分得意,很有一展宏图的意愿。

记忆中,张校长任职期间,做了很多贯彻党的方针政策的有益工作,有的做法直接恩泽学子,回想起来令人感动,让人感觉到这个男子汉细致柔情的一面。

我们班上的陈早春同学,家中很困难,好几次因无钱交膳食费而辍学。张校长了解情况后,主动将陈早春找到校长办公室谈话,并告诉陈同学,学校决定给予他乙等助学金,你只管好好学习就是。陈早春后来也不负厚望,担任人民文学出版社社长、总编辑,成为校友中出类拔萃的人物。在整个助学金评审发放过程中,张校长抵制了各种说情风、地方势力风,坚持了一个公平合理的底线,这在今天看来尤为难得。

1951年是中国人民志愿军入朝作战最艰苦的一年,张校长根据上级的部署,组织同学踊跃报名参加军干校,他在动员大会上作了慷慨激昂的动员报告,对全校师生鼓舞很大。记得他在校门口与我闲谈时,问过我对于参加军干校的意愿,我当即表

陈惟洋,男,1939年11月出生,隆回金石桥黄金井人。1951年2月~1953年6月在新隆中学(隆回二中)就读,1961~1987年在浙江绍兴漓渚铁矿工作,历任工段长、车间主任、厂长等职务,1987~1999年任诸暨市黄金公司常务副经理,系浙江省选矿学术委员会主任、绍兴市政协委员、诸暨市政协常委、高级工程师。

---

李婵老师,记得第一次见您是我任性地由文科转理科时,您就像天使一样接纳了无助的我。直到今天,每当我惊惶失措时总会想起给您打电话,而您依旧像天使般指引我前进的方向。(高334班袁羡)

示：面对祖国的危难，面对母亲的召唤，我随时等待命令，指向哪里就奔赴哪里。张校长看我小小年纪，决心这么大，境界很不错，特在大会上引以为例、加以表扬。在张校长的精心组织下，学校开展了多次有声有色的爱国主义教育活动，全校上下掀起抗美援朝、保家卫国的宣传热潮，并选送了彭家宝等三位同学去参加军干校，其中有一位是花园村的独子，其母哭送数里，场面异常感人。

在张校长主政期间，学校成了金石桥区政府的廉价劳力库，区政府一遇到周转不过来的突击任务，首先想到的就是太园垴上的这些学生童子军。我们曾被指派到离校十多华里的田家垅祠堂谷仓里去背粮食，有的同学累得昏倒在地。据说这一传统后来被学校发展到极致，童子军曾被派到90华里外的新化县城去背粮，还有的学生还被派到100多里以外的周旺铺去修公路。对于抵制劳动的行为，张校长的处理方式有点粗暴。有一次，张校长像赶鸭子一样把全体师生拉到田里去捉虫，结果发现刘文虎老师没有参加，吃饭的时候他伸手就给了刘老师两巴掌。

有一件事把张校长的粗暴作风表现得淋漓尽致，也直接改变了他的人生轨迹。

1951年4月份的某晚，管后勤的庶务干事张潜斋丢了一口皮箱，里面约有500~800元的流动资金，还有抗美援朝公债券几百元。张校长同教导主任吴力云等老师四处查找，最后在山脚下的水井边发现了那口皮箱，可里面却什么都没有。

当过法官的张校长，对这种小毛贼的偷盗，处置起来理所当然应该有成熟的方式和套路。可能是由于刚上任没多久就出了如此大案，也可能是从快心理、轻视心理作怪，加上当时没有任何科学的侦破手段，主观臆测反行为科学的东西就占了张校长的脑海。在我们班，张校长频频光顾，越看越感到康吉和同学神色不对。康吉和，男，来自溆浦龙潭，个子较高，穿一件打地主分浮财得来的浅灰色西装，脸上长着不少青春痘，讲着满口溆浦话，显得不太合群。怀疑到他头上之后，张校长找他进行了个别谈话，这个农村来的低年级同学，面对一校之长，神情越来越紧张，显得语无伦次。张校长越看越觉得非康吉和莫属，何况同寝室的谌同学还证明康吉和曾在下半夜出门解过小手，有做案的时间。但康吉和坚决不承认偷窃之事，而且经过搜查也没有发现他身上和周边有现金赃物，更别说那些造假都造不出买不到的抗美援朝债券了。好不容易锁定怀疑对象，学校怎么会轻易放过，康吉和只能听天由命，任由张校长摆布。张校长家庭出身不好，自然见过乡下斗地主的场面，于是生搬硬套拿到学校来对付他的学生，召开全校批斗康同学的大会，口号声、辱骂声此起彼伏，要求康吉和必须老实交待，坦白从宽，抗拒从严。万幸的是，张校长那时还没有对学生动用刑具。

暑假来了，张校长和老师们被安排去邵阳学习，接受思想改造。去邵阳之前，就

谢久雄、谢坚明老师，是你们的帮助，让我有了从乡中学到县重点中学借读的机会；是你们的鼓励，让我圆满完成了那一年半的学业，还顺利升上了高中实验班。衷心感谢你们！（初90班谢兴友）

如何处置康吉和的问题,张校长专门请示了赵瑞华区长,赵区长腾出一间谷仓做为关押康吉和的牢房,学校则留下一名校役负责送饭。有一天我到区政府去看望康吉和,只见他仅穿一条短裤,头发长得很长,在七月的阳光下暴晒,可怜兮兮的,嘴里不断喊冤枉,精神几近疯癫状态。面对如此惨状,我很同情却无可奈何,只能宽慰几句。

案情最终得以水落石出。一个小青年持有一些抗美援朝的债券在邵阳市银行取兑,银行发现这些债券正是新隆中学挂失的,于是和新隆中学的老师一起将小青年抓住,发现该青年为桃花坪的郑姓同学,偷盗事件正是他所为。自此案件全面告破,张校长马上通知金石桥放人。为处理善后事宜,学校又专门派了张嘉兴、李立人两位资深老师,步行90余里到康吉和老家向当地区政府赔礼道歉。康吉和老家的"有识之士"对此并不买账,借机将此说成县与县之间的隔膜,说隆回人有意迫害溆浦人,并质问有关部门,他们是毛主席领导还是国民党领导?笔杆子一摇,逐级上告到县、地、省一级,最后直接告到中共中央。上级层层批复,底下立即组织工作组进行专项调查。张杰校长作为主要责任人自然要受到处理,也许和其家庭出身有关,他后来最终获刑三年。至此,张校长不得不低下他那高昂的头,在苦役中反省自己的千古恨万般愁。

丢掉了教师饭碗后的张校长,刑满后回到了老家,后来在邵阳当了一段时间的代课教师。我曾于1955年的秋冬在邵阳街头和张校长相遇,他依旧穿着那件藏青色呢子大衣。我向他打招呼,面对自己的学生,他表现出一种无脸见人的惊恐态度,不愿和我细谈,就马不停蹄地离我而去。从此,我就再也没有见到过张校长,也不知他在随后的各种政治运动中,被吹去了哪里,怎样了结余生。康吉和同学后来继续回我班读书,于1953年上半年毕业后考取了株洲一所国防技校,1956年分往沈阳飞机厂工作,70年代他内迁到贵阳一个国防工厂当干部,于2006年得胃癌病逝于贵阳。

90年来,张校长可算是历任校长中命运最悲惨的一位,对我来说,他的故事比学校哪门功课都重要,直接影响了我的一生。后来,我当上了近两千人规模的工厂厂长后,对于厂内庞杂的人事关系及发生的各种案件,我常常以张校长的事例引以为戒,时时警醒自己。我是踏着张校长痛苦的血迹来完成人生使命的,即使在史无前例的"文化大革命"中,我也没犯过大的差错。我的成长道路也很艰难曲折,但我一直在一种强烈的责任感中工作和生活,很少有过多的个人感情色彩,特别在对待有关人的问题上,每每总是慎之又慎,坚持唯物主义,坚持认真细致的调查研究,杜绝主观臆断。

我应当感谢上天的造化,在二中遇上了张校长这样一位个性鲜明、行事鲁莽的校长,您那血泪般的错误,让您和您的家人受苦一世,却让我这个学生受益终身,您比那些德高望重、硕果累累的老师,更让我受教,更让我永生难忘。愿张杰校长地下安息!

---

周光祥老师,入校第一天体检,我与同学没能赶上去七二二医院的校车,您亲自带我们从茶山走到体检地点。这么多年过去,您对晚辈的关爱之情一直铭记在我的心中。(高174班欧阳从容)

# 师恩如海意难忘

◇邹宗威

邹宗威,男,1977年10月出生,隆回小沙江人。1991~1997年先后就读于隆回二中初80班、高178班,后毕业于湖南农业大学。现居上海,担任上海熙宝商贸有限公司总裁。

隆回二中,是我走出小沙江大山、接触外面世界的第一站。求学六年,在这挥洒人生最奢华的青春,留下刻骨铭心的记忆,珍藏美好难忘的怀想。饮其流者怀其源,学其成时念吾师。寒来暑往,17载已过,每每回味二中时光,最动情的莫过于那些传道、授业、解惑的恩师们。

由于人生地不熟,初一入校时,很多同学想家想得难受甚至哭鼻子,可我却深深沉醉其中,丝毫无难过之意。这一方面是因为二中比小沙江要好玩多了,另一方面则因为我们80班的班主任孙凤珍老师不但学识渊博,而且对待学生像对待自己孩子一样用心,比如,她专门帮班上同学收存饭票、菜票和钱,像会计一样不厌其烦地记账。记得有一次,我和罗光晔同学生病了,治疗多天也不见康复,孙老师把我们叫到家里,用开水给每人泡了两包板蓝根,喂了几片感冒药,再送一个大橘子,这种父母般贴心的关怀,让我俩深受感动,当场泪奔。也真神了,我们的感冒第二天就好了,如今想起此事,我依然情难自禁、热泪盈眶。孙老师对我非常器重,通过演讲竞选任命我为语文课代表,后又提拔为纪律委员,我的管理能力就是从那时开始得到锻炼的。在孙老师无微不至的关怀下,我越发感觉到隆回二中生活的美好,全身心融入到学习、生活当中,每天都精力充沛、积极向上。学生的第一任务就是学习,孙老师在这方面一点也不含糊,她苦口婆心地引导我们刻苦攻读,鼓励大家通过读书走出农门。这对大多数来自隆回北面的农村学生来说,就如点起一盏盏明灯,不但

---

初一时,我被要求把课桌搬出教室,那次真正感受到了您的威严。后来,同学们在怀着对您的畏惧和敬仰中,很好地完成了人生转折点的蜕变。这多亏您正确的指导,敬爱的魏华习老师。(初82班梁百胜)

照亮了前行的方向,更是燃起发奋图强的希望之火。她总是告诫我们生活要俭朴、学习要拼命,最好能把一本书通背下来,很多同学受到鼓舞,对历史、地理教科书几乎都能背诵。可惜,孙老师只教了我们一年,就调任学校其他岗位了。

初二时,79班、80班迎来了两位刚毕业的年轻女教师——戴琳燕和马艺玲,面对正处于青春期叛逆不羁的我们,她们显得心有余而力不足。偌大四合院里的两个班,因与"大部队"隔绝而显得天高皇帝远,班风陡降,自习课时闹哄哄,吵得跟农贸市场似的,打架的、逃课的、私奔的、烧课桌的,简直无奇不有,年轻的女班主任不知被气得哭了多少次。乱世出英雄,烂班须严师。初二第二学期伊始,米伯良老师临危受命,担任80班的班主任。新官上任三把火,米老师一上任就出手不凡,针对一些同学冬天在教室把课桌撬下烧火取暖的行为,他雷厉风行地行动起来:先换新课桌,然后宣称要把之前的破坏分子一个个揪出来,赔偿完损失再开除,绝不手软!这一招完全把我们镇住,捣蛋的学生吓得噤若寒蝉,从此收敛手脚,乖乖读书。被吓唬了好长一段时间,大家也没看到有人被开除,等同学们明白过来时,纪律已得到有效整顿,班风已实现了惊天逆转。米老师"敲山震虎"的管理艺术,确实高明,让人心服口服。

米老师不但管理强势得当,而且才华横溢,诙谐幽默,寓教于乐,具有独特的人格魅力。他虽然是教物理的,但从不忽略对学生课余爱好的培养。他组织购买了围棋和象棋,引导大家培养兴趣爱好和高尚情操,大大丰富了我们的课余生活。他还经常给我们读报,点评时事热点和社会发展趋势,鼓励我们一定要树立远大目标、眼光要放长远,要尽一切可能上高中考大学,并预言中专生很快就会不吃香。果然没多久,中专生就业不包分配、大学扩招等政策陆续出台,米老师对就业趋势和改革方向的先见之明,指引着懵懂迷茫的我们在人道路择上做出正确的抉择,指点之恩,没齿难忘。

米老师对我个人也是关怀备至。我那时身体虚弱,他便要求我每天早上晨跑3000米,说此为强身健体最佳举措。我按他的建议一跑就是近五年,直到高中毕业,感觉身体状况大为改观。从大学阶段到现在,我碰到点感冒几乎不用吃药就能恢复,当年锻炼打下的基础功不可没。米老师任教期间,先后委任我为通讯组长、团支书,我的组织管理能力得到了进一步历练。伴随能力提升的,还有突飞猛进的学习成绩:从初一的第30名到初二、初三的第11名,到最巅峰时的第4名。这一切进步,都离不开米老师的耳提面命和高超引导。

初中毕业时我被直接保送进入隆回二中第一个实验班——178班。马轶麟副校长最开始担任我们的班主任,他誓言带领大家读完高中三年,1997年高考要在隆回县放一颗原子弹,他那极富鼓动性的话语常常让我们热血沸腾。可惜,暑假过后,马

---

张邦运老师,感谢您在我高一高二期间给予我的教诲及生活方面的帮助,您关爱的目光,给了我无尽的信心和勇气!您是我永远的老师!祝您和您的家人永远健康幸福!(高181班谭海艳)

轶麟老师就被调往一中担任校领导去了，真是计划不如变化快。朱贤舜、周跃平两位老师曾先后担任我高一、高二的班主任，两人都才华横溢，让人受益匪浅。朱贤舜老师是当时隆回二中仅有的全国优秀教师，长期负责高三数学教学和奥赛培训，教学水平自不用说。周跃平老师高一就开始教我们地理，经常用冷幽默将我们实验班的军，搞得一度自我感觉良好的我们信心大跌。奇怪的是，自高二担任我们班主任以后，周老师好像完全变了一个人，不再对我们进行讽刺挖苦，而是谆谆教诲、鼓励有加。高中三年印象最深的当属高三班主任龙雪松老师。他教英语水平高超，当班主任尽职尽责，最擅长的就是和学生一对一谈心，把关心输送到每一个人身上，问思想动态，摸高考备战情况，对症下药，引导鼓励。这一点同学们都感同身受，多年后依然印象深刻，念念不忘。虽然1997年高考我们班理科尖子生不突出，但178班上线人数绝对创下了隆回二中历史上的最高纪录。这和龙老师的贡献是分不开的。

在二中印象较深的老师还有李世藩校长，我们还曾有过正面交锋呢。那是高二期间，年少气盛的我们达到了叛逆高峰期，好几次学校放电影、礼堂搞晚会，我们一班人总是不明所以地带头起哄。有一次，好像是元旦文艺会演期间，我们几个人故意带头朝后张望，意在搞场恶作剧，让人误以为后面有好戏，达到吸引眼球的目的。结果几乎全场都好奇地跟着向后望，如此反复几个回合，台上表演没人看，台下自顾自地闹，全场混乱。针对此事，李校长在广播中严厉斥责，表示一定揪出闹事者严惩不贷，并称已掌握了一些线索，这一招又吓得我们几个"罪魁祸首"收手缩头。诸如此类年少无知的闹剧曾多次上演，庆幸未被逮到，屡屡平安过关。如今回想起来，实在荒唐至极、懊悔莫及。多么庆幸，在最宝贵最肆意的青春年华，能遇到能力出众、责任心强的老师，让我们能及时刹住走乱的脚步，回到正常的轨道，沉心描绘未来的蓝图。

细细想来，难以忘怀的恩师还有很多，和蔼可亲的龙吉水老师，文学功底深厚的刘豪放老师，严谨沉稳的魏华习老师，才思敏捷、极具口才的刘胜保老师，教学出众、亲切温和的陈慈英老师，诙谐幽默、把化学课上得出神入化的胡绍轩老师……这些老师，只是我们在二中遇到的众多优秀老师中的一份子。他们，是我们孜孜求学路上的专业导师，是迷惘青春年少时的心理辅导员，更是我们人生漫长旅途的指路人！他们，就如航行中的信号灯和方向标，一路保驾护航，指引我们在茫茫学海中奋勇前行！

三尺讲台三寸舌，三寸粉笔三生付。老师，用生命的火炬，言传身教，引领我们从稚嫩走向成熟，从蒙昧走向新生。或许，我们已经很久没有与老师再聚；或许，我们好多年都没再联系，但是，心的一角，永远铭记并感恩老师曾经的用心付出。

一别多年，很想很想，遥寄清风，轻声地问一句：老师，您还好吗？

---

我高一、高二时，班主任徐三寿老师对我寄予厚望，如果我高三还留在182班，也许后面就不要复读了。但我辜负了您的好意，在此深表歉意！（高182班黄小蓉）

# 因爱而变

◇郭时碑

1992年,从桃花坪乡中心小学毕业前夕,我参加了隆回二中的自主招生考试。我所在的澄水村,每年有几个优先就读二中的指标,因为这一土政策,近水楼台的我得以幸运地进入二中初中部就读,从此开始了我与隆回二中水乳交融般的六年时光。

### 初中生活

在进入二中就读的过程中,有一位必不能忘的恩师——尹庆仁老师,他当时是教务处主任。记得那是一个烈日当空的中午,尹庆仁老师踩着一辆线车,从二中门口载着我,去花门中学找我小学班主任了解情况。花门中学,坐落在猫头岩北侧的山头上,当时只有一条蜿蜒的沙土小道上去。从花门岔路口开始,上到花门中学,线车是个累赘,只能推不能骑。尹老师弯下腰推着车,头顶着烈日,轮子每转一圈就扬起一片灰尘。我在后面怯怯地跟着,傻傻地看着老师前进,也不知道上前帮忙推下车。后来,学习朱自清先生的《背影》时,我就会联想起尹老师推着单车爬坡的背影来。

父母带我去二中报到时,刘中清老师是办理报到注册的工作人员之一。因为刘老师是我们村的女婿,母亲认识他,看见后忙上前说道:"嗯喃噶在果里啊,帮我碑毛几分个好滴给班仔啊。"刘老师一看,稍一迟疑,就在本已写好的报到单上写了个"81C"。后来我才知道,刘老师之所以这样改,是因为81班的班

郭时碑,男,1980年9月出生,隆回桃洪镇人。1992~1998年就读于隆回二中初81班,高188班、190班。1998年入伍至广东罗浮山某部,后毕业于解放军体育学院。现居深圳,任职于龙华新区政府部门。

---

袁玉柱老师,感谢您对我的信任和鼓励,感谢您从未放弃过我。是您,给我以勇气与希望,让我能从迷茫困惑中走出来。您的关爱和教诲,我永远铭记在心!(高180班张碧云)

主任老师欧阳蔚华,刚送走了一个优秀的 75 班,传说是二中历史上考中专考得最好的班级。刘老师在一句"嗯喃噶"之下,就让我拜到了欧阳蔚华老师门下。

欧阳蔚华老师当时是个老教师了,身材瘦高,精神矍铄,经常穿着一身洗得有点褪色的中山装,走起路来,步子坚定,眼神坚毅,让人很容易联想起电影里的周恩来形象。阳老师眼睛大而有神,眉角两侧张扬桀骜地向外面斜上方撇着,眉毛浓密而且全是白的,因为白眉,威严中又让人感觉出一种慈祥。虽说他年纪稍大,但那双英气逼人、正直深邃的眼睛,仍使我对英俊两字有了一种直观的认识。也正是在那双眼睛的震慑下,我们在初一的时候老老实实学习了一整年,还培养了很多有益的行为习惯。

二中有一个传统,操行分量化管理。81 班在欧阳蔚华时期,对于平时违纪,如上课讲小话、吃零食、打瞌睡、迟到等,除了扣操行分,还有一个重要的配套措施就是罚搞卫生,而且要罚就是一扇门、一扇窗甚至整个操场整个厕所的承包,承包期限至少以一个星期为基本消费套餐。通过这样的办法,阳老师教我们懂得了一个道理:每个人都要为自己的行为付出代价。

阳老师教我们语文和历史,流程是这样的:每节课一来,班长喊起立坐下后,他就随机点人起来背诵或复述上节课的知识点,然后根据情况进行讲评。这个过程是大家最紧张的,经常是静得连掉根针在地上全班都能听见,因为每节课的阴晴圆缺比六月天广东的天气还不可预估。被点起来的人如果回答得好,那阿弥陀佛,天气晴朗。如果被叫到的人是"猪血梨子",那对不起,迎来的可能就是滚滚春雷。轻者会被阳老师抑扬顿挫、针针见血地督促教育,直到你无地自容地想在座位下挖个坑钻下去,其他人则大气不出屏住呼吸且必须抬头恭视、聆听教诲。最惊魂的就怕偶尔那有力的手掌往讲桌上一拍,那真是如雷贯耳,估计现在有相当一部分人想起来都还会手摸前额,看自己三魂七魄还在不在。好就好在不管如何,这个过程一般不会超过十五分钟。因为中间还有十五分钟要串讲新课文,最后再留下十五分钟给大家复习,以应对下一节课的课前检查!你还别说,这样的循环教学法成效还很不错,我们班初一时的语文和历史成绩之所以整体水平很高,就得益于阳老师独特的教学方法。你想想,谁敢保证哪节课不点到自己?谁不怕那雷霆万丈?谁敢考砸了?我们的成绩让阳老师更加自信地倡导陶行知先生的教育名言——教是为了不教!这也和他一贯强调"通过自学提高自我学习能力"的教学思想相吻合。

后来很多时候,我都时不时想起欧阳蔚华老师来。甚至有点推卸责任地设想,如果阳老师一直带我们到初中毕业,自己是不是就会是个听话爱学习的好学生?回想起来,初中时期还是需要严格的老师才行。因为后来,我们班频繁更换班主任就证

---

罗崇顺老师,因我的心理素质很差,一到考场就紧张,一到晚上就失眠,您常找我谈心,缓解心理压力,鼓励我去登高以锻炼身体。这个过程帮我树立了信心,提高了心理和身体素质。(高 215 班黄志坚)

明,初中阶段,确实是需要严格管理和要求的。虽然,对教过我们的老师都深怀感恩,但我总觉得,不严格要求学生的老师是不负责任的老师。

初二时我们有了新班主任——肖国彪老师,男,魁梧的大高个。肖老师教我们语文,他给我们印象最深的就是快速作文。现在我保留的快速作文练习本,上面还有范智才、谭显光、谭志坚、叶前伟、黄萍、孙泽斌、喻必勇、彭钢等同学在开展互评时留下的墨宝。

初三我们又换了班主任,陈晚姑老师,教我们英语,温柔善良的女老师。她为了维护课堂纪律和秩序,把我和阳研、叶前伟、颜军四人分在第一小组第一个和最后一个,第八小组第一个和最后一个来回调动,一个月换一次位置。但即使如此,也没能阻挡住熊孩子们的捣乱。阳研照样热心帮助大家改造课桌,就是把课桌上面的盖板掀起来,装上活页加上锁。我、阳研和颜军在课间休息时,要么在教室后面举哑铃,要么就生火取暖。当时的木地板,都被我们烧出一个个洞来,现在想起来都后怕。后来,陈老师调去了邵阳师专,也就是现在的邵阳学院。

初三时,我们搬到丁字楼东侧教学楼二楼,从西到东教室分布依次是81到84班,一楼从西到东则分别就是低两届的87、88班和低一届的85、86班。记得有一次,我和阳研打赌,如果我从二楼跳下去,他就给现场的每个人买一根两毛钱的牛奶冰棍。因为靠近丁字楼,很多老师上下课都要从我们楼下过,那次一跳下去,88班班主任钱真安老师刚好路过,我差点骑到他头上。在这之后不久,为了帮死党颜军打击潜在假想情敌,我主动深入到当时的新教学楼高三教室,和那帮老大哥混战了一场,一个人把他们教室弄得天翻地覆。学长们不服气,又把战火引到我们二楼,我们又让他们落败在83班角落里直至投降。跳楼和打架两个账单,最后在政教处蒋平如老师的组织下,被学校一起给清算了。记得那天课间操,广播里宣读我的处分通报,因为事先收到消息,我就在教室没有出操,第三节课准备上语文课的龙吉水老师来到我身边,他摸着我的头说:"时碑细仔啊,架可不能打啊。"那种慈祥,我此刻都能感觉到温暖。龙老师是我很尊敬的一位恩师,其夫人魏老师也是我小学三、四年级的班主任,对我疼爱有加。他简单的一句话和一个动作,在我心里产生的告诫效果比那宣读的处分要来得给力得多。想想,倒也符合那时的心理特征。蒋平如老师,虽不是教我们文化课的老师,但我们可称得上忘年交。记得当时他家旁边有几棵无花果树,我去他家吃饭都不知多少次,偶尔还让我喝点加热的老酒。想起来,蒋老师也是用心良苦,为转化我这类熊孩子费了不少心思。对正处于叛逆时期的孩子来说,其教育引导作用也是比较有效的。后来,在得知蒋老师过世的消息时,我甚感惋惜!想通过他女儿

---

王梅英老师,您在我家里发生意外的时候,耐心地安抚我,在我几度想中止学业时,不断做我的思想工作,并发动同学捐款帮助我,您把我叫去办公室并偷偷塞给我四百块钱,永远感谢您!(高487班魏玉)

蒋清纯表达一下悼念也没能联系上。

初中三年,很多恩师的形象至今仍历历在目。同一届的兄弟班班主任老师中,82班的魏华习老师和84班的刘豪放老师,是大家后来回忆起来印象较深、赞誉较多的两位老师。化学老师马平毛,告诉我们要运用化学原理洗衣服,说衣服不用搓洗,只要用洗衣粉泡上十五分钟最多再踩两脚提出来晾干即可。教小蝌蚪成长发育的生物老师卢小军,让我当鼓乐队队长的政教处主任史屏越,教惯性作用的物理老师米伯良,教金鸡独立、表演喉咙顶钢筋、让我当护校队队长的体育老师孙卫龙,教元音辅音的英语老师周华,教人民代表大会制度的政治老师陈世楚,等等,无一不在心底里常常默念感恩!尤其是上课不用带教材和课本,但却能闭着眼睛告诉你现在讲授哪一页哪一段的地理老师周跃平,上他的课,我有两个理由要自己好好听:一是他能把本有点枯燥的地理课讲得生动有趣;二是他的课你如果不认真听,他虽不会骂你批评你,但那幽默诙谐善意的冷嘲热讽会让你不敢不听。悲哀的是,记忆中有好长一段时间,只有他会严格要求我听课,我也只有兴趣听他的课。很可惜,天妒英才,周老师在2013年初英年早逝,他弥留之际乐观的笑容,被探视的同学记录下来,如在眼前。

## 高中时代

1995年,我初中毕业,那一年暑假,我认识了后来关爱培养了我多年的恩师——刘丁光老师。刘老师是我们的体育老师和教练,那个暑假从十中调入二中后就一直带我们训练。刘老师不但是我们的专业教练和体育老师,也是大家生活中的朋友,对我们那批体育生深有影响。他虽说是体育老师,但性格温和,不急不躁,讲课训练思路清晰,安排科学,条理有序。跟随他训练的一千多个日夜里,我知道了什么叫日积月累,什么叫系统完成任务,知道了要达到一个大的目标,要先完成一项项的小任务,对积跬步以至千里的认识,有了非常具体的体会。因为每一个阶段训练成绩的取得和提高,是需要分解成若干个起早贪黑的训练课时来完成的。这种系统的训练,精神的得益远比对身体的来得多,潜移默化地培养了我们的韧性,也帮我祛除了身上不少的戾气。也正是从刘老师身上,我知道了怎样在平和的心态和拼搏的进取精神之间保持平衡。

刘老师当时有一辆很酷的125型摩托车,我们年少无知的几个,趁放月假或是周日的时候,借来溜达过几次,那感觉,估计有点从星星上下来的味道。记得高二时,队友周芙蓉想辍学,刘老师骑着摩托车,费尽周折找到她家,硬是将她给劝了回来。刘

---

我要特别感谢欧阳金竹老师,她对我们石桥铺的人特别关照,让我们这些走出大山的孩子体会到了家庭般的温暖。当年从二中考上中专和大学的石桥铺同乡,没有一个不感谢她的!(高128班邹功益)

老师平时也从不以专业成绩好坏来区别对待大家,待我们都一视同仁。在他的带领和影响下,我们几个队友一直都亲如兄弟姐妹,共同进步,除了我是后来从部队进入解放军体育学院外,其他的都先后考上了体育专业院校,现在也都分别在大专院校或中小学从事体育教育工作。

高一时,我在188班,班主任陈志坚老师是一位年轻有朝气,工作认真,有责任心的老师。我曾和陈老师一起谈人生和未来,跟他学唱歌曲《祈祷》:让我们敲希望的钟啊,多少祈祷在心中,让大家看不到失败,叫成功永远在……

肖希跃老师是我印象较深的一位老师,记忆最深刻的是他托着我后背的那个细节。那是1996年春节后刚开学不久,我参加完奶奶的葬礼后返回学校上课,走进教室时,正是肖老师在上英语课。他听到我在教室门口用生涩的英语喊报告后,迅速放下手中的教材,停止上课,快步走过来,左手拉着我左手右手托着我后背说:"来,来,来,我知道你家里的事。"在把我带到座位坐下后,又扭头对大家说:"时碑家里有点事,请大家理解,迟到了没关系。来,我们继续上课。"后来很多时候,我都常想起这温暖的一幕。

陈志坚老师和肖希跃老师,是那种不愿放弃任何孩子的老师,也正是他们的苦口婆心和一视同仁,我才又慢慢爱上了学习,认真地背了一些单词,甚至还在临考前和肖美翟在3205宿舍里打手电偷偷背政治。

高二时,我们班主任换为徐三寿老师,高三则是彭正清老师。两位老师都是教数学的,他们有一个共同的特点就是,上课时板书都极其认真,解题方法层出不穷。有关高中老师的印记里,还有很多:陈必铖老师,教英语,上课时深情并茂,颇有激情;隆万里老师,教数学,讲课大气豪放,一派大将风度;刘中清老师,教政治,总能将丰满的理论和骨感的现实和谐地结合在一起;黄志清老师,教语文,个子很高,看起来有种仙风道骨的气质,讲课时更别有风味,估计是很多女同学喜欢的那种;物理老师米伯良、化学马平毛老师等,都是鼎鼎有名的教学骨干;文学社指导老师半夏子,给我教导很多也让我锻炼很多;外号邹胖子的政教处邹启文老师、团委书记王书博、语文老师陈慈英,他们也常找我谈心,对我关爱有加。

校长李世藩,在我心目中就如提倡思想自由、兼容并包的北大校长蔡元培的形象一样,他老人家有两件事让我后来一直念念不忘。一次是有位学长毕业后来找女同学,在我们班教室窗口晃悠,我将他的头打破了。后来他在政法委当领导的叔父带派出所的干警来学校,说要把我带走,李校长在丁字楼的小会议室里是这么说的:我们的学生我们自己能处理!声音不大,但说的别样坚定和不容置疑,护犊之情溢于言

---

陈兰芳,一个可爱幽默且支持鼓励我的老师。有次生物考砸,被生物老师叫去受批评,备受打击,陈老师一直在旁鼓励我,在此表示感谢,希望有机会再上老师一堂课,再听老师唱首《小草》。(高347班边聚)

表。还有一次就是临入伍时，接兵干部来学校了解情况。虽然李校长平时对我要求严格并多有批评，但当时他对接兵干部是这么说的：该同学表现优异，担任学生会干部组织能力强，群众威信高，文学和体育特长突出。后来，这几句对我中学时代的结论性鉴定，就由李校长亲笔签署，永久留在了我的档案中！若干年后，很多老师和同学说起李校长来都是赞誉有加。我在感恩之余，也为母校有这样的好校长而感到荣幸和自豪！

  中学时代的记忆当中，有点遗憾和惭愧的是，在学校打架太多，比熊孩子还熊孩子。从进入二中报到的第一天，因为楼上高一新生吐口水到我们楼下的缘故打了第一次架，到后来发展到用器械和刀具，有时甚至涉及校外社会纠纷。想想，与社会大环境影响不无关系。当时，电视剧《古惑仔》系列很是流行，我们这帮哥们几乎是将该电视剧拿来励志，常反复观看。还以《古惑仔》中的陈浩南为偶像，以为自己是正义的化身，好打抱不平。年少轻狂啊！但幸运的是，像我们这样的熊孩子，遇到了母校那一群如父母般关爱我们的老师，是他们无私的爱让我们慢慢改变！是他们推行的素质教育让我们懂得如何做人，如何感恩，如何做一个正直、有感情、有担当和有社会责任感的人。他们在平时生活中的严格要求，以及让我在团委、学生会、文学社等各种社团接受组织管理能力的锻炼，无不影响深远。在我后来的军旅生涯和工作生活中，母校所赋予的良好品质和言行规范，无不有力地促进着我的成长进步！

  母校，正是有那么多认真负责的老师，有他们兢兢业业、不图回报地对各类学生循循善诱，步出二中校门的学子，才在人生的道路上能够深怀感恩，走得顺利和稳当！也正是因为有这些呕心沥血、默默无闻、诲人不倦的老师，母校精诚育人的灵魂，才在这片人杰地灵的土地上不断得以延续和升华！

  师恩如海，大爱无疆！

---

  罗慧聪老师：那一年，有同学光着脚，您给了他一双温暖的袜子；那一年，有同学饿了，您给了他一顿可口的午餐。您什么都没给我，却给了我一个美好人生的开始，一个值得怀念的理由。（高332班胡琼秀）

# 心　债

◇邹振东

我至今还欠着欧阳志津老师一笔债，也许老师早已经忘了，可我却一直还记着。每当想起这件事来，便常常一个人无端失神，心中既感愧疚，又盛满了感激。

我在二中的生活，过得并非顺风顺水。对我来说，高二文理分班的通告就像一张病危通知书，使我原本多彩多姿的高中生活，从此变得十分黯淡。我的好友王育启、张军、冬青、金山、田军……他们都分去实验班了，只有我，被分到普通班——高201班。看完通告，一颗心就像一枚失重的铅球，而两条腿却仿佛在那一瞬间失去了地心引力，变得轻飘飘，甚至连眼前晃动的人影、树木、花草、建筑都不再鲜活，失去了色彩。

我不知道自己是怎么走进201班教室的，只见讲台上坐着一个鼻梁上架着厚厚玻璃瓶底的中年人，他低着头，脸色有些蜡黄，背稍稍躬着，清瘦而带着十足的书生气。看我进来，他才抬起头来，朝我亲切地笑了笑，眼角的皱纹里漾着阳光般的温暖，轻声问道："你叫什么名字？""邹振东。""北面的？七江还是高平？""高平。"我始终怯怯地回答。

"好，清华的料子！"他说这话的时候，把微躬的脊背用力地挺了挺，一脸的认真，像是一名学富五车的老中医，为我的人生把了个脉，就做出了一个令人十分意外的诊断。就算我心里布满再厚的阴霾，也忍不住想笑。何况他对每个学生，不是说"清华的料子"，就是"北大的料子"，让我觉得十分有趣，只差没笑出声来。

邹振东，男，1981年生，隆回罗洪人。1997年入读隆回二中高202班，1998～2000年就读于隆回二中高201班，默深文学社骨干社员，2004年毕业于中南林业科技大学。当过工人，下过海，现从事教育行业。

庞石华老师，曾经我的自暴自弃，让您失望透顶，但您为我做的那些努力和敦敦教诲，我一直默默地记在心里，感谢您对我的不放弃，让我在彷徨的生活中温暖前行！（高300班彭南礼）

眼前这位,便是我的新班主任兼语文老师——欧阳志津先生。他看起来总是一副和蔼可亲的样子,上起课来全神贯注且慷慨激昂,这使他常常忽略了那个躲在角落里涂鸦写小说的"清华的料子。"

那时文学社的半夏子老师会不定时来找我,要了我的习作本拿去批改。有时我也会把我写的文章拿给欧阳老师看。可是欧阳老师对我那些呕心沥血的"大作",大多是没有评语的,还给我的时候,一般只说两个字——多写!而半夏子老师,不仅会在我的习作本上认真圈改,写得不错的,还会发表到《凤声报》上去。这对于一个怀着文学梦,对二中的传奇人物马萧萧、谭克修等前辈无比敬仰的"文青"来说,几乎就是我高中生活的全部。

但现实的残酷完全超乎了我的想象。我用来写文章的时间越多,学习成绩就越糟糕,从高一全校前60名,到高二上学期期末考试已经跌至第188名!我的脾气也越来越犟,性格愈加孤僻,这就为我跟欧阳老师那场大吵埋下了隐患。

那是一次早读课,全班同学都在卖力地朗读课文。有摇头晃脑之乎者也的,有英文里夹杂汉语乱读一气的,有大声吟唱的,有柔声细语的,朗朗声一片,好不热闹。正在此时,我班的团支书王超同学迈上了讲台。他压了压手,显得官范儿十足。见大多数人还没反应,便又咳嗽了一阵,大家才渐渐安静下来。他接着宣布了一个重要通知——为了积极响应学校团委的号召,全班同学要为贫困地区捐款,如若不捐,就直接从班上的经费里扣除!

我向来对这种事情不太配合,加之中了韩寒的毒,自认为捐款不是咱老百姓的事儿,便对团支书的通知嗤之以鼻,并实施了强力反击——还没等他说完,我就大声读起课文来!那异常突兀的声音,犹如扇了正在讲台上装腔作势的团支书一记响亮的耳光。他完全失控了,用一个标准的踢点球姿势,将我满桌子的书当作足球踢了出去,什么孔孟,什么斯文,掉满一地。

我内心愤怒的火苗像被浇了油,熊熊燃烧,势不可挡,"霍"地站起来便朝王超冲了过去。只是架势还没摆开,欧阳老师就冲了过来,他愤怒地指着我道:"你干什么?啊?想干什么!"

"他踢我!"

"你有错在先,给人道歉!"

"凭什么?"既然事情的经过他都知道,却还要我道歉,门都没有!我迎着他的目光,毫不示弱。

"你为什么冲上去打人?"他脖子涨得通红,气息急促,胸膛在不停地起伏,看得

---

肖体君老师,感谢您从初中到高中一路对我的悉心栽培!真的非常感谢您和师母一直把我当自己家人一样关爱、支持和鼓励!这份恩情,我永远铭记于心!(高242班廖丽英)

出,他真的生气了。

"他踢倒了我的书,该道歉的是他!"

"我都听到了,是你错在先,今天你必须道歉!"

"绝不!"

"你——"他气急败坏,手指颤抖着,指着外面道,"你……给我滚出去!"

"出去就出去,谁稀罕!"我大声道。

欧阳老师双唇一阵哆嗦,厉声道:"好……很好!你跟我来,去我办公室!马上!"

我远远地跟在他身后,因为抑制不住怒火,他走起路来步子显得有些急促,整个身子往前倾,使得他的后背看起来愈加弯屈了。而我,始终一脸倔强地昂着头,大脑却是一片空白……

到了办公室,欧阳老师一屁股坐在椅子上,胸口尤难以自控地起伏着。他随手端起茶杯,猛灌了一口水。随后命我手贴裤缝,腰挺笔直面墙站好,并冷冷地道:"你什么时候想好了,就什么时候告诉我。"

我一言不发地站着,不由地想起了从前,想起了高一,想起埋在内心深处的那个她,想起种种的快乐与不快乐,止不住鼻子一酸,眼泪便夺眶而出……

我是以十分优异的成绩考上隆回二中的,距隆回一中的录取分数线,仅差0.5分。而凭我的物理奥赛证书,我是完全可以去一中的,但我最终还是选择了二中。因为我的表哥李基东以及我的初中英语老师罗希贤都曾就读于二中,他们对我影响极深;也或许是因为二中的默深文学社,它可以为我的文学梦提供一个良好的平台……种种情愫,实难割舍。

而现在,我站在欧阳老师的办公室里,面对着斑驳的墙壁,开始悔恨,有些绝望。但我的内心依然坚决不肯屈服。欧阳老师见我一个劲地流泪,便道:"你回去写个检讨,道个歉,就算了,你看行不行?"

"不!"我低声却十分坚定地说。

"那好,我带你去见校长,让校长请你的父母来。"欧阳老师使出了他的杀手锏。

"去就去!"我说。

"好,那现在去!"欧阳老师好像怒火更甚,说完便朝丁字楼走去。

可是,走到半道,欧阳老师突然改变了主意。他长长地叹了口气,望着我道:"你回教室吧,这事就这么算了。"

一场暴风雨,就这么过去了。可我对欧阳老师,自此心存芥蒂,任时间流逝,也难以消除。

---

2001年9月,由于家中变故,我变得不再讲话。是您发现了永远坐在最后一排的我,并把我提名为纪律委员,一当就是三年。您的信任让我学会了严于律己,永远感谢您——李婵老师。(初124班肖胜珍)

此后的日子，倒也风平浪静，不咸不淡地过完高二。到了高三，欧阳老师便不再担任我的班主任，改由蒋碧梧老师做我们的班主任兼数学老师。我心里便暗自庆幸：终于不用每天见着欧阳老师了！

　　可我给新班主任蒋碧梧老师的第一印象，简直是糟透了。那些年，我一直都留着一头飘逸长发，发梢从前额垂下来，可以盖住整张脸。我曾经把我的头发当作一种精神，一种象征。然而对于老师来说，断不会很喜欢过于自我的学生。蒋老师见我的时候，头往上稍稍抬了抬，对我翻了一个白眼！这使我自尊而又敏感的心好似受到当头棒喝，从那一刻起，我决定改变自己：从此不再留长发，开始用心学习，也很少再写文章了。

　　欧阳老师虽已不再是我的班主任，但仍一如既往地担任我的语文老师，这一度让我内心不满。因为我与他的关系，自那一次大闹之后，便变得微妙、尴尬，即使是单独撞见我都会觉得有些难堪。

　　直到一次作文课，这种冰封的关系才开始有解冻的迹象。课前，欧阳老师照例要读一篇范文。当他习惯性地说出那段开场白："下面请听……"他突然抬起头来，看了我一眼，接着道："邹振东同学的作文——《想起宽容》……"似乎有一股电流从脊背涌起，霎时就冲上了我的头顶，脑袋"嗡"的一声，甚至有些晕眩起来。我不敢相信，欧阳老师竟然"不计前嫌"，在念我的作文！那之后的每次作文课，几乎都会听到我的名字。甚至隔壁班的作文课，也都是以我的文章为范本，这多少让我有点受宠若惊。

　　只是我与欧阳老师之间的关系，并没有因他对我作文的赏识而有所改观。因为我的性格过于倔强，对那次争吵一直耿耿于怀。所以我们之间似乎总横亘着一道鸿沟，无法修补，也无法逾越。

　　那时我的理科成绩一直很糟糕，尤其是物理和化学，因为功底打得不牢，所以学起来特别吃力，月考通常都及不了格。数学和英语也总是徘徊在及格与不及格的边缘。唯独语文，让我有那么一点儿自傲和坦然。

　　学习上如此艰难，生活上更是捉襟见肘。我的家境真是"王小二过年，一年不如一年"。我每月的生活费，只能向我妈妈或者奶奶要100元，除去两头的路费，只剩下80元，所以每月的开支都紧张得可怜巴巴的。米都是从家里带，每餐的菜不是五毛钱的豆腐干子，就是一两样小菜，吃个包菜炒蛋都是件奢侈的事。除了生活上的开支，往往还需要节衣缩食，买上几本复习资料。有那么几个月，我的支出严重超出了原来的预算，在贫困线上不断挣扎。有一次放月假，我身上竟身无分文，掏遍了所有口袋，连半个铜板都没有！

---

　　高三那年，您用灿烂的笑容给我们带来了信心，虽然我应届没考上，但是现在回想起您的笑容，依然感觉浑身具有无穷的动力，衷心感谢您——马美艳老师。（高480班范雪晶）

自尊作祟，我没敢向同学借，一个人背着包在操场上晃悠。碰见认识的同学，也只是忙着把头低下去，害怕他们窥见我的无助和窘迫。直晃悠到操场上都空了，回各乡镇的班车都挤满了人，陆续准备离开。落在辰河对岸的夕阳如鲜血般绯红，刺痛着我的双眼。眼看回家的车就要开了，我再也无法佯装镇定：如果回不去，我不仅下个月没生活费，就是接下来的几天都没法过下去！

找谁借钱呢？同学们都已经走了，而所有认识的老师里，我唯一去过的只有欧阳老师家。可是一想起跟欧阳老师的那一次大吵，想起我在他面前的流泪抵抗，觉得颇有些难为情。然而，再不去借真就来不及了。仿佛做了一个天大的决定一般，我一咬牙，一鼓劲，一路小跑着去了教职工宿舍。到了门口，连做了好几次深呼吸，才鼓起勇气，敲响了欧阳老师的门。

欧阳老师打开门，略带惊讶地看着我道："是邹振东同学啊！有什么事吗？这么急！来，里面坐。"

他说话的时候，脸上仍是那温暖的笑，我紧绷的心弦不由地松了一松，于是赶紧说明了来意。欧阳老师很爽快地从上衣口袋里掏出了几张散票，抽出一张10元的递给我。我接过钱，连道谢都没说一声，转身就跑。跑远了，才回头一瞥，见欧阳老师还在门口站着，朝我挥了挥手。我的鼻梁不禁一酸，一股难言的酸涩霎时盈满了眼眶……

那笔钱，我至今还欠着。拖到现在，已然成了一笔心债。我欠下的，何止是钱，更是那么多那么沉的累累师恩呐！

---

魏先俊老师，高三快毕业时，您的儿子出生了，我和几个同学路过您家门口，您喊住我们，一把抓起四个苹果分给我们，说："真巧，恰好四个人！"欢喜之情溢于言表。（高198班肖茂红）

# 那一摞日记

◇刘昭陵

刘昭陵,女,1987年8月出生,隆回高平人。2000～2006年先后就读于隆回二中初中112班、高中288班,2006～2013年就读于北京理工大学英语专业,先后获得学士、硕士学位。现居北京,任职于中国人民大学出版社。

整理房间的时候,蓦然瞥见角落里那一摞厚厚的日记本,心里像是被什么东西刺到似的,一种潮湿的感觉涌了上来。

那是一大摞日记本。一眼看过去估计有一二十本,有些有着精致的外壳,有些仅仅是普通的作业本,却都是旧旧的模样,沾满了灰尘。有些纸页甚至已经被墙角渗进来的雨水侵蚀,有股腐烂的味道,透着哀怨的眼神,似乎在向主人委屈地诉说着这八年来所受的冷漠。是的,八年了,自从离开,我已经有八年没有把目光投向它们,更别说拿起来细细品读。甚至已经遗忘了它们的存在,任由它们在灰尘扑扑的角落里沉默、哭泣。

我有些激动地走到那一摞日记本面前,觉得熟悉又陌生,若有因果轮回,我想人们面对前世的自己或许是这样一种感觉。随手翻开一本日记,中学阶段的生活浮现在了我的眼前。

那些年,喜欢安妮宝贝,总是在数学课上偷偷品读她笔下的银镯女子;钟情余秋雨,总是在早自习的时候大声朗读他的《借我一生》《行者无疆》;痴迷信手涂鸦,总是在晚自习的三个小时在日记本上尽情挥洒……

整个中学阶段,我最大的爱好就是写日记。一本又一本,不停地写,不停地自我欣赏、自我陶醉。那时,我的理想是成为一名作家,满心以为自己的创作有一天会成为不朽的"杰作"。最让我陶醉的是走过操场边上那一大片迎春花的时候,我骄傲地拿着日记本细细地朗读自己的作品,那满足的心情无与伦比;最让我有动力的是写好了小说后同学争相传阅、赞叹不已;聊以自

---

罗玉洪老师,高二时我兄妹都出去打工供我读书,心里极度自卑,要不是当年您的耐心教导,我早就退学了,在此特对您当年的教导表示感谢。(高196班肖立华)

豪的是曾经在《凤声报》和其他几本杂志上发表过几篇小说和散文;而让我最为受益的是,教过我的语文老师都对我青睐有加,并成为我一生的挚友和可敬的师长,在我从二中毕业后依然一如既往地支持我、鼓励我、信任我。

最下面是一本紫色的日记,这是我的第一本日记。最初有写日记的习惯是在初入二中的时候。那时读初一,语文老师兼班主任是一位漂亮有活力的女孩——廖丽新老师。她扎着长长马尾辫的样子是我见过最美的形象,也吸引了幼稚的我努力好好表现。她一开始就要求我们每天写日记,并且偶尔会检查。不少同学仅是为了完成任务,并且对检查日记这样的侵犯隐私行为有些抵抗情绪,而我却找到了一个自由发挥的广阔天地。我每天花很长时间去记录自己的见闻和感想,有时会对时事做一些自认为成熟的评论,廖老师会在我长长的日记后面写长长的评语,并给我很高的赞誉,这让我的自豪感得到极大的满足,也让我更加努力地去创作。正是因为这些鼓励,我当时在全校的作文比赛中获得了一些骄人的成绩。然而由于身体的原因,廖老师教完初一就与我们告别了。

接着是一本蓝格子日记。这本日记里,短暂的低落情绪被更加高昂的斗志所取代,因为新来的语文老师也给了我莫大的支持和鼓励。她就是谭日珍老师,一位非常睿智、有思想的老师。初二那会我开始写一些所谓"自由诗",犹记得那次她看完我某首诗之后欣喜的表情,那灿烂的笑容和单纯的快乐好像一个孩子得到了期待已久的玩具。我从来不曾体会过那样的幸福,直到后来有了自己的孩子,并看到他第一次能用手抓东西。我想谭老师那会的心情或许和我看着自己孩子成长的心情一样。后来多次看到谭老师写的日志,她在日志里记录她的教学心得,抒发她对家庭、对孩子的热爱,赞美阳台上一朵盛开的花,也祈求老天爷给久旱的菜园子普降甘霖。这时我才真正发现,她是一个最纯粹最敢爱敢恨的女子,有着最强烈、最真实、最真挚的情感,这也是我最欣赏的品质之一。

在一本粉色的日记里,有一封长长的信,信里满是恳切的劝诫和细致的关怀,落款是一个美丽的名字——廖小菊。廖小菊老师是我初三时的语文老师。初三是一个紧张的季节,在同学们都在与数理化干得热火朝天的时候,日记本却依然是我最好的朋友。那段时间,我用一篇篇长长的日记记录我最初心灵的萌动。那个年纪的女生无处诉说这种暗暗的喜欢,只能诉诸笔端,并交给自己最信任的人。小菊老师从一个朋友的角度跟我分析事情的利害关系,让我收起了那份年少的躁动,也收起了日记本,全身心投入到中考的备考之中,最终我以年级第一的成绩考入高中。很多年之后从朋友口中得知了小菊老师一直与病魔顽强抗争的故事,我甚是感慨,因为从她爽朗

---

作业不写"答",稀里哗啦出结果。袁征凯老师愿意讲"礼数","粉丝"有我,乐品老人家的"算术几何"。他让我们爱上课堂,乐算术,游几何,其意惬,犹望之。(初 66 班邓正贤)

的言谈举止，从她明媚的笑容，从她满是正能量的博文中，我未曾读出半点的酸楚、愁苦亦或是哀怨。她曾在信里面写道："我一直很庆幸幸运之神从没离开过我。"我想，有如此感恩的心态就是人生最大的幸运和幸福吧。

  高中三年，我没有太多的时间再投入写作，却一直把这些日记本带在身边。在我心情最低落的时候，我会翻开它们细细品读，不仅仅是回味年少时的单纯，更是回味那些年有那几位老师曾是我最忠实的读者，她们以对学生的一颗赤诚之心和对生活的热爱之情给我最大的鼓舞和感化，这也是我最引以为傲的过去。

  八年前高中毕业来到了北方，在北方八年的求学和生活似乎重塑了我的性格，快节奏、粗线条的生活，五湖四海的汇聚，粗犷有劲的风沙使得我变得大大咧咧、不修边幅，甚至在看到角落里那一摞日记本的时候，我不敢相信那就是自己中学时的"杰作"。印象中只有安静细腻的女子才能用自己的多愁善感填满那一页页的纸张，而那正是我中学时候的模样。

  亲爱的老师，正因为有了你们辛勤的浇灌，我才能在孤独的角落里开出鲜艳的花朵；正因为受到你们积极向上的生活态度的熏陶，我才能在一个梦想破灭之后有勇气去努力开辟另一条道路。亲爱的老师，学生由衷地想对你们说，谢谢你们！

---

  我最怀念班主任周跃平老师，他为人率真，待人友善，做事雷厉风行，上课风趣幽默。他的管理思路和模式，让173班的每个同学都有存在感和参与感，也一直指引着我今天的工作！（高173班龙杏华）

# 时光因你们而美

◇王 □

时间之流永不停歇,你我都从中蹚水而过。透过光阴的罅隙回望,惊觉自己从水流湍急的高中跳入大学这条舒缓的河流中已有一年多了。很少会像大一学生那样,将高中、高考作为谈资,总感觉"高中"这两个字离我这么近却又那么远。但每当我走在大学校园里,听闻周围有人谈起自己的高中生活时,我在隆回二中那些美好的旧时光便会再度席卷而来。

至今,我都认为自己是一个幸运的人,很幸运地分到高中451班这个有爱的集体,很幸运地遇见很多认真负责并让我至今仍心怀感激的老师。首当其冲的便是数学老师——魏凤南。

王□,女,1994年9月出生,隆回桃洪镇人。2006～2012年先后就读于隆回二中初142班、高451班,现为国际关系学院文化与传播系2012级学生,同时在北京大学国家发展研究院攻读经济学学士学位。

第一眼见他,给我的印象是:这老师不好惹。确实,如果和魏老师接触不多,你一定会被他看似"威严"的外表吓到。魏老师不说话时的神情会给人一种神圣不可侵犯的感觉,但如果和他聊天,你会发现他语言幽默睿智,全然没有第一印象给人的严肃。魏老师的海拔虽不算高,但绝对属于重量级人物。基于残酷的现实,他的爱好之一就是自黑,他经常会拿自己的身材开涮。记忆最深刻的便是每当课堂气氛有点沉闷时,他总会调侃班上的某位同学。如果被黑的同学口齿不太伶俐,找不到话反驳,魏老师就会"自黑",仿佛是以此举作为补偿。若他调侃的对象是某位善于打"口水战"且不甘示弱的同学,那课堂上就会出现魏老师和该同学"互黑"而其他同学"见风使舵"的场景。

有一次数学课上,魏老师见大家都懒洋洋的,课堂气氛略显沉闷,便说要讲讲自己曾被组织"流放"的故事。那时他"年少轻

---

隆万里老师,那时候我以为您很神气,说一句话也感天动地;那时候您很神秘,让所有难题成了快乐回忆,长大后我也成了你,在贵州财大的讲台上,画出教书育人的彩虹。(高149班范平花)

狂",经常不按组织要求行事,因而被下放到偏远的地区教书。

魏老师:"那时我一边教书,一边杀猪。"

教室里一片哄笑。

魏老师:"不要以为我在开玩笑。"说着他笑眯眯地环视了一下教室,嘬了一口烟接着说,"那时,我课余都会去屠宰场杀猪,有时还会去集市上卖肉,故得名魏屠夫。"

魏老师这边正说得起劲呢,不知哪个不怕死的大声说了一句:"所以您现在的气质是这么的独特。"魏老师眯着小眼望着声音传来的方向,用愈加得意的口吻说:"不光杀猪,我还养鸡。记得那时候我在教室后排围了一个鸡圈,所以上课时通常是我在上面 XYZ,鸡在下面'咯咯咯'。"

听到这,全场笑翻,他自己也沉浸在那些往事里,本来就小的眼睛此刻笑到几不可见。但见他使劲嘬了几口烟后,故作严肃地说:"好啦,故事也听完了,继续上课。"

类似的情景在他的课堂上数不胜数,魏老师总能巧妙利用他的口头和肢体语言抓住大家的注意力。在我们班同学的心里,魏老师不仅是一位经验丰富的良师,更是能和大家打成一片的挚友。人们总说岁月是一把杀猪刀,谁也不能拂逆岁月之手。而从魏老师身上我得以明白,对于一个有着乐观心态的人来说,岁月拥有一种让人越来越年轻的魔力。

魏老师的故事三天三夜也无法说罄,而言及对我们 451 班倾注最多心力的人,当属我们的班主任阳勇华老师了。

阳老师有一张标准的国字脸(据同学们推测,应该是经常嚼口香糖的缘故),严肃时会让人有一种不寒而栗的感觉,这一特质在他批评人的时候发挥到了极致。每当有人不幸被他喊去办公室谈话时,他不会劈头盖脸骂你一顿,而是让你站在他身边。他呢,双手交叉,眼睛直勾勾地盯着你,直盯得你浑身发毛,让你觉得还不如一顿臭骂来得痛快。一段时间的"深情对视"之后,阳老师才会说他的开场白。时至今日,我们还时常会说起老阳那独具特色的"训话方式"。

虽然大家都领略过老阳的严厉,但 451 班的每个同学都很感激老阳。因为老阳,我们原本只为学业而忙的高中生活变得丰富多彩。他带着我们做过的很多事,在当时看来,有影响学习和不务正业之嫌,但从长远来看却锻炼了大家的能力,也给我们的回忆增添了色彩和佐料。

最有印象的事情当属办班报。每周的报纸由两位同学负责主办,内容包括班级趣闻、一周大事、优秀作文之类。正式动手前,承办人需要认真搜集素材,一期报纸办下来费神又费时。等到期末,老阳还会组织评选"最佳报纸",办得好的同学还会获得

---

阳银华老师:您的严厉,让我们没有迷失前进的方向;您的讲解,让我们了解广阔宇宙的奥秘;您的关怀,让我们感受到家一般的温暖。(初 97 班陈宁)

奖励。这项传统在老阳的带领下坚持了近三年。如今想想,办报在很大程度上锻炼了我们的文笔,使得我们这个理科生遍布的班级也出了不少文笔优美的"才子才女"。其中一位值得特别介绍的才子便是龙宇雄同学。该同学个子不高,身形单薄,一张娃娃脸总会被人问:"小朋友,读几年级了?"就是这样一位瘦小的同学,却写得一手好文章。在多次语文考试中,他的文章都引起了阅卷老师的连连称赞,并作为范文在各班轮流展示。龙宇雄同学的突出表现恰应了老阳办报纸的初衷,他希望我们能在高中培养自己的综合素质,而不是一心只读圣贤书。

很庆幸,在懵懂的年纪能遇到认真负责、行事独特的阳老师。我班的小白同学曾写道:"阳仔阳仔我爱你,就像老鼠爱大米!"我想,无论时光过了多久,无论我们走到哪里,我们都会对阳老师心存感激,是他给我们的高中生活涂上了缤纷的色彩。

最后一位要提及的老师,就是我们班同学心目中的男神——英语老师贺利文。老贺第一个特点就是特别爱耍帅!我想,我们这一届理科班的同学一定都曾目睹过老贺耍帅的场景。晚自习前几分钟,老贺会骑着他那辆拉风的摩托车风驰电掣般地赶到理科楼下,停好坐骑,然后摆个pose——背靠着他那辆"巨型"摩托,双手交叉,故作深沉。此状直引得路过的男男女女们纷纷回头。而晚自习铃声一响,他迅速切换模式,堵在教学楼门口巡视今天又有谁迟到。老贺上课也很有特点,每当我们误用或遗忘他反复强调的知识点,或犯一些低级错误时,他就会用本来就"冲上云霄"的嗓门加大分贝地说:"大胆!我真想把你拖出去斩了!"一边说一边配上各种带有震慑力的肢体动作。我们都说,老贺前世应该是皇帝或他今生的理想是当"统治者",无奈现实残酷,这种理想只能在课堂上实现,所以上课时的他才会有一种君临天下般的霸气。这种霸气深深地吸引着我们,让我们觉得上他的课就好像是在观看一场精彩演出似的。在这样一场演出里,我们不只是观众,而是真真切切的参与者。直到现在,我依旧会无比怀恋老贺的英语课。

幽默的老魏、负责的老阳、霸气的老贺是451班讲台上不可或缺的主角,因为他们的存在,才会有我们多姿多彩的高中生活。其实,在隆回二中求学期间,还有很多为我们的生活涂上色彩的好老师,他们也照样值得我们心怀感恩,如美丽温柔、永远不会生气的邹艳芳老师;比"班主任"还"班主任"的罗玉洪老师;只要一笑眉毛便成"八"字,"囧囧"可爱的庞石华老师……

在隆回二中,我度过了人生中最值得纪念的一段时光,我感激在这里遇到的每一位良师。现在的我,回想起在二中的那段岁月,回想起那些给我们的生活添加佐料的恩师,浑身又会充满一种"生命不息,奋斗不止"的正能量。

你们给我起点,你们教我画圈,梦想有多大,圈就有多大。师恩难报,唯有把圈画圆。感谢你们,袁愈惠、魏凤南两位恩师。(高279班曾昭贤)

# 只因为那一份感动

◇欧阳翠峰

欧阳翠峰,二中7年,广东23年,弹指一挥间,还是那个女孩,有一颗童心,简单快乐着。脚踏在厚实的凡尘,心向往着远处的天际。旅游、摄影、文学、佛教……这一切告诉我:用无尘的心,还原生命的本真,用感恩的心,对待生活的所有。心在哪里,风景就在哪里。

**题记** 风雨人生,路漫漫而修远,爬上高山,跨过低谷。一个温暖的午后,我们在林阴道小憩,放下行囊中那些世俗的偏见,物欲的躁动,追逐的劳累,取舍的烦忧,超然物外。岁月的风雨在曾经激荡的心海渐渐平淡,透过婆娑的枝叶洒落在身上的阳光,触动我们心底那些遥远的记忆,心海恍惚间泛起涟漪,那些花季的灿烂,雨季的朦胧,那些人,那些事,平淡如水,清新如风……在我们的心路历程里,留下了不少印记,但值得我们一生去珍藏的,不是因为风景,只因为那一份感动。

## 那些流逝的青春,那些懵懂的誓言

1982年,我12岁,幸运地成为隆回二中初中61班的一员。我们这一届(初61~62班)可以说是隆回二中一个跨时代的标识——"文革"后第一届初中班,被选入的几乎都是各区品学兼优的尖子生,教我们的老师也都是百里挑一的优秀教师。

在这里,不说教学严谨待我如父的班主任刘林杰老师,也不说多才多艺有些威严的兄弟班班主任马轶麟老师,只说说那初生牛犊不怕虎的刘胜保老师。

刘老师刚从邵阳师专毕业,就担任我们的语文老师。那时他还是个20出头的腼腆小伙子,乌黑浓密的头发,额头修得齐齐的,挺可爱的样子,有时被淘气的男同学所扰,还会脸红。他脾气温和,为人纯朴,教学有新意,像个邻家大哥哥,同学们都挺

---

刚进二中没多久就感冒了,我在班主任刘爱武老师家躺了好几天,责任心强的刘老师忙得自己都顾不上吃饭,却还要为我操心。借这个机会,向她诚挚地说一声:"刘老师,谢谢您了。"(初77班张羽飞)

喜欢他。

刘老师以身教学，凡事从自我做起。他普通话标准，上课一向坚持不说家乡土话，同时还严格要求我们用普通话朗读及回答问题，这对于习惯说方言的农村孩子来说，难度非常大，有些同学还因此被罚站。刘老师有时专找课本中没有的经典古诗词，要求我们背诵，说这样可以加大个人的知识积累，还能提高我们的语言表达能力。若有读错或容易混淆的字，他要求我们一定要通过查字典找正确答案，同时推荐我们看一些《演讲与口才》之类的书籍。在他潜移默化的影响下，从此我养成了不懂就问字典的好习惯。朋友说我能说会道，这也和刘老师当年的严格训练是分不开的。除了这些，刘老师还要求我们写日记，他说生活是宝藏，要细致入微地观察身边的人和事，用心写出来的作品，才能感染人。

我喜欢研读鲁迅先生的文章，经常就文中的许多破折号去请教他，刘老师总会耐心为我讲解，同时引导我从多角度去看待问题。他还会借一些课外书给我看，我去还书的时候，看到他房间整洁有序，摆设简单朴实，除了书没有其他太多杂物，深感生活中的刘老师和讲台上一样严于律己。

刘老师从不会因成绩好坏而区别对待学生，他更为注重的是学生人品的培养以及全面发展。在课堂之外，刘老师不经意间还会教我们一些为人处世的朴素道理。初中的小女生有时爱漂亮，自己衣服款式不多，好同学之间喜欢换着穿，我就有过这样的经历。记得那次我和某位女同学换穿了一件秋衣，课后在路上碰到刘老师，他问我："你和某某换衣服穿啦？"简单的一个问句，却惹得我脸红心跳，不禁感慨刘老师对学生的观察如此细致。从此，我不敢再贪图外表的虚荣，决定做实在的自己。我爱好运动，是学校体育代表队的成员，早上训练时经常会耽误语文晨读，对此刘老师不但没有责怪，还会到赛场为队员打气，并以"身体是革命的本钱"勉励我多加锻炼。

就这样，在刘老师的指点和鼓励下，我对语文兴趣愈加浓厚，在写日记和涂文章的过程中，文学的种子由此在心底萌芽。记得多年以后，我再回看初中时的日记和作文本，看到自己幼稚的文字旁刘老师留下的那些圈圈点点和批注点评，心中油然升腾出一股暖意。

至今仍清晰记得刘老师在我的毕业留言本上寄予的厚望：古有欧阳修，现有欧阳予倩，希望未来的欧阳，有你。每每想到这，我都热泪盈眶、羞愧难当。当年的豪言壮语，对刘老师许下的那句懵懂誓言——出版个人作品集《飒爽文集》，到现在都没有变成现实。我平时只写过一些博客文章，尝试过当圈主的味道，之所以没有把作品整理成集，是因为有自知之明，觉得那些东西大多数上不得台面。等哪一天有闲钱和心

刘中清老师，当年那个刁蛮无知的小姑娘可能给您惹了很多麻烦，但我的记忆里都是您的善良、宽容，以及对学生真诚的关爱和教导，请允许我在这里表达对您的感谢！（高280班刘豪）

情,我一定会再向流逝的青春、懵懂的誓言发出挑战。不过可以自豪地说,虽然我不是刘老师的得意门生,但在隆回二中七年的学习生涯中,在老师影响下养成的坚强不息、乐观向上、团队合作的好品性,足以让我一生受益。离开隆回二中的日子里,我始终怀着善良感恩的心,过平凡快乐的日子,一直用细腻的心感悟生活的点滴,这样的一个学生,我想肯定也是刘老师希望看到的。

### 真情定能穿越时空,连接过去、现在与未来

有些回忆,只有共同经历过的人才会拥有;有些美好,只有一起走过的人才能体会。

忙碌中走着人生的每一个阶段:高中、大学、工作、结婚生子……将近20年过去了,我们竟然忘记了关心彼此。2002年的某一天,QQ打开了我的心门,昔日同学相继重逢。

但很是惭愧,离开二中后一直没有和刘胜保老师联系,只是从同学口中得知刘老师的点滴,听说老师恋爱了,师母是我们132班的陈爱江同学,想不到昔日腼腆的刘老师竟玩起了"师生恋",还颇有罗曼蒂克的情怀哦!然后是结婚了,有小孩了,当语文组组长了……我在远方默默地祝福刘老师,好人一生平安!

2005年春节,初61～62班毕业20周年聚会,多数同学参加了,还邀请了当时任教的部分老师。时隔二十年,当年那些稚嫩的脸庞不可避免地刻上了岁月的痕迹,只是时间的手再怎么有力也抽离不了我们共同的记忆。所以,即使是已过而立之年的我们,再次聚首,仿佛都回到了年少时。

聚会上印象比较深刻的事情有二:一是聚会的时间安排表被巧妙地设计成一个课程表;二是有一个节目让所有人写出初中时喜欢的异性名字,而被喜欢的人要给对方一个拥抱。对于这迟了20年的表白,我们都充满期待。

果然,公布结果时惊喜与意外接踵而来。原来还是有两情相悦的人呀,写了对方的名字,如果那时便道破,他们会不会已成佳偶?节目中还意外地出现了超强的三角关系:甲男喜欢乙女,而乙女喜欢丙男。而我写出的答案更让同学们大跌眼镜。因为在大家眼中,我喜欢的人非我的同桌莫属。那时我的同桌是班主任的公子刘旭明,我们彼此交换过日记。他还用心良苦地从报纸上剪下好文章制成散文剪报送给我,这份礼物对喜欢文学的我来说非常珍贵,因而也异常感动。只是那时刘林杰老师管教甚严,我们之间没有更深层次的交流,那些朦胧的情怀,便也如《同桌的你》一般随风

---

高中数学成绩偏差,每次考试完卷子发下来都想躲开班主任刘辉黎老师,不巧的是每次都躲不过。感谢刘老师一直以来对我的关注与鼓励,让我"不得不"提高自己的数学成绩。(高354班胡青凤)

飘散，唯留美好的回忆。至于我在聚会上写的喜欢之人，其实是刘胜保老师。在刘老师拥抱我的那一刹那，全场掌声雷动。少年时在心中埋藏的小秘密，在20年后得以当着众人的面说出来，我也终于释然。其实那时的喜欢，也只是学生对老师单纯的敬仰之情。也正是因为那种纯粹而美好万分。

时间总在前行，我们被裹挟其中。过去的已逝去，现在的正鲜活，未来的可期待。而我们之间从二中伊始的真情，并没有随着时光的流逝而消散，因着共同的美好记忆，因着想要珍惜的心情而愈加深厚。未来的那么多年，我们仍会一起。

### 平凡一生，看心中莲花盛开，又何尝不是人生的智慧

时光荏苒，一转眼毕业已近30年，昔日的同学，天南地北打拼，然而闲暇时仍会在我们的心灵港湾——二中QQ群里分享着彼此的故事和心情。

2013年10月，我收到刘老师在深圳的短信。自从2005年见过刘老师一面之后，8年来第一次联络，沉浸在美好回忆中的我，激动前往。

我见到刘老师一行四人：卢小军校长、李柏树校长、刘胜保老师、孙中觉老师。刘老师还是原来的样子，在我心中没变，只是桃李满天下换来了头发斑白。在握手的一刹那，我却想给老师们一个拥抱……

与老师们在海边吃海鲜，刘老师一边给我倒茶洗餐具，一边说要好好表现给学生留个好印象，因为他知道我喜欢写文章，会把聚会的感受和大家分享。幽默风趣中平凡朴实的点滴关爱，让我很是感动。同行的校长们都对刘老师夸赞不已，直说他培养出了许多优秀且懂得感恩的学生。如刘老师担任班主任的初72班王江田同学，已经捐款40万元给母校建汉白玉栏杆；72班的全体同学在欧阳毅、袁广见的牵头下还计划募捐60万左右，在校园里竖起一个标志性景观——魏源铜像，作为送给母校90周年校庆的礼物。刘老师在二中勤恳工作30多年，为人处世素来低调，不追名逐利，不好大喜功，这也是我所敬佩之处。他此行拜访各地校友，是为了2014年学校90年庆典。作为二中的资深教师，又担任校庆联络办主任，刘老师动用了几十年的师生人脉，帮助学校联络各届校友。我想这也是他对隆回二中的一种无私奉献。

用餐后，师生一起走在海边柔软的沙滩上，我偷偷问刘老师："办好校庆可不是件容易的事呢，校长有没有要求您募捐多少款项啊？"刘老师对我说："我在二中30多年，曾有机会升迁调动，但我都谢绝了，因为我喜欢二中，热爱教书。答应校领导出面参与校庆筹备工作，也算是对二中的一点回馈吧。捐款没有压力，也不会有困扰，你

---

依稀记得，一次熄灯后查寝，陈惟凡校长来到宿舍，帮我轻轻拉起被子，盖住露在外面的半只脚，瞬间一股暖流涌上心头，师爱如父，没齿难忘！（高206班肖陆云）

别为老师担心,校长们都表态了,校庆主要是搭建校友和母校交流的平台,大家在一起重温师生情、同窗谊。你啊,有时间也多回学校去看看。"

感谢刘老师给了我这个平凡学子面对过去的勇气和信心,2014年春节,我怀着无比激动的心情回到了魂牵梦绕的母校,这是自1989年高中毕业后,25年来我第一次回二中。一路上,哥嫂与我同行,刘老师担任向导。刘老师记性极好,竟然还记得我曾在日记里提及并以之为榜样的兄长。其实,他能记起的远不止这一点,不久前读到他回忆我们初61班同学的文章,亦惊讶地发现,30年的光阴里,刘老师仍记得我们年少时的模样,将每个同学都写得栩栩如生。他如此回应了我的惊讶:初61班是他参加工作带的第一个班,就如人生的初恋,终生难忘。

刘老师带我们在二中走了一圈,25年给二中带来的变化太多太多。宿舍楼上,学弟学妹们寒假时因归心似箭忘记收的衣服,在风中飘舞,而我像迷路的孩子,再也找不到熟悉的四合院、灯光球场……好在丁字楼依旧,食堂依旧,水塔依旧,刘老师依旧,我对二中的情怀依旧。

和刘老师说起想写一篇关于他的文章,他说平凡如我,怎值得写? 其实,就因为有刘老师这般30年如一日辛勤付出的老师们,二中才有今天的辉煌。每一颗不同的种子,都用爱心播种,无论长成大树或小草,都珍惜呵护……师生一起享受着成长的过程,那些平凡的琐事,安然的等待,用平和的心境分享着那份感动,平凡一生,看心中莲花盛开,又何尝不是人生的智慧?

---

刘胜保老师,印象最深的是您教育我们怎样做人! 一直记得您教的那句:送人玫瑰,手有余香。这句话让我在后来的学习和工作中非常受用,衷心感谢您! (初78班祁楠)

# 歌声·笛声·鞭挞声

◇赵云渤

2014年7月6日的夜晚，正是自己参加高考17周年之际，我做了一个梦，梦中我身处黄河岸边，而高三班主任肖体玉老师，站在旁边使劲催促我，嘴里不停地喊着"快、快、快，快点游过去……"那熟悉的声音，让我仿佛又回到了激情燃烧的二中岁月，想起了教过我高中的三位班主任老师。

### 卢小军老师：一曲激情澎湃的歌

高一时，我在183班就读，班主任是卢小军老师。卢老师有着高大、帅气、阳刚的外表，也有着让无数女生为之倾倒的男高音，他就是一曲激情澎湃的歌，让我和着他的节奏踏歌而行。

入学时，我还没从"考中专失败"的挫折中醒悟过来，懵懵懂懂就来到了陌生的环境。正式上课后，精力老是集中不起来，课堂上总跟不上节奏，我甚至开始怀疑自己。对于少不更事的我们，卢老师用他的满腔激情，反复开导大家，使我们明白高中的意义、拼搏的价值，也使我终于从低谷中走出。第一学期期终考试，我居然名列年级第二。那次考试让我找到了自信，但也助长了自己的骄傲，并再次出现了懈怠情绪，于是借机靠武侠小说打发日子。某次晚自习，正在看小说的我被卢老师逮了个正着。他并没严厉批评我，只是收缴了我的工具，并用那本书轻轻地在我头上点了一下，事后也没有其他责罚。卢老师的宽容，反而使我更加自责，那轻轻一敲，如乐曲的高潮，使我醍醐灌顶、幡然醒悟。

赵云渤，男，1978年出生，隆回司门前人。1994～1997年先后就读于隆回二中高183班、179班，后毕业于电子科技大学管理学院投资经济学专业。现居广西南宁市，供职于广西中烟工业有限责任公司。

---

小学毕业会考，我的分数没能征服二中。父亲找自己的恩师刘林杰帮忙，刘老师告诉我自主招生考试这条路。也正是这条路，引领我走向二中，也正是这次帮助，改变了一个农村娃的命运。（初79班阳威武）

### 蒋碧梧老师：一支悠扬婉转的笛

和卢小军老师的激情澎湃不同，高二的班主任蒋碧梧老师不温不火，犹如一支悠扬婉转的笛，他希望我们对学习生活有个完整的规划，按部就班去实现自己的梦想。

刚进高二，大家一度比较悠闲，蒋老师要求我们写出各自的人生志向和座右铭，并且一一公布出来。虽然当时有的同学对这种要求不理解，但是人生走得越远，我们才越深刻地感受到其中的玄妙之处，他触发了我们对人生的思考、对生活的选择，甚至会对人的最终性格产生巨大影响。我记得自己的座右铭是——车到山前必有路，做一天和尚撞一天钟。这话听起来有点叛逆，但我看重的并不是这句话的贬义，而是其中蕴含的积极含义：做好一天的和尚、撞好每天的钟。蒋老师察觉了我流露出的散漫和不经意，他让最不喜欢拘束的我担任纪律委员，算是套了个紧箍咒，使我逐步收敛心性。

### 肖体玉老师：一根策马奔腾的鞭

高三我以种子选手的身份分在文科 179 班，遇到了班主任肖体玉老师。第一次见面肖老师就给了我一鞭子："你的高考目标是什么，想过黄河还是过长江？"我犹豫了一下回答说："想过黄河。"肖老师继续问："你是游过去，还是怎么过去？"我说："自己游过去吧！"他说："那你就要好好学游泳。"

我们那届文科班高手辈出，犹以高二就参加高考、在 96 届文科中名列前茅的阳文帮最为突出。文帮兄是二中的一个励志哥，初中时因成绩奇差而留级，后来奋发赶超被保送进了实验班，经常熄灯后还自习到半夜的那个人就是他，文理刚分科就有人喊"狼来了"指的就是他。文帮兄成了挡在我面前的大山，我们惺惺相惜，又相互提防，丝毫不敢懈怠，很多同学都想看我们之间的争霸战。当看到我没具备高三应有的紧张和压力时，肖老师就喜欢拿文帮兄来激励我，希望我能在月考中把他拉下马来。我很理解肖老师的这种做法，也很感激他的激励策略，估计是他见我外表云淡风轻，其实骨子里绷着一股不服输的劲儿，于是不失时机地鞭挞我。在 1997 年的高考比拼中，文帮兄斩获了隆回第一，而我排名全县第三，我们之间的分差从之前的三四十分缩小到十五分以内。这真的离不开肖老师的良苦用心！

而今多少似水流年，那段歌声、笛声、鞭挞声组成的高中生活已经成为过去，但三位班主任老师的教导却永志难忘，心中的某个角落，已经永远属于他们！

---

卿松青老师，初二上学期我因脚伤不能按时报到入学，刚刚担任班主任的您帮我请假、办理相关入学手续，入学后给予我学习和生活上的关照。师恩难忘、铭记心田！（初 78 班刘勒兰）

# 校友情怀

*Xiaoyou Qinghuai*

　　早春时节浩若烟，往日情怀总是诗。它可以是路旁的一棵杨柳、地上的一片落叶，也可以是奋斗的汗水与幸福的泪水，更是那份心灵的归属感。母校啊，你是我们不可忘却的人生驿站，是我们梦想的摇篮、青春的见证，是我们永远感谢、感动和感恩的故园，甚至有人愿意无怨无悔为你守候一生。因为你，我们得以吸收最丰富的精神养分；因为你，我们开始看到更远的风景……毕业多年的我们，再回首，那个翩跹少年已青春不再，面对青葱过往，怀念母校，怀念老师，怀念同学，怀念那里的一草一木，怀念那里的一砖一瓦，怀念隆回二中所有的一切。在怀念中怀念，念的是一份赤子心、校友情……

栏目主编

刘昭陵

刘昭陵　属兔的二丫头，初中时代在隆回二中萌生了文学的种子，一度疯狂阅读和写作，语文老师的表扬是前行的动力。自诩拥有良好的写作功底，然而，从前"琴棋书画诗酒花"，如今"柴米油盐酱醋茶"，中间一度远离了文学。现依然以文学爱好者自居，却鲜有作品问世，然心向往之。感谢2013年，在那一年，我几经周转又开始接近文学，一是承蒙错爱担任《早春时节》副主编，二是来到中国人民大学出版社，希望在高手圈里混混，能够让自己更加有点文艺范。

# 风雨如晦那六年

◇刘本粹

1986年之前,隆回二中曾长期在六都古寨办学,那里背靠苍山翠岭,与六都寨镇隔河相望,环境十分安静,无鸡鸣狗跳,无外界干扰,虽比不上岳麓山、颐和园的优雅,但也独具一格,不愧是读书求知的好地方。1956年至1962年,我在那里度过了难忘的中学六年。

1956年中秋节,月亮皎洁,繁星闪烁,这是我们进入隆回二中度过的第一个节日。大家坐在辰河边的沙滩上,吃着学校发放的香甜月饼,听语文教研组长张嘉兴老师给我们讲"嫦娥奔月"的童话故事。他讲得那么投入,描述得那么生动,一幅"岁月静美,现世安稳"的场景深深地刻在我的脑海里。然而好景不长,1957年春,整风运动在全国范围内如火如荼地开展起来,闭塞的六都小镇也未能幸免,校园里铺天盖地贴满了大字报。一夜之间,我们最崇敬的几个教研组长刘隆礼、袁征凯、赵苏民、欧阳曙等都被打成了右派,赶出了校门。紧接着,"总路线""大跃进""人民公社""大炼钢铁""调整、巩固、充实、提高"八字方针等政治运动一个接着一个,校园里也竖起了几座土炉,炼钢铁、烧木炭、自熬糨糊,用玉米秆熬糖……朗朗读书声沉寂了,取而代之的是劳动时"呼嗤呼嗤"的喘息。

那时的邵阳很大,娄底、涟源、双峰、新化都隶属邵阳。我们到涟源参加过"双抢"、挖过红薯,到滩头铁炉冲修过路,到岩口搬过木炭,到九牛坳挑过石灰,给造纸厂运过砖瓦与河沙……学校烧的柴火全是我们从丁子山砍了挑回来的,食堂的菜都是我

刘本粹,男,1944年7月出生,隆回七江人。1956~1962年先后就读于隆回二中初18班、高4班,后毕业于武汉水利电力学院。教授级高级工程师、高级经济师,全国"五一劳动奖章"获得者,享受国务院特殊津贴。曾任电力部基建司司长、西北电力公司党组书记兼总经理、国家电网顾问,主抓的国家第一条750KV输变电工程,是世界上海拔最高的电压等级最高线路工程,获2007年国家科技进步一等奖。

---

明朗奖学金,由高90届校友、隆回明朗眼镜创办人丁斌先生所设,用于奖励和资助家庭贫困、品学兼优且有突出表现的在校学生,以及在文学创作有优秀表现的学生。从2006年开始,共发出资金六万余元。

们自己种的,辰河河滩上好大一片菜地都是我们自己开垦出来的,西红柿、白菜、莴笋、辣椒、茄子、南瓜、菠菜等品种繁多,最让我难忘的是一种叫厚皮菜的叶子菜,它的产量真高,今天剥了叶,明天又能长出新的来……

屋漏偏逢连夜雨!1959年至1962年正是国家三年自然灾害时期,饥荒席卷了大江南北。可怜的我们每月本来只有十斤谷子,折合大米才七斤,每顿只能吃上二两米饭。即使这样,我们每周从家里背粮食到学校时,狠心的大队会计竟然克扣我和胡奠基、胡光倡三个同学的口粮。对于正在长身体的孩子来说,那么一点口粮可真难为了负责总务的史主任,他想方设法为我们增加食物,主食少瓜菜代,甚至还学了"双蒸饭"——把二两米加水在蒸笼里蒸熟后,再加水再蒸。这样,二两米蒸出来的饭就有四两米蒸出来的效果了。

"大饥荒"带来的是更艰辛的劳动。那时运木炭、挑石灰、砍柴火等劳动都是分产到人。初15班同学都是个高身壮,18班同学个个身矮力薄,15班同学经常主动帮助18班,谱写了一曲同学之间团结互助的赞歌。这方面我记忆尤其深刻。由于我个小身瘦,每次劳动尤其是挑东西走远路都是高个同学出手相助,像黄秉宪、谭绍书、欧阳征庭等同学都曾帮过我,好几次让我感动得热泪盈眶。过苦日子时,物资匮乏,但同学之间同舟共济、苦中作乐,别有一番滋味。今天这个带来了父母做的野菜饼,明天那个捎来了自家兄嫂制作的糠粑、蕨粑、笋粑,我曾把外祖母制作的腌菜——萝卜辣椒炒小鱼虾带回学校和同学们分享,荷田马家山的马求生经常把他父亲打的野鸡、野兔让他母亲做好,和大家打了好几次痛快的牙祭。那一去不复返的美食,那浓浓的人情味,至今都让我深深感怀。

那时候尽管条件艰苦,但学风淳朴,纪律严明。夜晚四人一桌共一盏煤油灯就学,学习秩序井然,教室里鸦雀无声。学校还经常举办各种比赛,作文、数学、物理、外语、演讲、歌咏、书法、体育……门类繁多,参赛水平都不低,彰显隆回二中致力培养全面发展人才的教学理念。1961年,那个连饭都吃不饱的年代,学校依然重视校园文艺生活,组织排演了大型话剧《我的一家》,阳文华饰母亲,我演欧阳理安,马求生扮演我的弟弟……

我们能在如此艰苦的条件下坚持学习,首先得益于校领导宁峥嵘和梅俊琳,他们倡导的校训和学风,他们严谨的管理风格至今历历在目。他们言传身教带出了一批好班主任和好教师:欧阳丽、唐智超、杜彬、李忠魁、凌吟文、贺光辉、朱郁华、刘衡山、唐道雄……尽管1958年二中刚办高中,不少教师都是由初中教师升上去的,但他们孜孜不倦的钻研精神和诲人不倦的奉献精神让我们大为感动。1962年高考招生比

---

欧阳毅助学金,设立于2011年,由初中72班毕业生欧阳毅所设,每年出资6万元用于资助贫困学子。欧阳毅是湖南建鸿达实业有限公司副总经理,曾荣获邵阳市十大杰出青年,湖南省优秀青年企业家。

例不到百分之十,学校少,招生少,加之第一届高中班没有考好,很多同学都不想参加高考了,校长和老师们不光对大家鼓励有加,还四处给我们找复习资料,悉心辅导答疑,启发解题思路,传授公式记忆方法。高考结果揭晓,刘志洪、陈平贵考上了武汉大学,我和胡奠基考上了武汉水利电力学院,这两所学校都属于"文革"前22所重点院校。有意思的是,我们这四个同学都来自七江,而且都是千古坳小学毕业的。

犹记得1962年我们去桃花坪参加高考,因路途遥远,班主任和校领导考虑我们几个小个子同学走不动,疲劳过度会影响考试水平的发挥,专门租了一艘小船,让我们从六都寨坐到桃花坪。一路摇摇晃晃,可能受了一点风寒,到了桃花坪的当晚我发起了高烧,这可把老师们忙坏了,一会叫大夫给我打针,一会喂我吃药,真像父母那般关心体贴……

最让我终生难忘的还是校长和老师们的谆谆教导:"少年强则国强"、"先天下之忧而忧,后天下之乐而乐"、"少壮不努力,老大徒伤悲"、"要报效祖国,做一个有益于国家,有益于人民的青年,首先得学好文化,丰富知识"……他们的教导给我们指明了人生方向,增添了克服困难的勇气和力量,使我们不因三年自然灾害吃不饱、穿不暖而丧失对生活的渴望和对未来的憧憬,不因招生名额少、高考渺无希望就临阵脱逃……

俱往矣,风雨如晦的中学时代,回首已过去了半个多世纪,但我永远也不会忘记,辰水河畔那座安静美丽的校园,那些风雨飘摇之中依然屹立不倒的二中人,以及师生之间、同学之间如父子如兄妹那般毫无间隙的深厚情谊!

"动力一百"奖助学金设立于2011年,以高92届校友丁群先生的公司命名,每年出资10万元用于资助贫困学子以及奖励优秀的美术特长生。2011年3月,丁群还捐资40万为学校修建了大型电子显示屏。

# 三忆又三叹

◇魏洪华

魏洪华,男,1938年5月出生,隆回司门前人。1952～1955年就读于隆回二中初5班,后任怀化学院中文系系主任,总支书记等职。当过专业剧团编剧、报刊社编辑,出版过文艺论著和长篇报告文学。

桃花春水绿,芳草芊绵,尚忆江南岸。最忆,旧时光。

第一忆,忆恩师。先生是我们初5班班主任老师。初5班,是个美丽的班;在初5班的日子,是段美丽的岁月;回忆美丽岁月,当有美丽心情。

初5班共50位同学,志同道合,同心协力。学习成绩也好,劳动评比也罢,甚至是体育运动竞赛,在全校总是名列前茅。尖子生层出不穷,校方对我班的口头表彰不绝于耳。我那时成绩优秀,偶尔干点淘气勾当。某个黄昏,我和许多同学奔跑在篮球场上,当时有一位动作不太灵泛的中年男老师也在场,有好几次我动作不规范,冒犯了那位抢不到球的老师,他恼羞成怒,竟告知校方。第二天体育老师在晨操时,当着全校师生的面点名批评了我。毕竟从来没有过类似的经历,我为此情绪低落了好些天。先生却不同,他从来不会在班上点名批评学生,他总是把学生请到他房里,给自己倒一杯白开水,边吹着热气,便绕山绕水地点拨。直到吹响学生心中的集结号,再微笑着目送学生轻松离开。为此,我有时候刻意出点小错来引起班主任注意,让他把我也请进他的房里,一番推敲,一番说理,待得拨云见日,临走时不定还揣点小零食走。如此这般受"恩惠"次数多了,我觉得不出点成绩就有点对不住先生厚爱。

于是乎,我尽已所能,为班上赢得了两次大荣誉。

初一年级,全校作文比赛,三个年级各取一名。张榜公布之日,一年级赫然写着:魏洪华!榜单上,还同时张贴三篇获奖的

---

2010年10月,1980届校友毕业30周年聚会之际,出资16万元为母校捐建魏源文化墙,其中陈金定捐款两万元。此墙已成为今日隆回二中标志性景观之一。

同题作文：《我最难忘的一件事》。我至今仍记得我获奖作文的内容梗概：大雪封山，茅屋将倾，一家十口同居一屋，产妇搂着初生的婴儿，婴儿身上没有衣物遮拦，惟有层层叠叠的金黄色稻草包裹着，屋内柴火旺盛，屋外北风呼啸……

初二年级，全校文艺会演，先生指定我编写课本剧《小英雄雨来》。班上有20个同学上台，演出达40分钟之久，成为整场晚会时间最长的节目。犹记演出结束时，张嘉兴老师代表学校致辞：这是由学生自己编写的独幕剧，今日得以在校内礼堂上演；明天，他一定会写出多幕剧，在社会大舞台上演。那时的我并没有想过自己有一天真能如老师所说，写出更多精彩的剧目来。而自己之后走的路正验证了老师的预言。那时由先生带头击出的满礼堂的热烈掌声，一直在我耳边回响，给我激励与鞭策。

这位先生，便是李忠魁老师。我从小学读到大学，又从小学教到大学，接触班主任无数。而让我终生感恩戴德、念念不忘的班主任，除了李忠魁先生，一时竟想不出第二人来。

第二忆，忆挚友。我念过三所小学，两所中学，两所大学，同学无数。小学时尚年幼，有小伙伴同玩闹即可；高中时，正值反右、"大跃进"、反击右倾翻案风，国事尚顾暇不及；大学时，阶级斗争天天讲，同学间戴着有色眼镜互相防范。唯独初中三年，大家倾心读书，舒心交友，蓝天、白云，花鲜果硕，星月灿烂，同学间亲似兄弟，爱如姐妹。

我那时每月回家一次，挑三斗米，交到总务处，换得一个月的餐票。我每次还会带三十个风干了的红薯来学校，红薯一律红心，一般粗细，一般长短。中午嚼一个，又脆又甜，很是享受。同学没几天，彼此渐渐熟悉，一人嘴动，十人嘴馋，同班的兄弟姐妹，纷纷来拿，三十个红薯不几天便葬身众人腹中。

那时候，同学间可谓是同袍同泽，同甘共苦。家距金石桥一二十里地的同学，几乎每周六下午都回家去。回家作甚？那溪边草莓，山间板栗，藤上的猕猴桃，树上的柿子、茶苞、杨梅，还有自家油炸的干鱼崽……他们乐得采摘，也乐得带回与同学分享。那年月，造物主慈祥，春夏秋冬，只要上山涉水，果腹之物，品类繁复，取之不尽。

与我形影不离的罗竹林带的花样最多，次数最多，分量最大。好几个星期六下午，我都会随他回家。他家住在一山间的坪地上。他母亲用腊肉，用麂子肉，用新摘的瓜果蔬菜款待我。临走时还要塞两个煮熟的鸡蛋，塞几个叶子粑粑，塞一把桃子、李子、核桃、花生在兜里。每次都是满载而归，心里则是满满的温暖。初中毕业后，罗竹林没有升学，只听说当了村支书。1985年夏天，我特意去金石桥镇公社办公室打听过他，却无一人知其姓名。如若他能读到此文，那该多好。我对他的思念一直都在，他那即使在梦里也笑着的神态，常常浮现在我眼前。时隔这么多年，我仍忘不了

---

欧阳征初，男，1942年7月出生，隆回大水田人，隆回二中高63届校友。2006年，他牵头组织了隆回二中校友助学会，该组织成立以来资助了成百上千名母校贫困学子完成高中学业。

罗妈妈给我的美食和温暖。她老人家若健在，也该是期颐之年了，若有机会能与一直惦念着的他们再见一面该是多么幸福的一件事。

第三忆，忆红颜。我所言红颜即周威南同学。我与比我大两三岁的周威南相识颇有故事的意味。那是入校后的第二个月，我从家里挑了两布袋米和红薯，赶到学校时，晚餐时间已过。我不得不取出烤红薯来充饥。就在这时，周威南来到我身边，递给我一杯热开水。我正狼吞虎咽呢，噎得够呛。这碗水来得真及时，我如饥牛解渴，一下便把它喝了个碗底朝天，滴水不流。喝完后才发觉递水给我的是接触甚少的女孩子，诧异何以获得这般关心。她倒是快人快语，开门见山地道明她出现在我面前的目的。原来她受班主任委托，参与到助学金评定工作中，但实际境况是，三位同学参评一个助学金资格，而我与另外两名同学的情况类似，班主任对如何取舍也下不了决心。她此行是为征求我意见而来的，还跟我讲了不少道理，如人应当有谦让的品质，多为他人考虑，同时要依靠自己的能力让自己变得强大起来，话语间充斥着浓浓的关怀之情。因为助学金评定的事，周威南已急得吃不下饭，在那样的情境里，我被她感动了，感觉这个只比我大一点的女生，在行事明理上却比我沉稳很多。我甚至对她萌生了敬爱仰慕的情愫，于是斩钉截铁地表示放弃助学金，她脸上马上露出小女生欢乐的神色，自顾着取来了她未动的晚饭，给我扒了一半，也毫不客气地吃了我的烤红薯。就这样，我们成了朋友，之后的三年一直如此。后来，我读高中，读大学，都没再申请过助学金，而是靠自己做兼职打工来补贴生计。从周威南身上，我学到了许多对我做人做事有益的道理。

李忠魁、罗竹林、周威南，我的恩师、挚友、红颜，时空虽已将我们分开多年，可他们的模样仍然铭刻在我的心坎上。那些一起走过的细节，清晰地储藏在我记忆的库房里；那些真挚的情谊，鲜活地流淌在我的血液中。

这许多年过去，在二中所经历过的青春与感动凝结为最深刻的"三忆"，却再没有多少人能让我倾心诉说，每每回忆旧事，反留我三道感叹：一叹因惋惜，初中加入少先队却没留下戴红领巾的照片，为此，我的子孙一直调侃我连少先队都没加入；二叹因无奈，中学时代获得的荣誉至今未留实物来见证，孩子们异口同声认为我吹牛，搞得我哭笑不得；三叹因遗憾，二中毕业后，同窗一别已六十年，却没有过一次同学聚会，恐怕往后也再没机会了。

昔年杜甫在《赠卫八处士》里感叹过：人生不相见，动如参与商。少壮能几时？鬓发各已苍。如今我年过古稀，益发品出其中的况味。这青春的三忆并老年的三叹啊，不知有谁能同我一起忆之叹之。

━━━━━━━━━━━━━━━━━━━━━━

　　李辉，男，隆回六都寨人，隆回二中初73届校友，曾任湖南省林业勘察设计研究院副院长、隆回二中校友助学会副理事长，曾为母校贫困学子捐款数万元。

# 一生的守候

◇欧阳群

1953年,我考进朝阳铺高小,路经六都寨那座崭新的隆回二中校园时,被其深深吸引,于是暗下决心——高小毕业后一定要考上二中。1955年9月,我如愿以偿考取了二中,编在初中14班。1958年二中首办高中,我又顺利考入高2班,荣幸地成为学校第一届高中生。大学毕业后我曾在城步一中等学校工作,几经周折于1984年8月调入母校任教。2001年退休后,我一直舍不得到外地和儿女居住,而是继续住在二中校内。因为置身母校,和着学生的节奏一起生活,我总觉得自己还很年轻,在二中求学时的一些人、一些事,也常常会从记忆深处涌现出来。

欧阳群,学生时代曾名欧阳有福,男,1941年11月出生,隆回七江人。1955～1961年先后就读于隆回二中初14班、高2班,后毕业于湖南师范学院。中学物理高级教师,曾长期任教于隆回二中。

## 隆回县第一支棒球队

学生时代的我喜欢运动,球打得好,常常在班上担任体育委员。那时候的生活非常艰苦,但对于参加比赛的运动员,学校会给我们开小灶改善生活,其他同学对此羡慕得不得了。说起我在二中从事过的运动,最有意思的要数打棒球了。

当时,国家为了支持古巴革命而引进了棒球运动。1960年4月初,由隆回一中和二中的高二学生组成了全县第一支棒球队,二中由我、胡奎喜和曾笑兰(女)等四位同学参加。我们上午10点钟从六都寨出发,步行到隆回一中参加集训,并插在一中同年级班里学习。早晨训一小时,下午第七节课和文体活动时间训练一个半小时的接球和投球等科目。棒球运动是一种以棒打

---

欧阳日坪,男,1954年出生,隆回七江人,毕业于高31班,现任科特迪瓦大通集团股份有限公司、中华药品批发股份有限公司董事长。他曾数次为母校贫困学子捐款,并和数十位学子结成了一帮一互助关系。

球为主要特点,集体性、对抗性很强的球类运动项目,被誉为"竞技与智慧的结合",是一项集智慧与勇敢、趣味与协作于一体的体育竞技项目。队员之间既强调个人智慧和才能,又必须讲究战略战术,互相配合。蔚蓝的天空,茵茵的绿草,在火热的竞技对抗中,我们全身心地投入,时时刻刻都能感受到青春的激情。

在从事棒球集训的过程中,有个插曲让我终生难忘。4月底正值全邵阳地区高中统考,当时一中数学教研组组长杨北海老师(后为一中校长)背着我们给一中学生指导复习,我们二中学生因训练没有听课,但大家都考出了好成绩,其中我还考了全县第一名,各科平均92.5分。二中的体育生竟如此厉害,此事一下子震惊了整个隆回一中。县教研室的吴海波老师还专门问我们:"作为运动员,学业成绩也如此出色,你们是怎么做到的?"我回答说:"吃得饱,睡得香,上课精神好。"吴海波老师一个劲地点头称赞。

后来,隆回县第一支棒球队十几位同学打着红旗,用时两天步行180多里去武冈县参加邵阳地区棒球赛。比赛的情形已记不太清楚了,但武冈的白米饭好吃又不限量,还有武冈名菜干子豆腐和香肠也可敞开肚皮吃,让我记忆犹新。我们每餐饭后都要撑着肚子休息十多分钟才动得了,最后结果是,八天运动会我体重增加了七斤!

### 支农监收和"小秋收"

1960年,正是国家三年经济困难时期,全国人民的吃饭问题面临很大的困难。当年9月底,正当秋收之际,下面一些生产队却搞起了瞒产私分,六都寨区政府于是组织二中的高中生下乡支农搞监收。我们十来个同学被分到丁山公社的田螺街大队,每两个同学一组下到各个生产队,一边监收,一边帮助晒谷。每天打多少湿谷,进仓多少燥谷,都要我们看秤,然后记数上报,还要检查是否有"黑晒场"。支农监收期间,我们在生产队的公共食堂吃钵子饭,每餐还由队里补助一两米,吃饭吃得很是滋润。更有意思的是,那里的社员们都叫我们干部,队里的保管员对大家都很恭敬,甚至还有几分怕我们。第一次感受到了"干部身份"的优越性,八天支农监收大家过得开心快活。

1960年冬天,农村公共食堂开始下放了。学校支持我们周末到野外挖野菜,摘野果,刨农民挖过的红薯地,捡落下的小红薯填肚子,这在当时叫"小秋收"。一个周末,我和彭中春同学从双江口进入刘家排的山冲里搞"小秋收"。当时人民公社生产队是集体出工,山冲里的红薯挖得比较毛糙,我们在一堆不要的薯苑下面捡到三个大

---

庞德修,男,1956年10月出生,隆回荷田人。1973年毕业于隆回二中高中部,1976年入伍,现为辽宁省路政管理局副局长兼大连市路政管理局局长。他热衷捐资助学,曾为家乡和母校贫困学子捐款数万元。

红薯,约有半斤一个。两个人高兴得跳了起来,舞着红薯边跑边喊:"高举三个红薯前进!"短短一个多小时,我们捡了20来斤红薯,在老乡家里煮了八九斤吃,过了一回饱瘾,个个吃得津津有味,几十年后想起来仍回味无穷。

三年苦日子,全体师生想方设法自力更生。虽说曾吃过烂红薯,照的是煤油灯,但生活却丰富多彩,每天都有文体活动课。肚子吃不饱,心情却是快乐而豪迈的,从不曾向困难低头,在战胜饥饿的过程中始终保持了革命的乐观主义精神。

### 那些难忘的恩师

在二中期间,我遇到了很多好老师。刘隆礼老师教我初中的文学,他用抑扬顿挫的古腔读《诗经》的声音,六十年后仍然在我耳边回响。后来被称为隆回语文教学王牌的唐道雄老师,1961年上学期给我们代了几堂文学课,他讲蒲松林的《聊斋》,绘声绘色,让人如临其境。唐老师上课肢体语言丰富,他那经典的转身动作和眼神,至今还一直印在我的脑海里。但最让我难忘、最让我敬佩的,要数袁征凯老师和宁峥嵘校长。

我读初二时,学校开了几何学,袁征凯老师负责教学。他可以不拿圆规和三角板上课,画出来的圆和直线如同用圆规与三角板画的一样。他那方块字板书如同印刷出来的,语言精练到一个字不可多,一个字也不可省。袁老师打得一手好篮球,常常打前锋,偶尔也打中锋,这更加深了我们师生的感情。1958年上期,袁老师不知何因没来上课了,我后来才知道他被打成"右派"了。我们虽然没有参加批斗会,但晚自习下课路经办公室时还是能隐约听到批斗袁老师的声音,每每此时,我都会感到心中一阵绞痛。1958年下学期,我读高中了,袁老师被送回高平老家当了农民。我经常向高平来的同学打听袁老师的情况,心里老惦记着他。80年代,袁老师头上的"右派"帽子终于被摘掉了,我们师徒俩又得以重逢于二中校园。机缘巧合的是,袁老师重返讲台后正好教我大女儿欧阳晖漫的数学,他又成了我家第二代人的恩师。

1958年下学期,国家政治运动如火如荼,我们学生也搞起了"大鸣大放"。由于对"右派"老师的特殊感情,我也鸣放了几张大字报。团支部抄了我的材料上报,于是我和一些同学被划成"小右派"。但后来上面来了政策,明确称中学生不准被打成"右派"。宁峥嵘校长坚决执行上级政策,把我们几个"小右派"叫去办公室,宣读了上级政策,并当着大家的面把我们划成"右派"的材料给烧了。在那个特殊的年代,我们这些"小右派"能够安心安意读书,没有背上思想包袱,没有受到政治运动太大的冲击,

---

谭志雄,男,1963年出生,隆回荷田人,1979年毕业于隆回二中。隆回籍著名企业家、湖南南方水泥集团总裁,2006年曾为母校贫困学子捐款15.8万元。

是因为宁峥嵘校长担当了很多,保护了我们。每次想到这些,我就不由得想起与宁校长相识的那些岁月。

一路走来,我总感觉自己和宁校长在人生道路上具有某种神奇的缘分。1953年我考入朝阳铺完小读书时,宁老师在朝阳铺完小当校长。朝阳铺完小是隆回最有名气、资历最老的小学,能担当这所学校的校长,水平能力自然是没有话说的。1955年我考入二中读初中,宁校长正好调入二中当教导主任。1958年,二中升为完全中学,我成为学校首届高中生,宁校长升为完全中学的第一任校长。

宁校长说话有一个"大问题"的搭头。凡事就搭出一句话——这是个大问题。有一次作报告时,刘其业同学数了个"9",结果被宁校长听见了,他问"你讲什么?"有位班干部接过话说:"您讲话有个'大问题'搭头,他数到第九个了。"宁校长并没有生气,只是轻轻说了声"要用心听"。从那以后,我们再也没有听到他的"大问题"搭头了。他改正自己的不足颇具张学良戒毒的大决心。

1961年,我考上了湖南师范学院物理系,宁校长升迁到邵阳地区教研室当主任。1965年我大学毕业,分到城步一中教书,一个月后调出搞"社教"工作,没想到宁校长也调到城步县搞"社教",我们师生又相逢了。"社教"结束后,他留在城步"斗、批、改"中心工作。1976年10月,我从城步一中调回老家隆回时,路经城步西岩车站又碰上宁校长,他说自己前来处理一些斗、批、改的遗留问题。不幸的是,西岩车站一别成了我们师生的永诀。

59年前,我和她如约相遇,在她怀抱里尽情地吸取了6年的乳汁;30年前,我又一次投身于她的胸怀,站在三尺讲台上如痴如醉地耕耘了17个春秋;13年前,我离开讲坛却又舍不得离开她,于是把小外孙带到身边读书,看着他在自己成长过的地方慢慢长大。这就是我的母校隆回二中,这就是培养过我家三代人的神圣殿堂,我愿意用有生之年去守候她,永远不再离开。

陈金定,男,隆回石门人,1980年毕业于隆回二中。隆回籍著名企业家、湖南康达塑胶有限公司董事长,曾经和母校数位学子结成一帮一互助关系,资助他们高中毕业。

# 为母校点赞

◇孙中瑞

俗语有云:久别故乡,思乡情切。定居京城的我大抵因为不能落叶归根的缘故罢,便尽可能通过各种渠道关注家乡的一切。一个偶然的机会,我在隆回人社区(www. longhuiren. com)上发现一条和自己有关的热帖,帖子由一位隆回二中校友所写,竟将我誉为二中的传奇人物之一!离别母校已50余载,还能被校友提起并给予盛誉,委实让我感动不已。

校友们推举我为传奇人物,主要是因为我有一段从学生角色直接转换为外交官的"传奇"经历,这在我们同学中曾轰动一时,也颇受大家的艳羡。在古稀之龄回想自己人生关键的那一步,惟有深深地感慨:若不是机遇垂青,若不是母校二中的培养,我这个三阁司的放牛娃很难想象自己能成为一名外交官。

1959年,我以优异的成绩考上了隆回二中初中部,这在当时是比登蜀道还难的事情。若是他人,考上二中定是欢天喜地,我却怎么也高兴不起来。个中缘由便是:家境贫寒,囊中羞涩。我年迈的双亲皆是农民,全家的生活全仰仗那一亩三分地。辛苦的劳作能够支撑起全家生计已是万幸,哪里还敢去想上学的事情?饱受生活磨难的父亲长叹一口气对我说:"学不要上了,家里送不起,回家种地吧!"可母亲的想法却和父亲截然相反,她一辈子含辛茹苦,总盼望儿子长大后能成为有出息之人,遂心有不甘地反驳道:"孩子是老小,体质弱,你要他种地,吃得消吗?"见父亲没有回应,便大声道:"我就是不吃不喝,出去讨饭也要送孩子上学。"后来听姐姐说,无计可施的母亲拎着两升米,悄悄去往

孙中瑞,男,1945年12月出生,隆回三阁司人。1959~1962年就读于隆回二中初中27班,后就职于中华人民共和国外交部。

---

陈代志,隆回金石桥人,隆回二中高80届校友,现为湖南湘志房地产公司总经理,曾为母校魏源文化墙建设捐资15000元。

观音山找那位满腹经纶的算命先生给我算了一卦。据说那时算命先生给我卜的卦象是——虎要上山,龙要入海;人要读书,理所当然。对神明之事有所敬畏的父亲这才同意让我去二中求学,但学费和伙食费也是颇费周折,东拼西凑才筹得。如此这般,我才得以进入二中学习。我想,这就是我和隆回二中冥冥之中的缘分吧!

那时的隆回二中坐落在依山傍水、风景秀丽的六都寨,自然环境极佳,而人文环境更是给我留下了深刻的印象。二中当时的师资条件很好,老师们学识渊博且非常敬业,以至于时隔多年,我仍能清晰记起那时学校班子成员以及各科任教老师的名字。我就读的班级为27班,也是当届的重点班,由周鑫老师担任班主任。学校特意为重点班设置了俄语课,激情飞扬、高大帅气的刘隆庭担任我们的俄语老师。刘老师上课深入浅出、讲解详细,我非常喜欢他的授课方式,也由此喜欢上了俄语这门功课,单科成绩一直在全班名列前茅,有时甚至还坐上了头把交椅。优秀的俄语功底让我受益匪浅,后来在外交部我接触到俄文外交文件时也可从容应对。在班主任及各科老师的谆谆教导下,我的学习成绩优异,个人思想品行亦深受他们影响,曾多次荣获"优秀班干部"称号。1962年初中毕业时,全县只有25名同学取得甲等成绩,其中15名考入邵阳市一中,我便是那十五分之一。如今细细回想,如果没有母校老师对我的悉心指导和教诲,我不可能在学习上取得优异的成绩,更没有机会跨入邵阳市一中的大门,也就没有机会抓住后来的宝贵机遇。

虽然我在隆回二中的学习一直顺风顺水,但在生活上却并非一帆风顺,甚至几度因交不起伙食费而被学校食堂停餐,进而面临失学的危险。有一次,我被学校停餐后,由于心里非常焦急,假也没请便回家拿伙食费去了,结果受到了警告处分。好在之后学校弄清了情况,撤销了对我的处分,才没有在我的档案里留下不堪的一笔。母校的宽容仁和与求真务实由此可见一斑。在二中众多的老师里,教政治的蔡福英老师因为给过我特殊帮助,让我印象更为深刻。蔡老师是一位令人尊敬、和蔼可亲的老师,在隆回二中求学时,她就对我的家庭情况略知一二,在学习和生活上对我十分关心。我在邵阳市一中上高中时,她正好也从隆回二中调往邵阳市一中任教,师生情谊得以在新的环境中延续和升华。记得有一次,我因不能及时缴纳伙食费而即将被停餐,蔡老师知情后,毫不犹豫地慷慨解囊,从她微薄的薪水中拿出五元钱为我解了燃眉之急。如若没有蔡老师这五元钱,我或许因为生活上的压力而被迫辍学。回想起来,二中老师对我学业上的培育以及生活上的关心,已经内化为我前进道路上不可或缺的力量,这也使得我对母校常怀感激之情,不知如何才能回报师恩。

那时的二中不仅仅重视语文、数学、物理、化学等文化课的教育,同时也注重学生

---

黎能林,隆回金石桥人,隆回二中高80届校友,现为山西太原友联兴机械五金销售有限公司总经理,曾为母校魏源文化墙建设捐资10000元。

的体育、音乐教育以及劳动锻炼。所谓的劳动锻炼便是去帮农民插秧,上山打柴、挖蕨根,下地种菜、养猪,去粮店挑粮食,去砖厂挑红砖建礼堂、修围墙等。作为学生的我们,在这些劳动中得到了很好的锻炼,因而肩能扛、手可提。吃得了百般苦,练就了耐劳踏实肯干的精神。那个年代,我个人感觉最痛苦的要数插秧。插秧地点一般就在附近的农田。干活之前,觉得有点新鲜感,我还很兴奋的。可下田插了一会,就有些撑不住了,尤其是那腰疼欲断、背酸腿疼的感觉,让我切实领会到了"面朝黄土背朝天"的苦楚。加之在烈日当空下暴晒,到了夜晚,就能感觉到手臂和面部有些灼热,又痒又痛极不舒服,熬了两三天后,痛感渐渐消失,手臂上却有了层薄薄的皮,后来一片片地自动脱下。难怪庄稼人常说"双抢要脱三层皮",那情景至今记忆犹新……

  我与外交官的渊源正应了那句"时势造英雄"。1965年,我正在上高三,恰巧外交部派员前往湖南、湖北选调优秀的高中应届毕业生,作为外交事业的新鲜血液,我成了二十多名幸运儿之一。然而,在外交部报到后,突如其来的"文革"使我国的外交事业受到严重冲击,建交国家不增反减,出国工作任务也因此告吹。在那段非凡的时期,外交部的绝大多数工作人员都被下放到农村的"五七干校"进行劳动改造,我被分配到山西吕梁地区的外交部"五七干校",一改造就是三年。出身于农村加之在二中经受过各种生产锻炼,这场劳动改造于我而言并非多么难熬。在吕梁地区经受了各种考验后,我从"五七干校"调回外交部并被派往外交学院进行系统学习,旋即开始了外交官生涯。在外交部工作期间,我在香港、澳大利亚、瑙鲁共和国等国家和地区的驻外机构常驻过,历任二等秘书、一等秘书兼领事和临时代办等职。其中,驻瑙鲁共和国大使馆的经历给我印象最为深刻。瑙鲁是南太平洋上的一个岛国,国家虽小,却是那时日本攻打澳大利亚的跳板,战略地位非常重要。但是瑙鲁本土资源匮乏,缺水缺电缺粮食是常态,因而我们在驻守瑙鲁时条件异常艰苦。也是在那样的条件下,我才发现之前所有的付出和历练都是值得的,尤其是在隆回二中的生产劳动中培养出来的吃苦耐劳精神,更成为我在驻外期间战胜一切艰难困苦的力量源泉。

  青春放歌的昨天,虽已随风远去,可回忆起来却感觉近在咫尺。古稀之龄的我,今天还会时常惦念起母校隆回二中,偶尔还会登上学校的网站去感受今日二中的发展变化:今天的母校,校园更为宽敞现代了,办学规模有了数十倍的扩大;由于出色的办学业绩,学校早已升格为湖南省示范性普通高级中学,培养出一大批时代的骄子;校园西区正在如火如荼的建设之中,学校发展呈现出又一个高潮……值此母校90周年校庆之际,写下自己内心一点真实的情感,权当一份特殊的礼物送给她,也许,这是我向母校表达感恩的最好方式。隆回二中是我的恩人,我为母校点赞!

  李伟章,隆回金石桥人,隆回二中高80届校友,现为北京德康伟业医药科技发展有限公司总裁,曾为母校魏源文化墙建设捐资10000元。

# 梦想的摇篮

◇欧阳成

欧阳成，曾用名：阳胜成，男，1938年11月出生，隆回司门前石桥铺人。1957～1961年先后就读于隆回二中初20班、高6班，后入伍从军，1962年入党。1992年中央党校函授学院本科毕业。湖南商学院教授。曾任四十七军军直独立营政委、湖南商学院离退休办主任，是湖南省延安精神研究会会员、湖南省雷锋精神研究会会员。

20世纪50年代末60年代初，我有幸就读于隆回二中初20班和高6班。在二中，我产生了朦胧的人生梦想，希望今后能找到一个好工作，为人民服务；成家立业、生儿育女、传宗接代；不再像父母那么穷苦，而是如眼前的二中老师那样，有房子住，有米饭吃，有干净衣服穿……而今年逾古稀的我，这个梦想早已实现，并远胜当初。抚今追昔，半个世纪前在母校所经历的艰难困苦和奋争磨砺，所走过的漫漫长路，所感受到的母爱、师恩、同学情，令我永生铭记、难以忘怀。

## 山间小路通向梦想

1957年高小毕业后，尽管我非常想继续读书，但家里的经济条件着实不允许。经过再三考虑，我还是决定抓住升学考试的机会，去会一会传说中的隆回二中。其实也只是想去看看梦想中的二中，因为即使考上了也读不起。

懵懵懂懂出了远门，与别村的同学一起去赶考。考试期间心态还算好，因为考上或没考上于我而言结果都一样。考完回到家，想到以后不能再上学了，心里很是难受。那之后的某天，母亲要我去大路边的某户人家收一斤猪肉的赊账，当我拿到那五角钱攥在手心急急往回赶时，看到石拱桥上几个过路人在桥上歇脚，嘴里谈论着："这次二中招考，大茅坪考上一个，明天复试……"大茅坪考上一个？我是这地方唯一参加考试的人，这考

---

王立明，隆回七江人，隆回二中高80届校友，现为广州交通集团新塘客运站站长，曾为母校魏源文化墙建设捐资10000元。

上的不就是我吧？那时那地，我又惊又喜：惊讶在那个消息闭塞的年代，我竟然能从路人口中得知我中榜的消息；欣喜的是2000多人只取200人的考试，我竟然考上了！当时只觉得这是上天对我的特别眷顾。

惊喜过后便是满腹的矛盾和挣扎，明天就复试，我要参加的话必须得马上动身，怎么办？去还是不去？犹豫良久，不忍心让机会就这么溜走，于是连家都没回，托熟人带了口信给母亲，直接奔二中去了。

只记得走到魏家塅象咀上时，天已黑了。于是向一堆乘凉的人询问到二中的路程。"呃，还有二十几里路吧，你去二中做什么？"我说明了原由，他们都劝我说："明早赶到二中是可以的，今晚就不要走了。从这往前走，要过水土桥，然后翻一座山，那山叫古利坳，是个有野鬼出没的地方，晚上没人敢过。"

我被唬住了，正不知该作何打算时，一位叫刘登耀的年青人自称也是隆回二中的学生，热情地留我在他家过夜。第二天，天刚蒙蒙亮，我便起身告别了这位好心人，直往二中奔去。到了学校，正好碰上我司门前高小的好同学黄敬友，他刚好带了两个熟玉米棒子，见到我就分了我一个。真是雪中送炭呀！我当即狼吞虎咽地下了，毕竟我有一天没吃任何东西了。复试后回家见了母亲，我嘴还没张就已泪流满面，母子俩心里都明白，这无米之炊怎么办呢？学费十八元，那绝对是一笔巨款！母亲思前想后，想出了一个法子，她找到大队副队长马业华同志，申报预购一头猪，这样就可领到十五元钱。可预购猪的标准是七十斤，我家的猪才三十来斤，副队长考虑到我家的特殊情况，最终还是通融了。学费解决了一大半，可生活费怎么办？学校食堂是吃不起的，因为每个月得花五元五角。另外一个选择就是将户口留在队里，自筹自带口粮，再找校外社员家蒸饭，这样一来就会划算很多。至于住宿，在没有被子之前，我计划着先跟黄敬友同铺。

开学之际，心情是苦是甜无法用简单的言语来表达。我没有带走那十五元钱，而是留了五元给我那可怜的母亲治病，另外八元钱的学费，我打算暂时欠着。离开老家上学的那天，我穿着自己编织的草鞋，挑着小担，担子里搁着杂什、少量的米、红薯、玉米、酸菜。从家到二中大约有七十多里地，平路段大都是土路或砂石路，上岭爬坡的路段大多是石板路，用花岗岩麻石块砌成，有一米左右宽。从我家漆树湾开始，经过麻树下、大茅坪、龙脑上、绩麻塘、铁烙屋、石桥铺、陈家塅、龙开口、坳背垅、子母坳，再到司门前，这是我读高小时常走的路。再往前，就是匆忙中只走过两次的路程了：磨公坝、魏家塅、象咀上、水土桥、古利坳、赵家冲、罗洪界、排溪冲、十里山、暖水井、石背山、草鞋铺，最后到达六都寨。在二中求学期间，每逢星期六下午下课，我就挑着小空

---

阳小威，隆回六都寨人，隆回二中高80届校友，现为六都寨镇综合办主任，曾为母校魏源文化墙建设捐资10000元。

篓往家走，次日下午又挑着东西回学校。五年里，我在这条通往二中的路上往返了两百多次，以至后来闭上眼都能走到二中。正是这条路将我引向成就梦想的摇篮，时至今日，我仍然无比怀念它！

## 勤工俭学支撑梦想

那时二中的课程里有专门的劳动课。所谓劳动课是在班上劳动委员的组织下于课堂外开展的，不需要老师授课，由学生自己动手参加劳动即可。我至今还记得大家一起去七江乡帮农民搞双抢，收割完稻谷后，需要马上犁田、耙田、插秧，再往田里撒上一层石灰。天气很热，田里甚至可以捡到烫死的泥鳅，其中的艰辛可想而知。我们也曾在周旺铺修过公路，我的具体工作是负责编簸箕和修簸箕。参加劳动的人，都可以由公家安排伙食，这帮我解决了好些吃饭问题，也是我乐于参加劳动的重要原因。读书期间还可以利用课余搞些有偿服务，印象最深的是给供销社当搬运工，我们每个人挑七八十斤的担子，从六都寨供销社领了货送到大水田供销社，一趟可得一元多的运费。有一次，我们送饼干去小沙江供销社，走到半岭上、土岭界时，实在饿得不行，我和欧阳良两人吃了一小把饼干，盘算着少了秤的话大不了直接从运费中扣除。出乎意料的是，到目的地一称，饼干重量竟然丝毫不差。我们拿着运费高高兴兴往回走，心里十分感谢供销社那些刻意或无意多放了些饼干的好心人。还记得有一次，我们一帮人去司门前运送甘蔗。那天天寒地冻，下着大雪，司门前供销社的同志特意为我们煮了一锅红薯丁汤驱寒。虽然天气很冷，但喝着红薯丁汤，还拿到了运费，我们心里一直感觉暖烘烘的。

我特别喜欢劳动课，每次搞劳动时都很投入，也很勤奋。由于表现突出，在入校第二年的秋天，我就被学校评为"劳动积极分子"，奖金是七元钱，这可把我给乐坏了。在征得母亲同意后，我决定用那七元钱给自己做件新棉衣。用钱购得布、棉花和扣子后，母亲用针线亲手为我缝制了一件新衣服。这是我从娘胎里出来，第一次有了自己的新棉衣，穿在身上感觉温暖而舒适。那时的农村孩子，基本上只有一身衣服，晚上睡觉时把衣服脱了，就没有可替换的，只好光着身子睡觉。如果衣服脏了，就让母亲把脏衣服洗了，就着柴火烤干，第二天早上起来再穿。新三年、旧三年，缝缝补补又三年，并非夸张而是确有其事。一个很普遍的情况是，那时小孩的新衣服，不见得是真的"新衣服"，差不离都是在大人的破衣服上做点改动而成。在那个一升米、一尺布都极为珍贵的年代，我能拥有一件完完全全属于自己的新棉衣，别提有多幸福了。

---

刘跃辉，隆回羊古坳人，隆回二中高80届校友，现为澳优乳业（中国）有限公司执行董事、常务副总裁，曾为母校魏源文化墙建设捐资10000元。

当时社会上流行这样一首打油诗："头发梳得光,脸上搽得香;此人不劳动,人人说他脏。"那是个崇尚劳动最光荣的年代,我正是通过自己的劳动,赚到了补交学费的钱以及生活费,还有那件崭新的棉大衣。劳动是人生的基本功,在二中求学期间,我通过劳动实现了有饭吃的梦想。

### 踏入军营实现梦想

1961年6月,学校公布了一个好消息:高中肄业生可报名参军。校园里瞬间沸腾了,我也在老师的支持下,和许多同学一起报了名。那时征兵要求年龄18~22岁,而我那年已是23岁了,考虑到没有户籍关系可查,加之参军心切,我就按22岁报了上去。那时参军很看重家庭成分,土改时我们家被划为贫雇农,所以我的政治成分是没有问题的。体检则由军医来学校给大家做检查,学校医务室具体配合。体检时,我的其他项目均合格,只有体重离标准重量75斤还差两斤。好心的军医跟我说:"中午吃了饭再来吧。"饭后过秤,体重果然达标。事后想想,那个年代大多数人过的都是苦日子,军医也是很有人情味的。

一切手续办好后,就等着离校参军了。临行前一天,教我生物的傅颖清老师还特意杀了一只鹅为我践行。这位高个单瘦、面容亲切的老师,来自洞口县竹篙塘,他在校园里侍弄着一个小小的生物园,种了花草树木,还养了几只鹅,我离校前吃的那只鹅便是傅老师所养。这只鹅的恩情想必我此生都无法偿还了。

敬爱的老师,亲爱的同学们,我去参军了,再见!

入伍后,我被编到驻地在衡阳的解放军第47军。在那段入伍从军的岁月里,最值得我骄傲的就是,在毛主席八次接见红卫兵时,我有三次在天安门城楼下的长安街见到了伟大领袖毛主席。由于表现突出、备受认可,我在军队得以提干,转业到地方后吃上了"国家粮",有了一份稳定的工作。在隆回二中产生的朦胧梦幻,终于变成了美好的现实。

悠悠岁月,回首在隆回二中的日子,半个世纪已然过去。我在母校生活上的奋争,学习上的求索,如梦境,总是浮现于我脑海;如云烟,总是萦绕在我眼前;如清茶,品过之后唇齿留香。

---

黄艳萍,女,隆回六都寨人,1980年毕业于隆回二中,隆回籍著名企业家、湖南锦天科技有限公司总经理,热衷于慈善事业,曾为母校助学捐资上万元。

# 祖孙三代二中情

◇欧阳晖漫

欧阳晖漫，女，1970年9月出生，隆回七江人。1982～1988年先后就读于隆回二中初62班，高124班、126班。现居广东佛山，喜欢云游四海。

有这样一个地方，父亲、弟弟、妹妹、我的儿子以及我自己，都曾在这里孜孜求学、幸福成长；有这样一个地方，祖孙三代都对她心怀感恩，情有独钟。她就是我们的母校——隆回二中。

和二中的奇缘，得从父亲欧阳有福(现名欧阳群)这里说起。1955年的小升初考试，父亲以优异的成绩考进隆回二中初14班。三年后，父亲以出色的成绩毕业，进入二中高2班就读，他是隆回二中第一届高中生，并在应届毕业考上了湖南师范学院。父亲酷爱体育，在二中求学期间，他当了6年的体育委员，且学业成绩优异，他应该是二中史上成绩最出色的体育委员了。

父亲中学时代的名人光环也让子女无比自豪和骄傲。1982年，我以七江公社第一名的成绩考到二中初中部。一天晚饭后，我在操场草地上玩，一位两鬓斑白而又慈祥的老师过来问我是不是有福的女儿。我说："是的，阳有福是我爸爸。"老师说："你和你爸长得好像，他读书成绩好，喜欢打球，喜欢到河里去捉鱼，还送过两次鱼给我。"后来我知道这位老教师叫李驰云，爸爸读书的时候，李老师是学校办公室主任。袁征凯老师是父亲的数学老师，后来又教我的数学，他也对父亲的天资聪颖赞不绝口。

父亲大学毕业后，几经周折又回到母校执教，他曾长期担任二中奥林匹克物理小组的辅导员，桃李满天下。彭琛、谭华杰、周路波、邓正贤、欧阳俊杰等都是父亲的得意门生，他以学生为荣。父亲以自己毕生的精力和心血反哺了母校，他的名字被刻

---

欧阳硕龙，男，隆回七江人，隆回二中高80届校友，现为湖南省林业科学研究院副院长，曾和同为校友的妻子刘晓英为母校贫困学子捐款数万元。

上"二中名师录",我以我的父亲为荣。

父亲退休后,每天都喜欢在晨昏围着校园走两圈,喜欢听孩子们朗朗的读书声,喜欢看他们在操场上打球,还常常笑眯眯地看着出神……就这样,父亲日复一日守候着见证他青春的二中校园,无怨无悔。

后来,父亲的母校成了我的母校。我1982年小学毕业,遇上二中"文革"后首次招收初中生,我们那一届入学时,班级编制从"文革"最后一届初中班顺承而来,定为61班和62班。

马轶麟老师是我们62班的班主任,他号称二中的本山大叔,诗词歌赋、吹拉弹唱样样精通,我对文艺最初的热爱源自马老师。马老师不光语文课上得很精彩,课余还常教我们对对联,写古体诗词,演双簧、小品和相声。把玩笛子、箫、二胡、唢呐、锣、钹等乐器,马老师也是一把好手。一到少先队活动日,马老师就会教我们摆弄这些东西。在他潜移默化的影响下,即便是课间十分钟,我们班的同学也要拿出口琴笛子吹上一两曲。团委书记尹爱民老师教我们音乐,五线谱就是尹老师那时教会的。此外,他还教我们跳集体舞,并组织了一次让大家终生难忘的篝火晚会。在马老师、尹老师的带领下,我们经常在区里和县里的文艺会演中获得好名次,我第一次进隆回县城就是出演舞蹈《赤足走在田埂上》的时候。当时读初二,觉得县城好大好热闹,县委招待所的包子又大个又香甜放了好多糖,比六都寨街上的好吃多了。那时从县里回来我的理想就是长大后要进桃花坪工作,但当时总觉得这个理想太大了,似乎难以实现。

走向工作单位,当年老师教的这些看似对升学没用的东西,现实生活中却比数理化更管用。我在隆回卷烟厂参加过多次演讲比赛、诗歌朗诵比赛、歌舞晚会以及各种类型的知识抢答赛,经电视一转播,我便成了"名人"。有次我到法院打官司,法官一眼便认出我是电视上那个演讲比赛第一名的小丫头;去邵阳当时最有名气的温州小黄理发店理发,温州老板对我也特别关照,不要我排队,还少收了我的钱。那时候还没有素质教育这个概念,事实上,我们在隆回二中接受的就是素质教育。

我像父亲一样热衷体育运动,因而被选进了校体训队。邹勇老师每天带领我们早训,所以我在二中可不上早自习;由于经常参与排练文艺节目,我经常晚自习都不用上。体育和文艺两样都比读书好玩,甚合吾意,自我感觉在二中的日子如鱼得水。在读书方面,我不太喜欢翻来覆去念教科书,但对于其他书我都喜欢看。马轶麟老师没收了我的小说,我以她的女儿马汝萍做内应,回头又从他家里把书给偷了出来。

高一我在124班,丁火焱老师当班主任兼数学老师,丁老师才思敏捷,说话风趣

---

黄怀德,男,隆回滩头人,1981年毕业于隆回二中,现为江南机器(集团)有限公司党委书记。2006年曾为母校贫困学子捐款人民币1万元。

幽默，喜欢对联诗歌，比如，李调元戏苏杭六才子的佳话"十九月亮八分圆，七个才子六个癫，五更四鼓鸡三唱，怀抱二月一枕眠"，就是丁老师说给我们听的。丁老师特别喜欢下象棋，晚饭后常带着我们一起下棋。班里举行象棋比赛，我得了女子组第一名，谭雪云第二，她是我同桌，我俩上自习时常在桌子底下下棋。为了保险起见，我们下课用买来的木质象棋下，上课则用自制的纸板象棋对垒，万一纸板象棋被老师没收，也不会造成经济损失。

高二分科，我选择学文科，就读于126班。这时我对英语发生了极大的兴趣，想长大后当翻译家，父母只要我想读书他们就高兴，不惜花380块钱的高昂代价在邵阳买回一台燕舞牌收录机，专门供我学习英语用。我也不负重望，参加县里的中学生英语演讲比赛，拿了个第五名回来。

1986年，二中南迁，那之后的两年我们劳动课最多，大家自力更生，美化校园，干得热火朝天。黄土高原的脐橙，进校门两排广玉兰都是我们当时种的，28年过去，那时的小树苗已成参天大树，每年五六月玉兰花开，整个校园花香馥郁，落英缤纷。

俗话说，前人栽树，后人乘凉。二十多年之后，我的儿子周灏迈着轻快的步子走在当年我们亲手栽种的这些广玉兰下面，他作为我们家第三代的代表成了隆回二中的学生。巧合的是，我是"文革"后第一届初中生，儿子则是默深中学最后一届初中生。周灏初中毕业后，在二中完成了他高一和高二的学习，至此，我们家与二中的缘分延续了整整三代人！作为90后，周灏是在蜜罐里长大的孩子，所受的教育与上辈人很不一样，因而也有他独特的思想。

记得周灏读高二时的某个周日下午，学校放半天假，他和班上几个同学去总站玩学校明文禁止的电游。外公和班主任欧阳新苗老师联手对小家伙进行批评教育，还逼他说出同伙。周灏任凭外公和班主任"威逼利诱"，就是不肯说出同伙，他说："我可以写检讨书，但不能出卖我的同学。"

爸爸在电话里和我聊起这个事儿时候，我说孩子做得对，我在二中读书时也不喜欢背地里打小报告的同学。

暑假我带儿子回二中，与父亲在校园里散步。看着一排排苍翠的广玉兰，我想，它们是否还记得如今白发苍苍的父亲也曾像他的外孙周灏一样朝气蓬勃？或者，它们是否能够想像今天稚气未脱的周灏多少年后也会如他的外公一样垂垂老矣？这座校园、这些树、这里所有的一切，都见证着我们祖孙三代人的青春……

---

文鹰，男，1964年8月出生，隆回岩口人，隆回籍著名企业家，1982年毕业于隆回二中，曾经为母校贫困学子捐款上万元。

# 弦歌三曲

◇戴深烈

"辰水河边,聚集着一群炎黄的子孙,孟母三迁把他们移近桃花小镇,金橘飘香,梧桐拥翠,滔滔资水,伴着琅琅书声……"偶尔听到母校隆回二中这首老校歌时,我就禁不住心潮澎湃。在这昂扬激越的旋律中,回想起二中校园由金石桥到六都寨再到花门的三次变更,我发自内心地为母校今日的繁荣感到骄傲,更为自己亲身参与隆回二中南迁花门这一历史性事件而无比自豪。弦歌不辍,三曲成章,金声玉振,大雅返璞。我想用三节质朴的文字,来记录母校南迁花门时那些鲜为人知的故事。

戴深烈,男,1942年出生,隆回横板桥罗子团人。1957～1960年就读于隆回二中初21班,1960～1963年就读于隆回二中高6班,1963～1968年就读华中工学院,1983～1991年担任湘西技校校长,其间主持了把湘西技校校址转移给隆回二中这一重大历史性事件。

## 良　机

我是横板桥罗子团人,1957年至1960年就读于隆回二中初中21班,1960年至1963年就读于高6班。在母校的求学岁月是我人生的黄金时期,是母校的辛勤培育让我从山沟里起步腾飞。当时,二中地处六都寨,前往学校读书要翻越高耸的大东山,再加上国家百废待兴以及三年苦日子的影响,我们的求学条件格外艰苦,但青春因为磨砺而闪光耀眼。1963年高考后,我告别母校赴华中工学院深造。此后,领略了广阔世界的我,每次回到母校时,一方面为母校取得的成就感到自豪,另一方面也为其遇到的问题而深感忧虑,尤其是上世纪80年代六都寨的居民在河床上淘金导致地面下沉,房屋开裂,严重威胁着学校师生的安危,让我和不少校友深感担忧却又力不从心。

---

欧阳晓风,男,隆回荷田人,高85届校友,现为湖南省发改委人事处处长。2012年2月3日,因他为隆回经济发展做出突出贡献而被县政府嘉奖5万元,他立马将奖金全部捐给母校贫困学子。

1985年那阵子，作为"三线"建设企业的湖南航天局内部传言，准备整体从隆回搬迁到长沙。我当时担任航天局下属单位——湘西技校校长，听到这个消息后灵机一动，何不把湘西技校校园整体转给隆回二中？一来湘西技校可以在航天集团内第一个迁往长沙，为集团的整体搬迁打下基础；二来可以解决母校发展的瓶颈问题，为两所学校的发展都带来重大的历史机遇。我和当时的技校党委书记张凤梧商量后认为，此事对于两所学校都是双赢，一定要想办法全力促成。当时湘西技校的教师大部分是外地人，他们当然更希望迁往条件更为便利的长沙，所以，湘西技校整体迁往长沙的提议一经公布，就获得了三分之二左右的多数通过。

## 波　折

　　机不可失，事不宜迟。我决定速与隆回二中沟通。当时在湘西技校任教的肖治国老师曾担任隆回二中教导主任，熟悉二中的领导班子，于是肖老师便充当了两个学校之间的使者。他把有关情况和隆回二中校长宋鹤鸣等领导沟通后，立马得到了二中的积极回应，也得到了隆回县委县政府的重视与支持。

　　总体意向达成后就是具体事务的商谈。湘西技校校园曾是我们从邵阳师专（今邵阳学院）花了180万购买来的，尽管湘西技校后来又修建了两栋新楼，但我们决定还是以180万转给二中。隆回县委县政府与二中都对此表示接受。其中有个小插曲，当时的谈判工作是在县政府分管教育的副县长和湘西技校领导之间进行的，二中则希望直接和湘西技校商谈，可湘西技校却并不愿意。宋鹤鸣校长当时对这一点是有看法的，他认为湘西技校属于正处级学校，从行政级别上看不起二中。其实，这真是对我们最大的误解。虽然在其位谋其政，屁股决定脑袋，但我对于母校的校长，打心底里非常尊重，绝对没有看不起二中的意思，而是兹事体大，仅隆回二中一家是敲不定的，这么大的工程必须由县政府拍板，毕竟是政府掏钱为二中搬迁。

　　创业艰难百战多，一波未平，一波又起。湘西技校整体搬迁虽然得到了航天局主要领导的大力支持，却并没有获得航天局班子全体会议的通过。他们认为，航天局目前在长沙还只建有一个小基地，并没多余的土地，湘西技校根本不具备整体搬迁到长沙的条件，还得在隆回原地办学。搬迁事件骤然刹车，真可谓世少坦途，好事多磨。

## 奋　斗

　　山重水复，湘西技校未能及时搬迁，一下子陷入了进退两难的困境。由于已与隆

---

罗国银，男，隆回岩口人，隆回二中高85届校友，现为湖南建鸿达实业有限公司副总经理，曾为母校贫困学子捐款上万元。

回县委县政府及二中达成协议,出尔反尔、失信毁约显然是无法交代的,因为这样会对湘西技校和地方政府的关系产生极为不利的影响,也会给二中的办学安全带来不可预见的隐患,这都是我不愿见到的。隆回县委县政府似乎也听到了风声,他们从二中师生安危的角度出发,步步紧逼对湘西技校施压,要求尽快搬离以便腾出地方为二中办学。我当时也觉得愧对母校,毅然顶住压力把技校搬到隆回卷烟厂对面的仓库里面办学。从宽敞的校园沦落到逼仄的仓库,技校的师生难免怨声载道,一些人私下写大字报说我是"败家子",尤其是在下雨漏水师生们忍着寒风就读时,个别人还曾说出过更加难听的话。我虽然感到委屈,却并不在意部分人私下的牢骚,因为我心里明白,我们不是"败家子",隆回二中搬迁过来后会有更大的发展空间,湘西技校克服暂时的困难后也会有更好的前景。正是本着这样的信念,湘西技校全体师生在艰苦的条件下,在隆回卷烟厂对面一直坚持了三年,直到1989年学校正式迁到长沙。

  校园交接并不是一帆风顺的。湘西技校当时有一百多名后勤人员,他们的家属在学校种点西瓜、橘子和花生,也算得上有一份较为稳定的收入,再加上他们大部分是隆回人,学校整体搬迁后,他们的家属都将失去这份种植工作,所以后勤人员反对迁校的非常多。个别人甚至把学校的天线转播台故意弄坏,以此表达内心的不满,这自然给隆回二中接手带来不小的困扰,他们认为湘西技校对搬迁工作有情绪。于是我们一方面加强对技校师生的解释与管理工作,另一方面与二中协调沟通,把工作做到细处,最终顺利实现了交接和过渡。

  对于湘西技校校园转给二中的价格问题,部分二中人颇有微词,认为航天803、804、861厂区以及722医院都是搬迁后无偿交给地方,只有湘西技校却还要二中掏钱,太不厚道了。对此,我是既有愧又无愧。有愧的是我对母校没做出什么大的贡献;无愧的是湘西技校校园作为第一个转交给地方的场地,在当时缺乏有关政策的指导,再加上我们资金本来就很紧张,搬迁工作困难又多,有偿转让实为无奈之举。后来,隆回县政府通过二中支付了150万元给湘西技校,还有30万元最终不了了之。湘西技校后来自己去航天部争取了30万元,在长沙新建了航天技校。即使再后来湖南航天局整体迁出隆回后,我们也没有再找隆回二中追要那30万元。

  抚今追昔,往事并不如烟,昔日的艰苦奋斗已经铭刻校史。"风物长宜放眼量",看母校蒸蒸日上、繁荣发展,又恰逢今年是建校90周年,我作为隆回二中培养出来的学子,备感欣慰与自豪。鸿图大展,弦歌不辍,薪火相传,衷心祝愿我们的母校隆回二中明天更美好!

邹志宏,男,隆回司门前人,隆回二中高86届校友,隆回籍青年企业家,曾为学校助学活动捐款5000元,并和母校学子结成一帮一互助关系。

# 带着父母回二中

◇张　胜

张胜，女，1971年3月出生，隆回六都寨人。1982~1988年先后就读于隆回二中初62班，高124、126班，后毕业于长沙电力学院。现居长沙，任职于湖南省电力公司。

趁着到邵阳出差，我回了趟六都寨，挤出点时间陪陪生活在老家的爸妈。

晚饭后，我提议一起出去散散步——印象中很少陪父母散步呢！爸妈很高兴我的提议。我们朝着老二中方向走去——那是我心目中最宁静、最让我感怀的地方。从家里前往老二中的这条路，是我三十多年前常走的路，在这条路上，我走过了初中，走向高中，直到1986年二中搬迁。

路还在，全都铺上了坚硬的水泥，比起那时候的碎石路好走多了。两边新修了好几座民房，路就显得没那么空旷了，那时晚上走在这里，还有点阴森森的感觉。我们几个女生晚自习后总是结伴回家，为给自己壮胆，故意大声说笑、大声唱歌，做出一副气势很足的样子。恐慌往往来自于我们的内心，当年走了这么多的夜路，从来都平安无事。现在想来，那时的六都寨有本县最好的国营企业——隆回造纸厂，有承载着隆回山区教育重任的二中，还有在淘金热中逐渐富裕起来的村民，它在隆回来说，是一个集市繁华、经济活跃、民风淳朴的好地方。

二中搬迁后，原址曾经办过隆回十二中，现在是六都寨中学，办学规模当然比二中在的时候要小很多。

进校门的那一排玉兰树，是我读书时就有的。当年细小的树干，现在已经长得很粗壮了。我记得曾经在玉兰树下买过五分钱一个的柿子，一毛钱一块的米糖。那时的我们基本上没有零花钱，偶尔在自家床底下，捡到大人们不小心掉落又不起眼的几分钱硬币，那简直就是一个天大的财喜，从不上报也不上缴，就自己偷偷地花了。有一年暑假，妈妈要我去买菜，我虚报了一毛的菜钱，心细如发、明察秋毫的妈妈竟然没有察觉。那次"贪污"的感觉很不好，吃着用那钱买来的米糖，诚惶诚恐。我今天向妈妈坦白了那时的经历，惹得爸妈哈哈大笑。

老二中的房子多数已经拆了，换成了一座座崭新的教学楼。不过我初三时的教室还在，只是外墙重贴了瓷砖，焕然一新。令我惊喜的是，初三教室门前的两棵桂花树依然树冠茂密地屹立在那里。在整个校园里，能像它们这样见证校园沧桑变化而又富有生命的东西确实已经不多了。

我最喜欢闻桂花的香味了。有好几次，那香味随风飘来，潜入教室，钻进我的鼻腔，竟让我抵不住它的诱惑，陶醉其中，一时不能专心听课了。这么多年来，每到金桂飘香时，我都会想起少年时期飘荡在我心里那股淡淡的芳香。

校园的最里头是礼堂。那曾经是我们的食堂，也是学校开大会的地方，现在成了危房，没有拆，但也不能再用了。在昏暗的灯光下，食堂越发显得败落了。那时粮食实行严格的供给制，在学校寄宿，要自带大米。食堂伙食也极其简单，翻来覆去就是南瓜、萝卜之类的小菜，每周打牙祭时才能吃上一次肉。现在想来，那真是一段苦日子！但那时的我们却从没有感觉到苦，也许是大家都没有体会过如今这般丰衣足食的生活吧！

初一时，我在学校寄宿了一个学期。每到学校交米的日子，爸爸总是送我一起去学校。爸爸认识的人很多，一路上很多人都和他打招呼，很受尊敬的样子。跟在爸爸后面屁颠屁颠走着，那种幸福骄傲的感觉，油然而生！我问爸爸是否还记得那些场景，爸爸摇了摇头。打记事时候起，父亲对我的关心就润物无声地弥漫在每一天的生活中，只差没把心窝窝掏给自己的孩子，他怎会记得当年那些小小的细节呢？然而，正是在父母细微的关怀中，我逐渐地成长起来，并一点一点地感受到了自己的责任。

当时学校乱丢饭菜的现象比较严重，食堂成了老鼠的天堂，老鼠不仅个大，而且胆大，它们可以肆无忌惮、成群结队地在校园里游逛。为了抨击这种浪费粮食的行为，我们62班班主任马轶麟老师编了一个小品——《食堂里的大老鼠》，由普通话标准、长相机灵的廖烨代表班上参加全校元旦文艺会演。新鲜的表演方式，滑稽的演出效果，使这个节目获得了很大的成功。多年以后，我们同学聚在一起时，还常聊起那段曾经给我们带来最纯粹欢乐的演出。

说到廖烨，那可是我的"老伴"呢，我和他曾经在初二表演小品时扮演一对老夫

---

邹益坚，男，1965年出生，隆回司门前人，曾就读于隆回二中高116班。现任合肥富通机电自动化有限公司董事长、安徽省湖南商会副会长。他热心公益事业，资助了家乡和母校的不少贫困学子。

妻。记得剧情很简单：老两口到学校看孙儿，惊喜地发现二中发生了翻天覆地的变化。多年没见"老伴"了。去年通过一次电话，他现在是隆回一家民营医院的股东，自己也坐门诊。"老伴"声音仍然很爽朗，感觉依然十分亲切。

此时，站在礼堂外面的我，努力向舞台的方向张望，希望能够穿越到当年，看看自己那初生牛犊不怕虎的模样……我要感谢这个舞台，在这里我演过小品，参演的舞蹈还在县里获过奖。那段出风头、见世面的经历，放大了我的自信，无论后来上大学还是在单位，遇上一些需露脸的场合，我竟从不怯场。

如果不是1986年学校墙体发现多处裂缝，二中应该还在六都寨。那时附近的农民纷纷奔向辰水河挖金，使坐落在河畔的校园地基沉陷，墙体开裂。我现在还记得当年的校长宋鹤鸣对着电视台记者，介绍那些裂缝是如何之严重，师生是如何之恐慌。现在想来，其实是二中的老师们想往县城方向走，一起造势的举措而已。这么多年过去了，老二中的房子不也没有一座倒塌的么？

不过二中若没搬迁，就不会有奶奶随我陪读的故事了，我的成长之路恐怕将会是另外一道风景。

二中搬迁到花门后，我就只能在学校寄宿了。奶奶心疼我，担心我在学校吃不好，便主动提出随我去读书。陪读，这在今天来说，已是非常普遍的亲子教育模式，然而在28年前，却是极为少见的。

奶奶曾经对我说，她最幸福的就是和我在二中陪读的那两年。我深爱的、远在天边的奶奶啊，我又何尝不是这样？我们祖孙俩租住在新二中门口的农民家里，十来个平方米的房间，既是卧室，也是厨房，更是我从学校晚自习回来学习加餐的课堂和食堂。我非常能体会奶奶、父母为我成长付出的艰辛，在这种爱的滋润下，我卯足干劲不知疲倦地学习。在陪读的两年里，我用从无旁落的第一名，回报他们的爱。学习之余，最喜欢的就是和奶奶搞家庭饲养。那时我们喂了几只母鸡，鸡吃的是好朋友从学校食堂帮我捡回来的米饭。鸡蛋不仅能够自给，还有剩余，便委托房东卖菜时帮着卖掉换些钱。

一路上，和爸妈细细地聊着我在二中求学的故事，感慨已逝的岁月，我竟然有一种莫名的惆怅：今晚的活动中似乎还缺少一个人，就是我深爱的奶奶。在我人生最富激情的青春岁月里，是奶奶陪着我走过的！如果有可能，此生我最想做的事，就是像今晚一样，带着奶奶和爸妈一起去新二中看看，边走边聊，感受二中的发展变化，看看我们曾经一起生活过的那座熟悉的校园！

---

刘哲清，男，隆回六都寨人，1988年毕业于隆回二中。隆回籍著名企业家，2006年曾为隆回二中贫困学子捐款5万元，也为家乡受难乡友捐助过不少资金。

# 永远的四合院

◇欧阳曙涛

我是在二中校园里长大的孩子,学校的一切早已融为我身体的一部分。考上大学、参加工作、买房结婚、工作创业,似乎走了很远很远,但家的概念却早已凝固在了二中,定格在那个有着大通铺、大坑和花园,可以肆无忌惮玩耍的四合院。

1986年,改革开放缓缓进行了8年,大部分农民还在欣喜地看着自家满满的米缸时,六都寨的洪江村已悄然立起了成排的二层红砖楼,淘金所带来的收益已能让稚气未脱的少年拥有属于自己的"凤凰""永久"自行车。那年因为淘金引起的地陷导致学校搬离了六都古寨;那年因为迁校许多同学第一次到了县城;那年我们班有了普通话标准、衣服没有补丁的漂亮女同学……

新二中虽然很宽敞,但教学楼却又不够,学校把一个四合院加以改造,拆除了正对大门的东面平房,延长了南北的平房,改成6间教室,我们初二两个班才得以入读四合院。宿舍也不够,学校清理了四合院一间百余平方米的空房,架几个砖头,钉些木板做了个大通铺。大通铺的功能远比床强大,睡觉、下棋、翻跟头、表演节目……都可以在上面搞定。

学校里舍不得花钱硬化随之增大的院子,于是我们教室前面就有了一个1.5米深的大坑,这个坑就成了我们课间十分钟尽情玩耍的游乐场。我班有小半的男生喜欢玩弹弓,下课后大家就站在教室走廊上打坑里的墨水瓶,一个学期后68班男生的弹弓水平突飞猛进。后来,我们发展到用弹弓打麻雀,打下来的麻雀用泥巴包了,烧点落叶树枝煨个半熟后,再刨出来去毛洗

欧阳曙涛,男,1974年4月出生,隆回七江人。1985～1991年就读于隆回二中初68班、高139班、理(一)班。现居江西,担任江西川源食品有限公司董事长。

---

魏彬,男,隆回司门前人,1991年毕业于隆回二中。现为商慧控股有限公司董事长,曾在校庆前期以高144班的名义为母校捐款20万元用于校园文化建设。

净,用树枝串好后撒上盐,在火堆的余烬上烤得橙黄橙黄的。晚自习时拿到教室美滋滋地吃上几口,味道是其次的,主要是在同学们尤其是女同学面前显摆显摆。

也在四合院里,班上来了四个来自068(湖南航天)的同学,有三个是女生。苏宴同学扎着一条又粗又长的五股辫,大方活跃,面若桃花灿烂,行如流风回雪。宁小平皮肤白皙、文静素雅,似梨花带雨、轻云拢月。谢菲同学高挑匀称,如白杨挺拔,绝无旁逸斜出。虽没勇气去跟女神说一句话,但她们举手投足间表现出来的气质却令我们怦然心动。她们的普通话说得比学校播音员还好,她们用精致的塑料文具盒,她们的衣服色彩艳丽,头上有好看的头饰……后来我去过很多大城市,也见过不少模特和明星,但内心深处的"心动美女"形象,却永远定格在了那几名068女生的样貌上。

那个年代,考上大学或者中专是跳出农门的核心途径,也是我们努力的最高目标,至于什么大学似乎并不关心,能考上就好。然而那时的升学率非常低,对于我们这种中下成绩的同学,希望就是绝望!听什么课都打瞌睡,唯独喜欢劳动课。校园有许多荒地,浪费在那里怪可惜的,于是我们就开始在"黄土高坡"后面种上大片脐橙,在校园东北角种植雪梨,学校原有的橘园也由同学们管理,这样一来,我们平均每周有两节以上的劳动课。劳动课最值得回味的成果当属四合院一角那畦不大的花园。花园边长着两颗小樟树苗,那是我们读初二时精心栽种的。班主任兼数学老师刘林杰是个种植能手,在他的指导下,我们把300平方米左右的地分成整齐的小块,夜来香、美人蕉、菊花、鸡冠花各自成片,株距行距十分精确,花园里无不体现着数学的严谨。蔬菜一枝花,全靠粪当家。学校的大粪资源非常丰富,刘老师经常让勤劳力大的班长肖志刚挑大粪浇花。隔窗看去,丰腴的花叶、肥美的花瓣在师生的精心浇灌下,欢快地展露着迷人的风姿。偶尔,刘老师会穿过花园看看哪个孩子学习不认真,听听教室里又有什么新动向,时常还会看着花园喃喃自语:多好的粪啊!可惜不是菜园。

刘老师觉得画些茶杯类的几何图形有利于提高大家的空间想象力,便兼起了美术老师。有次美术课,同学们在琢磨今天是画圆柱还是圆台时,刘老师却教大家写起了美术字。说话间用整根白色粉笔横过来写了"自强不息"四个大字,笔划遒劲有力!再用红色粉笔在字体的下边和右边着色,四个字便立体地突兀于黑板之上了。那个画面至今还印在大部分同学的脑海里。在社会打拼期间,农村孩子大多无依无靠,跌倒了再自己爬起来,我们今天能在社会上立足,靠的正是这份自强不息的精神!

如今,那个满是欢声笑语的四合院已然消失了,我们的大通铺和"游乐场"也早已不复存在。那些被我们用弹弓打过的墨水瓶和瓶盖,早已深深地埋在了地里,就如我关于四合院的记忆,藏得深沉,却触景翻腾。

袁小黎,男,隆回高平人,1991年毕业于隆回二中。现任职于东莞道业投资管理有限公司,曾在校庆前期以高144班的名义为母校捐款10万元用于校园文化建设。

# 不可忘却的人生驿站

◇罗文骅

作为一名在外奔波打拼的隆回游子,年近不惑时,难免会增添几许乡愁。在我对于家乡的记忆中,于隆回二中那半年的求学史,虽然短暂,但回忆起来却备感温馨和美好,已经成为乡愁中不可或缺的一部分,其间结识的不少老师和同学亦成为今生今世的良师益友。

## 遇上二中我的缘

在我印象中,二中属于大家闺秀,早在我就读隆回十中时,她就如同白莲仙子一样,常常出现在我睡梦里,可望而不可及。对于我这个文学青年来说,二中还因为默深文艺社、《凤声报》、马萧萧、刘豪放等如雷贯耳的符号和名字,更让我心驰神往。

1994年高考,落榜后的我和从前的文科班班长卿光正一起,找到一个在二中当领导的沙子坪籍老乡软磨硬泡,请求插班进入二中借读。或许是因为高考成绩还看得过去,或许是复读考大学的诚心打动了他,我俩最终成功争取到了插班生的资格,我进入164班,他进入165班,成为二中1995届高三少有的两名插班生。

还记得1994年初秋第一次进二中校园时的情景,气势雄伟的主教学楼书声琅琅,古老厚重的丁字楼在阳光下显得庄严神圣,校园主干道梧桐成阴、师生如织,阳光透过树叶缝隙稀疏地洒落地面,伴着清新的空气,给人一种特别舒适和谐的感觉。校园幽深的小路显得静谧绵长,微风掠过路旁的树木,枝条摇曳,

罗文骅,原名罗义驰,男,1975年出生,隆回南岳庙人。曾在隆回二中高三164班就读,后毕业于四川大学。现为贵州智维盛世策划传媒总经理、贵州网络文学学会副秘书长、贵州隆回老乡联谊会(筹)秘书长。

---

陈代云,男,隆回六都寨人,1991年毕业于隆回二中。现为上海某企业高管,曾在校庆前期以高144班的名义为母校捐款5万元用于校园文化建设。

像缪斯女神的霓裳,多么诗情画意的朦胧,多么恬淡幽美的意境,这就是梦寐以求的心中圣殿呵,这就是拥有深厚人文底蕴的隆回二中哦!

作为家境贫寒的乡镇普通高中落榜生,自然承受着同龄人所没有的精神创伤和经济压力,我在二中读书期间,大多数时间让自己处于半封闭状态,很少欣赏如梦如诗的校园美景,更没有心思去重温青春激扬的文学梦想,常常在晚餐后的黄昏,跑到黄土高坡或赧水河畔独自读书。

老师和同学并没因我的身份而另眼相待。给我印象最深的老师是人称四把火的班主任丁火炎老师,一个喜欢穿绅士背带裤、慈善豁达的尊长,他对刚经历高考打击的我没有给予太多的压力,反而鼓励有加。同学中给我印象较深的,有胡林、陈石桥、张紫红、陈定球、彭国民等活跃分子。由于周边有不少美女邻座,我得以认识几个学美术专业的美女同学,比如匡霞、尹琼艳、魏文君、欧阳初鲜、陈松,等等,虽然和她们交谈不多,但不时的一句问候和闲聊也让我这个插班生感到欣慰。偶尔,我也去兄弟班165班串门,并因此认识了我们同村的罗礼平以及李才喜、肖爱民等同学。

我在二中待了一个学期后,背负着重压随卿光正等同学一起融入赴黔高考大潮。匆匆离别时刻还惊喜地收到了几位女同学的珍贵礼物:匡霞送的是一张雪中侧立的倩影照片;魏文君则送了一个精致笔记本。一枝一叶总关情,点滴同学情让我平添几分离愁和感动,并伴随我走过在成都求学和工作的八年时光。

## 网络再牵同窗情

感谢网络让一切成为可能,在和绝大多数二中同学失去联系十多年之后,我终于从网络上找到了二中92级(95届)QQ群,联系上了众多久未联络的同窗,聊起往日的校园轶事,不由感叹岁月易逝、友谊难忘。十几年未曾谋面,往日懵懂的青春少年已基本成家立业并在各自的领域打拼出一番事业。当时的文学少年胡林已成为长沙晚报广告公司的老总;学美术的尹琼艳成为武汉户外广告界的大佬;李才喜从电子科大毕业后专注科技智能产业,生意遍及南中国;肖爱民在华东把生意做得红红火火;当年其貌不扬的张紫红在印刷、房地产等领域风生水起,还在家乡开发了紫日名苑楼盘,成长为隆回知名企业家;美女魏文君成为珠三角商业地产运营方面的专家;罗礼平在中纪委、卿光正(后改名龙威)在贵州省委均已是处级青年干部;陈松在四川大学研究生毕业后,去南宁市委组织部工作了一段时间,后来华丽转身从事幼儿教育。我自己则从天府之国成都辗转避暑之都贵阳,大学毕业后从自办DM杂志到做财经记

---

王小琳,男,隆回七江人,1991年毕业于隆回二中,隆回籍青年企业家,曾在校庆前期以高144班的名义为母校捐款5万元用于校园文化建设。

者再转型到媒体策划和文化传媒产业，几经波折，如今也算在贵阳立稳了脚跟。

近年来，为了延续心中对二中和家乡那份难舍的情感，团结更多校友和老乡交流情感、拓展事业，我正在发起筹备组织贵州隆回老乡会，希望它能够成为不少隆回乡友来黔发展交流的驿站。以筹备中的隆回老乡会为平台，我不时能接待到张紫红、李才喜这些同窗眼中的土豪，也认识了一批在贵阳发展的优秀校友，对母校的认同让我们的感情在异地他乡的土地上得以延续和升华。

张紫红个子不高、衣着朴实，一副文艺学生模样，却深谋远虑，也比较会享受生活。常打着飞的、住着五星级酒店的他，用的手机却是几百块钱一台的。我在隆回结婚时，他热情提供自己的座驾——新宝马740给我做婚车，完后却以略带惋惜的口吻说："兄弟够可以了吧，新车的第一次就这么给你了。"

李才喜是个精明且能吃苦的商人，说其精明是指在成本方面吹毛求疵，百多元一晚的商务酒店硬是要求打折，可谈起生意来却风风火火。因为他有不少业务在贵州，我这里成了他产品的发货中转站，我公司员工也成了其免费的搬运工。李才喜常常在深夜突然来电："老罗，我从成都赶火车过来，明天下午到贵阳，晚上要赶去南宁的飞机，有好吃的家乡菜没？"就是这么一位朴实的老板同学，每次来贵阳都点名要吃家乡菜，我们常常就着腊肉和猪血丸子喝点小酒，畅谈二中往事，共话同学情谊……

在贵州发展的校友中，高86届学长欧阳恩良现为教育部新世纪优秀人才支持计划人选，贵州省省管专家，贵州师范大学马克思主义学院院长，他为人真诚热情，好比一位邻家兄长。高94届校友李立峰在二中读书时就比较活跃，是有名的运动健将，这位贵州有名的钢材贸易企业家是隆回老乡QQ群的创始人，经常组织在黔隆回老乡一起打篮球，为乡友团结互助作出了贡献。高91届144班学长喻颖峦现在是贵州银行某支行负责人，高93届学姐范平花现为贵州财经大学高校评估中心副主任，两人都重情重义，对我关照有加，让我体会到一名学子的对于母校情感的归属和认同。

忆往昔，青春年少，朝气勃发；看今日，桃李满园，事业初成。这些都离不开二中校园文化的熏陶和各位尊师的谆谆教诲，感谢隆回二中，感谢那段短暂而深刻的日子，赋予了我人生中最宝贵的同学之情、校友之谊。

如果说余光中的乡愁是邮票和船票，席慕容的乡愁是笛声和没有年轮的树，那我的乡愁就是家乡的猪血丸子、熏香腊肉还有那绵延不断的乡情和同窗情谊。时光荏苒，岁月流年，无论人生怎么起伏，我都忘不了隆回二中那座熟悉的校园，那个链接着我过去与未来的人生驿站。

---

高91届校友欧阳志军、高99届校友邹永红非常热衷帮助母校贫困学子，不光亲自为贫困学子捐款，而且动员隆回籍青年企业家陈云捐款3万元。

# 那个地方,珍藏心底

◇彭正华

彭正华,男,1978年11月出生,隆回南岳庙人。1993~1996年先后就读于隆回二中高174班、172班,2001~2005年在隆回二中任教语文。现居娄底,任职于湖南人文科技学院。

人生就像一条奔腾不息的河流,在奔向大海的旅途中,总要经历些急弯险滩,总要领略些春光秋色。总有那么一个地方,留下我们的喜怒哀乐、酸甜苦辣,并且被我们珍藏在心底,一旦触及,或感慨或庆幸或欣喜或遗憾。隆回二中,于我而言,就是这样一个地方,无论我离开她多久多远,她总是会在某个慵懒的午后,或是悠长的雨夜突然出现在我的思绪里,让我猝不及防。

1993年,一个炎热的夏日,15岁的我第一次走进二中的大门,分在高174班,班主任是郑伟华老师。伴随我的除了提着大米、箱子和被子的父母,还有农村少年的雄心壮志与自卑不安。

新的校园于我,一切都是新鲜的。宿舍,就在"黄土高坡"的旁边,一溜小平房;食堂,也就是学校的大礼堂,上面是舞台,下面有很多窗口打饭卖菜;教室,紧挨着围墙,外面就是农家红薯地;澡堂和开水房连在一起,就在食堂下边,篮球场一旁……

学习是紧张的,从各个乡镇考上来的尖子生,在这里重新开始洗牌,竞争中充满了浓浓的火药味和你追我赶的刺激。生活又是充满着乐趣的:吃饭铃响敲起饭钵打冲锋的声音犹在耳边回响,下雪天洗冷水澡的感觉至今还让我打冷战,在被窝里用单放机播放《新白娘子传奇》主题曲是何等享受,第一次中秋晚会上猜对班主任放的曲子是《二泉映月》别提多骄傲……荒唐的事也干过不少:替同学写情书、翻围墙出去打桌球、停水的夏天在小吃店买那种红红的冰水洗脚……周末的日子,有时和同学坐上三轮"慢慢游"去县城,有时在学校后面的黄土高坡和老虎山

---

王江田,男,隆回羊古坳人,隆回二中高93届校友,深圳市帝普斯科技有限公司总裁,他捐资40万元修建了隆回二中校训文化广场。

走走,有时又在赧水河畔的码头出神地看着摆渡的艄公……一幕一幕,恍如昨日。

那时的校园,有那么两处有趣的地方,成为那几届学子共同的记忆。一是校园主干道两旁的法国梧桐,高大粗壮,浓荫蔽日,课余饭后,树下总是不乏聊天或戏耍的同学,美中不足的是大风起兮之时,负责打扫卫生的同学就要叫苦不迭了。还有一个地方就是黄土高坡,跑道是用学校锅炉房的煤渣铺洒的,有时我晚上在那里跑步,听着鞋子踩在煤渣上沙沙的响声,看着周遭黑魆魆的树影,还真有点吓人。但是在周末的白天,"黄土高坡"就成了大家最喜欢的去处,有跑步的,有散心的,有看书的,偶尔也有一两对情窦初开的情侣,看见熟人就作鸟兽散,不像现在的学生那么大胆开放。

老食堂前边的篮球场是一个不能不提的地方。由于食堂没有桌凳,大家打了饭菜以后,就三三两两凑在一起,或站或蹲在食堂的角落用餐,要不就是端着饭盒坐在篮球场四周的石阶上,看打篮球的人在场上左冲右挡,不时为他们呐喊加油。到了放电影的时候,篮球场又变成了露天影场,天还没黑,心急的人就搬着凳子到篮球场占位置了,生怕去晚了只能看别人的后脑勺。那些卖瓜子、花生、甘蔗的小贩也早早圈了地盘,等着生意开张。只有放电影的人不急,总是要等预定时间满点以后,才慢腾腾地拿着片子播放,下面坐着的人那个急啊。

四合院是二中当时的特色建筑,说是四合院,其实只能算二合院,两排宿舍相对,两端用大门一封,就成了四合院。中间有洗漱池,也有洗衣服的台子,水泥墩子上拉着生锈的铁丝,可用来晾晒衣服和被子。四合院有个好处就是通风凉快,那时没风扇大家也不觉得热。男生喜欢天热时穿着裤衩在院子里冲澡,偶尔有女生过来给谁送个东西传个话时,冲凉的男生往往会惊慌失措,连桶子掉在地上都顾不上捡起……

时光总是匆匆,一转眼就到了高考,仿佛昨天还是那个刚迈进校园的懵懂少年,今天就要以一个高考生的身份走进考场。那时候高考前流行输液,就是输氨基酸,一般是考前一周左右开始输,据说这样可让人考试时精力超好,不容易疲劳。我相信了这种说法,考试前四天输了两瓶氨基酸,嘿,效果还真不错!考试的前晚,我们都住在县城招待所,结果我整晚都没睡着,看着蚊帐发了整晚的呆,哎,都是那氨基酸闹的!

三年的高中生活这样结束了,那时没有手机也没有 QQ,大家相互在留言本上写下各自的家庭地址,然后就背着行李各奔东西,那所赧水河边、芙蓉山下的名校——隆回二中,从此定格成我们青葱岁月里的永恒风景。

2001年到2005年,我又回到二中教了几年书,尽管现在离开那里已经九年了,但只要听到隆回二中这四个字,心里就格外地关注,这种关注,是一种不可磨灭的记忆,是一份发自内心的牵挂,更是一腔沉甸甸的祝福与爱恋。

袁广见,男,隆回高平人,隆回二中初72班校友,隆回籍青年企业家。校庆期间,他和同班同学欧阳毅一道为母校捐助了一尊魏源铜像。

# 因为你，我开始看到更远的风景

◇刘 武

刘武，男，1979年11月出生，隆回雨山人。1995～1998年先后就读于隆回二中高185班、187班，2003年毕业于株洲师范高等专科学校（今湖南工业大学）中文系，辅修北京大学自考本科心理学专业。现居北京，任职于北京吉利大学教务处。

从高中毕业至今，掐指一算，我离开母校隆回二中已16年了。去年我才确切知晓，就在2014年，母校将迎来她的90岁生日。

从懵懂的少年，到日渐成熟的青年人，一路走来，自我感觉所受恩惠颇多，而隆回二中，是最值得我感恩的。那个美丽的校园、那些优秀的教师、那群可爱的同学，让我至今念念不忘。更为重要的是，隆回二中，她是我开始看世界的地方，三年的高中生活，我看到了外面新鲜而奇妙的远天阔地，也感受到了人类丰富而深邃的精神世界。无论是后来求学于株洲以及省会长沙，还是任教于首都北京，我总觉得自己真正意义上的人生征程始于隆回二中。

在二中，究竟是什么打开了我的眼界呢？是二中校园里的报刊橱窗，为我认识外面的世界打开了第一扇窗。

不知从何时起，我迷上了二中校园里的报刊橱窗。现在我还清晰记得，每次午饭前后，我都会出现在学校的报刊橱窗前，认真阅读那里的报纸，了解国内外最近发生的大事、小事或趣事。那时最喜欢读的是《参考消息》和《中国青年报》。《参考消息》让我了解到世界各国的时事政治、风土人情以及科学知识，也让我认识到不同国家和地区风俗习惯、思维观念的不同。比如，针对同一事件，不同国家、不同媒体、不同人却有着不同的声音。我读《参考消息》的习惯，一直延续到现在，而我也受益颇多，逐渐开阔了视野，慢慢学会了尊重与包容。《中国青年报》是

---

陈林林，男，隆回二中高94届校友，上海隆回物资有限公司总经理，曾经和母校数位贫困学子结成一帮一互助关系，资助资金数万元。

年轻人的报纸,那时很受高中生喜欢,我尤其喜欢报纸中的"青春热线"栏目,让我了解和掌握了很多有关心理健康方面的知识。通过阅读这个栏目,我慢慢喜欢上了心理学,它为我打开了洞察人类心理世界的知识之窗。我现在对心理学的浓厚兴趣,便是源于我的高中时代。

在此,我想要说声感谢,感谢母校对校园文化生活的重视,感谢那些按期更换报纸的校友们,你们一个小小的举动,不知为多少学生打开了遥望世界的窗口。

为我打开眼界的,当然还有二中那些可敬的老师们。

我在二中的三年,从理科班辗转到文科班,接触并崇拜过很多优秀的老师。一些老师为我打开眼界,提供了很多有益的指导;另一些老师则为我考取大学、走向更广阔的舞台打下了深厚的基础。记忆里,留给我印象最深的要数语文老师廖敦燕。犹记得一次课后,我请求廖老师推荐一些好书给我读。廖老师说,现在你们处在高中时代,主要任务还是学习课本知识。如果有时间的话,可以阅读经典文学作品,也可以看看《读者》之类的杂志,上面的文章大多以处世哲学、人生百态的哲理性散文为主,可以启发人的思维。考上大学后,你还可以读读余秋雨的《文化苦旅》等图书。我将廖老师说的话铭记在心。在那之后,我便经常翻阅《读者》杂志,短小而富有哲理的文章,读起来轻松,回想起来有嚼头,又不耽误学习,反而对作文素材的积累很有帮助,我对之越看越喜欢。考上大学后,我还特意去图书馆借阅《文化苦旅》等书籍。有一次,我读到了青年作家余杰对余秋雨的批判一文,陡然之间,感觉自己的视野愈加开阔,也深刻体会到这个世界的复杂和多元。

在二中,那些可爱的同学们,也是我了解社会不可或缺的窗口。

记忆里的二中,集聚了全县非常优秀的学生。那时我的数理化成绩不突出,在高二时不得不从尖子如云的实验班转到文科班就读,谁知文科班同样也是藏龙卧虎,我在学习上照样未能拔尖,但却得以有机会向更多的优秀同学学习。

至今仍有一件事让我记忆犹新。当时,文科班很多同学认为英语老师水平还行,但上课效果不能带动课堂氛围,对一些课堂上捣蛋的同学也未能加以有效震慑,于是纷纷要求更换英语老师。身为班长的我被部分同学推到了风口浪尖,他们要我给学校领导写信,我当时左右为难,但还是照做了,最终换走了那位老师。事后,一位名叫罗义的同学特意找我谈了话,指出了我贸然带头更换英语老师的不妥之处。罗义同学还以自己的亲身经历告诉我——文科班的英语成绩不好,老师不是主要原因。对于这件事,我至今仍感到愧疚。在此,我真的希望那位英语老师以及另外一部分同学,能原谅我当时的幼稚和无知。也是从那时起,我以从小学到初中再到高中的求学

---

张紫红,男,隆回北山人,1995年毕业于隆回二中,隆回籍青年企业家,曾为家乡和母校贫困学子捐款数万元。

经历为线索,不断反思自己的所作所为,我深深地明白:一个人成绩或成就的好坏,更多地取决于自己的努力,而不应盲目地抱怨客观因素或片面地埋怨他人……

俱往矣,二中那些可爱的同学们,如今已遍布在全国各地,分布于各行各业,更有佼佼者在美国名校攻读博士学位。时至今日,我们通过 QQ、聚会等途径联系着,他们还一直影响着我,还在不断地打开我的眼界,让我看到更广阔的世界。

李才喜,男,隆回金石桥人,1995 年毕业于隆回二中,成都金艾微科技有限公司总裁。2012 年 11 月,他出资为母校建起了校园视频监控系统。

# 青春一梦中

◇刘春玉

**题记** 再回不到最初的梦,那是一段不朽于我记忆的青春。

刘春玉,男,1986年9月出生,隆回高平人。2002～2005年就读于隆回二中270班,后毕业于中国传媒大学。现居北京,任职于新华通讯社。

九月的阳光,暖洋洋地铺开,我站在二中的大门口,豪情满怀。街道两旁各种小卖部云集,商品琳琅满目。我来不及拾掇满心的新奇,大步踏进庄严的校门,却不忘仰头看一眼头上"隆回二中"那四个笔格遒劲的大字。哦,二中,我来了。

秋风拂过,校园里满树摇曳的翠绿,如同我内心压抑不住的喜悦。

270班,伴随了我三年时光。因为学习梦,我用三年时间燃烧青春的斗志,在陡峭的金字塔下迎难而上;因为文学梦,我用三年时间让阅读成为习惯,在文字的殿堂里忘我地行走、打坐。

能实现登顶金字塔之梦想的动物有两种:雄鹰和蜗牛,既然自己不是雄鹰,那么就心甘情愿地做一只蜗牛,一步一步往上爬。

我选择了理科。理科的学习,我自认为比文科有趣得多,尽管我并不擅长。但这三年的理科战斗是艰苦的,我损失惨重,最初不可一世的信心与梦想,被现实一次次击碎后掉落一地。

还记得班主任陈桥时老师组织开家长会,当时我的物理成绩没有及格,陈老师把我叫到走廊上跟我说,"怎么回事,就算闭着眼蒙也能蒙对一些啊。"我的心情顿时跌落谷底。我不是靠蒙,而是靠自己的能力,但是这话我没有说出口,我只是默默地

---

袁杰文,男,1995年毕业于隆回二中,曾为母校贫困学子捐款25000元。

低下头。

我想"恨铁不成钢"就是陈老师彼时心情的写照吧。

爸从陈老师办公室出来,拍了一下我的肩膀,跟我说"加油。陈老师说你能考上重点大学。"我的鼻子一酸,轻轻别过头去。

回到教室,我紧盯着课桌上目标大学的刻字,心情有些沉重。

操场的夜,静寂无声。由于压力的缘故,我逐渐变得喜欢独自漫步于校园的小道,踩着厚厚的落叶,和着心跳的节奏,细数成败得失。在夜的无尽温柔里,我很快能抚平内心的波澜,我呼吸着清新的空气,夹杂着草木的芬芳里,甚至能感受到物理公式的奇妙。我很快调整心态,告诉自己既然我不是雄鹰,那么就心甘情愿做一只蜗牛,一步一步往上爬。因为我是蜗牛,只能付出比常人更多的努力去争取,我坚信一步一步踏实地走下去,金字塔顶终将在我眼前。

我迎难而上,成绩也就迎难而上。

梦回二中,我听到梦想花开的声音。


我注定不是一个文人,那我就做一名读者,在你们的蓝天白云下,寻觅我最初放飞的风筝。

"报个名吧。"班上的默深文学社小组长石晶朝我走来,我照她的要求写了一下自我简介并提交了一篇作文。

就这样我与默深结缘,并担任文学社副社长。记不清任职的时间了,一年,可能更短,记忆寥寥。唯一记得的是半夏子老师让我多写多练,我那时沉迷于写小小说,完全胡编乱造、自我陶醉那种,半夏子老师就跟我说,你阅历太少,不适合,而且学生腔很重,一定要多阅读。我点点头。

我写作还有个毛病——手写文稿上的所有句号都是小点。半夏子老师会为我把每个点都用红笔改成圈。看到改完的稿纸上,那片密密麻麻的红色,我的心受到了触动。

在文学社任职期间,我曾推荐班上的谭泽锋同学加入文学社,他才华横溢,入社后第一次参加文学社作文比赛就凭借一首短诗获得一等奖,受到半夏子老师的青睐。此后我也疯狂地迷上了诗,虽说不上入流,但喜欢品读,把图书馆有关诗歌的书籍都借出来,反复揣摩。

后来,谭泽锋取笔名寒柯,并担任文学社社长,我作为一名普通社员继续参与文学社活动。有一天泽锋推荐了《散文诗》给我,这本杂志设计精美,内容新颖,我非常

---

肖海燕,女,1999年毕业于隆回二中高中部,现为深圳市帕玛生活用品有限公司总经理,曾经为母校贫困学子捐款人民币5万元,其资金主要用来帮助学校购买美术器材及资助贫困的美术特长生。

喜欢,于是跑遍隆回县城的杂志摊位去购买,反复阅读品味,受益匪浅。后来,在文学社的一次采风活动中我的一篇散文获得一等奖,半夏子老师把我叫到办公室,说散文才是我的写作方向,并建议我坚持写下去。

现在想来,我算是辜负了半夏子老师的期望,在写作的路上,我并没有长跑。如今已大学毕业并就业,算来离开二中已近九年,工作期间起草的报告和批件不少,但散文写的不多,即便写也只是简单抒发一下生活情感,这姑且算是写作路上的偶尔出游,长跑要比这艰难得多。

尽管没有坚持写作,但是我坚持了阅读。有段时间我看书近乎疯狂,一个暑假看完了同学家整个书架上的图书。这个习惯至今仍在,它伴我在文字的殿堂里忘我地行走、打坐。

梦回二中,那段和着书香的青春,还在静静燃烧。每当我闭上眼,为学习与文学而拼搏奋斗的岁月仿佛近在眼前,只是睁开眼睛,面对的依然是奔波忙乱的尘世生活。

而那只少年时代的风筝,终究越飞越远了……

陆亦波,女,邵阳县人,2005年毕业于隆回二中,当年高考考上南京大学,考上大学后受到高89届校友刘日光、莫崇利、欧阳展平等人的资助,直到大学毕业。

# 感谢·感动·感恩

◇袁 倩

袁倩,女,1992年出生,隆回高平人。2007~2010年先后就读于隆回二中高404、413班,后毕业于湖南商学院北津学院,现任职于长沙明忱财务咨询有限公司。

这是一篇关于记忆的文字。在某一个街头,某一盏灯下,某一阵风吹过的时候,我总会偶然想起某个画面,而画面里的故事都发生在我的母校——隆回二中。每每此时,一种无法言说的情愫就会涌上心头,想将堆积在心里的感谢、感动、感恩统统释放出来。

### 感 谢

我们高平镇上流行一个说法:读的初中好不好就看每年考上二中的学生多不多。这个说法绝非夸张!印象最深的是,有一次初中班主任袁静老师把我叫到她办公室,很认真地对我说:"好好加油,你考上二中的希望很大!"虽然从没去过二中,也不知道二中具体好在哪些方面,但那天晚上我一直兴奋地睡不着觉。"考上二中"成为我整个初中阶段的信念,也仅仅因为这样一个简单的信念,我充实、愉快地度过了初中三年,并怀着对自己那份最初的期许来到了美丽的隆回二中,开始自己的高中生活。

隆回二中位于县城的郊区,前临碧波荡漾的辰水河,后倚绿树拥翠的老虎山。学校的大门入口不是很宽,两旁都栽满了树,树的旁边摆设了各种小摊点,卖的都是学生最爱吃也最流行的小吃;树后面是一排门面,有书店、文具店、餐馆、水果铺还有卖各种日用品的,应有尽有。依然记得我和好友谭晶最喜欢去离

---

陈柳,女,隆回小沙江人,2010年毕业于隆回二中,当年高考考上北京师范大学,从高中开始一直受到高88届校友李石琳、张胜、欧阳晖漫等人的资助,直到大学毕业。

校门口最近的那个摊子买粽子和叶粑,因为它卫生、可口还能饱肚,特别是在冬天,热腾腾地捧在手上吃下去,全身都暖和了!

一进学校,就能看见宽阔的操场和一字排开的乒乓球桌。上体育课时,我和谭晶就围着球桌尽情地厮杀;那宽阔的操场是我们赢得"湖南第一操"这一荣誉的大舞台呢!校园里的树,枝繁叶茂,阳光透过树叶缝隙渗透下来,留下斑驳的影子。夏天,我最喜欢去丁字楼后面的柚子林看书,但记不清有多少次都是趴在石桌上睡着又醒来的。还有食堂旁边的荷花池,每次我从旁边经过时,都怨羡地望着池子里的莲花,百媚不俗,在心里暗暗地密谋着从中领养一支回寝室,却从没有足够的胆量去实施。最怀恋的还是校园的夜晚,那橘黄的光,淡淡的、柔柔的、暖暖的,在寂静的夜里,会让你很有安全感,很安心。此情此景,无论是独处,还是与密友分享心事,这夜和这光都能安抚你浮躁的心灵。高三的晚自习是沉闷而压抑的,我和刘艳喜欢利用课间十分钟跑出教室,在漆黑的夜空下,在这橘黄、柔软的光环包围下,奔跑在校园的大道上,有时,还会吼上几嗓子,回到教室后心就像充了电一样,轻松而又充满战斗力……高中三年,我虽然带不走时光,却拥有这么多的回忆,让我用一生来珍藏!何其有幸,我的青春曾在这里挥洒,我的知识曾在这里积淀。且道上一句感谢!

## 感 动

很多朋友跟我识得愈久,就愈喜欢说我感性。我回应说,其实每个人都是感性的,很多看似不经意和微不足道的事,往往能给我们的心灵带来意外的震撼!哪怕是一句台词,一个小片段,都是深刻的,都会让我忍不住动容。

隆回二中真的是一块神奇的土地,她不仅能孕育出知识和人才,还让我收获了友谊。我认识了很多好朋友,高一404班的老友谭晶,学美术的陈丽华,还有跟我相互鼓励的谭晓毅。高二分班后,我来到了413班,这里有成绩好的陈柳,气质好的刘艳,文采好的阳桂香,还有很会讲题目、慷慨又有耐心的康师傅(康镐)和很搞笑但胆大心细的痞子胜(蒋德胜)……他们都是我高中生活里不可缺少的一部分。

在413班,女同学比男同学少很多,但女同学很团结,尤其是我们寝室;总是歌声、笑声不断,一群活宝,每个人都很有才。可爱的婷婷(杨婷婷),贤惠的思懿(王思懿),细致的阿秀(罗灵秀),脾气好的美娟(刘美娟),能力强的超超(彭李超),大气直率的懿宝(阳懿),善良仗义的梅梅(阳丽梅)。她们每个人都是那么可爱。以前我们在一起谈天说地的时候多么开心啊,偶尔有个小矛盾,拌两句嘴就好了,谁也不会放

---

隆回二中长沙校友会领导班子以2006年成立的隆回二中校友助学会原班人马为基础,高63届校友欧阳征初为长沙校友会会长。

在心上。有一次，不记得是谁的被子连续几次被学校扣了分，说是没达到要求的四层被，叠成了六层被。这就得追溯到隆回二中著名"养成教育"了——学校对学生"养成习惯"方面要求很高，并有一系列的管理机制。我们413班在理科班中无论是成绩，还是班级的量化排名，一直都名列前茅，这跟我们贺伟华老师的英明管理是密不可分的。虽然有时引来一些同学的怨言，但事实效果摆在眼前，由不得同学们不服。而对于那次我们寝室连续所犯的低级错误，贺老师本来就有言在先，所以自习课时全寝室的姐妹都在教室外面罚站思过，想好了对自己的惩罚再派代表跟贺老师汇报。后面一致决定由我们寝室负责全班的一个星期的饮用水，并保证不再犯，否则加罚。饮用水要从教学五楼搬到教学四楼，两栋楼虽只差一字，但却是距离最远的，这对女孩子来说是很吃力的，但这是惩罚，我们没得选择。所以一到中午的时候，全寝室的人就一起浩浩荡荡，表情严肃地搬水去了。力气大的一个人搬，力气小的两个人抬，一个星期终于过了，我们互望着彼此，终于忍不住大笑起来。为了扬眉吐气，我们寝室齐心协力做好内务，不久连续获得了两次"优秀寝室"的荣誉，贺老师在班上表扬我们时，大家心里都升起一种成就感，满满的。

姐妹们，那些年我们一起罚站、一起搬水、一起睡觉、一起欢笑的日子，你们还记得吗？

## 感 恩

古语云："饮其流者怀其源，学其成时念吾师。"一谈到二中的老师，我的话匣子就打开了。

我们的班主任贺伟华老师，不仅是年级英语组组长，在英语教学和班级管理上也特别有一套，放之隆回二中都是很有名的。还有两个老师，虽然不是我的任课老师，却让我学会了许多课堂上学不到的人生智慧。他们就是校团委的陈定球书记和杨自东老师。高二，我在团委宣传部担任部长一职，陈书记经常跟我们强调团队协作和为人处世的重要性，我尤其佩服他严谨行事的作风。学校的活动，如大型的元旦晚会、小型的年级演讲赛等，他都亲力亲为。不仅事先严格分工，让各部门各司其职，他还会亲自到现场帮忙，检查细节是否做到位。平时，他还经常给我们推荐一些励志方面的书籍，如《思路决定出路》等。杨老师非常亲切和蔼，曾经入伍从军的他精通乐器，很有才华，负责指导团委的军乐队和国旗组⋯⋯

高中时，总是有那么多的困惑和迷茫。最难忘的是我初进413班的那段时间，面

---

珠海校友会属于隆回二中成立较早的一个校友会组织，高79届校友廖中和担任会长、高93届校友陈晓宇为秘书长。后来的珠海隆回同乡会就是在此基础上建立起来的。

对陌生的同学和学习环境,我是那么的无措,没有自信。加之,我们是新课改实行的第一届学生,当学业水平考试在学校掀起一阵血雨腥风的时候,我胆小得几乎不敢前行。自习课,同学们都在埋头苦干,教室里几乎能听见外面风儿吹过的声音。而我却默默地在座位上忧心忡忡,接连两天都在位置上不停地掉眼泪,吃不下饭,晚上也睡不好,自己也解释不出原因。懿宝、美娟和超超发现了,都耐心地开导我,我想开口说,但情绪一激动,便无语凝噎。因为班主任贺老师去外地开会了,交代我们有事就找生物老师周晓燕(412班的班主任)。晚自习,我终于顶不住了,就去办公室找周老师帮我想办法。周老师一看见我红肿着眼睛,就马上给我递了一杯水,让我坐下慢慢说。我已经记不清那晚我说了什么,只记得周老师一直耐心地听我讲自己的担忧,然后细心地帮我分析,给我介绍一些学习方法和规划,还举了很多同学从成绩一般到考上理想大学的例子来开导我。渐渐地,我的情绪稳定了下来。回到寝室,没多久我就睡着了,那一晚,我睡得很香!从那之后,我知道周老师一直都在默默地关注着我,在生物作业上帮我分析出错的原因,偶尔还会写一些鼓励性的话语。周老师对我的关心和鼓励,伴我度过了高中那段最不堪、最困惑的历程,给了我莫大的勇气和力量。

  对学生要求严格,却又不外乎人情,这就是我们二中的老师!师恩难报,让我暂且先把这份恩情记在心间。当我们经历人生的起起落落时,请不要忘记静下来,去慢慢思考当年恩师的那些敦敦教诲吧!

  记忆仿佛是最精致的容器,将所有的过往在心屏上打下印记,或多或少地影响我们将要做出的决断,而我们却并不自知。那么,就请谨记自己的来处吧,这样才能对自己未来的去处作出最适合、最正确的选择!

---

2014年4月19日,隆回二中上海校友会正式成立,高91届校友、太平洋气体船有限公司董事粟斌担任首任会长,高97届校友邹宗威担任秘书长。

# 故乡是二中

◇周　灏

周灏，男，1994年3月出生，广东佛山人。曾两度求学于隆回二中，先后就读于初141班、高424班，现为美国加州大学金融学专业本科生。

有人说90后没有故乡的观念，我意念中的故乡就是隆回二中，因为我来到这个世界的第一个人生驿站就是二中。生于斯，长于斯，隆回二中就是我的故乡。

2012年秋天，我只身来到美国求学，每逢佳节倍思亲，而每每思念故乡，我所有关于故乡的美好回忆，无非是炊烟袅袅的老食堂，冬暖夏凉的四合院，我们居住的红房子讲师楼，再就是我的"百草园"——老虎山和黄土高坡。赧水是故乡的河，小时候妈妈常带我在河里游泳、捉鱼、摸田螺，那河岸高大挺拔的白杨树啊，在我的梦里招摇。

我从未在六都寨待过，却讲一口标准地道的六都寨话，在我心目中，六都寨话是隆回二中的"官方语言"。离开湖南后，六都寨话说得越地道，外人越听不懂，就越能给我带来便利。当我不想让旁人听懂自己说话的内容时，我就会用六都寨话说。小时候妈妈还跟我说，如果被坏人绑架了什么的，就要用六都寨话给家人打电话，不能讲普通话和粤语，并且第一句话最好报告自己所在的地址。

回想起故乡，我无法忘怀的是讲师楼下的那棵法国梧桐，它的四面围了一米见高的青石头台阶，就是这棵梧桐，陪伴着我度过了整个童年。妈妈说小时候常抱着我坐在树下喂奶，每当妈妈在家里做事的时候，就把我坐在婴儿车里放到树底下，我看着林阴道上人来人往，不哭不闹，还和他们哦哦啊啊地打着招呼。不时有老师学生过来逗我玩，我就笑得很开心。牙牙学语时，我

---

2014年5月17日，隆回二中北京校友会宣告成立，高85届校友、北京师范大学教授、博士生导师王本陆当选为首任会长，高97届校友阳波担任秘书长。

每天在梧桐树下，见到有人过路就喊妈妈，再大一点，见了男的我叫人家爸爸，女的叫妈妈，然后学会了叫老人爷爷奶奶，年轻的叫叔叔阿姨，见到学生叫哥哥姐姐。

我问外公我们楼下的这颗梧桐树有几岁，外公告诉我，二中搬来时它就在这儿了，该有五六十岁了。七月流火，大人们总喜欢聚在大树下乘凉、聊天；我和李哲（外号小不点）、孙熙等小伙伴们常在树下玩"过家家"。读小学的时候，我们喜欢爬上青石板台阶往下跳，或者爬上树捉知了。过了霜降，成排的打屁虫爬在蜕了皮的树干上，纹丝不动，我常带着小伙伴们用报纸烧。打屁虫是吃树叶和菜叶的害虫，我觉得自己是在"为民除害"，看着被我们烧死落了一地的打屁虫，很有成就感。当然，还有很多壮举都是在那棵法国梧桐下完成的，它们在我的记忆深处永不磨灭。

二中的老师都喜欢逗孩子们玩儿。有一次，不知外面谁送货时拉了个板车放在讲师楼下，我们几个小家伙拉的拉，推的推，不亦乐乎。周青云老师问我们：长大后要拖板车还是考大学？小不点说要考大学，我则说要拖板车，周老师问为什么，我说考大学不好玩，小不点立马改口："周爷爷，我不考大学了，我也要拖板车。"哈哈，最终的结果是，我们五六个孩子个个要拖板车。当然，大家现在个个都读上了大学。

儿时的伙伴中，最难忘的要数小不点。小不点的妈妈谭雪云老师和我老妈是二中的同学，也是象棋比赛的对手，两人结下了深厚的友谊。我和小不点一样，我们是二中的孩子，对二中有着深厚的感情，也延续了母亲那一辈的革命友谊。小不点读高二那年，谭雪云老师调到一中去了，可小不点就是不肯去一中读书，他宁愿在二中挤学生宿舍吃公共食堂，也不去县城享福，真是个有血性的小伙伴啊！

这里有个小插曲，特别要为小不点同学点个赞。二中每周一早上都要举行升旗仪式，全体师生必须参加。我和小不点都喜欢参加升旗仪式，听那气势雄伟的旋律，感受庄严肃穆的氛围，看着国旗徐徐上升。小不点比我更喜欢参加升旗仪式，一次都不愿落下。某个周一的早晨，谭雪云老师见三岁的小不点还没醒，考虑到天气寒冷便没叫醒他，谁知国歌一奏响，小不点就醒了，他翻身下床打着赤脚就从四合院往下面操场跑，惊呆了正在肃穆中的那群老伙伴们。

我和二中所有的教工子弟一样统一就读县城的东方红小学，由二中的校车早晚接送。早上我总是被外公外婆从睡梦中叫醒，迷迷糊糊地吃过早餐，跑到楼下搭车，外婆常常端一碗饭追到车上喂我，担心我在学校饿着，只想往我嘴里多塞几口。东方红放学时间不统一，低年级放学早，高年级放学迟，且老师特别"负责"，总是拖堂，放学了还要留着我们讲解习题、背书、做作业。校车要等齐所有子弟才开，那些等待的酷暑寒冬至今令人难忘。

2014年6月28日，隆回二中东莞校友会成立，选举高89届校友刘秀斌为首任会长，高2007届校友欧阳习退后来增补为秘书长。

由于政策的原因，我所在的141班成为隆回二中最后一届初中班，班上只有二三十个同学，主要是教师子弟。虽然我在这个班只读了一年，但这一年对于我们家来说意义非凡，外公、妈妈、姨妈、舅舅的初中高中都是在二中完成的，我作为家里的第三代，薪火相传，也在二中读了初中和高中。和二中的这种缘分，也许仅属我们家独有。有意思的是，我妈妈就读于"文革"后恢复招生的第一届初中班，我则就读于隆回二中最后一届初中班。

2008年的夏季，父母决定把我又送回外公外婆身边，我兴高采烈背着行囊回家，一脚踏进校门，只见一年一度的高一新生军训如火如荼，骄阳炙烤着大地，热浪迎面扑来，烈日下操场上雄壮嘹亮的口号声排山倒海、如雷贯耳。这一切对于我来说是多么的熟悉多么的亲切，我顿时就有一种投入母亲怀抱的感觉。在高中部424班读了两年后，我就转学到广东去了，再后来，去了太平洋彼岸读大学。

小时候，乡愁是少年为赋新词美丽的臆想；如今，乡愁是望不到边的太平洋，我所在的加州大学圣巴巴拉校区，有着漫长而美丽的海岸线，我常面向大海，穿越太平洋眺望祖国，怀想故乡——那个被称作隆回二中的地方。

2014年7月13日，隆回二中深圳校友会筹备会议选举高91届校友、商慧控股有限公司董事长魏彬为首任会长，他随即为校友会捐赠活动资金5万元。高98届校友郭时碑担任秘书长。

# 有位室友是老头

◇聂志军

1994年，我从隆回二中初中毕业，到今年刚好20年。恩师们的悉心关怀、同学间的爱恨情仇，转眼成了大家青春时代的美好花絮，也是同学聚会的热点话题。说来也怪，我在二中印象最深刻的却是一位宿管老大爷，一位和我们同宿舍的特殊室友。

老大爷六十多岁，声音洪亮，个子高大，稍微有点驼背。据说他膝下有儿有女，老伴过世之后，通过熟人的介绍来二中看管宿舍。时至今日，我都不知道他姓甚名谁，平时当面都叫老爹爹，背后有时恨恨地叫老家伙，偶尔开玩笑叫他扒灰佬。说起老大爷和我们之间的故事，当然离不开宿舍这个载体。当时男生宿舍是一个四合院，位于"黄土高坡"旁边。院子里一栋楼房，高年级男生住；一栋平房，初中男生住。由于没有专门的传达室，老大爷就住在紧挨大门的第一间宿舍，也就是我们初79班的男生宿舍。一间宿舍两边摆双层床，每边3个床位，上下铺，每个铺位住两人，最多可住24人，老大爷独占门口左边的上下两个铺位。爷爷辈的宿管老头和孙子辈的中学生同在一个屋檐下三年，每天低头不见抬头见，有矛盾也就不足为怪了。

初中生正处青春期，雄性荷尔蒙分泌旺盛，能量无处发泄，卧谈会成为每晚就寝后必然进行的一个节目。晚上等检查就寝的学生会干部走了之后，我们就开始海聊起来。主题不外乎是班花、性之类的，素材有的来自现实生活，更多的来自租来的各种言情小说，偶尔也讨论下当时的热点问题。老大爷对这些一般是不参与、不制止的，躺下不久就鼾声连连，毕竟他只是我们的室友，没有维

聂志军，男，1979年2月出生，隆回高平人。1991～1994年就读于隆回二中初中79班，现为湖南科技大学汉语言系系主任、副教授。

---

隆回二中广佛（含广州、佛山）校友会成立于2014年8月30日，高87届校友、美涂士集团总裁邹今友担任校友会首任会长，他随即为校友会捐助活动资金5万元。高90届校友胡建军担任秘书长。

护寝室纪律的义务。记得他唯一的一次参与,就是我们在聊男性生殖器的形状与长短时,老大爷估计是睡了一觉被我们吵醒了,来了兴致,说最厉害的是"马枯卵",还有若干描述,当时就把我们镇住了。但是,老大爷有时也会发飙变脸,华丽地变身为"卧底"。当时宿舍晚就寝实行量化管理,就寝后至少有学生会、政教处、班主任老师三类人员来检查纪律,严禁就寝后讲话,更不用说卧谈了。学生会、政教处一般在就寝后巡视一下就算完成任务。摸熟了这一基本规律后,熄灯半小时后我们就开始神聊,天南海北,古今中外,煞是热闹。后来不知怎么就传到班主任耳朵里面了,班主任特意很晚来检查,只听到宿舍里聊得热火朝天,但并不能确定具体哪些人参与。老大爷义正词严地出来指证,把我们给供了出来,梁子就此结下。我们都感叹自己倒霉,和一个"内奸"住在一起。但从此之后,晚上卧谈少了很多,白天学习更有精神了。

  时间是疗伤的良药,一段时间后,彼此熟悉起来,大家与宿管老大爷的关系也逐渐缓和。老大爷看不惯我们不好好读书的行为,有时也会给我们做点思想工作。老大爷劝诫我们说,他自己是文盲,一辈子做农民;而我们现在条件好,来县里的重点中学读书,不能够辜负父母的期望。我们听不进他的唠叨,平时继续租借武侠小说来看。有段时间,黄色小说在同学中间流行起来,里面的情色描写十分露骨,最大特点就是感叹词、省略号多,咿咿呀呀,看得人血脉偾张。后来,很多人嫌文字不够刺激,干脆在周末跑去县城看三级片,长大以后第一次见到女人乳房,久久地在脑海中摇荡。老大爷没少规劝我们,甚至奚落我们,但是效果不大。久而久之,老大爷也不太管我们了,看到我们有时没有回宿舍,总要摇一下头,叹一声气,一副恨铁不成钢的样子。

  老大爷的本职工作就是开关男生宿舍大门,同时负责打扫宿舍楼道、空坪卫生。话说那时二中宿舍条件不是一般的差,公共的空坪没有水泥硬化,泥土、沙石随处可见,完全一幅原生态景观。宿舍楼都是老式、裸露的红砖外墙,还有风化的痕迹,诉说着岁月的沧桑。宿舍内墙也没有粉刷,石灰、泥沙不时会掉在床上,晚上睡觉硌得背疼。据说学校的前身是"三线"建设时的一个工厂,我们的宿舍就是当时的工棚。更悲催的是,当时整个宿舍院里都没有厕所,唯一的公厕在宿舍围墙外,大概出大门后左转30米,步行来回需8分钟左右。那个年代,厕所卫生条件差得离谱,只要自己愿意,蹲在坑上的你往下就能看见蛆来蛆往。有时看得来了兴致,随手找根小棍挑拨一下这些爬行动物,也不是没人干过。这就是我们老大爷的工作环境。

  如果我们都是机器人,按程序学习、吃饭、睡觉,屎尿自然都会入坑。可我们当时都是小屁孩,远离父母来二中读书,都不太会照顾自己,加减衣服不及时,喝点生水导致闹肚子是常有的事。厕所那么远,晚上那么黑,就近在宿舍门口的水沟旁边方便就

---

我对母校深怀感激,因为我在那里度过了美好的六年时光。大学毕业后从事教育二十载,以此传承教泽,报答师恩。母校恩情,永生难忘!在此借机感谢老师们的培育之恩,祝你们幸福安康!(高89届邓军)

成了最好的选择。我记得很清楚,有时还在睡梦中,就听见宿舍外面老大爷在骂骂咧咧,不用说,昨夜又有人随地大小便了。骂归骂,老大爷工作可不含糊,又是扫,又是冲洗,卫生总是保持得很好。可以说,老大爷来了之后,发扬了老黄牛的本色,一不怕脏,二不怕累,把我们这栋宿舍的下水道给疏通了,黑臭黑臭的垃圾,一筐一筐往外拉,宿舍区的空坪也被平整得非常干净。这些变化,我们是看在眼里,感动在心里。

不像我们吃食堂,老大爷是自己生火做饭。厨房是我们看着一天天搭建起来的,他利用宿舍门口的两面围墙,搭个简单的灶台就是厨房。至于柴火,都是老大爷自己一根一根捡回来的。宿舍附近绿化不错,很多大树,枯枝落叶俯拾皆是。老大爷每天按时开关大门之后,就是到附近转悠,回来就是一大捆柴火。日积月累,围墙根脚下堆满了一堵柴墙,蔚为壮观。平常老大爷烧火做饭,我们都没兴趣围观。但是一到冬天,天寒地冻,围着灶台烤火就成为一种享受了。趁老大爷切菜的工夫,抢坐在小板凳上,拿着铁钳,加几块柴,捣鼓几下菜铲,流点口水,是我们冬天乐此不疲的事情。

每年春节过后,老大爷都会带一些腊肉和猪血丸子放在灶上挂着熏,因为没有断火,腊肉越熏越香。我们中午从食堂吃完饭回来时,老大爷正就着腊菜喝点小酒的神态,羡煞我们这帮人。当时的食堂伙食,说起来大家都是怨声载道的,瞅着那柴火饭菜,闻着那熟悉的家乡味道,我们的口水就会不由自主地往下流,恨不得虎口夺食。班上的阳立根因为和他有亲戚关系,偶尔享受到了和老大爷搭餐的福利,引来集体的羡慕嫉妒恨。个别调皮的男生偶尔偷吃到一两块腊肉,得意地和我们分享舌尖上的快感,也成为我们宿舍对外炫耀的谈资。这么想来,这位室友还真给我们带来了不少快乐。

老大爷很勤快,除了搞好本职工作外,还捡废品赚点外快。废品的来源主要有三个:一是来自平时宿舍大院内,老大爷每天把宿舍内清扫出来的垃圾进行分类,凡是他认为有用的都分门别类地捆扎好;另一个来自开学时期教务处分发教材的包装纸、包装袋;还有一个来自寒暑假期间,教学楼附近的作业本、草稿纸之类。特别是放暑假的时候,很多毕业生的杂物都留下了,废书、废纸,甚至破烂被子、热水壶、桶子都有,这时候,老大爷每天起得更早了,忙里忙外不亦乐乎……

初中毕业后,我去一中读高中,意外地发现老大爷也来一中工作了,我们又相处了三年。高中毕业后,我再也没见过老大爷了。掐指一算,他应该有 80 多岁了,也许还在乡下颐养天年,也许已不在人世了。在二中能记住宿管老大爷的同学估计不多,有鉴于此,我提笔写下了这个勤俭又有点唠叨的老大爷,他曾在我们最美好的年华出现过,为大家创造了良好的生活、卫生环境。今天,在我们的周围,其实也有不少这样的人,干着又脏又累的活计,默默付出却任劳任怨,可我们却从来未曾留意过他们。

无论我这滴雨水将来奔向何方,我永远心系母校,怀念故乡。值此 90 周年校庆之际,感恩隆回,感恩二中,感恩尹建兴、邹芳、魏先俊以及所有曾经哺育过我们的老师。(高 288 班陈玲)

# 却顾所来径　苍苍横翠微

◇袁广见

袁广见,男,1974年出生,隆回高平人。1987～1989年就读于隆回二中初72班,现居珠海,涉足印刷、农业、建筑工程等多个行业且建树颇丰。

那一年,我12岁。天空湛蓝,满眼的绿色绽放着生活的激情,连吹过的风都是毫无负担的轻盈,夹带着桃树梨花的甜香。那一抹烟雨萦绕的乡愁,那站在乡间小径上欲语还休的少年,那一出回忆中简单的背影,永远定格在我的记忆中。

那是1987年,身材瘦弱的我,第一次踏足离家百余里的县城。一只简陋的小木箱,几十斤大米,一床被褥,从花门站下车后气喘嘘嘘步行约3里始见校门,"湖南省隆回县第二中学"几个大字苍劲有力。

我所在的初72班,曾经历过不少老师,至今,每一位老师和每一名同学都印在我心中,二十多年过去了,他们的形象还会不时浮现在我的脑海里。永远忘不了入学第一堂课,一位身板瘦弱、长相清秀的男青年迈上讲台做自我介绍,他叫刘胜保,主教语文,并任我们班的班主任,这也是他生平第一次做班主任。没有豪言壮语、没有慷慨激昂,我却从他的言语中感受到了信心和责任。刘老师给大家的第一印象是普通话标准,粉笔字写得漂亮,另外就是喜欢不停地用手去扶眼镜框。恩师对我的成长影响深远,最关键的一点是指派我为语文课代表,初中阶段我的语文成绩一直是所有科目中最好的。而今,几经商海沉浮,我现在偶尔遇上需要咬文嚼字的场景时还能应付,皆离不开刘老师当年的言传身教。

隔壁的兄弟班是71班,老教师刘爱武老师担任班主任,并负责两个班的数学教学,她严肃、认真、爱生如子、一丝不苟,尽

---

依稀梦回,已是13年。204班,我一生的回忆:它散发着耀眼金光,它是同届飘扬的旗帜,它记录最温馨纯洁的友谊。如果时光可倒流,真的希望再回二中,重温青春岁月,追忆似水年华。(高204班刘鹏)

管有人说她有点古板,但却一点也没有减少我们对她的尊敬和热爱。

因学校刚从六都寨搬到花门,各项配套设施还不够完善,宿舍不能提供足够的床位,我们班20来个小男孩就一长溜排开睡大通铺。大通铺增进了同学之间的感情,却也免不了疾病的传播。一学期下来,几乎所有室友都得了疥疮,奇痒难忍。多年以后,心尤悸悸。

男生宿舍另一大弊端就是离厕所太远,一路上黑咕隆咚没有路灯,半夜起床尿尿让我们这些未成年人实在害怕。由于克服不了恐惧,半夜起尿时,要么叫醒室友,要么从二楼走廊直接往下撒。当然,老师追查时是绝无此事的。

记忆中另一个感触就是饿,梦中常常闻到厨房里母亲的菜香,最希望听到的就是吃饭铃响,常常第一时间操起饭盆飞奔食堂。不太可爱的政教处老师不体恤实情,经常把吃饭打冲锋的同学逮个正着。偶尔我会恨恨地想,要是他们和我们换个位置,这些老师说不准跑得更欢。当时分米饭的方式是划豆腐块,先到先得,去晚了那四方形的豆腐块就会变成倒立的梯形,乍一看还过得去,翻过来一看就让你知道什么是头重脚轻。最后到达的同学只能嘟嘴用"天将降大任于斯人也"聊以自慰。那时的菜价还算便宜,一份青菜汤一角钱,让我免去了吃白饭之苦,虽然几乎每次都能从菜叶中拨出一两条煮熟了的青虫。每天早餐的油豆腐成了我记忆中的美味佳肴。可惜,离开二中后就再也没吃过那么好吃的油豆腐了……

尽管那时条件较差,但记忆中留存的也不全是窘迫和艰难。记得校园围墙外有一大片茶树林,逢周日学友们成群结对或逛街或回家,茶树林便成为我心驰神往的小天堂。浓密的树阴,酥软的草丛,一本小说,耳闻着鸟儿吱语,空气中弥漫着茶花的沁香,惬意、舒适。山茶花的花蕊里蕴含少许的花蜜,看书累了,起身寻一段空心的草节,吸吮那茶花里的花蜜,清香中的甜蜜让人幸福满满、无法忘怀。初春乍暖时节,茶树新萌的嫩叶因为低温产生质变,这片可爱的茶林又赏赐给我们两样好东西:一样叫茶菹,白白的像棉花糖,里面空心,吃起来甜甜的,吃多了会觉得涩涩的;还有一样我们称之为"茶耳朵",由茶树的嫩叶膨胀而来,开始是红色,很涩,待到变白,嫩嫩肥肥,清脆爽口,回味无穷。感谢这片茶树林带给我无限的美好和欢乐,唯一尴尬的是,经常有些情窦初开的师兄师姐静处寻幽,相对之下难免彼此惊惶。

最难忘的要数初72班那个多元化、健康蓬勃的班集体,曾一起寒窗苦读的那些兄弟姐妹们带给了我永恒的记忆,也影响了我后来的人生轨迹。记忆中我们初72班的快乐永远是无形的,时过经年偶然想起,仍激情沸腾。请容许我记一下流水账吧,留待哪天我们老了,记忆模糊,行动迟缓,看下这段文字还能让我衰老的心情泛起点

---

二中已成往事,回首依然最美:赧水河边上留下快乐的足迹,老虎山上留下欢快的笑声。无论如今我们是鲲鹏展翅,还是一粒普通沙石,曾经的校园生活,已永远溶入我们的生命里。(高206班胡柏祥)

滴涟漪。

  那些人：大眼睛，西瓜头小刘海，说着标准到让我羡慕妒忌恨的普通话的向勇华；清纯秀丽，美到令人窒息的邹岚；大方得体、雍容和祥的伍秀梅；高挑靓丽，成绩又不让须眉的扶云碧；总是瞪着一双大眼睛让我不敢直视的胡容华；小家碧玉又似乎深情款款的刘碧云；总是帮我完成卫生任务希望教室一尘不染的贤妻良母型美女袁丽芳；欺软怕硬爱咋咋呼呼打人的陈喜民；斯文中饱含羞涩的同桌陈朝晖；风一吹就担心被吹倒的龙湘；做早操时总是和我争排第二、羞排第一的田良富；老学究一样事事较真的李典繁；说话感觉有点大舌头的死党袁勇富；李逵式的范礼；短跑健将赵志江、土豪兼型男欧阳毅、二郎神人物王可赞；尤为感谢的是教我跳霹雳舞，告诉我齐秦和他的好听歌，让我这辈子爱上音乐的罗涛……够了够了，陈年往事如闸口泄洪一样涌上心头，一张张鲜活的面孔，一件件难忘的往事，唏嘘，还是唏嘘……

  在适时的时节尽情绽放，也许，就因为这些，让我们在二中拥有了无悔的青春和永恒的记忆。因为这些记忆，当经年后的我无奈地炙烤在红尘的烈日下，还能感受到少年时曾沐浴到的芬芳和清凉。

  隆回二中，她是我背井离乡前的最后一站，是我人生启航的重要码头。在这里，我学到的不仅仅是知识，还有师道中推崇的为人处世之道，更重要的是，通过和优秀同学的朝夕相处，并被他们潜移默化的感染，我拥有了一种大气磅礴的雄心壮志。多年以后，这些收获支撑并鼓舞着我，历经风雨尤战斗不息。

  当年的艰辛而今已成为一段美好的回忆，时空转换，抛却不了浓浓的母校情怀。却顾所来径，苍苍横翠微。已届不惑的我，仍觉澎湃，对隆回二中曾经生活的感怀，总能给予力量，坦然面对旅途中的人情冷暖、沧海桑田。

  花有重开日，人无再少年。好想再回到那个白衣飘飘的年代，再与同窗好友相伴，一起开怀大笑，一起大声歌唱，看黄土高坡的蓝天白云，听寝室里的欢声笑语……（高210班邓浩）

# 爱心路上 行者无疆

◇欧阳文邦

隆回二中校长卢小军曾在不同场合充满感激和自豪地说："生活在这个时代的贫困学子是不幸的,但在隆回二中就读的贫困生却是不幸之中的万幸,因为这里走出了一批热衷助学的爱心校友,他们身在异乡却依然默默地关心着母校,关心着那些品学兼优的寒门学子。欧阳毅、丁群、谭志雄、欧阳日坪、陈金定、庞德修、欧阳征初、欧阳晓风等校友就是其中的典型代表。"

欧阳文邦,男,1977年11月出生,隆回七江人。隆回二中高97届校友、隆回二中校友助学会秘书长。

一个个洋溢着母校情怀的名字,对应着一段段大爱无痕的故事!作为一位文字工作者,作为隆回二中校友助学事业的参与者,我很愿意把弥漫在家乡与母校的那些温情和感动如实记录下来,和大家一起分享爱心助学背后的故事。与我同乡的校友欧阳毅,是母校系列助学活动中的先锋人物和优秀代表,他的形象不时闪现在我的脑海里,他的善举常常涤荡在我的心坎上,那份长期以来对慈善事业的热情和执著,深深地感染着我,也打动了无数熟悉他的老家乡友。

## 一

"十里山(又名建华)确实出过不少好人,更为重要的是,这里的乡亲具有助人为乐的优良传统,热衷慈善事业者不乏其人。在我看来,欧阳毅无疑是隆回未来慈善事业的希望所在。"这是隆回二中高79届校友、著名企业家谭志雄先生对我说过的一句话,也让我情不自禁地把笔端首先伸向了欧阳毅的家乡十里山。

二中,莘莘学子成长的摇篮,曾经为梦想奋斗的地方。高中寄宿三年的寒窗苦读,刻苦学习是主旋律,苦中作乐时耍的小聪明总能引起大家的共鸣,也是回忆中最快乐最感慨的点滴。(高212班康凯)

沿省道S219从六都寨往北,行足弯弯十里山路,就来到了七江乡十里山。这里南靠24道弯的长界上,东边是高耸入云的金子寨,西倚杨家山与司门前接壤,北边则是一马平川的隆回粮仓农科所,弯弯的七水江如一条玉带穿越而过,巍巍的鳌鱼山在腹地正襟危坐,让人不得不叹服这是一片山清水秀的风水宝地。

1974年,欧阳毅就出生在十里山富家村半山坡上的一个贫困农家。青少年时期,他曾经求学于富家小学、隆回二中和湖北美术学院等学校。读书求学、跳出农门是农村孩子成才的常规途径,少年时代的欧阳毅也和十里山大部分孩子一般成长。在那时,人民教师欧阳恩成扎根于山村教育,建立起湖南省第一个农村少儿活动中心的感人事迹如同一座丰碑,刻在十里山人们的心中,也深深地植根于欧阳毅的脑海里。和其他十里山青少年不同,欧阳毅从事慈善事业更多是受到父辈们的影响,得益于他那个家族良好的家教和家风。

说起欧阳毅及其家族,十里山人都会情不自禁地竖起大拇指:"那是一家好人,那是一个专门做好事的家族!"熟悉情况的人都知道,欧阳毅的叔父欧阳秋仁在七江享有崇高声望,不光乐善好施,而且长期义务协调邻里纠纷,化解了当地政府都深感棘手的许多基层矛盾,做了一辈子的好事;欧阳毅的父母欧阳可人夫妇乐于助人,多次为建华少儿活动中心和周围困难户捐款,在十里山有口皆碑;欧阳毅的堂妹欧阳志红更是光芒四射,她曾是百名中国好少年、湖南省十佳少先队员、20世纪90年代初享誉隆回的"活雷锋";家族其他成员也都留下了可圈可点的动人事迹……青少年时期的欧阳毅就在这种助人为乐的家庭氛围中长大,他常常从帮助孤寡老人担柴挑水,或者为经济困难的同学献点爱心这样的小事中获得自我肯定。这一切,静静流淌的七水江不曾忘记,巍巍耸立的鳌鱼山一一见证。

1987年9月,13岁的欧阳毅来到隆回二中初72班就读,当时正是改革开放初期,很多同学虽然勉强能解决温饱问题,但家庭贫困、吃不饱饭的学生依然比比皆是,有些同学半夜饿得咕咕叫只好喝自来水充饥,有些同学上午第二节课刚过肚子就不争气地咕咕直响,有些同学一个星期才能和别人合伙在食堂吃上一顿肉菜……令欧阳毅无比震撼的是,当时有个同学无钱吃菜,经常靠喝盐水汤做菜吃,结果得了白血病。贫困学子在二中就读的艰辛和尴尬欧阳毅至今都感同身受,这也是他后来投身慈善事业时把重点放在助学上的根本原因。

三年求学期间,欧阳毅对母校记忆最深的要数那些曾经培育自己的恩师。班主任刘胜保老师激情飞扬、比较开明,班上氛围民主而活跃。刘胜保老师不光希望同学们学好书本知识,而且要求大家全面发展,养成良好的生活习惯。欧阳毅那时走路姿

---

二中留下太多的回忆:搞得如军训般严格的宿舍内务,住在四合院里的二人抵足而眠,听着收音机讨论热点新闻,青春萌动地进行羞涩汹涌的暗恋……昨日美好意难忘,往日情怀总是诗。(高212班周燕飞)

势有点不端正,刘胜保老师每次看到后都会提醒他挺直腰板走路,在刘老师的关心和督促下,欧阳毅成功地矫正了自己的走路姿势。数学老师刘爱武严肃且略有点古板,但对工作的认真,对同学的关心却是无可挑剔的。生物老师卢小军高大帅气,K歌功夫一流,常常是学校文艺晚会上的麦霸……对于恩师的情感,在很大程度上维系着欧阳毅对于母校的情感,也成为欧阳毅毕业后常回母校看看的精神寄托。

## 二

从湖北美术学院毕业后,欧阳毅在隆回设计院工作了一段时间。后来,深感按部就班的乏味,他离开了隆回,在更为广阔的天地里开辟属于自己的事业。他运用多年所学,先后经营过装修公司,担任过房地产企业的项目经理,经过将近十年的基层历练,他来到长沙,成为湖南建鸿达实业有限公司的副总经理。在长沙的日子里,我们的生活有了更多的交集,在不少小型乡友、校友聚会的场合,我曾多次邂逅过这位中等身材、板寸头、国字脸的年轻企业家。他那张绝对的爷们脸上,写满了朴实和沉稳;明亮的大脑门上,分明透着智慧的光芒;柔和的目光背后,尽是淳朴的乡情。也就在那时,我得以深入了解这位二中学长,亲眼目睹他把爱心助学这项慈善事业一步步发扬光大。

欧阳毅和贫困学子的结缘始于2002年,时任隆回县县长杨建新找到欧阳毅,希望他能一对一资助隆回一中的几个寒门学子,欧阳毅二话没说就答应了。那次,他和隆回一中四位高二学生结对助学,一直帮助他们读完高中。其中有位来自山界回族乡的马姓同学,欧阳毅还一直跟踪助学到他的大学阶段。而今,马同学已经在广东工作并站稳了脚跟,逢年过节还会给欧阳毅打电话说一下自己的近况。听闻当年受助的学子毕业后能够自食其力,这是欧阳毅最为开心的事情。对于自己资助过的学生,欧阳毅从来没有过多的要求,不要求他们一定要考上什么大学,也不要求他们努力成为什么大人物,更不要求他们将来还他的人情,他心里只有一个朴素的愿望——孩子们能成为自食其力的劳动者和遵纪守法的公民。

欧阳毅的助学活动从那以后一发不可收拾,还经常在共青团邵阳市委的牵线搭桥下走出隆回,资助兄弟县市的贫困孩子。千里之行,终归故里;游子之心,最恋家园。无论在哪里打拼,欧阳毅最难忘记的是自己的家乡和母校,他最牵挂那些无钱继续学业的贫困孩子。

欧阳恩成,隆回二中高70届校友、中共十五大的山村教师代表,也是无数慈善事

---

六年的历练,六年的成长,早已被母校打上了重重烙印。感怀逝去的青春,感慨美好时光的流逝,感动老师们的默默付出,感激同学们的陪伴,感恩有你——隆回二中。(高284班彭红梅)

业的见证人,他饱含深情地说:"年轻的欧阳毅为家乡做过太多太多的好事,其中大规模的助学始于 2005 年,那时他主动找到建华少儿活动中心和建华学校,希望能给上不起学的孤儿和残疾儿童奉上一点微薄之力。此后的三年时间,欧阳毅为建华学校的贫困学子和建华少儿活动中心捐款达 12 万多元。"

2006 年,恰逢隆回二中庆祝乔迁花门 20 周年,学校提出了成立隆回二中校友助学会的倡议,校长陈惟凡希望通过校友的力量来解决寒门学子的求学费用,以免除孩子们的后顾之忧。热心助学的欧阳毅知道情况后,回到母校见证了这一历史性的重大事件。除了捐款 2000 元,他还当场和母校四名品学兼优的贫困学子结成了一对一助学关系。从那以后,他每年都要新增四名学子结对助学。由于工作繁忙,欧阳毅生怕自己记不住助学的事情,见到我经常嘱咐的一句话就是——每年下半年该给我那几个学生汇钱的时候,一定要记得提醒我,人家不好意思催促我,学校也不好问起我,你就每年给我当一次"秘书"算了。在他锲而不舍的坚持下,截至 2010 年底,欧阳毅合计出资人民币 96000 元整,资助母校 16 位成绩优秀的贫困学生完成了高中学业,其中不少同学考上了一本院校。

社会各界没有忘记欧阳毅这位热衷助学的企业家,由于出色的贡献和广泛的影响力,他被吸纳成为湖南省青年联合会第九届、第十届委员会委员,邵阳市政协常委,共青团邵阳市委长沙工委副书记。2006 年,他先后当选为第十届邵阳市优秀青年企业家、第五届邵阳市十大杰出青年。

## 三

21 世纪的第二个十年刚刚开始,为了让助学事业更好地传承和发展,欧阳毅找到隆回二中校友助学会理事长欧阳征初,主动要求从 2011 年开始在隆回二中设立专门的助学金,扩大资助规模,用以支持母校更多的贫困学子完成高中学业。

2011 年 12 月 18 日,欧阳征初先生和我陪同欧阳毅来到隆回二中,参加"欧阳毅助学金"成立仪式,这也是隆回二中历史上第一个以校友名字命名的奖助学金。首批享受"欧阳毅助学金"的同学合计 31 名,发放的善款共计四万多元。也就在那一次,学校安排了一场欧阳毅同受助学生的见面会。在会上,欧阳毅当场承诺,只要孩子们在学校遵纪守规,他的资助就会一直陪伴他们读完高中,甚至资助他们上大学。坚定有力的言语,拳拳的助学爱心温暖着在场的每一位学子。那次见面会,我在一旁静静地聆听着双方的交流,不时地看到欧阳毅用笔在受助学子的资料上写写画画,他全程

母校是赧水河边的一颗明珠,她常在我心中,萦绕在我梦里!最怀念那一园蜜橘、那一汪水塘、那一株株雪梨树、那一排排白玉兰,还有那琅琅的书声和那一位位呕心沥血的辛勤园丁。(高 94 届欧阳恩吉)

面露笑容,偶尔微微点头,耐心地回答学子们的各种提问,眼镜背后尽是温暖关爱的目光。座谈会产生了异乎寻常的效果,卢小军校长言辞恳切地表示:"欧阳毅带给贫困学子的不光是爱心助学款,更多的是一份对于生活的勇气和信心,每个同学都接受了一堂永远无法忘却的思想品德教育课——贫苦农家出身的孩子照样能够后发成才。"

2012年11月,在"欧阳毅助学金"即将进行第二次发放之际,欧阳毅主动联系上我这个"秘书",仔细询问隆回二中的伙食和学费标准,和我讨论起1000元钱对于一个贫困学子的作用:够他们多久的生活开销,能否抵得上他们一个学期的学费?一番商讨之后,欧阳毅作出决定:2012年在去年资助31人的基础上再增加5人;2011年部分资助对象的资助标准提高到每人每学年1500元;每年资助总金额控制在6万至10万元之间。那是个初冬的夜晚,我们一边品着香茗,一边认真遴选资助对象,氤氲的茶雾之中,我似乎看到了那些寒门学子获助后稚气未脱、笑意盈盈的面颊,阵阵暖流油然涌上了心头。欧阳毅,这位隆回二中走出的慈善新秀,这位默默助学的年轻乡友,不仅把温暖和希望带给了母校的贫困学子,而且润物无声地感染、洗涤着我的灵魂。

感恩母校二中培育,关爱寒门学子成长。正因为有了校友们的深切关怀,爱心助学事业才能在母校结出丰硕的果实——自从隆回二中校友助学会2006年10月成立以来,成百上千名校友亲身捐款及由他们争取过来的助学资金已达300多万元,共资助了1200多名贫困学子完成高中学业,加上其他各种途径的社会助学,隆回二中真正做到了不让一个学生因为贫困而上不起学。

爱心路上,行者无疆!我想,无论用什么样的文字都无法表达二中校友对于母校寒门学子的一腔热情,欧阳毅校友热心助学的故事只是其中的一个部分,更多感人的内容还在受助学子的心灵深处。值此隆回二中90华诞之际,写下上述文字,一则祝我们的母校蒸蒸日上,永远兴旺;二则希望能把欧阳毅的热忱和坚定传递给母校的学子,为他们的学习加油鼓劲,也希望用欧阳毅的执著和情怀,激励更多的校友接过爱心助学的接力棒,帮助寒门学子信心十足地走向人生之旅的新征程。

---

在二中度过的六年时光让人永生难忘。在那里,我收获了知识、友情和成长的快乐。更重要的是,她促进了我优良习惯的养成、综合素质的提升和独立人格的培养。衷心祝愿母校越来越好!(高06届阳梨)

# 永远的那座桥（后记）

2014年7月26日，我随母校隆回二中的卢小军校长、王书博书记一行在东莞开展校友联谊工作，为即将到来的90周年校庆进行组织动员。那天时而风和日丽，时而阵雨来袭，我们站在虎门大桥下，仰望"风雨不动安如山"的大桥，倾听当地校友讲述大桥给人们出行带来的各种便利，惊叹这座跨海飞虹的雄伟壮观！也就在那时，我心里闪过一个念头——如果母校和校友之间要架一座桥，我愿意永远做一个沉稳坚固的桥墩。

自2005年从事校友联谊工作以来，我深入二中校友这个圈子已有10年。从高85届毕业20周年大聚会发起，到隆回二中校友助学会成立；从"动力一百"奖助学金的设立，到欧阳毅助学金的酝酿和扩大；从《早春时节》的组稿出版到北京、上海、深圳、东莞、广州各地校友会的建立发展……我在这些活动中或出谋划策，或牵线搭桥，或亲身参与，忙得不亦乐乎，却从无厌倦之感。近十年来，有人通过我找到了失散多年的同学，和学长建立了新的联系，和恩师恢复了通信，对母校进行了回报，找到了需要资助的贫困学子……不知不觉才发现，我早已成为一个桥墩，和很多同仁一道撑起了校友和母校之间的那座大桥。

得知母校即将举办90周年校庆的消息以来，隆回二中校友在情感联谊、回报母校方面表现得十分活跃。阳波、邹宗威、刘颜隆、郭时碑、邹功益、胡建军、聂怡初、赵玉君、欧阳翠峰等校友，怀着对母校的深厚情感，牺牲了大量业余时间，拜访校友、联系同学、争取赞助、组织聚会，为各地校友会的成立发挥了重要的联络作用。在这些桥墩的有力支撑下，校友和母校之间的这座桥梁变得更加坚固、更加便利。有了情感的维系，人心的聚集，才有如火如荼的义举。校庆前夕，王江田、魏彬、袁小黎、陈代云、王小琳、邹今友、袁广见、欧阳毅等校友都以不同形式回报母校；高79届校友廖中和更是用心良多，准备大手笔建立一个贫困学子助学基金会……最让人感动的是在2014年7月，我老家十里山两位被严重烧伤的孩子绝望地躺在病床上时，正是欧阳恩成、邹任强、刘任强、陈松柏、阳波等热心的二中校友，一马当先在社会各个角落、各个QQ群广泛发动捐款，为挽救这两个病危的生命奔走呼号。刘哲清10000元、魏彬5000元、王付梅2000元……望着捐款榜单上一个个熟悉的名字，听着数以十万计并节节攀升的捐款数目，我深感不幸之中有万幸。如果不是母校90周年校庆，网络上就不会有这么多QQ群在活跃，两个孩子就不可能得到这么多资助。我们的二中校友，不光热心回报母校，更把爱心撒向了家乡的未来。隆回二中校友——一个无比光荣和值得珍惜的称呼，我有幸是这个群体的一员，并伴其同行！

最好的感恩，就是把事情做得更好。我想，如果能在每位二中学子心中种下一颗"感恩"的种子，在这颗种子的感召下，所有学子在离开母校后也能成为一个个桥墩，撑起桥梁、团结校友、感恩母校，那将是我最大的心愿。基于此，我组织编辑了这本《早春时节》。

图书编印过程中，我脑海中一直浮现这样的场景：2014年10月2日，全体在校学生亲眼目睹《早春时节》的捐赠典礼，这部洋溢着浓浓校友情怀的作品，将随着捐赠仪式的举行永远刻在母校每一个学子心中，今后从隆回二中走出去的所有学子，必将怀着一颗感恩的心来回报母校、回报家乡、回报社会，这将是一堂让人永远无法忘却的思想品德教育课。我和我的团队还有一个愿望，希望在广大校友的支持下，把这部书打造成母校的一本校史教材，让《早春时节》在隆回二中代代相传，让感恩的心绪在校友之间弥漫纷飞！

《早春时节》从萌芽到破土而出，倾注了各行各业众多校友的心血。征稿通知发出后，广大校友参与踊跃，最令我动容的是70多岁的欧阳成学长，他拖着年迈的身躯，辗转两趟公交车将文稿送到我办公室；年届八旬的文坛巨匠陈早春学长，一字一句为图书审稿把关。类似的感人事例举不胜举……在此，我还要特别感谢那些慷慨解囊的热心校友，其中尤以廖中和老师最让我感动。廖老师1979年毕业于隆回二中，1982~1991年在母校任教。1990年我在初78班就读时，他就在隔壁高150班担任班主任，我至今还记得当初那位瘦高个的年轻男教师在讲台上的姿态。时隔23年，当我在珠海把为《早春时节》出版而筹款的来意告诉廖老师后，他二话没说就为图书出版捐资15万元，给母校90岁生日送上了一份弥足珍贵的厚礼。此外，刘剑、刘颜隆、刘志福、谭海燕、刘勃兰、郭时碑、邹永红、肖茂红、肖聪等校友也纷纷表示了自己的心意，为《早春时节》下一辑的付梓提供了资金保障。

我们主动为母校编书，虽满腔热情，但无奈能力不足、资源有限、时间仓促，因而对母校1924~1944年那段历史挖掘得不够深入，仅从学校的档案资料和前辈的文章中获得一些琐碎信息，将其整理放在图书的页脚处，也算是对母校前身那段历史的一个交代。这是本书留下的最大遗憾。好在这册图书我们每年都会再版，也将对部分作品作一些增添删改，希望能有机会把相关方面的文章收录进来。诚然，书中的粗疏、纰漏甚至错误之处也在所难免，恳请广大读者谅解与指正。

2014年9月1日，当我编阅完这一页页饱含深情的文字时，不远处的校园传来了琅琅书声。新学期开学之时，也是母校情感奔涌之际，希望这部图书既是校友们倾诉情感、献礼母校的见证，也能成为校友和母校之间一座联谊沟通的桥梁，一座永远屹立的桥梁。

欧阳文邦

二〇一四年九月一日于长沙

本作品中文简体版权由湖南人民出版社所有。
未经许可，不得翻印。

**图书在版编目（CIP）数据**

早春时节 / 欧阳文邦，尹锋主编.—长沙：湖南人民出版社，2014.6（2024.8重印）
ISBN 978-7-5561-0208-2

I.①早… Ⅱ.①欧… ②尹… Ⅲ.①散文集—中国—当代 Ⅳ.①I267

中国版本图书馆CIP数据核字（2014）第129909号

## 早春时节

| | |
|---|---|
| 主　　编 | 欧阳文邦　尹　锋 |
| 责任编辑 | 邓胜文 |
| 装帧设计 | 罗艳辉 |

| | |
|---|---|
| 出版发行 | 湖南人民出版社　[http://www.hnppp.com] |
| 地　　址 | 长沙市营盘东路3号 |
| 邮　　编 | 410005 |

| | |
|---|---|
| 印　　刷 | 永清县晔盛亚胶印有限公司 |
| 版　　次 | 2014年9月第1版 |
| | 2024年8月第4次印刷 |
| 开　　本 | 787×1092　1/16 |
| 印　　张 | 27.5 |
| 字　　数 | 500千字 |
| 书　　号 | ISBN 978-7-5561-0208-2 |
| 定　　价 | 88.00元 |

营销电话：0731-82683348　　（如发现印装质量问题请与出版社调换）